Ruby

V.C. ANDREWS™

Ruby

FRANCE LOISIRS
123, boulevard de Grenelle, Paris

Titre original : *Ruby*
Published by arrangement with Pocket Books,
a division of Simon & Schuster Inc., New York
Traduit de l'américain par Françoise Jamoul

Édition du Club France Loisirs, Paris,
réalisée avec l'autorisation des Éditions J'ai lu

© 1994 by Virginia C. Andrews Trust
© Éditions J'ai lu, 1995, pour la traduction française.
ISBN : 2-7441-0954-1

PROLOGUE

Pendant les quinze premières années de ma vie, ma naissance et les circonstances qui s'y rapportent sont demeurées un mystère pour moi ; ni plus ni moins que le nombre d'étoiles scintillant au-dessus du bayou dans le ciel nocturne, ou la cachette du poisson-chat aux reflets d'argent, que grand-père s'escrimait en vain à pêcher. Je ne connaissais ma mère qu'à travers les récits de grand-mère Catherine et de grand-père Jack, et les quelques photos fanées, tirées en sépia, que nous conservions dans des cadres d'étain. Aussi loin que remontent mes souvenirs, il me semble que j'ai toujours éprouvé du remords à contempler sa tombe, simple pierre portant gravés ces mots :

Gabrielle LANDRY
1ᵉʳ mai 1927 — 27 octobre 1947

Car la date de ma naissance et celle de sa mort n'en faisaient qu'une. Jour et nuit, à l'approche de mon anniversaire, j'éprouvais au plus profond de moi une souffrance coupable, malgré tous les efforts de grand-mère pour faire de cette date un jour de joie. Je savais qu'il était aussi difficile pour elle que pour moi de se réjouir.

Mais, outre l'infinie tristesse de cette mort, à ma naissance, je portais le poids de questions que je n'aurais

7

jamais osé poser, en admettant que j'aie su comment m'y prendre. J'avais bien trop peur de voir le visage de grand-mère, toujours si tendre, revêtir cette expression lugubre et fermée qui m'effrayait tant. Certains jours, elle restait assise dans son rocking-chair à me regarder en silence, pendant ce qui me semblait durer des heures. Quelles que soient les réponses, la vérité avait brisé mes grands-parents. Grand-mère Catherine avait chassé grand-père Jack au fond des marais, pour y vivre tout seul dans sa cabane. Et depuis ce jour lointain, elle ne pensait jamais à lui sans que la colère flamboie dans son regard et que le chagrin lui brûle le cœur.

Le mystère planait sur notre maison du bayou ; il s'accrochait aux toiles d'araignée qui changeaient le marécage en un univers scintillant de joyaux, les nuits de lune. Il flottait comme la mousse espagnole suspendue aux branches des cyprès. Je l'entendais dans le soupir de la brise d'été, le clapotis de l'eau contre la rive. Je le sentais même dans le regard perçant de l'épervier, dont l'œil cerclé de jaune suivait chacun de mes mouvements.

Je fuyais les réponses autant que je désirais les connaître. Des paroles assez puissantes, assez pesantes pour séparer ainsi deux êtres qui auraient dû se chérir ne pouvaient que m'épouvanter.

Dans la chaude nuit printanière, je restais assise à ma fenêtre et scrutais l'obscurité, offrant mon visage à la brise rafraîchissante qui remontait du golfe du Mexique, balayant le marécage. Et j'écoutais le hibou.

Mais son cri étrange et surnaturel résonnait en moi comme l'écho d'une question, toujours la même : pourquoi, pourquoi, pourquoi ? Et j'étreignais plus étroitement mes épaules, pour protéger mon cœur affolé du frisson qui me faisait trembler.

8

1

Les pouvoirs de grand-mère

On frappait à la porte-moustiquaire à coups violents, précipités, fébriles. Grand-mère Catherine et moi levâmes la tête de notre ouvrage. Nous étions au grenier ce soir-là, occupées à tisser. Nous préparions les couvertures de coton brut que nous vendrions au bord de la route, devant la maison, quand les touristes viendraient dans le bayou pour le week-end. Je retins mon souffle. Les coups se répétèrent, plus insistants, frénétiques.

— Descends voir ce que c'est, Ruby, soupira pesamment grand-mère Catherine. Dépêche-toi. Et si c'est encore ton grand-père imbibé de son tord-boyaux de whisky, claque-lui la porte au nez ! ajouta-t-elle.

Mais à la façon dont ses yeux noirs s'agrandirent, je sus qu'elle pressentait quelque chose de bien plus effrayant et déplaisant.

Une vigoureuse brise s'était levée, dispersant les lourdes couches de nuages qui pesaient sur nous comme un linceul, cachant le quartier de lune et les étoiles du ciel d'avril. Le printemps avait plutôt fait penser à l'été cette année-là, en Louisiane. De jour comme de nuit, il faisait si chaud et si moite que le matin, je trouvais mes souliers humides, tout veloutés de moisissure. A midi, le soleil faisait scintiller les renoncules jaunes et une véritable frénésie s'emparait des mouches et des moustiques, affamés d'ombre fraîche. Par les nuits claires, je pouvais distinguer les toiles géantes que tendaient les araignées entre les branches. Nous avions accroché nos étoffes devant les fenêtres. Elles nous protégeaient des insectes, tout en laissant passer la brise rafraîchissante du golfe.

Je dévalai les marches, courus le long de l'étroit couloir qui traversait la maison en profondeur et m'arrêtai net en apercevant le visage de Thérésa Rodriguez. Le nez collé au treillis, elle était aussi blanche qu'un nénuphar, ses cheveux de jais en bataille et les yeux fous de terreur.

— Où est ta grand-mère ? s'écria-t-elle, la voix hachée.

J'appelai grand-mère et m'approchai de la porte. Thérésa, petite et bien plantée, avait trois ans de plus que moi. A dix-huit ans, elle était l'aînée de cinq enfants et je savais que sa mère en attendait un sixième, pour très bientôt.

— Qu'est-ce qui ne va pas, Thérésa ? m'informai-je en la rejoignant sur la galerie extérieure. C'est... ta mère ?

Elle fondit en larmes, le visage dans les mains, ses seins lourds soulevés de sanglots. Je me retournai juste à temps pour voir grand-mère Catherine atteindre le bas des marches, jeter un regard à Thérésa et se signer.

— Dis vite, petite, la pressa-t-elle en se hâtant vers la porte.

Thérésa geignit.

— Maman... elle a eu un... bébé mort-né.

— *Mon Dieu !* s'exclama grand-mère Catherine en français en se signant une fois de plus avant de marmonner : Je le sentais.

10

Elle chercha mon regard et je me souvins que, pendant que nous tissions, elle avait soudain levé les yeux de son ouvrage pour écouter les bruits de la nuit. L'appel d'un raton laveur s'élevait, pareil à un cri d'enfant.

— Mon père m'a envoyée vous chercher, larmoya Thérésa.

Grand-mère lui tapota la main d'un geste rassurant.

— J'arrive.

— Merci, madame Landry. Merci !

Là-dessus, Thérésa détala dans l'obscurité, me laissant à mon trouble et à ma frayeur. Grand-mère était déjà en train de rassembler les objets de son art dans un panier d'écorce. Je me hâtai de rentrer dans la maison.

— Qu'est-ce que Mme Rodriguez te veut, grand-mère ? Que peux-tu faire pour elle, maintenant ?

D'habitude, quand on appelait grand-mère la nuit, cela signifiait que quelqu'un était très malade ou en détresse. Quelle que soit la raison, j'en avais l'estomac tout retourné.

— Va chercher la lampe à butane, m'ordonna grand-mère, ignorant ma question.

Je m'empressai d'obéir. A la différence de Thérésa, que sa terreur avait guidée dans le noir, nous aurions besoin de la lanterne pour aller du porche à la route gravillonnée, à travers l'herbe des marais. Pour grand-mère, un ciel noir de nuages possédait une signification menaçante, et surtout ce soir. A peine avions-nous mis le pied dehors qu'elle leva la tête en grommelant :

— Mauvais signe.

A ces paroles inquiétantes, le marais sembla prendre vie autour de nous. Les grenouilles coassèrent, les oiseaux de nuit caquetèrent et les alligators glissèrent en rampant dans la boue fraîche.

A quinze ans, j'étais déjà plus grande que grand-mère, qui dépassait de peu le mètre soixante, avec ses mocassins.

Malgré tout, c'était elle, la femme forte, je le savais. Car, outre sa sagesse et son courage, elle détenait les pouvoirs de ceux qu'on nommait encore chez nous d'un vieux nom français : les *traiteurs*. C'était une guérisseuse spirituelle, quelqu'un qui ne craignait pas de combattre le mal, si insidieux et si noir fût-il. Grand-mère semblait toujours posséder la solution du problème, avoir toujours un remède souverain à portée de la main, trouver le rituel ou la potion miracle, la marche à suivre en chaque circonstance. C'était un savoir non écrit, quelque chose qui lui avait été transmis. Et ce qu'elle n'avait pas reçu par transmission, elle paraissait le savoir d'instinct, comme par magie.

Grand-mère était gauchère, ce que les cajuns interprètent comme favorable aux facultés spirituelles. Mais selon moi, le secret de son pouvoir résidait dans ses yeux d'onyx. Elle n'avait jamais peur de rien. La légende voulait qu'une nuit, dans le marais, elle ait regardé la mort droit dans les yeux, sans sourciller, jusqu'à ce que l'Autre comprenne que la lutte était inégale ; que l'heure n'était pas encore venue.

Les gens du bayou venaient la voir pour guérir leurs verrues et leurs rhumatismes, leur grippe et leur toux. On racontait même qu'elle possédait le secret de conserver la jeunesse, mais qu'elle se refusait à l'utiliser pour ne pas contrarier l'ordre de la nature. Car pour grand-mère Catherine, la nature était sacrée. Elle tirait tous ses remèdes des plantes, des herbes, des arbres et des animaux du marais.

— Pourquoi allons-nous chez les Rodriguez, grand-mère ? Il n'est pas trop tard ?

— *Couchemal*, chuchota-t-elle, avant de marmonner une prière entre ses dents.

Sa voix me donna la chair de poule et malgré la moiteur de l'air, je frissonnai. Je dus serrer les dents pour les empêcher de claquer. J'étais bien résolue à me montrer aussi vaillante que grand-mère, et la plupart du temps, j'y parvenais.

— Je crois que tu es assez grande pour savoir, annonça-t-elle, si bas que je dus tendre l'oreille. Un couchemal est un esprit mauvais qui vient rôder quand un bébé meurt sans baptême. Si on ne le chasse pas, il viendra hanter la famille pour lui porter malheur. Ils auraient dû m'appeler dès que Mme Rodriguez est entrée en travail. Surtout par une nuit pareille, commenta-t-elle sombrement.

Devant nous, les ombres tressautaient à la lueur de la lanterne, menant la danse que grand-père Jack appelait « le chant du marais ». Un chant fait de bruits d'animaux, mais aussi de ce murmure sourd et bien particulier que la brise arrache aux branches tordues quand elle agite la mousse espagnole, la barbe espagnole comme on dit chez nous. Je m'efforçais de marcher aussi vite que grand-mère, et de la suivre d'aussi près que je le pouvais sans la heurter. Elle était tellement concentrée sur la tâche qui l'attendait qu'elle allait droit devant elle, comme si elle y voyait dans le noir.

Dans son panier d'écorce de chêne, elle transportait une demi-douzaine de petites images de la Vierge Marie, une bouteille d'eau bénite et un assortiment de simples. Les prières et les incantations étaient gravées dans sa mémoire.

— Grand-mère, commençai-je, poussée par le besoin d'entendre le son de ma voix. *Qu'est-ce...*

— En anglais, me reprit-elle vivement. Tu ne dois parler qu'en anglais. Toujours.

Grand-mère insistait pour que nous n'employions jamais le français, même si c'était notre langue à nous, les cajuns.

— Un jour, tu quitteras le bayou, prédisait-elle. Et tu vivras dans un monde qui méprisera peut-être notre langage et nos manières de cajuns.

Et chaque fois, je posais la même question :

— Pourquoi quitterais-je le bayou, grand-mère ? Et pourquoi vivrais-je avec des gens qui nous méprisent ?

— Tu le feras, c'est tout, répliquait-elle à sa façon sibylline. C'est comme ça.

— Grand-mère, pourquoi un esprit viendrait-il hanter les Rodriguez ? Qu'est-ce qu'ils ont fait ?

— Rien. Le bébé est mort-né, voilà tout. L'esprit est descendu en lui mais comme il n'est pas baptisé, il n'a nulle part où aller. Alors il viendra les hanter, pour leur malheur.

Je me retournai. La nuit se fermait derrière nous comme un rideau de plomb, nous chassant en avant. Après le tournant, je fus bien contente d'apercevoir la lumière des fenêtres de nos plus proches voisins, les Bute. Cela me permettait d'imaginer que tout était normal.

— Tu as déjà fait ça souvent, grand-mère ?

Je savais qu'on l'appelait fréquemment pour des rituels ; bénir une nouvelle maison, par exemple, ou porter chance à un pêcheur d'huîtres ou de crevettes. Quand une jeune mariée ne pouvait pas avoir d'enfant, sa mère venait trouver grand-mère Catherine afin qu'elle la rende féconde. Le plus souvent, ça marchait. Je savais tout cela mais jusqu'à cette nuit, je n'avais jamais entendu parler de couchemal.

— Malheureusement, oui, répliqua-t-elle. Comme l'ont fait avant moi les traiteurs du vieux pays, depuis la nuit des temps.

— Et tu as toujours réussi à chasser le mauvais esprit ?

— Toujours, m'affirma-t-elle, avec une telle confiance que je me sentis soudain rassurée.

Grand-mère Catherine et moi vivions dans une maison sur pilotis à Houma, paroisse de Terrebonne, en Louisiane. Les gens disaient que Houma n'était qu'à deux heures de voiture de La Nouvelle-Orléans, mais je ne savais pas si c'était vrai. Je n'étais jamais allée à La Nouvelle-Orléans. Je n'avais jamais quitté le bayou.

Grand-père Jack avait bâti la maison lui-même, trente ans plus tôt, quand grand-mère et lui s'étaient mariés. Comme presque toutes les maisons cajuns, elle était surélevée pour nous protéger des reptiles, des inondations et de l'humidité. Elle avait des murs en cyprès et un toit de tôle rouillée qui résonnait comme un tambour quand il pleuvait. Les rares étrangers qui venaient chez nous n'appréciaient pas toujours ça, mais ça ne nous dérangeait pas. Nous y étions aussi accoutumés qu'au cri perçant de l'épervier des marais.

— Où s'en va l'esprit, quand on l'a chassé ?

— Il retourne dans les limbes, là où il ne peut plus nuire aux bonnes âmes qui craignent Dieu.

Nous, les cajuns descendants des Acadiens venus du Canada au milieu du XVIIIe siècle, pratiquions une religion bien à nous, mélange de catholicisme et de folklore préchrétien. Nous allions à l'église et priions saint Medad, entre autres, mais sans renoncer pour autant à nos antiques superstitions. Certains même étaient solidement attachés à ces dernières, grand-père Jack par exemple. Il était expert en l'art des contre-sorts et possédait tout un arsenal de talismans : dents d'alligators, oreilles de cerfs et autres, qu'il fallait porter à la ceinture ou autour du cou. Grand-mère disait que si un homme en avait besoin dans le bayou, c'était bien lui.

La route s'étirait devant nous, tournant et tournant sans cesse, mais nous marchions d'un bon pas. La maison des Rodriguez ne tarda pas à apparaître, presque blanche avec ses planches de cyprès patinées par le temps. Nous entendîmes des plaintes à l'intérieur, et M. Rodriguez se montra sur le porche, tenant dans ses bras le petit frère de

Thérésa, âgé de quatre ans. Il s'assit dans le rocking-chair de chêne mal dégrossi et scruta la nuit, comme s'il avait déjà vu l'esprit mauvais. Je frissonnai de plus belle, mais je m'avançai aussi promptement que grand-mère Catherine. Dès qu'il la vit, les traits de M. Rodriguez perdirent leur expression de chagrin et d'effroi et j'y vis poindre une lueur d'espoir. Cela me fit grand bien de sentir à quel point les gens respectaient grand-mère. Il se leva aussitôt.

— Merci d'être venue si vite, madame Landry. Merci beaucoup. Thérésa !

Thérésa émergea de la maison, lui reprit l'enfant et il ouvrit la porte devant grand-mère. J'abaissai la flamme de la lanterne et les suivis à l'intérieur.

Grand-mère Catherine connaissait les lieux, elle alla droit à la chambre conjugale. Mme Rodriguez était couchée, les yeux clos, le visage cendreux, ses cheveux noirs répandus sur l'oreiller. Grand-mère lui prit la main et elle entrouvrit légèrement les paupières. Grand-mère Catherine attacha son regard au sien, fixement, comme si elle guettait un signe. Mme Rodriguez fit un effort pour se soulever.

— Reste tranquille, Dolorès. Je suis venue t'aider.

Mme Rodriguez soupira lourdement et saisit le poignet de grand-mère.

— Je l'ai senti, Catherine. J'ai senti son cœur battre et s'arrêter, et le couchemal s'en aller... je l'ai senti.

— Du calme, Dolorès. Je ferai ce qu'il faut, lui promit grand-mère en lui tapotant la main.

Sur quoi elle m'adressa un léger signe de tête et je la suivis sur la galerie où Thérésa et les autres enfants attendaient, les yeux écarquillés. Grand-mère fouilla dans son panier, en tira un flacon d'eau bénite, l'ouvrit avec précaution et se tourna vers moi.

16

— Prends la lanterne et conduis-moi autour de la maison, ordonna-t-elle. Tout ce qui contient de l'eau, chaque bidon, chaque pot a besoin d'une goutte d'eau bénite. Assure-toi que nous n'en oublions pas un seul, Ruby.

J'acquiesçai sans mot dire, les jambes tremblantes, et nous commençâmes notre tournée.

Une chouette hulula dans le noir, mais quand nous contournâmes le coin de la maison, j'entendis quelque chose se faufiler dans l'herbe. Mon cœur cognait si fort que je faillis lâcher la lampe. L'esprit mauvais allait-il tenter de nous arrêter ? Comme pour répondre à ma question muette, quelque chose de froid et d'humide frôla ma joue gauche. Je poussai une exclamation et grand-mère se tourna vers moi, rassurante.

— L'esprit se cache dans un pot ou un bidon. Il faut que ce soit dans l'eau. N'aie pas peur, dit-elle en s'approchant d'un tonneau qui servait à recueillir les eaux de pluie.

Elle déboucha sa bouteille et l'agita au-dessus de la barrique, de manière à n'y faire tomber qu'une ou deux gouttes, ferma les yeux et marmonna une prière. Nous fîmes le tour de la maison en répétant l'opération à chaque récipient rencontré, avant de regagner le porche où M. Rodriguez, Thérésa et les enfants nous guettaient impatiemment.

— Je suis désolé, madame Landry, commença M. Rodriguez. Thérésa vient juste de me dire que les enfants ont laissé une vieille marmite dehors, là-bas derrière. Il y a forcément de l'eau dedans, après ce qui est tombé cet après-midi.

— Montre-moi, ordonna grand-mère à Thérésa, qui se hâta d'obéir.

Mais elle était si nerveuse qu'elle fut d'abord incapable de retrouver l'endroit et grand-mère dut insister, la voix menaçante :

— Il faut qu'on la trouve.

Thérésa fondit en larmes. Je saisis son bras et le serrai doucement, pour la rassurer.

— Prends ton temps, Thérésa.

Elle aspira une grande goulée d'air et se concentra, mordant sa lèvre inférieure jusqu'à ce qu'elle eût localisé avec précision le chaudron, et elle nous y conduisit. Grand-mère s'agenouilla près de lui, y versa l'eau bénite et murmura sa prière.

Peut-être fut-ce mon imagination surchauffée, peut-être pas, comment savoir ? En tout cas, je crus voir une forme d'un gris pâle, pareille à celle d'un bébé, s'élever et s'envoler au loin. J'étouffai un cri, redoutant d'effrayer davantage Thérésa. Grand-mère Catherine se releva et nous regagnâmes la maison, pour présenter nos condoléances à la famille. Grand-mère attacha une image de la Vierge Marie au-dessus de la porte d'entrée, et recommanda à M. Rodriguez de veiller à ce qu'elle y reste quarante jours et quarante nuits. Puis elle lui en remit une autre et lui dit de la placer au pied de leur lit pendant exactement le même temps. Après quoi, nous reprîmes le chemin de la maison.

— Tu crois que tu l'as chassé, grand-mère ? demandai-je, quand nous fûmes assez loin pour que personne ne puisse nous entendre.

— Oui, affirma-t-elle. Et j'aimerais pouvoir chasser aussi facilement l'esprit malin de ton grand-père. Si j'étais sûre que ça lui fasse du bien, je le plongerais tout entier dans l'eau bénite. Ça lui ferait toujours un bon bain, et Dieu sait s'il en a besoin !

Je souris, mais presque aussitôt mes yeux s'emplirent de larmes. Pour autant que je m'en souvienne, grand-père Jack avait toujours vécu loin de chez nous, dans sa cabane de trappeur au fond des marais. La plupart du temps, grand-mère ne trouvait rien de bon à dire de lui et refusait de lui adresser un regard quand il s'approchait de la maison. Mais parfois, sa voix s'adoucissait, ses yeux reflétaient une lueur de tendresse et elle exprimait le souhait qu'il se réforme et change de vie. Elle n'aimait pas que je parte seule dans notre bachot et conduise à la perche jusque chez lui.

— Dieu te préserve de chavirer ou de tomber à l'eau, petite ! Il serait probablement trop soûl pour t'entendre appeler à l'aide, et avec tous ces serpents et ces alligators... Non, Ruby, grommelait-elle. Il ne vaut pas le dérangement.

Mais elle ne m'empêchait jamais d'aller le voir. Et même si elle prétendait qu'elle ne voulait rien savoir de lui, je savais bien qu'elle prêtait l'oreille au récit que je lui faisais de ma visite.

J'aurais tant aimé que nous formions une vraie famille ! Combien de nuits avais-je adressé cette prière au ciel, assise devant ma fenêtre en regardant la lune pointer entre deux nuages ? Je n'avais ni père ni mère, rien que grand-mère Catherine, qui avait été une mère pour moi, et le restait. Elle disait toujours que grand-père était incapable de s'occuper de lui-même, et encore moins de me servir de père. Mais ça ne m'empêchait pas de rêver. S'ils se réconciliaient, si nous vivions tous ensemble à la maison, ce serait comme si nous étions une vraie famille. Peut-être que grand-père Jack cesserait de boire et de jouer. A l'école, tous mes amis avaient des familles normales, avec des frères, des sœurs... Et deux parents qui les attendaient à la maison et les aimaient.

Mais ma mère à moi était au cimetière, à près d'un kilomètre de chez nous. Et mon père... mon père n'était qu'un visage vide, sans traits, sans nom. Un inconnu qui un jour était passé par le bayou, et avait rencontré ma mère à l'un de ces bals que nous, les cajuns, appelons un *fais-dodo*. A en croire grand-mère, leur amour fut instantané, si violent et irrésistible que je fus conçue cette nuit-là. Ce qui m'était le plus douloureux, avec la mort tragique de ma mère, c'était la pensée de cet inconnu. Quelque part dans le monde vivait un homme qui ne savait même pas que j'existais, moi, sa fille. Ses yeux ne se poseraient jamais sur moi, ni les miens sur lui. Jamais nous n'échangerions une parole. Et si nos chemins se croisaient par hasard, nous passerions à l'écart l'un de l'autre, silhouettes imprécises, tels deux bateaux de pêche dans la nuit.

Quand j'étais petite, je jouais à un jeu de mon invention : le Jeu de Papa. J'étudiais mon visage dans la glace en essayant d'imaginer mes traits, si j'étais un homme. Puis je m'asseyais à ma table de travail et dessinais le visage de mon père. Le reste était plus difficile à évoquer. Tantôt je lui prêtais la haute taille de grand-père Jack, tantôt je le représentais simplement un peu plus grand que moi. Mais il était toujours très vigoureux et bien bâti. J'avais décidé depuis longtemps qu'il était forcément très beau et très séduisant, pour avoir si vite conquis le cœur de ma mère.

Je repris certaines esquisses à l'aquarelle. L'une d'elles montrait mon père imaginaire dans la salle de bal, à un fais-dodo. Appuyé au mur, il souriait parce qu'il venait d'apercevoir maman. Il émanait de lui un charme puissant, dangereux, celui qu'il avait certainement dû posséder pour séduire aussi rapidement ma ravissante mère. Dans une autre composition, il s'éloignait sur la route mais se retournait pour un geste d'adieu. J'ai toujours pensé que sur ce dessin-là, son visage exprimait une promesse. La promesse du retour.

Dans la plupart de mes aquarelles figurait un homme, mon père imaginaire. On le voyait tantôt dans un bateau de pêcheur de crevettes, tantôt dirigeant une pirogue à la perche dans les marécages ou le long des canaux. Grand-mère Catherine savait pourquoi cet homme apparaissait dans mes tableaux. Je voyais qu'elle en était triste, mais je ne pouvais pas m'empêcher de le dessiner. Plus tard, elle me conseilla de peindre des oiseaux et autres animaux des marais, plutôt que des gens.

Le week-end, nous exposions certaines de mes aquarelles en même temps que nos couvertures, nos draps et nos serviettes tissés main, nos paniers tressés et nos chapeaux de palme. Grand-mère sortait aussi ses pots d'herbes médicinales contre la migraine, l'insomnie et la toux. Quelquefois, nous mettions un serpent ou un crapaud mariné dans un bocal, sachant que les touristes aimaient en acheter. Beaucoup d'entre eux adoraient la soupe épaisse à la crevette de grand-mère, le gombo, et ce plat créole épicé à base de riz, de légumes, de poulet, de crevettes, d'huîtres et autres : un mélange savoureux que nous appelons jambalaya. Elle en préparait de grands bols qu'elle servait dehors, sur des tables en bois blanc. Assis sur nos quelques bancs, devant la maison, les amateurs se régalaient de cette délicieuse cuisine cajun.

A tout prendre, ma vie dans le bayou était plus agréable que celle de beaucoup d'orphelins, j'imagine. Grand-mère et moi ne possédions pas grand-chose, mais nous étions à l'abri dans notre petite maison ; et grâce à notre potager, en plus du travail de nos mains, nous avions de quoi vivre. De temps à autre, fort peu souvent il faut bien le dire, grand-père Jack passait pour nous offrir une partie de ce que lui rapportaient les rats musqués. Ses activités de trappeur étaient devenues sa principale ressource, désormais. Trop fière ou trop fâchée contre lui, grand-mère acceptait rarement son cadeau de bonne grâce. C'était moi qui le prenais, ou bien grand-père se contentait de le déposer sur la table de la cuisine.

— Je ne m'attends pas à des remerciements, grommelait-il, mais elle pourrait au moins faire un petit signe pour accepter c't argent de malheur ! L'a été dur à gagner, pour sûr ! lançait-il d'une voix forte en redescendant les marches du porche.

Grand-mère ne disait rien et, le plus souvent, continuait son travail dans la maison. C'est moi qui répondais.

— Merci, grand-père.

— Pas besoin de mercis. C'est pas ça que je demande, Ruby. J'aimerais seulement que quelqu'un sache que je suis pas mort et enterré, ou avalé par un alligator. Quelqu'un qui aurait au moins la décence de me jeter un coup d'œil, se plaignait-il, assez haut pour être entendu de grand-mère.

— La décence ! criait-elle à travers la moustiquaire. Est-ce que j'ai bien entendu, Jack Landry ? C'est toi qui parles de décence ?

— Aaah !... grognait grand-père Jack, avec un grand geste du bras dans sa direction.

Et il s'en retournait vers ses marais.

— Attends, grand-père, implorais-je en le poursuivant.

— Attendre ? Pourquoi ? Y a pas plus entêté qu'une bonne femme cajun quand elle s'est fourré une idée dans le crâne. Y a rien à attendre, affirmait-il, catégorique.

Et il s'éloignait à grands pas, ses cuissardes clapotant dans l'herbe spongieuse et la terre détrempée.

En général, il portait son manteau rouge, qui tenait du ciré de pêche et du caban de pompier, pourvu tout autour de la taille de gigantesques poches fendues. Il les appelait ses poches à rats, car c'était là qu'il mettait ses rats musqués.

Quand il piquait une colère, sa longue chevelure argentée voltigeait autour de sa tête en mèches hirsutes, telles des flammes blanches. Il avait la peau très foncée, les Landry passaient pour avoir du sang indien. Mais quand il était sobre et de bonne humeur, ses yeux d'émeraude pétillants de malice insolente lui donnaient un charme irrésistible. Grand, élancé, assez fort pour se mesurer à un alligator, grand-père Jack était une sorte de légende, dans le bayou. Peu d'hommes vivaient ainsi, tout seuls, dans les marais.

Mais grand-mère Catherine en voulait à mort aux Landry. Et j'ai bien souvent pleuré en l'entendant maudire le jour où elle avait épousé grand-père.

— Que ça te serve de leçon, Ruby, lui arriva-t-il de me dire. Que ça t'apprenne comment le cœur peut vous faire perdre la tête. Il sait ce qu'il veut, le cœur, ça oui ! Mais avant de te donner à un homme, réfléchis bien où ça va te mener. Quelquefois, le meilleur moyen de prévoir l'avenir, c'est de regarder le passé, me sermonna-t-elle. J'aurais dû écouter tout ce que les gens me disaient sur les Landry. Ils ont le sang mauvais... Ils ont toujours été mauvais, depuis le premier qui a mis les pieds ici. Il n'a pas fallu beaucoup de temps pour qu'on voie pousser des écriteaux dans tout le bayou : « Interdit aux Landry. » Pourquoi faut-il que les jeunes tournent mal, qu'ils écoutent toujours leur cœur et jamais la sagesse des vieux ?

— Mais tu as sûrement aimé grand-père, au début ? insistai-je Tu lui as bien trouvé quelque chose de bon ?

— J'ai vu ce que j'ai voulu voir, c'est tout.

Elle était intraitable quand il s'agissait de lui, mais je ne comprenais toujours pas. Et je devais être d'humeur frondeuse, ce jour-là, ou animée par l'esprit de contradiction, car j'essayai de la faire parler du passé.

— Grand-mère, pourquoi est-il parti ? Parce qu'il buvait ? Moi je pense qu'il se corrigerait, s'il revenait vivre chez nous.

Elle m'étudia d'un œil perçant.

— Non, ce n'est pas seulement à cause de ça... Encore que ce soit une rudement bonne raison.

— Est-ce parce qu'il perd tout son argent au jeu, alors ?

— Y a des choses pires que le jeu ! riposta-t-elle, sur un ton qui m'intimait de me taire.

Mais, allez savoir pourquoi, j'en fus incapable.

— Alors pourquoi, grand-mère ? Qu'est-ce qu'il a fait de si terrible ?

Son visage se durcit, puis se radoucit un peu.

— C'est entre lui et moi, Ruby. Tu n'as pas besoin de savoir, tu es trop jeune pour tout comprendre. Si grand-père Jack pouvait vivre avec nous... les choses se seraient passées autrement, conclut-elle.

Et je restai sur ma faim, plus perplexe et troublée que jamais. Grand-mère Catherine était si sage, elle possédait de tels pouvoirs... Pourquoi ne pouvait-elle pas réunir à nouveau notre famille ? Pardonner à grand-père ? Se servir de ces pouvoirs pour le réformer, afin qu'il revienne chez nous ? Pourquoi ne pouvions-nous pas être une vraie famille ?

Grand-père avait beau dire, et les autres aussi. Il avait beau jurer, blasphémer, rouspéter, je savais qu'il se sentait seul, au fond de son marais. Peu de gens prenaient la peine d'aller le voir dans sa maison, ou plutôt sa cabane. Elle se dressait à deux mètres au-dessus du marécage, sur ses pilotis. Il avait un bidon pour recueillir l'eau de pluie, des lampes à gaz pour s'éclairer, un poêle pour brûler les branches mortes et le bois flotté. Le soir, assis sur son porche, il jouait des airs mélancoliques sur son accordéon en buvant son affreux whisky.

Il n'était pas vraiment heureux, grand-mère non plus. Et nous qui revenions de chez les Rodriguez, après avoir chassé un esprit mauvais, nous n'étions pas capables de chasser les esprits malins tapis dans les recoins de notre propre maison. Les cordonniers sont toujours les plus mal chaussés, méditai-je. Grand-mère Catherine qui fait tellement de bien autour d'elle ne peut pas profiter de ses dons pour elle-même.

C'est donc cela, le destin d'un guérisseur, le prix qu'il doit payer pour son pouvoir ? Serait-ce ma destinée, à moi aussi : aider les autres sans pouvoir m'aider moi-même ?

Le bayou était un monde plein de mystères. Chaque incursion dans ses profondeurs vous révélait des choses étonnantes, un secret jusque-là bien gardé... Mais les secrets que je brûlais de connaître, les seuls qui m'importaient, ceux-là restaient bien cachés au fond des cœurs.

Nous étions presque arrivées quand grand-mère fit observer :

— Il y a quelqu'un à la maison. C'est encore ce jeune Tate !

Paul avait appuyé son scooter contre la souche de cyprès et jouait de l'harmonica, assis sur les marches. Dès qu'il aperçut notre lanterne, il cessa de jouer et se leva pour nous saluer.

Paul avait dix-sept ans. C'était le fils d'Octavius Tate, un des hommes les plus riches de Houma. Les Tate possédaient une conserverie de crevettes, un bateau de plaisance, plusieurs voitures de luxe, et vivaient dans une grande maison. Paul avait deux jeunes sœurs, Jeanne, qui était dans ma classe, et Toby, de deux ans sa cadette. Paul et moi nous connaissions depuis toujours, mais depuis peu, nous passions de plus en plus de temps ensemble. Je savais que cela déplaisait à ses parents. Son père s'était souvent querellé avec grand-père Jack et il n'aimait pas les Landry.

— Tout va bien, Ruby ? s'informa Paul à notre approche.

Il portait un polo en coton bleu clair, un pantalon kaki et des rangers étroitement lacés. Il me semblait plus grand que d'habitude, ce soir-là, plus vigoureux et aussi... plus âgé.

— Grand-mère et moi revenons de chez les Rodriguez, le renseignai-je. Mme Rodriguez a mis au monde un enfant mort-né.

— Oh, chuchota-t-il. C'est affreux...

De tous les garçons de l'école, Paul m'avait toujours paru le plus sincère, le plus mûr, bien qu'il fût peut-être le plus timide. En tout cas, avec ses yeux d'azur et ses épais cheveux châtains mêlés de blond, c'était sans aucun doute le plus beau. Il s'adressa à grand-mère Catherine.

— Bonsoir, madame Landry.

Elle lui décocha ce regard soupçonneux qu'elle lui réservait, depuis la toute première fois qu'il m'avait raccompagnée après la classe. Maintenant qu'il venait plus souvent, elle l'étudiait avec plus d'acuité encore, ce que je commençais à trouver gênant. Paul avait l'air amusé, mais aussi vaguement effrayé. Beaucoup de gens croyaient aux pouvoirs divinatoires et spirituels de grand-mère.

— Bonsoir, répondit-elle d'une voix lente. Il pourrait bien y avoir une averse, ce soir. Vous ne devriez pas vous promener aussi légèrement vêtu.

— C'est vrai, madame.

Grand-mère Catherine reporta son attention sur moi.

— Nous avons de l'ouvrage en route, me rappela-t-elle.

— Oui, grand-mère. J'y vais tout de suite.

Sur quoi, elle jeta un dernier coup d'œil à Paul et entra dans la maison.

— Ta grand-mère est-elle très affectée d'avoir perdu le bébé Rodriguez ? s'enquit Paul.

— Elle n'a pas été appelée pour le mettre au monde, précisai-je, avant de lui expliquer les faits.

Il m'écouta très attentivement et secoua la tête.

— Mon père ne croit pas à ces histoires. Il dit que c'est de la superstition, que c'est tout ce folklore qui maintient les cajuns dans l'ignorance et l'obscurantisme. Mais je ne suis pas d'accord, s'empressa-t-il d'ajouter.

— Grand-mère Catherine est loin d'être ignorante ! L'ignorance, ce serait de ne pas prendre de précautions contre la malchance et les esprits mauvais.

Paul m'approuva d'un signe.

— As-tu vu... quelque chose ?

— Je l'ai senti me frôler le visage, dis-je en posant la main sur ma joue. Il m'a touchée là. Et après, je crois que je l'ai vu s'en aller.

Paul laissa échapper un sifflement étouffé.

— Tu as eu du courage !

— Seulement parce que j'étais avec grand-mère, avouai-je.

— J'aurais voulu être ici plus tôt et y aller avec toi... juste pour être sûr qu'il ne t'arriverait rien.

A l'idée qu'il voulait me protéger, je me sentis rougir.

— Il ne m'est rien arrivé... mais je ne suis pas fâchée que ce soit fini, je le reconnais.

Paul éclata de rire.

Dans la faible clarté de la galerie, ses traits semblaient plus doux, son regard plus chaud. Nous n'avions jamais rien fait d'autre que nous tenir les mains et nous embrasser cinq ou six fois, dont deux seulement sur les lèvres. Mais le souvenir de ces choses me faisait battre le cœur tandis que je regardais Paul, si proche de moi. La brise agitait doucement quelques mèches tombées sur son front.

Derrière la maison, l'eau clapotait à la frange du marécage et un oiseau de nuit battit des ailes au-dessus de nous, invisible dans le ciel noir.

— J'ai été déçu de ne pas te trouver, Ruby. J'allais repartir quand j'ai aperçu la lueur de votre lanterne.

— Je suis heureuse que tu aies attendu, Paul. Mais je ne peux pas t'inviter à entrer, grand-mère tient à ce que nous ayons terminé les couvertures pour demain. Elle pense qu'il y aura du monde, ce week-end, et il est rare qu'elle se trompe.

— Demain, j'ai du travail à la conserverie toute la journée mais je peux passer te prendre après le dîner. Nous irons manger un sorbet à la glace pilée en ville, si tu veux.

— Ça me plairait beaucoup, Paul.

Il se rapprocha encore et nos regards se fondirent, jusqu'à ce qu'il trouve le courage d'exprimer sa pensée.

— Ce que j'aimerais vraiment, c'est t'emmener au bal samedi prochain, dit-il rapidement.

Je n'étais jamais sortie pour de bon avec un garçon, jusque-là, et cette seule idée m'emplit d'allégresse. La plupart des filles de mon âge iraient au fais-dodo avec leur famille et danseraient avec les garçons qu'elles y rencontreraient. Mais moi, Paul viendrait me chercher, il serait mon cavalier servant pendant toute la soirée ! J'étais au septième ciel.

— Il faut que je demande à grand-mère Catherine... mais j'aimerais beaucoup ça, me hâtai-je d'ajouter.

— Parfait. Bon, eh bien... je crois que je ferais mieux de partir avant la douche, annonça Paul en retournant vers son scooter.

Et comme il reculait sans me quitter des yeux, il buta contre une racine et se retrouva brutalement assis par terre.

— Tu n'as rien ? m'écriai-je en courant vers lui.

Il eut un rire penaud.

— Tout va bien... sauf que j'ai le bas du dos trempé !

Il tendit la main pour saisir la mienne et se releva. Nous étions l'un contre l'autre, maintenant. Millimètre par millimètre, nos lèvres se rapprochèrent encore, jusqu'à se toucher. Ce fut un baiser rapide, mais ferme et décidé, de sa part comme de la mienne. Je m'étais haussée sur la pointe des pieds pour atteindre sa bouche et mes seins frôlèrent sa poitrine. Ce contact inattendu, ajouté au trouble du baiser, me fit courir un frisson électrique le long de l'échine.

— Ruby, balbutia Paul, bouleversé. Tu es la plus jolie fille et la plus adorable de tout le bayou.

— Oh non, Paul, sûrement pas. Il y en a de bien plus jolies que moi, avec de belles robes et de beaux bijoux, des...

— Elles peuvent bien avoir des diamants gros comme des noix et des toilettes de Paris, je m'en moque ! Rien ne pourrait les rendre aussi belles que toi.

Je savais qu'il n'aurait pas osé dire tout ça sans la protection de l'ombre. Il devait être cramoisi.

— Ruby ! appela grand-mère par la fenêtre. Je ne vais pas passer la nuit à finir l'ouvrage !

— J'arrive, grand-mère... Bonne nuit, Paul.

Je tendis le cou pour lui voler un dernier baiser, avant de tourner les talons et de le laisser seul dans le noir. Je l'entendis mettre le moteur en marche, s'éloigner... puis je courus au grenier pour aider grand-mère.

Pendant un long moment, elle ne dit pas un mot, fixant son métier en silence. Puis elle leva les yeux sur moi et serra les lèvres, comme elle le faisait toujours quand elle réfléchissait.

— Ce jeune Tate est venu souvent te voir ces temps-ci, pas vrai ?

— Oui, grand-mère.

— Et qu'est-ce que ses parents pensent de ça ? demanda-t-elle, allant droit au cœur du sujet, comme à son habitude.

Je baissai les yeux.

— Je n'en sais rien, grand-mère.

— Je crois que si, Ruby.

— Paul me plaît et je lui plais, répliquai-je. Ce qu'en pensent ses parents n'a pas grande importance.

— Il a beaucoup changé, cette année ; c'est un homme. Et tu n'es plus une petite fille, Ruby. Toi aussi tu as grandi. Je vois bien comment vous vous regardez, tous les deux. Je connais trop bien ce regard et je sais à quoi il mène.

— A rien de mal, grand-mère. Paul est le plus gentil garçon de l'école.

Elle eut un signe de tête approbateur, mais ses yeux noirs ne se détournèrent pas de moi.

— Arrête de me regarder comme si j'étais coupable, grand-mère. Je n'ai rien fait dont je doive avoir honte.

— Pas encore, admit-elle, mais tu es une Landry et le mauvais sang parle toujours. Je l'ai vu avec ta mère. Je n'ai pas envie que ça recommence avec toi.

Je sentis mon menton commencer à trembler.

— Je ne dis pas ça pour te faire du mal, petite. (Elle tendit la main et la posa sur la mienne.) Je le dis pour empêcher qu'il t'arrive du mal.

— Je ne peux donc pas aimer quelqu'un en tout bien tout honneur, grand-mère ? Je ne suis quand même pas maudite parce que le sang de grand-père Jack coule dans mes veines ! Et ton sang à toi, alors ? Est-ce qu'il ne va pas me donner la sagesse dont j'ai besoin pour ne pas m'attirer d'ennuis ?

Elle secoua la tête et me sourit.

— Il ne m'a pas évité de m'en attirer, j'en ai peur. J'ai épousé ton grand-père et j'ai vécu avec lui, dans le temps... dit-elle avec un grand soupir. Mais il se peut que tu aies raison. Que tu sois plus forte et plus sage, à ta façon. Tu es certainement plus intelligente que je ne l'étais à ton âge, et beaucoup plus douée. Il n'y a qu'à voir tes dessins, tes peintures...

— Oh non ! grand-mère. Je ne suis pas...

— Si, Ruby. Tu as du talent. Un jour, quelqu'un découvrira ce talent et te l'achètera très cher, prédit-elle. Je veux seulement t'empêcher de gâcher ta chance de partir d'ici, petite. De t'élever, de sortir du marais et du bayou.

— Ce serait donc si terrible de vivre ici, grand-mère ?

— Pour toi, oui.

— Mais pourquoi ?

— C'est comme ça, voilà tout, dit-elle simplement.

Et elle se remit à tisser, m'abandonnant une fois de plus en plein mystère, noyée dans un océan de questions sans réponses. J'insistai.

— Paul m'a demandé de l'accompagner au bal samedi prochain, grand-mère. J'ai très envie d'y aller.

— Ses parents sont d'accord ? demanda-t-elle précipitamment.

— Je n'en sais rien. Paul pense que oui, enfin je crois. Pouvons-nous l'inviter à dîner dimanche, grand-mère ? Tu veux bien ?

— Je n'ai jamais refusé à personne de s'asseoir à ma table, répliqua-t-elle, mais ne fais pas trop de projets pour ce bal. Je connais les Tate, et je ne voudrais pas te voir malheureuse.

— Oh, il n'y a pas de danger, grand-mère ! m'exclamai-je en trépignant d'excitation. Alors Paul peut venir dîner ?

— J'ai dit que je ne le mettrais pas à la porte, il me semble.

Je lui sautai au cou.

— Oh, merci, grand-mère ! Merci !

— A ce train-là, Ruby, nous allons y passer la nuit, me rabroua-t-elle, ce qui ne l'empêcha pas de m'embrasser sur la joue. Oh, Ruby, ma petite fille chérie... Tu deviens femme si vite que si je prends seulement le temps de fermer l'œil, je n'y aurai vu que du feu !

Nous échangeâmes encore un baiser, avant de nous remettre au travail. Mes mains s'activaient avec une énergie toute neuve. Et, malgré les avertissements menaçants de grand-mère Catherine, une joie nouvelle me dilatait le cœur.

2

Interdit aux Landry

Un bouquet d'arômes exquis s'échappait de la cuisine et s'insinuait dans ma chambre. J'ouvris les yeux, l'eau à la bouche. A la saveur généreuse du café de Louisiane, en train de passer sur le poêle, se mêlait le fumet du gombo poulet-crevettes que mitonnait grand-mère Catherine à l'intention des touristes. Je m'assis et humai longuement ces senteurs alléchantes.

Perçant les feuillages des sycomores et des cyprès, le soleil s'infiltrait entre mes rideaux de toile et jetait un rayon doré dans ma chambre. Une toute petite chambre, juste assez spacieuse pour contenir mon lit laqué de blanc, la lampe à pied placée à mon chevet, mon grand coffre à vêtements. Les oiseaux avaient déjà entamé leur concert, m'invitant à me lever sans traîner pour célébrer le jour nouveau.

J'avais beau essayer, jamais je ne parvenais à devancer grand-mère dans la cuisine. Il était rarissime que j'arrive à lui faire la surprise de trouver le café tout prêt, avec les œufs et les petits pains chauds. Toujours debout aux premiers feux du soleil, elle se déplaçait si légèrement à travers la maison que je n'entendais même pas son pas dans l'escalier. (Pourtant, il craquait chaque fois, quand c'était moi qui descendais !) Pendant les week-ends, elle se levait encore plus tôt, afin que tout soit prêt en temps voulu. Je me dépêchai d'aller la rejoindre.

— Pourquoi ne m'as-tu pas réveillée, grand-mère ?

— Je l'aurais fait quand j'aurais eu besoin de toi, Ruby, si tu ne t'étais pas levée toute seule, me répondit-elle comme à l'accoutumée.

Mais je savais qu'elle aurait préféré s'imposer un travail supplémentaire plutôt que de m'arracher au sommeil.

— Je vais plier les nouvelles couvertures et les installer dehors, annonçai-je.

— Mange d'abord, nous avons tout le temps. Les touristes ne sont pas près d'arriver. Les seuls qui passent de bonne heure sont les pêcheurs, et ceux-là n'achètent pas. Allez, assieds-toi.

Notre table était faite des mêmes larges planches de cyprès que les murs et le mobilier, y compris les chaises aux pieds mal dégrossis. Le seul meuble dont grand-mère se montrait fière était son coffre de chêne, fabriqué par son père. Le reste de nos possessions était tout aussi ordinaire que celles de n'importe quelle famille cajun du bayou.

— M. Rodriguez a envoyé un panier d'œufs frais, ce matin, m'apprit grand-mère en désignant le comptoir, sous la fenêtre. C'est gentil de sa part d'y avoir pensé, avec tous ses soucis.

Elle n'attendait jamais plus qu'un simple merci pour les merveilles qu'elle accomplissait. Elle ne considérait pas ses dons comme sa propriété personnelle, mais comme celle du peuple cajun tout entier. Elle croyait que sa mission sur terre était de servir, de venir en aide aux malheureux. Et la joie de rendre service lui suffisait comme récompense.

Elle entreprit de me faire frire deux œufs aux croûtons et dit en souriant :

— N'oublie pas de sortir tes aquarelles, aujourd'hui. J'adore celle avec le héron qui émerge de l'eau.

— Si tu l'aimes, grand-mère, je préfère te la donner.

— Allons donc ! Je veux que tout le monde voie tes peintures, ma petite fille, surtout les gens de La Nouvelle-Orléans.

Je l'avais souvent entendue dire la même chose, et toujours avec la même autorité.

— Pourquoi ? Qu'est-ce qu'ils ont de si important, ces gens ?

— Il y a des douzaines de galeries d'art, là-bas, et des tas d'artistes célèbres. Ils verront ton travail, ils parleront de toi et tous les riches créoles voudront avoir un tableau de toi chez eux, m'expliqua-t-elle.

Je secouai la tête, perplexe. Cela ne lui ressemblait pas de vouloir attirer la notoriété sur notre modeste petite maison du bayou. Nous vendions nos travaux d'artisanat et autres produits du cru pour en tirer de quoi vivre, c'est tout. Mais je savais que grand-mère Catherine ne se sentait pas à l'aise avec ces nuées de touristes autour de la maison, même s'ils raffolaient de sa cuisine et la couvraient de compliments. Elle devait avoir une bonne raison de me pousser à montrer mes œuvres. Mais laquelle ? Mystère.

L'aquarelle au héron m'était particulièrement chère, à moi aussi. J'avais aperçu ce gros-bec, un oiseau de nuit, un soir où je me tenais sur la rive de l'étang, derrière la maison. Il s'était envolé brusquement, comme s'il sortait tout droit de l'eau. Porté par ses grandes ailes pourpres, il planait au-dessus des cyprès. Il y avait tant de beauté, de majesté dans ce vol que je ne pus résister au désir d'en exprimer la poésie. Plus tard, quand grand-mère avait vu l'aquarelle achevée, elle était restée un moment sans voix.

Les yeux brillants de larmes, elle m'avait confié que, parmi tous les oiseaux du marais, le héron bleu était le préféré de ma mère.

— Raison de plus pour le garder, observai-je.

— Raison de plus pour l'exposer à La Nouvelle-Orléans, commenta-t-elle, énigmatique.

Elle parlait comme on jette un charme, comme si mon œuvre contenait un message secret à l'adresse de quelqu'un, là-bas, à La Nouvelle-Orléans.

Mon petit déjeuner fini, je commençai à porter au-dehors ce que nous comptions vendre ce jour-là, tandis que grand-mère achevait son roux. C'était l'une des premières choses que toute jeune cajun apprenait à cuisiner. Un simple mélange de farine revenue dans du beurre, de l'huile ou de la graisse animale, et qu'on tournait sur le feu jusqu'à ce qu'il devienne presque noir. Une fois prêt, on y ajoutait des fruits de mer, du poulet, du gibier ou des saucisses, et le mélange dûment épicé devenait le gumbo. Pendant le carême, grand-mère préparait un gumbo vert, en remplaçant la viande par un assortiment de légumes.

Grand-mère avait vu juste, les clients affluèrent bien plus tôt que d'habitude. Certains d'entre eux étaient des amis à elle, ou des cajuns ayant entendu parler du couche-mal et curieux de tenir le récit de sa bouche. Un cercle de ses plus vieux amis se forma, où chacun évoqua des histoires semblables, transmises par les anciens de sa propre famille.

Juste avant midi, nous eûmes la surprise de voir une longue limousine gris argent s'arrêter brusquement devant notre éventaire. La porte arrière s'ouvrit et un homme de haute taille, élancé, le teint mat et les cheveux grisonnants, bondit de la voiture. A l'intérieur, un rire de femme s'éleva.

— Du calme, dit-il avant de se retourner vers moi, le sourire aux lèvres.

Une ravissante blonde, outrageusement fardée, passa la tête à la portière. Son long sautoir en perles ne cachait pas grand-chose de son décolleté plus que généreux.

— Dépêche-toi, Dominique ! lança-t-elle avec impatience. Je compte bien dîner chez Arnaud ce soir.

— Pas de panique, nous avons tout le temps, répliqua l'interpellé sans se retourner.

Il portait un costume d'été gris anthracite de la meilleure coupe, une chemise de coton fin d'un blanc neigeux. Il était apparemment très intéressé par mes peintures et s'informa :

— De qui sont ces œuvres ?

— De moi, monsieur.

— Vraiment ?

J'acquiesçai d'un signe et il se rapprocha, se saisit de mon aquarelle et la tint à bout de bras pour mieux l'étudier.

— Vous avez de l'instinct, observa-t-il. C'est encore un peu primitif, mais remarquable. Vous avez pris des leçons ?

— Juste quelques-unes, à l'école. J'ai aussi feuilleté quelques revues d'art.

— Remarquable, répéta-t-il.

— Dominique !

— On se calme, dit-il avec une grimace moqueuse à mon adresse, comme pour me signifier d'ignorer sa compagne.

Et il reprit son examen de mes œuvres. J'en avais exposé cinq. Il en sélectionna deux avant de s'enquérir :

— Combien en demandez-vous ?

Je louchai vers grand-mère Catherine, en grande conversation avec Mme Thibodeau, et l'expression singulière de son regard me frappa. Elle étudiait ce bel inconnu si bien habillé, si distingué, avec une attention aiguë. Comme si elle cherchait à deviner s'il était plus qu'un simple touriste, attiré par la couleur locale.

— J'en veux cinq dollars pièce, monsieur.

— Cinq dollars ! s'esclaffa-t-il. Pour commencer, vous ne devriez pas demander le même prix pour chacune.

Il se tourna vers grand-mère Catherine et Mme Thibodeau et reprit d'un ton magistral :

— Le héron vaut largement cinq fois plus que les autres, au point de vue du travail. Tenez, ces détails... La façon dont vous avez rendu la qualité de l'eau, le mouvement des ailes...

Les yeux mi-clos, une moue pensive aux lèvres, il eut l'air de se parler à lui-même.

— Je vous offre cinquante dollars pour les cinq, à titre d'avance.

— Cinquante dollars, mais...

— Comment ça, à titre d'avance ? interrompit grand-mère en se rapprochant de nous.

Le visiteur si distingué s'excusa aussitôt :

— Je vous demande pardon, j'aurais dû me présenter. Dominique LeGrand : je dirige une galerie d'art dans le quartier français. Tenez, ajouta-t-il en fouillant dans sa poche intérieure, voici ma carte. Galerie Dominique.

Grand-mère saisit la carte et l'examina.

— Et... pour cette avance ?

— Je crois que je peux vendre ces aquarelles à bien meilleur prix. D'habitude, je prends simplement en dépôt les œuvres des jeunes artistes, mais je tiens à manifester mon admiration pour le travail de cette jouvencelle. Est-ce votre petite-fille ?

— Oui, confirma grand-mère. Ruby Landry. Voulez-vous faire en sorte que son nom figure clairement à côté de ses peintures ? ajouta-t-elle à ma grande surprise.

— Naturellement, approuva Dominique LeGrand avec un sourire à mon adresse. Je vois vos initiales dans ce coin, jeune fille, mais à l'avenir il faudra signer de votre nom en entier. Et je crois sincèrement que vous avez de l'avenir, mademoiselle Ruby.

Il tira une liasse de billets de sa poche et en détacha cinquante dollars, plus que ne m'avaient rapporté toutes mes œuvres jusque-là. Je coulai un regard en direction de grand-mère et, sur un signe d'elle, je pris les billets.

— Dominique ! appela de nouveau sa passagère.

— Voilà, voilà, j'arrive. Philippe ?

Le chauffeur alla aussitôt ouvrir le coffre pour y ranger mes aquarelles.

— Doucement, lui recommanda Dominique, tout en relevant nos coordonnées. Je vous donnerai des nouvelles, ajouta-t-il à notre intention, avant de regagner la limousine.

Grand-mère Catherine et moi, serrées l'une contre l'autre, suivîmes la voiture du regard jusqu'au premier tournant.

— Cinquante dollars, grand-mère ! m'exclamai-je en agitant les billets.

Mme Thibodeau était franchement impressionnée, mais grand-mère paraissait plus soucieuse que contente. Je la trouvai même un peu triste.

— Et voilà ! soupira-t-elle d'une voix presque inaudible, fixant l'endroit où avait disparu la voiture. C'est commencé.

— Qu'est-ce qui est commencé, grand-mère ?

— L'avenir, Ruby. Ton avenir. Ces cinquante dollars ne sont que le point de départ. Et si ton grand-père vient traîner ses guêtres chez nous, tiens ta langue, m'ordonna-t-elle. Pas un mot de cet argent.

Sur ce, elle rejoignit Mme Thibodeau et les deux femmes reprirent leur discussion sur les couchemals et autres esprits mauvais, qui viennent rôder autour des braves gens sans méfiance.

Mais j'avais le plus grand mal à réprimer mon enthousiasme. La journée me parut interminable. Je brûlais d'annoncer la nouvelle à Paul. Et je riais toute seule à l'idée que je pourrais lui offrir moi-même sa glace pilée, au lieu d'être son invitée. Mais non, il ne voudrait jamais me laisser payer. Il était bien trop fier.

J'aurais certainement fini par exploser d'impatience, si nous n'avions pas fait d'aussi bonnes affaires. Nous vendîmes tous nos tissages, draps, couvertures et serviettes, plus une demi-douzaine de pots d'onguent aux herbes. Tout le gombo de grand-mère disparut, elle fut même obligée de rentrer en préparer un peu pour le dîner. Finalement, quand le soleil déclina derrière les arbres, elle déclara notre journée de travail terminée. Elle était très contente et chantonnait à son fourneau.

— Je veux que tu prennes mon argent, grand-mère.

— Nous en avons gagné assez pour aujourd'hui. Je n'ai pas besoin de l'argent de ta peinture, Ruby... Mais donne-le-moi quand même, se ravisa-t-elle, les yeux soupçonneux. Je te connais, tu as de la pitié de reste pour ce vieil escogriffe. Tu es capable de lui donner quelques dollars, et même tout le paquet d'un coup si ça se trouve. Je mettrai ça dans mon coffre, il n'osera pas y toucher.

Le coffre en chêne de grand-mère était l'objet le plus sacré de la maison. Elle n'avait pas besoin de le fermer à clé. Grand-père Jack n'aurait jamais osé poser la main dessus, même quand il nous arrivait fin soûl. Et moi non plus, d'ailleurs. Je ne me serais jamais risquée à soulever le couvercle pour fouiller à l'intérieur. Grand-mère y conservait ses souvenirs les plus précieux, y compris certaines choses ayant appartenu à ma mère quand elle était enfant. Grand-mère Catherine me promettait qu'un jour tout cela serait à moi.

Quand nous eûmes achevé la vaisselle du dîner, elle alla s'installer dans son rocking-chair, sous l'auvent, et je pris place à ses côtés sur les marches. Une petite brise fraîche s'était levée, il faisait moins chaud et moins lourd que la veille. Seuls quelques légers nuages dérivaient dans le ciel, et la lune éclairait entièrement le bayou. Les branches avaient l'air d'os blanchis dans sa lumière blafarde, l'eau calme brillait comme un miroir. Le moindre son résonnait avec une netteté parfaite et semblait se propager plus vite qu'à l'ordinaire. Nous entendions les accords joyeux de l'accordéon de M. Bute, les rires de sa femme et de ses enfants. Dans le lointain, du côté de la ville, un klaxon retentit, dominant un instant le coassement des grenouilles. Je n'avais pas dit à grand-mère que Paul allait venir, mais elle le devina.

— Tu ne tiens pas en place, ce soir, Ruby. Tu attends quelque chose ?

Avant que j'aie eu le temps d'ouvrir la bouche, nous distinguâmes le ronronnement assourdi du scooter de Paul.

— Inutile de répondre, commenta grand-mère.

Quelques instants plus tard, précédé du rayon de son phare, Paul entrait dans la cour du devant.

— Bonsoir, madame Landry. Salut, Ruby !

— Bonsoir, lui retourna grand-mère en le dévisageant avec une attention prudente.

— Il fait nettement meilleur, ce soir, observa-t-il. Comment s'est passée la journée ?

— A merveille ! m'écriai-je vivement. J'ai vendu mes cinq aquarelles.

— Toutes les cinq ? C'est magnifique ! Nous fêterons ça avec de vraies glaces à la crème, alors ; pas question de se contenter de glaçons pilés. Avec votre permission, madame Landry, déclara Paul en se tournant vers grand-mère, j'aimerais emmener Ruby en ville.

Je la vis se renfrogner : elle haussa les sourcils et se renversa dans son fauteuil. Devant son hésitation, Paul s'empressa d'ajouter :

— Nous ne resterons pas longtemps, madame.

— Je ne veux pas que vous l'emmeniez sur cet engin, décréta grand-mère en désignant le scooter, c'est de la ferraille.

Paul éclata de rire.

— Par une nuit pareille, j'aimerais autant une promenade à pied. Pas toi, Ruby ?

— Oh si ! Tu veux bien, grand-mère ?

— Je suppose que oui. Mais vous ne ferez que l'aller et retour et vous ne parlerez pas aux étrangers, nous recommanda-t-elle.

— Promis, grand-mère.

— Soyez sans crainte, la rassura Paul. Il ne lui arrivera rien.

Elle n'eut pas l'air moins anxieuse pour autant, mais nous nous éloignâmes tous deux sur le chemin baigné de lune. Paul ne prit ma main que lorsque nous fûmes hors de vue.

— Ta grand-mère se fait beaucoup de souci pour toi, constata-t-il.

— Elle a eu la vie dure, et elle a vu beaucoup de malheurs. Mais en tout cas, la journée s'est bien passée.

— Et tu as vendu toutes tes aquarelles. Super !

— Je ne les ai pas exactement vendues, Paul. Elles vont être exposées dans une galerie d'art à La Nouvelle-Orléans.

42

Je lui racontai en détail mon entretien avec Dominique LeGrand, et pendant un moment il garda le silence. Quand il se tourna vers moi, il avait l'air tout triste.

— Un jour tu deviendras une artiste célèbre, et tu quitteras le bayou. Tu vivras dans une grande maison à La Nouvelle-Orléans, j'en suis sûr. Et tu nous oublieras, nous, les cajuns.

— Oh, Paul ! Comment peux-tu dire une chose aussi horrible ? J'aimerais bien devenir une artiste célèbre, bien sûr. Mais je ne tournerai jamais le dos aux gens de chez nous, et... je ne t'oublierai jamais. Jamais.

— Bien vrai, Ruby ?

— Je le jure sur saint Medad. D'ailleurs, c'est certainement toi qui quitteras le bayou. Tu iras dans une université très chic et tu fréquenteras des tas de filles riches.

— Oh, non ! protesta-t-il. Je n'ai pas envie de connaître d'autres filles. Tu es la seule qui compte pour moi.

— Tu dis ça maintenant, Paul Marcus Tate, mais tout le monde change avec le temps. Regarde mes grands-parents. Ils se sont aimés, autrefois.

— Ça, c'est différent. Mon père dit que personne ne pourrait vivre avec ton grand-père.

— Grand-mère l'a fait, pourtant. Et puis les choses ont changé, des choses qu'elle n'avait pas prévues.

— Elles ne changeront pas avec moi, affirma-t-il d'un ton faraud.

Et, après un court silence, il se rapprocha de moi et reprit ma main.

— As-tu demandé la permission à ta grand-mère, pour le fais-dodo ?

— Oui. Peux-tu venir dîner chez nous demain soir ? Je pense qu'il faut lui offrir une chance de te connaître mieux. Tu pourras ?

Cette fois, son silence dura plus longtemps, ce qui m'amena à conclure :

— Tes parents ne voudront jamais.

— Je viendrai, déclara-t-il en souriant. Mes parents ont besoin de s'habituer à l'idée de nous voir ensemble, c'est tout.

Nous restâmes longuement les yeux dans les yeux, puis il se pencha vers moi et m'embrassa dans le clair de lune. Une voiture passa en klaxonnant et nous nous séparâmes, pour repartir d'un bon pas vers la ville.

La rue était plus animée que d'habitude, ce soir. La plupart des pêcheurs avaient emmené leur famille festoyer au Cajun Queen, un restaurant qui affichait un menu tentateur : ragoût de pommes de terre, crevettes et bière à volonté. Il régnait une véritable atmosphère de fête, grâce au Trio du Marais Cajun. L'orchestre — accordéon, violon et planche à laver traditionnelle — s'était installé au coin de la rue le plus proche du restaurant.

Des colporteurs circulaient, des gens assis sur des bancs de cyprès regardaient passer les badauds. Certains mangeaient des beignets en lampant du café dans de grandes tasses, d'autres se régalaient de crevettes séchées, des « noisettes cajuns » comme on dit chez nous.

Paul et moi allâmes nous asseoir au comptoir du limonadier pour commander nos glaces. Quand Paul eut annoncé au propriétaire ce que nous fêtions, M. Clément versa une bonne dose de crème fouettée sur nos glaces et les couronna d'une cerise. Jamais je n'avais mangé un dessert aussi exquis. Nous étions si bien que nous ne fîmes pas attention au remue-ménage qui se produisait dehors ; mais quand les autres consommateurs se précipitèrent vers la porte pour aller voir, nous suivîmes le mouvement.

Mon cœur chavira quand je compris ce qui se passait : grand-père Jack se faisait expulser du Cajun Queen. Jeté dehors avec perte et fracas, il restait planté sur les marches en montrant le poing et criant à l'injustice.

— Je ferais mieux d'essayer de le calmer et de le persuader de rentrer, marmonnai-je en m'élançant au-dehors.

Paul m'emboîta le pas. La foule des curieux se dispersait déjà, perdant tout intérêt pour cet ivrogne qui parlait tout seul. Je le tirai par la manche.

— Grand-père...

— De... de... de quoi ?

Il pivota, un filet de whisky dégoulinant du coin de sa lèvre sur son menton mal rasé. Pendant un instant, tout chancelant, il tenta d'ajuster le regard sur moi. Sa chevelure crasseuse l'auréolait de mèches hirsutes, des taches et des débris de nourriture constellaient ses vêtements. Il allongea le cou dans ma direction.

— Gabrielle ?

— Non, grand-père, c'est Ruby. Ruby. Viens, grand-père, il faut rentrer. Allons, viens !

Ce n'était pas la première fois que je le trouvais dans cet état et le suppliais de rentrer. Ce n'était pas la première fois non plus qu'il me fixait avec ces yeux hagards en m'appelant du nom de ma mère.

— Hein... quoi ? (Son regard voltigea de moi à Paul et revint se poser sur moi.) Ruby ?

— Oui, grand-père. Tu devrais rentrer dormir.

— Dormir ? Dormir... Ouais, bafouilla-t-il, en se retournant vers le restaurant. Ces crapules... ils vous prennent votre argent, et quand vous donnez votre avis sur quéqu'chose... Ah, c'est plus comme au bon vieux temps, par chez nous, pour sûr ! C'est plus ce que c'était, fichtre non !

— Allons, grand-père...

Je me suspendis à sa main et il descendit les marches, manquant de peu de s'étaler de tout son long. Paul se précipita pour lui prendre l'autre bras.

45

— Mon bateau, grogna grand-père. Au ponton.

Puis il dégagea sa main de la mienne et, une fois encore, tendit le poing en direction du Cajun Queen.

— Vous savez rien. Personne se rappelle comment qu'était le marais avant que ces magouilleurs du pétrole s'amènent, z'entendez ?

— Ils ont entendu, grand-père. Allez, il est temps de rentrer.

— Rentrer. Je peux pas rentrer, ronchonna-t-il. Elle me laissera jamais rentrer.

Je levai les yeux sur Paul : il semblait vraiment désolé pour moi. J'insistai encore.

— Allons, grand-père, on y va.

La démarche incertaine, il se laissa guider vers la jetée.

— Il n'est pas capable de piloter lui-même, observa Paul. Si tu rentrais pendant que je le reconduis ?

— Oh non, je viens aussi. Je connais les canaux par cœur, Paul. Bien mieux que toi.

Nous fîmes passer grand-père dans son dinghy et il s'affala aussitôt par-dessus le banc. Paul l'installa dans une position plus confortable, mit le moteur en marche. Nous nous éloignâmes du ponton, sous les regards apitoyés des derniers badauds qui observaient la scène en secouant la tête. Grand-mère Catherine n'allait pas tarder à entendre parler de l'histoire, méditai-je. Elle aussi secouerait la tête, et elle dirait que ça ne l'étonnait pas du tout.

Quelques minutes plus tard, grand-père Jack ronflait. Je roulai un vieux sac et le glissai sous sa tête, pour qu'il soit plus à l'aise. Il gémit, marmonna quelques paroles incohérentes et se remit à ronfler.

— Désolée, m'excusai-je en me rapprochant de Paul.

— Pourquoi ça ?

— Demain, quand tes parents apprendront ça, ils seront furieux.

— Aucune importance, affirma-t-il.

Mais je me rappelais comment les yeux de grand-mère Catherine s'étaient assombris, quand elle m'avait demandé ce que les parents de Paul pensaient de nos relations. Cet incident allait certainement renforcer leur opinion sur les Landry : des gens qu'il fallait tenir à distance. N'allait-on pas voir surgir, comme autrefois, des écriteaux annonçant : « Interdit aux Landry » ? Peut-être ferais-je mieux de quitter le bayou, finalement. De chercher quelqu'un qui m'aimerait, me voudrait pour femme. C'était sans doute cela que grand-mère avait voulu dire.

Sur les canaux, la lune éclairait notre chemin, mais quand nous nous enfonçâmes dans le marais, tout changea. Les sombres drapés de mousse espagnole et l'épais feuillage des cyprès occultaient la lumière, nous rendant la navigation plus malaisée. Il nous fallut ralentir, pour éviter les souches qui affleuraient. Parfois, à la faveur d'une trouée, un rayon luisait sur le dos d'un alligator. L'un d'eux fouetta l'eau de sa queue sur notre passage, comme pour nous signifier que nous étions des intrus dans ces parages. Un peu plus loin, les yeux d'un cerf reflétèrent un bref éclat de lune, puis sa silhouette se fondit dans l'obscurité.

Enfin, nous arrivâmes en vue de la cabane de grand-père. Sa galerie était encombrée de filets de pêche et de paquets de mousse espagnole, qu'il vendait aux fabricants de meubles pour en faire de la bourre. Son accordéon traînait sur le rocking-chair, qu'entouraient des boîtes de bière vides, une bouteille de whisky et un bol encroûté de gombo. Des pièges à rats étaient accrochés au toit, des peaux pendaient sur la rambarde. La pirogue que grand-père utilisait pour sa cueillette de mousse était amarrée à un petit ponton vers lequel Paul dirigea aisément le dinghy, avant de couper le moteur. Restait à sortir grand-père de l'embarcation, ce qui fut moins facile. Fort peu coopératif, il faillit nous faire chavirer tous les trois.

Paul me surprit par sa force. Il porta pratiquement grand-père jusque dans sa cabane, où j'allumai une lampe à butane. Je le regrettai aussitôt. Des vêtements étaient jetés un peu partout, au milieu d'innombrables bouteilles de whisky bon marché, pour la plupart à moitié vides. Le lit n'était pas fait, la couverture s'étalait sur le plancher, la table était jonchée de vaisselle sale. Le visage de Paul refléta sa consternation.

— Autant dormir carrément dans le marais, grommela-t-il.

Je retapai la couchette pour qu'il puisse y allonger grand-père, puis nous essayâmes de lui ôter ses bottes.

— Laisse-moi faire, Ruby.

J'acquiesçai d'un signe et m'approchai de la table pour la débarrasser. Mais quand je voulus entasser la vaisselle dans l'évier, je le trouvai déjà plein de plats et de couverts tout aussi sales. Je m'attaquai au nettoyage, tandis que Paul faisait le tour de la cabane en ramassant tout ce qui traînait.

— C'est de pire en pire, constatai-je, en m'essuyant les yeux.

Paul me pressa gentiment le bras.

— Je vais chercher de l'eau fraîche à la citerne, Ruby.

Pendant son absence, grand-père se mit à geindre et je m'approchai de lui en m'essuyant les mains. Il marmonnait toujours, les yeux fermés.

— C'est pas juste de m'accuser, c'est pas juste. Elle était amoureuse, non ? Alors qu'est-ce que ça change, vous pouvez me le dire ?

— Qui était amoureuse, grand-père ?

— Alors, quelle différence ça fait ? Vous en avez eu pour votre argent, hein ? Eh bien, alors ?

48

— Qui était amoureuse, grand-père ? Quel argent ?

Il se retourna en grognant, au moment où Paul rentrait avec l'eau.

— Que se passe-t-il, Ruby ?

— Il parlait dans son sommeil, mais ça n'avait aucun sens.

— Pas étonnant !

— Je crois que c'était... au sujet de ce qui les fait se disputer tout le temps, grand-mère et lui.

— Il n'y a rien de mystérieux là-dedans, Ruby. Regarde autour de toi. Regarde ce qu'il est devenu. Pourquoi voudrait-elle de lui chez elle, dis-moi ?

— Non, Paul, il doit y avoir autre chose. Si seulement il voulait me le dire ! soupirai-je en m'agenouillant près du lit. Grand-père, appelai-je en lui secouant l'épaule.

— Satanées compagnies pétrolières, bougonna-t-il. Elles ont bousillé le marais, tué les herbes et les rats musqués avec. Y z-ont plus rien à manger, maintenant...

— Grand-père, qui était amoureuse ? Quel argent ?

Il grogna de plus belle et se remit à ronfler.

— Ça ne sert à rien de lui parler quand il est dans cet état, Ruby, voyons...

— C'est le seul moment où il pourrait me dire la vérité, Paul, affirmai-je en me relevant. Ni lui ni grand-mère ne veulent jamais en parler.

Paul me rejoignit près du lit.

— J'ai nettoyé un peu dehors, mais il faudrait plusieurs jours pour remettre tout ça en ordre.

— Je sais. Nous ferions mieux de rentrer. Nous laisserons le dinghy près de la maison et demain, quand il viendra en pirogue, il le trouvera.

— Demain, il aura la tête comme un tambour, oui ! Une belle fanfare au réveil, voilà ce qu'il trouvera.

Nous quittâmes la cabane et embarquâmes dans le dinghy. Aucun de nous n'eut grand-chose à dire sur le chemin du retour. Je m'assis près de Paul, qui m'entoura de son bras, et posai la tête sur son épaule. Des hiboux hululaient sur notre passage, des serpents et des alligators glissaient dans la vase et dans l'eau, des grenouilles coassaient, mais je ne pensais qu'aux propos d'ivrogne de grand-père Jack. Je n'entendis rien, ne vis rien, ne songeai à rien d'autre jusqu'à ce que les lèvres de Paul se posent sur mon front. Il venait de couper le moteur et, sur notre lancée, nous approchions doucement du rivage.

— Ruby, murmura-t-il. Je te sens si bien dans mes bras... Je voudrais pouvoir te tenir toujours contre moi, ou en tout cas aussi souvent que j'en aurais envie.

— Tu peux, Paul, chuchotai-je en levant le visage vers lui.

Notre baiser fut très doux, très long. Quand le bateau heurta la rive, aucun de nous deux ne tenta de se lever. Au lieu de quoi, Paul resserra l'étreinte de son bras, se coula contre moi et sa bouche effleura mes joues et mes paupières.

— Chaque soir, je m'endors avec ton baiser sur les lèvres, Ruby.

— Moi aussi, Paul.

Son bras gauche pressait ma poitrine, je frémis d'excitation et d'attente. Il ramena lentement le bras en arrière, jusqu'à ce que sa main se pose en coupe sur mon sein, qui se durcit sous sa caresse. Son doigt s'y arrêta, glissa sous le coton léger de ma blouse et en libéra les deux premiers boutons. Je voulais qu'il me touche, je le désirais, l'espérais, mais à l'instant où il le fit, mon trouble fit place à un frisson de pure frayeur. La force de mon désir me glaçait, tout à coup. Je voulais tellement que Paul aille plus loin, qu'il explore ces endroits intimes et secrets de mon corps...

Malgré sa douceur et sa tendresse, je ne pouvais chasser de ma mémoire le regard sévère de grand-mère Catherine, chargé d'avertissements. Je fis un effort sur moi-même :

— Attends, Paul. Nous allons trop vite.

Il se redressa aussitôt.

— Pardon. Je ne voulais pas... C'est juste que...

— Non, tu n'as rien fait de mal. Mais si je ne t'arrête pas tout de suite, après je n'en aurai plus le courage et Dieu sait où ça nous mènerait.

Il se releva, m'aida à en faire autant, pendant que je rajustais ma blouse et m'offrit encore son aide pour sortir du dinghy ; puis il le tira sur la berge, afin qu'il ne dérive pas quand la marée du golfe gonflerait les eaux du bayou. Après quoi, main dans la main, nous marchâmes jusqu'à la maison.

Grand-mère était à l'intérieur. Un cliquetis léger provenait de la cuisine, où elle préparait les gâteaux qu'elle apporterait le lendemain matin à l'église.

— Je suis désolée que notre soirée de fête ait fini comme ça, dis-je, en me demandant combien de fois encore il me faudrait m'excuser pour grand-père Jack.

— Je n'aurais pas voulu en perdre une seule minute, Ruby... tant que j'étais avec toi.

— Est-ce que ta famille vient à l'église, demain ? (Il hocha la tête.) Et tu viens toujours dîner ?

— Bien sûr !

Je souris et nous nous embrassâmes une dernière fois, puis je m'élançai sur les marches. Paul attendit que je sois rentrée dans la maison pour aller reprendre son scooter et démarra aussitôt.

A l'instant où grand-mère leva les yeux sur moi, je sus qu'elle avait entendu parler de l'esclandre de grand-père. Une de ses bonnes amies s'était empressée de lui raconter l'histoire, j'en étais sûre.

— Vous auriez dû laisser la police le fourrer en prison, s'indigna-t-elle. C'est sa place. Comme ça tous les braves gens de la ville et leurs enfants auraient profité du spectacle. Qu'est-ce que vous en avez fait ?

— Nous l'avons ramené chez lui, grand-mère. Si tu avais vu l'état de la cabane !

— J'ai pas besoin d'aller y voir, je sais à quoi ressemble une étable à cochons, grommela-t-elle.

Et elle se remit à la confection de ses gâteaux.

— Il m'a appelée Gabrielle la première fois qu'il a ouvert les yeux, grand-mère.

— Ça ne m'étonne pas. Il ne doit même plus se rappeler son propre nom.

— Il a beaucoup parlé, là-bas.

Du coup, elle se retourna.

— Ah bon ?

— Il a marmonné quelque chose à propos d'une fille amoureuse et d'argent, il répétait que ça ne changeait rien. Qu'est-ce que tout ça signifie, grand-mère ?

Cette fois encore, elle se détourna, et je n'aimai pas ce que je lus dans son regard à cet instant : il fuyait le mien.

— Va comprendre quelque chose à ce que peut bafouiller un ivrogne ! répliqua-t-elle. Faudrait être bien malin. Autant vouloir débobiner une toile d'araignée sans la déchirer.

— Qui était amoureuse, alors ? Est-ce qu'il parlait de ma mère ?

Pas de réponse. Je ne me décourageai pas.

— Est-ce qu'il a perdu de l'argent au jeu ? Ton argent ?

— Arrête d'essayer de trouver un sens à ce qui n'en a pas, Ruby. Il est tard. Tu devrais aller te coucher, nous allons à la première messe. Et je dois te dire que je ne suis pas du tout contente que vous ayez ramené ce gredin dans son marais, Paul et toi. C'est pas un endroit pour vous.

Ça paraît beau comme ça, de loin, mais c'est aussi le repaire du diable, plein de dangers que vous n'imaginez même pas. Je suis très déçue que Paul t'ait emmenée là-bas.

— Il ne faut pas, grand-mère. Paul voulait y aller tout seul, c'est moi qui ai insisté pour l'accompagner.

— N'empêche qu'il n'aurait pas dû, s'obstina-t-elle en pivotant vers moi, le regard noir. Et tu ne devrais pas passer ton temps avec un garçon. Tu es trop jeune.

— J'ai quinze ans, grand-mère. Il y a des tas de filles de mon âge qui sont mariées, chez nous, et même qui ont des enfants.

— Oui, eh bien, ce n'est pas à toi que ça arrivera. Toi, tu sauras te conduire mieux que ça. Beaucoup mieux, renchérit-elle avec humeur.

— Oui, grand-mère. Je te demande pardon. Nous n'avions pas l'intention...

— C'est bon, Ruby, ne revenons pas là-dessus. Ne gâchons pas cette belle journée en parlant encore de ton grand-père. Va te coucher, Ruby, m'ordonna-t-elle. Après la messe, il faudra que tu m'aides à préparer le dîner. Nous avons un invité... enfin je suppose, ajouta-t-elle, la mine sceptique.

— Mais oui, grand-mère. Il vient dîner.

Je quittai la cuisine, les pensées en déroute. Il s'était passé tant de choses au cours de la journée, des bonnes et des mauvaises. Grand-mère Catherine avait sans doute raison. Peut-être valait-il mieux ne pas s'attarder sur les mauvaises. Elles avaient une façon particulière de souiller les eaux les plus claires, tout ce qu'il y avait de plus frais, de plus merveilleux dans la vie. Il valait mieux ne retenir que les événements heureux.

Penser à mes aquarelles, par exemple, qui allaient être exposées à La Nouvelle-Orléans... Me souvenir du contact des lèvres de Paul sur les miennes, du feu de joie qu'il allumait dans tout mon corps... Rêver à un avenir sans nuages, à notre maison du bayou, aux œuvres que j'y réaliserais dans mon atelier personnel et que je vendrais... Les bonnes choses détenaient sûrement le pouvoir de dominer les mauvaises. Sinon nous serions tous comme grand-père Jack, perdus dans le marécage que nous aurions nous-mêmes créé, nous efforçant d'oublier non seulement le passé, mais aussi la menace de l'avenir.

3

J'aimerais tant avoir une vraie famille !

Ce matin-là, comme grand-mère, je mis mes vêtements du dimanche. Je brossai mes cheveux, les nouai avec un ruban rouge et nous prîmes le chemin de l'église, grand-mère avec la boîte de biscuits qu'elle destinait au père Rush. Il faisait un temps radieux, de petits nuages blancs et soyeux naviguaient mollement dans le ciel turquoise. La brise du golfe du Mexique donnait une saveur saline à l'air attiédi. Je respirai longuement, profondément. C'était un de ces matins où je me sentais pleine d'ardeur et de vie, consciente de la beauté de toute chose dans le bayou.

En descendant les marches du porche, j'aperçus le dos cramoisi d'un cardinal qui s'envolait, droit vers le refuge de son nid haut perché. Et tout le long de la route, je m'émerveillai devant l'éclat des fleurs débordant des fossés, les foisonnantes renoncules jaunes et les délicates étoiles blanches de la stellaire des marais.

Même la vue de la réserve de nourriture d'une pie-grièche ne réussit pas à gâter ma joie. Du début du printemps à celui de l'automne, les lézards et les petits serpents dont elle fait provision sèchent aux branches des épineux. Elle ne les mange qu'en hiver, m'avait appris grand-père Jack.

« La pie-grièche est le seul oiseau qu'on ne voit jamais
en couple, Ruby. Pas de femelle dans les pattes pour lui
gâcher la vie. Quelle chance ! » avait-il ajouté en crachant
son jus de chique, avant de lamper une gorgée de whisky.

Qu'est-ce qui l'avait rendu si amer ? me demandai-je
une fois de plus. Mais je ne m'attardai pas longtemps sur
la question. Nous arrivions en vue de l'église. Le clocher
de bardeaux se dressait devant nous, levant bien haut sa
croix sur les fidèles. Chaque pierre, chaque brique, chaque
solive de l'édifice avait été placée avec amour par les cajuns
pratiquants du bayou, il y avait près d'un siècle et demi de
cela. Il m'inspirait un certain sens de l'histoire, de ce qui
était mon héritage.

Mais dès que nous eûmes franchi le dernier tournant et
que nous approchâmes de l'église, grand-mère Catherine
se raidit et releva le menton. Un petit groupe de bien-
pensants faisait cercle devant le porche, les langues allaient
bon train. Elles se turent instantanément et la désapprobation se peignit sur tous les visages. Grand-mère Catherine
n'en leva que plus haut la tête, fièrement, comme elle eût
brandi un étendard.

— Je suis sûre qu'ils cancanent sur les prouesses de ton
grand-père hier au soir, marmonna-t-elle. Mais je ne permettrai pas que sa conduite ridicule ternisse ma réputation, oh non !

Le regard qu'elle renvoya aux curieux le leur fit bien
comprendre. Ils s'empressèrent de se séparer pour entrer
dans l'église, où le service allait commencer. En bordure
de l'attroupement, j'aperçus les parents de Paul, Octavius
et Gladys Tate. Gladys jeta un regard dans notre direction
et me toisa d'un œil glacial. Paul n'était pas loin, bavardant
avec des camarades de classe. Il me repéra et me sourit,
mais sa mère lui fit signe de les rejoindre, son père, ses
sœurs et elle, pour gagner leur place tous ensemble.

Les Tate, comme plusieurs autres riches familles cajuns s'asseyaient au premier rang, ce qui ne nous laissait aucune chance de nous parler avant la messe. Après le service, quand les fidèles défilèrent devant la haute silhouette élancée du père Rush, grand-mère lui remit sa boîte de biscuits. Il esquissa un sourire timide en la remerciant.

— J'apprends qu'on a repris le travail, madame Landry, dit-il d'un ton où perçait une légère note de reproche. On a chassé les mauvais esprits la nuit.

— Je fais ce que j'ai à faire, répliqua grand-mère sans sourciller.

— Tant que la superstition ne prend pas le pas sur l'église et les prières, dit-il sur un ton d'avertissement, puis il sourit. Mais je ne refuse jamais une aide dans le combat contre le mal, si elle vient d'un cœur pur.

— J'en suis bien heureuse, mon père.

Le prêtre répondit par un nouveau sourire. Puis son attention fut promptement requise par les Tate et quelques autres riches paroissiens, connus pour leurs généreuses donations à l'église. Pendant qu'ils discutaient, Paul nous rejoignit, grand-mère et moi. Je le trouvai très beau dans son complet bleu marine ; sa coiffure impeccable lui donnait l'air très mûr. Grand-mère Catherine elle-même parut impressionnée.

— A quelle heure dînez-vous, madame Landry ? s'informa-t-il.

Grand-mère coula un regard vers les Tate avant de répondre :

— A six heures.

Sur quoi, elle alla rejoindre ses amies pour faire un brin de causette. Paul attendit qu'elle ne fût plus à portée de voix.

— Tout le monde parlait de ton grand-père ce matin, Ruby.

— Nous nous en sommes aperçues en arrivant ! Tes parents savent que tu m'as accompagnée chez lui ?

Je lus la réponse sur son visage.

— Désolée de t'avoir mis dans l'embarras, Paul.

— C'est arrangé, répliqua-t-il un peu trop vite. J'ai tout expliqué.

Il m'adressa un grand sourire confiant. Il se montrait toujours si optimiste ! Il n'était jamais d'humeur sombre, ni inquiet, ni morose, comme cela m'arrivait si souvent.

— Paul ! appela sa mère.

Tout son visage exprimait la désapprobation. Traits figés, lèvres pincées, l'échine raide comme si elle avait avalé une canne, elle semblait frémir d'impatience.

— J'arrive ! cria Paul.

Sa mère chuchota quelque chose à l'oreille de son mari, qui tourna la tête dans ma direction. C'était surtout de lui que Paul tenait ses avantages physiques. Grand, toujours élégant et soigné, Octavius Tate était un homme très distingué. Il avait une bouche ferme, la mâchoire énergique et le nez droit, parfaitement proportionné.

— Nous partons dans une minute, insista sa femme.

— Il faut que je m'en aille, Ruby. Nous avons des parents à déjeuner. A plus tard, me promit Paul en se sauvant.

Je rejoignis grand-mère au moment précis où elle invitait Mme Livaudis et Mme Thibodeau à prendre le café et à goûter sa tarte aux mûres. Sachant trop bien à quelle allure elles marchaient, je partis la première en annonçant que je mettrais le café en route. Mais quand j'arrivai chez nous, je trouvai mon grand-père au ponton, en train d'attacher sa pirogue à l'arrière du dinghy. Je le hélai.

— Bonjour, grand-père !

Il leva lentement la tête à mon approche.

58

Il avait les yeux mi-clos, les paupières lourdes, les cheveux fous. Je pensai à ce tambour dont avait parlé Paul : à voir sa mine bougonne et fatiguée, j'étais certaine que grand-père l'entendait résonner sous son crâne. Il portait encore les vêtements dans lesquels il avait dormi, imprégnés d'une lourde odeur de whisky. Grand-mère ne disait-elle pas toujours que la meilleure chose qui pourrait lui arriver serait de tomber dans le marais ? (« Au moins, ça lui ferait prendre un bain ! »)

— C'est toi qui m'as ramené dans ma chambre, hier soir, Ruby ?

— Oui, grand-père. Avec Paul.

— Paul ? Qui c'est, celui-là ?

— Paul Tate, grand-père.

— Oh, un gosse de riches, alors ? Ces gens des conserveries ne valent pas mieux que les foreurs de pétrole, ils saccagent le marais pour faire de la place à leurs fichus bateaux. Ça te mènera nulle part de fréquenter cette clique. Y a qu'une chose qui les intéresse, chez une fille comme toi.

— Paul est un garçon très bien, ripostai-je aigrement.

Il grommela dans sa barbe, continua de nouer son filin et demanda sans lever les yeux :

— Alors comme ça, tu reviens de l'église ?

— Oui.

Il s'interrompit et se tourna vers la route.

— Ta grand-mère est toujours en train de bavasser avec les autres commères, j'imagine. C'est pour ça qu'elles vont à l'église. Pour cancaner.

— C'était une très belle messe, grand-père. Pourquoi n'y vas-tu jamais ?

— C'est ici, mon église, déclara-t-il en agitant sa longue main fine en direction des marécages. J'ai pas

59

besoin d'un prêtre derrière mon dos, toujours à m'épier et à lancer des malédictions.

— Tu veux du café frais, grand-père ? J'allais en faire. Grand-mère a invité quelques amies à manger de la tarte aux mûres et...

— Fichtre non ! Elles me découperaient en rondelles, ces bonnes femmes.

Il reporta les yeux sur moi, soudain radouci.

— Tu es jolie comme tout, avec cette robe. Aussi mignonne que ta mère.

— Merci, grand-père.

— Je parie que tu as fait un brin de ménage dans la cabane. C'est pas vrai ? (Je hochai la tête.) Bon, alors merci.

Sur ce, il tendit la main pour saisir le cordon et mettre son moteur en marche. Je me rapprochai de lui.

— Grand-père, tu as parlé hier soir, quand nous t'avons ramené. A propos de quelqu'un, une femme amoureuse, et aussi d'argent.

Instantanément, son regard prit la dureté du granit.

— Et qu'est-ce que j'ai encore dit ?

— Rien d'autre, grand-père. Mais de quoi s'agissait-il ? Qui était amoureuse ?

Il haussa les épaules.

— Je devais me souvenir d'une de ces histoires que racontait mon père, à propos de son père et de son grand-père. Notre famille remonte loin, tu sais, jusqu'à l'époque des bateaux de jeu. Il en a passé, de l'argent, entre les doigts des Landry ! s'exclama-t-il en tendant devant lui ses mains crasseuses. Et tous des vrais personnages de roman, que c'était. Tout le long du fleuve, les femmes en étaient folles. On peut les suivre à la trace d'ici à La Nouvelle-Orléans.

— C'est comme ça que tu as perdu tout ton argent au jeu ? Grand-mère dit que les Landry ont ça dans le sang.

— Eh ben, pour une fois, elle a pas tort. Sauf que je ne suis pas aussi doué pour ça que certains de mes ancêtres.

Il sourit, découvrant les larges brèches laissées par les dents qu'il s'était arrachées lui-même, quand la souffrance était devenue trop dure à supporter.

— Mon arrière-arrière-grand-père, Gib Landry, ça c'était un biseauteur ! Tu sais ce que c'est ? Un joueur qui ne perd jamais parce qu'il se sert de cartes marquées. Des avantages, comme on appelait ça. Et sûr que c'en était un, d'avantage ! conclut-il en riant.

— Que lui est-il arrivé, grand-père ?

— Une balle dans la peau, sur le *Delta Queen*, v'là ce qui lui est arrivé. Vivre dangereusement, c'est comme le jeu, commenta-t-il en tirant le cordon. (Le moteur toussa.) Un de ces jours, quand j'aurai le temps, je t'en dirai un peu plus long sur tes ancêtres. Malgré ce qu'elle te raconte, ajouta-t-il en désignant la maison, il vaudrait mieux que tu en saches un peu plus à leur sujet.

Il donna un nouveau coup sec sur le cordon et, cette fois, le moteur se mit à ronronner.

— Bon, faut que j'y aille. J'ai des huîtres à ramasser.

— J'aimerais bien que tu viennes dîner ce soir, tu pourrais connaître Paul.

Ce que j'essayais d'exprimer, en fait, c'était simplement mon désir d'avoir une vraie famille. Mais grand-père eut l'air sceptique.

— Comment ça, connaître Paul ? Ta grand-mère l'a invité ?

— C'est moi qui l'ai invité. Elle a accepté.

Il me regarda longuement avant de se retourner vers son moteur.

61

— Pas le temps de voir du monde. Faut que je gagne ma vie.

Juste à ce moment-là, grand-mère et ses amies débouchèrent sur la route, derrière nous. Grand-père les suivit des yeux un court instant, puis s'assit précipitamment.

— Grand-père ! appelai-je.

Mais il démarra brusquement, fit virer le dinghy et mit le cap à toute allure sur l'un des innombrables étangs éparpillés dans le marais. Il ne se retourna pas. En quelques secondes, le marécage l'avait englouti, et il ne resta plus de lui qu'un grondement de moteur qui s'éloignait sur les canaux.

— Qu'est-ce qu'il voulait ? s'enquit grand-mère.

— Reprendre son dinghy, c'est tout.

Elle suivit des yeux le sillage de grand-père, comme si elle s'attendait qu'il reparaisse. Ses prunelles étincelaient entre ses paupières mi-closes. J'eus l'impression qu'elle souhaitait voir le marais l'engloutir pour de bon, à jamais. Bientôt, le bruit du moteur s'éteignit et elle se redressa, souriant à ses amies. Elles reprirent leur conversation et disparurent dans la maison, mais je m'attardai un moment, toute pensive. Et dire que ces deux-là s'étaient aimés, mariés, qu'ils avaient eu un enfant ! Comment l'amour, ou ce que l'on prenait pour l'amour, pouvait-il à ce point vous aveugler sur les faiblesses d'autrui ?

Plus tard, quand les amies de grand-mère eurent pris congé, je l'aidai à préparer le dîner. J'aurais voulu la questionner davantage sur grand-père Jack, mais les questions la mettaient presque toujours de mauvaise humeur. Et comme Paul allait venir, je n'osai pas courir ce risque.

— Nous ne ferons rien de spécial pour dîner, Ruby, m'avertit-elle. J'espère que tu n'as pas donné cette impression au jeune Tate.

— Mais non, grand-mère. D'ailleurs, Paul n'est pas du genre maniéré. On ne devinerait jamais qu'il vient d'une famille riche, il est si différent de sa mère et de ses sœurs ! A l'école, tout le monde les trouve snobs, mais pas lui.

— Possible, mais tu ne mènes pas la même vie qu'eux, et il ne faut pas te faire d'illusions, il y a des choses qui ne sont pas pour toi. C'est la nature humaine qui veut ça. Plus tu le porteras aux nues, Ruby, plus tu risques d'être déçue.

— Je n'ai aucune inquiétude là-dessus, affirmai-je, avec une telle assurance qu'elle s'interrompit pour me dévisager.

— Tu t'es conduite comme une fille sage, au moins ?

— Mais oui, grand-mère.

— N'oublie jamais ce qui est arrivé à ta mère.

Pendant un instant, je craignis que l'humeur grondeuse de grand-mère durât jusqu'au dîner, sinon plus, au point de nous gâcher la soirée. Mais, bien qu'elle se défendît de rien préparer de spécial, grand-mère adorait faire la cuisine pour les connaisseurs. Elle entreprit un des plats cajuns qu'elle réussissait le mieux, la jambalaya. Et tandis que je m'employais à l'y aider, elle fit une tarte à la crème.

— Est-ce que maman était bonne cuisinière, grand-mère ?

— Oh oui ! répliqua-t-elle, souriant à ses souvenirs. Personne n'apprenait une recette aussi vite qu'elle. Avant d'avoir neuf ans elle savait déjà faire le gombo, et à douze ans, elle n'avait pas son égale pour réussir la jambalaya.

« Quand ton grand-père était encore un être humain, poursuivit-elle, il lui apprenait à reconnaître tout ce qui était comestible dans le marais. Et tu sais ce qu'on disait de nous, les cajuns ? Que nous mangions tout, à condition que ça ne nous ait pas mangés d'abord.

Là-dessus, elle éclata de rire et se mit à chantonner un de ses airs favoris.

D'habitude, le dimanche, nous procédions à un nettoyage soigné de toute la maison, mais ce dimanche-là, je n'épargnai pas ma peine. Je lavai les fenêtres à grande eau, récurai le plancher jusqu'à ce qu'il reluise et astiquai tout ce qui me tomba sous la main.

— On dirait que nous attendons le roi de France, me taquina grand-mère. Je te préviens, Ruby. N'essaie pas de donner à ce garçon une idée trop flatteuse de ta personne.

— Sûrement pas ! protestai-je.

Mais au fond de moi, j'espérais bien produire une si bonne impression sur Paul qu'il chanterait mes louanges à ses parents, au point qu'ils ne verraient plus d'objections à nos relations.

En fin d'après-midi, notre petite maison brillait comme un sou neuf et un délicieux fumet de cuisine flottait partout. Quand il fut près de cinq heures, je commençai à ne plus tenir en place. J'espérais que Paul arriverait tôt, et je m'installai sur le porche pour passer la dernière heure à le guetter. La table était mise. Je portais ma plus belle robe, cousue par grand-mère Catherine. Elle était blanche et ourlée de dentelle, le devant lui aussi en dentelle, comme les gracieuses manches corolles qui m'allaient jusqu'au coude. Une large ceinture bleue se nouait autour de la taille.

— J'ai bien fait de laisser de l'aisance au corsage, observa grand-mère quand je sortis de ma chambre. C'est fou ce que tu te développes ! Tourne un peu, ajouta-t-elle en lissant le dos de la jupe. Tu deviens vraiment un beau brin de fille, Ruby. Tu es encore plus belle que ta mère au même âge.

— Je voudrais être aussi jolie que toi quand j'aurai le tien, grand-mère.

— Allons donc ! Je ferais fuir un alligator, protesta-t-elle en riant de bon cœur.

Mais pour la première fois, je parvins à la faire parler de sa jeunesse, des garçons qui la courtisaient et des fais-dodo où elle allait danser en ce temps-là.

Quand l'horloge sonna six coups, je levai la tête et tendis l'oreille, certaine que j'allais entendre le scooter de Paul d'une seconde à l'autre. Mais ce ne fut pas le cas, et tout demeura calme et silencieux sur la route. Au bout d'un moment, grand-mère vint à la porte pour guetter, elle aussi. Puis elle me regarda tristement et retourna dans la cuisine parachever ses préparatifs. Mon cœur se mit à battre à grands coups. La brise forcit, secoua les branchages. Où était Paul ? Vers sept heures, je commençai à m'inquiéter sérieusement et grand-mère se montra de nouveau dans l'embrasure. Son visage exprimait une résignation fataliste.

— Ce n'est pas son genre d'être en retard, observai-je. Pourvu qu'il ne lui soit rien arrivé !

Grand-mère ne répondit rien, c'était inutile. Son regard en disait assez long.

— Tu ferais mieux de venir te mettre à table, Ruby. Autant profiter de ce dîner, puisqu'il est prêt.

— Paul va venir, grand-mère. J'en suis sûre. Quelque chose d'imprévu a dû se produire, voilà tout. Laisse-moi attendre encore un peu, implorai-je.

Elle se retira, mais reparut un quart d'heure plus tard.

— Pas question d'attendre encore, décréta-t-elle.

Accablée, tout mon appétit disparu, je me décidai à rentrer. Grand-mère ne fit pas de commentaires : elle servit le repas et s'assit.

— Fameux, remarqua-t-elle enfin, même si ce n'est pas à moi de le dire.

— Oh oui ! grand-mère, c'est vraiment délicieux. C'est juste que... je me fais du souci pour Paul.

— Eh bien, fais-toi du souci l'estomac plein, alors !

Je me forçai à manger et, malgré ma déception, je savourai la tarte à la crème. Puis j'aidai grand-mère Catherine à faire la vaisselle et retournai m'asseoir sur la galerie pour attendre, guetter, ressasser indéfiniment la même question. Qu'est-ce qui avait bien pu se passer pour venir gâcher ce qui aurait dû être une soirée si merveilleuse ? Au bout d'une heure ou presque, le ronronnement d'un moteur se fit entendre, enfin ! Et je vis Paul arriver sur la route à toute allure. Il freina brutalement, laissa tomber son scooter et courut vers la maison.

Je dégringolai les marches.

— Mais qu'est-ce qui s'est passé, Paul ?

— Oh, Ruby, je te demande pardon ! Mes parents m'ont interdit de venir alors... j'ai refusé de dîner avec eux et mon père m'a consigné dans ma chambre. Finalement, j'ai décidé de sortir par la fenêtre et de venir quand même. Il faut que j'aille m'excuser auprès de ta grand-mère.

— Pourquoi t'ont-ils défendu de venir, Paul ? A cause de mon grand-père et de ce qui est arrivé hier soir ?

— A cause de ça... et aussi d'autres choses. Mais ils peuvent se fâcher tant qu'ils veulent, dit-il en s'asseyant à mes côtés sur les marches. Ça m'est bien égal. Ce ne sont que des snobs et des imbéciles !

— Grand-mère savait que ça se passerait comme ça. Elle m'avait prévenue.

— Je ne les laisserai pas nous séparer, Ruby. Ils n'en ont pas le droit. Ils...

— Ce sont tes parents, Paul. Tu dois leur obéir. Tu ferais mieux de rentrer chez toi.

Je m'étais exprimée sèchement, le cœur lourd... mais avais-je toujours un cœur ? J'avais l'impression qu'une masse de boue compacte avait pris sa place. Comme si le destin avait jeté un voile de ténèbres sur le bayou, ce destin cruel dont parlait grand-mère Catherine. Implacable, totalement dépourvu de bonté, ne respectant ni l'amour ni le besoin d'être aimé.

Paul secoua la tête, soudain changé, privé de sa maturité, vulnérable comme un enfant. Et tout aussi incapable que moi de comprendre.

— Je n'ai pas l'intention de te quitter, Ruby, à aucun prix. Ils peuvent bien me reprendre tout ce qu'ils m'ont donné, je ne les écouterai pas.

— Ils ne m'en haïront que plus, Paul.

— Tant pis. Qu'est-ce que ça peut nous faire, si nous nous aimons ? Je t'en prie, Ruby, insista-t-il en prenant ma main, dis-moi que j'ai raison.

Je baissai la tête.

— Je voudrais bien, Paul. Mais j'ai peur.

— Il ne faut pas, protesta-t-il en me relevant doucement le menton. Je ne permettrai pas qu'il t'arrive quoi que ce soit.

Je le dévisageai, le regard lourd d'une infinie tristesse. Comment lui faire comprendre ? Je n'étais pas inquiète pour moi mais pour lui, car je savais combien grand-mère Catherine disait vrai. Défier le destin attirait le malheur sur ceux que nous aimions. Cela ne servait à rien. Autant vouloir inverser le sens des marées.

— Ça te convient, Ruby ? Tu es bien d'accord avec moi ?

— Oh, Paul !

— Bon, alors c'est entendu, décida-t-il en se levant. Je vais présenter mes excuses à ta grand-mère.

Je restai assise à l'attendre, et il me rejoignit quelques minutes plus tard.

— J'ai l'impression d'avoir manqué quelque chose, dit-il en fixant la route d'un air furibond qui me rappela les colères de grand-père. Il y a de quoi enrager !

Cela me mettait mal à l'aise de le voir fâché contre ses parents. Il avait des parents, lui au moins, un foyer, une famille. Il aurait dû s'y accrocher de toutes ses forces, au lieu de risquer de les perdre à cause de moi.

— Mes parents ne sont pas raisonnables, décréta-t-il.

— Ils essaient simplement de faire ce qu'ils estiment être le mieux pour toi, Paul.

Une lueur de détermination farouche passa dans ses yeux bleus.

— Ce qui peut m'arriver de mieux, c'est toi, Ruby. Ils n'ont qu'à comprendre ça... Bon, maintenant il faut que je rentre. Encore pardon pour avoir gâché ton dîner.

— N'en parlons plus, Paul. C'est oublié.

Je me levai, et pendant un long moment nous restâmes ainsi, les yeux dans les yeux. Pourquoi les Tate redoutaient-ils à ce point que nous nous aimions ? Croyaient-ils vraiment qu'à travers moi le sang des Landry pouvait corrompre Paul ? Ou tenaient-ils seulement à ce qu'il ne fréquente que des filles de familles fortunées ?

Il prit ma main entre les siennes.

— Je jure que je ne les laisserai plus jamais te faire du mal, Ruby.

— Ne te brouille pas avec tes parents, Paul, je t'en supplie.

— Mais je ne cherche pas la bagarre, moi ! répliqua-t-il. Ce sont eux qui ont commencé. Bonne nuit, ajouta-t-il en m'embrassant rapidement sur les lèvres.

Puis il enfourcha son scooter et s'éloigna dans la nuit. Je le regardai disparaître et quand je me retournai, je vis grand-mère Catherine sur le seuil.

— Un brave garçon, reconnut-elle, mais tu ne peux pas arracher un cajun à son père et à sa mère. Ça lui déchirerait le cœur. Ne lui donne pas le tien, Ruby. Il y a des choses contre lesquelles on ne peut rien, c'est tout.

Et là-dessus, elle tourna les talons.

Je restai plantée là, les joues sillonnées de larmes. Pour la première fois, je comprenais pourquoi grand-père Jack avait choisi cette vie de sauvage au fond des marais.

Malgré ce qui s'était passé ce dimanche-là, je nourrissais de grands espoirs pour le fais-dodo du samedi suivant. Mais chaque fois que j'abordais la question avec grand-mère, elle se contentait de répondre :

— On verra bien.

Le vendredi soir, je me montrai plus insistante.

— Il faut que Paul sache s'il doit oui ou non passer me prendre, grand-mère. Ce n'est pas juste de le faire danser comme un poisson au bout de la ligne.

C'était une des expressions familières de grand-père Jack, mais je me sentais assez inquiète et frustrée pour me risquer à l'employer.

— Je veux simplement t'éviter une autre déception, Ruby, répondit grand-mère Catherine. Ses parents ne lui permettront pas de venir te chercher, ils seront furieux s'il le fait quand même. Contre lui et aussi contre moi.

— Mais pourquoi ? Comment pourraient-ils t'en vouloir ?

— Ils me le reprocheraient, c'est tout. Et les autres aussi. C'est moi qui t'accompagnerai, décida-t-elle. Mme Bourdeaux y va aussi, nous pourrons nous asseoir ensemble et regarder la jeunesse. D'ailleurs, ça fait un bout de temps que je n'ai pas entendu de la bonne musique cajun.

— Oh, grand-mère ! me lamentai-je. Les autres filles de mon âge iront avec des garçons. Il y en a qui ont déjà choisi le leur depuis un an au moins ! Ce n'est pas juste. J'ai quinze ans, je ne suis plus un bébé.

— Je ne dis pas ça, Ruby, mais...

— Mais tu me traites comme si j'en étais un, m'écriai-je.

Et je courus jusqu'à ma chambre où je me jetai sur mon lit.

Peut-être en avais-je par-dessus la tête de vivre avec une grand-mère guérisseuse ; une femme pour qui chaque pan d'ombre recelait un danger ou des esprits mauvais, toujours en train de psalmodier ou d'allumer des cierges, de placer des images protectrices au-dessus des portes. Peut-être les Tate voyaient-ils simplement en nous une famille un peu bizarre, dont il valait mieux éloigner leur fils.

Pourquoi fallait-il que ma mère fût morte si jeune, et pourquoi mon père m'avait-il abandonnée ? Mon grand-père vivait comme une bête sauvage au fond des marais, ma grand-mère me traitait comme un bébé... A ma tristesse vint soudain se mêler une véritable rage. J'avais quinze ans, des tas de filles bien moins jolies que moi prenaient du bon temps avec un vrai soupirant ; et moi pendant ce temps-là, il fallait que j'aille au fais-dodo avec ma grand-mère ! Jamais je n'avais éprouvé une telle envie de m'enfuir qu'en cet instant-là.

J'entendis grand-mère monter l'escalier, d'un pas plus pesant qu'à l'ordinaire. Elle tapa légèrement à la porte, passa la tête à l'intérieur, mais je ne me retournai pas.

— Ruby, commença-t-elle, j'essaie seulement de te protéger.

— Je n'ai pas besoin de ta protection, je peux me protéger toute seule ! Je ne suis plus un bébé.

— Il n'y a pas que les bébés qui ont besoin de protection, soupira-t-elle d'une voix lasse. C'est bien souvent les hommes forts qui appellent leur mère.

— Je n'ai pas de mère !

Je crachai les mots avec violence et les regrettai instantanément. La tristesse voila le regard de grand-mère, ses épaules s'affaissèrent. Elle me parut très vieille, tout à coup. Elle posa la main sur son cœur et inspira profondément.

— Je sais, petite. C'est pourquoi je m'efforce tellement d'agir pour ton bien. Je sais aussi que je ne peux pas remplacer ta mère, mais au moins je peux essayer. Ce n'est pas assez, ce n'est jamais assez, mais...

— Je ne voulais pas dire que tu n'en fais pas assez pour moi, grand-mère, je te demande pardon. Mais j'ai très envie d'aller au bal avec Paul. Je veux qu'on me traite comme une jeune fille, plus comme une enfant. Tu ne voulais pas la même chose quand tu avais mon âge, toi ?

— Très bien, capitula-t-elle. Si le jeune Tate vient te chercher, tu pourras partir avec lui. Mais promets-moi de rentrer juste après les danses.

— C'est promis, grand-mère. C'est promis. Merci.

Elle me dévisagea longuement et soupira.

— Quand on est jeune, on ne veut rien savoir de ce qui nous attend. La jeunesse nous donne la force de défier le sort, mais défier et gagner, ça fait deux. A ce jeu-là, on perd plus souvent qu'on ne gagne, Ruby. Si tu rencontres ton destin, ne lui fonce pas dessus tête baissée. Il n'attend que ça. Il se nourrit de ça. Et il n'est jamais rassasié de jeunes gens intrépides et obstinés.

— Je ne te comprends pas, grand-mère !

— Tu comprendras, dit-elle sur le ton prophétique et sagace qu'elle prenait souvent. Tu comprendras.

Puis elle se redressa, soupira derechef et annonça :

— Bon, je ferais mieux d'aller repasser ta robe.

J'essuyai mes larmes et lui souris.

— Merci, grand-mère, mais je peux le faire moi-même.

— Non, ça ira. Il faut que je m'occupe, insista-t-elle en sortant du même pas pesant, la tête inclinée sur la poitrine, lasse comme je ne l'avais jamais vue jusque-là.

71

Je passai toute la journée du samedi à chercher une coiffure. Porterais-je les cheveux dans le dos, en catogan, ou remontés en pouf au sommet de la tête, à la française ? Je finis par demander à grand-mère de m'aider à les coiffer relevés.

— Tu devrais les relever comme ça plus souvent, Ruby, commenta-t-elle. Tu as un si joli visage. Tu vas avoir toute une cour de beaux garçons, ajouta-t-elle, mais j'eus l'impression qu'elle cherchait moins à me faire plaisir qu'à se rassurer. Alors n'oublie pas : ne donne pas ton cœur trop vite... (Elle saisit ma main entre les siennes et attacha sur moi le regard de ses yeux tristes et las.) Promis ?

— Oui, grand-mère. Grand-mère ? Tu es sûre que ça va ? Tu as eu l'air si fatiguée, toute la journée.

— C'est juste cette vieille douleur dans le dos, me rassura-t-elle. Et mon cœur qui s'emballe de temps en temps, quand ça lui prend... Rien qui sorte de l'ordinaire, en fait.

— Si seulement tu n'avais pas besoin de travailler si dur, grand-mère ! Grand-père Jack pourrait nous aider plus, au lieu de dépenser tout son argent à boire et à jouer.

— Il est incapable de s'aider lui-même, que veux-tu qu'il fasse pour nous ? D'ailleurs, je ne voudrais jamais de son argent. Il est pourri.

— Plus que celui des autres trappeurs du bayou ? Pourquoi, grand-mère ?

— Il est pourri, c'est tout, s'obstina-t-elle. Mais n'en parlons plus. S'il y a une chose qui me fait cogner le cœur comme un tambour, c'est bien celle-là.

Redoutant d'aggraver son état, je ravalai mes questions, passai ma robe et cirai mes chaussures. Comme le temps avait changé, passant du beau fixe au variable avec averses et coups de vent, Paul devait venir me prendre avec une des voitures de sa famille. D'après lui, son père était d'accord, mais je le soupçonnais de ne pas avoir dit toute la vérité à ses parents ; et je n'osais pas risquer de tout compromettre en lui posant la question. Quand je l'entendis arriver, je bondis jusqu'à la porte, suivie de près par grand-mère Catherine.

— Le voilà ! m'écriai-je.

— Dis-lui de conduire lentement, me recommandat-elle. Et de te ramener juste après le bal.

La pluie avait repris. Paul escalada les marches en brandissant un parapluie ouvert afin de me protéger.

— Ouah ! Tu es ravissante ce soir, Ruby. Oh, bonsoir, madame Landry. Je ne vous avais pas vue.

— Tâchez de me la ramener tôt, lui enjoignit-elle.

— Oui, madame.

— Et conduisez prudemment, surtout.

— C'est entendu.

— Grand-mère, je t'en prie, fis-je sur un ton de reproche.

Elle se mordit la lèvre et je me penchai pour l'embrasser sur la joue.

— Amuse-toi bien, petite.

Je me faufilai sous le parapluie de Paul et nous courûmes jusqu'à la voiture. Quand je me retournai, grand-mère était toujours debout sur le seuil mais elle me parut plus petite et plus âgée, tout à coup. Comme si le fait que je grandisse la faisait vieillir plus vite. Et au beau milieu de mes transports d'allégresse, de cette excitation joyeuse qui pour moi changeait l'averse en pluie d'étoiles, un tout petit nuage lourd de tristesse projeta son ombre sur mon cœur et le fit frissonner. Un instant seulement. Sitôt que Paul eut démarré, ce frémissement s'apaisa et je ne pensai plus qu'au bonheur et aux plaisirs à venir.

La salle de danse était située de l'autre côté de la ville. Pour dégager de l'espace, on en avait retiré tous les meubles à l'exception de quelques bancs, pour les personnes âgées. Dans une pièce adjacente, de dimensions plus réduites, on avait préparé de grandes soupières de gombo sur des tables. Nous n'avions pas de podium à proprement parler, mais des estrades pour les musiciens, joueurs d'accordéon, de violon, de triangle et de guitare. Il y avait même un chanteur.

Les gens arrivaient de tous les coins du bayou, et de nombreuses familles venaient au grand complet, enfants compris. Les plus petits étaient conduits dans une autre pièce attenante, pour y dormir. C'était d'ailleurs de là que venait le nom de fais-dodo, l'usage étant de coucher les benjamins sur place, pour que les parents et la jeunesse puissent danser. Quelques hommes jouaient au bourré, un jeu de cartes, tandis que leurs femmes et leurs aînés se lançaient dans le two-step, traditionnelle danse à deux temps.

Paul et moi n'étions pas plus tôt entrés dans la grande salle que suppositions et spéculations couraient sur toutes les lèvres. Que faisait donc Paul Tate avec l'une des plus pauvres filles du bayou ? Paul ne semblait pas aussi conscient que moi des chuchotements et des regards en coin, ou en tout cas il ne s'en souciait guère. Nous allâmes droit à la piste de danse et je vis plusieurs de mes amies tourner vers nous des yeux luisants d'envie. Presque toutes les filles présentes auraient fait n'importe quoi pour avoir Paul comme cavalier dans un fais-dodo.

Nous dansâmes tous les morceaux l'un après l'autre, applaudissant de bon cœur après chaque chanson. Le temps passa si vite qu'il s'écoula près d'une heure avant que nous nous apercevions que nous avions faim et soif. En riant, et en ignorant aussi totalement la présence des autres que si nous étions seuls, nous prîmes la direction du buffet. Aucun de nous deux ne fit attention au groupe de garçons qui nous suivaient, conduits par l'un des meneurs de l'école, Turner Browne. C'était un robuste gaillard de dix-sept ans au cou de taureau, au visage épais et à la tignasse brune. A l'en croire, sa famille remontait aux premiers mariniers qui avaient navigué à la perche sur le Mississippi, bien avant l'époque des vapeurs. Ces mariniers étaient de rudes hommes aux instincts violents, et les Browne passaient pour avoir hérité de ces traits de caractère. Turner faisait honneur à la réputation de la famille : à l'école, il n'avait pas son pareil pour déclencher une bagarre et jouer des poings.

— Hé, Tate ! s'écria-t-il quand nous fûmes assis au coin d'une table avec nos bols de gombo. Ta mère sait que tu cours la gueuse, ce soir ?

Toute la bande s'esclaffa et Paul se leva lentement, cramoisi.

— Je crois que tu ferais mieux de retirer ce que tu viens de dire, Browne, et de t'excuser.

Turner Browne ricana.

— Sinon tu fais quoi, Tate ? Tu me dénonces à ton papa ?

Nouvel éclat de rire des suiveurs de Browne. Je tirai Paul par la manche. Il était rouge comme un coq et semblait prêt à exploser.

— Ignore-le, Paul. Il est trop bête pour qu'on s'en occupe.

— La ferme ! glapit Browne. Moi, au moins, je sais qui est mon père.

Paul bondit et, malgré la vigueur de Browne, beaucoup plus grand et massif que lui, le plaqua brutalement au sol. La bande hurla. Instantanément, elle forma un cercle autour des deux garçons, prévenant toute intervention immédiate. Turner parvint à rouler sur Paul, le cloua au plancher en s'asseyant à califourchon sur son estomac et lui décocha un coup de poing sur la joue. Elle enfla presque à vue d'œil. Paul venait de bloquer un second direct de Turner quand le cercle fut rompu par quelques hommes résolus qui rendirent sa liberté à Paul. Quand il se remit debout, sa lèvre inférieure saignait.

— Qu'est-ce qui se passe, ici ? demanda M. Lafourche, le gérant de la salle de bal.

— Il m'a attaqué, accusa Turner en désignant Paul du doigt.

J'intervins aussitôt :

— Il ment ! C'est lui qui...

— Ça va, ça va, coupa M. Lafourche. Je me moque de savoir qui a fait quoi. Mais je ne veux pas de ça dans ma salle, alors filez. Allez, Browne ! Décampe avec ta clique, avant que je ne vous fasse tous boucler.

Le sourire en coin, Browne tourna les talons en emmenant sa bande. J'allai chercher une serviette et la mouillai, puis je tamponnai doucement la lèvre de Paul.

— Désolé, Ruby. J'ai perdu mon sang-froid.

— Tu n'aurais pas dû, il est beaucoup plus fort que toi !

— Ça m'est égal, riposta-t-il fièrement. Je ne permettrai pas qu'il parle de toi de cette façon.

A le voir ainsi, la joue toute rouge et tuméfiée, j'eus les larmes aux yeux. Tout allait si bien jusque-là, nous nous amusions tellement ! Pourquoi y avait-il toujours un Turner Browne pour venir tout gâcher ?

— Allons-nous-en, décidai-je.

— Nous pouvons rester, danser encore un peu...

— Non, il vaut mieux soigner tes ecchymoses. Grand-mère Catherine aura ce qu'il faut pour ça.

— Ça ne va pas lui plaire que je me sois bagarré pendant que j'étais avec toi, gémit-il. Elle sera déçue et fâchée contre moi. Le diable emporte ce Turner Browne !

— Non, elle ne sera pas fâchée, au contraire. Elle sera fière de toi. Fière de la façon dont tu as pris ma défense.

— Tu crois ?

— Bien sûr, affirmai-je, même si je nourrissais quelques doutes sur la réaction de grand-mère. D'ailleurs, si elle arrive à te donner meilleure figure, tes parents seront moins en colère, non ?

Il inclina la tête et me sourit.

— Je ne suis pas beau à voir, dis-moi ? De quoi ai-je l'air ?

— Oh... juste de quelqu'un qui s'est battu avec un alligator, j'imagine.

Nous quittâmes le bal en riant aux éclats. Turner Browne et sa bande étaient déjà loin, occupés à engloutir des bières et à fanfaronner, supposai-je. En tout cas, la voie était libre.

L'averse avait repris quand nous arrivâmes en vue de la maison. Paul se gara le plus près possible et nous nous serrâmes sous son parapluie pour courir jusqu'aux marches. A notre entrée, grand-mère Catherine leva les yeux de sa couture et hocha la tête d'un air entendu.

— C'est cette brute de Turner Browne, grand-mère. Il...

Elle m'interrompit d'un geste de la main, se leva et marcha jusqu'au comptoir où elle avait déjà préparé quelques onguents, comme si elle avait tout prévu. C'était incroyable. Paul en resta sans voix.

— Asseyez-vous, ordonna-t-elle en lui désignant une chaise. Vous me raconterez plus tard, quand je vous aurai soigné.

Paul me regarda, les yeux ronds, et prit place sur le siège pour laisser grand-mère opérer ses miracles.

4

J'apprends à mentir

— Tenez ça d'une main et pressez-le sur votre joue, recommanda grand-mère Catherine. Là, voilà. Maintenant, prenez ça de l'autre et maintenez-le sur votre lèvre.

Elle lui tendit deux compresses chaudes imprégnées de ses remèdes secrets, et quand Paul les prit je vis que les phalanges de sa main droite étaient tout écorchées et enflées, elles aussi. Je m'exclamai :

— Regarde ses mains, grand-mère !

— Ce n'est rien, je me suis juste égratigné quand j'ai roulé sur le plancher...

— Sur le plancher ? releva grand-mère. Là-bas, au fais-dodo ?

— Oui, madame. Nous venions de nous servir de gombo et...

— Tenez ça bien serré, ordonna-t-elle.

Le tissu plaqué sur la bouche, Paul ne pouvait plus parler, je pris donc la parole à sa place.

— C'est Turner Browne, commençai-je précipitamment. Il s'est mis à dire des tas de choses déplaisantes, juste pour épater ses amis.

— Quel genre de choses déplaisantes ?

— Tu sais bien, grand-mère... des vilaines choses, quoi !

Elle nous dévisagea longuement l'un après l'autre, Paul et moi. Je savais par expérience qu'il était difficile de cacher quoi que ce soit à grand-mère Catherine. Elle lisait dans les esprits et dans les cœurs à livre ouvert.

— Des vilaines choses au sujet de ta mère ? insista-t-elle.

Je détournai les yeux, ce qui équivalait à un aveu. Elle posa la main sur sa poitrine et chercha son souffle.

— Ils n'en ont pas encore assez, alors ? Ah, ils y tiennent, aux malheurs des autres ! Ils s'y accrochent comme la mousse au bois pourri.

J'échangeai un regard avec Paul, le sien était tout triste. Je compris combien il regrettait son accès de colère. Il voulut ôter le tampon de sa bouche pour le dire à grand-mère, mais je plaquai vivement la main sur la sienne.

— Tiens ça comme grand-mère te l'a dit, Paul. Tu sais qu'il a été très courageux, grand-mère ? Turner Browne est un colosse, mais ça ne lui a pas fait peur.

— Je vois ça, commenta-t-elle. Ton grand-père Jack était tout pareil, et il n'a pas changé. Toujours à chercher la bagarre. Si j'avais reçu un penny chaque fois que j'ai dû lui mettre un emplâtre sur un gnon ! On peut dire qu'il en a récolté, ça oui. Une fois, il est revenu avec un œil fermé, une autre fois avec un bout d'oreille en moins. Tu crois que ça lui aurait servi de leçon ? Que non ! Pas lui. Quand on a distribué la jugeote, il était tout au bout de la queue, celui-là !

La pluie qui n'avait pas cessé de marteler le toit de tôle se calmait peu à peu, *tip-tap-tip*, et le vent aussi. Grand-mère ouvrit les volets de bois vermoulus pour laisser entrer la brise et respira à pleins poumons.

— Comme le bayou sent bon après la pluie ! Tout redevient propre et frais. Si seulement c'était pareil pour les gens !

Ses yeux exprimaient un trouble inquiet, sa voix une tristesse infinie. Une sorte d'engourdissement s'empara de moi et pendant un moment je ne pus rien faire d'autre que rester assise, immobile, à écouter battre mon cœur. Soudain, grand-mère frissonna, étreignant frileusement ses épaules.

— Tu vas bien, grand-mère ?

— Quoi ? Oh, oui... oui, ça va, dit-elle en s'approchant de Paul. Laissez-moi voir ça, mon garçon.

Il ôta les compresses et elle se pencha pour l'examiner de près. L'enflure avait disparu, mais sa joue restait rouge et sa lèvre plus sombre là où le poing de Turner avait éraflé la peau. Grand-mère Catherine alla ouvrir la glacière et y prit un petit glaçon qu'elle enveloppa dans un linge.

— Voilà, dit-elle en revenant près de Paul. Gardez-le sur la joue jusqu'à ce qu'elle soit froide, puis faites la même chose pour la lèvre. Alternez comme ça jusqu'à ce que le glaçon soit fondu, compris ?

— Oui, madame, je vous remercie. Je suis navré que tout ceci soit arrivé. J'aurais dû ignorer Turner Browne.

Grand-mère Catherine le dévisagea quelques instants et son expression s'adoucit.

— Quelquefois, il y a des choses qu'on ne peut pas ignorer, rétorqua-t-elle. Quelquefois, le mal refuse de vous lâcher. Mais ça ne signifie pas que je veux vous voir mêlé à une autre histoire, attention !

Paul hocha docilement la tête.

— Cela n'arrivera plus, promit-il.

— Hmm ! Si j'avais eu un autre penny chaque fois que mon mari m'a fait la même promesse...

— Je tiendrai la mienne, affirma Paul avec orgueil.

Cela plut à grand-mère et elle consentit à sourire.

— Nous verrons ça !

— Je ferais mieux de rentrer, annonça Paul en se levant. Merci encore, madame Landry.

Grand-mère approuva d'un signe de tête et je me levai à mon tour.

— Je t'accompagne à la voiture, Paul.

La pluie avait pratiquement cessé. Le ciel était toujours très sombre, mais l'ampoule nue du porche répandait une coulée de lumière pâle jusqu'à la voiture de Paul. Tenant toujours le glaçon contre sa joue, il me tendit sa main libre et m'entraîna sur le sentier.

— Je m'en veux à mort d'avoir gâché notre soirée, Ruby.

— Ce n'est pas toi, c'est Turner qui a tout gâché. D'ailleurs, nous avions déjà dansé des tas de fois avant.

— Tu t'es bien amusée, alors ?

— Tu sais bien que oui. C'était mon premier vrai rendez-vous.

— Pour de bon ? Et moi qui croyais que tu avais tellement de garçons pendus à tes jupes que tu ne serais pas libre pour moi ! Il m'en a fallu, du courage, pour te demander de porter tes livres en revenant de l'école, cet après-midi-là, et te raccompagner chez toi. Bien plus que pour attaquer Turner.

— Je sais. Je me souviens que tes lèvres tremblaient, j'ai trouvé ça adorable.

— C'est vrai ? Eh bien, je vais continuer comme ça. Je serai le garçon le plus timide que tu aies jamais vu.

— Du moment que ta timidité ne t'empêche pas de m'embrasser de temps en temps...

Il sourit, ce qui lui arracha aussitôt une grimace de douleur.

— Pauvre Paul, dis-je en embrassant le plus doucement possible sa lèvre abîmée.

Il garda les yeux fermés jusqu'à ce que je m'écarte de lui, puis les rouvrit brusquement.

— C'est le meilleur des remèdes magiques, Ruby, ça vaut mille fois mieux que tous les cataplasmes de ta grand-mère. J'ai l'intention de venir me faire soigner tous les jours.

— Ça va te coûter cher, je te préviens.

— Et quel est ton prix ?

— Ton amour fidèle.

— Tu l'as déjà, Ruby, soupira-t-il. Et tu l'auras toujours.

Puis il se pencha sur moi et, insoucieux de la douleur, m'embrassa sur la bouche avec ferveur.

— C'est drôle, observa-t-il en ouvrant la porte de la voiture. J'ai la joue meurtrie et la lèvre fendue, mais c'est quand même une des plus belles soirées de ma vie. Bonne nuit, Ruby.

— Bonne nuit. Et garde bien la glace sur ta lèvre, surtout !

— Je n'oublierai pas. Et toi, remercie encore ta grand-mère. On se voit demain, promit-il en mettant le contact.

Il s'éloigna en agitant la main et je suivis la voiture des yeux, jusqu'à ce que les feux arrière aient disparu dans le noir. Puis je me retournai, enserrant mes épaules, et j'aperçus grand-mère qui m'observait, debout sur la galerie. Depuis combien de temps s'y trouvait-elle ? Et qu'attendait-elle ainsi ? Je la rejoignis.

— Grand-mère ? Tout va bien ?

Pâle et les traits défaits, la mine lugubre, on aurait dit qu'elle venait de voir un des esprits qu'elle s'employait à conjurer. Est-ce qu'elle me voyait, seulement ? Quelque chose de lourd et de dur pesa soudain sur ma poitrine, comme un pressentiment.

— Rentrons, décida grand-mère. J'ai quelque chose à te dire. Quelque chose que j'aurais dû te dire depuis longtemps.

Je gravis les marches, les jambes raides comme du bois sec. Moi qui avais le cœur si léger depuis le dernier baiser de Paul, je le sentis changer de rythme, s'appesantir. Il se mit à cogner sourdement contre mes côtes. Jamais je n'avais vu grand-mère en proie à une telle mélancolie. Sous quel fardeau ployait-elle ainsi ? Qu'allait-elle m'apprendre de si terrible ?

Elle s'assit et resta longtemps immobile, le regard absent, comme si elle avait oublié ma présence. Mon cœur battait toujours aussi violemment. Les mains posées sur les genoux, j'attendis.

— Ta mère a toujours été un peu sauvage, commença-t-elle. Ça lui venait du sang des Landry, peut-être ; ou de la façon dont elle a été élevée, en contact étroit avec la nature. La plupart des filles de son âge avaient peur du marais, mais elle, jamais. Rien ne l'effrayait. Elle ramassait un bébé serpent comme elle aurait cueilli une pâquerette.

« Au début, ton grand-père Jack l'emmenait partout dans le bayou. Elle pêchait avec lui, chassait avec lui. Elle a conduit la pirogue dès qu'elle a été assez grande pour planter la perche dans la vase. Je m'attendais qu'elle devienne un garçon manqué, mais pas du tout. Encore que... il aurait peut-être mieux valu qu'elle soit moins féminine, au bout du compte.

Grand-mère Catherine s'interrompit, son regard perdit son expression rêveuse et s'attacha sur moi. Elle poursuivit :

— Elle grandissait vite et, bien avant l'âge, elle devint une femme épanouie, resplendissante. Ses yeux noirs et ses cheveux roux, juste comme les tiens, ensorcelaient les garçons et les hommes faits. Je crois même qu'elle fascinait les oiseaux et les animaux du marais. Bien souvent...

Grand-mère sourit à ce souvenir, tout attendrie.

— ... Bien souvent, j'ai vu un busard la fixer de son œil d'or et suivre tous ses mouvements quand elle marchait le long du canal. Dieu, comme elle était belle, et innocente aussi ! Elle voulait tout saisir, tout voir, tout expérimenter. Hélas, la pauvrette... Elle était sans défense contre la ruse des adultes, et c'est ainsi qu'elle fut tentée de boire à la coupe des plaisirs défendus.

« A seize ans, elle avait beaucoup de succès, tous les garçons du bayou l'invitaient à sortir avec eux. Tous l'imploraient de leur accorder un peu d'attention. Je voyais bien qu'elle prenait plaisir à taquiner et même à tourmenter les plus épris, prêts à tout endurer pour un sourire d'elle, un mot ou la moindre promesse.

« Elle avait des volontaires pour faire toutes ses corvées. Même pour aider grand-père Jack, qui ne se gênait pas pour profiter d'eux, je dois dire. Les pauvres ! Ils espéraient gagner les faveurs de Gabrielle en le servant comme des esclaves, et il le savait. Il leur demandait plus d'ouvrage qu'ils n'en faisaient pour leur propre père. C'était criminel, à mon avis, mais je pouvais toujours parler ! Il ne m'écoutait jamais.

« En tout cas, un certain soir, environ sept mois après l'anniversaire de ses seize ans, Gabrielle est venue me trouver. Ici, dans cette pièce. Elle s'est assise là, exactement à la même place que toi. Je n'ai pas eu besoin d'entendre ce qu'elle était venue me dire. Je n'ai eu qu'à la regarder : elle était transparente comme une vitre. Mon cœur s'est emballé, j'ai retenu mon souffle. Et ma petite fille a dit d'une voix toute fêlée :

« — Maman... Je crois que je suis enceinte.

« J'ai fermé les yeux. L'inévitable s'était produit, ce que j'avais toujours cru possible — en redoutant que ça arrive — était arrivé.

« Comme tu le sais, nous ne tolérons pas l'avortement, chez les catholiques. J'ai demandé à Gabrielle qui était le père mais elle a secoué la tête et s'est sauvée. Quand grand-père Jack est rentré, un peu plus tard, il est devenu fou furieux. Il l'aurait battue à mort si je ne l'avais pas arrêté, mais en tout cas il lui a fait avouer le nom du père.

Etait-ce le tonnerre que j'entendais, ou le sang qui pulsait dans mes veines et grondait à mes oreilles ? Un filet de voix s'échappa de ma gorge nouée.

— Quel nom, grand-mère ?

— C'était Octavius Tate qui l'avait séduite.

Une fois de plus, ce fut comme si le tonnerre secouait la maison, ébranlant jusqu'aux fondations notre fragile univers, réduisant mon cœur en mille miettes. J'étais incapable de parler, de poser une question de plus, mais grand-mère avait décidé que je devais tout savoir.

— Grand-père Jack est allé le voir sur-le-champ. Octavius était marié depuis moins d'un an, son père vivait toujours. Ton grand-père était encore plus joueur que maintenant, à l'époque. Il ne pouvait pas se priver d'une partie de bourré, même si la plupart du temps il y laissait sa chemise. Une fois, il a perdu ses bottes et il a dû rentrer pieds nus. Une autre fois, il a misé une dent en or et il a dû se la laisser arracher avec des pinces. Voilà le joueur que c'était... et il n'a pas changé.

« Donc, il est allé chez les Tate pour passer un marché. On le payait pour son silence et Octavius Tate se chargeait de l'enfant, pour l'élever comme le sien. Ce qu'il a pu raconter à sa jeune femme et comment ils se sont arrangés entre eux, nous ne l'avons jamais su. Et nous ne tenions pas à le savoir.

« A partir du septième mois, quand la grossesse de ta mère est devenue visible, je lui ai bandé le ventre pour cacher son état. D'ailleurs c'était l'été, l'école était finie, nous la gardions le plus possible à la maison. Pendant les trois dernières semaines, elle n'est pratiquement pas sortie. Nous disions à tout le monde qu'elle était en visite chez ses cousins à Ibéria.

« Le bébé est né, un beau garçon vigoureux, nous l'avons remis à Octavius Tate et ton grand-père a touché son argent. Une semaine après il avait tout perdu, mais le secret a été bien gardé.

« Jusqu'à aujourd'hui, ajouta grand-mère en baissant la tête. J'espérais ne jamais avoir à t'en parler. Tu sais déjà que ta mère est morte peu de temps après. Je ne voulais pas que tu puisses avoir une mauvaise opinion d'elle, ni de toi. Je n'avais jamais pensé que Paul et toi... deviendriez plus que de bons amis. Mais quand je vous ai vus vous embrasser près de la voiture, tout à l'heure, j'ai su que je ne pouvais plus me taire.

— Alors Paul est mon demi-frère ? (Grand-mère hocha la tête.) Et il ne sait absolument rien de tout ça ?

— Je te l'ai dit, nous n'avons jamais su comment les Tate s'étaient arrangés entre eux.

J'enfouis mon visage dans mes mains, les yeux brûlés de larmes. Mais elles ne coulaient pas seulement sur mes joues. Il me semblait qu'elles s'infiltraient en moi et me noyaient le cœur. Un frisson me secoua et je me mis à me balancer sur moi-même, berçant mon chagrin en gémissant.

— O mon Dieu, mon Dieu, c'est trop horrible...

— Tu comprends pourquoi j'ai dû parler, ma chérie ?

Pauvre grand-mère. Je sentais son désarroi, la peine qu'elle éprouvait pour moi. J'acquiesçai vivement d'un signe.

— Tu ne dois pas laisser les choses aller plus loin entre vous deux, Ruby, mais ce n'est pas à toi de lui apprendre la vérité. C'est à son père.

— Cela le détruira, grand-mère. Il en aura le cœur brisé, comme moi.

— Alors ne dis rien. Laisse les choses finir d'elles-mêmes, tout simplement.

— Mais comment, grand-mère ? Paul et moi nous nous aimons tellement ! Il est si bon, si tendre, il...

— Laisse-le croire que tu ne l'aimes plus, Ruby, du moins de cette façon-là. Il est beau garçon, il aura vite trouvé une autre fille. D'ailleurs ses parents lui mèneront la vie dure si tu ne le fais pas, surtout son père. Et tu n'auras réussi qu'à mettre la brouille dans la famille.

La colère me saisit, prenant le pas sur ma tristesse.

— Son père est un monstre. Un monstre ! Comment a-t-il pu agir ainsi, alors qu'il était marié depuis si peu de temps ?

— Je ne lui chercherai pas d'excuses. C'était un homme fait, responsable, et Gabrielle une jeune fille impressionnable. Mais tellement belle ! Rien d'étonnant à ce que tous les hommes aient eu envie d'elle... Le démon, l'esprit mauvais qui se tapit dans l'ombre rôdait autour d'Octavius Tate, j'en suis sûre. C'est comme ça, pas à pas, jour après jour, qu'il a fini par se glisser dans son cœur pour le pousser à séduire ta mère.

— Paul le haïrait s'il savait tout ça, m'écriai-je avec véhémence.

— Et c'est cela que tu veux, Ruby ? Tu veux être celle qui lui mettra la haine au cœur et le dressera contre son propre père ? Que pensera Paul de la femme qu'il croit être sa mère ? Et que deviendront vos relations, à tous les deux ?

— Oh, grand-mère ! me lamentai-je en me levant d'un bond pour me jeter à ses pieds.

Je nouai les bras autour d'elle et j'enfouis mon visage dans sa jupe. Elle me caressa doucement les cheveux.

— Allons, allons, mon bébé. Ton chagrin passera. Tu es si jeune, tu as toute la vie devant toi. Tu deviendras une grande artiste et il t'arrivera des tas de choses merveilleuses. (Elle me releva le menton et plongea son regard dans le mien.) Tu comprends maintenant pourquoi je rêve de te voir quitter le bayou ?

— Oui, acquiesçai-je, les joues sillonnées de larmes. Mais je ne te quitterai jamais, grand-mère.

— Un jour il faudra bien, Ruby, c'est la vie. Et quand ce jour viendra, n'hésite pas. Fais ce que tu dois faire. Tu me le promets ? Promets-le-moi, insista-t-elle, avec une telle expression d'angoisse que je fus forcée de répondre.

— Je te le promets, grand-mère.

— Bien, murmura-t-elle en se renversant en arrière. Bien...

Elle me parut si vieille, tout à coup... Comme si chaque minute qui venait de s'écouler lui avait ajouté une année. Je me relevai en essuyant mes larmes.

— Tu veux boire quelque chose, grand-mère ? Une citronnade ?

— Juste un peu d'eau, s'il te plaît. (Elle me tapota gentiment la main.) Je suis désolée pour toi, ma chérie.

Je me penchai pour l'embrasser sur la joue.

— Ce n'est pas ta faute, grand-mère, tu n'as rien à te reprocher, articulai-je avec effort.

Puis j'allai lui chercher un verre d'eau et l'observai pendant qu'elle buvait. Elle semblait avoir du mal à avaler. Elle le but jusqu'au bout, pourtant, et se leva péniblement.

— Je me sens fatiguée, d'un seul coup. Je vais me coucher.

— C'est ça, grand-mère. Je ne vais pas tarder non plus.

Après son départ, j'allai sur le pas de la porte et je contemplai l'endroit où Paul et moi nous nous étions dit bonsoir en échangeant un baiser.

Nous l'ignorions alors, mais c'était la dernière fois que nous nous embrassions ainsi. La dernière fois que nos cœurs battaient à l'unisson, que nous partagions le même émoi au contact l'un de l'autre... Je fermai la porte et marchai vers l'escalier avec le sentiment qu'un être cher, très proche et tendrement aimé, venait tout juste de mourir. Et c'était vrai, au fond, car le Paul Tate que je connaissais et chérissais n'était plus, et la Ruby Landry qu'il avait embrassée avec amour non plus. Le péché qui avait donné la vie à Paul avait resurgi, tournant vers lui sa face hideuse pour lui voler cet amour.

Je frémis d'effroi en pensant aux jours à venir.

Je passai la nuit à me tourner et à me retourner dans mon lit, m'éveillant souvent avec un sentiment d'oppression, l'estomac noué comme un poing fermé. J'aurais tellement voulu croire que les dernières vingt-quatre heures n'avaient été qu'un mauvais rêve ! Mais c'était impossible, la tristesse que j'avais lue dans les yeux de grand-mère ne mentait pas. L'image de son visage blême s'imposait à moi, confirmant que tout était réel, que tout ce que je venais d'apprendre était vrai.

Je crois que grand-mère ne dormit pas beaucoup mieux que moi, bien qu'elle se soit couchée très fatiguée. Pour la première fois depuis longtemps, elle ne se leva que quelques minutes avant moi. Je l'entendis passer en traînant les pieds devant ma chambre et quand j'ouvris la porte, elle n'avait pas encore atteint la cuisine. Je me hâtai de descendre pour l'aider à préparer le petit déjeuner.

L'orage nocturne avait laissé de lourdes écharpes de nuages gris derrière lui, le matin s'annonçait aussi lugubre que je l'avais craint. Les oiseaux eux-mêmes semblaient s'en ressentir, on les entendait à peine. On aurait dit que tout le bayou se lamentait sur Paul et sur moi.

— On pourrait s'attendre qu'une guérisseuse soit capable de soigner son arthrite, bougonna grand-mère, mais non ! Mes articulations me font mal et mes onguents ne semblent pas y faire grand-chose.

Ce n'était pas son genre de gémir sur elle-même. Je l'avais vue parcourir des kilomètres sous la pluie pour aller secourir quelqu'un, sans une plainte. Dans la souffrance comme dans le malheur, elle se comparait toujours à ceux qui étaient encore plus mal lotis.

« On ne jette pas ses patates parce qu'une montagne pousse au milieu de la route, aimait-elle à dire (c'était un vieux dicton cajun signifiant qu'on ne doit jamais baisser les bras). On porte son sac et on continue, même si ça devient trop lourd. »

Je crois qu'elle voulait me donner le bon exemple, ce matin-là, même s'il lui en coûtait de se plaindre devant moi.

— Nous ne sommes pas obligées de vendre aujourd'hui, grand-mère, avançai-je. Nous avons l'argent de mes aquarelles et...

— Non, coupa-t-elle. Il vaut mieux nous occuper, sans compter que les touristes ne seront pas toujours là. Il y en aura beaucoup aujourd'hui, mais tu sais comment c'est. Quand on sera des mois sans voir un chat, on aura du mal à joindre les deux bouts.

Je tins ma langue pour ne pas la mettre en colère, mais je n'en pensais pas moins. Pourquoi grand-père Jack ne nous aidait-il pas ? Pourquoi menait-il cette vie de fainéant, terré au fin fond du marais ? C'était un cajun il aurait pu assumer la responsabilité de sa famille, même si grand-mère le rabrouait tout le temps. Je me promis d'aller jusqu'à sa cabane en pirogue, un de ces jours, et de lui dire ses quatre vérités.

Le petit déjeuner fini, je commençai à dresser notre éventaire au bord de la route pendant que grand-mère préparait son gombo. A la façon dont elle peinait pour porter ses marmites, je vis bien qu'elle était à bout de forces, et je m'empressai d'aller lui chercher un siège. Elle avait beau dire, j'aurais préféré qu'il tombe des cordes, ce qui nous aurait obligées à rester à la maison. Mais il n'en fut rien et bientôt, comme elle l'avait prédit, les touristes affluèrent.

Vers onze heures, Paul arriva en scooter. Grand-mère et moi échangeâmes un bref regard mais elle ne dit pas un mot pendant qu'il s'approchait. L'enflure de sa joue avait pratiquement disparu et on ne voyait plus qu'une fine marque rose sur sa pommette.

— Bonjour, madame Landry, commença-t-il. Ma joue est presque guérie et ma lèvre va beaucoup mieux. Merci encore.

— Il n'y a pas de quoi, mon garçon. Mais souvenez-vous de ce que vous m'avez promis !

— Je n'oublierai pas, dit-il en riant. Salut, Ruby !

— Bonjour, répliquai-je en hâte, l'air très occupée à replier une couverture. Comment se fait-il que tu ne travailles pas à la conserverie, ce matin ?

Il se rapprocha pour n'être pas entendu de grand mère.

— Nous avons eu une discussion hier soir, mon père et moi. Je ne travaille plus pour lui et je n'ai plus le droit d'utiliser la voiture, à moins que...

— A moins que tu ne cesses de me voir, achevai-je à sa place.

Son expression me confirma que j'avais deviné juste.

91

— Je me moque de ce qu'il peut dire. Je n'ai pas besoin de la voiture. J'ai payé mon scooter de ma poche et il me suffit. L'essentiel, pour moi, c'est d'avoir un moyen rapide de venir te voir, je me moque du reste, déclara-t-il avec assurance.

— Non, Paul. Je ne peux pas te laisser faire une chose pareille à tes parents, ni à toi-même. Peut-être pas maintenant mais dans quelques semaines, ou quelques mois, tu regretteras de t'être éloigné d'eux.

Cela me fit mal de parler sur ce ton, d'une voix que je ne connaissais pas moi-même, mais il fallait que je le fasse. Il fallait que j'empêche ce qui ne devait pas arriver.

— Quoi ? Tu sais que la seule chose qui m'importe, c'est d'être avec toi, Ruby, affirma Paul en souriant. Il faudra qu'ils l'acceptent, s'ils ne veulent pas de brouille entre nous. Tout est leur faute. Ils sont prétentieux, égoïstes, ils...

— Non, Paul, dis-je précipitamment, et je le vis se rembrunir. C'est normal qu'ils souhaitent ce qu'il y a de mieux pour toi.

— Nous avons déjà parlé de tout ça, Ruby. Ce qu'il y a de mieux pour moi, c'est toi, je te l'ai déjà dit.

Je me détournai, incapable de le regarder en face. Nous n'avions pas de clients pour le moment, et je quittai ma place derrière les tréteaux. Je m'éloignai de l'éventaire et Paul me suivit, aussi proche de moi qu'une ombre et tout aussi muet. Parvenue près d'un banc taillé dans un tronc de cyprès, je m'y assis et contemplai le marais, Paul à mes côtés.

— Qu'est-ce qui ne va pas ? chuchota-t-il.

— J'ai beaucoup réfléchi à tout ça. Je ne suis pas sûre que ce soit le mieux pour moi.

— Quoi ?

Perché sur un sycomore, un vieux hibou nous observait de loin comme s'il comprenait nos paroles. Il était parfaitement immobile, à croire qu'il était empaillé.

— Paul... après ton départ, hier soir, j'ai retourné tout ça dans ma tête. Je sais que chez nous beaucoup de filles de mon âge, ou à peine plus vieilles que moi, sont déjà mariées. Il y en a même des plus jeunes, mais moi je ne veux pas me marier ni rester ici, à filer le parfait amour dans le bayou jusqu'à la fin de mes jours. Je veux plus que ça, beaucoup plus. Je veux devenir une artiste.

— Et alors ? Je ne t'en empêcherai pas. Je ferai l'impossible pour...

— Une artiste, une vraie, doit acquérir de l'expérience, voyager, rencontrer toutes sortes de gens, élargir son horizon, dis-je en fuyant son regard.

Il parut se recroqueviller, comme diminué par mes paroles.

— Qu'est-ce que tu es en train de me dire ?

— Que nous ne devrions pas nous engager si sérieusement, Paul.

— Mais je croyais... C'est parce que je me suis conduit comme un imbécile hier soir, c'est ça ? Ta grand-mère m'en veut vraiment à ce point ?

— Non, pas du tout. L'incident d'hier soir m'a simplement fait réfléchir un peu plus.

— C'est ma faute, s'obstina-t-il.

— Ce n'est la faute de personne... ou en tout cas pas la tienne, Paul. C'est comme ça, c'est tout.

— Et que veux-tu que je fasse ?

— Je veux que tu fasses... ce que je vais faire moi-même. Fréquenter d'autres gens.

Il parut sceptique.

— Il y a quelqu'un d'autre, c'est ça ? Comment as-tu pu agir avec moi comme hier soir, et comme tous les jours d'avant, si tu en aimes un autre ?

— Il n'y a personne d'autre... il n'y a jamais eu personne avant, articulai-je avec peine.

— Si !

Je levai les yeux sur lui. Comme sa tristesse avait eu tôt fait de céder la place à la colère ! Il ne subsistait plus la moindre trace de douceur dans son regard, il brûlait de rage. Ses épaules se soulevaient, son visage avait pris la même teinte écarlate que sa joue meurtrie, ses lèvres étaient presque blanches aux commissures. On aurait dit un dragon prêt à cracher du feu. Cela me torturait de le faire souffrir ainsi. J'aurais voulu disparaître dans un trou de souris.

— Mon père m'avait bien dit que j'étais idiot de m'enticher de toi, de faire confiance à une...

— Une Landry, achevai-je avec tristesse.

— Oui, une Landry. La pomme ne tombe jamais très loin du pommier, voilà ce qu'il dit.

Je baissai la tête. Je pensais à ma mère, laissant le père de Paul se servir d'elle pour son plaisir. A grand-père Jack, tirant des revenus supplémentaires du malheur de sa fille.

— Il a raison.

— Je ne te crois pas, riposta Paul.

Quand je relevai les yeux sur lui, je vis que les siens étaient pleins de larmes. Des larmes de colère et de chagrin, des larmes empoisonnées qui lui brouillaient l'esprit aussi bien que la vue et l'aveuglaient sur mon compte. Comme j'aurais voulu me jeter dans ses bras, empêcher ce qui allait se produire ! Mais j'étais ligotée, bâillonnée.

— Tu ne veux pas être une artiste, cracha Paul. Tu veux être une putain.

— Paul !

— Parfaitement, une putain. Eh bien, vas-y, offre-toi autant d'hommes que ça te chante, pour ce que je m'en soucie ! Il fallait que je sois vraiment bête pour perdre mon temps avec une Landry !

Là-dessus, il tourna les talons et s'éloigna en hâte, piétinant rageusement l'herbe à coups de bottes.

Je m'effondrai sur le banc, à demi morte. Là où aurait dû battre mon cœur, il n'y avait plus qu'un grand trou vide. Je ne pouvais même pas pleurer. C'était comme si chaque partie de mon corps s'était subitement nouée, figée, transformée en pierre glacée. Le bruit du scooter de Paul résonna en moi et me fit frissonner. Le vieux hibou s'agita sur sa branche et battit des ailes, mais il ne s'envola pas. Il resta là, à me fixer de ses yeux ronds dont l'expression avait changé. Maintenant, ils m'accusaient.

Quand Paul fut parti, je me levai. Mes jambes tremblaient mais je réussis à regagner notre éventaire juste au moment où débarquait une fournée de touristes. Des jeunes gens bruyants et gais, qui riaient sans cesse. Les hommes furent emballés par la marinade de lézards et de petits serpents, ils en prirent quatre pots. Les femmes adorèrent les serviettes et les mouchoirs tissés main de grand-mère. Quand ils eurent fait leurs achats et rempli leur voiture, l'un des jeunes gens s'approcha de nous avec son appareil photo.

— Vous permettez que je prenne quelques photos ? Je vous donnerai un dollar à chacune.

— Vous n'avez pas besoin de payer pour ça ! repartit grand-mère.

— Oh si ! intervins-je à sa grande surprise. Il doit payer.

Le jeune homme fouilla dans sa poche et me tendit deux dollars, que je saisis prestement.

— Pourriez-vous sourire, s'il vous plaît ?

Je grimaçai un sourire, il prit ses photos et remonta aussitôt en voiture.

— Pourquoi as-tu accepté ces deux dollars, Ruby ? voulut savoir grand-mère. Nous n'avons jamais demandé d'argent aux touristes.

— Parce que le monde est plein de misères, de tricheries, de désillusions. Et qu'à partir de maintenant je compte faire tout ce que je peux pour les éviter.

Elle m'enveloppa d'un long regard pensif.

— Je souhaite te voir grandir et mûrir, Ruby, mais je ne voudrais pas que ton cœur s'endurcisse.

— Un cœur tendre est plus facile à blesser, grand-mère. Je ne tiens pas à finir comme ma mère, ah non, alors !

J'avais lancé ma tirade avec fermeté, mais je n'en sentis pas moins ma voix se fêler. Le mur de ma résolution toute neuve tremblait sur ses bases.

— Et qu'as-tu raconté au jeune Tate pour qu'il se sauve comme ça ?

— Il ne sait pas la vérité, mais j'ai fait ce qu'il fallait pour qu'il s'en aille. Comme tu me l'as demandé, dis-je avec des larmes dans la voix. Maintenant, il me déteste.

— Oh, Ruby ! Je suis désolée.

— Il me déteste ! répétai-je, en criant cette fois.

Et je m'éloignai d'elle en courant.

— Ruby !

Je ne m'arrêtai pas, au contraire. Je courus de plus en plus vite en direction des marais, laissant les ronces qui me giflaient au passage déchirer ma robe, mes jambes et mes bras nus. J'étais indifférente à la douleur, aux élancements qui me vrillaient la poitrine, aux flaques et à la boue dans laquelle je trébuchais de plus en plus souvent. Mais au bout d'un moment, j'avais si mal aux jambes et au côté que je fus contrainte de ralentir, et c'est en marchant que je longeai le canal. Les épaules secouées de sanglots, j'avançais, j'avançais toujours, dépassant les talus d'herbe sèche, refuge des loutres et des rats musqués, évitant les anses où nagent les petits serpents verts. Finalement, exténuée par l'effort et l'émotion, je fus obligée de m'arrêter. Les mains sur les hanches, la poitrine haletante, je repris lentement mon souffle.

Au bout d'un moment, mon regard s'arrêta sur un bouquet de jeunes sycomores, juste en face de moi. A cause de sa taille et de sa couleur, je ne vis pas tout de suite le cerf : il se fondait dans le paysage. Mais peu à peu, il se détacha du décor environnant et prit forme devant moi, un peu comme une apparition. Un cerf des marais, qui m'observait avec curiosité de ses yeux immenses, magnifiques et très tristes. Il ne bougeait pas plus qu'une statue.

Tout à coup, une détonation retentit et le cerf s'affaissa sur les genoux. Pendant quelques instants, il fit un effort désespéré pour se maintenir dans cette position, mais une marque rouge apparut sur son cou, s'étala, de plus en plus large à mesure que le sang fusait. L'animal ne mit plus longtemps à s'écrouler après cela, et j'entendis deux voix masculines lancer des vivats. Une pirogue surgit d'un rideau de mousse espagnole, avec trois hommes à bord : deux étrangers à l'avant et grand-père à l'arrière, maniant la perche. Il avait loué ses services à des chasseurs. Comme le canot se frayait un chemin à travers l'étang pour atteindre le cerf mort, un des touristes tendit une bouteille à l'autre et ils burent pour célébrer la tuerie. Grand-père Jack lorgna la bouteille et cessa de godiller : lui aussi voulait sa lampée de whisky.

Je revins lentement sur mes pas, toute songeuse. Oui, le marais était un endroit magnifique, riche d'une faune merveilleuse et d'une végétation fascinante ; parfois mystérieux et calme, parfois retentissant quand se faisait entendre son hymne à la vie, que les grenouilles coassaient, que les oiseaux sifflaient et que les alligators fouettaient l'eau de leur queue. Mais il pouvait aussi être hostile et froid, dangereux et mortel, avec ses araignées et ses serpents venimeux, ses sables mouvants qui aspiraient l'intrus sans méfiance dans leurs profondeurs ténébreuses. C'était un monde où le fort triomphait du faible, où les hommes venaient savourer leur pouvoir sur les choses de la nature.

Et aujourd'hui... aujourd'hui, méditai-je, il était pareil à n'importe quel autre lieu du monde. Et il me faisait horreur.

Quand je revins, il s'était remis à pleuvoir et grand-mère avait commencé à remballer. Je m'empressai de l'aider à terminer. L'averse redoublait, il nous fallut faire vite et nous n'eûmes pas le loisir de nous parler avant que tout soit à l'abri. Après quoi, grand-mère et moi nous essuyâmes vigoureusement la figure et les cheveux. La pluie martelait la tôle du toit, le vent rageur cinglait le bayou. Nous fîmes en courant le tour de la maison pour fermer soigneusement tous les volets.

— Ça, c'est une tempête ! me cria grand-mère.

Le vent sifflait à travers les fentes des murs. Dehors, tout ce qui n'était pas solidement fixé ou assez lourd était soulevé du sol et traîné plus loin, le long de la route ou à travers les herbes. Tout devint soudain très sombre. Le tonnerre claquait, les éclairs déchiraient le ciel. Des nappes d'eau dévalaient du toit et j'entendis déborder les barils qui nous servaient de citernes. Il pleuvait si dru que les gouttes rebondissaient en heurtant les pierres du petit chemin, devant la maison. A un moment, nous eûmes vraiment l'impression que le toit allait se fendre ; on se serait cru à l'intérieur d'un tambour. Finalement, aussi vite qu'elle s'était déchaînée, la fureur de l'averse décrut et la pluie se mua en une légère bruine. Le ciel s'éclaircit, une trouée s'ouvrit dans les nuages et un faisceau de rayons darda sur notre petite maison une chaude lumière dorée.

— Ces orages qui vous tombent dessus sans crier gare ! s'exclama grand-mère. Je ne m'y ferai jamais. Quand j'étais petite, je me cachais sous mon lit.

Je lui souris.

— J'ai du mal à t'imaginer petite fille, grand-mère.

— Je l'ai été, pourtant, ma chérie. Je ne suis pas venue au monde comme ça, toute ratatinée avec mes vieux os qui craquent à chaque pas.

Elle plaqua la main sur ses reins et se redressa.

— Je crois que je vais faire du thé, j'ai besoin de quelque chose de chaud. Ça te va ?

— Tout à fait, affirmai-je en prenant place à la table de la cuisine. Grand-mère, dis-je pendant qu'elle emplissait la bouilloire, grand-père Jack s'est remis à faire le guide pour les chasseurs. Je l'ai vu dans le marais avec deux hommes. Ils ont tué un cerf.

— Il a toujours été le meilleur dans la partie, commenta-t-elle. Les riches créoles qui venaient chasser le demandaient toujours, et ils ne repartaient jamais bredouilles.

— Le cerf était très beau, grand-mère. Et ils n'ont pas besoin de la viande, ils s'en moquent bien. Tout ce qu'ils veulent, c'est un trophée.

Elle me dévisagea quelques instants, l'air sagace, et finit par demander :

— Qu'as-tu dit à Paul, Ruby ?

— Juste que nous devions cesser de nous voir, qu'il devait se faire d'autres amis. Et aussi que je voulais être artiste et connaître d'autres gens, mais il ne m'a pas crue. Je ne sais pas très bien mentir, grand-mère.

— Il n'y a pas de mal à ça, petite.

— Oh si ! rétorquai-je précipitamment. Le monde est bâti sur le mensonge et la tromperie. Les forts et les gagnants, ceux qui réussissent, sont toujours ceux qui mentent le mieux.

Grand-mère Catherine secoua tristement la tête.

— C'est comme ça que tu vois les choses maintenant, Ruby chérie, mais ne t'habitue pas à mépriser et à haïr. Les forts et les gagnants, comme tu dis, te donnent peut-être l'impression de réussir mais ils ne sont pas vraiment heureux. Il y a toujours au fond de leur cœur un coin d'ombre qu'ils ne peuvent pas ignorer, une noirceur qui leur fait mal. Et cela finit par les terrifier, parce qu'ils savent qu'au bout du compte ils seront forcés d'y faire face.

— Tu as vu tant de mal et tant de souffrance, grand-mère... Comment peux-tu garder l'espoir ?

Elle me sourit et libéra un long soupir.

— C'est quand on renonce à l'espoir que le mal et la souffrance prennent le dessus, petite, et qu'est-ce qu'on devient après ça ? Ne perds jamais espoir, Ruby. Bats-toi toujours pour le garder. Je sais ce que tu endures en ce moment, et le pauvre Paul aussi. Mais c'est comme cet orage, ça passera, et le soleil reviendra.

Elle vint s'asseoir à côté de moi et me caressa les cheveux.

— J'ai toujours rêvé pour toi d'un mariage de conte de fées, Ruby, comme dans la légende cajun de l'araignée. Tu te souviens ? Ce riche planteur français qui avait fait venir des araignées de France pour les noces de sa fille ? Il les avait lâchées dans les chênes et les pins, pour qu'elles tissent un dais de leurs toiles, qu'il avait saupoudrées d'or et d'argent. Quand le cortège nuptial est passé dessous, à la lueur des chandelles, la nuit était toute brillante autour des mariés, comme une promesse d'amour et de bonheur.

« Un jour tu épouseras un beau jeune homme, peut-être un prince, pourquoi pas ? Et toi aussi tu auras un mariage aux étoiles, promit grand-mère en m'embrassant.

Je me jetai à son cou, posai la tête au creux de son épaule et laissai couler mes larmes.

— Pleure, chuchota-t-elle en me tapotant la nuque avec tendresse. Pleure tout ton soûl. Le soleil revient toujours après la pluie, tu verras.

— Oh, grand-mère, me lamentai-je. Ce ne sera pas comme ça pour moi, je ne sais pas si j'aurai la force.

Elle me releva le menton et plongea dans le mien son regard magnétique. Ses yeux noirs avaient vu tant de fois les démons face à face, et si souvent entrevu l'avenir...

— Tu l'auras, prophétisa-t-elle. Tu peux le faire et tu le feras.

La bouilloire siffla. Grand-mère essuya les larmes de mes joues, m'embrassa une fois de plus et se leva pour servir le thé.

Plus tard, cette nuit-là, je m'assis près de ma fenêtre et contemplai le ciel que fuyaient les nuages. Se pouvait-il que grand-mère ait raison ? Que j'aie moi aussi un mariage aux étoiles ? Une poussière d'or et d'argent dansait sous mes paupières quand je posai enfin la tête sur l'oreiller. Mais juste avant de m'endormir, je vis apparaître le visage blessé de Paul. Puis ce fut le cerf, la bouche ouverte sur un cri muet tandis qu'il s'affaissait lentement dans l'herbe.

5

Qui est cette petite fille, sinon moi ?

Les semaines qui nous séparaient des vacances parurent ne devoir jamais finir. Je redoutais les jours de classe qui nous exposaient à nous rencontrer, Paul et moi. Les premiers temps, après cette atroce conversation, il me fusillait du regard chaque fois qu'il m'apercevait. Ses yeux bleus, qui avaient si souvent rayonné de tendresse en se posant sur moi, avaient pris la dureté du granit. Ils n'exprimaient plus qu'un mépris glacé. La deuxième fois que je le croisai dans le couloir, je tentai de le retenir.

— Paul, il faut que je te parle. Je veux simplement...

Il était déjà loin, comme s'il ne m'avait pas vue ni entendue. Ce fut un choc affreux. Je voulais tant qu'il sache que je ne voyais pas d'autres garçons derrière son dos ! Toute la journée, mon cœur pesa comme un morceau de plomb dans ma poitrine.

Le temps n'adoucit aucunement mon chagrin. Plus les jours passaient sans que nous nous adressions la parole, plus Paul se montrait dur et froid. J'aurais voulu pouvoir lui avouer la vérité tout d'un coup, pour qu'il comprenne ce qui m'avait fait parler comme cela ce jour-là, devant chez moi. Mais chaque fois que je me décidais à le faire, je croyais entendre la voix de grand-mère Catherine :

« C'est cela que tu veux, Ruby ? Tu veux être celle qui lui mettra la haine au cœur et le dressera contre son père ? » Elle avait raison, méditais-je. Il finirait par me détester encore plus. Et je me taisais, gardant mon secret pour moi au fond d'un océan de larmes.

Bien des fois, j'en voulus à grand-mère Catherine et à grand-père Jack de m'avoir tenue dans l'ignorance. D'avoir gardé ce secret dans leur cœur, entouré de mystère l'histoire de ma famille, dissimulé ce que j'aurais dû savoir, à mon âge. Et maintenant, je n'agissais pas mieux qu'eux en cachant la vérité à Paul, mais que faire d'autre ? Le pire de tout, c'est qu'il me fallut être le témoin silencieux de ses nouvelles amours.

J'avais toujours su que cette Suzette Daisy, une fille de ma classe, avait le béguin pour lui. Et elle ne perdit pas de temps à lui faire la cour. Mais le plus curieux, c'est que, lorsqu'il se mit à la voir de plus en plus souvent, j'éprouvai une sorte de soulagement. Je m'imaginai que, plus il dépenserait d'énergie à l'aimer, moins il lui en resterait pour me haïr. Je les observais quand ils s'asseyaient côte à côte, en classe ou à table, et je ne tardai pas à les voir se donner la main dans les couloirs. J'étais jalouse, bien sûr. Une partie de moi-même enrageait devant cette injustice et pleurait quand je les voyais rire et pouffer ensemble. Puis j'appris qu'il lui avait donné un anneau qu'il avait porté et qu'elle exhibait fièrement, pendu à une chaîne d'or. Cette nuit-là, je trempai mon oreiller de larmes.

La plupart des filles qui m'avaient envié mon soupirant ne se tenaient plus de joie. Un après-midi de juin, dans le vestiaire des filles, Marianne Bruster alla même jusqu'à me lancer à la figure :

— Je parie que tu ne te prends plus pour quelqu'un d'exceptionnel, maintenant que tu t'es fait larguer pour Suzette Daisy !

Les autres se pourléchaient les babines, guettant ma réponse. Je ne les fis pas attendre.

— Je ne me suis jamais prise pour quelqu'un d'exceptionnel, Marianne. Mais merci de le penser.

Pendant un moment elle resta toute pantoise, ouvrant et fermant la bouche sans rien trouver à dire. Je me préparai à sortir et j'allais la dépasser, mais elle pivota comme une toupie, faisant voler ses cheveux. Elle les rejeta en arrière et ricana, les poings aux hanches :

— Ça te va bien de crâner, c'est tout à fait ton style. Non mais pour qui tu te prends, petite morveuse ? Tu ne vaux pas mieux que nous !

— Je n'ai jamais prétendu ça, Marianne.

— Et tu vaux même moins que nous, espèce de bâtarde ! Parfaitement, accusa-t-elle, encouragée par des hochements de tête approbateurs. Une bâtarde, voilà ce que tu es. Paul Tate a retrouvé son bon sens, finalement. Il est plus à sa place avec Suzette qu'avec une moins que rien de cajun. Une Landry !

Je m'enfuis en essuyant mes larmes. Elle avait raison. Tout le monde pensait que Paul et Suzette formaient un couple assorti. C'était une jolie fille aux longs cheveux bruns, aux traits bien dessinés. Mais, plus important que tout, son père était un riche exploitant de pétrole. J'étais certaine que les parents de Paul se montraient ravis de son choix. Il pourrait emprunter la voiture tant qu'il voudrait pour emmener Suzette au bal, maintenant.

Pourtant, bien qu'il parût filer le parfait amour avec Suzette, je remarquais une certaine tristesse dans ses yeux quand par hasard son regard se posait sur moi. Surtout à l'église. Ce nouvel amour et le fait que du temps avait passé depuis notre dispute semblaient l'avoir calmé. A plusieurs reprises, j'eus même l'impression qu'il cherchait à

104

me parler mais, chaque fois, quelqu'un s'interposait et l'en empêchait.

Finalement — Dieu soit loué ! —, l'année scolaire s'acheva et mes contacts avec Paul, déjà si ténus, prirent fin avec elle. En dehors de l'école, nous vivions dans deux univers totalement étrangers, lui et moi. Il n'avait plus aucune raison de croiser mon chemin. Bien sûr, je le voyais toujours à l'église, le dimanche. Mais, entouré de sa famille, il ne risquait pas de regarder une seule fois de mon côté. Parfois, je croyais reconnaître le bruit de son scooter et je me précipitais dehors, espérant le voir déboucher sur le sentier comme tant d'autres fois, jadis... Mais c'était toujours quelqu'un d'autre, ou une moto, ou une voiture qui passait.

Je vécus des jours très sombres, si triste et si lasse qu'il me fallait faire un effort pour me lever le matin. Et comme si ce n'était pas assez, jamais la chaleur et l'humidité ne pesèrent sur le bayou comme cet été-là. Jour après jour, la température se maintenait à quelques degrés à peine au-dessous de quarante. Rien ne troublait l'immobilité du marais, pas même un souffle de cette petite brise du golfe qui eût pu apporter un peu de fraîcheur.

La chaleur éprouva beaucoup grand-mère Catherine. Cette moiteur pesante l'oppressait, elle la supportait de moins en moins. Je détestais la voir s'en aller pour aller soigner une piqûre d'araignée venimeuse ou une migraine. Le plus souvent, elle en revenait harassée, en nage, les cheveux collés au front par la sueur et rouge comme une pivoine. Mais ses soins et ses remèdes nous procuraient quelques ressources, en argent ou en nature, et Dieu sait si nous en avions besoin. La canicule faisait fuir les touristes et le niveau des affaires tombait à zéro, pendant les mois d'été.

Grand-père Jack ne nous aidait en rien, il cessa même ses rares visites. J'appris qu'il chassait l'alligator avec des gens de La Nouvelle-Orléans, qui voulaient vendre les peaux pour en faire des sacs, des souliers, des porte-feuilles... enfin bref, tout ce que font les gens de la ville avec les créatures sauvages du marais. Je ne le vis pas souvent, mais cela m'arriva. Il était presque toujours à bord de son bachot ou de son dinghy, tétant son whisky ou son cidre maison. Tout l'argent qu'il retirait de sa chasse avait tôt fait de se transformer en cruchon ou en bouteille, et il était content comme ça.

Un jour, en fin d'après-midi, grand-mère Catherine revint d'une de ses visites plus fatiguée que jamais. Elle pouvait à peine parler. Je courus l'aider à monter les marches et elle s'effondra littéralement sur son lit, au bord de la syncope.

— Grand-mère, tes jambes tremblent ! m'écriai-je en lui ôtant ses mocassins.

Ses pieds étaient tout enflés, surtout aux chevilles.

— Ça ira, je vais me remettre. Apporte-moi simplement un linge trempé dans l'eau froide pour mon front, ma chérie.

Je m'empressai d'obéir.

— Je vais juste rester étendue un moment, jusqu'à ce que mon cœur se calme, dit-elle pour me rassurer.

— Oh, grand-mère ! Tu ne devrais plus t'en aller si loin pour soigner les gens. Il fait trop chaud et tu es trop vieille pour ça.

— Il le faut, Ruby. C'est la mission que le bon Dieu m'a donnée sur cette terre. Je suis venue au monde pour ça.

J'attendis qu'elle soit endormie pour sortir, et je partis en pirogue jusqu'à la cabane de grand-père. Tout ce que j'avais enduré au long de ces jours difficiles, ma tristesse et mon chagrin, s'étaient changés en colère contre lui. Il savait combien nous avions du mal à vivre, en été. Au lieu de boire le peu d'argent qu'il mettait de côté chaque semaine, il aurait pu penser à nous, quand même ! Je m'étais bien gardée d'exprimer mon opinion à grand-mère. Elle n'aurait jamais admis que j'avais raison, et elle ne voulait rien devoir à grand-père Jack.

Le marais n'était plus le même en été. Non seulement parce que les alligators s'étaient éveillés du sommeil de l'hibernation, mais les serpents grouillaient partout ; on en voyait des douzaines à la fois, entrelacés ou sillonnant l'eau de traits bruns et verts. Les moustiques et autres insectes pullulaient, les crapauds-buffles aux yeux globuleux coassaient à plein gosier ; des loutres et des rats musqués circulaient en tous sens, ne s'arrêtant que pour m'observer avec suspicion. Et tout ce monde changeait continuellement l'aspect des lieux. Des abris s'élevaient là où il n'y avait rien avant, des toiles se tendaient entre les arbres. Le marécage lui-même semblait doué de vie, tel un animal qui changerait d'apparence à chaque saison.

Je savais que grand-mère serait fâchée de me savoir seule dans le marais à cette heure tardive, et tout aussi contrariée parce que j'allais chez grand-père Jack. Mais ma colère avait atteint le point limite, elle m'aiguillonnait, me faisait pousser ma perche de plus en plus vite. Je ne tardai pas à voir apparaître la cabane de grand-père au détour du canal, droit devant moi. Mais plus j'en approchais, plus je ralentissais. Il en provenait un vacarme infernal.

J'entendais retentir un fracas d'ustensiles, des craquements de meubles qui se brisent, des jurons sonores. Une petite chaise jaillit par la porte et alla s'engloutir dans l'étang, suivie de près par une marmite, puis par une autre. J'arrêtai ma pirogue et attendis. Pas longtemps : grand-père apparut sur la galerie, complètement nu, les cheveux en bataille et un fouet à la main. Même à cette distance, je pus voir qu'il avait les yeux injectés de sang. Son corps était maculé de crasse et de boue, de longues égratignures lui zébraient les jambes et le creux des reins. Je compris vite qu'il croyait se battre avec je ne sais quel monstre issu des vapeurs de l'ivresse. Grand-mère m'avait décrit ces accès de démence, mais je n'y avais jamais assisté. Elle disait que l'alcool altérait tellement ses facultés qu'il avait des hallucinations, exactement comme des cauchemars, même en plein jour. Plus d'une fois, ces crises l'avaient pris dans la maison et il avait détruit beaucoup de leurs biens les plus précieux.

« Il fallait que je me sauve et que j'attende, jusqu'à ce qu'il tombe de fatigue et s'endorme, racontait-elle. Sinon, il aurait pu me blesser sans même s'en rendre compte. »

Dûment avertie, je fis marche arrière jusqu'à une petite anse d'où je pourrais observer grand-père sans qu'il me voie. Une fois encore, il fit claquer son fouet, si violemment que les veines de sa nuque se gonflèrent. La lanière accrocha l'un de ses pièges à rats, s'y emmêla, tant et si bien qu'il lui fut impossible de l'en dégager. Ce qu'il interpréta, bien sûr, comme une tentative du monstre pour lui prendre son fouet. Cela déclencha une nouvelle crise de fureur. Il se mit à hurler en faisant des moulinets avec ses bras, si vite qu'il ressemblait moins à un homme qu'à un croisement d'humain et d'araignée. Finalement, comme l'avait dit grand-mère, la fatigue le terrassa et il s'écroula sur le plancher.

J'attendis, longtemps. Rien ne vint troubler le silence. Grand-père était inconscient. Rassurée, je me propulsai jusqu'à la galerie, glissai un coup d'œil par-dessus la rambarde et je le vis couché à terre, les membres tordus dans une position désordonnée. Inconscient des moustiques affamés qui dévoraient sa peau nue, il dormait.

J'amarrai la pirogue et m'aventurai sur la galerie. Grand-père paraissait à demi mort, sa poitrine se soulevait lourdement, péniblement. Je savais que je n'avais pas la force de le traîner à l'intérieur, je me contentai donc d'aller chercher une couverture et de l'étendre sur lui. Puis, rien moins que rassurée, je pris une grande inspiration et le secouai pour le réveiller. Il n'eut même pas un battement de paupières : il ronflait déjà.

Une rage froide s'empara de moi. Tous mes espoirs s'envolaient, balayés par le spectacle qu'il offrait, sans parler de la puanteur qu'il dégageait. Il empestait le mauvais whisky comme s'il était tombé dans un tonneau de son tord-boyaux.

— Et moi qui étais venue te demander de l'aide ! m'écriai-je avec colère. (Elle explosa d'autant plus librement que, grand-père inconscient, je ne redoutais rien.) Tu devrais avoir honte. Comment peux-tu nous laisser trimer comme ça, toujours à tirer le diable par la queue ? Tu sais combien grand-mère est fatiguée, pourtant. Tu n'as donc aucun respect humain ?

« Ça me fait horreur d'avoir du sang Landry, hurlai-je. Oui, ça me fait horreur !

Ma voix retentit dans tout le marécage. Un héron s'envola brusquement. Quelques brasses plus loin, un alligator dressa la tête hors de l'eau et regarda dans ma direction.

— Reste dans ton marais, criai-je encore. Restes-y tout seul à engloutir ton satané whisky jusqu'à ce que tu en meures !

Les larmes ruisselaient sur mes joues, des larmes brûlantes de colère et de frustration. Mon cœur cognait comme un tambour. Je respirai profondément et contemplai grand-père. Il gémit, mais il n'ouvrit pas les yeux.

Ecœurée, je remontai à bord et repris en godillant le chemin de la maison, plus abattue et découragée que jamais.

Avec les vacances et la disparition presque totale des touristes, je disposai de beaucoup plus de temps pour peindre. Grand-mère Catherine fut la première à s'apercevoir que le style de mes aquarelles avait considérablement changé. Presque toujours d'humeur mélancolique en me mettant au travail, j'avais maintenant tendance à employer des couleurs de plus en plus sombres. Je peignais de préférence le marais au crépuscule, ou la nuit, quand la clarté de la lune blanchissait les branches tordues des sycomores ou des cyprès. Mes animaux ouvraient des yeux hagards, les serpents tendaient le cou, prêts à cracher leur venin mortel sur les intrus. L'eau était d'un noir d'encre, la mousse espagnole tendait ses filets insidieux au voyageur sans méfiance. Les toiles d'araignée elles-mêmes, qui autrefois scintillaient de joyaux, semblaient des pièges placés tout exprès sur le chemin. Le marais devenait un lieu dangereux, étrange et menaçant ; et s'il m'arrivait d'y faire figurer mon mystérieux père, des ombres lui tombaient sur le visage, tel un masque.

— Je ne crois pas que beaucoup de gens aimeraient cette peinture, observa grand-mère un jour où je donnais forme à un autre de ces cauchemars. Ce n'est pas le genre de tableau qu'un bourgeois de La Nouvelle-Orléans aimerait accrocher dans son salon.

— Je n'y peux rien, grand-mère. Pour le moment, c'est ce que je vois et ce que je ressens.

Elle poussa un soupir et regagna son rocking-chair. Elle s'y asseyait de plus en plus souvent, maintenant, et il n'était pas rare que je l'y trouve endormie. Même par temps couvert, quand il faisait un peu plus frais, elle n'appréciait plus les promenades le long des canaux. Elle n'allait plus cueillir de fleurs sauvages, espaçait ses visites à ses amies. Elle refusait les invitations à déjeuner, prétextant telle ou telle chose à faire, mais en général elle finissait par s'endormir dans son fauteuil, ou sur le canapé. Quand elle ne se savait pas observée, je la voyais fréquemment chercher son souffle, la main pressée sur la poitrine. Que ce soit la lessive, le ménage, tout la fatiguait, même la cuisine. Il lui fallait souvent s'interrompre pour reprendre haleine.

Mais quand je l'interrogeais sur ses malaises, elle avait toujours une bonne raison à fournir. Elle avait veillé trop tard, son lumbago la taquinait, elle s'était levée trop vite... Tout lui servait d'excuse pour ne pas reconnaître que, depuis un certain temps, elle ne se sentait plus très bien.

Jusqu'au jour, le troisième dimanche d'août, où je découvris avec surprise en descendant que j'étais prête avant elle. C'était un événement rarissime, surtout pour un dimanche. Quand elle se montra enfin, elle avait la mine défaite et paraissait avoir vieilli de plusieurs années pendant la nuit. Elle se déplaçait en grimaçant, la main au côté.

— Je me demande ce qui m'arrive, s'étonna-t-elle. Il y a bien longtemps que je n'ai pas fait la grasse matinée.

— On dirait que tu n'es pas capable de te soigner toi-même, grand-mère. Si tes remèdes et tes potions ne te font rien, tu devrais peut-être voir un médecin.

— Qu'est-ce que tu nous chantes ? Je n'ai peut-être pas encore trouvé la bonne formule, mais j'y suis presque. Dans un jour ou deux, ça ira mieux, affirma-t-elle.

Mais deux jours passèrent, et elle allait toujours aussi mal. Au beau milieu d'une phrase, elle s'endormait dans son fauteuil, la bouche grande ouverte. Sa poitrine se soulevait lourdement comme si l'air avait du mal à passer.

En deux occasions seulement, je la vis retrouver son énergie d'antan. La première, ce fut quand grand-père Jack vint chez nous et eut le front de nous demander de l'argent. Nous prenions l'air sur la galerie, après le dîner, savourant la fraîcheur du crépuscule. Grand-mère inclinait de plus en plus la tête, jusqu'au moment où son menton finit par toucher sa poitrine. Mais sitôt que le pas de grand-père se fit entendre, elle se redressa, les yeux soudain rétrécis par la méfiance.

— Qu'est-ce qu'il vient faire ici ? grommela-t-elle en scrutant l'obscurité d'où émergeait grand-père, telle une fantastique apparition.

Ses longs cheveux blancs flottaient sur ses épaules, une barbe sale et plus épaisse que d'habitude lui mangeait la figure et, à voir la saleté de ses vêtements, on aurait dit qu'il ne s'était pas changé depuis des jours. Ses bottes étaient si barbouillées de boue qu'elles lui collaient aux mollets.

— Ne t'approche pas ! aboya grand-mère. Nous venons juste de dîner, ça nous rendrait malades. Tu pues comme un bouc.

— La paix, femme ! maugréa-t-il avec hargne.

Mais il s'arrêta à quelques mètres de la galerie, ôta son chapeau et le roula dans ses mains. Des hameçons se balançaient sur le bord, tout autour.

— Je suis venu implorer pitié, déclara-t-il.

— Pitié ? répéta grand-mère Catherine. Pitié pour qui ?

— Pour moi.

Elle ravala un ricanement et se balança sur son fauteuil.

— Alors comme ça, tu viens quémander ton pardon ?

— Je viens emprunter de l'argent.

Le balancement s'interrompit net.

— Quoi ?

— Le moteur de mon dinghy est cuit, et Charlie McDermott refuse de m'en vendre un d'occasion à crédit. Faut bien que j'aie un moteur pour conduire les chasseurs et ramasser des huîtres, quand même ! Je sais que tu as des économies et je te jure...

— Qu'est-ce qu'elle vaut, ta parole, Jack Landry ? Tu es un maudit, un homme perdu qui a déjà sa place en enfer ! cracha grand-mère avec une véhémence, une énergie que je ne lui connaissais plus depuis longtemps.

Grand-père en resta tout interdit.

— Si je gagne quelque chose, je te rembourserai, déclara-t-il enfin. Et même que ça traînera pas.

— Si je te donnais nos derniers sous, tu filerais acheter une bouteille de whisky pour te soûler à mort, riposta grand-mère. D'ailleurs, on n'a plus rien. Tu sais que la vie est dure pour nous dans le bayou, en été... bien que ça n'ait pas l'air de te tracasser, il faut dire.

— Je fais ce que je peux.

— Pour toi et ton fichu gosier, peut-être.

Je reportai mon attention sur grand-père : il semblait vraiment repentant et désespéré. Grand-mère savait que j'avais toujours l'argent de mes aquarelles. J'aurais pu proposer de lui en prêter, s'il était vraiment dans le besoin, mais je n'osais pas lui en parler.

— Tu laisserais un homme mourir de faim et servir de nourriture aux busards, gémit-il.

Elle se leva lentement, redressant sa petite taille comme si elle avait une bonne tête de plus et, le menton haut, tendit vers lui un index accusateur. Ses yeux s'arrondirent de frayeur et il fit un pas en arrière.

— Tu es déjà mort, Jack Landry, articula-t elle sur un ton péremptoire, tu es déjà bon pour les busards. Retourne dans ton marais et laisse-nous en paix.

— T'es pas une vraie chrétienne ! T'as aucune pitié ! riposta grand-père Jack, sans cesser de reculer, toutefois. Tu vaux pas mieux que moi, Catherine ! Non, pas mieux que moi, lança-t-il une dernière fois.

Et il tourna les talons pour s'enfoncer dans l'obscurité d'où il était sorti, aussi vite qu'il était venu. Grand-mère fixa quelques instants l'endroit où il avait disparu avant de retomber dans son fauteuil.

— Nous aurions pu lui donner l'argent de mes aquarelles, grand-mère, avançai-je.

Elle secoua vigoureusement la tête.

— Pas question qu'il y touche, seulement ! Tu en auras besoin un jour, Ruby. Et d'ailleurs... il aurait été le boire, je sais ce que je dis. Non mais quel culot, poursuivit-elle, plus pour elle que pour moi. Non mais quel culot...

Je la vis peu à peu se tasser sur elle-même jusqu'à ce qu'elle s'endorme et je la regardai, toute pensive. Dire que ces deux êtres s'étaient aimés, embrassés, avaient souhaité vivre ensemble et qu'à présent ils se querellaient comme des chats de gouttière ! C'était affreux.

Cette querelle avec grand-père avait laissé grand-mère sans forces, je dus l'aider à se mettre au lit. Je restai un moment auprès d'elle à la regarder dormir, le visage encore rouge et le front perlé de sueur, le souffle oppressé. Elle respirait si péniblement que je craignais à tout instant de voir son cœur céder sous l'effort.

J'étais follement inquiète en allant me coucher, à l'idée que grand-mère pourrait ne pas se réveiller. Mais le sommeil lui rendit des forces et, le lendemain matin, ce fut le bruit de son pas qui m'éveilla. Elle allait à la cuisine préparer le petit déjeuner, comme à l'accoutumée, avant de se remettre à son métier pour une nouvelle journée de labeur.

Malgré l'absence d'acheteurs, nous poursuivions tant bien que mal nos travaux de tissage, afin de nous constituer un stock pour le moment où les affaires reprendraient. Grand-mère pratiquait le troc avec des cultivateurs et des fermiers, pour nous procurer le coton, d'abord, et les feuilles de palmier dont nous faisions des chapeaux et des éventails. Elle échangeait même du gombo contre des écorces et des copeaux de chêne, qui nous servaient à fabriquer nos paniers.

Quand nous étions vraiment à bout de ressources, n'ayant plus rien à offrir, elle fouillait dans les entrailles de son précieux coffre. Elle y trouvait toujours quelque objet de valeur, reçu en paiement pour ses services de guérisseuse, ou toute autre chose gardée en prévision des mauvais jours.

Ce fut précisément dans une de ces périodes noires que survint le second événement qui lui rendit un peu de vigueur, en paroles comme en action. Le facteur apporta une élégante enveloppe bleu clair, joliment décorée sur les bords et adressée à mon nom. Elle venait de La Nouvelle-Orléans et, à l'emplacement réservé à l'expéditeur, ne portait qu'un seul mot : Dominique.

— Grand-mère, appelai-je en me précipitant dans la maison, j'ai une lettre de La Nouvelle-Orléans !

Elle retint son souffle, les yeux brillants d'excitation, et se laissa tomber sur une chaise.

— Dépêche-toi de l'ouvrir.

Je m'assis à la table de la cuisine, déchirai l'enveloppe et en tirai un chèque de deux cent cinquante dollars. Un message y était joint :

Félicitations pour la vente d'une de vos aquarelles. Je m'intéresse à votre production et prendrai contact avec vous sous peu, pour voir ce que vous avez fait depuis ma visite.

Bien à vous,
Dominique.

Grand-mère et moi nous nous regardâmes pendant un instant sans rien dire, puis son visage s'éclaira, illuminé par le plus radieux sourire que j'aie vu sur ses lèvres depuis des mois. Elle ferma les yeux et murmura une prière de reconnaissance. Moi, pendant ce temps-là, je fixais toujours le chèque avec des yeux ronds.

— Tu te rends compte, grand-mère ? Deux cent cinquante dollars, pour une seule aquarelle !

— Je t'avais dit que ça arriverait, Ruby. Je te l'avais dit. Je me demande bien qui l'a achetée, par exemple. Il ne le dit pas ?

Je relus la lettre et secouai la tête.

— Aucune importance, déclara grand-mère. Des tas de gens vont voir ce tableau, maintenant. Beaucoup de riches créoles iront chez Dominique pour voir tes œuvres et il leur dira qui tu es. Parfaitement, il leur dira que l'artiste s'appelle Ruby Landry.

— Maintenant écoute-moi, grand-mère, déclarai-je avec fermeté. Nous allons utiliser cet argent pour vivre, et non l'enfermer dans ton coffre pour me servir à je ne sais pas trop quoi plus tard.

— On en dépensera un peu, consentit-elle, mais nous garderons le reste pour toi. La plus grande partie. Un jour, tu auras besoin de jolies toilettes et aussi... d'argent pour voyager, ajouta-t-elle précipitamment.

— Pour aller où, grand-mère ?

— Loin d'ici, marmonna-t-elle. Loin d'ici. Mais pour l'instant, on va fêter ça. On va s'offrir un gombo et un bon dessert, quelque chose d'exceptionnel. Voyons... une Royale, voilà !

C'était un de mes desserts préférés : une couronne de brioche avec plusieurs couches de glaçage de couleurs différentes.

— J'inviterai Mme Thibodeau et Mme Livaudis pour dîner, rien que pour les faire baver d'envie en leur racontant les succès de ma petite-fille, reprit grand-mère

Catherine. Mais d'abord, allons déposer ton chèque à la banque et retirer l'argent.

Sa joie et son enthousiasme me causaient un plaisir que je n'avais pas connu depuis des mois. J'aurais voulu avoir quelqu'un avec qui le partager, quelqu'un de très cher... comme Paul. De tout l'été, je ne l'avais vu qu'une fois ailleurs qu'à l'église, un jour où j'étais allée en ville pour faire quelques provisions. En quittant l'épicerie, je l'avais aperçu dans la voiture de son père, attendant que celui-ci sorte de la banque. Il avait tourné la tête dans ma direction et m'avait souri ; mais son père était revenu juste à ce moment-là et il avait instantanément repris sa position d'attente, fixant la route droit devant lui. Toute déçue, je l'avais regardé partir mais il ne s'était pas retourné une seule fois.

Nous nous rendîmes en ville à pied, grand-mère et moi, pour aller toucher mon chèque. En revenant, nous nous arrêtâmes chez Mme Thibodeau et chez Mme Livaudis pour les inviter à notre petite fête, puis grand-mère se mit à ses fourneaux avec une ardeur que je ne lui connaissais plus. Je l'aidai dans ses préparatifs, puis nous dressâmes le couvert ensemble. Elle noua un ruban rouge autour de la liasse de billets tout neufs et voulut absolument la placer au milieu de la table, rien que pour impressionner ses amies. Quand elles la virent et apprirent comment je l'avais gagnée, elles en restèrent bouche bée. Pour beaucoup de gens du bayou, cela représentait largement un mois de travail.

— Moi ça ne m'étonne pas, fanfaronna grand-mère. J'ai toujours dit que Ruby deviendrait une artiste célèbre.

— Mais j'en suis loin ! me récriai-je, toute confuse d'être l'objet de l'attention générale. Je ne suis pas célèbre.

— Peut-être pas encore, mais tu le seras un jour, prédit grand-mère. Attends seulement, et tu verras.

Je servis le gombo et les trois femmes se lancèrent dans une grande conversation culinaire. Il devait bien y avoir autant de recettes de gombo que de cajuns dans le bayou, pensai-je en les écoutant. Cela m'amusait de les entendre discuter ingrédients et proportions, chacune ayant son idée sur la meilleure façon de réussir le roux. Le débat s'anima encore lorsque grand-mère déboucha une bouteille de son vin maison, celui qu'elle gardait pour les grandes occasions. Un verre suffit à me faire tourner la tête, mais grand-mère et ses amies vidaient et remplissaient les leurs comme si elles buvaient de l'eau.

La bonne chère, le vin et les rires me rappelaient des jours meilleurs, quand grand-mère et moi nous nous rendions aux fêtes et aux assemblées. J'aimais surtout celle que l'on appelait l'Offrande à la Mariée, une réunion donnée chez de nouveaux époux pour les aider à s'installer, en commençant par la basse-cour. Chaque femme apportait un poulet comme contribution, il y avait toujours abondance de victuailles et de boissons, des musiciens et des danses. Grand-mère Catherine, en tant que guérisseuse, était toujours reçue avec les plus grands égards.

Après le gâteau, servi avec un riche et savoureux café cajun, je dis à grand-mère d'emmener ses amies sur la galerie, pendant que je me chargeais du rangement et de la vaisselle.

— Nous ne devrions pas te laisser faire tout le travail, protesta Mme Thibodeau. C'est ta soirée, Ruby !

Mais je n'en démordis pas et, quand j'eus terminé, je m'avisai que la liasse était toujours au milieu de la table. Je sortis demander à grand-mère où elle voulait que je la range.

— Tu n'as qu'à la mettre dans mon coffre, ma chérie.

Sa réponse me surprit. Jamais elle ne m'avait laissée ouvrir son coffre, jusque-là. Quelquefois, en regardant par-dessus son épaule, il m'était arrivé d'apercevoir des piles de linge fin, des gobelets d'argent, des colliers de perles. J'avais souvent été tentée d'y fouiller, mais grand-mère Catherine le considérait comme son bien le plus sacré. Je n'aurais même pas osé en soulever le couvercle sans sa permission.

Je m'empressai de monter pour y enfouir ma fortune toute neuve, mais une autre surprise m'attendait : il était presque vide. Disparus, les piles de linge et les gobelets d'argent, à l'exception d'un seul. Grand-mère avait troqué ou mis en gage bien plus de choses que je n'aurais cru. Cela me fit mal de voir combien de ses plus chers trésors s'en étaient allés ainsi. Je savais qu'elle tenait à chacun d'eux pour des raisons personnelles, beaucoup plus que pour leur valeur marchande. Je m'agenouillai pour faire le compte de ce qu'il en restait. Un simple rang de perles, un bracelet, quelques foulards brodés, plusieurs piles de documents et de photos, attachés par des élastiques. Parmi les papiers figuraient mes certificats de vaccination, des diplômes scolaires de grand-mère et quelques lettres à l'encre si pâlie qu'elles en étaient presque illisibles.

Je feuilletai les photographies, dont certaines représentaient grand-père Jack dans sa jeunesse. Quel bel homme c'était quand il avait dans les vingt ans ! Grand et brun, larges épaules et hanches étroites, le regard fier, il se tenait très droit et arborait un sourire éclatant. Rien d'étonnant à ce que grand-mère soit tombée amoureuse d'un homme pareil !

Je trouvai d'autres photos de ses parents, décolorées mais pas assez pour m'empêcher de voir que sa mère, mon arrière-grand-mère, avait été une jolie femme aux traits délicats et au sourire très doux. Son père, lui, était un homme robuste, d'allure digne et sévère. Il pinçait les lèvres au lieu de sourire.

Je remis soigneusement ces souvenirs de famille à leur place. Mais au moment où j'allais déposer mon argent dans le coffre, j'aperçus le coin d'une photographie qui dépassait de la vieille Bible de grand-mère. Je soulevai avec précaution le volume relié en cuir, j'entrouvris doucement les pages, dont le papier menaçait de s'effriter aux coins. Et je contemplai la photo.

C'était celle d'un homme très beau, debout devant une grande maison que j'aurais appelée un manoir. Il tenait par la main une petite fille qui ressemblait énormément à celle que j'étais au même âge. Intriguée, je l'étudiai de plus près. La fillette me ressemblait tellement que j'avais l'impression de me voir moi-même. C'était même si troublant que j'allai chercher une photo de moi au même âge pour comparer les deux. Je les plaçai côte à côte et redoublai d'attention.

C'était moi, décidai-je. Vraiment moi. Mais qui était cet homme, et où me trouvais-je quand on avait pris cet instantané ? A l'âge que je semblais avoir, je me serais souvenue d'une maison pareille, forcément. Je ne devais pas avoir plus de six ou sept ans, à cette époque-là. Je retournai la photographie et lus ce qui était écrit au dos :

Chère Gabrielle,

J'ai pensé que tu serais heureuse de la voir le jour de ses sept ans. Elle a exactement les mêmes cheveux que toi et elle est tout ce que je rêvais qu'elle soit.

Tendresses,
Pierre.

Pierre ? Qui était Pierre ? La photo était adressée à ma mère... Etait-il mon père ? J'étais donc allée quelque part avec lui, mais où ? Et pourquoi écrivait-il à ma mère à mon sujet ? Elle était déjà morte. D'ailleurs si je l'avais accompagné quelque part à cet âge-là, je m'en serais souvenue.

Tous ces mystères planaient autour de moi comme autant de menaces, m'étourdissaient, me déroutaient. Saisie d'angoisse, j'examinai à nouveau la fillette et comparai nos deux visages. Aucun doute, c'était bien moi. J'avais été quelque part avec cet homme.

Je respirai profondément et m'efforçai de reprendre mon calme avant de descendre rejoindre grand-mère Catherine et ses amies. Il ne fallait pas qu'elles devinent qu'il s'était passé quelque chose, une chose qui m'avait remuée jusqu'au fond de l'âme. Je savais qu'il était difficile, sinon impossible de dissimuler quoi que ce soit à grand-mère, mais cette fois la chance me servit. Elle était si absorbée dans une recette de crabe à la ravigote qu'elle ne remarqua rien.

Finalement, nos invitées ressentirent la fatigue et se décidèrent à prendre congé. Une fois de plus, j'eus droit aux félicitations et aux grandes embrassades, pendant que grand-mère se rengorgeait comme un dindon, puis nous sortîmes sur la galerie pour les regarder partir.

— Ah ! Ça fait longtemps que je n'avais pas passé une aussi bonne soirée, soupira grand-mère en rentrant avec moi dans la maison. Et toi qui as tout rangé, Ruby, quel amour tu fais ! Je suis vraiment très fière de toi, ma chérie, et...

Elle s'interrompit net et, les yeux mi-clos, me lança un regard aigu. Si excitée qu'elle fût par le vin et la discussion, son intuition de guérisseuse n'était pas endormie. Elle avait perçu mon trouble et se rapprocha de moi.

— Je te trouve toute chose, Ruby. Qu'est-ce qui se passe ?

Je me jetai à l'eau.

— Grand-mère... tu m'as envoyée là-haut ranger l'argent dans ton coffre, tout à l'heure.

— Oui. (Elle émit une sorte de hoquet, plaqua la main sur sa poitrine et recula d'un pas.) Et tu as fouillé dans mes affaires.

— Je ne voulais pas être indiscrète, grand-mère. Mais je n'ai pas pu m'empêcher de regarder les vieilles photos, celles de grand-père Jack, de toi et de tes parents. Et puis j'ai vu quelque chose qui dépassait de ta vieille Bible et... j'ai trouvé ça, dis-je en lui tendant le cliché.

Au coup d'œil qu'elle y jeta, on aurait juré qu'elle contemplait une vision d'apocalypse. Puis elle me la prit des mains et s'assit lentement sur le premier siège venu.

— Qui est cet homme, grand-mère ? Et cette petite fille... c'est moi, n'est-ce pas ?

Elle releva la tête, le regard lourd de tristesse.

— Non, Ruby. Ce n'est pas toi.

— Mais elle me ressemble comme deux gouttes d'eau ! Tiens, regarde, insistai-je en lui tendant les deux photographies. Tu vois bien.

— Oui, elle te ressemble, admit-elle en les examinant. Mais ce n'est pas toi.

— Alors qui est-ce, grand-mère ? Et qui est l'homme de la photo ?

Elle hésita et je m'efforçai de patienter, mais j'étais sur des charbons ardents. Je retins mon souffle.

— Ça ne m'est pas venu à l'esprit quand je t'ai envoyée là-haut, commença-t-elle, mais c'est peut-être la Providence qui a voulu ça. Pour que je sache que le moment était venu.

— De quoi parles-tu, grand-mère ? Quel moment ?

Instantanément, la lassitude maintenant si familière s'inscrivit sur son visage.

— Le moment où tu dois tout savoir, dit-elle d'une voix atone, comme si elle venait de recevoir un grand choc. Savoir pourquoi j'ai chassé ton grand-père pour qu'il vive au fond du marais, comme une bête qu'il est.

Elle ferma les yeux et marmonna quelque chose d'incompréhensible, mais ma patience était à bout.

— Alors qui est cette petite fille, si ce n'est pas moi ?

Grand-mère Catherine plongea le regard dans le mien. Ses joues si rouges un instant plus tôt avaient pris une couleur de cendre :

— C'est ta sœur.

— Ma sœur !

Elle inclina la tête, ferma les yeux et il s'écoula plusieurs secondes avant qu'elle ne les rouvre. Je croyais qu'elle allait en rester là, mais je me trompais. Elle ajouta enfin :

— Et l'homme qui lui tient la main...

Elle n'avait plus besoin de me le dire. J'avais déjà deviné.

— ... c'est ton père.

6

Crève-cœur

Mes questions jaillirent comme une rafale de mitraillette.

— Si tu savais qui était mon père, pourquoi ne me l'avoir jamais dit, grand-mère ? Où habite-t-il ? Comment se fait-il que j'aie une sœur ? Pourquoi toutes ces cachotteries, et quel rapport avec le fait que tu aies dû chasser grand-père ?

Grand-mère Catherine ferma les yeux, ce qui était sa façon de rassembler ses forces. Un peu comme si elle faisait appel à l'énergie d'une autre part d'elle-même, aux pouvoirs de la guérisseuse qu'elle était pour les cajuns de Terrebonne.

Mon cœur battait à tout rompre, j'en avais presque le vertige. Tout s'était tu, un calme impressionnant régnait autour de nous ; comme si chaque oiseau, chaque insecte et la brise elle-même retenaient leur souffle, dans l'attente de ce qui allait suivre. Lorsque grand-mère Catherine ouvrit enfin les yeux, pour me fixer d'un regard infiniment triste et pourtant plein de douceur, je crus l'entendre gémir tout bas.

— Il y a longtemps que je redoute ce jour, commença-t-elle, et j'ai de bonnes raisons pour ça. Quand j'aurai parlé, tu sauras jusqu'où ton grand-père est descendu dans les profondeurs du mal. Tu sauras combien la courte vie de ta mère a été plus tragique et navrante que tout ce que tu as pu imaginer. Et tu sauras aussi combien de choses il m'a fallu te cacher sur ta propre vie, ta famille et ton histoire.

« Ne me le reproche pas, Ruby, implora-t-elle. J'ai essayé d'être plus qu'une grand-mère pour toi. De faire ce que je croyais le mieux pour ton bien. Mais en même temps...

Elle s'interrompit et contempla ses mains abandonnées sur ses genoux.

— ... je dois bien avouer que je me suis montrée un peu égoïste. Je voulais te garder près de moi, garder quelque chose de ma pauvre petite fille. Si j'ai péché, Dieu me pardonne, soupira-t-elle en relevant la tête. Je ne voulais que ton bien, même si je pensais que tu aurais pu avoir la vie plus facile si... si je t'avais abandonnée à la naissance.

Elle se rejeta en arrière et soupira encore, du fond du cœur cette fois. Comme si elle sentait brusquement s'alléger un fardeau qui pesait depuis toujours sur ses épaules.

— Peu importe ce que tu as pu faire et ce que tu vas me dire, grand-mère. Je t'aimerai toujours, tu le sais bien.

Un sourire éclaira ses traits, pour s'effacer presque aussitôt. Elle redevint toute songeuse.

— Pour tout dire, ma chérie, je ne sais pas ce que j'aurais fait sans toi. Je n'aurais pas eu la force de continuer à vivre, même avec le soutien des pouvoirs que j'ai reçus. Tu as été mon salut, mon espoir au long de toutes ces années, Ruby, et tu l'es encore. Et pourtant, maintenant que ma fin approche, il va falloir que tu quittes le bayou. Tu dois aller là où est ta place.

— Et où cela, grand-mère ?

— A La Nouvelle-Orléans.

— Parce que j'ai du talent ? demandai-je, certaine d'avoir deviné juste. (Elle me l'avait si souvent répété !)

— Pas seulement pour cela, Ruby. Ecoute...

Elle se redressa sur son siège, et cette fois, je compris que j'allais enfin savoir.

— Après cette malheureuse histoire avec le père de Paul Tate, reprit-elle, Gabrielle est devenue très renfermée, très solitaire. J'avais beau la supplier, elle ne voulait même plus aller en classe. Et comme il ne passait pas grand monde par ici, elle ne voyait pratiquement plus personne. Elle devint une espèce de sauvageonne, une vraie créature du bayou, bien plus proche de la nature que des humains.

« Et la nature lui ouvrait les bras. Les oiseaux qu'elle aimait lui rendaient son amour. J'ai bien souvent pu observer un busard des marais qui voletait d'arbre en arbre, pour la suivre le long des canaux. Il lui arrivait de passer tout un après-midi dehors, et elle rentrait toujours avec des fleurs magnifiques dans les cheveux.

« Elle pouvait rester des heures assise au bord de l'eau, fascinée par le flux et le reflux, hypnotisée par le chant des oiseaux. Les grenouilles se rassemblaient autour d'elle et il m'arrivait de me dire qu'elles lui parlaient.

« Elle ne craignait rien, et rien ne lui faisait de mal. Les alligators eux-mêmes restaient à bonne distance quand elle marchait aux abords du marécage. Ils se contentaient de lever la tête hors de l'eau et de la regarder de loin. C'était comme si le marais lui-même et tous les animaux sauvages qu'il abritait la reconnaissaient comme une des leurs.

« Elle naviguait à la perche bien mieux que ton grand-père Jack, sans jamais buter dans un obstacle, et connaissait les canaux mieux que lui. Elle s'aventurait au plus profond des marais, là où personne n'allait jamais. Si elle avait voulu, elle aurait fait un bien meilleur guide que ton grand-père, pour sûr !

« Et plus le temps passait, plus elle devenait belle, à croire qu'elle captait la beauté des choses qui l'entouraient. Elle fleurissait comme une rose et rayonnait comme une renoncule des marais. Elle marchait plus légèrement que les cerfs et s'en approchait sans les effrayer. Je l'ai vue plus d'une fois leur caresser la tête, oui, de mes yeux vue...

Grand-mère sourit à ces images d'autrefois, radieux souvenirs que j'aurais tant voulu partager ! Je mourais d'envie d'entendre la suite.

— Ma douce petite Gabrielle, poursuivit-elle d'une voix émue. J'aimais tellement son rire léger, son sourire lumineux...

« Quand j'étais petite, bien plus petite que toi maintenant, ma grand-mère me parlait des fées et des nymphes qui hantent les marais. Elles ne se montraient qu'à ceux dont le cœur était pur disait-elle. Comme j'ai pu désirer les voir, si tu savais ! Je n'en ai jamais vu, mais je crois que j'en étais bien près quand je contemplais ma fille, ma chère, chère Gabrielle !

Grand-mère essuya furtivement une larme et se racla la gorge.

— Un peu plus de deux ans après cette aventure entre M. Tate et Gabrielle, un jeune créole de La Nouvelle-Orléans — un beau gars, ça oui ! — est venu chasser le canard avec son père dans le bayou. C'est qu'on connaissait ton grand-père, là-bas, il faut dire ce qui est. C'était le meilleur guide, par ici.

« Donc, ce jeune homme... ah, ça n'a pas traîné ! A la minute où il a vu Gabrielle sortir des roseaux, un geai bleu sur l'épaule, il est tombé amoureux. Elle était si belle... Ses cheveux avaient foncé, ils étaient devenus d'une belle teinte acajou et ils lui tombaient jusqu'au milieu du dos.

Elle avait mes yeux noirs, le teint mat de grand-père et des dents blanches comme... comme les touches d'un accordéon tout neuf, tiens !

« Plus d'un jeunot qui avait traîné ses guêtres par ici avait perdu son cœur d'un coup, rien qu'à voir ma Gabrielle. Mais elle tenait les hommes à distance, maintenant. S'il y en avait un seul qui s'arrêtait pour lui parler, elle lui riait au nez. Et pfft ! Elle disparaissait, tellement vite qu'il restait là tout quinaud à se demander s'il avait vu un esprit des marais, ou même une fée, si ça se trouve. Mais va savoir pourquoi...

Grand-mère s'accorda le temps de reprendre haleine.

— Gabrielle ne s'est pas sauvée devant Pierre Dumas. Oh, il avait de l'allure, je te l'accorde. C'était un beau grand gars, très élégant et tout. Mais plus tard, elle m'a dit que c'était sa gentillesse qui lui avait plu. Elle lui trouvait quelque chose de tendre, d'attachant, et elle n'avait pas peur de lui. Pour moi, je n'ai jamais vu un homme tomber amoureux aussi vite. S'il avait pu envoyer promener ses beaux habits à la minute et partir vivre au fond des marais avec ma Gabrielle, il l'aurait fait.

« Seulement voilà, il était déjà marié, depuis quelques années. Les Dumas sont une des plus vieilles familles de La Nouvelle-Orléans, Ruby. Et aussi une des plus riches. Ces gens-là ne se mélangent pas avec n'importe qui, ils tiennent à leur fortune et à leur rang. C'est en fonction de tout ça qu'ils se marient, pour protéger leur précieux sang bleu et leurs privilèges. La femme de Pierre Dumas aussi venait d'une vieille famille créole, des gens très distingués.

« Le malheur, c'est qu'elle n'avait toujours pas d'enfant, depuis le temps. Et Charles Dumas, le père de Pierre, ne pouvait pas supporter l'idée qu'elle n'en ait pas. Pierre aussi en désirait, bien sûr, mais les Dumas étaient bons catholiques et un divorce était hors de question. Une adoption aussi, car Charles Dumas voulait que ses petits-enfants soient de son sang.

« Semaine après semaine, Pierre et son père venaient à Houma chasser le canard, quand Pierre ne venait pas tout seul. Il ne tarda pas à passer beaucoup plus de temps avec Gabrielle qu'avec ton grand-père, et naturellement je me faisais du souci. Même si Pierre n'avait pas été marié, son père n'aurait jamais voulu qu'il choisisse une fille en dehors de son milieu, une simple cajun du bayou. J'ai mis Gabrielle en garde, mais elle s'est contentée de sourire. Autant essayer d'arrêter le vent, voilà ce qu'elle semblait dire ! Et elle me répétait tout le temps, tellement sûre d'elle :

« — Pierre ne voudrait pour rien au monde me faire du mal, maman.

« Bientôt, il ne prit même plus la peine de chasser avec ton grand-père. Gabrielle et lui emportaient un pique-nique et partaient en canot tout au fond du marais, vers des endroits qu'elle était la seule à connaître.

Grand-mère Catherine marqua une pause et garda longuement les yeux baissés. Quand elle les releva, j'y lus un immense chagrin.

— Cette fois-ci, reprit-elle, Gabrielle n'a pas eu besoin de m'annoncer qu'elle était enceinte. Je l'ai su à sa mine, et bientôt je l'ai vu à ses formes. Quand j'ai abordé le sujet, elle a encore souri et m'a dit qu'elle voulait l'enfant de Pierre. Elle voulait qu'il soit élevé dans le bayou et qu'il aime le marais comme elle l'aimait elle-même. Elle m'a fait promettre que, quoi qu'il puisse arriver, je veillerais à ce qu'il en soit ainsi. Dieu me pardonne, j'ai fini par céder. Je le lui ai promis, même si ça me brisait le cœur de la voir avec un enfant et de savoir comment les gens de chez nous la jugeraient.

« Nous avons essayé de cacher la vérité, en répandant l'histoire de l'étranger au fais-dodo. Certains l'ont crue, d'autres n'ont vu là qu'une raison de plus de mépriser les Landry. Même mes meilleures amies, qui me faisaient bonne figure, chuchotaient derrière mon dos. Et bien des gens que j'avais secourus faisaient partie des médisants.

Grand-mère inspira une longue goulée d'air, comme si elle y puisait la force de continuer.

— A mon insu, ton grand-père et Charles Dumas s'étaient rencontrés pour discuter de la naissance imminente. Ton grand-père avait de l'expérience en la matière, il avait déjà vendu un enfant illégitime de Gabrielle. Il était plus joueur que jamais. Il ne lui restait plus rien à monnayer, il avait des dettes partout.

« Au cours des six dernières semaines de la grossesse de Gabrielle, un accord fut conclu. Charles Dumas offrait quinze mille dollars pour l'enfant et ton grand-père s'empressa d'accepter, naturellement. A La Nouvelle-Orléans, ils s'occupaient déjà de monter toute une comédie pour faire croire que la femme de Pierre était la mère du bébé. Ton grand-père l'a dit à Gabrielle et elle en a eu le cœur brisé, la pauvre. Mais le pire était encore à venir.

Grand-mère se mordit la lèvre, les yeux brillants de larmes contenues. Elle ne voulait pas pleurer, pas avant d'avoir achevé son histoire. Je me hâtai d'aller lui chercher un verre d'eau.

— Merci, ma chérie. Ça va mieux, affirma-t-elle après en avoir bu quelques gorgées.

Je retournai m'asseoir, suspendue à ses lèvres, et elle reprit le fil de son récit.

— Ma pauvre Gabrielle commença à dépérir de chagrin. Elle se sentait trahie, mais pas tellement par ton grand-père, en fait. Elle avait toujours accepté ses défauts et ses faiblesses, comme elle acceptait les réalités les plus cruelles de la nature. Pour elle, c'était dans l'ordre des choses.

« Mais que Pierre ait consenti à ce marché, c'était tout à fait différent. Ils avaient échangé des serments secrets au sujet de l'enfant à naître. Pierre devait lui envoyer de l'argent pour l'aider à l'élever, il avait promis de venir plus souvent. Il avait même dit qu'il tenait à ce que l'enfant grandisse dans le bayou, qu'il en fasse partie et reste auprès de Gabrielle, dans son univers. Un univers qu'il préférait au sien, d'après lui, parce que c'était là qu'il avait rencontré Gabrielle et était tombé amoureux d'elle.

« Elle a eu tellement de chagrin quand grand-père Jack lui a mis le marché en main qu'elle n'a opposé aucune résistance. Elle était accablée. Elle restait des heures entières assise sous un sycomore ou un cyprès, à regarder fixement devant elle, comme si son cher marais l'avait trahie, lui aussi. Elle avait cru en sa magie, adoré sa beauté, et cru que Pierre partageait tout cela, lui aussi. Et maintenant elle découvrait des vérités bien plus dures, plus fortes, plus cruelles. Et une en particulier, la pire de toutes. C'est que la loyauté de Pierre envers sa famille et son propre univers exerçait plus de pouvoir sur lui que ses engagements envers elle.

« J'avais beau la supplier, la cajoler, elle ne mangeait presque plus. J'essayais de compenser ce manque de nourriture par des potions fortifiantes, mais rien n'y faisait. Ou elle les refusait, ou mes herbes étaient incapables de surmonter sa dépression. Au lieu de s'épanouir pendant les dernières semaines de sa grossesse, elle dépérit de plus en plus. Elle avait les yeux cernés, elle était tout alanguie et dormait presque tout le temps.

« Ça n'empêchait pas son ventre de grossir, pourtant, et je savais pourquoi, mais je n'en ai rien dit. Ni à elle, ni à

131

ton grand-père. J'avais trop peur qu'il se dépêche d'aller conclure un autre marché, dès qu'il saurait ça.

— Dès qu'il saurait quoi, grand-mère ?

— Que Gabrielle attendait des jumeaux.

La signification de ces paroles me foudroya. J'eus l'impression que mon cœur s'arrêtait.

— Des jumelles ! Alors... j'ai une sœur ?

J'avais pourtant vu à quel point je ressemblais à la petite fille de la photo, mais je n'avais jamais envisagé cette éventualité.

— Oui. C'était elle, l'enfant premier-né, celui que j'ai donné à ton grand-père cette nuit-là. Je n'oublierai jamais cette nuit, Ruby ! Grand-père avait prévenu les Dumas que Gabrielle était en travail ; ils sont arrivés en limousine et ils ont attendu dehors. Ils avaient amené une infirmière, mais je n'ai pas voulu qu'elle mette les pieds chez moi. Ils étaient tous très impatients, le vieux monsieur fumait dans la voiture et je voyais la braise de son gros cigare, derrière la vitre.

« Dès que ta sœur est née, j'ai fait sa toilette et je l'ai tendue à grand-père. Il n'en revenait pas de me voir si coopérative, tout d'un coup. Il s'est précipité dehors avec la petite pour aller toucher son argent de malheur. Quand il est revenu, je t'avais lavée, enveloppée dans un lange et déposée dans les bras de ta mère.

« Il est devenu fou furieux quand il a vu ça. Il hurlait que j'aurais dû le prévenir, que je venais de jeter quinze mille dollars par la fenêtre. Il a même déclaré qu'il n'était pas trop tard et il a voulu t'arracher à Gabrielle pour courir après la limousine. Alors là...

— Qu'est-ce que tu as fait, grand-mère ?

— J'ai empoigné une poêle à frire que je gardais sous la main exprès pour ça, et vlan ! Je l'ai assommé d'un bon coup sur le crâne. Quand il a repris connaissance, j'avais emballé toutes ses affaires dans deux sacs. Je l'ai chassé de la maison, en le menaçant de tout raconter s'il ne nous laissait pas tranquilles, et j'ai jeté les deux sacs dehors. Il les a ramassés, il est parti avec pour aller vivre dans sa cabane de trappeur et il y est resté, conclut-elle. Bon débarras !

— Et ma mère ? demandai-je, d'une voix si faible que je l'entendis à peine. Que lui est-il arrivé ?

Ce fut là que grand-mère, enfin, donna libre cours à son chagrin. Les larmes ruisselèrent sur ses joues, zigzaguèrent jusqu'à son menton, mais elle trouva la force de parler.

— Dans l'état de faiblesse où elle se trouvait, cette double naissance l'a achevée. Mais avant de fermer les yeux pour la dernière fois, elle t'a regardée, Ruby, et elle t'a souri. Moi, je me suis dépêchée de lui promettre ce qu'elle voulait. Que je te garderais avec moi, dans le bayou, pour t'élever comme elle l'avait été. Que tu connaîtrais notre monde, nos traditions. Et qu'un jour, quand le moment serait venu, tu saurais... tout ce que je viens de te dire.

« Les derniers mots de Gabrielle ont été : *Merci, maman, ma jolie maman...*

Grand-mère sanglotait à présent, la tête affaissée sur la poitrine. Je bondis de ma chaise pour aller la serrer dans mes bras et pleurer avec elle. Je pleurais la mère que je n'avais jamais vue, jamais touchée, que je n'avais jamais entendue m'appeler par mon nom. Que savais-je d'elle, que me restait-il d'elle ? Un ruban qu'elle avait porté dans ses beaux cheveux d'acajou, quelques robes, quelques photos pâlies...

Ne jamais connaître le son de sa voix, ne jamais la sentir me serrer sur sa poitrine et me consoler, ni effleurer ma joue de ses lèvres ; ne pas pouvoir cacher mon visage dans ses cheveux, ni entendre ce rire innocent et adorable dont m'avait parlé grand-mère ; ne jamais rêver, comme tant d'autres petites filles, qu'un jour je deviendrais aussi jolie qu'elle... voilà ce qui me restait d'elle : un crève-cœur.

Comment pourrais-je aimer à mon tour, sachant tout cela ? Mon vrai père, l'homme que ma mère chérissait, avait trahi sa confiance et son amour. Il l'avait si durement blessée au cœur qu'elle en était morte.

Grand-mère Catherine releva la tête, essuya ses larmes et me sourit.

— Peux-tu me pardonner d'avoir gardé tout cela pour moi jusqu'à présent, Ruby ?

— Oui, grand-mère. Je sais que tu l'as fait par amour pour moi, pour me protéger. Est-ce que mon père a su ce qui était arrivé à ma mère ? Sait-il seulement que j'existe ?

— Non. Et c'est une des raisons qui m'ont poussée à t'encourager dans ton art, à souhaiter que tu exposes à La Nouvelle-Orléans. J'espérais qu'un jour Pierre Dumas entendrait parler d'une certaine Ruby Landry et se poserait des questions.

« Je me suis sentie bien coupable, et cela m'a fait beaucoup de chagrin que tu n'aies jamais rencontré ton père ni ta sœur. Maintenant, mon cœur me dit que le temps est venu. Quoi qu'il puisse m'arriver, Ruby, tu dois me promettre, me jurer d'aller voir Pierre Dumas et de lui dire qui tu es.

— Il ne t'arrivera rien, grand-mère, voyons !

— N'empêche, promets-le-moi, Ruby. Je ne veux pas que tu restes ici avec ce... ce vaurien. Promets.

— Je te le promets, grand-mère. Et maintenant, plus un mot là-dessus. Tu es fatiguée, il faut que tu te reposes, insistai-je. Demain, tu auras retrouvé tes forces.

Elle me caressa les cheveux en souriant.

— Ma jolie Ruby, ma chère petite Gabrielle... tu es tout ce que ta mère rêvait que tu sois.

Je l'embrassai sur la joue et l'aidai à se lever.

Jamais elle ne m'avait paru aussi vieille que ce soir-là, quand elle monta se coucher. Je l'accompagnai pour être sûre que tout allait bien et l'aider à se mettre au lit. Puis, comme elle l'avait fait tant de fois pour moi auparavant, je remontai la couverture sous son menton, m'agenouillai près d'elle et l'embrassai en lui souhaitant une bonne nuit. Au moment où j'allais sortir, elle tendit le bras vers moi.

— Ruby, dit-elle en saisissant ma main, malgré ce qu'il a pu faire, il faut que ton père ait été foncièrement bon pour que ta mère l'ait tant aimé. C'est la seule chose que tu dois chercher en lui, cette bonté, le meilleur de lui-même. Garde une place dans ton cœur pour cette meilleure part, sois prête à l'aimer pour cela et tu trouveras la joie et la paix.

— Comme tu voudras, acquiesçai-je ; même si en cet instant je n'imaginais pas comment je pourrais éprouver pour lui autre chose que de la haine.

Et j'éteignis la lumière, abandonnant grand-mère aux fantômes de son passé.

J'allai m'asseoir sur la galerie, pour contempler la nuit et méditer sur ce que je venais d'apprendre. J'avais une sœur jumelle. Elle vivait quelque part à La Nouvelle-Orléans, et qui sait ? Peut-être qu'en ce moment précis elle admirait ces mêmes étoiles, elle aussi. Sauf qu'elle ignorait mon existence. Qu'éprouverait-elle, quand elle saurait ? Serait-elle aussi émue et heureuse que moi, aussi impatiente de faire ma connaissance que je l'étais de faire la sienne ? Elle avait été élevée à la créole, dans une famille aisée de La Nouvelle-Orléans. Cela nous rendrait-il très différentes ? Comme il me tardait de le savoir !

Et mon père ? Comme je l'avais toujours supposé, il ignorait jusqu'à mon existence, lui aussi. Comment réagi-

135

rait-il ? Par un regard méprisant, comme pour la nier ? Aurait-il honte ? Et moi... comment pourrais-je me présenter à lui, comme le souhaitait grand-mère ? Ma seule présence lui compliquerait la vie, la lui rendrait peut-être même impossible. Et malgré tout, j'étais curieuse, je ne pouvais pas m'en empêcher. A quoi ressemblait-il, celui qui avait ravi le cœur de mon adorable mère ? Mon père, le mystérieux inconnu de mes tableaux...

En soupirant, je laissai errer mon regard à travers l'obscurité du bayou, jusqu'à ce qu'il s'arrête sur un espace argenté de lune. C'est là que j'avais toujours ressenti le plus vivement la profondeur du secret qui cernait ma vie, dans ces golfes d'ombre peuplés de murmures. On aurait dit que les animaux, tous les oiseaux mais surtout le busard des marais voulaient m'apprendre qui j'étais, me raconter toute l'histoire. Les énigmes du passé, les heures difficiles de notre vie, la tension douloureuse et pleine de violence qui régnait entre mes grands-parents et les séparait, tout cela m'avait forcée à grandir trop vite. A quinze ans, j'étais plus mûre que je n'aurais souhaité l'être.

Parfois, le désir d'être pareille aux autres filles de mon âge me tenaillait à m'en rendre malade. Celles que je connaissais riaient pour un rien, elles ne pliaient pas comme moi sous le poids des soucis, des responsabilités trop lourdes pour elles. Ma mère avait connu le même sort, elle aussi. Et comme le temps avait passé vite ! Ma pauvre mère... Elle avait été cette enfant innocente, tout occupée à découvrir, à explorer, à savourer ce qui lui apparaissait comme un éternel printemps. Et tout à coup, les nuages noirs s'étaient amassés sur sa tête, surgis de nulle part. Son sourire s'était effacé, son rire cristallin était allé mourir au fond des marécages. Et elle aussi s'en était allée, feuille morte emportée par le vent d'un automne bien trop précoce. Quelle injustice ! S'il y avait un ciel ou un enfer, c'est ici qu'ils se trouvaient. Sur terre. Nous n'avions pas besoin de mourir pour y aller.

Exténuée, l'esprit tout enfiévré par ces révélations, je me hâtai de rentrer pour éteindre les lampes avant de me coucher. Puis je montai, laissant derrière moi un sillage de ténèbres et rendant le monde aux démons avides, toujours si habiles et si prompts à s'emparer de nos cœurs sans défense pour les déchirer à belles dents.

Pauvre grand-mère ! J'adressai au ciel une petite prière à son intention. Tant de déboires et de chagrins auraient pu la rendre amère et cynique, mais non. Elle pensait toujours aux autres, et surtout à moi. Jamais je ne l'avais autant aimée que ce soir-là. Jamais je n'aurais pensé non plus que je pourrais pleurer autant sur la mère que je n'avais pas connue, encore plus que sur moi-même. C'est pourtant ce que je fis : je versai toutes les larmes de mon corps.

Le lendemain, grand-mère eut du mal à se lever, elle gagna la cuisine d'un pas lourd et traînant. Aussitôt, je me promis de faire l'impossible pour lui remonter le moral, lui rendre toute son énergie et sa vivacité d'antan. Quand je la rejoignis pour le petit déjeuner, je me gardai bien de revenir sur notre conversation de la veille, naturellement. Je parlai avec enthousiasme de nos travaux, et spécialement de l'aquarelle que je comptais entreprendre.

— Ce sera un portrait de toi, grand-mère.

— De moi ? Oh non, ma chérie, pas de moi ! Je suis vieille et toute ratatinée, je...

— Tu es très belle, grand-mère, et tu comptes beaucoup pour moi. Je veux te peindre dans ton rocking-chair, sur la galerie. J'essaierai de représenter une partie de la maison, le plus de détails possible, mais ce sera toi le sujet principal. Les portraits de guérisseurs cajuns sont plutôt rares, quand on y pense. Si je réussis le tien, je suis sûre qu'on me le paiera très cher à La Nouvelle-Orléans.

— Je me vois mal rester assise toute la journée à poser pour un tableau, protesta-t-elle pour la forme.

Mais je savais qu'elle était d'accord. Cela lui permettrait de se reposer avec la conscience tranquille, sans se reprocher de ne pas être occupée à tisser ou à broder. Je commençai le portrait cet après-midi-là.

— Est-ce qu'il va falloir que je remette les mêmes habits tous les jours, jusqu'à ce que tu aies fini ? me demanda-t-elle en s'installant.

— Mais non, grand-mère. Quand je t'aurai dessinée dans ces vêtements, je n'aurai plus besoin de les avoir tout le temps sous les yeux. L'image est déjà gravée là, précisai-je en pointant l'index sur ma tempe.

Je travaillai d'arrache-pied à ce portrait, en me concentrant sur la ressemblance. Chaque fois qu'elle posait pour moi, grand-mère s'endormait au beau milieu de la séance. Je lui trouvais l'air très paisible dans son sommeil, et j'essayais de saisir cette expression. Un jour, je décidai qu'un geai ferait très bien, perché sur la rambarde. Et c'est alors que j'eus l'idée de représenter un visage à la fenêtre, mais je ne dis rien à grand-mère. Ce visage serait celui de ma mère. En m'inspirant de nos vieilles photographies, je me mis aussitôt à la tâche.

Tant que durèrent les séances de pose, grand-mère ne demanda jamais à voir mon travail et je le rangeai chaque soir dans ma chambre, caché sous une étoffe. Je tenais à lui en réserver la surprise. Finalement, j'en vins à bout, et le soir même je lui annonçai la nouvelle. Nous étions dans la cuisine, j'avais attendu la fin du dîner.

— Je suis sûre que tu m'as faite bien mieux qu'en vrai, déclara-t-elle quand j'allai chercher le portrait.

Je le découvris devant elle et, pendant un long moment, elle resta parfaitement silencieuse, sans laisser paraître la moindre émotion. Je commençais à me dire qu'elle n'aimait pas mon travail, quand elle tourna vers moi un visage changé. On aurait juré qu'elle avait vu un fantôme.

— Toi aussi, tu les as reçus, chuchota-t-elle.

— Reçu quoi, grand-mère ?

— Les pouvoirs. La spiritualité. Pas sous la même forme que moi, peut-être, mais tu les possèdes. Chez toi, c'est un don artistique, une vision. Quand tu peins, tu vois au-delà des apparences. Tu vois l'intérieur des choses et des gens.

« J'ai souvent senti la présence de Gabrielle dans cette maison, Ruby. Si tu savais combien de fois, en sortant, je me suis retournée pour l'apercevoir à cette fenêtre ! Tantôt elle me souriait, tantôt elle était toute rêveuse, regardant je ne sais quoi. Le marais, un oiseau, un cerf peut-être. Et tu sais quoi, Ruby ? Elle avait toujours cet air-là, dit grand-mère en pointant le menton vers le portrait. Quand tu peignais, tu la voyais. Elle était dans ta vision, dans tes yeux. Dieu soit loué ! s'exclama-t-elle en m'attirant à elle pour m'embrasser. C'est une très belle peinture, ma chérie. Ne la vends pas.

— C'est entendu, grand-mère.

Elle poussa un gros soupir, écrasa une larme du doigt, se leva lentement. Et nous passâmes dans la salle de séjour, afin de trouver le meilleur endroit pour y accrocher le portrait.

L'été s'acheva, du moins ailleurs et selon le calendrier, mais pas dans le bayou. Chez nous, il faisait toujours aussi étouffant et humide qu'au milieu de juillet. La chaleur écrasante semblait onduler dans l'air, vague après vague, nous accablant sous son poids. Les jours paraissaient interminables et le moindre geste, la moindre tâche étaient plus pénibles et plus difficiles qu'ils n'auraient dû l'être.

Durant tout l'automne et le début de l'hiver, grand-mère Catherine prodigua ses soins, distribua ses remèdes et fit usage de ses pouvoirs, surtout auprès des vieillards. Ils la trouvaient plus attentive à leurs fatigues et à leurs maux qu'un médecin ordinaire, et pour cause. Elle les comprenait d'autant mieux qu'elle souffrait des mêmes troubles et douleurs.

Au début de février, par un beau jour clair où seuls quelques légers nuages rayaient le bleu du ciel, une fourgonnette déboucha sur le chemin, cornant et cahotant. Grand-mère et moi étions dans la cuisine, picorant un déjeuner frugal.

— Y a quelqu'un qui est en peine, dit-elle en se levant pour aller à la porte.

C'était Raoul Balzac, un pêcheur de crevettes qui habitait à vingt kilomètres de là, au fin fond du bayou. Grand-mère aimait beaucoup sa femme, Bernardine, dont elle avait soigné la mère jusqu'à sa mort.

— C'est mon gars, madame Landry, cria Raoul de la camionnette, mon petit de cinq ans ! Il est tout brûlant de fièvre.

— Une piqûre d'insecte ? s'enquit vivement grand-mère.

— J'ai pas vu de morsure ni rien.

— J'arrive, Raoul !

Elle alla chercher son panier de remèdes et d'objets sacrés, revint aussitôt et gagna la porte aussi vite qu'elle put.

— Tu ne veux pas que je t'accompagne, grand-mère ?

— Non, ma chérie. Reste ici et prépare-nous quelque chose pour dîner. Une bonne jambalaya, comme tu sais si bien les faire, ajouta-t-elle en contournant la camionnette.

Raoul l'aida à y prendre place et démarra à vive allure, en cahotant sur le sentier aussi durement qu'à l'arrivée. Je ne pouvais pas lui en vouloir d'être aussi inquiet, bien sûr, et une fois de plus je me sentis fière de grand-mère, de la confiance qu'on lui accordait. N'était-ce pas toujours elle que les gens venaient chercher ?

Un peu plus tard, je commençai à préparer le dîner comme elle me l'avait demandé, tout en écoutant de la musique cajun à la radio. La météo annonça des précipitations orageuses, et bientôt les parasites confirmèrent cette prédiction. Effectivement, vers la fin de l'après-midi, le ciel avait pris cette teinte rouge sombre qui prélude souvent aux orages violents. Je me faisais du souci pour grand-mère Catherine. Quand j'eus fermé tous les volets de la maison, j'allai me camper devant la porte, pour guetter l'arrivée de la camionnette de Raoul. Mais ce fut la pluie qui arriva.

Il y eut d'abord une averse de grêlons, puis l'eau crépita sur le toit, martelant la tôle à grand bruit, à croire qu'elle allait passer au travers. La pluie déferlait sur le bayou, chassée par le vent qui courbait les cyprès et les sycomores, tordait les branches, arrachait les feuilles. Le roulement grave et lointain du tonnerre se rapprocha, s'enfla et devint un vacarme étourdissant, une explosion d'éclairs. Les coups de foudre se succédaient sans interruption, incendiant le ciel. Les busards lançaient des cris stridents, tout ce qui vivait et bougeait se démenait frénétiquement pour trouver un abri. La rambarde du porche gémissait sous les assauts du vent, et toute la maison semblait fléchir, se tordre de tous ses bois sous la tornade. Quant à moi, je ne me souvenais pas d'avoir jamais subi pareil orage, ni d'avoir jamais eu aussi peur.

Finalement, la fureur de la tempête commença à diminuer. Les gouttes tombaient déjà moins dru, le vent décrut et se calma peu à peu, jusqu'à n'être plus qu'une brise froide. Après cela, la nuit tomba très vite et il me fut impossible de voir quels dégâts le marais avait subis. Mais la pluie durait toujours et, pendant des heures et des heures, elle tambourina sur le toit.

J'espérais que Raoul aurait attendu la fin de l'ouragan pour ramener grand-mère chez nous, et qu'il n'allait plus tarder. Mais les heures passèrent, l'ouragan s'apaisa, et la camionnette ne se montrait toujours pas. Je devins de plus en plus inquiète. Si seulement nous avions eu le téléphone, comme la plupart des habitants du bayou ! Mais cela n'aurait sans doute servi à rien, les lignes devaient être coupées après une tornade pareille.

Notre dîner était cuit depuis longtemps, il mijotait dans la marmite. Je n'avais pas très faim, j'étais bien trop nerveuse, mais je finis par manger un morceau. Puis je débarrassai, fis la vaisselle... et toujours pas de grand-mère. Après cela, je passai une heure et demie sur la galerie à scruter l'obscurité, guettant les phares de Raoul. Il passait bien un véhicule de temps à autre, mais ce n'était jamais lui.

Douze heures s'étaient écoulées depuis qu'il était venu chercher grand-mère quand, finalement, son camion apparut au tournant du chemin. Je le vis clairement à travers le pare-brise, avec son fils aîné à ses côtés, mais pas trace de grand-mère Catherine. Je dégringolai les marches au moment où il s'arrêtait devant la maison.

— Où est ma grand-mère ? m'écriai-je sans lui laisser le temps de placer un mot.

— A l'arrière. Elle se repose.

— Quoi ?

Je contournai précipitamment la camionnette. Grand-mère Catherine était étendue sur un vieux matelas, protégée par une couverture. Le matelas lui-même était posé sur une planche et servait de couchette aux enfants et à la femme de Raoul, quand ils avaient un long voyage à faire.

— Oh, grand-mère ! Qu'est-ce qu'elle a ? demandai-je à Raoul qui m'avait rejointe.

— Elle s'est évanouie, il y a de ça quelques heures. La fatigue. Nous lui avons proposé de passer la nuit chez nous, mais elle a insisté pour rentrer, alors... nous n'avons pas voulu la contrarier. Elle a ôté la fièvre du petit, ajouta Raoul en souriant. Il est guéri.

— Je m'en réjouis pour vous, monsieur Balzac, mais grand-mère Catherine...

— Nous allons vous aider à la mettre au lit, déclara-t-il. Jean, viens me donner un coup de main.

Ils abaissèrent la paroi mobile du hayon, soulevèrent planche et matelas et les tirèrent doucement hors de la camionnette. Grand-mère Catherine s'agita et ouvrit les yeux.

— Grand-mère, appelai-je en lui prenant la main. Qu'est-ce que tu as ?

— Ce n'est rien, juste un peu de fatigue, marmonna-t-elle. Ça va passer.

Mais ses paupières se refermèrent si rapidement que j'en eus froid dans le dos.

— Vite ! m'écriai-je en courant ouvrir la porte devant les deux hommes.

Ils portèrent grand-mère à l'intérieur, la montèrent dans sa chambre et la firent passer du matelas dans son propre lit.

— Puis-je faire autre chose pour vous, Ruby ? s'enquit Raoul

— Non, je vais m'occuper d'elle. Merci.

— C'est moi qui la remercie, en notre nom à tous. Ma femme vous enverra quelque chose dans la matinée, et nous passerons prendre de ses nouvelles.

J'acquiesçai d'un signe et ils se retirèrent. Je déchaussai aussitôt grand-mère et la déshabillai. Elle était comme droguée, à peine capable d'ouvrir les yeux ni de remuer les jambes. Je ne sais même pas si elle se rendit compte que je l'avais mise au lit.

Toute la nuit je restai à son chevet, attendant qu'elle s'éveille. Elle gémit et grogna plusieurs fois, mais sans ouvrir les yeux, et le lendemain matin seulement je sentis qu'elle pressait mon bras pour attirer mon attention. Je m'étais endormie sur ma chaise.

— Grand-mère ! Comment te sens-tu ?

— Juste un peu fatiguée, Ruby, mais je vais bien. Comment suis-je arrivée dans mon lit ? Je ne me souviens de rien.

— M. Balzac et son fils t'ont ramenée en camionnette. C'est eux qui t'ont portée jusqu'ici.

— Et tu as passé toute la nuit à me veiller ?

— Mais oui.

Elle réussit à sourire.

— Ma pauvre chérie, j'ai manqué ta jambalaya. Elle était bonne, au moins ?

— Oui, grand-mère, sauf que j'étais trop inquiète à ton sujet pour manger beaucoup. Qu'est-ce que tu as ?

— Rien qu'un coup de fatigue, à cause de tout ce que j'ai dû faire, je suppose. Ce pauvre petit a été piqué par une vipère, mais sous le talon, ce n'était pas facile à voir. Il courait pieds nus dans l'herbe, il a dû la déranger.

— Grand-mère, tu n'es jamais revenue aussi fatiguée d'une visite, jusqu'à présent.

— Je vais me remettre, Ruby. Apporte-moi simplement un verre d'eau, tu veux bien ?

J'allai chercher le verre et elle but lentement, à petites gorgées. Puis — une fois de plus — elle ferma les yeux.

— Il me faut juste un peu de repos et je me sentirai mieux, affirma-t-elle. Toi, va manger un morceau et cesse de t'inquiéter. Allez, file !

Je lui obéis à contrecœur. Un peu plus tard, quand je revins jeter un coup d'œil dans sa chambre, je la trouvai profondément endormie.

Quand elle s'éveilla, juste avant le déjeuner, elle avait le teint cireux, les lèvres bleues. Elle était si faible que je dus l'aider à s'asseoir dans son lit et qu'elle eut encore besoin de moi pour s'habiller.

— Je vais m'asseoir un moment sur la galerie, décida-t-elle.

— Il faut que tu manges un peu, d'abord.

— Non. Je veux juste m'asseoir sur la galerie.

Elle s'appuya lourdement sur moi pour se lever, puis pour se déplacer. Je n'avais jamais eu aussi peur pour elle. Quand elle s'affala dans son rocking-chair, je craignis un instant qu'elle ait perdu connaissance mais elle parvint à ébaucher un faible sourire.

— Apporte-moi donc un peu d'eau chaude avec du miel, ma chérie. C'est tout ce qu'il me faut.

Je m'empressai de la satisfaire et elle but le breuvage en se balançant, très doucement. Puis elle leva sur moi un regard si vague et si lointain que je faillis céder à la panique.

— On dirait que je suis plus fatiguée que je ne croyais, dit-elle enfin. Je ne voudrais pas t'effrayer, ma petite Ruby, mais j'aimerais que tu fasses quelque ch██ ██ur moi. Je me sentirais plus... plus rassurée, acheva-t-█ ██ me prenant la main.

La sienne était tout humide, et en même tem█ ███ froide. J'eus soudain très froid, moi aussi. Ma gorg█ ██ serra et la pression des larmes qui voulaient couler me fit

145

mal aux paupières. Je ne sentais plus mon cœur battre, et mes jambes semblaient s'être changées en plomb.

— De quoi s'agit-il, grand-mère ? articulai-je péniblement.

— Je voudrais que tu ailles chercher le père Rush.

Le sang quitta mon visage.

— Le père Rush ? Mais pourquoi, grand-mère ? Pourquoi ?

— On ne sait jamais, ma chérie. Je tiens à être en paix, au cas où... Je t'en prie, petite, implora-t-elle. Sois forte.

Je ravalai mes larmes et l'embrassai furtivement. Il ne fallait pas qu'elle me voie pleurer. Juste comme je me détournais pour partir, elle retint à nouveau ma main.

— Ruby, rappelle-toi ce que tu m'as promis. Si jamais... il m'arrivait quelque chose, il ne faut pas que tu restes ici. N'oublie pas ça.

— Il ne va rien t'arriver, grand-mère.

— Je sais, mais c'est juste au cas où. Promets-moi encore, je t'en prie. Promets.

— Je te le promets, grand-mère.

— Tu iras le voir ? Tu iras chez ton père ?

— Oui, grand-mère.

— Bien, dit-elle en fermant les yeux. Bien...

Je la regardai quelques instants encore, puis je descendis les marches en courant et pris d'un bon pas le chemin de la ville. Je ne pouvais plus retenir mes larmes. Je sanglotais sans retenue, si violemment que j'en avais mal. Et je marchais si vite que je me retrouvai devant l'église sans savoir comment j'y étais parvenue.

Ce fut la gouvernante du père Rush qui vint m'ouvrir Addie Cochran. Elle était depuis si longtemps à son service qu'elle faisait pratiquement partie du presbytère.

— Ma grand-mère Catherine a besoin du père Rush, débitai-je d'une voix où perçait la panique. Elle est... elle est très... elle...

146

— Doux Jésus ! Et lui qui est justement chez le barbier. J'y vais tout de suite et je vous l'envoie.

— Merci, lançai-je en tournant les talons.

Je courus tout le long du chemin du retour, les poumons en feu, tenaillée par un point de côté si lancinant que j'étais pliée en deux en arrivant. Grand-mère était toujours sur la galerie, dans son rocking-chair. Ce fut seulement en m'approchant que je pris conscience d'un détail qui m'avait échappé d'abord : elle ne se balançait plus. Elle était simplement assise là, très calme, les yeux mi-clos, un léger sourire flottant sur ses lèvres décolorées. Un étrange petit sourire béat qui me remplit d'effroi.

— Grand-mère... chuchotai-je, épouvantée. Tu vas bien ?

Elle ne répondit pas, ne tenta même pas de se tourner de mon côté. Je touchai son visage et m'aperçus qu'il était déjà froid.

Je tombai à genoux devant elle, j'étreignis ses jambes et je posai la tête sur ses genoux. J'étais toujours au même endroit, serrée contre elle et pleurant à chaudes larmes, quand le père Rush arriva enfin.

7

La vérité se fait jour

La nouvelle de la mort de grand-mère se répandit avec une rapidité fulgurante dans tout le bayou, à croire qu'elle avait voyagé sur les ailes du vent. Mais la mort d'un guérisseur spirituel, et plus encore lorsqu'il — ou elle — possédait la réputation de grand-mère, était un événement d'importance pour la communauté cajun. Avant la fin de la matinée, quelques amis de grand-mère étaient déjà là, sans compter nos voisins. Au début de l'après-midi, des douzaines de voitures et de camionnettes stationnaient à proximité de la maison. Les gens venaient présenter leurs condoléances, les femmes apportant des marmites de gombo et de jambalaya, des plats de gâteaux et de beignets. Mme Thibodeau et Mme Livaudis organisèrent la veillée funèbre, et le père Rush se chargea des formalités pour moi.

Venues du sud-ouest, de longues oriflammes de nuages s'enroulaient et se déroulaient, cachant et découvrant sans arrêt le soleil. L'atmosphère pesante, le jeu incessant des ombres et la somnolence du marais, tout s'accordait à la tristesse de cette journée. Les oiseaux s'entendaient à peine, les hérons demeuraient figés sur place, observant cette foule qui, à mesure que le jour avançait, ne cessait de défiler.

Personne n'avait aperçu grand-père depuis un certain temps, et Thaddeus Bute partit en canot pour aller lui annoncer la nouvelle. Il revint seul, grommelant à mi-voix, et ceux qui l'entendirent se retournèrent de mon côté pour me lancer des regards de pitié.

Vers l'heure du souper, grand-père se montra quand même, finalement. Et comme d'habitude, on aurait dit qu'il s'était roulé dans la boue. Il portait ce qui avait dû être son meilleur pantalon et sa plus belle chemise, mais le pantalon était troué aux genoux, la chemise empesée de crasse. Et une croûte de vase et d'herbes agglomérées adhérait à ses bottes.

Il savait qu'il y aurait foule à la maison, mais il n'avait même pas pris le temps de peigner sa tignasse ni de démêler sa barbe. Des touffes de poil gris jaillissaient de ses narines et de ses oreilles. Ses sourcils broussailleux envahissaient son front, débordant sur ses tempes, et chaque sillon de son visage craquelé comme du vieux cuir était incrusté de saleté. Il empestait le tord-boyaux et le tabac, la vase et le poisson. Quand il entra, précédé de cette puanteur âcre et tenace, je ne pus m'empêcher de sourire toute seule en pensant aux cris d'horreur qu'aurait poussés grand-mère.

Mais il n'aurait plus à redouter ses remontrances, désormais. Elle était couchée dans la salle de séjour, le visage serein, plus paisible qu'il ne l'avait jamais été. Quant à moi... Assise à la droite du cercueil, les mains sur les genoux, j'étais toujours plongée dans une stupeur incrédule, espérant que tout cela n'était qu'un cauchemar dont j'allais me réveiller.

Les murmures de voix qui se faisaient entendre depuis quelque temps s'interrompirent tout net à l'entrée de grand-père. Tous ceux qui se tenaient près de la porte s'écartèrent instantanément à son arrivée, reculant comme épouvantés à la seule idée de toucher sa main. Aucun des hommes ne lui tendit la sienne, et il observa la même réserve. Les femmes pincèrent le nez sur son passage, ostensiblement. Son regard passa rapidement d'un visage à l'autre, puis il s'avança dans la pièce et s'arrêta un instant, comme figé, devant le cercueil de grand-mère.

Il me lança un coup d'œil aigu, très bref, avant de se tourner vers le père Rush. On aurait dit qu'il n'en croyait pas ses yeux, qu'il se demandait vraiment ce que tous ces gens faisaient là. Je m'attendais presque à l'entendre exprimer ses doutes à voix haute, dans son jargon familier : « Z'êtes sûrs qu'elle est morte, au moins ? Ou c'est-y encore un de ses tours pour que je lui débarrasse le plancher ? Elle va pas me sauter dessus en me cornant aux oreilles de retourner dans mon marais ? » Toujours sceptique il s'approcha lentement du cercueil de grand-mère Catherine chapeau en main. A quelques pas de distance, il s'arrêta et attendit, sans bouger. Quand il fut certain qu'elle n'allait pas se dresser en lui criant dessus, il se détendit enfin et se tourna vers moi.

— Comment ça va, Ruby ?

Mes yeux étaient tout rouges, mais secs. J'avais épuisé mes larmes.

— Je vais très bien, grand-père.

Il hocha la tête et pivota brusquement, foudroyant du regard les femmes qui l'observaient, sans cacher leur mépris.

— Qu'est-ce que vous avez à me regarder comme ça ? Est-ce qu'un pauvre bougre peut pas pleurer sa femme sans qu'un tas de commères louchent dessus en cancanant dans son dos ? Fichez le camp d'ici et laissez-moi tranquille. Allez, ouste !

Abasourdies autant qu'indignées, les amies de grand-mère Catherine détalèrent en branlant du chef comme des

poules effrayées, pour aller se rassembler sur la galerie.
Seuls, Mme Thibodeau, Mme Livaudis et le père Rush
restèrent avec nous dans la salle.

— Qu'est-ce qui lui est arrivé ? demanda grand-père,
les yeux toujours étincelants de fureur.

Le père Rush abaissa sur grand-mère un regard
empreint de douceur.

— Son cœur a cédé, voilà tout. Elle se dépensait sans
compter pour les autres, toujours à aider les malheureux
et à les réconforter. Elle y a usé ses forces, la pauvre. Dieu
la bénisse !

— Ouais ! Je lui aurai assez dit, et cent fois plutôt
qu'une, de ne pas faire sa maligne dans tout le bayou à
vouloir s'occuper des autres. Pour ce qu'elle m'écoutait !
Une vraie tête de mule, jusqu'à la fin. Comme toutes les
bonnes femmes cajuns, ajouta grand-père en dévisageant
Mme Livaudis et Mme Thibodeau, qui se redressèrent
sous l'insulte.

On aurait cru voir deux paons qui allongent le cou.

— Mais non, dit le père Rush avec un sourire angélique. On ne peut pas empêcher une âme généreuse de se
dévouer aux indigents. Mme Landry était la compassion
et la charité mêmes.

Grand-père bougonna.

— Charité bien ordonnée commence par soi-même, j'y
ai assez dit, mais elle voulait rien savoir. Enfin, je regrette
qu'elle soit partie. Qui c'est qui va me crier dessus et m'envoyer au diable, à présent, je me demande ? Qui c'est qui
va me tarabuster pour me commander ci ou ça et me faire
la morale ?

— Oh, mais j'espère bien qu'il y aura toujours quelqu'un pour vous faire la morale, Jack Landry, releva
Mme Thibodeau d'un air pincé.

— Hein ?

Grand-père lui roula des yeux furibonds, mais elle n'avait pas vécu si longtemps avec grand-mère sans avoir appris la façon de le regarder de haut. Il s'essuya la bouche du revers de la main détourna les yeux et grommela dans sa barbe.

— Ouais, ça se peut bien.

Sur quoi, il renifla en direction de la cuisine.

— Je parie que vous avez mitonné quéqu'chose de bon, vous, les femmes ?

— Il y a du gombo sur le feu et du café qui passe, reconnut Mme Livaudis à contrecœur.

Je me levai aussitôt. J'avais besoin de remuer, de m'occuper, de faire n'importe quoi.

— Je vais te chercher quelque chose à manger, grand-père.

— Merci, Ruby. C'est ma seule petite-fille, vous savez, dit-il à l'intention du père Rush.

Je pivotai vivement vers lui et le fusillai du regard. Pendant un instant, une étincelle de pure malice pétilla dans ses yeux, puis il se détourna, l'air totalement indifférent à ce que je pouvais savoir ou penser.

— Elle est tout ce qui me reste, maintenant, poursuivit-il. Ma seule famille. Va falloir que je m'occupe d'elle.

— Et comment comptez-vous vous y prendre ? demanda Mme Livaudis. Vous êtes incapable de prendre soin de vous-même, Jack Landry.

— Je sais ce que j'ai à faire, et ce que je dois pas faire. Tout le monde change, figurez-vous. Un malheur pareil, ça vous change un homme, pas vrai, mon père ?

— S'il se repent du fond du cœur, alors oui, dit le père Rush en joignant les mains, comme s'il priait à cette intention. Oui, il peut changer.

— Z'entendez ? C'est un homme d'Eglise qui parle, et pas une commère ! J'ai des responsabilités maintenant, pérora grand-père en agitant son index décharné. J'ai une maison... et une petite-fille, faut que je m'en occupe. Et quand je dis que je vais faire quéqu'chose, je le fais.

— A condition de vous souvenir de ce que vous avez dit, aboya Mme Livaudis, sans lui céder un pouce de terrain.

Grand-père eut une grimace de dédain.

— Oh, je m'en souviendrai, vous en faites pas. Je m'en souviendrai, répéta-t-il, obstiné.

Il jeta un dernier regard à grand-mère, comme pour s'assurer qu'elle n'allait pas recommencer à le houspiller, puis il me suivit dans la cuisine. Une fois là, il laissa tomber sa grande carcasse efflanquée sur une chaise et lança son chapeau par terre.

— Ça fait tout drôle de me retrouver dans cette maison, observa-t-il pendant que je lui servais un bol de gombo. Et dire que je l'ai bâtie de mes mains !

Je lui versai une tasse de café, m'éloignai de la table et, les bras croisés, je le regardai engloutir son gombo. Il le lampait bruyamment et un filet de roux lui dégoulinait sur le menton.

— Depuis quand n'avais-tu pas mangé, grand-père ?

— Ben... j'ai avalé quelques crevettes y a deux jours, je crois bien... ou si c'étaient des huîtres ? Mais ça va changer, à c't'heure. Je vais rentrer chez moi, me tenir propre, j'aurai ma petite-fille pour s'occuper de moi et je ferai pareil pour elle, déclara-t-il avec gravité.

— Je ne peux pas croire que grand-mère soit morte, dis-je d'une voix étranglée de larmes.

Il prit le temps d'enfourner une nouvelle bouchée.

— Moi non plus. J'aurais parié une paire de dés pipés que je partirais le premier. Je pensais qu'elle enterrerait tout le monde, cette sacrée bonne femme ! Solide comme elle était... quand elle croyait en quéqu'chose, elle s'y accrochait comme une vieille racine à la caillasse. Une armée d'éléphants l'aurait pas fait changer de chemin, et moi pareil. Je pouvais rien en tirer quand elle s'était fourré quéqu'chose dans le crâne.

— Elle non plus ne pouvait pas tirer grand-chose de toi, grand-père.

Il haussa les épaules.

— Ouais. Je suis rien qu'un vieux trappeur cajun, trop bête pour reconnaître le bien du mal, n'empêche que je m'arrange pour m'en sortir. Mais je pensais ce que j'ai dit, Ruby. Je vais changer comme tu peux pas croire, et je vais bien m'occuper de toi. Je le jure, affirma-t-il en levant sa main droite, barbouillée de crasse et de tabac.

Puis son expression solennelle se mua en sourire.

— Tu pourrais pas me donner encore un peu de ce truc-là ? Ça fait un bout de temps que j'ai rien mangé d'aussi bon. C'est rudement meilleur que ma tambouille ! gloussa-t-il en faisant siffler la salive entre ses chicots noircis.

Je le resservis, lui demandai la permission de me retirer, puis j'allai reprendre ma place auprès du cercueil. Je n'aimais pas laisser trop longtemps grand-mère Catherine toute seule. Dans la soirée, quelques compagnons de chasse de grand-père firent leur apparition, sous prétexte de présenter leurs respects. Mais toute la bande ne tarda pas à se retrouver derrière la maison, à boire du whisky infect en fumant d'horribles cigarettes de tabac brun.

Le père Rush, Mme Livaudis et Mme Thibodeau restèrent le plus longtemps qu'il leur fut possible, puis ils me quittèrent en promettant de revenir le lendemain matin.

— Tâche de te reposer un peu, ma petite Ruby, me conseilla Mme Thibodeau. Tu auras besoin de tes forces pour les jours qui viennent.

— Ta grand-mère serait fière de toi, ajouta Mme Livaudis en me serrant la main avec affection. Prends bien soin de toi.

Mme Thibodeau roula des yeux en désignant l'arrière de la maison, d'où provenaient des rires de plus en plus sonores.

— Si tu as besoin de nous, n'hésite pas, me recommanda-t-elle en s'en allant. Tu n'auras qu'à crier.

Aidées de quelques voisines, les deux amies avaient tout rangé et nettoyé avant de partir. Il ne me restait rien à faire, sinon embrasser grand-mère Catherine et monter me coucher, ce que je fis. Grand-père Jack et ses amis trappeurs menaient grand tapage dans la nuit, riant et braillant à plein gosier. Mais d'une certaine façon, je n'étais pas fâchée qu'ils fassent tout ce vacarme. Je restai éveillée des heures durant, à me demander ce que j'aurais pu faire de plus pour aider grand-mère Catherine. Mais si elle n'avait rien pu faire pour elle-même, en arrivai-je à conclure, comment aurais-je pu lui venir en aide ?

Finalement, mes paupières s'alourdirent tellement que je fus bien obligée de les fermer. Quelqu'un rit dans l'obscurité. Je crus reconnaître le rugissement de grand-père, puis le calme se fit. Et le sommeil, comme un des remèdes miracles de grand-mère, m'apporta quelques heures de repos et me délivra de mon chagrin.

Je me sentis même tellement mieux qu'en m'éveillant le lendemain je crus pendant quelques instants que j'avais fait un cauchemar. Je me surpris à guetter le pas de grand-mère, quand elle irait à la cuisine mettre le petit déjeuner en route. Je tendis l'oreille...

Mais je n'entendis rien d'autre que le doux gazouillis des oiseaux saluant le matin, et lentement, la réalité reprit ses droits. Je m'assis dans mon lit, en me demandant où grand-père avait bien pu dormir, après avoir fini de bambocher avec ses amis. Quand je découvris qu'il n'était pas dans la chambre de grand-mère, je conclus qu'il était rentré chez lui. Mais en descendant, je le trouvai. Il était vautré sur la galerie, une jambe pendant à l'extérieur, la tête sur sa veste roulée, une bouteille vide à la main. Je lui secouai l'épaule.

— Grand-père ! Grand-père, réveille-toi.

— Mm... mouais ?

Il ouvrit les yeux et les referma aussitôt. Je le secouai de plus belle.

— Grand-père, lève-toi, enfin ! Les gens peuvent arriver d'un moment à l'autre. Grand-père...

— Hein, quoi ? Qu'est-ce qu'y a ?

Il parvint à garder les yeux ouverts assez longtemps pour ajuster sa vision sur moi et s'assit en ronchonnant.

— Non mais, qu'est-ce que je f...

Il s'interrompit net en voyant ma mine déçue et se reprit aussitôt.

— C'est le chagrin qui a dû m'assommer, Ruby, pour sûr ! C'est des choses qui arrivent. On croit qu'on va tenir le coup et puis crac ! Ça vous saute dessus par-derrière. C'est ça qui m'est arrivé, forcément, insista-t-il comme pour se convaincre lui-même. C'est la douleur qui a pris le dessus. Désolé.

Il passa le dos de sa main sur ses joues et annonça :

— Bon, je sors me laver au tonneau et je reviens manger un morceau.

— Parfait. Tu as des vêtements de rechange, grand-père ?

— Des vêtements ? Ma foi non.

— Il reste de vieilles affaires à toi dans un carton, en haut. Certaines doivent encore t'aller. J'irai te les chercher.

— Ça, c'est gentil, Ruby. Vraiment gentil. Je vois qu'on va bien s'entendre, tous les deux. Tu t'occuperas de la mai-

156

son, moi de mes trappes et de ma chasse, et je ferai le guide pour les riches de la ville. J'aurai de l'argent comme jamais, je réparerai tout ce qui est cassé, cette maison sera plus propre et plus neuve qu'à l'époque où je l'ai bâtie. En un rien de temps, tu ne me reconnaîtras plus, moi non plus !

— En attendant, grand-père, va donc plutôt te laver, comme tu voulais le faire. L'heure tourne et les gens ne vont pas tarder à arriver.

Ce que je ne pouvais pas dire, c'est qu'il sentait encore deux fois plus mauvais que la veille. Il se releva et eut l'air tout surpris de découvrir une bouteille de whisky vide à ses pieds.

— Je me demande bien d'où elle sort, celle-là. Encore une mauvaise plaisanterie de Teddy Turner, sûrement.

Je m'empressai de ramasser le corps du délit.

— Ce n'est rien, grand-père. Je la jetterai.

— Je te remercie, mignonne. Bon, voyons voir. (Il dressa l'index devant lui et le considéra fixement.) Premièrement... euh... Ah oui ! Me laver : première chose, annonça-t-il.

Sur quoi, il descendit les marches d'un pas incertain et passa derrière la maison.

Je montai à l'étage chercher le vieux carton et j'y trouvai, rangés sous une couverture, un pantalon, quelques chemises et plusieurs paires de chaussettes. Je sortis le tout, repassai le pantalon et la chemise et les déposai sur le lit de grand-mère.

— Je sais bien ce que Catherine aurait voulu que je fasse de ces vieilles nippes, s'esclaffa grand-père en revenant, tout étrillé. Elle m'aurait dit de les brûler, alors je vais le faire !

Je l'envoyai se changer en haut et il trouva le petit déjeuner tout prêt en descendant. Mme Thibodeau et

Mme Livaudis arrivaient justement, pour m'aider à préparer le repas de funérailles. Elles ignorèrent superbement grand-père, et pourtant... Bien décrassé, dans ses habits tout propres, on aurait dit un autre homme.

— J'ai besoin de me couper les cheveux et la barbe, Ruby, décréta-t-il. Tu crois que si je m'asseyais sur un tonneau renversé, là-dehors, tu pourrais faire ça pour moi ?

— Bien sûr, grand-père ! Dès que tu auras pris ton petit déjeuner.

— Merci, mignonne. On va bien s'entendre, toi et moi, ajouta-t-il — plus à l'intention des deux femmes qu'à la mienne, me sembla-t-il. Oui, on va bien s'entendre... tant que personne viendra se mettre en travers, naturellement.

Quand il eut fini de manger, je pris les ciseaux à couture et retaillai du mieux que je pus ses longs cheveux en broussaille. Ils étaient tout feutrés par endroits, et, bien sûr, j'y trouvai des poux. Je dus lui faire un shampooing avec une lotion spéciale de grand-mère, radicale contre toute espèce de vermine. Il se laissa faire docilement, les yeux fermés, souriant d'aise. J'égalisai sa barbe, je coupai les poils superflus de son nez et de ses oreilles, puis je m'attaquai aux sourcils. Je fus vraiment surprise et très fière de moi quand je reculai pour examiner le résultat de mon travail. Grand-père était méconnaissable. On comprenait, maintenant, comment il avait pu plaire à grand-mère autrefois, comme à n'importe quelle femme, d'ailleurs. Ses yeux n'avaient rien perdu de leur gaieté juvénile ; le tracé ferme de ses pommettes et de sa mâchoire accusait son type classique et racé. Il était vraiment beau.

— Pas mal, commenta-t-il en s'étudiant dans un morceau de miroir brisé. Ça t'étonne, hein, ma petite Ruby ? Tu ne savais pas que ton grand-père était une star de cinéma, je parie ?

Il fit claquer ses mains l'une contre l'autre.

— Bon ! Je ferais mieux d'aller m'installer devant la porte et d'accueillir les arrivants, comme un bon mari, déclara-t-il en remontant sur la galerie.

Et il prit place dans un rocking-chair pour jouer son rôle de veuf inconsolable, même si tout le monde savait qu'il ne vivait plus depuis longtemps sous le même toit que sa femme.

Malgré tout, je commençais à me demander si je ne pourrais pas l'aider à se réformer. Bien souvent, le malheur fait réfléchir, et on avait vu des gens changer totalement après une épreuve comme celle-là. Sauf que j'entendais encore la voix de grand-mère Catherine : « Autant vouloir changer un crapaud en Prince Charmant, oui ! Il y a autant de chances pour que ça marche. » Mais peut-être grand-père n'attendait-il qu'une seconde chance, justement ? De toute façon, conclus-je en ramassant les mèches de cheveux tombées à terre, il est la seule famille cajun qui me reste, que ça me plaise ou pas.

Il vint autant de monde que la veille, sinon plus. Les cajuns, affluaient du fin fond du bayou, parcourant des kilomètres et des kilomètres pour venir saluer une dernière fois grand-mère Catherine. Jamais je n'aurais soupçonné que sa réputation s'étendait si loin, bien plus loin en fait que les limites de la paroisse de Terrebonne. Et chacun avait des histoires fabuleuses à raconter sur elle, sur sa sagesse, ses mains miraculeuses, ses remèdes souverains, sa foi et sa confiance inébranlables.

— Quand elle entrait dans une pièce où se tenaient des gens angoissés, craignant pour un être cher, c'était comme si on apportait une lumière dans le noir, me dit Mme Allard, de Lafayette. Elle va terriblement nous manquer, ma petite Ruby. Terriblement.

Toutes les personnes présentes approuvèrent avec chaleur, me présentèrent leurs condoléances, et je les remerciai pour leurs bonnes paroles. Puis, je décidai d'aller me restaurer un peu. Je n'aurais pas cru que rester assise à côté du cercueil serait si fatigant, mais la tension émotionnelle avait fini par m'épuiser. J'étais à bout de forces.

Grand-père Jack, lui, bien qu'il s'abstînt de boire, vitupérait comme un beau diable sur la galerie. A intervalles réguliers, il se lançait dans une tirade véhémente sur un de ses sujets favoris.

— Ces maudits derricks ! Il en sort de partout, ils ont bousillé le marais, y a plus rien qui est comme avant, et tout ça pour quoi ? Pour enrichir un gros créole de La Nouvelle-Orléans ! Faut les brûler, que je dis. Faut...

Je sortis par-derrière en refermant la porte sur moi. C'était réconfortant que tous ces gens soient venus saluer grand-mère et nous manifester leur sympathie, mais je commençais à trouver cela oppressant. Chaque fois qu'on me serrait la main ou qu'on m'embrassait sur la joue, un flot de larmes brûlait mes paupières et ma gorge se nouait, si douloureusement que cela devenait insupportable. Depuis le choc de la mort de grand-mère, chaque fibre de mon corps était tendue comme une corde de violon. Je marchai quelque temps le long du canal et m'arrêtai brusquement, tout étourdie. Mes genoux flageolaient ; je portai la main à mon front et m'entendis gémir. Mais juste au moment où j'allais basculer en arrière, deux bras vigoureux m'étreignirent et m'évitèrent de tomber.

— Doucement, fit une voix familière.

Paul. Je restai un instant sans bouger, abandonnée sur son épaule, puis je levai les yeux sur lui.

— Tu ferais mieux de t'asseoir, dit-il en me guidant vers un rocher.

Combien de fois, côte à côte sur ce même rocher, avions-nous joué à lancer des cailloux dans le canal et à compter les ondes qui se formaient sur l'eau ! Je me laissai conduire, m'assis docilement, et Paul prit place à mes côtés.

— Merci, Paul.

Il cueillit un brin d'herbe et le glissa entre ses dents.

— Désolé de n'être pas venu hier, mais je pensais qu'il y aurait trop de monde autour de toi... Ce n'est pas qu'il y en ait moins aujourd'hui, constata-t-il en souriant. Ta grand-mère était très connue et très aimée, dans le bayou.

— Je sais. C'est seulement maintenant que je m'en rends vraiment compte.

— C'est toujours comme ça. On tient à quelqu'un et on ne le sait vraiment que quand il est parti, dit-il en m'enveloppant d'un regard appuyé.

J'éclatai en sanglots.

— Oh, Paul ! Elle est morte. Ma grand-mère Catherine est morte ! m'écriai-je en tombant dans ses bras.

Il me caressa les cheveux, les rejeta en arrière et je vis des larmes dans ses yeux, comme si ma peine était la sienne.

— J'aurais voulu être là quand c'est arrivé, Ruby. J'aurais voulu être avec toi, tout près de toi.

Je déglutis deux fois de suite avant de réussir à prononcer un mot.

— Je n'ai jamais voulu t'éloigner de moi, Paul. Cela m'a crevé le cœur de te parler comme ça.

— Pourquoi l'as-tu fait, alors ?

Je lisais tant de chagrin dans ses yeux ! Je ressentais ce qu'il avait enduré. Je voyais les larmes sourdre sous ses paupières. Ce n'était pas juste. Pourquoi devions-nous souffrir à ce point pour les péchés de nos parents ?

161

— Pourquoi ? répéta-t-il, implorant une réponse. Pourquoi, Ruby ?

Je comprenais son tourment. Les mots que j'avais prononcés, presque à cet endroit même, ces mots si durs et si inattendus avaient dû ébranler toutes ses certitudes. Et la colère avait été pour lui la seule façon de réagir à cette situation tellement déroutante, invraisemblable, inexplicable.

Je me mordis la lèvre. J'aurais voulu avoir déjà tout dit, m'être justifiée, lavée de tout reproche.

— Ce n'est pas parce que je ne t'aimais pas, Paul, commençai-je, et la voix me manqua.

Les souvenirs de nos baisers, de nos promesses non tenues assaillirent ma mémoire tel un essaim de papillons de nuit, condamnés à se brûler les ailes à la flamme du désespoir.

— Ni parce que je ne t'aime plus, achevai-je tout bas.

— Mais pour quelle raison, alors ?

Mon cœur déjà si lourd, abreuvé de tristesse et de chagrin, se mit à battre au ralenti comme un tambour funèbre. Il me fallait choisir, mais qu'est-ce qui était le plus important, désormais ? Dire la vérité, pour sauver un amour comme il en existe bien peu entre deux êtres, un amour fondé sur la sincérité... Ou mentir, pour épargner à Paul de connaître le péché de son père, et sauvegarder la paix de sa famille ?

— Pourquoi, Ruby ? insista-t-il encore.

— Laisse-moi réfléchir un instant, Paul.

A nouveau, mon cœur changea de rythme, mon pouls s'accéléra. J'étais sûre que celui de Paul battait aussi vite que le mien, à présent. Je voulais lui dire la vérité, et pourtant... si grand-mère Catherine avait eu raison ? S'il devait finir par me haïr, pour avoir été la messagère de nouvelles aussi atroces et destructrices ?

Oh, grand-mère ! soupirai-je intérieurement. Ne vient-il pas un temps où la vérité doit être révélée, où le mensonge et la trahison doivent être exposés au grand jour ? Je sais que l'illusion et les chimères sont un droit pour l'enfant, qu'elles lui sont même nécessaires. S'il découvrait trop tôt les hideuses réalités de l'existence, avant d'avoir eu le temps de s'endurcir contre elles, elles pourraient le détruire. Il serait désarmé contre la tristesse, la dureté, le malheur. Et contre cette ultime vérité, la plus affreuse de toutes : la mort. Les grands-pères et les grands-mères peuvent mourir. Les papas et les mamans peuvent mourir. Et nous aussi, nous mourrons. Il nous faut savoir et comprendre que le monde n'est pas seulement un lieu rempli de choses merveilleuses, de doux sons de cloches, de parfums délicieux, de musique et de promesses éternelles. Il est aussi plein d'orages, de réalités cruelles, douloureuses, et de promesses jamais tenues.

Paul et moi n'étions plus des enfants, à présent. Nous devions être capables d'affronter la vérité, de surmonter la déception, du moins je voulais le croire. Je me jetai à l'eau.

— J'ai été forcée de te parler comme je l'ai fait, Paul, à cause d'une chose qui s'est passée ici, il y a très longtemps.

— Ici, dans le bayou ?

— Oui, dans le bayou. Dans notre petit univers cajun, La vérité a été vite étouffée, car elle aurait causé du tort à beaucoup de monde. Mais il faut croire que les vérités les mieux cachées ont une façon à elles de remonter au grand jour, et de forcer les gens à les affronter. Toi et moi...

Je cherchai son regard et j'y lus sa perplexité, sa confusion.

— Toi et moi sommes ces vérités cachées, Paul, et maintenant nous serons exposés au grand jour.

— Je n'y comprends rien, Ruby. Quelles vérités ? De quoi parles-tu ?

— Ceux qui ont choisi le mensonge en ce temps-là n'auraient jamais imaginé qu'un jour nous pourrions nous aimer... de cette façon.

— Je n'y comprends toujours rien. Evidemment que personne ne pouvait savoir ça d'avance ! Et même si des gens l'avaient prévu, qu'est-ce que ça pouvait bien leur faire ?

Il fronçait les sourcils, plus perplexe que jamais. Comme c'était difficile d'aller droit au fait ! Cela aurait pu être si simple, pourtant. Mais il me semblait que si Paul arrivait à comprendre tout seul, s'il formulait les mots lui-même au lieu de les entendre de ma bouche, la vérité lui ferait moins mal.

— Le jour où j'ai perdu ma mère, toi aussi tu as perdu la tienne, Paul.

Les mots avaient enfin franchi mes lèvres, brûlants comme des braises. Et à peine les avais-je prononcés qu'un frisson me hérissa la nuque. Les yeux de Paul, pleins d'une interrogation angoissée, parcoururent chaque pouce de mon visage comme pour y lire la réponse qu'il cherchait.

— Ma mère est... morte, elle aussi ?

Il se détourna et laissa errer son regard au loin, plongé dans une intense réflexion. Puis il rougit jusqu'à la racine des cheveux et reporta toute son attention sur moi, rongé par une curiosité fébrile.

— Qu'est-ce que tu racontes ?... Que toi et moi sommes... parents ? Frère et sœur ? insista-t-il en se mordant la lèvre.

J'inclinai gravement la tête.

— C'est en voyant ce qui se passait entre nous que grand-mère Catherine s'est décidée à me le dire, et ça ne lui a pas été facile. Elle a eu beaucoup de peine. Maintenant que j'y pense... c'est à partir de ce moment-là qu'elle a changé. On aurait dit que l'âge lui tombait dessus d'un seul coup. Les vieilles douleurs qu'on ravive font plus mal que la première fois, j'imagine...

— Allons donc ! protesta Paul en souriant. Je parie que tout ça n'est qu'une erreur, une histoire de bonne femme. Le genre de fadaises que colportent les vieilles commères cajuns, si tu veux mon avis.

— Grand-mère Catherine détestait les commérages, Paul. Elle n'a jamais répandu de cancans ni écouté les potins. Tu sais combien elle détestait le mensonge, et qu'elle a souvent forcé les gens à regarder la vérité en face. Elle a fait la même chose avec moi, tout en sachant que ça risquait de me briser le cœur, et le sien avec. Elle estimait que c'était son devoir, et voilà tout.

« Mais je ne peux pas supporter que tu m'en veuilles, Paul ; que tu croies que j'aie voulu te blesser, que tu me détestes pour ça. Chaque fois que tu me regardais d'un air furieux, à l'école, j'en étais malade. Et même encore maintenant, je m'endors presque tous les soirs en pleurant, à cause de toi. Nous ne pouvons plus nous aimer, bien sûr, mais je ne peux plus supporter que nous soyons fâchés.

— Je n'ai jamais été fâché contre toi. C'est juste que...

— Tu me détestais. Allez, dis-le ! Ça ne me fera pas plus mal de l'entendre que ça ne m'en a déjà fait de... de l'endurer, achevai-je en souriant à travers mes larmes.

— Ruby, s'obstina-t-il, je n'arrive pas à croire ce que tu es en train de me dire. Je ne peux pas croire que mon père... que ta mère...

— Tu es assez mûr pour savoir, Paul. Peut-être suis-je égoïste en te disant la vérité, grand-mère m'avait dit de ne pas le faire. Elle m'avait prévenue que tu pourrais m'en vouloir de semer le trouble dans ta famille, mais je ne supporte plus le mensonge entre nous. Et surtout maintenant, Paul. Maintenant que je viens de la perdre et que je me retrouve toute seule.

Il me dévisagea un instant sans mot dire, puis il se leva et marcha jusqu'au bord du canal. Il s'y arrêta pour réfléchir à ce que je lui avais dit, tout en lançant du bout du pied des cailloux dans l'eau. Je savais quelles pensées bouillonnaient sous son crâne, quel tumulte se levait dans son cœur : il en allait exactement de même pour moi. Je le vis secouer la tête avec une énergie farouche, puis il se retourna d'un bloc.

— Et les photos, alors ? Toutes ces photos que nous avons de ma mère quand elle était enceinte, de moi juste après ma naissance, de...

— Mensonges, Paul. Tout a été fabriqué pour dissimuler une vérité honteuse.

— Non, tu te trompes ! riposta-t-il en serrant les poings. Tout ça n'est qu'une terrible et stupide erreur, qui ne peut que nous faire souffrir. Je suis sûr que tout ça est faux, Ruby, affirma-t-il en revenant vers moi. J'en suis sûr.

— Grand-mère Catherine ne m'aurait pas menti, Paul.

— Elle ne mentait jamais, c'est vrai, mais peut-être a-t-elle cru bien faire, pour une fois. Elle t'a raconté ça pour t'éloigner de moi, parce qu'elle savait que ma famille s'opposerait à nos relations et qu'elle voulait nous éviter de souffrir. C'est sûrement ça, décida-t-il, tout réconforté par sa théorie. Et je te le prouverai. Je ne sais pas encore comment, mais j'y arriverai. Et alors... alors nous pourrons vivre ensemble, exactement comme nous l'avions rêvé.

— Oh, Paul... si seulement tu pouvais avoir raison !

— J'ai raison, affirma-t-il avec assurance. Tu verras. Je me battrai encore pour tes beaux yeux dans un fais-dodo, ajouta-t-il en riant.

Je lui souris en retour, mais je me détournai aussitôt.

— Et que fais-tu de Suzette ?

— Mais je n'aime pas Suzette ! Je ne l'ai jamais aimée. J'avais simplement besoin de quelqu'un pour... pour...

Je pivotai pour lui faire face.

— Me rendre jalouse ?

— Eh bien oui, voilà.

— Je ne peux pas t'en vouloir, mais je dois avouer que tu étais... très convaincant.

— C'est que je suis... très bon comédien.

J'éclatai de rire en même temps que lui, mais je repris vite mon sérieux et lui tendis la main pour qu'il m'aide à me relever. Nous restâmes debout face à face, à quelques centimètres l'un de l'autre.

— Je ne veux pas que tu souffres, Paul. Ne mets pas trop d'espoir dans l'idée que grand-mère m'a menti et que tu peux le prouver. Promets-moi que lorsque tu auras découvert la vérité...

— Quand j'aurai prouvé que c'est faux, rectifia-t-il.

Je ne me laissai pas détourner de mon but.

— Promets-moi que si tu découvres que grand-mère a dit la vérité, tu l'accepteras comme moi, et que tu essaieras d'en aimer une autre. Promets-le-moi.

— Je ne peux pas. Je ne pourrai pas en aimer une autre autant que toi, Ruby. C'est impossible.

Il me prit dans ses bras et je restai un long moment ainsi, la tête sur son épaule. Puis il m'attira plus près, si près que je perçus les battements de son cœur sous sa chemise. Ses lèvres caressèrent mes cheveux, je fermai les yeux et rêvai que nous étions très loin, dans un autre monde. Un monde ignorant le mensonge, où le printemps régnait toujours, où le soleil inondait nos visages et nos cœurs et nous gardait jeunes à jamais.

Le cri d'un busard me fit relever la tête. Je le vis fondre sur un oiseau, un tout petit oiseau qui sans doute venait juste d'apprendre à voler, et s'enfuir avec sa proie, inconscient de laisser derrière lui une mère désolée.

167

— Quelquefois, je déteste cet endroit, Paul. Je le déteste comme si je n'y étais pas chez moi.

Il attacha sur moi un regard surpris.

— Bien sûr que si, voyons. Quelle idée !

Je faillis lui raconter toute l'histoire, lui parler de ma sœur jumelle, de mon père qui vivait dans une grande maison à La Nouvelle-Orléans, mais je mis un terme aux révélations. Il y en avait eu assez en une seule fois.

— Je ferais mieux de rentrer m'occuper de nos visiteurs, dis-je en reprenant le chemin de la maison.

— Je vais avec toi, décida-t-il. Je resterai aussi longtemps que je pourrai. Mes parents ont envoyé des provisions, que j'ai remises à Mme Livaudis, et m'ont chargé de vous transmettre leurs condoléances. Ils seraient bien venus mais...

Il s'arrêta au milieu de sa phrase, mal à l'aise.

— Je n'ai pas l'intention de leur chercher des excuses, Ruby. Mon père n'aime pas ton grand-père, voilà.

J'avais bien envie de lui expliquer pourquoi, de lui fournir tous les détails que je tenais de grand-mère Catherine, mais j'en avais dit assez. A lui de découvrir tout seul ce qu'il pourrait, ce qu'il serait capable de supporter. Car la vérité, ce phare éclatant, possédait le même pouvoir que toute lumière crue : elle blessait la vue.

J'acquiesçai d'un signe, sans plus. Il se hâta de me rejoindre, noua ses doigts aux miens et, une fois dans la maison, il s'assit à mes côtés près du cercueil, sans soupçonner à quel point il y était à sa place. Après tout... la morte était sa grand-mère, à lui aussi.

8

On ne change pas si facilement

Les funérailles de grand-mère Catherine furent un événement comme on en avait rarement vu dans la paroisse de Terrebonne. Presque tous les gens qui étaient venus à la veillée assistèrent à la messe et à l'inhumation. Grand-père Jack, vêtu de ses meilleurs vêtements, faisait fort bonne figure. Coiffé avec soin, barbe nette et bottes reluisantes, il s'intégrait déjà beaucoup mieux au reste de la communauté. Il me confia qu'il n'avait pas mis les pieds à l'église depuis l'enterrement de sa mère, mais il s'assit à mes côtés, chanta les hymnes et récita les prières. Au cimetière aussi, il resta près de moi. Apparemment, tant qu'il n'avait pas une seule goutte de whisky dans les veines, il était aussi tranquille qu'un autre, et parfaitement correct.

Les Tate assistèrent à la messe mais ne se montrèrent pas au cimetière. Paul y vint seul et se plaça de l'autre côté de la tombe, en face de moi. Nous ne pouvions pas nous tenir les mains, mais ni les gestes ni les mots ne lui furent nécessaires pour m'apporter son réconfort. Sa présence y suffit.

Le père Rush prononça les prières, donna sa dernière bénédiction, puis le cercueil fut mis en terre. Et moi qui croyais avoir touché le fond de la détresse, moi qui pensais que rien ne pourrait ajouter au chagrin qui m'étreignait le cœur et l'âme, je sus que je m'étais trompée. Tant que le corps de grand-mère Catherine était dans la maison, que je voyais son visage serein, je n'avais pas compris ce que sa mort avait d'irrémédiable, d'affreusement définitif. Mais quand le cercueil descendit dans la fosse, mes forces m'abandonnèrent. Je n'acceptais pas ce que cela signifiait. Grand-mère ne serait plus là le matin pour me souhaiter le bonjour, ni le soir pour m'embrasser dans mon lit. Elle ne chanterait plus devant son fourneau, ne descendrait plus les marches pour aller accomplir une de ses missions de guérison. Non, je n'avais pas la force. Mes jambes mollirent, se dérobèrent sous moi. Ni grand-père ni Paul ne furent assez prompts pour m'empêcher de glisser au sol, les yeux fermés sur l'affreuse réalité.

Je revins à moi dans la voiture qui nous avait amenés au cimetière, assise sur le siège avant. Quelqu'un avait trouvé un seau, y mouillait un mouchoir, et le contact de l'eau fraîche me ramena à la conscience. Mme Livaudis me caressait les cheveux, penchée sur moi, et juste derrière elle je vis le visage anxieux de Paul.

— Que s'est-il passé ?

— Tu t'es évanouie, petite, expliqua-t-elle, et nous t'avons portée dans la voiture. Comment te sens-tu ?

— Très bien. Où est grand-père Jack ?

Mme Livaudis grimaça un sourire dédaigneux.

— Déjà parti, avec sa bande d'énergumènes. Reste tranquille, ma chérie, nous te ramenons chez toi.

— Je vous suis, dit Paul en se penchant à l'intérieur. Je serai juste derrière.

Je parvins à sourire et me renversai sur les coussins, les yeux fermés. Le temps d'arriver à la maison, j'étais suffisamment remise pour monter sans aide les marches de la galerie. Une foule de gens nous y attendaient, prêts à offrir leur aide. Selon les directives de Mme Livaudis, on m'escorta jusqu'à ma chambre, quelqu'un se chargea de me déchausser et je m'étendis sur mon lit, bien plus embarrassée que fatiguée.

— Je vais mieux, je vous assure. Je peux très bien descendre pour...

— Tu restes là, décréta Mme Livaudis. On va te monter quelque chose à boire.

— Mais tous ces gens qui...

— On s'en occupe, intervint Mme Thibodeau. Repose-toi encore un peu, c'est tout ce qu'on te demande.

J'obéis, et Mme Livaudis revint bientôt avec un verre de limonade fraîche qui me fit le plus grand bien, ce que je lui dis.

— Bon, alors si tu te sens d'attaque, le jeune Tate peut monter ? Il se ronge les sangs et fait les cent pas en bas des marches, comme un futur papa, dit Mme Livaudis en souriant.

— Oui, s'il vous plaît. Envoyez-le-moi.

Paul arriva presque instantanément.

— Comment te sens-tu, Ruby ?

— Tout à fait bien. Je suis vraiment désolée d'avoir causé tous ces tracas, me lamentai-je. Moi qui souhaitais que tout se passe au mieux pour l'enterrement de grand-mère !

— Mais tout s'est bien passé, sois-en sûre. Je n'ai jamais assisté à une cérémonie aussi... impressionnante. Personne ne se souvient d'avoir vu pareille foule à des funérailles, et tu t'es très bien comportée. Tout le monde comprend.

— Où est grand-père Jack ? Où a-t-il pu aller pour se sauver si vite ?

— Je n'en sais rien, mais il vient de revenir. Il accueille les gens, sur la galerie.

— Est-ce qu'il a bu ?

— Euh... un petit peu.

— Paul Tate, tu ferais bien de t'exercer si tu as l'intention de me mentir ! Tu es transparent comme une vitre.

— Ne t'inquiète pas pour lui, me rassura-t-il en riant. Il y a trop de gens autour de lui pour qu'il fasse des bêtises.

Mais il n'avait pas fini de parler que de violents éclats de voix nous parvinrent d'en bas.

— C'est pas vous qu'allez me dire ce que je dois faire chez moi ! fulminait grand-père. Portez la culotte chez vous si ça vous chante, mais pas dans ma maison. Alors vous allez me virer vos croupions de là, et au trot encore. Allez ouste, du balai !

Sur quoi, le tapage de voix et de cris redoubla.

— Aide-moi à descendre, Paul. Il faut que je voie ce qu'il fabrique.

Je me levai en hâte, glissai les pieds dans mes chaussures et nous descendîmes sans perdre un instant. Grand-père était dans la cuisine. Cruchon en main et déjà vacillant, il invectivait un petit groupe de gens massés sur le seuil.

— Qu'est-ce que vous avez tous à faire des yeux ronds ? Z'avez jamais vu un homme en deuil ? Z'avez jamais vu un pauvre gars qui vient d'enterrer sa femme ? Fermez vos grands fours et allez voir ailleurs ! brailla-t-il à la cantonade.

Puis, comme personne ne bougeait, il lampa une nouvelle gorgée au goulot et vociféra de plus belle :

— Allez, dehors !

— Grand-père !

Il me fixa de ses yeux étincelants de rage en balançant son cruchon qui se brisa net contre l'évier, éclaboussant toute la cuisine d'éclats de poterie et d'alcool. Les femmes glapirent, grand-père hurla. Il était terrible à voir dans sa colère, gesticulant et tempêtant avec une violence que la

172

pièce ne pouvait contenir. Paul m'entoura de son bras et me ramena vers l'escalier, puis à l'étage.

— Attendons qu'il se soit calmé, Ruby.

Grand-père cria encore, puis nous entendîmes les gens piétiner pour sortir, les mères de famille rassembler leur marmaille, rejoindre maris, voitures et camions, et chacun décampa sans demander son reste.

Toujours cognant et rouspétant, grand-père continuait son remue-ménage. Paul s'assit à mes côtés sur le lit, me prit par la main, et nous attendîmes ensemble la fin de la crise. Enfin, le charivari s'apaisa, tout redevint silencieux.

— C'est fini, constatai-je avec soulagement. Je vais descendre nettoyer un peu.

— Je vais t'aider.

Grand-père ronflait déjà, renversé dans un rocking-chair de la galerie. J'épongeai le sol de la cuisine et je balayai les morceaux de cruchon, pendant que Paul essuyait la table et remettait les meubles en place.

— Tu devrais rentrer chez toi, maintenant, lui conseillai-je quand tout fut remis en ordre. Tes parents doivent se demander ce qui te retient si longtemps.

— Je ne supporte pas l'idée de te laisser seule avec ce... cet ivrogne. On devrait le boucler en prison et jeter la clé, après ce qu'il vient de faire ! Ce n'est pas juste que ta grand-mère soit morte et que ce soit lui qui reste. Et c'est dangereux pour toi.

— Ne t'inquiète pas pour ça, tu sais comment il est après ce genre d'accès. Il va se réveiller affamé, et tout honteux de sa conduite.

Paul me caressa la joue et m'enveloppa d'un regard plein de tendresse.

— Ma Ruby, toujours si optimiste...

— Pas toujours, Paul, rectifiai-je avec tristesse. Plus maintenant.

173

— Je ferai un saut demain matin pour voir comment ça se passe, promit-il, mais sans bouger pour autant. Ruby, je...

— Il vaut mieux que tu t'en ailles, Paul. Je ne veux plus d'autres scènes pénibles aujourd'hui.

— Très bien, dit-il en se levant enfin. (Et il en profita pour m'embrasser furtivement sur la joue.) Je parlerai à mon père et je saurai ce qu'il en est, crois-moi.

Je ne réussis même pas à lui sourire. J'avais trop pleuré. Le masque de la tristesse me collait à la peau.

— Je saurai, dit encore Paul, du seuil de la pièce. Je te le jure.

Et voilà. Il était parti.

Je rangeai les restes de nourriture et montai me recoucher, plus lasse que jamais. Je passai presque tout l'après-midi à dormir et si quelqu'un vint à la maison pendant ce temps-là, je n'entendis rien. Mais au début de la soirée, par contre, le tapage recommença : bruits de vaisselle, chocs de meubles qu'on déplace... Je m'assis sur mon lit, encore tout ensommeillée, puis je repris mes esprits et me hâtai de descendre. Je trouvai grand-père à quatre pattes, tirant sur des lames de plancher déclouées. Toutes les armoires béaient, tous les pots et les vases de la maison avaient quitté leurs étagères et traînaient un peu partout à travers la pièce.

— Mais qu'est-ce que tu fabriques, grand-père ?

Il me regarda comme il ne l'avait jamais fait jusque-là, les yeux pleins de méfiance et de colère.

— Je sais qu'elle l'a caché quelque part, grommela-t-il. Je l'ai pas trouvé dans sa chambre mais je sais qu'il est par là. Où est-il, Ruby ? J'en ai besoin.

— Besoin de quoi, grand-père ?

— De son magot, son argent. Elle a toujours gardé une réserve pour les mauvais jours. Eh bien, mes mauvais jours

174

sont venus. J'en ai besoin pour réparer mon moteur et pour m'acheter du matériel. (Il se mit sur son séant et prit appui sur ses mains.) J'ai du pain sur la planche si je veux qu'on reparte de zéro, Ruby. Où est le magot ?

— Il n'y a pas de magot, grand-père. Nous avons eu de mauvais jours, nous aussi. Une fois, je suis même allée jusque chez toi pour te demander de l'aide, mais tu étais ivre mort.

Il secoua la tête avec furie.

— Elle te l'a peut-être jamais dit. Elle était comme ça... très cachottière, même avec sa famille. Y a un magot quéqu'part, je te dis. Ça me prendra le temps qu'y faudra mais je le trouverai. Et s'il est pas dans la maison, c'est qu'elle l'a enterré là-dehors. Tu l'as jamais vue creuser dans le coin, par hasard ?

— Il n'y a pas d'argent caché, grand-père. Tu perds ton temps.

Il y avait bien celui de mes aquarelles, pourtant, et je fus sur le point de lui en parler. Mais j'eus soudain le sentiment que grand-mère Catherine était toujours là, debout à mes côtés, m'imposant le silence. Au cas où grand-père aurait l'idée de fouiller son coffre, je me promis de cacher ma petite fortune sous mon matelas.

— Tu n'as pas faim, grand-père ?

— Non. Je retourne voir un peu dehors, avant qu'il fasse trop noir.

Quand il fut sorti, je rangeai la vaisselle et me fis chauffer quelque chose à manger. J'avalai machinalement, sans presque sentir le goût des aliments, uniquement pour prendre des forces. Puis je regagnai ma chambre. J'entendais grand-père creuser et jurer dans la cour, derrière la maison. Ensuite il alla farfouiller dans le saloir, et même dans la remise. A la fin il se fatigua de chercher, rentra dans la cuisine, et je devinai aux bruits qui en provenaient

175

qu'il se servait à manger et à boire. Il était dans un tel état de frustration qu'il gémissait comme un veau qui a perdu sa mère. Puis il se mit à parler tout seul.

— Où t'as fourré l'argent, Catherine ? J'en ai besoin pour prendre soin de ta petite-fille, tu sais bien. Où qu'il est ?

A la longue, il se calma. Je sortis sans bruit sur le palier, me penchai par-dessus la rampe et regardai dans la cuisine. Grand-père était affalé sur la table, la tête entre les bras. Je regagnai ma chambre, m'assis près de la fenêtre et contemplai le croissant de lune, à demi caché par des nuages noirs. Je me disais que ce même croissant voguait au-dessus de La Nouvelle-Orléans, et je tentai d'imaginer mon avenir. Vivrais-je dans une belle et grande maison, deviendrais-je riche et célèbre comme grand-mère Catherine me l'avait prédit ?

Ou était-ce un rêve, cela aussi ? Une simple toile d'araignée scintillant au clair de lune, un mirage nocturne, un piège étincelant tissé de joyaux illusoires, offrant ses promesses aussi vides, aussi fragiles que la toile elle-même...

Jamais, de toute ma vie, le temps ne me parut si long que pendant la période qui suivit l'enterrement de grand-mère Catherine. Chaque fois que je consultais la vieille pendule de cuivre posée sur l'appui de la fenêtre, dans le grenier, j'éprouvais la même déception. Quand je croyais tisser depuis une heure, je découvrais avec surprise qu'il s'était écoulé à peine dix minutes. Je tâchais de remplir chaque instant qui passait, de m'occuper les mains et l'esprit, afin qu'il ne me reste pas une seconde pour penser, ressasser mon chagrin, me souvenir. Mais j'avais beau m'acharner au travail, les souvenirs étaient toujours là. J'avais toujours assez de temps pour eux.

Celui qui me hantait avec le plus d'insistance était cette promesse à grand-mère Catherine. Le jour de sa mort, elle me l'avait rappelée, m'avait fait renouveler mon vœu. J'avais promis. Juré de ne pas rester ici, avec grand-père Jack. « S'il m'arrivait quelque chose, petite... » Elle voulait que j'aille à La Nouvelle-Orléans, que je retrouve mon père et ma sœur. Mais quitter le bayou, prendre un car pour une ville qui me semblait le bout du monde, cette seule idée me terrifiait. Je savais que j'y serais aussi déplacée qu'une crevette sur une tarte à la crème. Que les gens se retourneraient sur moi, en se demandant ce que cette ignorante petite cajun faisait là, toute seule, si loin de chez elle. Et que tout le monde se moquerait de moi.

Je n'avais jamais voyagé si loin, et encore moins toute seule. Mais ce n'était pas le voyage, ni l'immensité de la ville, ni même le dépaysement qui me faisaient le plus peur. Non, ce qui m'effrayait le plus, c'était d'imaginer ce que dirait et ferait mon père quand je me présenterais devant lui. Comment réagirait-il ? Que deviendrais-je s'il me claquait la porte au nez ? Après avoir abandonné grand-père Jack, où irais-je si mon père me rejetait ?

Mes lectures m'en avaient appris long sur la vie citadine ; je n'ignorais rien des horribles choses qui se passaient dans les bas quartiers, ni des dangers qu'y couraient les filles de mon âge. Deviendrais-je une de ces femmes qu'on enferme dans les maisons de joie, moi aussi ? Une de ces malheureuses condamnées à servir au plaisir des hommes ? Quel autre métier serais-je capable de faire, de toute façon ? Qui voudrait employer une pauvre cajun à l'éducation sommaire, n'ayant d'autre talent que le tissage ? Je me voyais déjà finir dans le ruisseau, parmi d'autres misérables clochards, mes pareils.

Non, mieux valait oublier ma promesse et me cloîtrer dans mon grenier ; y tisser presque tout le jour mes torchons et mes serviettes comme si grand-mère était toujours là ; imaginer qu'elle était en bas, occupée dans sa cuisine, ou sortie pour une de ses visites. C'était tellement plus facile de faire comme si rien n'avait changé...

Bien sûr, il me faudrait consacrer une part de mon temps à grand-père Jack, préparer ses repas et nettoyer derrière lui, tâche ingrate et toujours à recommencer. Chaque matin, je lui servais son petit déjeuner avant qu'il parte pour la pêche, ou pour sa cueillette de barbe espagnole. Il n'arrêtait pas de ronchonner au sujet du magot de grand-mère, passant tout son temps libre à creuser et à fouiller dans tous les coins. Et plus il cherchait en vain, plus il se persuadait que je lui cachais quelque chose.

— Catherine n'était pas femme à se laisser mourir sans dire à quelqu'un où elle avait caché son pécule, déclara-t-il un soir en se mettant à table, et je sais qu'elle en avait un. T'aurais pas caché quelque chose dans un endroit où j'ai déjà regardé, Ruby, des fois ? M'étonnerait pas qu'elle t'ait dit de le faire, ajouta-t-il en dardant sur moi un regard soupçonneux.

— Non, grand-père. Je te l'ai déjà dit et répété, nous n'avions pas d'argent de côté. Le peu que nous avions, nous le dépensions à mesure. Avant sa mort, nous vivions sur ce que lui rapportaient ses visites, et tu sais combien elle détestait se faire payer pour ses pouvoirs.

Que ce fût par mes paroles ou par mon regard, je dus me montrer convaincante car il me crut, au moins sur le moment.

— Ouais, justement, releva-t-il d'un ton pensif. Si les gens lui donnaient des choses, ils devaient bien lui donner de l'argent aussi. Ce que je me demande, c'est si elle en a pas laissé à ces commères, Mme Thibodeau par exemple. Un de ces soirs, faudra que j'aille lui rendre une petite visite, à celle-là.

— A ta place, je ne ferais pas ça, grand-père.

178

— Ah non, et pourquoi pas ? L'argent ne lui appartient pas, il est à moi. Enfin... à nous, je veux dire.

— Mme Thibodeau appellera la police et tu te retrouveras en prison si tu mets seulement un pied sur sa galerie, je t'avertis. Je le sais, elle m'a déjà prévenue.

— Vous, les femmes, vous êtes une vraie maffia ! marmonna-t-il. Les hommes se décarcassent à vous nourrir, à tout faire tenir debout dans la baraque, et vous trouvez ça tout naturel. Et les femelles cajuns, c'est les pires. Elles se figurent qu'on leur doit tout. Eh ben, c'est pas vrai ! Un homme a le droit d'être traité avec respect, surtout dans sa maison. Si je m'aperçois qu'y a de l'argent qui m'est passé sous le nez...

Je renonçai à discuter avec lui, ça ne servait à rien. Je comprenais pourquoi grand-mère Catherine n'avait pas essayé de corriger sa façon de penser. Mais j'espérais qu'avec le temps il renoncerait à sa recherche frénétique d'un magot inexistant, qu'il s'efforcerait de se réformer comme il l'avait promis, et travaillerait dur pour nous permettre une vie meilleure. Certains jours, il revenait du marais avec un panier de poissons ou une paire de canards, pour le gombo. Mais certains autres, il passait le plus clair de son temps à godiller d'un étang à l'autre, en radotant sur ses sujets favoris. Pour finir, il s'installait dans son canot et buvait le gin ou le rhum frelatés qu'il avait échangés contre sa pêche, jusqu'à ce qu'il s'effondre, assommé par l'ivresse. Ces soirs-là, il rentrait bredouille et hargneux, et je devais m'arranger avec le peu que nous avions pour cuisiner une misérable jambalaya.

Il fit quelques réparations dans la maison, par-ci, par-là, mais le reste de ses promesses demeura lettre morte. Il ne boucha pas les fuites du toit, ne recloua pas les lames du plancher. Et malgré mes allusions discrètes, il n'améliora pas ses habitudes quant à son hygiène personnelle. Il pouvait rester une semaine sans toucher un morceau de savon, et encore ! Il ne procédait qu'à une toilette sommaire. Bientôt, il eut à nouveau des poux, la barbe sale, les ongles noirs. A table, sa seule vue me coupait l'appétit et j'évitais soigneusement de le regarder. C'était déjà bien assez pénible de devoir supporter les relents âcres et puants que dégageaient son corps et ses vêtements. Comment pouvait-il se laisser aller à ce point, sans se soucier ni même s'apercevoir de l'effet qu'il produisait sur moi ? L'alcool devait y être pour quelque chose, forcément.

Chaque fois que je levais les yeux sur le portrait de grand-mère, je me promettais de me remettre à l'aquarelle. Mais dès que je préparais mon chevalet, je me retrouvais en train de contempler ma feuille, l'esprit vide, incapable de trouver la moindre idée. Je fis plusieurs tentatives, j'ébauchai quelques traits, j'essayai même de dessiner un tronc de cyprès drapé de mousse espagnole. Mais ce fut en vain, on aurait dit que mon talent était mort avec grand-mère. Je savais que cette seule pensée l'aurait mise en colère, pourtant. Mais les oiseaux, les plantes, les arbres, tout ce que je voyais dans le bayou me faisait penser à elle et une fois que son image s'imposait à moi, je ne pouvais plus peindre. Elle me manquait tellement !

Paul venait me voir presque tous les jours, soit pour bavarder avec moi sur la galerie, soit pour me regarder tisser dans le grenier, assis à mes côtés. Il m'offrait souvent son aide pour mes tâches quotidiennes, surtout pour les travaux dont grand-père aurait dû se charger lui-même, avant de s'en aller pour la journée.

— Comment ça se fait que le fils Tate vient toujours traîner par ici ? me demanda-t-il un jour, en fin d'après-midi, comme Paul venait de partir. Qu'est-ce qu'y te veut ?

— Rien, c'est juste un ami, répliquai-je, en me gardant bien d'ajouter que je connaissais la hideuse vérité.

Je savais combien ses colères pouvaient être violentes et subites, et quel effet auraient eu sur lui mes révélations. Il se serait mis à vociférer en tétant une nouvelle bouteille.

— Ces gens-là se croient au-dessus de tout le monde parce qu'ils roulent sur l'or, bougonna-t-il. Méfie-toi de cette engeance, Ruby. Méfie-toi.

J'ignorai ses radotages et je m'occupai à préparer le dîner.

Chaque jour, en me quittant, Paul me promettait de parler à son père. Et chaque fois qu'il revenait, je voyais du premier coup d'œil qu'il il n'en avait pas encore eu le courage. Finalement, un samedi soir, il m'annonça que, le lendemain après la messe, son père et lui partiraient pour une partie de pêche.

— Il n'y aura que nous deux, Ruby. D'une façon ou d'une autre, j'arriverai bien à mettre le sujet sur le tapis.

Ce dimanche-là, je tentai de décider grand-père à m'accompagner à l'office, mais il dormait d'un sommeil de brute et il n'y eut pas moyen de l'éveiller. Plus je le secouais, plus il ronflait. Je n'étais jamais entrée dans l'église sans grand-mère et je ne savais pas si je le supporterais, mais je me mis en route quand même. Toutes les amies de grand-mère Catherine m'accueillirent avec chaleur et, naturellement, me bombardèrent de questions. Elles voulaient surtout savoir comment je m'en tirais avec grand-père, et je m'arrangeai pour brosser un tableau plus avantageux que la réalité, mais Mme Livaudis ne fut pas dupe. Elle déclara en pinçant les lèvres :

— Personne ne devrait avoir à traîner un boulet pareil, surtout pas une enfant comme Ruby.

— Viens t'asseoir avec nous, ma chère petite fille, dit Mme Thibodeau.

Je pris donc place à leur banc et chantai les hymnes avec elles.

Paul et sa famille étaient arrivés en retard, nous n'avions pas eu l'occasion de nous voir. Et à la sortie, son père et lui se hâtèrent de partir pour aller mettre leur bateau à l'eau. Je ne pensai qu'à lui de toute la journée, me demandant si oui ou non il aurait le courage d'évoquer le passé avec son père. J'espérais le voir juste après le dîner, mais il ne vint pas et j'allai sur la galerie pour l'attendre, en me balançant dans mon rocking-chair. Dans la maison, grand-père écoutait de la musique cajun à la radio et battait la mesure à coups de talon, balançant un cruchon qu'il portait régulièrement à ses lèvres. Quelqu'un qui serait passé par là aurait pu croire qu'une joyeuse compagnie festoyait à l'intérieur.

Il se faisait tard. Grand-père Jack sombra peu à peu dans sa torpeur habituelle, et la fatigue me gagna. Par cette nuit sans lune, les étoiles scintillaient d'un éclat singulier dans le ciel noir. Je m'efforçais de garder les yeux ouverts, mais mes paupières ne voulaient rien savoir ; je finis même par m'endormir. Réveillée par le cri perçant d'un hibou, je décidai d'aller me coucher.

J'avais à peine posé la tête sur l'oreiller que j'entendis la porte d'entrée s'ouvrir, se refermer, puis un bruit de pas précautionneux dans l'escalier. Mon cœur s'accéléra. Qui donc était entré dans la maison ? Dans l'état d'hébétude où se trouvait grand-père, n'importe qui pouvait pénétrer chez nous et y faire ce qu'il voulait. Je m'assis et retins mon souffle.

Une haute silhouette se profila dans l'embrasure, puis elle s'avança dans la chambre.

— Paul ?

— Désolé de te réveiller, Ruby. Je ne voulais pas venir ce soir, seulement... je ne pouvais pas dormir. J'ai frappé, mais tu n'as pas dû entendre. Quand j'ai ouvert la porte, j'ai vu ton grand-père étalé sur le canapé, ronflant à faire trembler les murs.

Je me penchai pour allumer la lampe et un seul regard me suffit pour comprendre. Paul savait. Je m'adossai au chevet du lit et remontai la couverture. (Il valait mieux, avec cette chemise de nuit quasi transparente...).

— Que s'est-il passé, Paul ? Je t'ai attendu jusqu'à ce que je tombe de sommeil. As-tu parlé à ton père ?

Il s'avança jusqu'au pied de mon lit.

— Quand je suis revenu de la pêche, je suis monté tout droit m'enfermer dans ma chambre. Je n'aurais pas pu descendre dîner, mais je ne pouvais pas non plus rester couché là, sans rien faire. J'aurais voulu m'étouffer avec mon oreiller, Ruby, vraiment. J'ai même essayé deux fois.

— Oh, Paul ! Qu'est-ce qu'il t'a raconté ?

Il s'assit sur mon lit, me dévisagea quelques instants en silence, puis je vis ses épaules s'affaisser.

— Au début, mon père a refusé de parler de tout ça. Il a été très surpris par mes questions et il est resté un long moment sans rien dire, à regarder l'eau. J'ai insisté. Je lui ai fait comprendre que c'était très important pour moi, plus que n'importe quoi d'autre. A la fin, il a dit qu'il m'expliquerait plus tard, que ce n'était pas encore le moment.

« Mais je n'ai pas cédé. Je lui ai répété sur tous les tons qu'il fallait absolument que je sache. Il était furieux, bien sûr. Il croyait que c'était ton grand-père qui m'avait parlé. Il a dit que... Bon sang, il faudra bien que je m'y habitue, même si ça me révulse !

Paul s'interrompit et grimaça comme s'il venait d'avaler de l'huile de foie de morue.

— Il a dit que ton grand-père l'avait déjà fait chanter avec cette histoire et qu'il cherchait un nouveau moyen de lui soutirer de l'argent. Mais quand il a su que c'était ta grand-mère Catherine qui t'avait mise au courant, il a dit qu'elle avait bien fait.

— Tant mieux, Paul. Je suis heureuse qu'il t'ait avoué la vérité.

— Sauf que sa version est assez différente de celle de ta grand-mère, releva-t-il d'un air sombre.

— Comment ça ?

— D'après lui, c'est ta mère qui lui a fait des avances, et non pas lui qui l'a séduite. Il prétend que c'était une jeune femme très libre et qu'elle en avait connu d'autres avant lui. Qu'elle l'avait provoqué, pourchassé, aguiché de toutes les façons possibles. Et qu'un jour où il pêchait tout seul dans le bayou, elle s'est approchée de lui en canot. Qu'elle a enlevé ses vêtements, s'est jetée à l'eau toute nue, a nagé vers lui et qu'après ça... elle est montée dans son bateau, et c'est comme ça que c'est arrivé. Voilà comment j'ai été conçu, conclut-il amèrement.

Je gardai le silence. Je voyais bien que cela mettait Paul au supplice, mais je n'y pouvais rien. Une partie de moi-même avait envie d'éclater de rire, de se moquer d'une histoire aussi ridicule. Aucune fille née de grand-mère n'aurait pu se conduire ainsi. Mais une autre part de moi-même, celle qui rêvait de faire le même genre de choses avec Paul, me soufflait que c'était possible.

— Je ne l'ai pas cru, bien sûr, s'empressa-t-il de préciser. Je pense que les choses se sont passées comme ta grand-mère te l'a dit. C'est lui qui a séduit ta mère, sinon pourquoi aurait-il cédé si vite au chantage de ton grand-père Jack ? Pourquoi lui aurait-il versé tout cet argent ?

— Tu lui as posé la question ?

— Non. Je ne voulais pas me quereller avec lui.

— Je me demande comment nous ferons pour savoir la vérité, maintenant.

— Qu'est-ce que ça changerait ? se hérissa-t-il. Le résultat serait le même. Oh, mon père s'est plaint en long et en large de ton grand-père, des sommes qu'il a dû payer pour s'assurer de son silence. Il l'a traité de tous les noms, rabaissé au rang des plus immondes créatures des marais. Il m'a expliqué que ma mère avait été navrée pour lui, qu'elle avait consenti à jouer cette comédie pour que je sois accepté par la communauté comme un enfant légitime. Puis il m'a fait promettre de ne jamais lui avouer que je savais la vérité. Il a dit que cela lui briserait le cœur.

— Et il a certainement raison là-dessus, Paul. Elle a déjà bien assez souffert comme ça, tu ne crois pas ?

— Et moi, alors ? s'emporta-t-il. Et nous ?

Les paroles pleines de sagesse de grand-mère me revinrent à la mémoire.

— Nous sommes jeunes, Paul.

— Ce n'est pas pour ça que nous souffrons moins !

— Non, mais je ne vois pas ce que nous pouvons y changer. Rien, à part essayer, chacun de notre côté, d'aimer quelqu'un d'autre aussi fort que nous nous aimons à présent.

— Je ne peux pas, se rebella-t-il. Je ne veux pas !

— Mais que pouvons-nous faire d'autre, Paul ?

Il me dévisagea et je lus sur ses traits sa révolte farouche, mais aussi son chagrin.

— Nous ferons comme si ce n'était pas vrai, voilà tout, dit-il en me prenant la main.

Il me fut impossible de maîtriser le frémissement qui, telle une onde jaillie du cœur, se propagea dans tout mon corps et fit s'accélérer mon pouls. Instantanément, tout était devenu différent. Paul, tout ce qui le concernait, qui *nous* concernait, lui et moi... tout cela était interdit. Le seul fait que Paul fût assis sur mon lit, tenant ma main et me couvant de ce regard brûlant, était une transgression

185

des tabous. Et, comme toutes les choses prohibées, cela n'en devenait que plus follement excitant. C'était jouer avec le feu, tenter le diable, nous infliger la délicieuse torture du fruit défendu.

— Nous ne pouvons pas faire ça, Paul, chuchotai-je.

— Et pourquoi pas ? Il suffit d'ignorer la partie de nous-mêmes qui proteste, et de ne penser qu'à l'autre. Ce ne sera pas la première fois que ce genre de choses arriveront dans le bayou, crois-moi.

Il se rapprocha de moi et sa main remonta le long de mon bras, le bout de ses doigts frôlant doucement ma peau nue. Mon cœur battait si fort que j'en perdais le souffle.

— Tu es bouleversé, Paul. C'est la colère qui te fait parler, mais tu ne penses pas ce que tu dis.

— Oh si ! Qui est au courant de cette histoire d'abord ? Ton grand-père Jack, mais personne ne le croirait s'il en parlait. Et mes parents, qui ne voudraient pour rien au monde que la vérité s'ébruite. Alors, tu vois bien ? Ça ne compte pas.

— Mais nous, nous savons. Et cela compte pour nous.

— Seulement si nous le voulons bien, dit-il en m'embrassant sur le front.

Et parce que nous savions la vérité, ce baiser me brûla comme un fer rouge. Je reculai brusquement et secouai la tête, pas seulement pour échapper à ses avances, mais aussi au trouble de mon propre cœur.

Ma couverture glissa, entraînant le tissu fin de ma chemise vers le bas, bien trop bas. Mes seins étaient presque entièrement découverts. Le regard de Paul s'y attacha, remonta, passant lentement de mon cou à mes épaules, jusqu'à mon visage.

— Quand nous l'aurons fait une fois, quand nous aurons osé ignorer les horreurs du passé pour nous aimer, ce sera de plus en plus facile, Ruby, tu verras. Pourquoi devrions-nous condamner la meilleure part de nous-mêmes ? Nous n'avons pas été élevés comme frère et sœur. Nous ne savions même pas que nous étions parents !

Il se rapprocha encore et murmura :

— Il suffit que tu fermes les yeux, Ruby. Que tu oublies. Que tu laisses mes lèvres toucher les tiennes...

Je me rejetai en arrière aussi loin que je pus, mais rien n'y fit : nos lèvres se touchèrent. Je tentai de le repousser, de me dégager, mais il pesait sur moi, de plus en plus insistant, insinuant. Sa main atteignit mon sein presque nu et le bout de ses doigts parvint à en effleurer la pointe.

— Paul, non ! Je t'en prie, nous le regretterons.

J'avais presque crié, mais en même temps j'avais fermé les yeux. Je me sentais glisser sous lui, et le frémissement d'excitation qui me courait sous la peau se changeait peu à peu en torrent de désir. Après tant d'épreuves et tant de chagrins, mon corps avait besoin de Paul, de sa chaleur, de son contact...

Mais cela nous était interdit.

— Non, protestai-je, il ne faut pas.

Ses lèvres caressaient mon front, descendaient sur ma joue, sa main s'était déjà frayé un chemin sous ma chemise pour enfermer l'un de mes seins. Quand il la souleva pour y déposer un baiser, je me sentis faiblir. Je ne pouvais pas ouvrir les yeux. J'étais incapable de prononcer un mot. Je continuais à glisser sous le corps de Paul et lui à peser sur le mien, obstiné dans sa détermination de triompher, non seulement de moi mais de tous les tabous. Des lois de la morale comme de celles de l'Eglise, de tous ceux qui non seulement auraient condamné nos jeux amoureux, mais nous auraient accablés de leur mépris.

— Ruby, souffla-t-il à mon oreille, déchaînant en moi un véritable incendie. Ruby, je t'aime.

Une voix tonnante nous ramena sur terre.

— Qu'est-ce qu'y se passe ici, nom de Dieu !

Paul sursauta. Mon souffle se bloqua dans ma gorge. Grand-père Jack se dressait sur le seuil, hirsute, les yeux injectés de sang, titubant comme si un ouragan se déchaînait dans la maison. Paul se leva en toute hâte, rajustant ses vêtements.

— Mais... rien.

— Rien ! Vous appelez ça rien !

Grand-père battit des paupières et s'avança dans la chambre. Il était encore soûl mais il reconnut Paul.

— Par tous les démons de... T'es le fils Tate, pas vrai ? Celui qu'est toujours à rôder par ici ?

Paul acquiesça d'un signe bref.

— Je m'doutais que t'allais venir traîner dans le coin la nuit, pour te faufiler chez moi et grimper dans la chambre de ma petite-fille. Les Tate ont ça dans le sang.

— C'est un mensonge !

— Pfff ! ricana grand-père en passant ses longs doigts dans sa tignasse. Ben ça t'aura pas servi beaucoup de venir voir la petite à c't'heure de la nuit, mon gars. Tu vas repartir gros Jean comme devant, et en vitesse.

— Rentre chez toi, Paul, dis-je avec douceur. C'est mieux comme ça.

Il abaissa sur moi des yeux embués de larmes.

— Je t'en prie, Paul...

Il se mordit la lèvre et sortit au pas de charge, manquant de peu de renverser grand-père. L'escalier trembla quand il descendit, puis la porte d'en bas claqua derrière lui.

— A nous deux, dit grand-père en se retournant vers moi. Je me figurais pas que t'avais poussé si vite, y serait temps qu'on te trouve un mari convenable.

— Je n'ai besoin de personne pour trouver un mari, grand-père Et d'abord, je n'ai pas l'intention de me marier

188

de si tôt. Paul ne faisait rien de mal. Nous étions seulement en train de bavarder, il...

— En train de bavarder, rien que ça ? gloussa grand-père. Quand les grenouilles se mettent à bavarder comme ça, dans le marais, ça fait pousser les têtards.

Il eut à nouveau ce rire silencieux qui lui secouait les épaules.

— Non, t'es en âge. C'est juste que je t'avais pas bien regardée, commenta-t-il en détaillant mes formes, à peine voilées par ma chemise de nuit.

Je m'empressai de remonter ma couverture.

— Pas la peine de dire le contraire, ajouta-t-il en clignant de l'œil. Ça se voit, du reste !

Et il partit en chaloupant vers la chambre de grand-mère, où il dormait chaque fois qu'il parvenait à grimper les marches.

Je m'adossai au chevet du lit, le cœur battant comme s'il allait me briser les côtes. Pauvre Paul ! Je l'avais vu si désemparé, partagé entre ses sentiments pour moi et sa colère. L'apparition inattendue de grand-père Jack et ses accusations n'avaient rien arrangé, c'était certain. Mais au moins, il nous avait empêchés de faire quelque chose que nous aurions regretté plus tard.

J'éteignis la lumière et me recouchai, toute pensive. Il fallait bien m'avouer qu'à un certain moment, quand Paul s'était montré si insistant, une part de moi-même n'aspirait qu'à lui céder, à faire exactement ce qu'il désirait. Relever le défi, et saisir ce que le destin nous rendait inaccessible. Mais peut-on garder un secret si noir au fond du cœur, sans qu'il contamine, ou même détruise la pureté de l'amour qui lie deux êtres l'un à l'autre ? Cela ne se pouvait pas. Cela ne devait pas être. Cela ne serait pas. La leçon de tout cela, c'est que je ne devais plus m'exposer à me trouver aussi près de Paul. Et aussi que j'étais sans défense contre moi-même.

Comme j'essayais de me rendormir, je compris que c'était une raison de plus, sinon la meilleure de toutes, pour trouver la force et le courage de partir.

Peut-être était-ce pour cela que grand-mère Catherine avait tellement insisté sur ce point. Peut-être savait-elle ce qui se passerait entre Paul et moi, malgré ce que nous aurions appris sur nous-mêmes. Je m'endormis avec ses paroles en tête, en lui renouvelant tout bas ma promesse.

9

Dures leçons

Je ne revis pas Paul jusqu'à la fin du week-end, et pas davantage le lundi, à l'école, ce qui m'étonna. Lorsque j'interrogeai sa sœur Jeanne, elle me répondit qu'il était souffrant mais parut très froissée que j'aie demandé de ses nouvelles, surtout devant ses amies. Je préférai m'en tenir là.

En rentrant de l'école, je décidai de m'accorder une promenade au bord du canal avant de préparer le dîner. Je suivis le sentier qui traversait notre cour et descendait vers la rive, entre les hibiscus et les hydrangéas foisonnants de fleurs bleues et roses. Le printemps était arrivé sans crier gare, cette année-là. Les couleurs, les parfums les plus doux, toute une vie avide de renaître m'environnait, comme si la nature elle-même essayait de me consoler.

Mais des pensées troublées, confuses, tourbillonnaient dans ma tête comme des bourdons dans une bouteille. J'entendais tant de voix me conseiller tant de choses différentes... Dépêche-toi, Ruby, dépêche-toi, disait l'une. Fuis aussi vite que tu peux, loin du bayou, de Paul et de grand-père.

Pas question, disait une autre, relève le défi. Tu aimes Paul, tu le sais bien. Obéis à tes sentiments, oublie ce que tu as appris. Agis comme le souhaite Paul : fais comme si tout n'était que mensonges.

Souviens-toi de ta promesse, Ruby, implorait instamment grand-mère Catherine. Souviens-toi... tu as promis...

La chaude brise du golfe jouait avec mes cheveux, les faisait danser sur mon front. La même brise folâtre agitait la mousse aux branches des arbres morts, et le marais tout entier devenait un grand animal vert qui se balançait et gesticulait, comme pour attirer mon attention. Lovée sur un morceau de bois d'épave, une vipère s'imbibait de soleil sur une langue de sable. Deux canards et un héron s'élevèrent d'un trait au-dessus de l'eau et s'éloignèrent, planant très bas sur les roseaux... Et c'est alors que j'entendis, assourdi par la distance, le ronronnement d'un moteur de bateau qui venait dans ma direction à travers le bayou. Le bruit augmenta, augmenta encore, et un hydroglisseur surgit sous mes yeux en décrivant une grande courbe.

C'était Paul. Dès qu'il m'aperçut, il me salua d'un geste, accéléra et se rapprocha de la rive, secouant nénuphars et roseaux dans les remous de son sillage.

— Va juste là-bas, cria-t-il en me désignant une bande de terre argileuse, un peu plus loin.

J'obéis et il vint aussi près que possible de la berge, puis il coupa le contact et laissa le bateau dériver vers moi.

— Où étais-tu passé ? On ne t'a pas vu à l'école.

Apparemment, il était en parfaite santé.

— J'étais occupé, à réfléchir et à faire des projets. Monte à bord, j'ai quelque chose à te montrer.

— Et moi j'ai le dîner de grand-père à préparer, Paul, répliquai-je en reculant d'un pas.

— Tu as bien le temps, voyons ! Tu sais très bien qu'il rentrera tard, et probablement trop soûl pour avoir faim. Allez, viens, Ruby, implora-t-il.

— Je ne veux pas que ce qui s'est passé l'autre jour se reproduise, Paul.

— Il ne se passera rien, je ne m'approcherai pas de toi. Je veux seulement te montrer quelque chose. Je te ramènerai tout de suite après, Ruby. Je te le jure.

— Tu ne t'approcheras pas de moi et tu me ramèneras tout de suite, bien vrai ?

— Promis, affirma-t-il en me tendant la main pour m'aider à embarquer. Tu n'as qu'à t'asseoir à l'arrière.

Il remit le moteur en marche, vira et repartit à vive allure avec toute l'assurance d'un vieux pêcheur cajun, mais je ne pus retenir un cri de frayeur. Même un pêcheur expérimenté peut heurter un alligator ou un banc de vase, après tout. Paul rit et ralentit un peu.

— Et où m'emmènes-tu comme ça, Paul Tate ?

Il nous fit passer sous les rameaux plongeants d'un bouquet de saules et s'enfonça au cœur du marais, puis il obliqua au sud-ouest, en direction de la conserverie de son père. Au loin, des nuages menaçants dérivaient au-dessus du golfe.

— Je n'ai pas envie d'être surprise par l'orage, Paul !

— Tu sais que tu es une sacrée rouspéteuse, quand tu t'y mets ? me taquina-t-il en souriant.

Il emboqua un chenal étroit, mit le cap sur un champ et coupa le moteur, laissant le bateau courir sur son erre.

— Où sommes-nous, Paul ?

— Chez moi. Et je dis bien chez moi, Ruby. Pas chez mon père.

— Chez toi ?

— Parfaitement, confirma-t-il avec orgueil en s'appuyant au bordage. Tout ce que tu vois là...

Il embrassa la prairie d'un geste large.

— ... trente hectares, en fait, tout ça est ma propriété. Mon héritage.

— Je ne m'en serais jamais doutée, m'effarai-je, en contemplant ce qui me semblait être une des meilleures terres du bayou.

— C'est mon grand-père Tate qui me l'a léguée. Naturellement, je n'en aurai la jouissance qu'à dix-huit ans, mais c'est bien à moi. Et attends, tu ne sais pas tout.

— Ah non ? Alors arrête de faire tous ces mystères, Paul Tate, et dis-moi le reste.

— Je vais faire mieux que ça, Ruby. Je vais te montrer.

Il prit l'aviron et fit avancer lentement le bateau à travers un fouillis d'herbes aquatiques, jusqu'à une zone ombreuse presque invisible sous les feuilles. Je me penchai à l'avant, là où je voyais des bulles monter de l'eau.

— Qu'est-ce que c'est, Paul ?

— Du gaz. Tu sais ce que ça signifie ?

Je secouai la tête.

— Ça veut dire qu'il y a du pétrole. Ici, sur mes terres. Je vais être riche, Ruby. Très riche.

— Mais c'est merveilleux !

— Pas si tu n'es pas avec moi pour partager tout ça, répliqua-t-il aussitôt. Je t'ai amenée ici pour te montrer mes rêves. Je vais bâtir une grande maison sur ma propriété, ce sera une véritable plantation. Ta plantation, Ruby.

— Paul, comment peux-tu dire ça ? Tu ne devrais même pas oser y penser. Cesse de te torturer avec ça, et de me torturer par la même occasion.

— Mais tu ne vois pas que nous pouvons y penser, maintenant ? Grâce au pétrole. L'argent et le pouvoir donnent tous les droits. J'achèterai le silence de grand-père Jack. Nous serons le couple le plus respecté, le plus riche du bayou, et notre famille...

— Nous ne pouvons pas avoir d'enfants, Paul.

— Nous en adopterons, secrètement s'il le faut. Tu joueras la même comédie que ma mère et...

— Mais nous vivrons dans les mêmes mensonges, les mêmes tricheries, et ils nous hanteront pour toujours.

— Pas si nous leur refusons ce droit. Pas si nous nous aimons comme j'ai toujours rêvé que nous nous aimions, Ruby.

Je me détournai pour laisser mon regard errer sur l'étang. Un crapaud sauta d'une bûche qui flottait, créant des ondes circulaires qui s'effacèrent presque aussitôt. Un peu plus loin, une brème faisait la chasse aux insectes parmi les nénuphars. Un vol d'oies passa très haut et disparut au-dessus des arbres, comme avalé par les nuages.

— C'est un endroit magnifique, Paul, et j'aurais aimé y vivre avec toi. Mais c'est impossible, et c'est cruel de ta part de m'y avoir amenée, lui reprochai-je avec douceur.

— Mais, Ruby...

Je me retournai vers lui, les yeux brûlants de larmes de regret.

— Tu ne crois pas que j'aurais aimé cela autant que toi ? Je souffre autant que toi, mais nous ne ferons que prolonger nos souffrances en nous permettant ce genre de fantasmes.

— Ce n'est pas un fantasme, c'est un plan. J'y ai réfléchi pendant tout le week-end. Dès que j'aurai dix-huit ans...

— Ramène-moi, Paul. S'il te plaît.

Il me dévisagea quelques instants, intensément.

— Accepte au moins d'y réfléchir. Tu veux bien ?

— Oui, accordai-je, parce que c'était le seul moyen d'en finir.

— Bien.

Sur cette réponse laconique, il remit le contact et me reconduisit immédiatement jusqu'à notre ponton.

— Je te vois demain, dit-il après m'avoir aidée à débarquer. Nous discuterons de ça tous les jours, à tête reposée, d'accord ?

Certaine qu'un beau matin il se réveillerait en comprenant sa folie, je ne me fis pas prier.

— D'accord, Paul.

— Ruby ! appela-t-il comme je m'éloignais vers la maison, et je me retournai vers lui. Il ne faut pas m'en vouloir. Je ne peux pas m'empêcher de t'aimer.

Le cœur lourd de larmes refoulées, je le regardai manœuvrer, s'en aller, disparaître. Puis, rassemblant mon courage, j'inspirai un grand coup et poussai la porte de la maison.

Le rire tonitruant de grand-père m'accueillit, immédiatement suivi d'un autre, celui d'un étranger. Je m'avançai jusqu'à la cuisine pour découvrir grand-père attablé en compagnie de Buster Trahaw, le fils d'un riche planteur de canne à sucre. Tous deux penchés sur un saladier de crevettes, ils avaient déjà vidé une demi-douzaine de cannettes de bière, tirées d'une caisse posée à même le sol, à leurs pieds.

Buster Trahaw était un grand et gros homme d'environ trente-cinq ans, si adipeux et ventripotent qu'il avait l'air de porter une roue de secours sous sa chemise. La graisse lui boursouflait le visage, distendait son nez camus, ses bajoues pendantes et son menton gras, sa bouche molle aux épaisses lèvres rouges. Son front saillait sur ses yeux enfoncés, presque noirs, et ses oreilles décollées s'écartaient tellement de sa tête que, vu de dos, il faisait penser à une chauve-souris géante. Pour le moment, ses cheveux d'un brun terne mouillés de sueur lui zébraient le crâne de mèches poisseuses.

Dès qu'il me vit entrer, il sourit d'un air béat, découvrant ses larges dents et l'intérieur de sa bouche, le tout copieusement tapissé de bouillie de crevettes. Il porta une bouteille à ses lèvres et aspira si goulûment sa bière que ses bajoues s'activaient comme un soufflet d'accordéon. Grand-père Jack surprit son sourire et pivota sur sa chaise.

— Et alors, ma fille, ousque t'étais passée ?

— Je faisais une petite promenade.

— On t'attendait, moi et Buster. Y reste à dîner. (Je me dirigeai aussitôt vers la glacière.) Eh bien, t'y dis pas bonjour ?

— Bonjour, dis-je en sortant quelques légumes du bac à glace. As-tu rapporté quelque chose pour le gombo, grand-père ? Un poisson, un canard...

— Y a plein de crevettes dans l'évier qui demandent qu'à être nettoyées, répliqua-t-il. C'est une fameuse cuisinière, tu sais, Buster ? Pour ce qui est du gombo et de la jambalaya, y en a pas une dans tout le bayou qui fricote mieux qu'elle.

— Ah bon ?

— Comme je te le dis, et tu verras toi-même, pas plus tard que ce soir. Et t'as vu comme elle tient bien son ménage, même avec une vieille bête comme moi dans la maison ?

Je me retournai tout d'une pièce et l'épiai avec une attention aiguë. Il ne s'exprimait pas comme s'il voulait vanter les qualités de sa petite-fille, mais comme s'il faisait l'article pour une marchandise. Mon regard soupçonneux le laissa complètement indifférent.

— Buster sait qui tu es, Ruby, figure-toi. Il t'a vue plusieurs fois sur la route, et quand tu tenais l'étalage, pas vrai, Buster ?

— Pour sûr ! Et ce que j'ai vu m'a bien plu. Vous êtes toujours bien propre et bien mignonne, Ruby.

— Merci, dis-je en me retournant brusquement.

Et mon cœur se mit à battre une charge muette, tandis que grand-père continuait à fanfaronner.

— Buster, que j'y ai dit, ma petite-fille est en âge d'avoir sa maison à elle, et ses mioches à élever. La plupart des femmes du bayou finissent comme elles ont commencé, mais Buster, lui, l'a une des plus grosses plantations du pays.

Je commençai à décortiquer les crevettes.

— Parfaitement, renchérit Buster. Et une des meilleures !

— Je vais encore à l'école, grand-père, dis-je sans me retourner, pour cacher aux deux hommes les larmes qui roulaient sur mes joues.

— Bof ! L'école, ça ne compte plus, à ton âge. Tu y as déjà été plus longtemps que moi, et moi plus longtemps que lui, pas vrai, Buster ?

— Pour sûr ! s'esclaffa l'autre.

— Tout ce qu'il avait besoin d'apprendre, c'était à compter l'argent qui rentre, je me trompe ?

Cette fois, ils éclatèrent de rire ensemble.

— Le père de Buster est malade, reprit grand-père. Il en a plus pour longtemps et c'est Buster qu'héritera de tout, pas vrai, Buster ?

— Vrai de vrai, et je le mérite.

— T'entends ça, Ruby ? (Je gardai le silence.) Je te cause, petite.

J'essuyai mes larmes et me retournai vers eux.

— Je t'entends, grand-père. Mais je l'ai déjà dit : je n'ai pas l'intention d'épouser qui que ce soit, et je vais encore à l'école. D'ailleurs, je veux devenir une artiste.

— Et après ? Rien t'empêchera d'en être une ! Buster que v'là, il t'achètera autant de pinceaux et de couleurs qu'y t'en faudra pour cent ans. Juste, Buster ?

— Pour deux cents ans, Jack ! gloussa un Buster hilare.

— Tu vois bien ?

— Je t'en prie, grand-père, implorai-je. Arrête ça, c'est trop gênant pour moi.

— Hein ? T'as passé l'âge de faire ces simagrées, Ruby. Et pis je peux pas être toujours à te surveiller, moi. Ta grand-mère est morte, il est temps que tu deviennes une grande fille.

— Elle est assez grande fille pour moi, toujours, annonça Buster en happant du bout de la langue un morceau de crevette collé à sa joue mal rasée. Elle me plaît bien comme ça.

— T'entends, Ruby ?

— Non, je ne veux rien entendre ! m'écriai-je en abandonnant les crevettes pour gagner la porte. Je ne veux pas discuter de ça et il n'est pas question que je me marie maintenant. Surtout pas avec Buster !

Sur ce, je me ruai hors de la cuisine en direction de l'escalier.

— Ruby ! vociféra grand-père.

Je fis halte sur le palier pour reprendre haleine et j'entendis Buster se lamenter.

— Et toi qui disais que ça irait tout seul, Jack ! Tu me fais acheter une caisse de bière, tu m'amènes ici et voilà ce que je trouve. Si c'est ça, ta gentille demoiselle obéissante !

— Elle obéira, t'en fais pas. Je la materai.

— Bon, mettons. T'as de la chance que j'aime les filles qui ont du tempérament. C'est comme dresser un cheval sauvage, tu vois ?

Grand-père Jack partit d'un gros rire.

— Et tu sais quoi ? reprit Buster. T'auras cinq cents billets de plus si je peux prendre un acompte avant la livraison.

— Ça veut dire quoi, ça ?

199

— Tu m'as très bien compris, Jack. Fais pas l'âne pour avoir du son. Bon, d'accord, j'admets qu'elle est pas comme les autres. Mille pour une nuit seul avec elle, et le reste le jour des noces. Une femme, ça se rode, et j'aime autant roder la mienne moi-même.

— Mille dollars ?

— Tout juste. Alors, qu'est-ce t'en dis ?

Dis-lui d'aller au diable, grand-père, suppliai-je silencieusement. Au lieu de quoi, je l'entendis répondre :

— Marché conclu.

Et, après une solide poignée de main, chacun d'eux déboucha une nouvelle bouteille.

Je courus m'enfermer dans ma chambre. Si j'avais jamais eu besoin d'une preuve pour croire aux histoires qui couraient sur grand-père, je la tenais. Qu'il boive comme un trou et s'endette au jeu, passe encore. Mais il n'éprouvait donc rien pour les siens, les enfants de sa chair et de son sang ? Je le voyais enfin tel qu'il était apparu, créature égoïste et ignoble, aux yeux de grand-mère Catherine. Pourquoi n'avais-je pas eu le courage de tenir sur-le-champ ma promesse ? Pourquoi fallait-il que je cherche toujours chez les gens ce qu'ils avaient de meilleur, même quand il n'y avait strictement rien de bon en eux ? Parce que je n'apprenais pas vite, voilà pourquoi. Il fallait vraiment que le sort me mène la vie dure pour que la leçon me rentre dans le crâne.

Un peu moins d'une heure après cet incident, j'entendis monter grand-père. Il ne prit pas la peine de frapper, il ouvrit la porte à la volée, se campa dans l'embrasure et me toisa d'un œil furibond. Il était dans une telle colère que je m'attendais presque à voir de la fumée lui sortir des oreilles.

— Buster est parti, aboya-t-il. Tu lui as coupé l'appétit.

— Tant mieux.

— Joue pas ce petit jeu avec moi, Ruby, gronda-t-il en me menaçant du doigt. Ta grand-mère t'a pourrie, elle a dû te monter le bourrichon avec ton talent, te faire croire que tu mènerais la belle vie à La Nouvelle-Orléans, mais t'es juste une pauvre petite cajun. Plus jolie que les autres, je suis d'accord, mais une cajun quand même. Une qui devrait remercier sa chance qu'un richard comme Buster s'intéresse à elle.

« Mais au lieu de ça, qu'est-ce que tu fais ? Tu me fais passer pour un imbécile !

— Et c'est ce que tu es, grand-père, ripostai-je en m'asseyant dans mon lit. Et s'il n'y avait que ça ! Le pire, c'est que tu es un sale égoïste, prêt à vendre la chair de ta chair pour pouvoir continuer à jouer et à te soûler.

De rouge qu'il était, il vira au bleu.

— Tu vas me demander pardon pour ça, Ruby, t'entends ?

— Sûrement pas. C'est toi qui devrais me présenter des excuses, pour avoir fait chanter M. Tate et lui avoir vendu Paul.

— Quoi ! Qui c'est qui t'a raconté ça ?

— C'est toi qui devrais me demander pardon. Tu as vendu ma sœur à un créole de La Nouvelle-Orléans. Tu as fait mourir ma mère de chagrin et brisé le cœur de grand-mère Catherine !

Il en resta tout pantois, bredouillant et postillonnant, puis la voix lui revint.

— Des menteries, tout ça ! Rien que des menteries. J'ai fait ce qu'il fallait pour sauver l'honneur de la famille et pour qu'on ait un peu d'argent pour vivre. Catherine t'en a fait accroire en racontant les choses autrement, et...

— Et tu vas recommencer avec Buster Trahaw ! m'écriai-je en fondant en larmes. Tu t'es entendu avec lui pour qu'il revienne demain soir. Toi, mon grand-père, qui devrais me... me protéger, tu ne vaux pas mieux que... la sale bête des marais que grand-mère t'accusait d'être, voilà !

Il parut grandir sous l'insulte. Rejetant les épaules en arrière, il se redressa de toute sa taille et son teint fonça encore, pour devenir presque aussi sombre que mes cheveux. Ses yeux lançaient des éclairs.

— Je vois que ces commères t'ont monté la tête contre moi, rugit-il. Mais c'est dans ton intérêt que je m'arrange pour qu'un gros riche comme Buster s'intéresse à toi. Et si j'y trouve mon compte, tu devrais être contente pour moi.

— Je ne suis pas contente. Et je n'épouserai pas Buster Trahaw.

— Oh si, même que tu m'en remercieras plus tard, dit-il en tournant les talons.

Et il redescendit lourdement l'escalier.

Presque aussitôt après, j'entendis la radio et un grand fracas de verre brisé : grand-père passait sa colère sur les bouteilles vides. Je décidai d'attendre dans ma chambre. Quand il serait tombé dans sa torpeur habituelle, je m'en irais.

Je commençai à rassembler quelques effets, soigneusement triés : je devrais voyager léger. L'argent de mes aquarelles était caché sous mon matelas, mais je préférais l'y laisser jusqu'à la dernière minute. Naturellement, j'emporterais les photos de ma mère, avec celle de mon père et de ma sœur. Comme j'hésitais sur ce qu'il me restait à emballer, le vacarme augmenta au rez-de-chaussée. Quelque chose d'autre se brisa, une chaise vola en éclats. Dans les secondes qui suivirent, le pas chancelant de grand-père ébranla les marches.

Je retournai dans mon lit, le cœur battant. Une fois de plus, ma porte s'ouvrit en coup de vent et grand-père s'encadra sur le seuil les yeux flamboyants : le whisky et la bière avaient encore attisé sa rage. Son regard fit le tour de la pièce et tomba sur mon petit sac, posé dans un coin.

— Alors, comme ça, tu t'en vas ? demanda-t-il avec un mauvais sourire. (Je secouai frénétiquement la tête.) T'as cru que tu pourrais filer... me planter là comme un imbécile...

— Grand-père, je t'en prie, commençai-je.

Je n'allai pas plus loin. Avec une agilité surprenante, il bondit jusqu'à moi et saisit brutalement ma cheville gauche. Je hurlai quand il l'abaissa vers le sol et y enroula ce qui devait être une chaîne de vélo, qu'il fixa solidement au pied du lit. J'entendis claquer un cadenas avant qu'il se relève.

— Et voilà ! Ça devrait te rendre un peu plus raisonnable.

— Grand-père... implorai-je. Détache-moi !

Il avait déjà tourné le dos.

— Tu me remercieras, marmonna-t-il en titubant vers la porte. Tu... tu me rem... rem... remercieras.

Et il me laissa là, sanglotante et terrifiée.

— Grand-père !

Mon cri me déchira la gorge. Quand je me tus et tendis l'oreille, il me sembla que grand-père venait de tomber dans l'escalier. J'entendis des jurons, le remue-ménage de meubles et de vaisselle redoubla, puis tout redevint calme.

J'étais toujours sous le choc, je ne pouvais rien faire d'autre que pleurer, pleurer toutes les larmes de mon corps. Quand mes sanglots s'épuisèrent, il me sembla qu'une pierre avait pris la place de mon cœur dans ma poitrine. Grand-père était pire que la pire créature des marais. C'était un monstre. Aucun animal n'aurait pu être aussi cruel envers sa propre espèce. Et la bière et le whisky n'arrangeaient certainement rien !

Accablée de fatigue et d'effroi, je me réfugiai dans le sommeil, fuyant une horreur que je n'aurais jamais osé imaginer.

En m'éveillant, j'eus l'impression que j'avais dormi des heures, mais il s'en était à peine écoulé deux. Et cette fois je ne risquais pas de prendre ce qui m'était arrivé pour un mauvais rêve : au premier mouvement que je fis, j'entendis cliqueter la chaîne. Je m'assis dans mon lit et tentai de me libérer en tirant dessus, mais plus je tirais, plus elle m'entrait dans la chair. J'enfouis mon visage entre mes mains et je restai près d'une minute ainsi, à gémir. Si grand-père me laissait là tout le lendemain... si j'étais encore enchaînée au retour de Buster, je ne pourrais pas me défendre contre lui. Je serais entièrement à sa merci.

Aussi violent qu'une décharge électrique, un frisson me glaça le cœur. Jamais je n'avais éprouvé pareille terreur. Je tendis l'oreille : tout était calme. Je n'entendis même pas le sifflement familier du vent dans les fentes des murs. On aurait dit que le temps lui-même s'était arrêté, que j'étais dans l'œil d'un cyclone prêt à éclater sur ma tête. Je respirai plusieurs fois lentement, profondément, dans l'espoir de réussir à m'éclaircir les idées. Puis j'examinai la chaîne et je suivis son trajet jusqu'au pied du lit.

Une vague de soulagement me submergea quand je compris l'erreur de grand-père. Dans son ivresse, il ne s'était pas rendu compte que je pouvais tout simplement soulever le pied du lit ! Je me contorsionnai jusqu'à ce que je parvienne à faire passer ma jambe droite du même côté que la gauche, par-dessus le bord du matelas. Après quoi, à grand-peine et au prix de vives souffrances, je me penchai en avant jusqu'à ce que je dispose d'un point d'appui suffisant pour faire levier. Il me fallut rassembler toutes mes forces, mais je parvins à soulever le lit et à faire descendre par saccades les anneaux de la chaîne jusqu'à terre. Je la déroulai sans bruit et dégageai ma cheville, marbrée de meurtrissures et tout enflée. J'étais libre.

Avec d'infinies précautions, je ramassai mon sac, retirai mon argent de sa cachette et marchai à pas feutrés jusqu'à la porte. Je l'entrouvris, tendis l'oreille...

Silence. En bas, la lampe à butane vacillait faiblement, projetant des ombres difformes sur les murs. Grand-père dormait-il dans la chambre de grand-mère Catherine ? Je préférai ne pas risquer de m'en assurer. Au lieu de quoi, je m'aventurai dans le couloir et gagnai l'escalier sur la pointe des pieds. Mais j'eus beau faire attention en marchant, il craqua, comme si la maison elle-même cherchait à me trahir. Je m'arrêtai un instant pour écouter puis repris ma descente en redoublant de prudence. Au bas des marches, je m'arrêtai encore avant d'oser faire quelques pas de plus, et ce fut alors que je trouvai grand-père. Etalé de tout son long en travers de la porte d'entrée, il ronflait comme un sonneur.

Pas question de prendre le risque de l'enjamber, je sortirais par la porte de derrière. J'étais à mi-chemin de la cuisine quand je me ravisai. Je ne voulais pas m'en aller sans jeter un dernier regard au portrait de grand-mère. Je revins sur mes pas et m'immobilisai sur le seuil du séjour. Les rideaux n'étaient pas tirés, un rayon de lune éclairait le portrait, et pendant un instant j'eus l'impression que grand-mère souriait. Que ses yeux rayonnaient de bonheur parce que je tenais ma promesse.

— Au revoir, grand-mère, murmurai-je. Un jour, je reviendrai dans le bayou chercher ton portrait pour l'emporter chez moi, où que ce soit.

J'aurais tant aimé pouvoir la serrer encore une fois dans mes bras ! Je m'attardai un instant pour essayer de me rappeler quand je l'avais embrassée pour la dernière fois, mais grand-père Jack bougonna dans son sommeil. Je me figeai. Il ouvrit les yeux, les referma, et même s'il me vit il dut croire qu'il avait rêvé car il ne s'éveilla pas. Sans perdre une seconde de plus, je tournai les talons, traversai sans bruit la cuisine et sortis par la porte de derrière. Puis, une fois dehors, je contournai rapidement le coin de la maison et m'avançai dans la cour de devant.

Quand j'atteignis la route, je me retournai, la gorge serrée. J'avais un goût aigre-doux dans la bouche. Malgré tout ce qui venait d'arriver, il m'était douloureux de quitter la modeste maison où j'avais fait mes premiers pas. Entre ses vieux murs nus, nous avions si souvent cuisiné ensemble, ri et chanté ensemble, grand-mère et moi ! Elle s'était balancée sur cette galerie, en évoquant sans se lasser le temps de sa jeunesse. Là-haut, derrière cette fenêtre, elle m'avait soignée pendant mes maladies d'enfant, raconté les histoires qui me fermaient les yeux, tissant de sa voix douce et de ses regards aimants un cocon de promesses où je m'endormais, confiante et rassurée. Assise à cette même fenêtre, par les beaux soirs d'été, combien de fois n'avais-je pas imaginé mon avenir, l'arrivée de mon prince charmant, la musique, la poudre d'or et les joyaux de mon mariage aux étoiles ?

Ce n'était pas seulement une vieille maison des marais que je quittais, oh non ! C'était tout mon passé, mes années d'enfance et d'adolescence, mes élans de joie et mes accès de tristesse, ma mélancolie, mon extase, mes rires et mes larmes. Même après ce que je venais de vivre, il m'était dur d'abandonner ma petite maison, laissant la nuit tirer son rideau de ténèbres derrière moi.

Et le marais ! Se pouvait-il que je m'arrache pour de bon à son emprise, que je ne revoie plus les fleurs ni les oiseaux, ni les poissons... et même les alligators qui semblaient toujours m'épier ? Un busard s'était perché sur une branche de sycomore et sa silhouette se découpait, altière et noire, dans un rayon de lune. Il battit des ailes et ce fut comme si le marais tout entier me disait adieu, puis il les replia. Je me détournai et m'éloignai très vite, croyant toujours voir devant moi les grandes ailes déployées.

Sur le chemin de Houma, je passai devant plusieurs maisons de gens que je connaissais bien, que je pensais ne jamais revoir, et je faillis m'arrêter chez Mme Thibodeau pour lui dire adieu. Mme Livaudis et elle avaient été de si bonnes amies pour grand-mère et moi ! Mais je craignais qu'elles ne cherchent à me détourner de mon projet, à me convaincre de rester pour habiter chez l'une ou l'autre. Je me promis de leur écrire dès que je serais installée quelque part.

Il n'y avait plus grand-chose d'ouvert en ville, quand j'y arrivai. J'allai directement à la gare routière et achetai un billet pour La Nouvelle-Orléans, un aller simple. J'avais près d'une heure à attendre avant le prochain car. Je la passai presque tout entière sur un banc, dans l'obscurité, tremblant à l'idée que quelqu'un pourrait me reconnaître et chercher à me retenir, ou même à prévenir grand-père. Par deux fois, je fus sur le point d'appeler Paul, mais j'avais peur de lui parler. Si je lui disais comment s'était conduit grand-père, il se mettrait dans une telle colère que je n'osais pas imaginer ce qui pourrait s'ensuivre. Mieux valait lui écrire un mot, décidai-je. J'achetai une enveloppe et un timbre à la gare et je déchirai un feuillet de mon agenda.

Cher Paul,
Ce serait trop long de t'expliquer pourquoi je quitte Houma sans te dire au revoir. Je crois qu'au fond la principale raison, c'est que cela me briserait le cœur de te voir et de partir. Cela me fait déjà si mal de t'écrire cc message

d'adieu ! Laisse-moi te dire seulement que, dans le passé, il s'est produit plus de choses que je ne t'en ai révélé ce jour-là. Et c'est à cause de cela que je dois quitter Houma, chercher mon père et mener une autre vie. Il n'y a rien que je souhaite plus que vivre le reste de la mienne avec toi. Il semble que la nature ait joué un jeu bien cruel avec nous, en nous laissant nous aimer pour nous surprendre ensuite avec la hideuse vérité. Mais je sais maintenant que, si je n'étais pas partie, tu n'aurais pas renoncé, et que nous en aurions souffert davantage.

Souviens-toi de moi telle que j'étais avant que nous n'apprenions la vérité, de mon côté je garderai le même souvenir de toi. Peut-être as-tu raison. Peut-être ne pourrons-nous jamais aimer quelqu'un d'autre comme nous nous aimons, mais il faut essayer. Je penserai souvent à toi, et je t'imaginerai dans ta belle plantation.

Celle qui t'aime toujours,
Ruby.

Je postai la lettre dans la boîte qui se trouvait en face de la gare et retournai m'asseoir en refoulant mes larmes. Finalement, le car arriva. Il venait de Saint-Martinville et s'était arrêté pour charger des passagers en route, à New Iberia, Franklin, Morgan City, si bien qu'il ne restait plus beaucoup de sièges libres quand je montai à mon tour. J'en trouvai quand même un tout au fond, à côté d'une jolie métisse aux yeux turquoise. Elle sourit quand je pris place auprès d'elle, révélant des dents étincelantes. Elle portait une jupe en cotonnade rayée bleu et rose avec un bain-de-soleil rose vif, des sandales noires et une ribambelle de bracelets à chaque bras. Un foulard blanc retenait ses cheveux noirs tressés en nattes raides, dont les sept pointes se dressaient tout droit sur sa tête. Elle m'apostropha sans façon :

— Salut ! Tu vas dans la tombe humide, toi aussi ?

— La tombe humide ?

— La Nouvelle-Orléans, chérie. C'est ma grand-mère qui l'appelait comme ça, parce qu'on peut pas enterrer les morts, tellement y a d'eau.

— Vraiment ?

— Tout ce qu'y a de vrai. On enterre les gens dans des tombes ou des grottes au-dessus du sol, tu savais pas ça ?

Je secouai la tête.

— C'est ta première virée à La Nouvelle-Orléans, alors ?

— En effet.

— T'as rudement bien choisi ton moment, commenta-t-elle, les yeux brillants d'excitation.

— Pourquoi ça ?

— Pourquoi ? Ben voyons, trésor ! C'est Mardi gras.

— Oh, non ! me lamentai-je.

Ce n'était pas le meilleur moment pour moi, mais le pire. Voilà pourquoi cette fille était accoutrée comme ça. J'avais lu et entendu tant de choses sur La Nouvelle-Orléans à Mardi gras, j'aurais dû comprendre. Toute la ville serait en fête. Non, décidément, ce n'était pas le meilleur moment pour débarquer chez mon père.

— On dirait que tu sors tout droit du marais, chérie.

J'inspirai un grand coup et je fis un signe affirmatif. La fille éclata de rire.

— Je m'appelle Annie Gray, dit-elle en me tendant une main fine et satinée.

Je la serrai. Elle portait des bagues à tous les doigts, mais je remarquai surtout celle de l'auriculaire. Elle paraissait taillée dans de l'os et s'ornait d'une minuscule tête de mort.

— Je m'appelle Ruby, Ruby Landry.

— Contente de te connaître. Tu as de la famille à La Nouvelle-Orléans ?

— Oui, mais... je ne l'ai jamais vue.

— Ça alors ! C'est pas ordinaire.

Sur ces entrefaites, le chauffeur ferma la porte et le car démarra. Mon cœur se mit à battre la chamade quand j'aperçus les maisons et les magasins que je connaissais depuis toujours. Nous passâmes devant l'église, puis devant l'école, empruntant la même route que j'avais suivie presque chaque jour de ma vie. Nous fîmes une brève halte à un carrefour, avant de bifurquer vers La Nouvelle-Orléans. J'avais vu très souvent le panneau routier avec sa flèche, et bien des fois rêvé de la suivre. Et voilà, ça y était ! Moins d'une minute plus tard, nous filions sur l'autoroute et Houma s'éloignait derrière nous. Ce fut plus fort que moi : je me retournai.

— Ne te retourne pas ! lança vivement Annie Gray.

— Et pourquoi pas ?

— Ça porte malheur. Vite, croise les doigts. Trois fois.

Je vis qu'elle parlait sérieusement et m'exécutai.

— J'ai eu assez de malheurs comme ça. Pas besoin de supplément, commentai-je, ce qui la fit rire.

Elle se baissa pour fouiller dans son fourre-tout et en retira quelque chose qu'elle me mit dans la main. J'ouvris des yeux ronds.

— Qu'est-ce que c'est ?

— Une vertèbre qui vient du cou d'un chat noir. Un gris-gris.

Devant mon air effaré, Annie précisa :

— Un charme pour te porter chance, quoi ! Un truc magique. C'est ma grand-mère qui me l'a donné. C'est vaudou, ajouta-t-elle en chuchotant.

— Alors garde-le, dis-je en le lui tendant. Je ne veux pas te prendre ton porte-bonheur.

210

— Ça me porterait malheur de le reprendre maintenant, et à toi encore plus de me le rendre. J'en ai des tas
d'autres, chérie t'inquiète pas pour ça. Allez, insista-t-elle
en me forçant à refermer les doigts sur l'os du chat. Mets-
le de côté, mais garde-le toujours avec toi.

— Merci, dis-je en glissant l'objet dans mon sac.

— Ta famille doit être folle d'impatience de te voir, je
parie ?

— Non.

Elle eut un sourire perplexe.

— Non ? Ils ne savent pas que tu viens ?

Je la dévisageai un moment, puis je détournai les yeux
et me redressai sur mon siège.

— Non. Ils ne savent même pas que j'existe.

Le car filait droit devant lui, trouant la nuit de ses
phares et m'emportant vers l'avenir. Un avenir aussi ténébreux, aussi mystérieux et aussi terrifiant que cette route
sans lumière.

DEUXIÈME PARTIE

10

Une amitié inattendue

Annie Gray était tellement surexcitée par le Mardi gras qu'elle parla sans arrêt jusqu'à la fin du voyage. Et moi, les mains nouées sur mes genoux serrés, j'accueillais son bavardage avec gratitude. L'écouter décrire les fêtes auxquelles elle avait assisté auparavant me laissait peu de temps pour m'apitoyer sur moi-même, ni pour me tracasser au sujet des problèmes qui m'attendaient à l'arrivée. Pour un moment, au moins, je pouvais ignorer les pensées angoissantes tapies dans les recoins de ma cervelle.

Annie venait de New Iberia mais elle était déjà allée une demi-douzaine de fois à La Nouvelle-Orléans, pour rendre visite à sa tante. Cette dame, à l'en croire, était chanteuse dans un célèbre cabaret du quartier français, et Annie devait s'installer définitivement chez elle.

— Je vais être chanteuse, moi aussi, se vanta-t-elle. Ma tante va me faire auditionner dans un cabaret de Bourbon Street. T'as entendu parler du quartier français, quand même ?

213

— Je sais que c'est le plus ancien de la ville, qu'on y joue de la musique partout et qu'on y fait sans arrêt la fête.

— Exact. C'est aussi là qu'on trouve les meilleurs restaurants, des tas de boutiques super, d'antiquaires et de galeries d'art.

— Des galeries d'art ! Tu as entendu parler de Dominique ?

Annie haussa les épaules.

— Il y en a des centaines, je ne les reconnaîtrais pas les unes des autres. Pourquoi ?

— Quelques-unes de mes peintures y sont exposées, annonçai-je avec fierté.

— C'est vrai ? Ben, dis donc ! T'es une artiste, alors ? Et tu dis que tu n'as jamais mis les pieds à La Nouvelle-Orléans ?

Je secouai la tête.

— Ouah ! s'écria ma compagne d'une voix suraiguë, alors t'as pas fini de t'amuser, laisse-moi te le dire ! Je t'enverrai une invitation dès que je serai engagée, d'accord ? Tu viendras m'écouter.

— Je ne sais pas encore où j'habiterai, avouai-je.

— Comment ça ? Je croyais que tu venais voir des parents ?

— Oui, mais je... je ne connais pas leur adresse.

Mon regard croisa celui d'Annie et je me détournai vivement vers la fenêtre, pour contempler d'un œil absent le paysage qui défilait confusément dans la nuit.

— Ma pauvre chérie ! s'exclama-t-elle en riant de bon cœur. La Nouvelle-Orléans est un peu plus grande que ton trou de Houma, figure-toi. Tu as leur numéro de téléphone, au moins ?

Je me retournai vers elle et lui fis signe que non, les mains si étroitement serrées que j'en avais des fourmis dans les doigts. Son sourire s'évanouit et une lueur soup-

214

çonneuse passa dans ses yeux turquoise. Son regard aiguisé filtra entre ses paupières serrées, s'arrêta sur mon petit sac et revint se poser sur moi. Puis elle se renversa en arrière et hocha la tête d'un air sagace.

— Toi, tu es en train de faire une fugue, c'est ça ?

Je me mordis la lèvre et ma seule réponse fut un battement de cils.

— Mais pourquoi ? Tu peux me le dire, tu sais. Pour ce qui est de garder un secret, Annie Gray est aussi sûre qu'un coffre de banque.

Je ravalai mes larmes, déglutis avec peine et dévidai d'un coup mon histoire. Grand-mère Catherine, sa mort, l'installation de grand-père Jack à la maison et le complot pour me forcer à épouser Buster. Annie m'écouta tranquillement, le regard plein de sympathie d'abord, puis brûlant d'indignation dès que j'eus terminé.

— Le vieux monstre, marmonna-t-elle entre ses dents. C'est Papa La Bas, ce bonhomme !

— Qui ça ?

— Le diable en personne. T'aurais pas quelque chose qui lui ait appartenu ?

— Non, pourquoi ?

— Pour nouer le sort. Je pourrais lui en jeter un pour toi, tu sais. Ma grand-mère...

Les yeux agrandis, le visage tout contre le mien, Annie murmura d'une voix confidentielle :

— Elle a été amenée ici comme esclave, mais c'était une mama, une reine du vaudou. Et elle m'a appris des tas de secrets. *Ya, ye, ye, li konin tou, gris-gris*, psalmodiat-elle, et je sentis mon cœur s'accélérer.

— Qu'est-ce que ça veut dire ?

— C'est une partie d'une prière vaudoue. Si j'avais une mèche de cheveux de ton grand-père, un de ses vêtements ou même une vieille chaussette, il ne t'embêterait plus jamais, tu peux me croire.

— Pas la peine, protestai-je d'une voix aussi étouffée que la sienne. Je ne risque plus rien, maintenant.

Elle me dévisagea un instant, fixement. Le blanc de ses yeux luisait comme si on avait allumé une chandelle derrière chacun d'eux. Puis elle hocha la tête, me tapota la main d'un geste rassurant et s'adossa de nouveau à son siège.

— Tout ira bien pour toi, mais ne perds pas cet os de chat noir, surtout.

— Merci, dis-je en libérant un soupir.

Le car tressauta dans un virage. La route s'éclairait, ses abords se peuplaient, tout devenait plus brillant et plus lumineux à mesure que nous approchions de la ville. Je croyais déjà la voir chatoyer devant moi, tel un rêve.

— Voilà ce que tu vas faire en arrivant, me dit Annie. Tu vas aller directement à la cabine téléphonique et feuilleter l'annuaire. Tu chercheras le nom de tes parents, et tu trouveras leur adresse à côté. Comment s'appellent-ils, au fait ?

— Dumas.

— Dumas ! Il doit y en avoir au moins des centaines, trésor ! Tu connais le prénom de l'un d'eux ?

— Pierre.

— Allons bon ! Il y aura une douzaine de Pierre Dumas, si ça se trouve. Il n'a pas de second prénom ?

— Je n'en sais rien.

Annie réfléchit quelques instants.

— Qu'est-ce que tu sais d'autre sur tes parents, chérie ?

— Juste qu'ils vivent dans une très grande maison. Une espèce de manoir, je crois bien.

— Oh, alors ce doit être dans Garden District ! s'exclama-t-elle, toute ragaillardie. Tu sais ce qu'il fait, comme métier ?

Je fis signe que non. La méfiance reparut dans le regard d'Annie et elle haussa un sourcil sceptique.

— Qui c'est, ce Pierre Dumas ? Ton cousin ? Ton oncle ?

— Non. C'est mon père.

Cette fois, elle en resta bouche bée. Je vis ses yeux s'arrondir de surprise.

— Ton père ? Et il ne t'a jamais vue ?

Je me contentai de secouer la tête. Je ne tenais pas à lui donner de plus amples détails, mais heureusement elle n'en demanda pas. Elle bougonna quelques mots à voix basse, la mine un peu froissée, puis annonça :

— Bon, alors je vais à la cabine avec toi. Ma grand-mère m'a dit que j'avais la vision d'une mama, que j'étais capable de trouver mon chemin dans le noir et de voir la lumière. Je vais t'aider, seulement il faut quelque chose pour que ça marche.

— Quoi donc ?

— Tu dois me donner quelque chose qui a de la valeur, pour ouvrir les portes. Oh, ce n'est pas pour moi, expliqua-t-elle précipitamment. C'est une offrande pour les saints, en remerciement de leur aide pour le succès du gris-gris. Je le déposerai à l'église. Qu'est-ce que tu as sur toi ?

— Rien qui ait de la valeur, avouai-je.

— Même pas un peu d'argent ?

— Un petit peu, celui qui me vient de mes aquarelles.

— Bien, approuva-t-elle. Tu me donnes dix dollars à la cabine, et moi ça me donne le pouvoir. T'as de la chance de m'avoir trouvée, chérie, sans ça tu aurais pu traîner toute la nuit et toute la journée en ville. C'est que ça devait arriver. Peut-être que c'est moi, ton gris-gris !

Là-dessus, elle éclata de rire et se remit à décrire en long, en large et en travers la belle vie qu'elle aurait, quand sa tante lui aurait déniché un engagement.

Quand je vis la ville se profiler à l'horizon, je me réjouis d'avoir rencontré Annie Gray. Il y avait tant de bâtiments immenses, tant de lumières ! La circulation et le labyrinthe des rues m'épouvantèrent. Partout où se posaient mes regards, je retrouvais la même foule de fêtards circulant en tous sens, vêtus de costumes rutilants, portant masques et chapeaux à plumes ou agitant des ombrelles en papier. Certains d'entre eux ne portaient pas de masque mais s'étaient fardé le visage à la façon des clowns, même les femmes. Des gens déambulaient avec des trompettes et des trombones, des flûtes et des tambours. Le chauffeur du car dut ralentir et s'arrêter pratiquement à chaque coin de rue, jusqu'à la gare. A peine avait-il fait halte qu'une cohue se bouscula autour du car pour accueillir les passagers. Certains se virent offrir des masques, à d'autres on enroulait des colliers de verroterie autour de la tête, d'autres reçurent des ombrelles. Tout se passait comme s'il fallait absolument fêter Mardi gras, sous peine de n'être pas le bienvenu à La Nouvelle-Orléans.

— Vite ! me pressa ma compagne quand nous nous insérâmes dans la file des passagers qui descendaient.

A peine avais-je posé le pied sur le trottoir qu'une main saisit la mienne, me fourra une ombrelle dans l'autre et m'entraîna de force dans la parade bigarrée qui cabriolait autour du car. Annie éclata de rire, entra dans la danse et, les mains haut levées, se mit à se balancer juste derrière moi. Nous achevâmes cette espèce de tour d'honneur au moment où le chauffeur déchargeait les bagages. Dès qu'Annie aperçut le sien, elle me fit promptement sortir de la cohue et je la suivis à l'intérieur de la gare. Là aussi on dansait un peu partout, et j'avais beau me tourner de tous côtés, mon regard tombait immanquablement sur un groupe de musiciens de jazz. Annie tendit brusquement le bras.

— Là, m'indiqua-t-elle. Une cabine.

Nous nous y précipitâmes et elle ouvrit l'énorme annuaire. Je n'en revenais pas. Jamais je n'aurais soupçonné qu'il y eût autant de monde à La Nouvelle-Orléans.

— Dumas, Dumas, Dumas... récita-t-elle en parcourant une page du doigt. Ah, voilà, j'y suis. Dépêchons-nous ! dit-elle en se retournant vers moi. Plie le billet de dix dollars aussi serré que tu pourras. Vas-y.

J'obéis, sur quoi elle ouvrit son sac et ferma les yeux.

— Jette ça là-dedans, ordonna-t-elle, et j'obéis encore.

Elle rouvrit les yeux et se tourna de nouveau vers la cabine, très lentement, comme si elle était en transe. Je l'entendis prononcer quelques mots dans un jargon incompréhensible, puis elle posa son long doigt sur la page et, toujours très lentement, le laissa glisser vers le bas. Brusquement, elle s'arrêta, frissonna et rouvrit les yeux.

— C'est lui, déclara-t-elle en se penchant vers l'annuaire. Oui, c'est bien lui. Garden District, grande maison, très riche : j'avais raison.

Elle déchira un coin de la page et y nota l'adresse. Avenue Saint-Charles.

— Tu es sûre, Annie ?

— T'as pas vu mon doigt ? C'est pas moi qui l'ai arrêté à cet endroit. Il s'est arrêté tout seul.

Je hochai gravement la tête.

— Merci.

— Y a pas de quoi, trésor. Bon, je file, annonça-t-elle en ramassant sa valise. Tout se passera bien pour toi, c'est Annie Gray qui te le dit. Je te ferai savoir quand je serai engagée, ajouta-t-elle en s'éloignant d'un pas dansant. Annie ne t'oubliera pas, n'oublie pas Annie !

Elle pirouetta sur elle-même et leva la main droite, dans un joyeux cliquetis de bracelets. Puis, avec un grand sourire, elle se laissa happer par une grappe de fêtards et entraîner dans la rue.

J'examinai le lambeau de papier qui reposait au creux de ma main. Annie possédait-elle de réels pouvoirs, ou l'adresse était-elle fausse, et juste bonne à m'égarer davantage encore ? J'étais déjà bien assez perdue comme ça ! Je retournai consulter l'annuaire afin de noter les coordonnées de tous les Pierre Dumas, au cas où, et découvris avec stupeur qu'il n'y en avait qu'un. Pas besoin d'être magicienne pour trouver le bon, dans ce cas-là !

Je ris toute seule en comprenant que j'avais payé pour de belles paroles et qu'Annie s'était moquée de moi. Mais comment démêler le vrai du faux, dans tout ça ? Ce n'était pas moi qui mettrais en doute le surnaturel et ses mystères, oh non ! Je n'étais pas la petite-fille d'une guérisseuse pour rien.

Je revins lentement vers l'entrée de la gare. Pendant un long moment je restai plantée là, tout éberluée devant le spectacle de la ville et en même temps surexcitée, en proie à une sorte de fièvre. Une impulsion me poussait à remonter directement dans le car. Je ferais sûrement mieux de rentrer à Houma, pour vivre avec Mme Livaudis ou Mme Thibodeau, raisonnai-je. Mais un nouveau bataillon de fêtards débarqua, trépidant de musique et de rires, et détourna le cours de mes pensées. Quand ils parvinrent à ma hauteur, un homme portant un masque de loup noir et blanc se détacha du groupe.

— Vous êtes seule ? s'informa-t-il en s'arrêtant près de moi.

— Oui, je viens juste d'arriver.

Un éclair flamba dans ses yeux bleus, seule partie visible de son visage. Il était grand et large d'épaules, avec des cheveux bruns. A sa voix, je devinai qu'il ne devait pas avoir plus de vingt-cinq ans.

— Moi aussi, mais on ne peut pas rester seul un soir pareil. Vous êtes très jolie, mais c'est Mardi gras. Vous n'avez pas de masque pour aller avec cette ombrelle ?

— Non. Quelqu'un m'a donné ça en descendant du car, mais je ne suis pas venue pour Mardi gras. Je...

— Bien sûr que si ! m'interrompit-il. Tenez. (Il fouilla dans son sac et en tira un second masque, blanc avec de faux diamants tout autour.) Mettez ça et venez avec nous.

— Je vous remercie, mais il faut que je trouve cette adresse, protestai-je en lui tendant mon papier.

Il y jeta un coup d'œil.

— Oh, je sais où c'est, nous devrions passer tout près. Allez, venez ! Autant s'amuser en route. Allez, insista-t-il en m'observant d'un œil perçant. Mettez ça. Tout le monde doit être masqué, ce soir.

Je vis une lueur amusée traverser son regard, pris le masque et l'ajustai sur mon visage.

— Voilà, maintenant vous êtes dans la note.

— Vous connaissez vraiment cette adresse, alors ?

— Bien sûr, affirma-t-il en me prenant par la main. Bon, allons-y !

Peut-être la magie vaudoue d'Annie Gray fonctionnait, finalement. Voilà qu'un inconnu se présentait pour me conduire tout droit à la porte de chez mon père... Je serrai sa main et lui emboîtai le pas pour rejoindre la petite bande.

Il y avait de la musique partout, des vendeurs offraient de la nourriture, des costumes, des accessoires de cotillon... toute la ville m'apparaissait comme une espèce de gigantesque fais-dodo. Tout le monde arborait une mine réjouie, et s'il y avait des visages tristes, ils étaient cachés par les masques. Du haut des balcons ouvragés, des confettis pleuvaient sur nous, des cohortes de gens en liesse surgissaient à tous les coins de rue ; et certaines femmes s'affichaient dans des tenues fort succinctes qui découvraient largement leurs charmes. Je tournais sur moi-même comme une toupie, m'emplissant les yeux de ce tourbillon de vie. Des jongleurs lançaient des balles de toutes les couleurs, des baguettes en flammes, et même des couteaux ! Des gens qui, manifestement, ne s'étaient jamais vus, s'embrassaient joyeusement pour l'unique raison qu'ils se trouvaient voisins.

Comme nous descendions la rue, la foule se fit de plus en plus dense. Mon guide improvisé me fit pirouetter sur place et rit à gorge déployée. Puis il nous acheta du punch et un énorme sandwich pour deux, rempli de crevettes, de laitue hachée, de tomates en tranches et arrosé de sauce piquante. Je trouvai ça délicieux. Malgré mon angoisse et ma nervosité bien explicables, vu les circonstances, je m'amusais comme une folle.

— Merci ! hurlai-je à mon voisin pour dominer ce fracas de musique, de cris et de rires. Je m'appelle Ruby !

Il secoua la tête et approcha ses lèvres de mon oreille.

— Pas de nom. Ce soir, chacun doit garder son mystère, susurra-t-il d'une voix de conspirateur.

Et là-dessus, il m'embrassa dans le cou. Le contact de ses lèvres humides me laissa un moment ébahie, puis je l'entendis ricaner. Je reculai d'un pas.

— Merci pour le punch et le sandwich, mais il faut que je trouve cette adresse.

Il avala d'un trait le reste de son gobelet.

— Vous ne voulez pas voir la parade, avant ?

— Je ne peux pas. Il faut que je trouve cette adresse, répétai-je.

— D'accord, admit-il précipitamment. C'est par là.

Et sans me laisser le temps de protester, il reprit ma main et m'attira hors du cortège caracolant. Deux rues plus loin, il m'annonça que nous allions prendre un raccourci.

— Nous gagnerons vingt minutes en passant par cette allée. Sinon, nous allons être coincés par la cohue.

La ruelle me parut bien longue et bien sombre. Elle était bordée de poubelles et de détritus, il s'en dégageait un relent âcre d'ordures et d'urine. Je ne bougeai pas d'un pouce.

— Allons, me pressa mon compagnon, ignorant délibérément ma répugnance. Venez !

Je le suivis, retenant ma respiration tant j'avais hâte d'arriver de l'autre côté. Mais avant d'avoir atteint le milieu de la ruelle, il s'arrêta et se tourna vers moi. Un frisson me gela les entrailles, à croire que j'avais avalé un bac de glaçons. Je m'entendis demander :

— Que se passe-t-il ?

— Nous n'avons pas besoin de courir, nous perdons le meilleur moment de la soirée. Vous ne voulez pas vous amuser ?

Il se rapprocha de moi, posa la main sur mon épaule. Je reculai instantanément. Fallait-il que je sois sotte pour m'être laissé entraîner dans un passage obscur par un inconnu, qui ne voulait ni montrer son visage ni dire son nom ! Comment pouvait-on être naïve à ce point ?

— Il faut que j'aille chez mes parents. Ils doivent savoir que je suis arrivée.

— Je suis sûr qu'ils ne vous attendent pas si tôt un soir de Mardi gras. C'est une nuit magique, tout est différent. Vous êtes vraiment très jolie.

Il ôta son masque, mais l'ombre m'empêchait de distinguer ses traits. Je n'eus pas le temps de m'enfuir. Il m'entoura de ses bras et m'attira contre lui.

— Je vous en prie, implorai-je en me débattant. Il faut que je m'en aille. Je n'ai pas envie de faire ça !

— Mais si, tu veux. Détends-toi, voyons. Laisse-toi faire.

Il écrasa ses lèvres sur les miennes en me serrant si fort qu'il me fut impossible de me dégager. Je sentis ses mains descendre le long de mon dos, commencer à remonter ma jupe et je me débattis de plus belle. Mais il me tenait solidement, les bras plaqués le long du corps. Quand je voulus crier, il étouffa net ma tentative en insérant sa langue dans ma bouche, et ce contact m'arracha un hoquet de dégoût. Ses mains avaient trouvé mon slip et le faisaient glisser vers le bas, pendant qu'il se frottait contre moi dans un mouvement de va-et-vient. Je me sentis défaillir. Comment pouvait-il garder la bouche collée à la mienne aussi longtemps ? Finalement, il releva la tête, aspira une grande gorgée d'air et me poussa vers ce qui ressemblait à un vieux matelas qu'on aurait jeté là, sur le pavé.

— Arrêtez ! hurlai-je en gesticulant pour me libérer. Laissez-moi partir !

— C'est le moment de rigoler un peu, s'esclaffa-t-il, en poussant à nouveau son affreux rire.

Mais cette fois, quand il approcha son visage du mien, je parvins à dégager mon bras droit et lui griffai la joue et le nez. Avec un hurlement de rage, il me repoussa brutalement en arrière.

— Sale garce ! cracha-t-il en s'essuyant la figure.

Je me tapis dans le noir quand il redressa la tête et fit entendre à nouveau son odieux ricanement. N'avais-je échappé à Buster Trahaw que pour me fourrer dans une situation encore plus lamentable ? Qu'était devenue la protection magique d'Annie Gray ? Ces questions fusaient dans ma tête pendant que l'inconnu revenait sur moi, sombre et menaçante silhouette échappée à mes cauchemars pour envahir ma vie éveillée.

Heureusement, à l'instant où mon tourmenteur tendait le bras vers moi, un flot de musique se répercuta sur les murs du passage : un groupe de joyeux célébrants y pénétrait en dansant. Mon assaillant abaissa vivement son masque et détala dans la direction opposée pour disparaître dans le noir, comme si le monde ténébreux des rêves l'avait englouti.

Je ne perdis pas une fraction de seconde. Je ramassai mon sac et courus vers les arrivants qui m'accueillirent avec des clameurs et des rires, essayant de me retenir pour que je me joigne à leur troupe.

— Non ! criai-je, de toute la force de mes poumons.

Je me démenai, jouai des coudes, traversai leur flot grouillant et filai d'un trait jusqu'au bout de l'allée. Une fois dans la rue, je ne cessai pas de courir et m'éloignai aussi vite que je pus de cette maudite ruelle, martelant le trottoir à un rythme si précipité que j'en avais les talons brûlants. Finalement, à bout de souffle et taraudée par un point de côté, je fus bien forcée de m'arrêter pour reprendre haleine. Et la chance voulut que j'aperçoive un agent de police au coin de la rue. Je l'abordai.

— S'il vous plaît, je suis perdue. Je viens d'arriver en ville et je dois me rendre à cette adresse.

— Vous avez bien choisi votre soirée, commenta-t-il en prenant le morceau de papier, pas étonnant que vous vous soyez perdue. Voyons voir... c'est dans Garden District, ça. Vous pouvez prendre un tramway. Suivez-moi.

Sur ce, il me montra où je devais attendre et le tramway arriva peu de temps après. Une fois de plus, j'exhibai mon papier. Le chauffeur me promit de m'avertir quand je devrais descendre et je m'empressai d'aller m'asseoir, j'essuyai mon visage moite de sueur avec mon mouchoir et je fermai les yeux. Il fallait absolument que les battements de mon cœur se calment, avant que je ne sonne à la porte de mon père. Sinon, rien qu'à le voir, dans l'état de surexcitation où je me trouvais après tant d'épreuves et d'émotions, j'étais capable de m'évanouir à ses pieds.

Quand le tramway entra dans le quartier résidentiel que l'on nommait Garden District, nous pénétrâmes sous une voûte de verdure. Des chênes étendaient majestueusement leurs branches, camélias et magnolias verdoyaient dans les cours. Les élégantes demeures étaient entourées de jardins, dont les murs couverts de vigne vierge laissaient dépasser d'immenses bananiers. A chaque croisement, des plaques de céramique ancienne indiquaient le nom de la rue en lettres très décoratives. Et s'il arrivait que les racines des chênes soulèvent les pavés des trottoirs, cela n'était à mes yeux qu'une curiosité de plus. Les noctambules étaient peu nombreux dans ces rues tranquilles, et plus on avançait, plus ils se faisaient rares.

— Avenue Saint-Charles ! annonça le chauffeur.

Un frisson électrique me parcourut, mes genoux mollirent et pendant un instant, je fus incapable de bouger. Ça y était presque ! J'allais me trouver face à face avec mon père... Le cœur battant, je saisis la courroie et me levai. Les portes coulissèrent avec un claquement sec et j'étouffai une exclamation angoissée. Il me fallut faire un effort de volonté pour avancer le pied et descendre sur le trottoir. Instantanément, les portes se refermèrent et le tramway s'éloigna, me laissant plus perdue que jamais, la main crispée sur la poignée de mon petit sac.

Les rythmes trépidants du carnaval me parvenaient des quatre coins de la ville. Une voiture passa en trombe, vitres ouvertes, et ses joyeux occupants me lancèrent des serpentins tout en soufflant dans des trompettes. Ils me firent de grands saluts, poussèrent des vivats mais poursuivirent leur folle équipée, alors que je restais plantée là, aussi fer-

226

mement enracinée sur place qu'un vieux chêne. C'était une belle soirée chaude, mais les innombrables lumières m'occultaient la vue des étoiles qui m'apportaient toujours un tel réconfort, là-bas, dans le bayou. J'inspirai une grande goulée d'air et je me mis en route vers le numéro noté sur mon lambeau de papier, que je serrais dans mon poing comme un rosaire.

L'avenue Saint-Charles était si calme, comparée aux rues du centre-ville où régnaient le tumulte et la gaieté, que cela me paraissait presque irréel. C'était comme si je venais de franchir une porte magique séparant la réalité de l'illusion, pour entrer dans un rêve, un univers de conte de fées. Plus rien n'était réel, ni les hauts palmiers, ni les trottoirs pavés de cailloux, et encore moins les maisons aux proportions imposantes. A mes yeux, elles ressemblaient plutôt à de petits palais où vivaient des princes et des princesses, des rois et des reines. Certaines étaient entourées de hauts murs, et toutes s'élevaient au milieu d'une vaste étendue de terrain. Les ravissants jardins débordaient de feuillages, de rosiers, de buissons odorants et d'une profusion de fleurs dépassant l'imagination.

Je marchais lentement, m'abreuvant de cette splendeur et tout émerveillée à l'idée qu'une seule famille puisse vivre dans une maison si vaste, un décor si somptueux. Comment pouvait-on être aussi riche, aussi privilégié ? J'étais si effarée, si captivée par ce luxe et cette beauté que je faillis dépasser le bon numéro. Quand j'arrivai à la hauteur de la résidence des Dumas, je me figeai sur place et restai là, bouche bée, contemplant stupidement ce que j'avais sous les yeux. L'habitation proprement dite et ses dépendances, écuries et jardins, occupaient pratiquement tout le pâté de maisons, le tout ceinturé d'une haute grille ouvragée décorée de motifs en épis de maïs.

C'était là qu'habitait mon père, mais pour moi, cette demeure de pierre blanche patinée semblait avoir été bâtie pour un dieu de la Grèce antique. Ses deux niveaux comportaient chacun une galerie, celle du bas largement plus spacieuse que celle de l'étage, et les rambardes en fer forgé offraient un dessin différent pour chacune ; des fleurs pour celle du bas, des fruits pour celle du haut. Les blanches colonnes qui soutenaient le toit étaient surmontées de chapiteaux en forme de cloche renversée, ornés d'un entrelacs de feuilles.

Je fis le tour de la propriété, je vis la piscine et les courts de tennis, et je continuai à béer d'admiration. Cet endroit exerçait sur moi une sorte de magie, comme si j'étais entrée dans mon pays des rêves où le printemps ne finit pas. Deux écureuils gris en quête de nourriture s'immobilisèrent pour m'observer, plus curieux qu'effrayés. L'air embaumait les bambous verts et le gardénia. Des azalées, des roses et des hibiscus jaillissaient un peu partout, le belvédère et les pergolas croulaient sous les glycines et les wistarias pourpres, les bacs suspendus regorgeaient de pétunias. Et toutes les fenêtres de la maison étaient illuminées.

J'achevai ma ronde à pas lents et je m'arrêtai en face du portail. J'étais là, en extase devant tant d'élégance et de grandeur, quand je commençai à me demander à quoi j'avais bien pu penser en entreprenant un si long voyage pour venir ici. Qu'avais-je en commun avec les habitants d'une pareille demeure ? Ils devaient être aussi différents de moi que si je venais d'un pays étranger, où l'on ne parlait pas la même langue. Mon cœur chavira, une douleur aiguë me fora les tempes. Qu'est-ce que je faisais là, moi, une pauvre cajun orpheline, une moins que rien, assez ingénue pour croire qu'après tant d'orages l'arc-en-ciel allait briller pour moi ? Il ne me restait qu'une chose à faire, maintenant : tâcher de retrouver mon chemin jusqu'à la gare et rentrer à Houma.

Accablée, tête basse, je tournai le dos à la maison. Je revenais déjà sur mes pas quand brusquement, surgie de nulle part, une petite décapotable sang-de-bœuf s'arrêta juste en face de moi dans un crissement de freins. Le chauffeur sauta par-dessus la portière. C'était un grand jeune homme blond, dont les cheveux ébouriffés par la course retombaient en désordre sur le front. Son teint mat contrastait fortement avec ses mèches claires et, à la lueur des réverbères, ses yeux bleus n'en paraissaient que plus brillants. Mince et vigoureux à la fois, le port altier, il était follement élégant dans son smoking, on aurait dit un prince. Son beau visage racé semblait porter la marque d'une ascendance royale.

Sa bouche ferme au dessin parfait, son nez droit, la ligne énergique de sa mâchoire auraient rendu jaloux un jeune premier de cinéma. Je restai un moment pétrifiée, totalement sous le charme de son sourire, auquel succéda un rire amusé. Il se mit à tourner autour de moi en m'examinant d'un œil critique, comme un juge dans un concours d'élégance.

— Où crois-tu aller, comme ça ? Et qu'est-ce que c'est que ce costume ? Un déguisement de mendiante ?

— Pardon ?

Cette fois, ma question provoqua chez lui un véritable fou rire. Il s'appuya au capot de sa voiture en se tenant les côtes.

— Ah ! c'est trop ! « Pardon ? » répéta-t-il en singeant mon intonation. Vraiment, j'adore.

— Je ne vois pas ce que j'ai de si drôle, m'indignai-je, ce qui le fit s'esclaffer de plus belle.

— Je ne m'attendais pas que tu choisisses une défroque pareille, reprit-il en tendant la main vers moi d'un geste

229

désinvolte. Et où as-tu déniché ce sac ? Chez un fripier ? Tu as d'autres haillons là-dedans ?

Je me redressai de toute ma hauteur, serrant mon petit sac contre moi.

— Ce ne sont pas des haillons !

Pour le coup, je crus qu'il allait s'étouffer. Il semblait que je ne pusse rien faire ni rien dire sans le rendre malade de rire.

— Qu'est-ce que j'ai de si comique ? me hérissai-je. Il se trouve que ces haillons sont mes seules possessions, à l'heure qu'il est.

Il eut l'air plus réjoui que jamais.

— Vraiment, Gisèle, tu es géniale. Je te le jure, dit-il en étendant la main comme pour prêter serment. Une trouvaille, ce costume ! Et cette attitude indignée va merveilleusement bien avec. Je parie que tu auras le prix, toutes tes amies vont en pâlir d'envie. Tu m'as étonné, je l'avoue. Fabuleux ! J'adore.

— Je ne m'appelle pas Gisèle, d'abord.

— Ah bon ? dit-il en réprimant un sourire, et quel nom as-tu choisi ?

— Je m'appelle Ruby.

— Ruby ? répéta-t-il d'un ton pensif. Pas mal. Ruby... une pierre précieuse qui évoque la couleur de tes cheveux... et tes cheveux ont toujours été ton bien le plus précieux. Avec tes diamants, tes émeraudes, tes rubis et tes perles, bien sûr. Et tes chaussures, et tes vêtements, énuméra-t-il en souriant ouvertement. Bon, alors...

Il reprit brusquement son sérieux.

— ... je te présente comme Mademoiselle Ruby, c'est ça ?

— Je me moque bien de ce que vous comptez faire, lançai-je en tournant les talons, et il n'est pas question que vous me présentiez à qui que ce soit !

— Quoi ?

Je me préparais à traverser la rue quand il me rejoignit et me saisit par le coude.

— Mais qu'est-ce qui te prend ? Où vas-tu comme ça ?

— Je rentre chez moi.

— Chez toi ? Et où ça, chez toi ?

— A Houma, si vous voulez le savoir. Et maintenant, si vous aviez la gentillesse de me lâcher...

— Houma ? Qu'est-ce que tu racontes ?

Il me dévisagea un moment et, loin de me laisser aller, saisit mon autre coude et m'attira sous le rond de lumière d'un réverbère. Puis il m'observa avec une attention aiguë, intense, et son regard plein de douceur trahit un trouble indéniable.

— Tu as l'air... différente, murmura-t-il, et pourtant tu n'es pas maquillée. Je n'y comprends rien, Gisèle.

— Je ne m'appelle pas Gisèle, je vous l'ai déjà dit. Mon nom est Ruby, et je viens de Houma.

Sans lâcher mon coude, il continua un instant de m'observer, puis secoua la tête en souriant.

— Allons, Gisèle. Je regrette d'être un peu en retard, mais là tu vas un peu trop loin. Je reconnais que ton costume est génial, qu'est-ce que tu veux de plus ?

— Que vous me lâchiez le coude !

Il obéit, recula d'un pas et sa confusion fit place à une expression de colère indignée.

— Qu'est-ce que c'est que cette histoire ? Si vous n'êtes pas Gisèle, que faites-vous devant cette maison ? Pourquoi êtes-vous venue dans cette rue ?

— J'allais frapper à la porte et me présenter à Pierre Dumas, mais j'ai changé d'avis.

— Vous présenter à...

Il s'interrompit et se rapprocha de moi.

— Montrez-moi votre main gauche ! demanda-t-il précipitamment. Allez, montrez-la-moi.

231

Je la lui tendis et il s'en saisit avidement, l'étudia quelques instants avec soin, et je l'entendis marmonner comme s'il se parlait à lui-même :

— Tu n'enlèves jamais cette bague, jamais. Et tes doigts ne sont pas si rugueux... (Il lâcha ma main comme si elle le brûlait.) Qui êtes-vous ?

— Je vous le répète, mon nom est Ruby.

— Mais vous ressemblez... vous êtes le sosie de Gisèle !

— Alors c'est comme ça qu'elle s'appelle... Gisèle.

— Qui êtes-vous ? insista-t-il, en me regardant comme s'il voyait un fantôme. Je veux dire, qu'est-ce que vous êtes pour les Dumas ? Une cousine ? Eh bien, répondez ou j'appelle la police.

Sa voix résolue m'impressionna. J'avouai dans un souffle :

— Je suis la sœur de Gisèle.

— La sœur de Gisèle ? Gisèle n'a pas de sœur, affirma-t-il sévèrement. Tout au moins... (il marqua une pause, visiblement ébranlé par la ressemblance)... pas à ma connaissance.

— Je suis certaine que Gisèle ne sait rien de moi non plus.

— Vraiment ? Mais alors...

— C'est une histoire trop longue pour vous la raconter, et je ne vois d'ailleurs pas pourquoi je le ferais.

— Mais si vous êtes la sœur de Gisèle, pourquoi partez-vous ? Pourquoi retournez-vous à... comment déjà, Houma ?

— Je croyais possible de me présenter aux Dumas, mais je m'aperçois que je ne peux pas.

— Vous voulez dire que les Dumas ne savent pas encore que vous êtes là ? (Je fis signe que non.) Allez, venez, décida-t-il en me tendant la main. C'est moi qui vais vous faire entrer.

232

Je reculai, plus terrifiée que jamais.

— Venez, voyons ! Ecoutez, je m'appelle Christophe Andréas, je suis un très grand ami de la famille. Pour tout dire, je suis le soupirant attitré de Gisèle, mais mes parents et les Dumas se connaissent depuis toujours. Je fais plus ou moins partie de la maison, c'est pourquoi je suis tellement bouleversé par vos révélations. Venez, insista-t-il en saisissant ma main.

— Mais puisque je vous dis que j'ai changé d'avis ! Ce n'était pas une si bonne idée, finalement.

— Qu'est-ce qui n'était pas une bonne idée ?

— De leur faire la surprise.

— Parce que M. et Mme Dumas ne vous attendent pas ? Ça par exemple ! Gisèle ignore qu'elle a une sœur jumelle et les Dumas ne savent pas que vous êtes là. Voyons, vous n'avez tout de même pas parcouru tout ce chemin pour faire simplement le tour de la maison et rentrer chez vous ?

— Je...

— Vous avez peur, c'est ça ? Bien sûr que oui ! Eh bien, il ne faut pas. Pierre Dumas est un homme charmant et Daphné... est très gentille, elle aussi. Gisèle...

Il hésita et sourit avant d'achever :

— ... ma foi, c'est Gisèle, voilà tout. Pour être franc, je brûle de voir sa tête quand elle se retrouvera nez à nez avec vous.

— Eh bien, pas moi, ripostai-je en m'éloignant d'un pas.

— Je vous préviens, me menaça-t-il, je cours les avertir que vous êtes là et que vous vous sauvez. On enverra quelqu'un vous chercher, ce qui sera beaucoup plus embarrassant.

— Vous ne feriez pas ça !

— Bien sûr que si, répliqua-t-il en souriant, la main tendue. Alors autant faire les choses comme il faut.

Mon regard dévia vers la maison, puis revint se poser sur Christophe Andréas. Ses yeux avaient une expression amicale, nuancée d'un rien d'espièglerie. Mon cœur battait si violemment que je redoutais de m'évanouir avant d'avoir atteint la porte d'entrée. Bon gré mal gré, je pris la main que me tendait Christophe et je le suivis sur le chemin dallé qui menait à la grande galerie.

— Comment êtes-vous venue jusqu'ici ? demanda-t-il quand nous fûmes devant la porte.

— En car.

Il souleva le marteau, le relâcha, et le son se répercuta sur les murs de ce qui me parut être un hall immense. Quelques secondes plus tard, la porte s'ouvrit et nous nous trouvâmes face à face avec un mulâtre en uniforme de maître d'hôtel. De taille moyenne, le nez épaté, il avait des cheveux noirs frisés mêlés de blanc et des taches brun foncé marbraient ses joues et son front.

— Bonsoir, monsieur Andréas, commença-t-il.

Et à l'instant où son regard se posa sur moi, les coins de sa bouche s'affaissèrent.

— Mais, mademoiselle Gisèle, je viens juste de vous voir...

Il s'arrêta net, regarda par-dessus son épaule et Christophe Andréas éclata de rire.

— Ce n'est pas Mlle Gisèle. Edgar, laissez-moi vous présenter Ruby. Ruby, voici Edgar Farrar, le maître d'hôtel des Dumas. M. et Mme Dumas sont-ils à la maison, Edgar ?

— Oh non, monsieur. Ils sont partis pour le bal il y a près d'une heure, expliqua Edgar, les yeux toujours fixés sur moi.

— Eh bien, il ne nous reste qu'à attendre leur retour. D'ici là, vous aurez fait la connaissance de Gisèle, Ruby. Venez, je vous emmène.

J'avançai de quelques pas dans le vaste hall.

Le sol était dallé de marbre rose et le plafond, qui me parut haut d'au moins trois mètres cinquante, décoré de peintures aux tons pastel. Des nymphes, des anges et des colombes y voguaient sur un fond de ciel bleu. De tous côtés, mes yeux ne rencontraient que tableaux et statues, sauf sur le mur de droite. Une immense tapisserie représentant un palais français entouré de jardins le recouvrait tout entier.

— Où est Mlle Gisèle, Edgar ? s'informa Christophe.

— Elle est toujours là-haut, monsieur.

— Je savais qu'elle n'en finirait pas de se pomponner, me confia Christophe. Je ne suis jamais en retard quand nous sortons ensemble, surtout quand nous allons au bal de Mardi gras. C'est toujours elle qui l'est, comme il se doit. Une bonne heure de retard est le délai de rigueur, pour une élégante qui se respecte. Désirez-vous boire quelque chose ? Peut-être avez-vous faim ?

— Non, j'ai mangé la moitié d'un sandwich tout à l'heure, dis-je avec une grimace de dégoût, en pensant à ce qui avait failli m'arriver.

— Il n'était pas bon ?

— Non, ce n'est pas ça. Quelqu'un à qui je faisais confiance... un inconnu m'a attaquée dans une ruelle, pendant que je venais ici.

— Quoi ! Vous vous en êtes tirée indemne, au moins ?

— Oui. J'ai pu m'échapper avant que le pire n'arrive, mais j'ai eu très peur.

— Je veux bien le croire. Les ruelles écartées de La Nouvelle-Orléans sont très dangereuses pendant le Mardi gras, vous n'auriez jamais dû vous y risquer toute seule. (Il se retourna vers le maître d'hôtel.) Où est Nina, Edgar ?

— Elle termine un travail à la cuisine, monsieur.

— Bien. Venez, Ruby, je vous emmène voir Nina pour qu'elle vous serve au moins quelque chose à boire. Edgar, ayez l'obligeance d'informer Mlle Gisèle que je lui ai amené une invitée surprise et que nous sommes à la cuisine.

— Très bien, monsieur, acquiesça Edgar.

Et il se dirigea vers le grand escalier tournant à rampe d'acajou lustré, dont un épais tapis couvrait les marches.

— Par ici, m'indiqua Christophe.

A sa suite, je passai devant des pièces somptueuses au mobilier français, où j'aperçus presque autant d'œuvres d'art que dans un musée. La cuisine était aussi spacieuse que je m'attendais à la trouver, avec de longs comptoirs, de grandes tables, des murs tapissés de placards et d'étagères. Tout reluisait de propreté, au point que les plus vieux ustensiles paraissaient neufs. Vêtue d'une robe en coton brun et d'un tablier blanc, une petite femme noire aux formes replètes était occupée à emballer des restes dans de la cellophane. Elle nous tournait le dos. Ses cheveux étaient étroitement tirés en un gros chignon sur la nuque, mais elle portait quand même un fichu de coton, d'un blanc immaculé. Elle se retourna tout d'une pièce quand Christophe frappa au chambranle.

— Excusez-moi, Nina. Je ne voulais pas vous faire peur.

— Ce n'est pas de sitôt que vous ferez peur à Nina Jackson, monsieur Andréas.

Elle avait de petits yeux un peu trop rapprochés, une bouche minuscule qui disparaissait presque entre ses joues rebondies, mais sa peau satinée luisait d'un éclat superbe à la lueur des lampes. Des coquillages en ivoire sculpté se balançaient à ses oreilles menues.

— Mademoiselle, vous vous êtes encore changée ? s'étonna-t-elle.

Christophe eut un sourire pétillant de malice.

— Ce n'est pas Gisèle.

— Allons, monsieur ! Ce n'est pas un déguisement qui peut tromper Nina Jackson.

— Je suis sérieux, Nina, ce n'est pas Gisèle. C'est Ruby. Regardez-la mieux. Si quelqu'un est capable de les distinguer l'une de l'autre, c'est bien vous. Vous avez pratiquement élevé Gisèle.

Nina fit la moue, essuya ses mains sur son tablier et traversa la cuisine pour s'approcher de nous. Je pus voir alors qu'elle portait au cou un petit sachet de toile, suspendu par un lacet noir. Elle m'étudia pendant quelques instants avec attention, les yeux plissés, puis ils s'agrandirent démesurément. Elle recula, saisit son petit sac entre le pouce et l'index de la main droite et le brandit devant elle, entre nous deux.

— Qui êtes-vous, ma fille ?

— Je m'appelle Ruby, me hâtai-je de répondre en me tournant vers Christophe, qui souriait toujours.

— Nina se sert de son sac à malice pour écarter les démons, expliqua-t-il. C'est du vaudou, n'est-ce pas, Nina ?

Elle nous regarda l'un après l'autre et laissa retomber le sachet sur sa poitrine.

— J'ai de l'herbe-à-cinq-doigts, là-dedans. Ça veut dire que tous les démons qui ont cinq doigts aussi, je suis protégée contre eux, vous entendez ?

Je fis un signe d'assentiment et elle se tourna vers Christophe.

— Qui est-ce ?

— La sœur inconnue de Gisèle. Une sœur jumelle, apparemment.

— Comment vous savez ça ? demanda-t-elle en faisant un pas de plus en arrière. Ma grand-mère, elle m'a parlé d'un zombie qui avait pris la forme d'une femme. Quand on lui plantait des épingles dans le corps, la femme elle criait de douleur, jusqu'à temps qu'elle meure dans son lit.

Christophe rugit de rire.

— Je ne suis pas une poupée vaudoue, ni un zombie, protestai-je.

Nina demeura sur ses gardes.

— Je peux vous assurer que si vous lui plantez des épingles dans le corps, c'est elle qui criera, et pas Gisèle, s'égaya Christophe.

Puis il reprit son sérieux.

— Elle arrive de Houma, Nina, mais elle a fait une mauvaise rencontre en venant ici. Quelqu'un l'a attaquée dans une ruelle.

Elle hocha la tête comme s'il ne lui apprenait rien.

— Elle a eu très peur et elle est encore bouleversée, Nina.

— Asseyez-vous, ma fille, ordonna-t-elle en me désignant une chaise, près de la table. Je vais vous faire boire quéqu'chose qui vous calmera les nerfs. Vous n'avez pas faim ?

Je fis signe que non et elle s'éloigna pour aller préparer la boisson annoncée. Christophe lui emboîta le pas.

— Vous saviez que Gisèle avait une sœur, Nina ?

Elle resta un moment silencieuse, puis se retourna.

— Je sais rien de ce que je dois pas savoir, monsieur.

Il haussa un sourcil et je regardai Nina concocter son breuvage. Elle versa dans un verre ce qui me parut être de la mélasse noire, y ajouta du lait, un œuf cru et une espèce de poudre. Puis elle battit vigoureusement le tout et me l'apporta.

— Buvez ça d'un coup, sans respirer.

Je contemplai pensivement le liquide.

— N'ayez pas peur, m'encouragea Christophe. Nina guérit tout le monde, ici, quel que soit le problème.

— Ma grand-mère faisait la même chose. Elle était guérisseuse.

— Votre grand-mère ? releva Nina. Une guérisseuse ?

J'inclinai gravement la tête.

— Alors c'était une sainte personne, dit-elle, impressionnée. Une guérisseuse cajun peut retirer le feu des brûlures et arrêter le sang par l'imposition des mains, expliqua-t-elle à Christophe.

Son sourire malicieux reparut.

— Ruby n'est pas un zombie, alors ?

— Peut-être pas, admit-elle, en me couvant toujours d'un œil soupçonneux. Buvez !

J'obéis, bien que la potion ne fût pas des plus agréables. Je la sentis bouillonner dans mon estomac, puis j'éprouvai un réel soulagement.

— Merci, dis-je en reposant mon verre.

Des pas résonnèrent dans le hall et Christophe et moi nous retournâmes d'un seul mouvement vers la porte. Un instant plus tard, Gisèle Dumas fit son apparition, vêtue d'une ravissante robe en satin rouge sans épaulettes. Ses cheveux roux, brillants à force d'avoir été brossés, étaient à peu près de la même longueur que les miens. Elle portait des pendants d'oreilles en diamants, et un collier des mêmes pierreries, serties d'or.

— Christophe ! commença-t-elle. Pourquoi es-tu en retard, et qu'est-ce que c'est que cette histoire d'invitée surprise ?

Sur ce, les poings aux hanches, elle pirouetta vivement dans ma direction.

Même si je savais à quoi m'attendre, le fait de voir mes propres traits sur quelqu'un d'autre me coupa le souffle. Gisèle Dumas étouffa une exclamation et porta la main à sa gorge.

Quinze ans et quelques mois après le jour de notre naissance, nous nous retrouvions.

11

Cendrillon

— Qui est-ce ?

Un instant plus tôt arrondis de stupeur, les yeux de Gisèle s'étaient rétrécis jusqu'à n'être plus que deux fentes.

— N'importe qui verrait immédiatement que c'est ta sœur jumelle, répliqua Christophe. Elle s'appelle Ruby.

Gisèle grimaça et secoua la tête avec énergie.

— Qu'est-ce que c'est que cette nouvelle plaisanterie, Chris ?

Elle vint se camper en face de moi et je devinai que, tout comme moi, elle s'ingéniait à trouver des différences entre nous. Mais ce n'était pas facile, au premier coup d'œil. Nous étions de véritables jumelles. Même nuance de cheveux, mêmes yeux vert émeraude, même dessin des sourcils. Aucune de nous ne portait la moindre cicatrice au visage, pas même une fossette, rien qui permît de nous distinguer l'une de l'autre. Ses joues, son menton, sa bouche étaient parfaitement identiques aux miens. Et pour compléter cette similitude, nous avions exactement la même taille et la même silhouette. Deux copies rigoureusement conformes. Apparemment.

Car en y regardant de plus près, de très près, un œil scrutateur aurait saisi entre nous quelques divergences d'expression et de maintien. Gisèle affichait plus d'aplomb, plus d'arrogance, elle semblait ignorer la timidité. Elle devait avoir hérité l'orgueil indomptable de grand-mère Catherine. Elle me toisait sans sourciller, un pli dédaigneux au coin de la lèvre.

— Qui êtes-vous ? s'enquit-elle avec sécheresse.

— Je m'appelle Ruby. Ruby Landry, mais je devrais m'appeler Ruby Dumas.

Toujours incrédule, attendant visiblement une explication raisonnable à cette situation déconcertante, elle se tourna vers Nina Jackson qui se signa promptement.

— Je vais allumer une chandelle noire, annonça-t-elle.

Elle s'éloigna en marmonnant une prière vaudoue et Gisèle tapa du pied.

— Christophe !

Il sourit, haussa les épaules et écarta les mains, paumes en l'air.

— Je te jure que je ne l'avais jamais vue avant ce soir. Je l'ai trouvée devant le portail. Elle arrivait de... Quel nom avez-vous dit, déjà ?

— Houma. Dans le bayou.

— C'est une cajun, précisa-t-il.

— Ça, je le vois bien. Et je n'y comprends rien, gémit-elle, si désemparée qu'elle en avait les larmes aux yeux.

— Je suis certain qu'il y a une explication logique. Je crois que je ferais mieux d'aller chercher tes parents.

Gisèle continuait à me dévisager.

— Mais comment se peut-il que j'aie une sœur jumelle ? se plaignit-elle encore. (J'aurais voulu le lui dire, mais j'estimai que c'était à notre père de le faire.) Christophe ! Où vas-tu comme ça ?

— Chercher tes parents, bien sûr.

— Mais... et le bal ?

— Le bal ? Tu ne penses tout de même pas aller au bal... maintenant ? acheva-t-il en pointant le menton dans ma direction.

— Mais j'ai acheté cette robe exprès pour ça, j'ai un masque superbe et... (Elle étreignit ses épaules, me jeta un regard noir et fondit en larmes.) Oh, non ! Ce n'est pas possible, une chose pareille... et justement ce soir !

— Je suis désolée, m'excusai-je. Il ne m'est pas venu à l'esprit que c'était Mardi gras, mais...

— Elle ne savait pas que c'était Mardi gras ! explosa Gisèle. Oh, Chris !

— Du calme, dit-il en revenant vers elle pour la prendre dans ses bras.

Elle se blottit contre son épaule et, tout en lui caressant les cheveux, il me regarda en souriant.

— Allons, allons, calme-toi, répéta-t-il d'un ton apaisant.

Elle se rejeta en arrière et, à nouveau, tapa du pied.

— Je ne peux pas me calmer ! Tout ça n'est qu'une coïncidence. Une stupide coïncidence que quelqu'un cherche à exploiter, voilà. Et cette fille... (Elle pivota vers moi, furibonde.) On vous a envoyée ici pour nous extorquer de l'argent, n'est-ce pas ? N'est-ce pas que c'est ça ?

Je ne pus que secouer la tête, mais Christophe vint à mon secours.

— Cela ne peut pas être une coïncidence, Gisèle. Il suffit de vous regarder.

— Oh, mais il y a des différences ! Elle a le nez plus long que le mien, les lèvres plus minces et... les oreilles moins bien collées.

Christophe éclata de rire, mais elle ne désarma pas pour autant.

— Avouez qu'on vous a envoyée chez nous pour nous soutirer de l'argent ?

— Non. Je suis venue de moi-même, comme je l'avais promis à grand-mère Catherine.

Elle grimaça comme si elle avait avalé du lait tourné.

— Qui est grand-mère Catherine ? De quel trou sort-elle, celle-là ?

— De Houma.

— Et c'est une guérisseuse, ajouta Christophe, qui prenait plaisir à constater le dépit de Gisèle.

— Oh, c'est vraiment trop bête ! Je ne vais pas manquer le plus grand bal de Mardi gras parce qu'une... une malheureuse cajun qui me ressemble vaguement débarque chez nous en prétendant qu'elle est ma sœur jumelle. Pas question !

— Mais réfléchis une seconde, insista Christophe. La première fois que je l'ai vue, j'ai cru que c'était toi.

— Moi ? Comment as-tu pu me confondre avec cette... cette personne ? Mais regarde comment elle est attifée ! Regarde ses chaussures !

— J'ai pensé que c'était ton déguisement, expliqua-t-il.

Je n'étais pas vraiment ravie d'entendre décrire mes vêtements de cette façon, et Gisèle n'apprécia pas non plus.

— Enfin, Chris ! Tu me vois porter une défroque pareille, même comme déguisement ?

Du coup, la moutarde me monta au nez.

— Qu'est-ce que vous reprochez à mes vêtements ?

— Ils ont l'air d'avoir été faits à la maison, décréta-t-elle, après avoir daigné leur accorder un second coup d'œil.

— En effet. C'est grand-mère Catherine qui a coupé et cousu ma jupe et ma blouse.

— Tu vois bien ! triompha-t-elle en se retournant vers Christophe.

— Je vais chercher tes parents, dit-il avec diplomatie.

244

— Christophe Andréas, si tu quittes cette maison sans me conduire au bal de Mardi gras...

— Nous irons dès que cette histoire sera éclaircie, je te le promets.

— Il n'y a rien à éclaircir, tout ça n'est qu'une abominable plaisanterie. Qu'attendez-vous pour décamper d'ici ? hurla-t-elle à mon adresse.

— Gisèle ! Comment peux-tu la renvoyer ?

— Et toi, comment peux-tu me faire ça ? Tu n'es qu'un monstre, Christophe Andréas, glapit-elle en s'élançant vers l'escalier.

— Gisèle !

— Je suis désolée, Christophe. Je n'avais pas l'intention de gâcher votre soirée. Je vous disais bien que je n'aurais pas dû venir.

Il me dévisagea un moment, tout interdit.

— Comment peut-elle me reprocher ce qui arrive ? Bon, ne vous tracassez pas pour ça. Installez-vous dans le salon et mettez-vous à l'aise. Je sais où sont les Dumas, j'en ai pour quelques minutes, annonça-t-il en s'en allant. Et ne vous en faites pas, surtout, lança-t-il par-dessus son épaule.

Je restai seule, plus dépaysée que jamais. Pourrais-je un jour me sentir chez moi, dans cette maison ? me demandai-je en prenant lentement le chemin du salon. J'en doutais.

Je n'osais toucher à rien, c'est à peine si j'osai fouler l'immense tapis persan qui s'étendait de la porte à double battant jusqu'aux deux canapés, et même plus loin. Des rideaux de velours cramoisi aux embrasses dorées encadraient les hautes fenêtres, et les délicats motifs floraux du papier mural s'accordaient aux coussins des meubles de repos et des chaises à haut dossier. Les deux vases de cristal ornant la grande table en acajou, les lampes et les appliques, tout possédait un cachet précieux et ancien. Je remarquai plusieurs tableaux, dont certains représentaient des vues de plantations et d'autres, des scènes de rue du quartier français. Au-dessus de la cheminée de marbre trônait le portrait d'un vieillard distingué, à la barbe et aux cheveux d'un gris argenté. J'eus l'impression que ses yeux noirs se fixaient sur moi, accusateurs, et suivaient chacun de mes mouvements.

Je m'assis sur le canapé le plus proche et, le dos bien droit, les mains crispées sur mon petit sac, je laissai errer mon regard autour de la pièce. J'admirai tout, les statues, les bibelots de la vitrine, les tableaux... sauf le portrait du vieux gentleman. Il m'intimidait.

Dans un coin, une horloge en noyer, qui paraissait aussi vieille que le temps lui-même avec son cadran romain, tictaquait doucement. A part cela, tout était silencieux dans la grande maison. Parfois, pourtant, je croyais entendre une sorte de martèlement sourd à l'étage, et cela m'intriguait. Etait-ce Gisèle qui ruminait sa colère en arpentant sa chambre ?

Mon pouls, qui battait à un rythme accéléré depuis mon entrée dans la maison, commençait à s'apaiser. Je m'absorbai dans mes pensées. Avais-je commis une affreuse erreur en venant ici ? N'allais-je pas détruire la vie de quelqu'un d'autre ? Pourquoi grand-mère Catherine était-elle si sûre que je devais agir ainsi ? Ma sœur jumelle ne supportait même pas l'idée que j'existe, comment savoir s'il n'en serait pas de même pour mon père ? S'il me rejetait... Mon cœur vacillait au bord d'un abîme, prêt à sombrer au premier signe de reniement. J'en étais là de mes réflexions quand je reconnus le pas d'Edgar qui se hâtait vers la grand-porte. Des voix résonnèrent dans le hall et plusieurs personnes entrèrent précipitamment.

— Dans le salon, monsieur, indiqua Christophe Andréas.

Quelques instants plus tard, je me trouvais face à face avec mon père.

Combien de fois, assise devant mon miroir, n'avais-je pas tenté d'imaginer ses traits en transposant les miens sur le visage flou que je m'efforçais de visualiser ? Oui, il avait bien ces yeux d'un vert très doux, le nez et le menton tels que je les voyais. Mais le visage plus creux, plus fermement dessiné, avec d'épais cheveux châtains soigneusement tirés en arrière, à part une vague souple au-dessus du front.

Il était grand, un mètre quatre-vingt-cinq au moins, et sa silhouette athlétique alliait la sveltesse à la vigueur. On s'en rendait compte aisément sous son déguisement de Mardi gras : un vêtement collant taillé dans une matière argentée, de façon à imiter l'armure d'un chevalier du Moyen Age. Il tenait le heaume dans ses bras. Son regard se posa sur moi et passa progressivement de la surprise totale à un émerveillement ravi. Il s'éclaira d'un sourire de joie.

Avant qu'un mot fût prononcé, Daphné vint se placer à ses côtés. Elle portait une tunique bleu vif à longues manches, moulant le buste pour s'évaser à partir des hanches, avec un galon brodé d'or dans le bas. Un manteau blanc coulait en plis soyeux de ses épaules, largement ouvert et retenu par une agrafe en diamants. On aurait dit une princesse de conte de fées.

Elle était très grande, elle aussi, et tenait la tête haute à la façon des mannequins de mode. D'ailleurs, avec sa silhouette de sylphide, elle aurait fort bien pu en être un. Ses cheveux blonds à reflets cuivrés tombaient en un flot discipliné sur ses épaules. Elle avait de grands yeux bleu clair, une bouche tracée au pinceau. Ce fut elle qui prit la parole, après m'avoir toisée tout à son aise.

— C'est une plaisanterie, Christophe ? Un tour que Gisèle et vous nous avez préparé pour Mardi gras ?

— Non, madame.

Mon père ne m'avait pas un instant quittée des yeux.

— Ce n'est pas une plaisanterie, dit-il en s'avançant dans le salon. Ce n'est pas Gisèle. Bonjour...

— Bonjour.

Nous demeurâmes ainsi, l'un en face de l'autre, nous buvant littéralement du regard. J'entendis Daphné demander :

— Et vous l'avez trouvée devant notre porte ?

— Oui, madame. Elle allait partir, découragée, n'osant pas se présenter.

Je me décidai à la regarder. Son expression suggérait clairement qu'elle aurait préféré cette solution.

— Je suis heureux que tu te sois trouvé là, Christophe, dit Pierre avec chaleur. Tu as fait exactement ce qu'il fallait. Merci.

Christophe rayonnait. De toute évidence, l'opinion et l'approbation de mon père comptaient beaucoup pour lui.

— Vous... tu arrives de Houma ? me demanda mon père.

Trop émue pour parler, je hochai la tête et Daphné porta la main à sa poitrine avec un cri étouffé. Mon père et elle échangèrent un regard et ce fut lui qui suggéra :

— Si tu allais voir ce que devient Gisèle, Chris ?

— Oui, monsieur, tout de suite.

Daphné ferma doucement la porte derrière lui et mon père vint s'asseoir en face de moi, sur l'autre canapé.

— Tu leur as dit que ton nom de famille était Landry ?

Je fis signe que oui.

— Mon Dieu ! s'exclama Daphné, en prenant appui sur le dossier d'une chaise, comme si elle allait défaillir.

Son mari se leva vivement pour la rejoindre et l'entoura de son bras.

— Calme-toi, dit-il en l'aidant à s'asseoir. Ça va ? Tu te sens bien ?

Elle acquiesça en silence et mon père reporta son attention sur moi.

— Ton grand-père... s'appelle bien Jack ?

— Oui.

— Il est guide de chasse dans les marais ?

— Oui.

— Comment peuvent-ils nous faire ça, Pierre ? gémit Daphné. C'est épouvantable. Après tout ce temps !

— Je sais, je sais. Laisse-moi tirer tout ça au clair, Daphné, dit-il d'un ton apaisant.

Puis il se retourna vers moi. Son regard avait conservé sa douceur mais il ne trahissait pas le moindre trouble.

— Ruby... c'est bien ton nom ? (J'approuvai dans un souffle.) Ruby, dis-nous tout ce que tu sais là-dessus et pourquoi tu te présentes chez nous justement maintenant. S'il te plaît.

— Grand-mère Catherine m'a raconté ce qui est arrivé à ma mère... comment elle s'est trouvée enceinte, et aussi que grand-père Jack s'est arrangé pour... (Je faillis dire : « pour vous vendre ma sœur », mais cela me parut trop cru)... pour que ma sœur vienne vivre chez vous. Cet arrangement a rendu grand-mère Catherine très malheureuse. Elle en a voulu à mon grand-père et ils se sont séparés presque tout de suite après.

Mon père tourna la tête vers sa femme. Elle ferma les yeux, les rouvrit, puis son regard s'attacha sur moi.

— Continuez.

— Grand-mère Catherine a gardé le secret sur le fait que ma mère attendait des jumeaux, même envers grand-

249

père Jack. Elle a décidé que je vivrais avec elle et ma mère, mais...

Même si je n'avais jamais vu ma mère ni entendu le son de sa voix, il m'était encore impossible de mentionner sa mort sans en avoir les larmes aux yeux.

— Mais quoi ? implora mon père.

— Mais ma mère est morte aussitôt après nous avoir mises au monde, Gisèle et moi.

Mon père pâlit, chercha son souffle et lui aussi eut les yeux pleins de larmes. Mais il se reprit, jeta un bref coup d'œil à sa femme et reporta son attention sur moi.

— Je suis navré de l'apprendre, dit-il d'une voix enrouée. Continue, Ruby.

— Il n'y a pas très longtemps, ma grand-mère Catherine est morte. Elle m'avait fait promettre, si quelque chose lui arrivait, d'aller à La Nouvelle-Orléans et de me présenter chez vous. Elle ne voulait pas que je vive avec grand-père.

Mon père eut un signe de tête approbateur.

— Je ne l'ai guère connu, mais je peux comprendre pourquoi ta grand-mère ne voulait pas que tu vives avec lui, Ruby.

— Vous n'avez pas d'autres parents... des tantes, des oncles ? intervint vivement Daphné.

— Non, madame. Ou du moins, je ne m'en connais pas à Houma. Mon grand-père parlait de parents à lui qui vivaient dans d'autres bayous, mais grand-mère Catherine a toujours évité de les fréquenter.

— C'est épouvantable ! s'exclama Daphné, sans préciser si elle songeait à ma famille ou à la situation présente.

Pierre se permit un sourire.

— C'est incroyable, non ? J'ai deux filles !

Il avait un merveilleux sourire, et je commençai à me détendre. La chaleur de son regard exerçait un effet apai-

250

sant sur mes nerfs. Je ne pouvais pas m'empêcher de penser qu'il ressemblait prodigieusement au père de mes rêves. Un homme affable et bon, qui savait parler avec douceur.

Mais Daphné lui jeta un coup d'œil glacé, plein de reproche.

— Et deux fois plus de soucis en perspective, lui rappela-t-elle.

— Pardon ? Oh, oui... bien sûr. Je suis heureux que tu te sois finalement fait connaître, Ruby, mais cela va nous créer quelques petits problèmes.

— Quelques petits problèmes ? s'écria Daphné, le menton tremblant. Des *petits* problèmes ?

— Bon, sans doute des problèmes un peu plus sérieux que ça, convint mon père, tout pensif.

Je me levai brusquement.

— Je ne veux être un fardeau pour personne. Je retourne à Houma. Certaines amies de ma grand-mère...

— Excellente idée, s'interposa promptement Daphné. Nous vous donnerons de l'argent pour le voyage. Nous pourrons même vous en envoyer un peu de temps en temps, n'est-ce pas, Pierre ? Vous pouvez dire aux amies de votre grand-mère que...

— Non, coupa-t-il en attachant sur moi un regard intense qui m'alla droit au cœur. (Pendant un instant, ce fut comme si nous ne faisions qu'un.) Je ne chasserai pas ma propre fille de chez moi.

— Mais on ne peut pas dire qu'elle soit vraiment ta fille, Pierre. Tu ne l'as pas vue une seule fois depuis sa naissance, ni moi non plus. Elle a été élevée dans un milieu complètement différent.

Mon père ne parut même pas entendre la plaidoirie de sa femme et s'adressa à moi, sans me quitter un instant du regard.

— Je connaissais bien mieux ta grand-mère que ton grand-père C'était une femme extraordinaire, douée de pouvoirs étonnants.

— Vraiment, Pierre !

— Non, Daphné. Laisse-moi parler. Elle était ce que les cajuns appellent... une guérisseuse, c'est ça ? (Je hochai la tête.) Si elle a jugé préférable de t'envoyer ici, elle devait avoir une raison spéciale pour cela, une vision. Elle était guidée par ses pouvoirs spirituels.

— Tu n'es pas sérieux, Pierre, protesta Daphné. Tu ne vas pas ajouter foi à ces superstitions païennes. Un de ces jours, tu vas m'annoncer que tu crois aussi aux simagrées vaudoues de Nina, si ça continue !

— Je n'ai jamais considéré ça comme des simagrées, Daphné. Il y a des mystères qui dépassent la raison, la logique et la science.

Elle soupira bruyamment, les yeux au ciel.

— Et comment te proposes-tu de régler ce... cette situation ? Comment vas-tu expliquer l'existence de cette fille tombée du ciel à nos amis, à nos relations ?

J'étais toujours debout, n'osant ni faire un pas de plus pour me retirer, ni reprendre ma place. Je serrais si fort mon petit sac pendant que mon père réfléchissait que mes articulations blanchirent.

— Nina n'était pas présente au moment de la soi-disant naissance de Gisèle, commença-t-il.

— Et alors ?

— Nous avions cette mulâtresse, Tituba, tu te souviens ?

— Parfaitement, et je me souviens aussi que je la détestais. Elle était négligente, paresseuse, et elle me faisait peur avec ses superstitions idiotes. Elle jetait du sel un peu partout, brûlait des vêtements dans un tonneau avec du sang de poulet... Nina garde ses croyances pour elle, au moins !

— Et pour toutes ces raisons, nous nous sommes séparés de Tituba juste après la... l'arrivée de Gisèle. En tout cas, c'est ce que nous avons raconté aux gens.

— Où veux-tu en venir, Pierre ? Quel rapport avec notre problème... notre *petit* problème ? souligna Daphné, sarcastique.

— Nous n'avons jamais dit la vérité parce que nous avions engagé des détectives privés, voilà.

— Quoi ? Quelle vérité ?

Ignorant l'interruption, il poursuivit sur sa lancée :

— ... pour retrouver le bébé volé, la sœur jumelle dispa-rue de la nursery le jour de sa naissance. Certaines per-sonnes croient que les adeptes du vaudou volent des bébés pour servir à leurs sacrifices, tu le sais. Et des rcines du vaudou sont souvent accusées de kidnapping et d'infanti-cide, tu le sais aussi ?

— Moi-même, je l'ai toujours plus ou moins soup-çonné, admit-elle.

— Justement. On n'a jamais rien pu prouver, mais le danger de déclencher une hystérie collective subsistait, et même de voir les comités de vigilance abuser de la situa-tion. Donc, énonça mon père en pressant les mains l'une contre l'autre, nous avons gardé le secret sur notre mal-heur, comme sur nos recherches. Jusqu'à aujourd'hui, bien sûr, précisa-t-il avec un sourire à mon adresse.

— Elle aurait été enlevée il y a quinze ans et reviendrait maintenant, objecta Daphné. C'est ça que tu veux raconter aux gens, à nos amis ?

— Exactement, comme dans la parabole de l'Enfant prodigue. Sauf que cette fois c'est la Fille prodigue, dont la pseudo-grand-mère a éprouvé un rcmords de conscience à l'instant de mourir et lui a avoué la vérité. Miracle des miracles, Ruby a retrouvé le chemin de la maison.

— Mais, Pierre...

— Tu seras la vedette de la ville, Daphné. Tout le monde voudra connaître l'histoire, tu crouleras sous les invitations.

Daphné eut une moue perplexe et m'observa d'un œil différent.

— N'est-ce pas fantastique ? reprit mon père. Elles se ressemblent d'une façon prodigieuse !

— Mais elle est tellement... inculte, se lamenta Daphné.

— Ce qui ne la rendra que plus intéressante, du moins au début. Mais tu peux la prendre sous ton aile et la former, l'éduquer, comme tu l'as fait pour Gisèle. Tout le monde reconnaît tes talents dans ce domaine et les admire.

— Il faut voir, concéda-t-elle en m'étudiant avec une attention décuplée. Peut-être qu'une fois décrassée, habillée décemment...

— Mes vêtements sont tout ce qu'il y a de plus décent ! me rebiffai-je, excédée de m'entendre critiquer. C'est grand-mère Catherine qui les a faits, et tout ce qui sortait de ses mains était très apprécié dans le bayou.

— Je n'en doute pas, releva aigrement Daphné. Dans le bayou. Mais nous sommes à La Nouvelle-Orléans, ma chère. Vous y êtes venue parce que vous souhaitiez vivre avec... votre père, c'est bien ça ?

— Oui. Je respecte les vœux de grand-mère, et je crois en ses prophéties.

— Eh bien alors, il va falloir vous adapter, déclara-t-elle en se carrant dans sa chaise. Pour moi, ce sera un défi à relever, ajouta-t-elle après un moment de réflexion. Cela promet d'être intéressant.

— J'en suis persuadé, renchérit Pierre.

— Tu crois que j'arriverai à la transformer au point qu'on la confonde avec Gisèle ?

Je ne fus pas certaine d'aimer l'intonation de Daphné. On aurait dit qu'elle parlait d'une aborigène mal dégrossie, ou d'un animal sauvage qu'elle se proposait de dresser.

— Bien sûr que oui, chérie, la rassura mon père. Tu t'en es magnifiquement tirée avec Gisèle, et nous savons tous deux qu'elle avait tendance à être un peu sauvageonne, n'est-ce pas ? souligna-t-il en souriant.

— Oui. Je suis parvenue à dompter ce côté de sa nature

— son côté cajun, précisa dédaigneusement Daphné.

— Je ne suis pas une sauvage, madame ! Ma grand-mère m'a toujours enseigné le bien et nous fréquentions régulièrement l'église.

— Je ne parle pas de ce qu'on vous a appris, insista-t-elle, mais de quelque chose qui est en vous, inscrit dans vos gènes. Heureusement, l'héritage de Pierre et mon influence ont été assez forts pour corriger cela chez Gisèle. Si vous faites preuve de bonne volonté, si vous voulez vraiment faire partie de cette famille, je pourrai parvenir au même résultat chez vous. Bien que dans votre cas... (Elle se tourna vers mon père.) Elle a des années de mauvaise éducation derrière elle, Pierre, ne l'oublie pas.

— Certainement pas, Daphné, convint-il avec tact. Personne ne s'attend à une métamorphose instantanée, sur un coup de baguette, et comme tu viens de le dire, ce sera un défi. Je ne t'aurais jamais demandé cela si je ne te savais pas capable d'accomplir des miracles.

Calmée, elle se plongea dans une réflexion profonde. Les lèvres serrées, le regard brillant, elle était très belle ainsi. Malgré tout ce qu'elle venait de dire, je ne pouvais pas m'empêcher d'admirer son maintien altier. Serait-ce vraiment si difficile de ressembler à une telle femme, de

255

me comporter comme elle ? De devenir une sorte de princesse de conte de fées, moi aussi ? Une part de moi-même qui refusait de se taire m'implorait de coopérer, d'essayer à tout prix. Et l'autre moi, celui qui se sentait insulté par ses paroles, boudait obstinément dans les zones d'ombre de mon être.

— De toute façon, Christophe est déjà au courant, dit-elle enfin.

— Exactement, releva mon père. Naturellement, je pourrais le prier de garder le secret, et je suis sûr qu'il se ferait tuer en duel plutôt que de le trahir. Mais les choses peuvent être révélées par accident, et que pourrions-nous faire ? Cela ruinerait tout ce que nous avons réalisé jusqu'ici.

Daphné hocha la tête, convaincue.

— Mais que vas-tu dire à Gisèle ? demanda-t-elle d'une voix morne en exhibant un ravissant mouchoir en soie bleue. Elle apprendra la vérité sur moi, elle saura que je ne suis pas sa vraie mère, gémit-elle en se tamponnant les yeux.

— Mais tu es sa vraie mère. Elle n'en a pas connu d'autre et tu as été une merveilleuse maman pour elle. Nous lui raconterons l'histoire telle que je viens de l'esquisser. Le premier choc passé elle acceptera sa sœur jumelle et t'aidera dans ton entreprise espérons-le. Il n'y aura rien de changé, sauf que notre union sera deux fois bénie, acheva-t-il avec un grand sourire à mon adresse.

Etait-ce de lui que je tenais mon optimisme aveugle ? méditai-je. Etait-il un rêveur, lui aussi ?

— C'est-à-dire, ajouta-t-il après un bref silence, si Ruby accepte de soutenir notre version des faits. Je n'aime pas demander à quelqu'un de mentir, Ruby, mais dans ce cas, ce serait un pieux mensonge. Un mensonge qui éviterait de blesser qui que ce soit, souligna-t-il en se tournant à nouveau vers Daphné.

Je réfléchis quelques instants. J'allais devoir laisser croire, du moins à Gisèle, que grand-mère avait participé au complot de mon enlèvement. Cela me répugnait, mais j'aboutis à la conclusion que grand-mère m'aurait approuvée. Elle aurait voulu que je fasse l'impossible pour rester ici, loin de grand-père Jack.

— Oui, dis-je enfin. J'accepte.

Daphné laissa échapper un grand soupir et reprit aussitôt possession d'elle-même.

— Je vais dire à Nina de préparer la chambre d'amis.

— Ah non ! Je tiens à ce qu'elle ait la chambre voisine de celle de Gisèle. Je veux qu'elles vivent comme des sœurs dès le départ, décréta mon père.

— Très bien, Pierre, je vais donner des ordres immédiatement. Pour ce soir, Ruby pourra emprunter du linge à Gisèle. Par chance, commenta Daphné en m'octroyant son premier sourire, vous êtes exactement de la même taille, toutes les deux. (Son regard glissa jusqu'à mes pieds.) Et de la même pointure, apparemment.

— Mais dès demain, il faudra que tu emmènes Ruby faire la tournée des magasins, conseilla mon père. Tu sais combien Gisèle est possessive dès qu'il s'agit de ses vêtements.

— Elle a raison. Une femme doit être fière de sa garde-robe. J'ai horreur de ces collégiennes qui partagent tout avec leurs camarades, y compris leurs petites culottes !

Là-dessus, Daphné se leva dans un mouvement plein de grâce et nous regarda l'un après l'autre, mon père et moi.

— Eh bien, voici une soirée de Mardi gras dont je me souviendrai ! Tu es sûr de toi, Pierre ? C'est vraiment cela que tu souhaites faire ?

— Oui, ma chérie. Avec ton entière coopération et sous ton égide, cela va de soi, dit-il en se levant à son tour pour l'embrasser sur la joue. Je sens que je vais avoir du mal à m'acquitter envers toi, maintenant. Ma dette a doublé.

Elle eut un sourire mi-figue, mi-raisin.

— Je crois bien. Cela fait cinq minutes que la caisse enregistreuse n'arrête pas de sonner.

Il rit de bon cœur et l'embrassa encore, sur les lèvres cette fois. A sa façon de la regarder, je compris à quel point il tenait à lui plaire. Elle parut s'épanouir sous ce regard d'adoration et s'éloigna toute rayonnante. Arrivée à la porte, elle se retourna :

— Tu te charges de parler à Gisèle ?

— Dans quelques minutes, promit-il.

— Je vais me coucher. Je me sens vidée après toutes ces émotions. Mais demain... j'aurai besoin de toutes mes forces, pour affronter Gisèle.

— Naturellement.

— J'irai la voir dans sa chambre, annonça-t-elle encore.

Et elle me laissa seule avec mon père, qui se retourna aussitôt vers moi.

— Assieds-toi, je t'en prie. (Je regagnai mon siège et il s'empressa d'en faire autant.) Tu veux boire quelque chose ? Manger, peut-être ?

— Non, ça va. Nina m'a servi quelque chose à boire.

— Une de ses recettes magiques ? s'informa-t-il en souriant.

— Oui. Et ça a marché.

— Ça marche toujours. J'étais sérieux, tu sais, quand j'ai dit que je respectais les pouvoirs spirituels et leurs mystères. Il faudra que tu me parles davantage de grand-mère Catherine.

— Je ne demande que ça.

Il prit une grande inspiration et commença :

— Je suis désolé d'apprendre ce qui est arrivé à Gabrielle. C'était une ravissante jeune femme, comme je n'en avais jamais rencontré, et comme je n'en ai jamais rencontré depuis. Elle était si innocente et si libre... un pur esprit.

— Grand-mère Catherine la comparait à une fée des marais, dis-je en souriant à mon tour.

— Oui, c'est vrai. Elle aurait très bien pu en être une. Ecoute... (Il redevint brusquement très grave.) Je sais combien tout cela doit te troubler, te perturber. Avec le temps, nous nous connaîtrons mieux, toi et moi, et j'essaierai de t'expliquer. Il m'est impossible de me justifier, ni de présenter les choses sous un autre jour que le vrai, même s'il n'est pas flatteur. Il m'est impossible d'effacer le passé, mes erreurs non plus, mais j'espère réussir à te faire comprendre comment tout cela s'est produit. Tu as le droit de tout savoir.

— Gisèle ne sait rien, alors ?

— Oh non ! Absolument rien. Il fallait ménager Daphné, je l'avais déjà suffisamment blessée. Je devais la protéger, et la seule façon de le faire était de laisser croire que Gisèle était sa fille.

« Mais un mensonge en entraîne un autre, la faute engendre la faute et, avant même de savoir comment, on se retrouve prisonnier d'un réseau de faux-semblants. Comme tu le vois, je continue à protéger Daphné.

« A vrai dire, ce fut ma chance et mon malheur d'avoir Daphné. Car elle n'est pas seulement très belle, elle est aussi capable de donner beaucoup d'amour. Elle aimait beaucoup mon père, et je crois que si elle a accepté tout cela, c'est autant par affection pour lui que par amour pour moi. Elle porte sa part de responsabilité, elle aussi.

— Parce qu'elle ne pouvait pas avoir d'enfants ?

259

Mon père leva vivement les yeux sur moi.

— Oui. Je vois que tu en sais bien plus long que je ne le croyais. Tu sembles très mûre pour ton âge. Bien plus mûre que Gisèle. Quoi qu'il en soit, Daphné a réussi à conserver sa dignité dans toute cette histoire. C'est pourquoi je pense qu'elle peut t'apprendre beaucoup. Et j'espère qu'avec le temps tu parviendras à l'accepter comme ta vraie mère.

« Bien sûr, ajouta-t-il en souriant, il faut d'abord que tu m'acceptes comme ton père. N'importe quel homme en bonne santé peut engendrer un enfant, mais cela n'en fait pas un père pour autant.

Les larmes lui vinrent aux yeux en parlant, et je sentis que chaque fibre de son être se tendait vers moi, m'implorait de comprendre ce que lui-même ne parvenait toujours pas à s'expliquer. Je me mordis la langue et ravalai mes questions. Le souffle me manquait, la tête me tournait. Tout arrivait si vite ! Mon père eut le bon sens de changer de sujet.

— Qu'est-ce que tu as dans ton petit sac ?

— Oh, juste quelques vêtements et des photos.

Il haussa les sourcils, intéressé.

— Des photos ? Je peux voir ?

J'ouvris mon sac, en tirai une photographie de ma mère et la lui tendis. Il la regarda longuement, tout pensif.

— On dirait vraiment une fée, ou une déesse. C'est drôle... je me souviens de ce temps-là comme d'un rêve. Les images me traversent l'esprit comme des bulles de savon, prêtes à éclater si j'essaie de m'attarder sur les détails.

« Gisèle et toi lui ressemblez beaucoup, tu sais ? Je ne mérite pas la chance de vous avoir toutes les deux pour me rappeler Gabrielle, mais je remercie le sort de t'avoir envoyée ici.

— Pas le sort : grand-mère Catherine. C'est elle qu'il faudrait remercier.

Il m'approuva d'un signe de tête.

— Je passerai le plus de temps possible avec toi. Je te ferai visiter la ville moi-même et je te parlerai de la famille.

Je m'avisai brusquement que je ne savais pas grand-chose de lui.

— Que faites-vous comme métier ?

Mon émerveillement manifeste devant le luxe de la maison l'amusa, mais il ne répondit pas tout de suite à ma question.

— Ruby, dit-il sur un ton de doux reproche, tu ne crois pas qu'il est grand temps de nous tutoyer ?

Je me troublai, rougis, balbutiai :

— Si vous... si tu veux.

— A la bonne heure ! Que voulais-tu savoir, déjà... Ah oui ! Eh bien, je tire mes revenus d'investissements immobiliers. Nous possédons un grand nombre d'immeubles résidentiels et de bureaux, et nous participons à plusieurs projets de développement urbain. J'ai des bureaux dans le centre-ville.

« Notre famille est très ancienne et très bien apparentée, elle remonte à la *Mississippi Trading Company*, un comptoir colonial français. Mon père a dressé un arbre généalogique, je te le montrerai un jour, promit-il en souriant. Il a prouvé que nous descendions de l'une des cent *Filles à la Cassette*.

— Qui étaient-elles ?

— Des Françaises, soigneusement choisies parmi la bonne bourgeoisie et envoyées ici pour devenir les femmes des premiers colons, munies en tout et pour tout d'un petit coffre de vêtements Ce qui ne devait pas faire beaucoup plus que ce que contient ton sac, j'imagine.

« Toutefois, l'histoire des Dumas ne comporte pas que des épisodes honorables ou des actions d'éclat. Certains de nos ancêtres ont tenu des maisons de jeu, et l'un d'eux a même exploité une maison de joie à Storyville. La famille de Daphné a le même passé, mais elle préfère ne pas s'en souvenir.

« Mais laissons cela, décida-t-il en se levant, nous aurons tout le temps d'en parler plus tard. Tu dois être fatiguée, tu aimerais sûrement prendre un bain, te détendre un peu et aller dormir. Demain, tu commences une nouvelle vie, et j'espère qu'elle sera merveilleuse. Puis-je t'embrasser, pour te souhaiter la bienvenue dans ta nouvelle maison et ta nouvelle famille ?

— Oui.

Quand il effleura ma joue de ses lèvres, je fermai les yeux. Le premier baiser de mon père... combien de fois n'en avais-je pas rêvé ! Je l'imaginais, ce père de mes tableaux, sortant de la toile pour s'approcher de mon lit, se pencher sur moi. Il m'embrassait pour me dire bonsoir, caressait mes cheveux et chassait les démons tapis au fond de nos cœurs... Lui, le père que je n'avais jamais connu...

J'ouvris les yeux et je vis que les siens s'étaient emplis de larmes. J'y lus son chagrin, ses regrets, et il me sembla qu'il vieillissait sous mes yeux. Puis tout cela s'évanouit, et son visage s'illumina.

— Je suis heureux de t'avoir enfin trouvée, Ruby. Tu dois être quelqu'un de très spécial, je ne sais pas comment j'ai mérité cette chance.

Il me prit par la main, m'entraîna hors du salon et, tout en me donnant quelques explications au passage sur les autres pièces, me conduisit vers le grand escalier tournant. Juste au moment où nous arrivions sur le palier, la porte d'une chambre s'ouvrit en coup de vent. Gisèle en sortit,

Christophe sur ses talons. Elle foudroya mon père du regard.

— Qu'est-ce que tu fais avec elle ?

— Calme-toi, Gisèle. Je vais tout t'expliquer dans un instant.

Elle grimaça de dépit.

— Tu la mets dans la chambre à côté de la mienne ?

— Oui.

— C'est épouvantable, épouvantable ! hurla-t-elle en tapant du pied.

Et elle rentra chez elle en claquant la porte au nez d'un Christophe tout décontenancé.

— Bon, eh bien... je crois que je ferais mieux de partir.

— Je le crois aussi, dit mon père.

Christophe s'en allait déjà quand Gisèle rouvrit sa porte.

— Chris Andréas, comment oses-tu quitter cette maison sans moi ?

— Mais... commença-t-il en se tournant vers mon père, vous avez certaines choses à faire et à discuter en famille et...

— Cela peut attendre demain. C'est Mardi gras ! fulmina-t-elle, j'ai attendu ce bal toute l'année, tous mes amis sont déjà là-bas...

— Monsieur ?

Consulté du regard, mon père hocha la tête.

— Cela peut attendre demain, en effet.

Gisèle rejeta en arrière les mèches qu'elle avait rageusement secouées sur ses épaules, et me lança un regard noir en passant devant moi pour rejoindre Christophe. Un peu gêné, il la laissa prendre son bras et ils descendirent ensemble, Gisèle martelant chaque marche à coups de talon.

— Il y a si longtemps qu'elle attendait ce bal, crut devoir expliquer mon père pour justifier sa conduite. Cela ne servirait à rien de la forcer à rester, au contraire. Elle aurait été encore moins disponible pour m'écouter. Daphné sait mieux la prendre que moi quand elle est de cette humeur, soupira-t-il.

Et, tout en me guidant vers ma nouvelle chambre, il ajouta :

— Mais je suis sûr que dans peu de temps, elle sera folle de joie d'avoir une sœur. Elle est restée trop longtemps fille unique et elle est bien trop gâtée. J'aurai une autre demoiselle à gâter, maintenant.

A l'instant où je mis le pied dans ma nouvelle chambre, je sus que l'ère des gâteries avait commencé. Il y avait un grand lit à colonnes, au baldaquin de soie nacrée bordé d'une frange, et encadré de deux tables de nuit, portant chacune sa petite lampe à abat-jour cloche. Les taies des gros oreillers rebondis et la courtepointe étaient en chintz à fleurs aux couleurs vives et fraîches, assorti au papier des murs. Et sur celui du fond, au-dessus du chevet, un tableau attira immédiatement mon attention. Il représentait une ravissante jeune femme dans un jardin, occupée à nourrir un perroquet, tandis qu'un adorable toutou noir et blanc taquinait le bas de sa robe longue.

Mais ce n'était pas tout ! En plus d'une penderie et d'une armoire à linge, je disposais d'une coiffeuse avec un grand miroir ovale, dont le cadre en ivoire s'ornait de roses jaunes et rouges, peintes à la main. Juste à côté, dans le coin, une grande cage à oiseaux du plus pur style français ancien était suspendue au plafond.

— Et j'ai une salle de bains pour moi toute seule ! m'écriai-je en jetant un coup d'œil par une porte laissée ouverte, sur ma droite.

Une salle de bains luxueuse, avec un lavabo et une baignoire aux proportions imposantes, une commode, et tous les accessoires en cuivre. La baignoire et le lavabo, eux aussi, étaient décorés à la main, de gracieux motifs d'oiseaux et de fleurs.

— Bien sûr, s'égaya mon père. Jumelles ou pas, Gisèle n'est pas le genre de fille avec qui on aimerait partager une salle de bains. Cette porte, là, sur ta gauche, fait communiquer vos deux chambres. J'espère que le jour viendra très vite où vous éprouverez le besoin de vous en servir.

— Moi aussi.

L'une des fenêtres était ouverte et je m'en approchai, pour découvrir que ma chambre donnait sur la piscine et le court de tennis. Le parfum des bambous, des gardénias et des camélias en fleurs montait jusqu'à moi.

— Ta chambre te plaît, Ruby ?

— Si elle me plaît ? Je l'adore ! C'est la plus jolie chambre que j'aie jamais vue !

Mon exubérance le fit rire de bon cœur.

— Ce sera très rafraîchissant de voir quelqu'un apprécier les choses dans cette maison, crut-il bon de m'expliquer. La plupart du temps, les gens croient que tout leur est dû.

— Je ne serai jamais comme ça, protestai-je.

— Ne parle pas trop vite. Attends d'avoir subi l'influence de Gisèle ! Bon, je vois qu'on t'a apporté une chemise de nuit et des pantoufles. Pour le reste...

Il alla ouvrir un placard et j'aperçus un déshabillé de soie rose.

— Tu as aussi une robe de chambre, ça va. Tu trouveras tout ce qu'il faut pour ta toilette dans la salle de bains, mais s'il manquait quelque chose, n'hésite pas. Demande-le. Je tiens à ce que tu te sentes au plus vite chez toi dans cette maison.

— Merci.

— Bon, mets-toi à l'aise et dors bien. Si tu te lèves avant nous, ce qui est fort possible un lendemain de Mardi gras, tu n'auras qu'à descendre à la cuisine. Nina te préparera un petit déjeuner.

— Entendu.

— Bonne nuit, Ruby, dit-il encore avant de se retirer, en refermant doucement la porte derrière lui.

Pendant de longues secondes, je restai debout à la même place, bouche bée d'admiration. Etais-je réellement dans cette chambre, transportée à travers l'espace et le temps dans un nouveau monde ? Un monde où j'aurais une vraie mère, un vrai père et — dès qu'elle serait capable de m'accepter — une vraie sœur, aussi ?

Je passai dans la salle de bains où je découvris des savonnettes parfumées au gardénia, un flacon de mousse et d'autres merveilles. Je me fis couler un bon bain chaud et me prélassai longuement dans la douceur crémeuse des bulles odorantes. Puis, ma toilette finie, j'enfilai la chemise de nuit de Gisèle et me coulai entre les draps soyeux.

Je me sentais tout à fait Cendrillon.

Mais tout comme Cendrillon, je ne pouvais me défendre contre un certain frémissement d'angoisse. Je ne pouvais pas m'empêcher de trembler en écoutant le tic-tac de l'horloge, dont l'aiguille rampait sur le cadran, se rapprochant inexorablement du chiffre douze. Minuit, l'heure fatidique.

Allais-je voir éclater la bulle chatoyante de mon bonheur tout neuf, et mon carrosse redevenir citrouille ?

Ou l'aiguille poursuivrait-elle sa course lente, affirmant à chaque minute mon droit à cette existence de conte de fées ?

Oh, grand-mère, pensai-je quand mes paupières s'appesantirent, je suis ici, à La Nouvelle-Orléans. Tu peux reposer en paix, maintenant.

12

Bienvenue dans le grand monde

Les sifflements de l'oiseau moqueur et du geai bleu saluèrent mon réveil, et pendant quelques instants je ne sus plus où j'étais. Plus que jamais, mon voyage et ses suites m'apparaissaient comme un rêve. Il avait dû pleuvoir au cours de la nuit. Malgré le brillant soleil, la brise légère sentait encore la pluie, les feuilles mouillées ; son souffle humide m'apportait des bouffées odorantes mêlant tous les parfums du jardin.

Je m'assis lentement et m'emplis les yeux du spectacle qu'offrait ma nouvelle chambre au soleil matinal. Je la trouvai presque plus belle que la veille, une vraie splendeur. Les meubles, les objets, et jusqu'à la boîte à bijoux posée sur la coiffeuse, tout était ancien, et pourtant tout avait l'air flambant neuf. A croire que tout cela venait juste d'être astiqué, nettoyé, fourbi, en prévision de mon arrivée. Ou bien que je m'étais endormie quand tout cela était encore tout neuf, pour m'éveiller des années plus tard, sans me rendre compte de la fuite du temps.

Je me levai et m'approchai des fenêtres. De légers nuages couleur de vanille flottaient dans le bleu léger du ciel. En bas, une armée de jardiniers s'activait, taillant les haies, tondant les pelouses, désherbant les parterres de

fleurs. Quelqu'un balayait les feuilles de myrte et les brin-
dilles tombées sur le court de tennis pendant la nuit, et
un autre aide-jardinier débarrassait la piscine des feuilles
de chêne et de bananier flottant sur l'eau.

Une bien belle journée pour commencer une vie nouvelle, décidai-je. Le cœur gonflé d'allégresse, je passai dans
la salle de bains, brossai mes cheveux et j'enfilai une jupe
grise et un chemisier tirés de mon petit sac. Puis je rangeai
mes trésors dans le tiroir de la table de nuit, glissai les
pieds dans mes mocassins et descendis pour le petit
déjeuner.

Le calme régnait dans toute la maison, les autres
chambres étaient fermées. Mais dès que j'arrivai en haut
des marches, j'entendis la porte d'entrée s'ouvrir, claquer
avec fracas, et Gisèle entra en trombe dans le hall, sans se
soucier du bruit qu'elle faisait ni des gens qui dormaient
encore.

Elle se débarrassa de son manteau et de son masque de
plumes les jeta sur la table du vestibule et s'engagea dans
l'escalier d'un pas traînant, le nez sur ses chaussures. Elle
était parvenue à mi-hauteur quand elle leva la tête et
m'aperçut. Elle s'arrêta net.

— Tu rentres seulement du bal de Mardi gras ?
demandai-je, éberluée.

— Tiens, je t'avais oubliée, toi !

Un rire pointu, un peu stupide, suivit cette remarque de
Gisèle et sa façon de vaciller me fit penser qu'elle avait
bu.

— C'est que je me suis bien amusée, comme tu vois,
ajouta-t-elle agressivement. Et Christophe a eu la gentillesse de ne pas faire allusion une seule fois à ta scandaleuse
apparition.

De toute évidence, ma question l'avait mise en fureur.
Elle reprit sur un ton plus qu'acerbe :

— Bien sûr que je rentre seulement ! Mardi gras dure jusqu'à l'aube, c'est la coutume. Et ne t'avise pas d'aller raconter à mes parents ce qu'ils ne savent pas pour m'attirer des ennuis, je te préviens !

— Je n'en avais pas l'intention. Je suis simplement... étonnée. Je n'ai jamais fait ça.

— Tu ne t'es jamais amusée au bal, tu veux dire ? Ou est-ce que ça n'existe pas dans ton bayou ?

— Si, nous avons des bals. Nous appelons ça des fais-dodo, mais ça ne dure pas toute la nuit.

— Des fais-dodo ? Ça fait plutôt rétro, ricana-t-elle en reprenant son ascension. Je vois ça d'ici, le two-step, l'accordéon et la planche à laver !

— C'est pourtant très agréable, en général. On danse et il y a des tas de bonnes choses à manger. Le bal était bien ?

— Bien ? (Elle s'arrêta juste en dessous de moi et lança de nouveau son petit rire pointu.) *Bien !* Non mais quel mot ! C'est bon pour parler d'un goûter de collégiens, ça, ou d'un thé dans le jardin, mais pas d'un bal de Mardi gras. C'était fa-bu-leux, tout le monde était là.

« Et tout le monde nous dévorait des yeux, Christophe et moi. Ils en étaient tous verts de jalousie. On nous considère comme le plus beau jeune couple de la société, figure-toi. Presque toutes mes amies me suppliaient de leur prêter Christophe pour une danse, et elles mouraient d'envie de savoir où j'avais déniché cette robe. Mais je ne leur ai pas dit, bien sûr.

— Elle est vraiment très jolie.

— Eh bien, ne t'imagine pas que je vais te la prêter, uniquement parce que tu débarques ici comme un cheveu sur la soupe ! Je ne comprends toujours pas comment tu as pu atterrir chez nous, ni qui tu peux bien être, cracha-t-elle d'un ton venimeux.

— Ton père... notre père te l'expliquera.

Elle se rejeta en arrière et j'eus droit à un autre regard de mépris.

— Ça m'étonnerait que quelqu'un ait une explication à donner, mais de toute façon je n'ai pas envie de l'écouter maintenant. Je suis épuisée. Il faut que je dorme et je ne suis certainement pas d'humeur à entendre parler de toi.

Sur le point de s'engager dans le couloir, elle se retourna et m'examina des pieds à la tête.

— D'où sors-tu ces vêtements ? s'enquit-elle avec dédain. Tu ne portes que des choses faites à la maison ?

— Pas uniquement, mais je n'ai pas emporté grand-chose avec moi.

— Eh bien, c'est déjà ça ! Bon, il faut que j'aille dormir, annonça-t-elle en bâillant. Chris doit venir en fin d'après-midi pour le thé. Nous adorons passer en revue les soirées de la veille en déchirant les gens à belles dents. Si tu es encore là, tu pourras rester pour nous écouter. Tu tâcheras d'en prendre de la graine.

— Bien sûr que je serai encore là. C'est ici ma maison, maintenant.

— Je t'en prie, j'ai mal à la tête, gémit-elle en posant deux doigts sur ses tempes.

Puis elle tendit le bras vers moi, paume en avant.

— Assez. Les jeunes créoles ont besoin de se ménager. Nous sommes si... féminines, si délicates. Comme des fleurs fragiles qui ont besoin des baisers de la pluie et de la caresse du soleil, c'est ce que Chris dit toujours.

Elle sourit à ses propres paroles et me toisa d'un œil hautain.

— Tu ne mets jamais de rouge à lèvres quand tu dois voir des gens ?

— Non. Je n'en ai pas.

— Et Chris qui nous prend pour des jumelles !

270

Cette fois, j'explosai.

— Mais nous le sommes !

— Dans tes rêves, peut-être, contra-t-elle en gagnant sa chambre à pas lents.

Quand elle eut refermé sa porte, je descendis dans le hall et m'arrêtai pour admirer le masque et le manteau. Pourquoi les avait-elle laissés là ? Qui se chargerait de ranger derrière elle ? Drôles d'habitudes...

Comme si elle m'avait entendue penser, une domestique sortit du salon et traversa le hall pour aller ramasser les effets de Gisèle. C'était une jeune Noire aux grands yeux bruns, très beaux. Elle ne devait pas être beaucoup plus âgée que moi.

— Bonjour, dis-je avec le sourire.

— Bonjour. Vous êtes la nouvelle fille qui ressemble à Gisèle ?

— Oui. Je m'appelle Ruby.

— Et moi, Wendy William.

Elle ramassa le manteau et le masque sans me quitter du regard et s'éloigna aussitôt. Je me dirigeai vers la cuisine mais, en passant devant la salle à manger, je vis que mon père était déjà assis à la longue table. Il sirotait son café en lisant le journal. Dès qu'il m'aperçut, son visage s'éclaira.

— Bonjour. Approche, et viens t'asseoir.

La pièce était immense, presque aussi grande qu'une salle de réunion chez nous, dans le bayou. Au-dessus de la table pendait un grand chasse-mouches, de cette espèce qu'on déploie aux heures des repas et qu'un domestique agite lentement pour donner de l'air ; et aussi, comme le nom l'indique, pour chasser les mouches. Il ne devait servir qu'à la décoration, sûrement. J'en avais déjà vu dans certaines maisons cajuns, chez des riches qui utilisaient des ventilateurs électriques.

271

— Assieds-toi là, dit mon père en tapotant la chaise placée à sa gauche. A partir de maintenant, ce sera ta place. Gisèle s'assied à ma droite et Daphné, là-bas, au bout de la table.

— Si loin que ça ! m'exclamai-je en contemplant la table en cerisier, si polie que mon image s'y reflétait.

Mon père sourit jusqu'aux oreilles.

— C'est bien loin, en effet, mais c'est elle qui préfère. Ou plutôt, ce sont les convenances qui l'exigent, rectifia-t-il. Alors, tu as bien dormi ?

— Merveilleusement. Je n'ai jamais eu de lit aussi moelleux. Je me croyais sur un nuage.

— Gisèle me réclame sans cesse un nouveau matelas. Elle prétend que le sien est trop dur, mais si je lui en achetais un plus mou, elle se retrouverait sur le plancher, je crois.

Je ris avec lui, tout en me demandant s'il l'avait entendue rentrer. Savait-il qu'elle revenait seulement du bal ?

— Tu as faim, Ruby ?

— Oui.

Pour tout dire, j'en avais des gargouillis dans l'estomac. Mon père pressa une sonnette et Edgar fit son apparition.

— Tu connais déjà Edgar, je crois ?

— Mais oui. Bonjour, Edgar.

Le maître d'hôtel s'inclina.

— Bonjour, mademoiselle.

— Edgar, demandez à Nina de faire quelques crêpes aux airelles, s'il vous plaît. Tu aimes ça, au moins, Ruby ?

— Oh oui ! Merci.

— Très bien, monsieur, acquiesça Edgar en me souriant.

— Du jus d'orange ? offrit mon père en tendant la main vers le pichet. Il vient d'être pressé.

— Volontiers, merci.

— Je ne crois pas que Daphné ait lieu de s'inquiéter à propos de tes manières. Grand-mère Catherine a fait du bon travail. Elle te manque beaucoup, n'est-ce pas ?

— Oui, c'est vrai.

— Personne ne peut remplacer un être cher, mais j'espère pouvoir combler en partie le vide qu'elle a laissé dans ton cœur, je le sais...

Mon regard s'était voilé quand il avait mentionné grand-mère, et cela ne lui avait pas échappé.

— Bon, enchaîna-t-il, Daphné va se lever tard ce matin. Et nous savons que Gisèle va dormir presque toute la journée, ajouta-t-il avec un clin d'œil. Daphné compte t'emmener cet après-midi faire des emplettes. Ce qui nous laisse toute la matinée à passer ensemble, y compris le déjeuner. Tu aimerais que je te fasse visiter la ville ?

— J'adorerais ça ! m'exclamai-je. Merci.

Sitôt le petit déjeuner fini, il m'emmena dans sa Rolls-Royce. Je n'étais jamais montée dans une voiture aussi luxueuse. J'ouvris des yeux ronds devant les boiseries et je caressai de la main les coussins de cuir.

— Tu sais conduire, Ruby ?

— Oh non ! Je ne suis même pas très souvent montée en voiture. Nous nous déplaçons surtout en pirogue, dans le bayou. Des bateaux qu'on dirige à la perche.

Mon père m'adressa un radieux sourire.

— Oui, je m'en souviens... Gisèle ne conduit pas, elle non plus. Elle ne veut pas se donner la peine d'apprendre, et pour être franc, elle adore se faire promener par quelqu'un d'autre. Mais si tu voulais apprendre, je serais heureux d'être ton professeur.

— Merci. J'aimerais beaucoup.

Nous traversâmes Garden District et je vis beaucoup d'autres jolies maisons avec de grands jardins aussi beaux que le nôtre, dont certains s'entouraient d'une haie de lau-

273

riers. Les nuages fondaient à vue d'œil, les ombres qu'ils projetaient s'espaçaient, les rues et les patios dallés scintillaient de lumière. A certains endroits, les caniveaux étaient pleins de pétales blancs et roses arrachés aux camélias par l'averse de la nuit.

— Certaines de ces maisons datent du milieu du XIXe siècle, m'apprit mon père avec orgueil. Garden District est un quartier chargé d'histoire.

Il tourna au coin d'une rue et s'arrêta pour laisser passer un tramway vert qui longeait l'esplanade, puis suivit l'avenue Saint-Charles en direction du centre.

— Je suis heureux d'avoir cette occasion d'être seul avec toi, reprit-il. D'abord parce que j'ai le plaisir de te montrer la ville, et surtout parce que cela nous offre une chance de mieux nous connaître. Il t'a fallu beaucoup de courage pour venir jusqu'à moi.

Mon expression lui confirma qu'il ne se trompait pas, et il s'éclaircit la gorge.

— Il ne me sera pas facile de te parler de ta mère en présence de quelqu'un, surtout Daphné. Je pense que tu comprends pourquoi.

J'acquiesçai d'un simple signe de tête.

— Je suis sûr que c'est encore plus difficile pour toi de comprendre comment tout est arrivé. Quelquefois, quand j'y pense, il me semble avoir rêvé.

On aurait dit qu'il rêvait encore, d'ailleurs. Il s'exprimait d'un ton songeur, les yeux dans le vague et se souriant à lui-même.

— Il faut que je te parle de mon jeune frère, Jean. Il était très différent de moi, beaucoup plus entreprenant, débordant d'énergie et de charme, un vrai don Juan. Alors que moi... j'ai toujours été plutôt timide, avec les femmes.

« Jean était un athlète accompli, un garçon brillant et un excellent marin. A la barre de notre voilier, il nous faisait filer sur le lac Pontchartrain quand il n'y avait qu'un souffle de brise...

« Inutile d'ajouter qu'il était le préféré de mon père, et ma mère le considérait toujours comme son petit dernier. Mais je n'étais pas jaloux, loin de là ! J'ai toujours eu un penchant pour les chiffres et les affaires. Et je suis plus à l'aise dans un bureau que sur un terrain de jeux ou à bord d'un voilier, entouré de jolies femmes.

« C'était Jean, le séducteur. Il n'avait pas besoin de se donner la peine de se faire des amis et des relations, les gens venaient à lui. Les hommes et les femmes ne demandaient qu'à vivre dans son ombre, à jouir de sa compagnie, à obtenir la faveur d'un mot ou d'un sourire. La maison était toujours pleine de jeunes gens, en ce temps-là. Je ne savais jamais qui campait dans le salon, qui mangeait à notre table ou paressait au bord de la piscine.

— Quelle différence d'âge aviez-vous ?

— Quatre ans. Quand j'ai obtenu mes diplômes universitaires, Jean était déjà en première année, président du comité de sa promotion et très populaire dans sa fraternité d'étudiants. Bref, la coqueluche de la faculté. On comprend les sentiments de notre père à son égard, et qu'il ait fait tant de grands projets pour lui.

Tournant après tournant, nous nous rapprochions du centre nerveux de la ville et la circulation s'intensifiait. Mais ni l'animation de la rue, ni les innombrables magasins n'offraient le moindre intérêt pour moi. J'étais captivée par l'histoire de mon père.

— Je n'étais pas encore marié, à cette époque. Daphné et moi commencions tout juste à sortir ensemble. Notre père, lui, rêvait déjà d'un grand mariage entre Jean et la fille d'un de ses associés. Cela promettait d'être une réussite fabuleuse. La jeune fille était très séduisante, et son père très riche. La cérémonie devait être grandiose, un vrai mariage princier.

— Et qu'en pensait Jean ?

— Jean ? Il idolâtrait notre père, il aurait fait n'importe quoi pour lui plaire. Pour lui, c'était une chose inévitable. Je suis sûr que Jean t'aurait plu, que tu l'aurais adoré. Rien ne le décourageait. Quels que soient ses problèmes, il voyait toujours l'arc-en-ciel après l'orage.

— Et que lui est-il arrivé ? demandai-je, redoutant déjà la réponse.

— Un accident de bateau, sur le lac Pontchartrain. Je naviguais rarement avec lui, mais cette fois-là il avait insisté pour que je l'accompagne. Il voulait toujours m'entraîner à l'imiter, à profiter davantage de la vie. Il me trouvait trop sérieux et trop responsable, et d'habitude, je le laissais dire. Mais ce jour-là, il tenait beaucoup à cette sortie en frères. Cela nous rapprocherait, d'après lui. J'ai cédé. Nous avons trop bu, un grain s'est levé... J'ai voulu faire demi-tour mais il a déclaré que ce serait encore plus amusant de relever le défi. Et le bateau s'est retourné. Jean nageait beaucoup mieux que moi, mais le mât lui a heurté la tempe et l'a assommé.

— Oh, non !

— Il est resté longtemps dans le coma. Mon père n'a rien épargné pour le sauver, il a fait appel aux meilleurs médecins, mais aucun d'eux n'y pouvait rien. Jean était comme un légume.

— Quelle horreur...

— J'ai cru que mes parents ne s'en remettraient jamais, surtout mon père. Mais la dépression de ma mère s'est aggravée, sa santé a décliné ; moins d'un an après l'accident, elle a eu sa première attaque. Elle a survécu, mais elle est devenue invalide.

Mon père s'absorba dans le dédale de la circulation, ralentit pour se garer sur une aire de stationnement mais sans couper le contact. Tourné face à moi, il reprit le fil de son récit.

— Un jour, mon père est entré dans mon bureau. Il avait beaucoup vieilli depuis l'accident de mon frère et la maladie de ma mère. Lui qui était si fort et si fier, il marchait la tête basse, les épaules affaissées. Il avait le teint pâle, les yeux vides, et son travail ne l'intéressait pratiquement plus.

« — Pierre, m'a-t-il annoncé, je ne crois pas que ta mère vive encore longtemps et, pour ne rien te cacher je sens que mes jours sont comptés. Nous n'avons plus qu'un désir, maintenant : te voir fonder une famille.

Mon père se racla la gorge.

— Daphné et moi avions l'intention de nous marier, mais après cette conversation, j'ai précipité les choses. Je voulais essayer d'avoir des enfants au plus vite, et Daphné comprenait mes raisons. Mais les mois passèrent, elle ne montrait toujours aucun signe de grossesse et nous commençâmes à être inquiets.

« Je l'envoyai consulter des spécialistes, et ils furent formels : elle ne pouvait pas avoir d'enfants. Une insuffisance hormonale, ou quelque chose comme ça. Je ne me rappelle plus le diagnostic exact. La nouvelle accabla mon père, lui qui ne vivait plus que dans l'espoir de voir son petit-fils ou sa petite-fille. Peu de temps après cela, ma mère mourut.

— C'est vraiment affreux, murmurai-je.

Il soupira, tourna la clé de contact et se remit à égrener ses souvenirs.

— Mon père tomba dans un état dépressif aigu. Il ne venait pratiquement plus au bureau, passait des heures à regarder dans le vide, se négligeait. Daphné s'occupait de lui du mieux qu'elle pouvait, mais elle se sentait un peu coupable, je le sais. Même si elle continue à le nier.

« Finalement, j'ai réussi à éveiller son intérêt en l'emmenant faire quelques parties de chasse. Nous avons parcouru le bayou et engagé ton grand-père Jack comme guide, pour la chasse au canard. C'est comme ça que j'ai rencontré Gabrielle.

— Je sais.

— Tâche de comprendre quel genre d'existence je menais à cette époque, Ruby. Une vie sinistre. L'avenir plein de promesses de mon frère, un être attachant et merveilleux, venait de prendre fin brutalement. Ma mère était morte. Ma femme ne pouvait pas avoir d'enfants et mon père déclinait à vue d'œil.

« Et soudain... Je n'oublierai jamais cet instant. J'étais en train de décharger la voiture, près de la jetée. Je me suis retourné... et j'ai aperçu Gabrielle qui marchait le long du canal, toute seule. La brise faisait voler ses cheveux couleur d'acajou, exactement de la même nuance que les tiens, Ruby. Et elle avait un sourire... angélique. Mon cœur s'est arrêté de battre, puis le sang m'est monté au visage et je suis devenu cramoisi. Je sentais mes joues brûler.

« Un geai s'est posé sur son épaule et quand elle a étendu le bras, il a sauté gracieusement sur sa main, avant de s'envoler. Elle a éclaté de rire, un rire argentin, léger, ensorcelant... J'ai demandé à ton grand-père :

« — Qui est-ce ?

« Et il m'a répondu à sa façon bourrue :

« — Juste ma fille.

« Juste sa fille ? Je n'en croyais pas mes oreilles. Cette déesse qui semblait émerger du bayou... juste sa fille !

« J'étais hors de moi, jamais je n'avais été aussi épris. Chaque fois que j'avais une chance d'être avec elle, de l'ap-

278

procher, de lui parler, je sautais sur l'occasion. Et bientôt, elle aussi s'est mise à rechercher ma compagnie.

« Je ne pouvais pas dissimuler mes sentiments à mon père, mais il n'aurait pas cherché à s'y opposer, de toute façon. Je suis même certain que s'il voulait de plus en plus souvent venir chasser dans le bayou, c'était à cause de mes relations avec Gabrielle. Sur le moment, je ne me suis pas rendu compte qu'il les encourageait. J'aurais pourtant dû avoir la puce à l'oreille quand je lui ai annoncé qu'elle était enceinte de moi : il n'a pas bronché.

— Et il a conclu un marché dans ton dos avec grand-père Jack !

— Oui. Je n'ai jamais voulu ça. J'avais déjà fait des plans pour l'avenir de Gabrielle et de l'enfant, et elle en était tout heureuse. Mais mon père était obsédé par son idée, il n'a rien voulu savoir. Il a été jusqu'à tout raconter à Daphné.

— Alors, qu'as-tu fait ?

Mon père libéra un interminable soupir.

— Je n'ai pas cherché à nier. J'ai tout avoué.

— Elle a dû être bouleversée ?

— Oh, certainement, mais elle a du caractère. C'est vraiment ce qu'on appelle une grande dame, observa-t-il avec un sourire. Elle m'a dit qu'elle était prête à élever mon enfant comme le sien, et à s'acquitter de ses engagements envers mon père. Elle lui avait fait certaines promesses, tu comprends ? Mais il restait Gabrielle, il fallait tenir compte de ses sentiments et de ses désirs. J'en ai fait part à Daphné, je l'ai prévenue qu'elle ne consentirait pas à ce marché.

— Cela lui a porté un coup terrible, grand-mère Catherine me l'a dit. Mais je n'ai jamais compris pourquoi elle avait laissé grand-père Jack lui prendre sa fille.

— Ce n'est pas lui qui l'a décidée, finalement. C'est Daphné. (Il s'interrompit et m'observa avec une attention soutenue.) Tu l'ignorais ?

— Oui.

— Peut-être que ta grand-mère n'en savait rien non plus. Bon, assez là-dessus, d'ailleurs tu connais la suite. Cela te plairait de te promener à pied dans le Vieux Carré, le quartier français ? Bourbon Street est juste en face de nous.

— J'aimerais beaucoup.

Nous quittâmes la voiture et il me prit par la main. Dès que nous eûmes tourné le premier coin de rue, un flot de musique nous assaillit. Il en sortait de tous les cafés, bars, clubs et restaurants, malgré l'heure matinale.

— Le Vieux Carré est le cœur vivant de la ville, m'expliqua mon père. Il ne cesse jamais de battre. En fait, l'endroit est plus espagnol que français, maintenant. A la fin du XVIIIᵉ, deux grands incendies ont détruit presque toutes les constructions françaises d'origine.

Comme il aimait parler de La Nouvelle-Orléans ! Parviendrais-je un jour à admirer et à chérir cette ville autant que lui ?

Nous passions sans hâte devant les cours à colonnades torsadées, les grilles ornées d'arabesques. Un rire me fit lever la tête et j'aperçus des gens sur les grands balcons-terrasses qui s'interpellaient d'une maison à l'autre, ou hélaient quelqu'un dans la rue. Sous une porte cintrée, un Noir grattait une guitare. Il semblait jouer pour lui seul, sans même s'apercevoir que des passants s'arrêtaient pour l'écouter.

J'essayais de tout voir à la fois : les restaurants, les cafés, les boutiques de souvenirs et les magasins d'antiquités. Nous arrivâmes ainsi jusqu'à Jackson Square et à la cathédrale Saint-Louis, où je voulus entrer pour allumer un cierge et prier pour grand-mère Catherine. Puis nous fîmes le grand tour de la place, parcourant lentement le périmètre où les artistes exposaient leurs œuvres.

— Que dirais-tu de nous asseoir quelque part pour prendre un café crème et des beignets ? proposa mon père.

J'adorais les beignets, surtout copieusement saupoudrés de sucre. Tout en savourant ces douceurs, nous nous amusâmes à observer les artistes qui faisaient le portrait des touristes et je demandai tout à trac :

— Tu connais une galerie d'art qui s'appelle Dominique ?

— Dominique ? Mais oui, c'est à deux rues d'ici. Pourquoi ?

— Quelques-unes de mes peintures y sont exposées.

Mon père se renversa en arrière, bouche bée.

— Quoi ! Tu as des peintures exposées dans une galerie ?

— Oui. C'est comme ça que j'ai gagné l'argent de mon voyage, expliquai-je.

Et je lui racontai l'histoire de ma rencontre avec Dominique, ce jour-là, au bord de la route.

— Il faut aller voir ça tout de suite, décida-t-il. Quelle modestie de ta part ! Gisèle ferait bien d'en prendre de la graine.

Je fus presque aussi impressionnée que lui en arrivant à la galerie : mon héron trônait en bonne place, en plein milieu de la vitrine. Dominique était absent et ce fut une jeune femme élégante et distinguée qui nous reçut. Quand mon père lui eut dit qui j'étais, elle se montra très enthousiaste.

— Combien demandez-vous pour l'aquarelle de la vitrine ? s'informa-t-il.

— Cinq cent cinquante dollars, monsieur.

Cinq cent cinquante dollars, pour quelque chose que j'avais peint moi-même ? Sans la moindre hésitation, mon père tira son portefeuille de sa poche et compta les billets.

— C'est remarquable, commenta-t-il en tenant l'aquarelle à bout de bras. Mais à présent, il faudra que tu signes Ruby Dumas. Je veux que ma famille soit fière de ton talent.

En le voyant sourire, je devins pensive. Devinait-il que le héron bleu était l'oiseau favori de ma mère ? Quand l'aquarelle fut enveloppée, il m'entraîna vivement dehors.

— Quand Daphné va voir ça ! s'exclama-t-il, tout excité. Il faut que tu continues dans cette voie. Je t'achèterai du matériel et tu auras une pièce à toi, comme atelier. Je te trouverai le meilleur professeur de la ville et tu prendras des leçons particulières.

Trop émue pour parler, je ne pus que lui emboîter le pas. Nous retournâmes à la voiture où il déposa soigneusement le tableau, puis il m'annonça :

— Voilà le programme. Nous visitons quelques musées, je te fais passer devant nos plus célèbres cimetières et je t'emmène déjeuner sur les docks. La tournée des grands ducs, en somme !

Ce fut une merveilleuse équipée. Un rien nous faisait rire, et il choisit un restaurant fantastique. Installés sous son dôme de verre, nous avions vue sur le Mississippi et toutes les allées et venues des vapeurs et des péniches.

A table, il me posa toutes sortes de questions sur ma vie dans le bayou, mes études, mes amis, et je lui racontait tout, ou presque. Car au moment de lui parler de Paul, il me fut impossible d'aller plus loin. Cela m'attristait trop, mais ce n'était pas seulement pour cela. J'aurais eu honte de décrire cette autre histoire affreuse arrivée à ma mère, et la seconde vilenie de grand-père Jack. Mon père devina ma tristesse.

— Je suis certain que tu auras bien plus d'amis à La Nouvelle-Orléans, tu verras. Et même très vite, dès que Gisèle t'aura présentée à tout le monde, au collège.

— Au collège ? répétai-je, éberluée.

J'avais complètement oublié cet aspect de ma nouvelle vie.

— Evidemment. T'inscrire à l'école est la première chose à faire cette semaine.

Je ne pus m'empêcher de frissonner. Est-ce que toutes les filles seraient comme Gisèle ? Comment étais-je censée me comporter ?

— Allons, allons, me rassura mon père en me tapotant la main. Ne te mets pas martel en tête, je suis sûr que tout se passera bien. Bon, enchaîna-t-il en consultant sa montre, les dames doivent être levées. En route ! N'oublions pas que je dois expliquer ta présence à Gisèle.

A l'entendre, c'était tout simple, mais un vieux précepte de grand-mère Catherine me revint en mémoire : « Il est bien plus difficile de tisser un mouchoir avec le fil du mensonge qu'un trousseau tout entier avec le fil de la vérité. »

Daphné s'était fait servir le petit déjeuner dehors, dans un des patios cernés de verdure. Assise dans un fauteuil aux coussins moelleux, elle portait toujours son saut-de-lit en soie bleue et ses mules, mais elle était maquillée. Dans l'ombre du parasol, ses cheveux soigneusement lustrés prenaient des reflets de miel. Elle aurait pu figurer en couverture de *Vogue*, la revue qu'elle était précisément en train de lire. A notre approche, elle la laissa tomber sur les dalles et tendit la joue à mon père.

— Dois-je te dire bonjour ou bon après-midi ? demanda-t-il en l'embrassant.

— Pour vous deux, c'est apparemment l'après-midi, rétorqua-t-elle sans me quitter des yeux. Bonne matinée ?

— Excellente.

— Tant mieux. Je vois que tu as acheté un nouveau tableau, Pierre ?

Il m'adressa un clin d'œil complice.

— Pas seulement un nouveau tableau. Un nouveau Ruby Dumas.

— Pardon ? fit-elle en arquant les sourcils.

Mon père débarrassa la peinture de son emballage et la tendit à bout de bras devant sa femme.

— C'est vraiment très beau, n'est-ce pas ?

— Oui, convint-elle d'un ton neutre. Mais je ne comprends toujours pas.

— Tu n'en croiras pas tes oreilles, Daphné ! s'écria-t-il en prenant place en face d'elle.

Les yeux attachés sur moi, elle l'écouta raconter mon histoire et, quand il eut terminé, laissa tomber :

— Vraiment surprenant.

— Et comme tu peux en juger, d'après cette œuvre et l'accueil qu'elle a reçu à la galerie, Ruby a des dons qu'il faut absolument développer.

— Oui, concéda-t-elle, toujours flegmatique.

Mais sa réserve ne parut pas décourager mon père. Il semblait en avoir l'habitude et lui décrivit en détail nos activités de la matinée. Tenant délicatement sa tasse en porcelaine, elle l'écouta en sirotant son café. Mais son regard bleu s'assombrissait d'un ton à chaque nouvelle nuance d'enthousiasme qu'il laissait paraître.

— Vraiment, Pierre... cela fait des années que je ne t'ai pas vu aussi exubérant.

— Sans doute, mais j'ai une bonne raison de l'être.

— Je ne voudrais pas jouer les rabat-joie, mais je te rappelle que tu n'as toujours pas fourni d'explication à Gisèle au sujet de Ruby.

L'excitation joyeuse de mon père s'évapora sous mes yeux.

— Tu as raison, ma chérie, comme toujours. Il est temps d'aller réveiller la princesse et de lui parler. Au fait... (Il se leva et brandit mon aquarelle.) Où allons-nous accrocher ça ? Dans le salon ?

— A mon avis, ce tableau ferait mieux dans ton bureau, décréta-t-elle.

Elle n'ajouta pas : « Là où je le verrai le moins », mais pour moi, c'était tout comme.

— Bonne idée, acquiesça mon père, comme ça je le verrai plus souvent. Bon, eh bien, j'y vais ! Souhaite-moi bonne chance, dit-il en me décochant un sourire enjoué.

Quand il fut entré dans la maison, Daphné et moi échangeâmes un regard, puis elle reposa sa tasse.

— Tes rapports avec ton père commencent plutôt bien, à ce que je vois.

— Il est vraiment très gentil, répliquai-je prudemment.

Elle m'examina d'un œil attentif.

— Il vient de traverser une mauvaise période. Je dois t'avertir, puisque te voilà promue membre de la famille, que Pierre... ton père, est sujet à des accès de mélancolie. Tu sais de quoi il s'agit ? (Je secouai la tête.) Il tombe de temps en temps dans une phase de dépression profonde, expliqua Daphné. Brusquement, sans avertissement.

— De la dépression ?

— Oui. Il peut s'enfermer pendant des heures, parfois des jours entiers, sans vouloir voir personne ni parler à qui que ce soit. On est en conversation avec lui et tout à coup, il vous abandonne au milieu d'une phrase. Ses yeux deviennent fixes, il n'est plus là. Et quand il reprend ses esprits, il ne se souvient de rien.

Je n'en revenais pas. Comment croire que cette description s'appliquait à l'homme avec qui je venais de vivre des heures délicieuses ? Mais Daphné n'avait pas tout dit.

— Le pire, c'est quand il s'enferme pour jouer cette sinistre musique ! J'ai consulté des médecins qui lui ont prescrit des médicaments, mais il se refuse à les prendre. Sa mère était comme ça. Les Dumas ont connu tellement de malheurs...

— Je sais. Il m'a beaucoup parlé de son jeune frère.

L'attention de Daphné s'aiguisa.

— Vraiment ? C'est tout à fait lui, ça. Il fait tout pour déprimer les gens avec cette histoire horrible.

— Elle est très triste, en effet, mais cela ne m'a pas déprimée.

Daphné pinça les lèvres, ses yeux se rétrécirent : manifestement, elle ne supportait pas la contradiction.

— Je suppose qu'il t'a présenté ça comme un accident de bateau ?

— Oui, pourquoi ? Cela ne s'est pas passé comme ça ?

— Je n'ai pas envie de m'étendre là-dessus pour l'instant. *Moi*, ça me déprime, précisa-t-elle d'un ton cassant. Et pourtant, j'ai tout essayé, je continue à tout essayer pour le rendre heureux. La chose la plus importante à te rappeler, si tu dois vivre parmi nous, c'est que l'harmonie doit régner dans la maison. Les petites intrigues, les jalousies, les querelles et les complots n'ont pas leur place, chez les Dumas. Pour l'instant...

Elle marqua une pause et reprit de sa voix égale, dont la fermeté m'impressionnait tant :

— ... Pierre est tellement heureux de t'avoir qu'il ne voit pas les problèmes qui nous attendent. Il ne comprend pas l'énormité de la tâche. Moi, si. Je sais que tu viens d'un monde différent du nôtre, et à quel genre de vie et de manières tu es habituée. Toutes ces choses...

— Lesquelles, madame ? ne pus-je m'empêcher de demander.

— Des choses, rétorqua-t-elle sèchement. Ce n'est pas un sujet de discussion pour des femmes bien élevées.

— Je vous assure que je n'ai pas l'habitude de dire ou de faire... ce genre de choses-là.

— Tu ne sais même pas que tu les as faites, ni quel genre de vie tu as menée jusqu'ici. Vous avez des règles de conduite et un sens moral très particuliers, chez les cajuns.

— Je peux vous affirmer que...

— Vous n'en savez rien vous-mêmes, tant qu'on ne vous a pas ouvert les yeux et... rééduqués, poursuivit-elle, ignorant ma protestation. Puisque ton arrivée compte autant pour Pierre, je m'efforcerai de te réformer, de te guider. Mais j'aurai besoin de ton entière coopération. Si tu as le moindre problème, et tu en auras forcément, au début, adresse-toi directement à moi. Ne va pas déranger Pierre.

Son regard dériva et elle poursuivit, plus pour elle-même qu'à mon intention, me sembla-t-il :

— S'il y a une chose que je tiens à éviter, c'est qu'un nouveau problème le replonge dans sa dépression. Il serait capable de finir comme son pauvre frère.

— Je ne comprends pas.

— Aucune importance pour l'instant, répliqua-t-elle vivement en se levant. Bon, je monte faire ma toilette et je viens te chercher. Tâche d'être là où je pourrai te trouver dans vingt minutes précises.

— Oui, madame.

Elle se rapprocha de moi et releva une mèche tombée sur mon front.

— J'espère que tu te sentiras bientôt assez à l'aise pour m'appeler Mère.

— Je l'espère aussi.

Bien malgré moi, ma réponse eut un petit ton de défi et Daphné fit un pas en arrière. Elle plissa les paupières,

287

ses lèvres s'étirèrent en un sourire mince, puis elle tourna les talons et monta s'habiller pour m'emmener en ville.

En l'attendant, je continuai mon inspection de la maison et m'arrêtai pour jeter un coup d'œil dans le bureau de mon père. Il y avait déposé mon tableau avant même de monter chez Gisèle. Un autre portrait du vieux monsieur du salon était suspendu au-dessus de son fauteuil, et j'en conclus que c'était son père, donc mon grand-père. Il avait l'air moins sévère sur ce tableau, bien qu'il parût pensif. Ni ses yeux, ni ses lèvres ne souriaient.

La table de travail de mon père était en noyer, comme les casiers à tiroirs et les chaises tapissées de cuir. Un tapis ovale beige à grain serré cachait en partie le plancher poncé à blanc, et des rayons chargés de livres tapissaient deux murs entiers. Un ordre rigoureux régnait sur le bureau, dont un globe terrestre occupait l'un des angles. Tout était impeccablement propre et rangé, dans cette maison, à croire que ses habitants circulaient sur les mains et encore... avec des gants. Je ne m'y déplaçais qu'avec prudence, redoutant de heurter quelque chose à chaque mouvement. Mais je me risquai dans le cabinet de travail de mon père, attirée par les photographies posées sur le bureau. Il y en avait une de Gisèle et de Daphné, encadrée d'argent. Et une autre de deux personnes d'un certain âge, que je supposai être mes grands-parents. Mme Dumas, petite femme au joli visage délicat, avait l'air très triste, elle aussi. Mais où était le portrait de Jean, le frère cadet de mon père ?

Je quittai la pièce et m'aventurai dans la suivante, une bibliothèque. Tout y suggérait le confort studieux : les canapés de cuir rouge, les lampes de cuivre sur les tables, et là aussi, des tableaux décoraient les murs. Dans un coin, j'aperçus une vitrine remplie de précieux gobelets en verre soufflé, aux riches nuances pourpre, écarlate et vert profond. Je m'approchai d'une étagère et me penchai sur les livres.

— Ah, tu es là !

Je me retournai à la voix de mon père et les vis tous les deux sur le seuil, Gisèle et lui. Ma sœur portait une robe de chambre en soie rose, des mules assorties, et on voyait qu'elle s'était brossé les cheveux en toute hâte. Pâle et ensommeillée, elle croisait les bras sur sa poitrine.

— Nous te cherchions, ma chérie.

— J'explorais la maison, j'espère que je n'ai rien fait de mal.

— Bien sûr que non, voyons, tu es chez toi. Tu peux aller où bon te semble. Gisèle connaît ton histoire, maintenant, et elle désire te souhaiter la bienvenue.

Gisèle soupira et fit quelques pas dans ma direction.

— Je regrette de m'être conduite ainsi, commença-t-elle. Je ne savais rien de toi. Personne ne m'avait jamais rien dit, ajouta-t-elle avec un regard accusateur pour mon père, qui paraissait déjà suffisamment contrit. Mais tout est différent, maintenant que je sais que tu es vraiment ma sœur, et par quelles épreuves tu as passé.

— J'en suis heureuse, dis-je avec élan, mais tu n'as pas besoin de t'excuser. Je comprends très bien ce que tu as pu éprouver en me voyant débarquer à ta porte.

Elle parut satisfaite, coula un nouveau regard en direction de mon père et reporta son attention sur moi.

— Sois la bienvenue dans la famille. Je suis impatiente de faire plus ample connaissance avec toi.

Ses paroles sonnaient comme un texte appris par cœur, mais je n'en fus pas moins ravie de les entendre.

— Et ne t'inquiète pas pour l'école, reprit-elle. Papa m'a dit que tu avais le trac, mais il n'y a aucune raison. Personne n'oserait s'en prendre à ma sœur.

Mon père eut un sourire attendri.

— Gisèle est la terreur de sa classe, attention !

— Pas du tout ! se rebiffa-t-elle. Je n'ai rien d'une terreur, mais je ne laisserai pas ces petits blancs-becs nous snober, ça non ! Et tout à l'heure, tu pourras venir bavarder avec moi dans ma chambre, Ruby. Ça nous permettra de mieux nous connaître.

— Cela me ferait vraiment plaisir.

— Et si tu accompagnais Ruby et Daphné dans leur tournée d'emplettes ? suggéra mon père.

— Impossible, Christophe doit passer à la maison. Oh, bien sûr, je pourrais annuler le rendez-vous, précisa Gisèle en me décochant un sourire bref, mais il est si impatient de me voir ! D'ailleurs, le temps que je me prépare, vous aurez pratiquement fini, Mère et toi. En rentrant, viens directement à la piscine.

— Entendu.

— Et ne laisse pas Mère t'acheter ces horribles jupes qui vous tombent jusqu'aux chevilles. On s'habille court, en ce moment.

Je me voyais mal donnant des conseils à Daphné, pourtant j'acceptai ceux de Gisèle avec reconnaissance et la remerciai d'un signe. Mais elle devina mon hésitation.

— Ne te tracasse pas pour ça, me rassura-t-elle. Si tes vêtements ne sont pas dans la note, je t'en prêterai pour le premier jour de classe.

— Ça, c'est très gentil, ma chérie, approuva notre père. Merci d'être aussi compréhensive.

— Il n'y a pas de quoi, papa, répondit-elle en l'embrassant sur la joue.

Il sourit jusqu'aux oreilles.

— Dire que j'ai des jumelles, deux grandes filles, deux beautés. Je suis le plus heureux des hommes !

Pourvu que ça dure, ne pus-je m'empêcher de souhaiter. Puis, Gisèle nous ayant laissés seuls, nous allâmes attendre Daphné dans le hall.

— Je suis sûr que vous vous entendrez très bien, commença mon père. Mais il y a des hauts et des bas dans n'importe quelle amitié, surtout entre sœurs et en pareilles circonstances. Si tu as un problème, viens m'en parler, Ruby. N'ennuie pas Daphné avec ça. Elle a été une excellente mère pour Gisèle et le sera pour toi aussi, j'en suis certain. Mais je tiens à assumer mes responsabilités. Je sais que tu me comprends, tu es tellement plus mûre que Gisèle.

Etrange situation, décidément. Chacun des deux me demandait de m'adresser à lui en cas d'ennui, et tous deux avec d'excellentes raisons. J'espérais bien n'avoir jamais besoin de les déranger, ni lui ni elle...

Je levai les yeux en entendant le pas de Daphné sur les marches. Elle portait une ample jupe noire flottante, une veste en velours blanc et un unique rang de perles. Son sourire radieux découvrait des dents éblouissantes et tout en elle respirait l'élégance.

— Courir les magasins est une de mes distractions favorites, déclara-t-elle en embrassant mon père sur la joue.

— Rien ne me rend aussi heureux que de vous voir heureuses, Gisèle et toi, repartit mon père. Et maintenant, je peux ajouter Ruby.

— Va travailler, chéri. Gagne de l'argent. Je vais montrer à notre nouvelle fille comment le dépenser.

Je continuais à me dire que tout était trop beau pour être vrai, que j'allais m'éveiller dans ma petite chambre du bayou. Je me pinçai le bras et ne fus pas fâchée de ressentir une légère douleur. Non, je ne rêvais pas. Tout était bien réel.

13

Non, je ne suis pas toi

J'eus l'impression d'être happée par un tourbillon. A peine étions-nous sorties d'un magasin que Daphné m'entraînait dans un autre, accumulant les achats à un rythme impressionnant. Dès qu'elle estimait qu'une chose me convenait, elle la faisait emballer en plusieurs exemplaires de différentes couleurs : le coffre et la banquette arrière de la voiture se remplissaient à vue d'œil. Et si chaque emplette me coupait le souffle, Daphné ne semblait aucunement s'inquiéter des prix.

Partout où nous entrions, les vendeurs connaissaient ma nouvelle belle-mère et la traitaient comme une altesse royale, interrompant aussitôt leurs occupations pour lui offrir leurs services. La plupart d'entre eux me prenaient manifestement pour Gisèle, et Daphné ne les détrompait pas.

— Ce qu'ils peuvent savoir ou ne pas savoir est sans importance, me dit-elle après que l'un d'eux m'eut appelée « mademoiselle Gisèle ». S'ils te confondent avec ta sœur, ne relève pas l'erreur pour le moment. Les gens qui comptent connaîtront l'histoire bien assez tôt.

Bien que Daphné ne fît preuve d'aucun égard envers eux, les employés lui manifestaient un respect absolu, approuvaient ses moindres suggestions et, dès qu'elle avait fait son choix, s'empressaient de la complimenter pour son goût.

Elle semblait d'ailleurs très au courant de tout, citait les meilleurs stylistes et les revues les plus chics, en remontrait même aux vendeurs dont c'était pourtant le métier. Suivre le dernier cri de la mode était apparemment une des priorités de l'existence pour ma belle-mère, et la plus infime dissonance de tons, le plus léger défaut de coupe suffisait à la consterner. Dans la voiture, entre deux magasins, elle passait le plus clair de son temps à me sermonner sur l'importance de la toilette et les nuances de l'élégance.

— Chaque fois que tu quittes la maison pour aller dans le monde, tu arbores ton image de marque et celle de la famille. Je sais que ces choses n'ont aucune importance dans le bayou, les femmes s'affublent de vêtements ternes et pratiques avant tout. Si elles n'avaient pas de poitrine, c'est à peine si on les distinguerait de leurs maris !

— C'est faux, Daphné. Les femmes du bayou peuvent s'habiller avec beaucoup de goût pour aller au bal ou en visite. Elles n'ont peut-être pas de bijoux très précieux, mais elles n'en ont pas besoin, protestai-je, brandissant ma fierté de cajun comme un étendard. Ma grand-mère Catherine m'a confectionné des robes ravissantes et...

— Que je ne te reprenne jamais à faire ça, Ruby, et surtout pas devant ta sœur !

Elle dit cela sur un ton si aigre que j'en frémis.

— A faire quoi ?

— A parler de ta grand-mère comme si c'était une personne extraordinaire.

— Mais c'est bien ce qu'elle était !

— Pas d'après ce que nous avons expliqué à Gisèle et dirons à toute la société. En ce qui les concerne, cette vieille femme, Catherine, savait que tu avais été enlevée et vendue à sa famille. Qu'elle ait eu des remords de conscience sur son lit de mort, parfait. J'approuve cette version. Mais je préférerais que tu n'ailles pas proclamer ton amour pour elle.

— Je ne dois pas dire que j'aimais grand-mère ? Mais...

— Tu ne ferais que nous couvrir de ridicule, et surtout ton père. Si tu ne veux pas dire de sottises, ne dis rien du tout.

Je me renversai sur mon siège. C'était un prix trop lourd à payer, même si je savais que grand-mère Catherine aurait voulu que j'en passe par là. Je dus me mordre la lèvre pour étouffer mes protestations.

— Tout le monde dit de petits mensonges, Ruby. Je suis sûre que cela t'est arrivé. Ce n'est pas un péché capital.

De petits mensonges ? C'est ainsi qu'elle considérait cette histoire, et toutes les autres qu'il faudrait inventer par la suite ?

— Nous avons tous nos fantasmes et nos petits secrets, dit-elle avec un regard mauvais. Surtout les femmes... et les hommes s'y attendent.

De qui parlait-elle ? Quel genre d'homme fallait-il être pour s'attendre qu'une femme vous mente et vous joue la comédie ? Etaient-ils donc d'une autre espèce à la ville que chez nous, dans le bayou ?

— C'est pourquoi nous nous faisons belles et nous maquillons pour leur plaire, expliqua-t-elle. Au fait, nous n'avons pas encore pensé à tes produits de beauté.

Sur quoi elle décida de m'emmener chez son parfumeur et d'acheter ce qu'elle estimait convenir à une fille de mon âge. Quand j'avouai que je ne m'étais jamais fardée de ma vie, elle pria la vendeuse de me faire une démonstration, révélant pour la première fois mon identité en public. Naturellement, elle abrégea l'histoire et la présenta comme si elle ne comportait rien d'extraordinaire. Néanmoins, la nouvelle fit le tour du magasin à la vitesse du vent et tous les employés s'attroupèrent autour de nous. On m'installa devant un miroir et j'eus droit à une leçon complète de maquillage.

— Gisèle emploie un eye-liner, commenta Daphné, mais je crois que Ruby peut s'en passer.

Au rayon des parfums, pourtant, elle me laissa décider seule. J'en choisis un qui me rappelait l'odeur des champs après la pluie d'été, dans le bayou, mais je me gardai bien d'expliquer mes raisons. Daphné approuva mon choix, m'acheta encore divers produits pour le bain et accessoires de toilette, et pour finir un élégant coffret de cuir rouge pour ranger tout mon attirail. Je croyais en avoir terminé, quand elle annonça qu'il fallait penser à mes tenues de printemps et d'été... sans oublier un imperméable et des chapeaux.

Je dus essayer chaque article par douzaines, dans deux grands magasins différents, avant qu'elle ne s'estime satisfaite. Est-ce que Gisèle devait la suivre comme un toutou elle aussi, quand elles faisaient la tournée des boutiques ? J'allais lui poser la question, après qu'elle eut refusé six manteaux d'affilée, mais elle me devança.

— J'essaie de vous trouver des vêtements du même style, mais assez différents pour qu'on vous distingue l'une de l'autre. Je sais que tu aimerais être habillée comme ta jumelle, mais je ne suis pas sûre qu'elle apprécierait.

Ainsi, Gisèle avait son mot à dire en matière de toilette. Combien de temps me faudrait-il pour conquérir le même droit ?

Je n'aurais jamais cru que faire les magasins puisse être aussi épuisant, surtout quand tous les achats m'étaient destinés. Mais quand nous quittâmes la boutique de lingerie où Daphné m'avait choisi une quantité industrielle de sous-vêtements, je ne fus pas fâchée de l'entendre annoncer que nos emplettes étaient « finies pour aujourd'hui ».

— Je t'achèterai le reste à l'occasion, quand je ferai des courses pour moi, promit-elle.

Je me retournai pour jeter un coup d'œil à la pile de boîtes entassées sur la banquette : on ne voyait plus la lunette arrière. J'ignorais combien le tout avait pu coûter, mais le prix aurait certainement fait s'évanouir grand-mère Catherine. Daphné surprit ma moue dubitative.

— J'espère que tu es contente, au moins ?

— Oh oui ! J'ai l'impression d'être... une princesse.

Elle haussa les sourcils et un sourire mince étira ses lèvres.

— Mais tu es la petite princesse de ton père, Ruby. Attends-toi à être gâtée. Beaucoup d'hommes, et surtout les riches créoles, trouvent plus facile d'acheter l'amour des femmes qui les entourent que de le mériter. Et bien des femmes créoles, moi la première, se font un plaisir de les y aider.

— Alors ce n'est plus de l'amour, s'il faut payer !

— Bien sûr que si. Qu'est-ce que l'amour, d'après toi ? Un son de cloches, un air de musique porté par le vent, un beau galant qui t'étourdit de promesses impossibles à tenir ? (Elle eut à nouveau son sourire pincé.) Je vous croyais plus réalistes, vous, les femmes cajuns !

Je rougis jusqu'aux cheveux, autant de colère que de gêne. Quand Daphné avait une critique à m'adresser, j'étais une cajun, mais si c'était un compliment je devenais une créole de bonne famille. Elle avait le don de présenter les cajuns comme des rustres, et tout spécialement les femmes.

— Je vois très bien le genre de soupirants que tu as dû avoir jusqu'à maintenant, reprit-elle avec suffisance. Des paysans, tout juste capables de t'offrir une livre de crevettes. Mais ici, les jeunes gens conduisent des voitures de luxe, ils s'habillent chez le bon faiseur. Et les cadeaux qui pour eux sont une bagatelle te feront ouvrir des yeux ronds, petite cajun que tu es ! acheva-t-elle en riant.

Elle leva sa main droite, dont chaque doigt portait un anneau d'or blanc orné d'une pierre différente. Diamant, rubis, saphir, émeraude... une véritable exposition !

— Tu vois ces bagues ? Je parie que leur prix suffirait à payer les maisons et la nourriture de dix familles cajuns pendant un an.

— C'est possible, admis-je, tout en me disant que c'était vraiment injuste.

Mais je gardai cette opinion pour moi.

— Ton père tient à t'acheter quelques bijoux lui-même, et il a remarqué que tu n'as pas de montre. Bien habillée, fardée comme il convient et avec de beaux bijoux, tu auras l'air d'avoir été une Dumas toute ta vie. Mon premier soin sera de t'enseigner quelques règles de savoir-vivre, de t'apprendre à te tenir à table et à t'exprimer.

— Qu'avez-vous à reprocher à ma façon de manger et de parler ?

Mon père n'en avait pas paru choqué, lui.

— Rien, tant que tu restes dans tes marais. Mais tu es à La Nouvelle-Orléans, et tu appartiens à la haute société. Tu veux devenir une jeune femme raffinée, séduisante et distinguée, n'est-ce pas ?

Je ne pouvais pas m'empêcher de désirer lui ressembler. Elle était si élégante et si sûre d'elle ! Pourtant, chaque fois que j'approuvais une de ses décisions ou faisais ce qu'elle attendait de moi, j'avais l'impression d'admettre l'infério-rité des cajuns de les rabaisser.

J'avais décidé de tout faire pour plaire à mon père et m'intégrer à son milieu, mais de ne jamais afficher la moindre supériorité... si j'y parvenais. Ma seule crainte

était que ce soit Gisèle qui déteigne sur moi et non —
comme il le souhaitait — juste le contraire.

— Tu veux devenir une Dumas, n'est-ce pas ? insista
Daphné.

— Oui, répondis-je sans conviction.

Elle perçut ma réticence et attacha sur moi un regard
soupçonneux.

— J'espère que tu t'efforceras d'être digne de ton sang
créole, ton véritable héritage, et que tu oublieras très vite
l'univers cajun où tu as eu le malheur d'être élevée. Réfléchis un peu... (Sa voix se fit soudain plus légère.) C'est un
pur hasard si Gisèle est celle de vous deux qui a eu de la
chance. Si tu étais sortie la première du ventre de ta mère,
c'est elle qui serait la pauvre petite cajun.

Elle trouva cela très drôle et s'empressa d'ajouter :

— Il faudra que je lui dise que c'est elle qui aurait pu
être kidnappée, et obligée de vivre dans les marais. Rien
que pour voir sa tête.

A cette seule pensée, elle souriait d'aise. A quoi bon lui
dire que malgré notre vie difficile et les vilenies de grand-
père Jack, notre marais cajun avait son charme, lui aussi ?

Apparemment, ce qui ne pouvait s'acheter dans un
magasin n'existait pas pour elle... mais l'amour ne se vendait pas en magasin. Je savais cela d'instinct, c'était une
vérité inscrite au plus profond de mon cœur de cajun. Et
Daphné aurait beau mettre sa richesse et son train de vie
dans la balance, elle n'y changerait rien.

A peine descendue de voiture, elle appela Edgar pour
qu'il vienne décharger les paquets. Quand j'offris de l'aider
à les monter dans ma chambre, je me fis taper sur les
doigts.

— L'aider ? répéta-t-elle, comme si j'avais suggéré de
mettre le feu à la maison. C'est à lui de t'aider, ma chère
petite, les domestiques sont là pour ça. J'enverrai Wendy

298

ranger tes affaires et accrocher tes vêtements. Toi, va rejoindre ta sœur et profite de ton temps libre, comme il convient à une fille de ton âge.

Etre servie pour la moindre chose serait une habitude difficile à prendre, méditai-je. N'allais-je pas devenir paresseuse ? Même si c'était le cas, cela ne choquerait personne. Manifestement, cela faisait partie des qualités qu'on attendait d'une jeune fille.

Gisèle m'avait prévenue qu'elle serait à la piscine en compagnie de Christophe Andréas. Ils s'y trouvaient bien, étendus sur des chaises longues à gros coussins et sirotant leurs grands verres de jus de fruits-soda. Dès qu'il m'aperçut, Christophe se redressa, tout souriant. Il portait un ensemble en tissu-éponge bleu et blanc, veste et short assortis, et Gisèle un maillot deux-pièces bleu marine. Ses lunettes de soleil immenses lui faisaient comme un masque.

— Salut ! lança joyeusement Christophe.

Gisèle baissa la tête et regarda par-dessus ses lunettes.

— Est-ce que maman a laissé quelque chose pour les autres, dans les boutiques ?

— Presque rien. Je n'ai jamais vu autant de grands magasins, de vêtements ni de chaussures de toute ma vie !

— Je parie qu'elle t'a emmenée au Moulin Rouge ?

— Pour être franche, je n'en sais rien. J'ai vu défiler tellement de magasins à une telle allure !

Christophe éclata de rire, remonta les genoux sous son menton et tapota la place libre à côté de lui.

— Viens t'asseoir ici, et prends le temps de souffler.

Le tutoiement m'alla droit au cœur. Je me sentis adoptée.

— Merci.

Je m'assis près de lui et un parfum discret d'huile solaire me chatouilla les narines.

— Gisèle m'a raconté ton histoire. C'est fantastique !
Ils sont comment, ces cajuns ? Ils te traitaient comme une
esclave ou quoi ?

— Pas du tout ! m'écriai-je, prête à prendre la défense
des miens. J'étais très... (Je contrôlai juste à temps mon
enthousiasme.) J'avais des corvées à faire, bien sûr.

— Des corvées, gémit comiquement Gisèle.

— On m'avait appris certains travaux d'artisanat. Je
fabriquais certains des objets que nous vendions aux touristes et j'aidais à la cuisine et au ménage.

Ma sœur abaissa une fois de plus ses lunettes.

— Tu sais faire la cuisine ?

— Gisèle ne saurait pas faire bouillir de l'eau sans se
brûler ! s'égaya Christophe.

— Et alors ? Je n'ai pas l'intention de cuisiner pour qui
que ce soit, moi. Jamais ! cracha-t-elle en ôtant ses
lunettes pour lui jeter un regard venimeux.

Il ne fit qu'en rire et se retourna vers moi.

— Il paraît que tu es une artiste, en plus ? Et même
que tu as des œuvres exposées en ville, dans le Vieux
Carré ?

— J'ai été la première surprise qu'un directeur de galerie veuille les vendre, à vrai dire.

Son sourire se fit plus chaleureux encore.

— Pour l'instant, mon père est le seul acheteur qui se
soit présenté, commenta Gisèle, sarcastique.

— Non. Quelqu'un d'autre m'en avait déjà acheté une.
C'est comme ça que j'ai pu payer mon voyage pour venir
ici.

Elle parut déçue, remit ses lunettes et se recoucha sur
sa chaise longue.

— Où est l'aquarelle que ton père a achetée ? s'informa
Christophe. J'aimerais beaucoup la voir.

— Dans son bureau.

— Et toujours posée par terre, ajouta ma sœur. Là où elle restera probablement pendant des mois.

— Ce qui ne m'empêche pas d'avoir envie de la voir, insista Christophe.

— Eh bien, vas-y ! Ce n'est jamais qu'un oiseau.

— Un héron, précisai-je. Au milieu des marais.

— J'ai déjà été pêcher dans le bayou, dit Christophe. Il y a de très jolis coins, par là.

— Pff ! Les marais ! ronchonna ma jumelle.

Je pris la défense de mon pays natal.

— C'est très beau, surtout au printemps et en automne.

— Des alligators, des serpents, des moustiques, sans parler de la boue... Vraiment superbe.

— Ne l'écoute pas, Ruby. Elle ne veut même pas faire de la voile avec moi sur le lac Pontchartrain de peur que l'écume lui mouille les cheveux. Et elle ne veut pas venir à la plage, sous prétexte qu'elle ne supporte pas le sable sur son maillot de bain.

— Et après ? Pourquoi devrais-je supporter tous ces inconvénients, alors que je peux me baigner ici dans une eau filtrée ?

Je ne pus m'empêcher de m'étonner.

— Tu n'aimes pas voir de nouveaux endroits, juste pour le plaisir ?

— Seulement si elle peut s'y rendre avec sa coiffeuse en bandoulière, se moqua gentiment Christophe.

Gisèle se redressa aussi vite que si elle avait eu un ressort dans le dos.

— Pas possible, Christophe Andréas ! D'où te vient cet amour subit pour la nature, la pêche, la voile et l'auto-stop ? Tu détestes presque toutes ces choses autant que moi, mais tu fais ton numéro pour ma sœur !

Christophe devint pivoine.

— J'adore la pêche et la voile, protesta-t-il.

— Oui, et combien de fois par an pratiques-tu tes sports préférés ? Deux au grand maximum !

— Ça dépend.

— De quoi ? De ton calendrier mondain ou de tes rendez-vous chez le coiffeur ?

Pendant cette joute verbale, mon regard n'avait pas cessé de passer de l'un à l'autre. Les yeux de Gisèle brillaient de rage, j'avais peine à croire qu'elle parlait à son petit ami.

— Tu sais que l'esthéticienne de sa mère vient lui couper les cheveux à domicile ? poursuivit-elle sur le même ton. (Le rouge descendit jusqu'au cou de Christophe.) Et elle lui fait même une manucure !

— C'est simplement parce que ma mère aime son coup de ciseaux, se défendit-il. Je...

— Tu as de très beaux cheveux, déclarai-je. Je ne trouve pas du tout bizarre qu'un homme se fasse couper les cheveux par une femme. Je coupais moi-même ceux de mon grand-père. Enfin, l'homme que je prenais pour mon grand-père.

— Tu sais faire ça aussi ?

— Est-ce que tu pêches et tu chasses ? ironisa Gisèle.

— J'ai pêché, ou du moins aidé au ramassage des huîtres, mais je n'ai jamais chassé. Je ne supporte pas de voir tuer les oiseaux et les cerfs.

— Des huîtres ? releva Gisèle. Je vous présente ma sœur, Madame la Poissonnière. C'est ça qui va faire bien !

— Quand as-tu appris que tu avais été enlevée ? voulut savoir Christophe.

— Juste avant la mort de ma grand-mère Catherine.

— De la femme que tu prenais pour ta grand-mère, corrigea ma sœur.

— Oui. C'est difficile de voir les choses ainsi après tant d'années, expliquai-je, surtout à l'intention de Christophe.

Il m'adressa un signe de tête compréhensif.

— Et tu avais une mère et un père, là-bas ?

— On m'a dit que ma mère était morte à ma naissance et que mon père s'était enfui.

— Tu habitais chez tes grands-parents, alors ?

— Chez ma grand-mère. Mon grand-père est trappeur et il vit tout seul dans les marais, loin de chez nous.

— Donc, elle t'a dit la vérité juste avant de mourir ?

Je hochai la tête.

— C'est vraiment affreux de leur part d'avoir gardé le secret pendant tout ce temps, plaça Gisèle, guettant ma réaction.

— Oui.

— C'est une chance que ta soi-disant grand-mère ait décidé de parler, sinon tu n'aurais pas connu ta vraie famille. C'est très gentil de sa part, insista Christophe.

Ce qui déclencha les foudres de Gisèle.

— Quand même, voler un bébé et le garder ! Ces gens ne valaient pas mieux que des animaux. Claudine Montaigne m'a parlé de ces familles cajuns qui vivent entassées dans une seule pièce. Tout le monde dort ensemble, là-dedans. L'inceste est aussi banal pour eux que de voler une pomme.

— C'est faux ! m'indignai-je.

— Claudine ne ment jamais.

— Il y a des gens sans moralité dans le bayou exactement comme ici, ni plus ni moins. Il se peut qu'elle en ait entendu parler, mais elle ne devrait pas mettre tout le monde dans le même sac. Il ne m'est jamais rien arrivé de pareil.

— Tu as eu de la chance, c'est tout.

— Mais je t'assure...

— Ils ont volé un bébé, non ? Tu trouves que ça ne suffit pas comme horreur ?

Je me tournai vers Christophe qui m'observait avec acuité, attendant ma réponse. Que pouvais-je dire ? La vérité m'était interdite. Il fallait m'en tenir au mensonge.

— Si, murmurai-je en baissant les yeux sur mes doigts crispés.

Gisèle se laissa aller en arrière, satisfaite. Un silence plana, puis Christophe reprit la parole.

— Tu sais, tu vas être le point de mire de tout le monde, lundi prochain.

— Oui, je le sais. J'avoue que ça m'angoisse plutôt.

— Ne t'inquiète pas pour ça. Je passerai vous prendre toutes les deux et je te servirai d'escorte toute la journée. Tu seras la curiosité de l'école pendant un moment, et puis tout se tassera.

— Ça m'étonnerait, observa Gisèle. Surtout quand tout le monde saura qu'elle a passé sa vie chez les cajuns qu'elle faisait la cuisine, allait à la pêche et fabriquait des objets pour les vendre au bord de la route.

— Ne l'écoute pas, Ruby.

— On se moquera d'elle, que je sois là ou pas pour la défendre.

— Si tu n'es pas là, moi j'y serai.

Je protestai avec vigueur :

— Je ne veux à aucun prix être un fardeau pour vous !

— Tu ne seras pas un fardeau, n'est-ce pas, Gisèle ? Tu es bien de mon avis ?

— Oui, oui, oui ! Là, tu es content ? Et si on parlait d'autre chose ? J'en ai par-dessus la tête, de cette histoire !

— Il faut que je m'en aille, de toute façon. Il est déjà tard. Toujours d'accord pour ce soir, Gisèle ? (Silence de Gisèle.) Eh bien ?

— Tu viens avec Martin, alors ?

Christophe coula un regard bref de mon côté.

— Tu es sûre que je devrais... ?

— Tout à fait sûre. Tu aimerais rencontrer des amis de Christophe ce soir, n'est-ce pas, Ruby ? Je veux dire... si tu as été à la pêche aux huîtres, aux alligators et tout ça, tu as dû avoir aussi un petit ami, non ?

— Oui.

— Tu vois bien, Chris, pas de problème. (Il paraissait très mal à l'aise, tout à coup.) Elle aimerait rencontrer Martin.

— Qui est Martin ?

— Le plus beau des amis de Christophe. Presque toutes les filles en sont folles, je suis sûre qu'il te plaira. N'est-ce pas, Chris ?

Il haussa les épaules et se leva.

— Il te plaira, insista Gisèle. Nous te retrouvons ici à neuf heures et demie. Ne sois pas en retard, Chris.

— A vos ordres, chef. As-tu jamais connu quelqu'un d'aussi autoritaire dans le bayou, Ruby ?

— Personne... à part un alligator.

Christophe rugit de rire et Gisèle grimaça.

— Ce n'est pas drôle !

— A tout à l'heure, alligator ! lança-t-il avec un clin d'œil à mon adresse.

— Je suis désolée, m'excusai-je aussitôt. Je n'avais pas l'intention de me moquer de toi.

Elle fit la moue pendant quelques secondes, puis se dérida.

— Tu ne devrais pas l'encourager, Ruby. Il est terriblement taquin.

— Il a pourtant l'air très gentil.

— Ce n'est qu'un enfant gâté comme les autres. Mais en attendant... il fera l'affaire.

— Comment ça, « en attendant » ?

— Qu'est-ce que tu t'imagines ? Ne me raconte pas que tu as promis le mariage à tous les soupirants que tu as eus dans ton marais ? Combien en as-tu eu, au fait ?

— Pas tant que ça.

— Mais combien ? Si nous voulons devenir sœurs, il faut absolument tout nous dire, même les détails les plus intimes. A moins que tu ne tiennes pas à être ce genre de sœur-là ?

— Oh, mais si !

— Alors ? Combien ?

— Un seul, avouai-je.

Elle me soumit à un examen attentif.

— Rien qu'un ? Alors ça a dû être un roman plutôt brûlant. Je me trompe ?

— Nous nous aimions beaucoup, c'est vrai.

— Qu'est-ce que tu appelles « beaucoup » ?

— Autant que nous le pouvions, je suppose.

— Alors tu l'as fait avec lui ? Tu as été jusqu'au bout ?

— Jusqu'au bout de quoi ?

— Tu sais bien... vous avez eu des rapports sexuels ?

— Oh non, pas jusque-là. Jamais.

Gisèle inclina la tête sur le côté, l'air sceptique.

— Je croyais que toutes les cajuns perdaient leur virginité avant l'âge de treize ans.

— Quoi ! Qui t'a raconté des bobards pareils ?

Elle se rejeta en arrière comme si je l'avais giflée.

— Ce ne sont pas des bobards. Des tas de gens m'ont dit la même chose.

— Eh bien, ils ont menti, protestai-je avec véhémence. Je reconnais que beaucoup de filles se marient tôt, chez nous, elles ne font pas d'études et n'ont pas de métier, mais...

— Alors, c'est vrai. D'ailleurs, tu ne devrais pas défendre ces gens. Ils t'ont achetée quand tu n'étais qu'un bébé, non ?

Je détournai les yeux pour lui cacher mes larmes. Quelle ironie du sort... C'était elle qui avait été achetée, mais je ne pouvais pas le lui dire. Je devais ravaler la vérité, retenir à grand-peine les mots brûlants qui ne demandaient qu'à jaillir, me taire à tout prix.

— En tout cas, reprit Gisèle d'un ton détaché, les garçons s'attendront que tu sois un peu plus évoluée que tu ne sembles l'être.

Ces paroles me firent peur.

— Je ne comprends pas très bien...

— Que faisais-tu avec ce garçon si amoureux ? Est-ce qu'il t'embrassait, te caressait ? (Je fis signe que oui.) Est-ce que tu te déshabillais, du moins... en partie ? (Je secouai la tête.) Est-ce qu'il t'embrassait sur la bouche ? Je veux dire, pour de bon... avec la langue ? ajouta-t-elle précipitamment.

Je ne me rappelais rien de tel, et mon hésitation suffit à la convaincre que cela ne m'était jamais arrivé.

— Est-ce que tu lui permettais de te faire des suçons ?

— Non !

— Tant mieux. J'ai horreur de ça, moi aussi. C'est eux qui ont tout le plaisir et c'est nous qui avons des marques horribles sur le cou et sur les seins.

— Sur les seins ?

— Ne t'inquiète pas, dit-elle en se levant. Je t'apprendrai ce qu'il faut faire. En attendant, si Martin se montre trop entreprenant, dis-lui que c'est le moment de ton cycle. Comme effet, c'est radical : ça les fait fuir. Et maintenant, allons voir ce que Mère t'a acheté. Je t'aiderai à choisir ce qu'il faut mettre ce soir.

Je la suivis d'un pas mal assuré, le cœur battant. Physiquement, nous nous ressemblions tellement qu'en nous dévisageant chacune aurait pu croire qu'elle voyait son reflet dans un miroir. Mais intérieurement, nous étions aussi différentes l'une de l'autre qu'un oiseau l'est d'un chat. Parviendrions-nous à devenir les véritables sœurs que nous étions censées être ? J'en doutais.

Gisèle manifesta une certaine surprise devant la quantité de choses que m'avait achetées Daphné. Puis, après un instant de réflexion, son étonnement se changea en colère envieuse.

— Elle ne m'achète jamais de jupes aussi courtes, sauf si je lui fais une scène ! Et pour les couleurs, c'est pareil. Elle les trouve toujours trop vives pour moi. J'adore ce chemisier, gémit-elle, ce n'est pas juste ! Je veux des vêtements neufs, moi aussi.

— Daphné a voulu que ma garde-robe soit différente de la tienne, expliquai-je. Elle pense que tu n'aimerais pas me voir habillée comme toi.

Toujours boudeuse, Gisèle plaqua un de mes chemisiers devant elle et s'étudia dans la glace. Puis elle le rejeta sur le lit, ouvrit les tiroirs de ma commode et inspecta ma lingerie.

— Et ça, tiens ! s'exclama-t-elle en brandissant une petite culotte, réduite à deux triangles de soie. Quand j'ai acheté les mêmes, elle a dit que c'était trop sexy.

— Je n'ai jamais rien porté de pareil, avouai-je.

— Bon, alors je t'emprunte ce slip, cette jupe et ce chemisier pour ce soir.

— Si tu veux, mais...

— Mais quoi ? Entre sœurs on partage tout, non ?

Je fus tentée de lui rappeler les méchancetés qu'elle m'avait dites le matin même en rentrant du bal, mais je me souvins qu'à ce moment-là elle n'avait pas encore parlé avec notre père. Depuis leur conversation, elle avait changé d'attitude et j'en convins à part moi. C'est alors qu'une remarque de Daphné me revint à l'esprit.

— Daphné désapprouve ces partages entre filles, elle me l'a dit.

— Mère, c'est mon problème. Entre ce qu'elle dit et ce qu'elle fait, il y a une marge, dit Gisèle en fouillant dans mes chemisiers, au cas où un autre la tenterait.

Et c'est ainsi que ce soir-là, pour notre premier dîner en famille, Gisèle et moi arborâmes des tenues identiques. Mêmes chemisiers, mêmes jupes courtes et, ma sœur ayant jugé bon de pousser la ressemblance jusqu'à la coiffure, mêmes nattes dans le dos. Nous nous habillâmes dans ma chambre, et elle s'assit à ma coiffeuse.

— Tiens, mets ça, dit-elle en ôtant un anneau d'or de son petit doigt. Comme tu ne portes pas de bijoux, je ne mettrai pas de bague ce soir.

Son air malicieux m'intrigua.

— Pourquoi ça ?

— Papa voudra que tu sois assise à sa gauche, je suppose. Et moi, comme d'habitude, à sa droite.

— Et alors ?

— Nous ferons le contraire, pour voir s'il nous reconnaît l'une de l'autre.

— Oh, il nous reconnaîtra. Il a vu du premier coup d'œil que je n'étais pas toi.

Gisèle se troubla, ne sachant trop si ma remarque était flatteuse pour elle ou non, puis décida que oui.

— On verra bien. J'ai parlé à Christophe de différences entre nous que j'étais sans doute la seule à remarquer. Tu sais quoi ? Nous allons lui faire une farce. Tu te feras passer pour moi et vice versa.

— Mais je n'y arriverai jamais ! me récriai-je.

La seule pensée de jouer le rôle de la petite amie de Chris, même pour quelques minutes, me donnait des battements de cœur.

— Bien sûr que si. Il t'a bien prise pour moi, la première fois qu'il t'a vue.

— C'est différent : il ignorait mon existence.

— Je te dirai exactement quoi faire et quoi dire, décréta-t-elle, balayant mon objection. Ah, je sens qu'on va s'amuser, pour une fois ! Et même pour de bon, dès le début du dîner.

Cependant, comme je l'avais prédit, notre père ne fut pas dupe un seul instant. Daphné haussa les sourcils devant nos tenues jumelles et s'assit d'un air un peu troublé, mais Père éclata de rire.

— Qu'y a-t-il de si drôle, Pierre ?

Daphné portait une robe noire au profond décolleté en V, une rivière en diamants et des boucles d'oreilles assorties. Son élégance et sa beauté me fascinaient.

— Tes filles s'imaginent qu'elles vont me mystifier, mais elles se trompent. Ruby porte l'anneau de Gisèle et elles ont changé de place.

Daphné nous dévisagea l'une après l'autre.

— C'est ridicule. Pensiez-vous que je n'y verrais que du feu ? Reprenez vos places, je vous prie.

Gisèle se leva en riant. Père me jeta un coup d'œil pétillant de joie, mais un seul regard de Daphné le rappela à l'ordre. Il reprit instantanément son sérieux.

— J'espère que cela est le premier et le dernier de ces enfantillages, déclara ma belle-mère en s'adressant à Gisèle. J'essaie d'inculquer les bonnes manières à ta sœur, et ce ne sera pas facile. Tu ne m'aides vraiment pas en lui donnant le mauvais exemple.

— Désolée, murmura ma jumelle en baissant la tête.

Mais elle la releva presque aussitôt.

— Comment se fait-il que tu lui aies acheté des jupes courtes ? Tu as fait toute une histoire quand j'en ai réclamé, le mois dernier !

— C'est elle qui a choisi.

J'ouvris des yeux ronds. Moi, choisi ? Elle ne m'avait pas une seule fois demandé mon avis ! Pourquoi ce mensonge ?

— Je veux des vêtements neufs, moi aussi, ronchonna Gisèle.

— Tu pourras en acheter quelques-uns, mais ce n'est pas une raison pour jeter le reste de ta garde-robe.

Ma sœur se redressa sur son siège, me lança un regard triomphant et sur ce, le dîner fut servi.

Daphné commença par m'annoncer que le service en porcelaine à fleurs datait du XIXe siècle et souligna la rareté de chaque chose, depuis les serviettes jusqu'aux petites cuillers. Elle insista tellement là-dessus que je tremblai au moment de saisir ma fourchette. Quand je m'aperçus qu'il y en avait deux, je perdis contenance. Ma belle-mère me fit la leçon sur la manière d'utiliser l'argenterie, les cristaux, et même sur la façon de me tenir sur ma chaise.

Il me fut impossible de savoir si le menu avait été commandé pour la circonstance, mais en tout cas, ce fut un régal. Beignets de crabe en entrée, coq au vin, étouffée de légumes à la créole. Et comme dessert, des glaces à la vanille flambées au bourbon... un pur délice.

Après chaque service, Edgar se tenait derrière Daphné, attendant qu'elle ait goûté au nouveau plat et indiqué d'un signe son approbation. Ce rituel m'étonna un peu : il eût fallu être bien difficile pour ne pas s'estimer satisfait de mets pareils ! Mon père me posa des questions sur la cuisine cajun et je lui décrivis le gombo, la jambalaya et notre pâtisserie traditionnelle.

— Au moins, ils ne te laissaient pas mourir de faim, constata Gisèle.

Je n'avais pas pu m'empêcher de parler avec enthousiasme de la cuisine de grand-mère Catherine, et cela ne parut pas plaire à Daphné.

— Leur gombo n'est jamais qu'un ragoût, leur nourriture est monotone et rudimentaire, elle ne demande aucune imagination. J'espère que tu t'en rends compte, Ruby ?

Je louchai vers mon père : il guettait anxieusement ma réponse. Je crus deviner celle qu'il attendait.

— Nina Jackson est une remarquable cuisinière, je dois le reconnaître. Je n'ai jamais rien mangé d'aussi bon.

Daphné parut satisfaite. L'atmosphère se détendit. Il m'était pénible de devoir toujours critiquer et rabaisser ma vie chez grand-mère, mais j'avais déjà compris. C'était le prix dont il me faudrait payer ma nouvelle existence.

Après cela, Daphné interrogea ma sœur sur le bal de Mardi gras. Gisèle s'étendit sur les costumes, la musique, cita le nom des gens qu'elle avait rencontrés. Elle et Daphné semblaient partager les mêmes opinions sur la plupart de leurs amis et relations, leurs familles et leurs enfants. Lassé de tous ces commérages, mon père fit dévier la conversation sur ma peinture.

— Je me suis déjà renseigné, au sujet d'un professeur. On m'en a recommandé un qui enseigne à Tulane et donne des leçons particulières. J'ai pris contact avec lui et il accepte d'avoir un entretien avec Ruby pour examiner son travail.

— Comment se fait-il que je n'aie jamais eu de professeur de chant ? se plaignit Gisèle.

— Tu aurais pu en avoir un, mais tu ne semblais pas très pressée de travailler avec lui, releva Père. Chaque fois que je te suggérais d'aller voir cette dame, tu trouvais une excuse.

— Elle aurait pu venir ici !

— Mais bien sûr, ma chérie, acquiesça Daphné. Tu veux que je la rappelle ?

— Non, c'est trop tard.

— Et pourquoi, s'il te plaît ?

— Parce que, répliqua-t-elle avec humeur. C'est comme ça.

Après le dîner, mon père voulut me montrer la pièce dont il comptait faire mon atelier. Il adressa un clin d'œil à Daphné, qui répondit par un sourire contraint, et Gisèle nous suivit sans enthousiasme. Il nous conduisit vers l'arrière de la maison, s'arrêta devant une porte et l'ouvrit en grand... sur un véritable atelier, entièrement équipé. Tout était prêt : chevalets, pinceaux, peintures, terre à modeler, tout ce qui pourrait m'être utile ou que j'avais rêvé d'avoir. Sur le moment, j'en restai sans voix.

— J'ai installé tout ça pendant que tu faisais des courses avec ta mère, expliqua-t-il. Ça te plaît ?

— Si ça me plaît ? J'adore !

Je papillonnai tout autour de la pièce, examinant chaque chose au passage. Il y avait même une collection de manuels artistiques, depuis les notions élémentaires jusqu'aux techniques les plus élaborées.

— C'est... c'est merveilleux !

— J'ai estimé qu'il n'y avait pas une minute à perdre, quand on a un talent comme le tien. Qu'en penses-tu, Gisèle ?

— A l'école, j'ai horreur de l'histoire de l'art et des cours de dessin, déclara-t-elle en faisant la moue.

Puis, avec un regard entendu, elle ajouta :

— Je monte dans ma chambre, Ruby. Rejoins-moi dès que tu peux, nous avons des choses à préparer pour tout à l'heure.

— Pour tout à l'heure ? s'étonna mon père. Quelles choses ?

— Oh, des histoires de filles, papa, rétorqua-t-elle en tournant les talons.

Il haussa les épaules et me rejoignit près des étagères.

313

— J'ai dit au vendeur de me donner le matériel complet pour un atelier d'artiste. Tu es contente ?

— Oh oui ! Il y a même des choses que je n'ai jamais vues, et dont je ne connais pas l'usage.

— C'est une des raisons pour lesquelles il nous faut un professeur au plus tôt. Quand il verra l'atelier, il aura envie de t'avoir pour élève... Bien que la vue de ton travail soit suffisante pour le motiver, ajouta-t-il avec un grand sourire chaleureux.

— Merci... papa.

Son sourire s'élargit encore.

— Cela fait plaisir à entendre, ma chérie. J'espère que tu te sens la bienvenue chez toi.

— Oh oui, je suis comblée !

— Et heureuse ?

Je me hissai sur la pointe des pieds pour planter un gros baiser sur sa joue et je vis ses yeux s'illuminer.

— Très heureuse.

— Bon, eh bien... je vais voir ce que devient Daphné, dit-il d'une voix émue. Profite de ton atelier. J'espère que tu y peindras des tableaux magnifiques, ajouta-t-il en s'en allant.

Je restai un moment immobile, émerveillée. La pièce avait une vue ravissante sur les chênes du jardin. Elle donnait à l'ouest, je pourrais y peindre des couchers de soleil. Dans le bayou, le crépuscule m'inspirait toujours et j'espérais que ce serait pareil ici. J'en étais presque sûre, car je croyais que les choses que je portais dans mon cœur m'accompagneraient partout, où que j'aille. Le paysage que je voyais par ma fenêtre importait peu. Mes œuvres étaient en moi et n'attendaient que d'être révélées.

Après ce qui me parut n'avoir duré qu'un court moment, je quittai l'atelier pour aller frapper chez Gisèle.

— Eh bien, ce n'est pas trop tôt ! s'exclama-t-elle en fermant soigneusement la porte derrière moi. Il ne nous reste pas beaucoup de temps pour faire nos plans, les garçons seront là dans vingt minutes.

— Je ne suis pas sûre de pouvoir faire ça, protestai-je.

— Mais si, tu peux. Quand ils arriveront, nous serons assises à la table qui est de l'autre côté de la piscine, et il y aura du Coca-Cola glacé pour tout le monde. Aussitôt qu'ils s'approcheront, tu me présenteras à Martin. Tu n'auras qu'à dire : « J'aimerais te présenter ma sœur, Ruby. » Ensuite, tu prendras ça sous la table...

Elle tira une bouteille de rhum d'un panier.

— ... et tu en verseras une bonne dose dans nos verres. Au moins ça, précisa-t-elle en écartant le pouce et l'index de cinq bons centimètres. Quand Chris te verra faire ça, il sera persuadé que tu es moi !

— Et après ?

— Après ?... On verra bien ce qui arrivera. Qu'est-ce qui te prend ? Tu ne veux pas faire semblant d'être moi ?

— Ce n'est pas que je ne veux pas, Gisèle.

— Ah non ? C'est quoi, alors ?

— C'est que je ne peux pas être toi, tout simplement.

Ses yeux s'assombrirent de colère.

— Et pourquoi pas ?

— Je... je n'en sais pas assez, tout simplement.

Ma réponse parut la satisfaire. Elle se détendit.

— Tu n'auras qu'à parler le moins possible. Bois, et chaque fois que Christophe dira quelque chose, hoche la tête et souris. Moi, je sais que je peux être toi, affirma-t-elle.

Et, d'une voix qui prétendait imiter la mienne, elle articula :

— Je ne peux pas croire que je suis ici. La nourriture est tellement bonne, la maison est tellement grande ! Il n'y a pas de moustiques et pas de boue, et je dors dans un vrai lit !

Là-dessus, elle éclata de rire. Etait-ce vraiment ainsi qu'elle me voyait ? Moi, cela ne m'amusait pas du tout.

Elle laissa retomber la bouteille dans le panier, le souleva d'une main et saisit la mienne de l'autre.

— Ne sois pas si sérieuse, Ruby... Allez, viens ! Nous allons faire marcher ces deux petits messieurs jusqu'à ce qu'ils demandent grâce.

Remorquée comme un toutou en laisse, je suivis ma sœur dans l'escalier, le cœur battant et l'esprit en déroute. Après une journée si pleine d'événements excitants, que me réservait la soirée ? J'aurais bien voulu le savoir !

14

Quelqu'un pleure

— Nous nous assiérons là-bas, dit Gisèle en désignant les chaises longues placées à l'extrémité la plus éloignée de la piscine, près du pavillon de bains.

Autrement dit, l'abri nous protégerait des lumières extérieures et nous serions dans l'ombre. La nuit était douce, presque aussi chaude que celles de chez nous, mais sans la brise rafraîchissante du golfe. Et le ciel couvert laissait presque prévoir la pluie.

Gisèle posa son panier sur la table, et moi le seau à glace, le Coca et les verres. Pour nous donner du courage, ma sœur décida de ne pas attendre l'arrivée des garçons pour goûter les cocktails, fit elle-même le mélange et j'eus la nette impression qu'elle avait la main lourde avec le rhum. J'essayai de la mettre en garde contre les effets de l'alcool. Après tout, j'en avais une certaine expérience, pour les avoir observés sur grand-père Jack. Je lui racontai dans quel état je l'avais trouvé un certain soir, sur sa galerie, et à quels excès il se livrait pendant ses crises.

— Je ne crois pas que nous en arriverons là, rétorqua-t-elle. D'ailleurs ce n'est pas la première fois que je bois des cocktails en cachette, tu peux me croire. Tous mes amis le font, et personne ne s'est jamais enivré à ce point-là.

317

Comme j'hésitais à prendre mon verre, elle s'impatienta.

— Tu ne vas pas jouer les péquenaudes effarouchées, maintenant ? J'ai invité les garçons, nous pourrions nous amuser comme des folles et tu pourrais même avoir un petit ami. Ne me dis pas que tu refuses !

— Je n'ai pas dit ça, c'est juste que...

— Bois ça, m'ordonna-t-elle en me fourrant le verre dans la main.

A contrecœur, je sirotai quelques gorgées tandis qu'elle buvait à grands traits. Malgré moi, je fis la grimace : le mélange me rappelait le goût des potions de grand-mère Catherine. Gisèle m'observait d'un œil pénétrant.

— Tu ne devais pas rire tous les jours, dans ton bayou ! On dirait que tu débarques d'une autre planète. Je sens que je vais devoir aider Mère à te décrasser, commenta-t-elle en avalant une nouvelle lampée de son verre.

Même grand-père ne buvait pas aussi vite, remarquai-je à part moi. Etait-elle aussi blasée qu'elle voulait le paraître ? Je commençais à en douter.

— Bonsoir, tout le monde !

Nous nous retournâmes à la voix de Christophe, pour voir deux silhouettes passer le coin de la maison. L'appréhension me fit battre le cœur.

— Contente-toi de faire ce que je t'ai dit, me souffla Gisèle.

— Ça ne marchera pas, chuchotai-je à mon tour.

— J'espère que si, ça vaudrait mieux pour toi !

Les deux jeunes gens avaient atteint le bord de la piscine et je pus voir Martin de plus près. Un beau garçon aux cheveux très noirs, un peu plus grand que Christophe, plus mince, et qui se déhanchait en marchant. Tous deux étaient en jean et chemise ouverte. Quand ils traversèrent le faisceau d'une lampe, je remarquai que Martin portait une luxueuse montre en or au poignet gauche et une plaque d'identité en argent massif à l'autre. Il avait les yeux noirs, et un petit sourire en coin on ne peut plus provocant.

Gisèle me poussa du coude pour me rappeler mon rôle.

— Bonsoir, commençai-je... et je faillis en rester là.

Mais je sentis l'haleine de Gisèle m'effleurer le cou — elle empestait le rhum ! — et je me maîtrisai.

— Martin, j'aimerais te présenter ma sœur, Ruby.

J'estimais tout à fait impossible qu'on puisse nous confondre, mais Martin nous dévisagea l'une après l'autre, non pas incrédule mais ébahi.

— Oouaoh ! On peut dire que vous vous ressemblez. Je ne vous distinguerais pas l'une de l'autre.

Gisèle eut un petit rire bête et dit d'une voix traînante :

— Merci, Martin. Ça c'est un beau compliment.

Je fus seule à remarquer le petit sourire de Christophe : il n'était pas dupe et pourtant... il ne dit rien.

— Chris m'a raconté ton histoire, annonça Martin à la pseudo-Ruby. J'ai déjà été dans le bayou, et même à Houma. J'aurais pu te rencontrer.

— J'aurais bien aimé, bêla Gisèle. Nous n'avons pas tellement de beaux garçons, chez nous dans les marais.

Martin s'épanouit.

— Fantastique ! Moi qui ai toujours envié Christophe de sortir avec une jolie fille comme Gisèle, voilà une seconde Gisèle !

— Oh, je ne suis pas aussi jolie que ma sœur, minauda ma jumelle en battant des cils.

Là, elle y allait un peu fort. Le rhum m'avait déjà échauffé le sang, la colère fit le reste. J'explosai.

— Bien sûr que si, Ruby ! Tu es même beaucoup plus jolie, je t'assure.

319

Christophe éclata de rire. Je lui décochai un coup d'œil furibond et il prit une mine penaude, mais pas pour long-temps. Son regard se fixa sur nos verres.

— On dirait que les filles ne se sont pas ennuyées en nous attendant, dit-il à Martin en lui désignant les boissons.

— Oh, ça ? fit Gisèle. Ce n'est rien à côté de ce que nous faisions dans le bayou.

Martin saisit la balle au bond.

— Et que faisiez-vous, dans le bayou ?

— Rien qui intéresse de gentils petits jeunes gens de la ville, railla Gisèle. Je ne voudrais pas vous corrompre.

— Rien ne me plairait davantage que d'être corrompu par la sœur jumelle de Gisèle, riposta Martin.

Elle lui tendit son verre, l'invitant du geste à y boire, et il se laissa tomber sur une chaise pour obéir au plus vite. Mon regard croisa celui de Christophe, mais il ne fit rien pour mettre fin à ce petit jeu. Au contraire.

— Je préfère préparer mon mélange moi-même, déclara-t-il. Si tu n'y vois pas d'inconvénient... Gisèle.

Je fus sur le point de révéler ma véritable identité, mais un coup d'œil impérieux de ma jumelle me l'interdit.

— Comme tu voudras, Chris.

Combien de temps allait-elle faire durer cette comédie ? me demandai-je en me renversant sur ma chaise longue. Au même instant, Martin se pencha vers moi.

— Est-ce que tes parents vont engager des poursuites contre les ravisseurs ?

— Non, ils sont tous morts.

— Mais avant de mourir, ils m'ont affreusement mal-traitée, se lamenta Gisèle.

— Ah oui ? Qu'est-ce qu'ils t'ont fait ?

— Oh... des choses qui ne se racontent pas, surtout à un garçon.

— C'est faux ! m'écriai-je, m'attirant instantanément les foudres de ma sœur.

— Vraiment, Gisèle, me jeta-t-elle de sa voix la plus arrogante, tu ne t'imagines quand même pas que je t'ai tout dit ? Je ne tenais pas à te donner des cauchemars !

— Oouaoh ! rugit Martin, avec un regard entendu pour Christophe.

N'obtenant pas d'autre réponse qu'un sourire énigmatique, il se leva et vint s'asseoir au bout de ma chaise longue.

— A mon avis, tu ne devrais pas trop questionner ta sœur sur sa vie passée, cela réveille ses mauvais souvenirs.

— Très juste, approuva la fausse Ruby, chassons les mauvais souvenirs pour ce soir ! (Elle laissa courir sa main sur le bras de Martin et ajouta sur un ton provocant :) Tu n'as jamais fréquenté de filles cajuns, alors ?

— Non, mais j'en ai entendu parler.

— Tout est vrai, chuchota-t-elle à son oreille, et elle eut à nouveau son petit ricanement stupide.

Martin lui fit écho, puis il vida d'un trait le reste du verre. Aussitôt, ma sœur se tourna vers moi et susurra d'une voix sucrée qui me souleva le cœur :

— Et si tu nous en préparais un autre, Gisèle ?

Je dus faire un effort inouï pour ne pas lui envoyer le contenu du mien en pleine figure. Est-ce qu'elle allait continuer encore longtemps comme ça ? Probablement pas. Quand elle se serait suffisamment divertie à mes dépens, elle mettrait fin à la plaisanterie, du moins je voulais le croire. Je me levai pour remplir les verres, sous le regard attentif de Christophe. Du coin de l'œil, je vis que son intérêt pour moi n'avait pas échappé à ma jumelle.

— J'adore l'anneau que tu as donné à ma sœur, Chris, commença-t-elle. J'espère bien qu'un jour un beau jeune homme daignera m'en offrir un pareil. Je ferais n'importe quoi pour ça, crut-elle bon d'ajouter.

Je lâchai la bouteille qui faillit rouler sur la table, mais Christophe la rattrapa au vol.

— Oh, Gisèle ! se plaignit la soi-disant Ruby, faut pas gâcher du bon rhum comme ça !

Sur quoi, elle ricana de plus belle.

Christophe saisit ma main qui tremblait encore et son regard plongea dans le mien.

— Ça va ? Laisse-moi t'aider, offrit-il avec sollicitude.

Et, finissant lui-même le mélange, il tendit le verre à Gisèle. Elle le remercia d'une grimace moqueuse puis se tourna vivement vers Martin.

— Je regrette de ne pas pouvoir t'en dire plus long sur moi, mais j'adorerais que tu me parles de toi, par contre.

— Tant que tu voudras !

— On va faire un petit tour ? proposa-t-elle en se levant.

Martin loucha vers Christophe, qui resta parfaitement impassible. Voulait-il voir jusqu'où Gisèle serait capable d'aller ? J'étais certaine qu'il n'était pas dupe. Alors, pourquoi ne mettait-il pas fin à cette mauvaise farce ?

Ma sœur glissa le bras sous celui de Martin, pressa le verre sur ses lèvres et le força à boire. Il déglutit plusieurs fois de suite, comme un bébé qui tète, puis elle le libéra et but quelques gorgées à son tour.

— Comme tes bras sont musclés, Martin, roucoula-t-elle avec affectation. Je pensais que les gars de chez nous étaient les seuls à avoir des bras comme ça !

Et elle l'entraîna plus loin, là où l'ombre devenait plus épaisse, riant plus haut et plus sottement encore à chaque pas qui les éloignait de nous.

— Eh bien, dit Christophe en reprenant place à mes côtés, ta sœur s'est vite acclimatée !

— Chris... commençai-je, mais il me fit taire en posant un doigt sur mes lèvres.

— Non, ne dis rien, chuchota-t-il, penché sur moi. Je sais combien tout ceci a dû être pénible pour toi, Gisèle.

— Mais...

Je n'allai pas plus loin. Sa bouche effleura la mienne, très doucement d'abord, puis plus fermement quand il m'entoura de son bras et m'attira sur son épaule. La main au creux de mes reins, il me haussa lentement contre lui. Son baiser me coupa le souffle et quand nos lèvres se séparèrent, j'inspirai une grande gorgée d'air. Il m'embrassa le bout du nez, frôla ma joue de la sienne et soupira.

— Tu as raison, nous aurions tort d'attendre encore. Je meurs d'envie de te toucher, de te caresser, de te faire l'amour.

Sa paume remonta le long de ma hanche, s'arrêta sur ma poitrine et il se pressa contre moi, me renversant sur la chaise longue.

— Christophe, attends...

Rien à faire. Sa bouche avait repris la mienne et, cette fois, j'eus droit au fameux baiser dont avait parlé Gisèle. Ce contact intime fit courir le long de mon dos un frisson d'émoi mêlé de crainte. Je me défendis, me débattis et réussis enfin à rejeter la tête en arrière.

— Arrête ! Je ne suis pas Gisèle, je suis Ruby. Tout ça n'était qu'une mascarade.

— Quoi ?

Il faisait semblant d'être étonné, mais je savais qu'il avait tout de suite éventé la mèche. Je le repoussai fermement des deux mains et il se redressa, simulant toujours la surprise.

— Tu es Ruby ?

— Je t'en prie, Christophe, tu l'as toujours su. Je ne suis pas le genre de fille pour laquelle Gisèle veut me faire passer. Tu n'aurais jamais dû accepter d'entrer dans son jeu.

Il devint écarlate et riposta du tac au tac :

— Tu ne t'en es pas privée, toi non plus !

— Je sais, je n'aurais pas dû lui céder. Mais j'ignorais qu'elle pousserait les choses aussi loin.

Il hocha la tête et je le sentis se détendre.

— C'est tout Gisèle, ça... toujours en train de mijoter un mauvais coup. Tu sais quoi ? Je devrais continuer à faire semblant de la croire, histoire de lui donner une bonne leçon.

— Comment ça ?

Machinalement, je tournai les yeux vers le kiosque où Gisèle et Martin venaient d'entrer : ils étaient en train de s'embrasser. Christophe suivit la direction de mon regard et le sien se durcit. Il me saisit par le coude et, les dents serrées, grommela d'une voix soudain chargée de colère :

— Elle va trop loin. Allez, viens !

Je fus bien obligée de me lever en même temps que lui et de le suivre.

— Où m'emmènes-tu ?

— Dans le pavillon. Elle va l'avoir, sa leçon !

— Mais...

— Pas de panique, nous ne ferons que parler. Mais laissons-la se faire des idées, elle ne l'aura pas volé.

Il me poussa dans l'abri et reclaqua violemment la porte, pour être bien sûr que Gisèle et Martin l'entendent. J'avais eu le temps d'apercevoir une banquette, contre le mur du fond, mais aucun de nous deux ne bougea. Il faisait complètement noir maintenant que la porte était fermée.

— Cette fois, elle va comprendre ! s'exclama Christophe. Nous sommes déjà venus ici, et elle sait très bien pourquoi.

— Tu vas trop loin, Chris. Elle va m'en vouloir à mort.

— Et ce qu'elle te fait en ce moment, c'est gentil, peut-être ?

C'était bizarre de se parler sans se voir, et en même temps plus facile. J'osais m'exprimer sans crainte, et sans doute en allait-il de même pour Christophe. Je m'efforçai de l'apaiser.

— Je regrette de m'être emportée contre toi, tu n'y es pour rien. Je n'aurais jamais dû me laisser entraîner dans son petit jeu.

— Tu n'avais pas les coudées franches, et elle adore profiter de son avantage sur les gens. Mais dorénavant, sois toi-même et personne d'autre. Je ne te connais pas depuis très longtemps, Ruby, mais je sais que tu es une fille bien qui a subi beaucoup d'épreuves en restant ce que tu es. Ne laisse pas Gisèle gâcher tout ça, insista-t-il gravement.

Quelques instants plus tard, je sentis sa main frôler ma joue. Son geste fut très doux, mais je frissonnai de surprise.

— En tout cas, tu embrasses mieux, chuchota-t-il.

Il avait posé la main sur mon épaule, son haleine effleurait mon visage, sa bouche était déjà tout près de la mienne... nos lèvres se touchèrent et, cette fois, je ne résistai pas. Je répondis à son baiser avec un tel abandon qu'il gémit. C'est alors que des coups résonnèrent à la porte et nous nous séparâmes en toute hâte.

— Christophe Andréas, sors d'ici tout de suite ! glapit Gisèle. Tu m'entends ? Tout de suite !

— Qui est là ? cria-t-il à travers la porte.

— Tu sais très bien qui je suis. Maintenant sors de là !

Il ouvrit et Gisèle apparut sur le seuil, un peu vacillante, aux côtés d'un Martin éberlué. Elle enrageait.

— A quoi jouez-vous, tous les deux ?

Christophe s'offrit le luxe de faire durer le plaisir.

— Ruby, ta sœur et moi...

— Tu sais que je ne suis pas Ruby et qu'elle n'est pas moi. Tu le sais parfaitement, Chris Andréas !

Il s'écarta de moi, mimant la plus totale stupeur.

— Quoi ? ça, par exemple ! Je ne m'en serais jamais douté.

— Arrête ça, tu veux ? Ce n'était qu'une simple plaisanterie. Et toi, fulmina-t-elle en me fixant de ses yeux injectés de sang, tu t'es drôlement bien débrouillée pour quelqu'un qui jouait les timides !

— Mais que se passe-t-il ? s'effara Martin. Qui est qui ?

Nous nous retournâmes vers lui tous les trois à la fois. Gisèle et Christophe éclatèrent de rire et, légèrement grisée par le rhum et par les baisers de Chris, je ne pus m'empêcher de les imiter. Puis, quand Gisèle eut expliqué la supercherie à Martin, nous allâmes reprendre nos places en riant tous les quatre en même temps.

Mais cette fois, c'est à côté de moi que Martin voulut s'asseoir. Gisèle continua ses mélanges, vidant son verre dès qu'elle l'avait rempli. Je bus encore un peu, modérément, mais cela suffit à me faire tourner la tête. Après cela, Gisèle entraîna Christophe dans le pavillon et me jeta un regard de triomphe en refermant la porte.

Je me renversai en arrière, encore tout émue par les caresses et les baisers de Chris. Etait-ce le rhum qui provoquait en moi cette délicieuse sensation de chaleur ?

Brusquement, Martin m'entoura de ses bras, m'embrassa et tenta même d'aller plus loin, mais je le repoussai fermement.

— Hé, qu'est-ce qui te prend ? protesta-t-il mollement, les yeux mi-clos. Je croyais qu'on devait s'amuser ?

— Malgré tout ce qu'on a pu te raconter sur les filles du bayou, Martin, je ne suis pas comme ça. Désolée.

Déjà à moitié engourdi par le rhum, il marmonna quelques vagues excuses et retomba sur les coussins. Quelques secondes plus tard, il dormait comme un plomb. Je me préparai à une longue attente, mais ce ne fut pas le cas : Christophe et Gisèle émergèrent à l'improviste du pavillon. Ma sœur se plaignait à grands cris de son estomac, secouée de telles nausées qu'à mon avis elle dut vomir non seulement son dîner mais ses trois repas de la journée. Martin s'étant réveillé au bruit, nous nous écartâmes discrètement. Mais Gisèle prit conscience du spectacle qu'elle offrait et, mortifiée, fondit en larmes.

— Vous feriez mieux de partir, tous les deux, conseillai-je à Christophe. Je m'occuperai d'elle.

— Merci. Ce n'est pas la première fois que ça lui arrive. Bonne nuit, Ruby. (Il baissa la voix jusqu'au chuchotement.) C'est de tes baisers que je me souviendrai, ce soir.

Je les regardai s'éloigner, tout ébahie, puis j'entendis gémir Gisèle.

— Oooh, je vais mourir !

— Non, tu ne vas pas mourir, mais tu vas sûrement souhaiter que ça t'arrive, si tu veux mon avis.

— Ton chemisier neuf est fichu. O mon Dieu, ma tête ! Ce que j'ai mal !

— A ta place, j'irais me coucher tout de suite.

— Impossible. Je ne peux pas remuer.

— Je t'aiderai à rentrer. Allez, viens ! l'exhortai-je en l'entourant de mon bras.

— Arrange-toi pour que Mère ne nous voie pas, surtout. Eh, pas si vite... tu oublies le rhum ! Prends-le avec toi.

Je détestais toutes ces cachotteries, mais je n'avais pas le choix. Le panier dans une main, l'autre occupée à soutenir Gisèle, je la pilotai jusqu'à la maison où nous nous faufilâmes le plus silencieusement possible.

Tout était calme à l'intérieur. Nous nous engageâmes dans l'escalier, Gisèle pleurnichant tout bas. Une fois sur le palier, je crus entendre autre chose que ses gémissements. On aurait dit que quelqu'un pleurait.

— Qu'est-ce que c'est que ça ? murmurai-je.

— Ça quoi ?

— Quelqu'un pleure.

— Ramène-moi dans ma chambre et ne t'occupe pas de ça. Dépêche-toi.

Je ne me le fis pas dire deux fois.

— Et maintenant, tu devrais prendre une douche, suggérai-je quand elle fut arrivée à bon port.

Mais elle s'effondra sur son lit et refusa d'en bouger.

— Laisse-moi tranquille, larmoya-t-elle. Laisse-moi tranquille ! Va cacher cette bouteille dans ton placard.

Après cela, je n'en tirai plus rien. Elle était affalée sur son lit comme une épave, je ne pouvais plus rien faire pour elle. Je ne me sentais pas très bien non plus, après tous ces Coca-Cola au rhum, et je m'en voulais d'avoir cédé à l'insistance de Gisèle et suivi son exemple.

Je la laissai à plat ventre sur son lit, tout habillée y compris ses chaussures, et me dirigeai vers ma chambre. Cette fois encore, j'entendis des sanglots et je traversai le corridor, intriguée. Cela venait d'une des pièces de droite. Je m'en approchai à pas de loup et collai l'oreille à la porte. Aucun doute, quelqu'un pleurait. Il me sembla que c'était un homme.

Un bruit de pas dans l'escalier me fit regagner ma chambre en toute hâte, et j'allai tout droit cacher le panier dans mon placard.

Puis je revins à la porte, l'entrouvris et glissai un œil par la fente. Vêtue d'un vaporeux déshabillé de soie bleue, Daphné marchait vers la chambre de maître d'un pas si léger qu'elle paraissait glisser. Juste avant d'y arriver, pourtant, elle aussi s'arrêta pour tendre l'oreille. Je la vis secouer la tête, puis elle entra chez elle. J'attendis qu'elle eût refermé sa porte pour fermer la mienne.

J'étais tentée de ressortir et d'aller frapper à cette autre porte, derrière laquelle on entendait pleurer. Se pouvait-il que ce fût mon père ? Je me décidai, ressortis, m'approchai... mais on n'entendait plus rien. Je frappai quand même et j'attendis.

— Il y a quelqu'un ? chuchotai-je, les lèvres collées au panneau.

Pas de réponse. Je frappai de nouveau, j'attendis encore... toujours rien. J'allais m'éloigner, quand je sentis une main se poser sur mon épaule et je sursautai violemment. Puis je pivotai sur place et me trouvai face à face avec mon père.

— Quelque chose qui ne va pas, Ruby ?

— Je... je croyais avoir entendu quelqu'un pleurer dans cette chambre, alors j'ai frappé.

— C'est ton imagination qui te joue des tours, ma chérie. Cette pièce est inoccupée depuis des années. Où est Gisèle ?

— Elle est allée se coucher, dis-je précipitamment. Mais j'ai entendu pleurer, j'en suis sûre.

— Non, c'est impossible, objecta-t-il en souriant.

Et, sans me laisser le temps de parler, il enchaîna :

— Alors Gisèle est déjà couchée, si tôt ? On dirait que tes bonnes habitudes commencent à déteindre sur elle ! Bon, je vais dormir aussi, demain j'ai une journée chargée. N'oublie pas que ton professeur de dessin vient demain à deux heures. Je m'arrangerai pour être là... Bonsoir, ma chérie.

Il m'embrassa sur le front et poursuivit son chemin vers la chambre de maître, me laissant seule devant la porte

329

close. Se pouvait-il que tout cela ne fût que le fruit de mon imagination, un effet du rhum que j'avais bu ?

— Papa...

— Oui ? fit-il en se retournant.

— A qui était cette chambre ?

Son regard dériva vers la porte, revint se poser sur moi et je compris pourquoi ses yeux brillaient autant : ils étaient pleins de larmes.

— A mon frère, dit-il très bas. Jean.

Puis il poussa un grand soupir et s'éloigna.

Un frisson me courut le long du dos. J'avais froid, tout à coup, la fatigue et les émotions de la journée pesaient soudain sur mes épaules et m'accablaient. Lasse à mourir, je regagnai ma chambre et fis mes préparatifs pour la nuit. Un essaim de pensées confuses et de sentiments contradictoires tourbillonnait en moi, m'étourdissait, me harcelait. Je ne souhaitais plus qu'une chose : poser la tête sur l'oreiller. Quand je fermai les yeux, un chassé-croisé de souvenirs disparates se mit en branle sur l'écran de ma mémoire et m'entraîna dans sa ronde frénétique. Tout défila en un désordre accéléré : les images de La Nouvelle-Orléans que j'avais enregistrées au cours de ma promenade avec mon père, les toilettes essayées avec Daphné, mon bel atelier, le visage de Gisèle jouant sa comédie stupide... Et à nouveau, je me retrouvai dans le pavillon de bains, frémissant sous le baiser de Christophe.

Ce baiser-là m'avait fait peur, car j'avais été incapable de lutter contre le désir d'y répondre. Le contact de ses lèvres, la pression insistante de sa bouche forçant la mienne à s'ouvrir m'avait littéralement électrisée, anéantissant ma résistance. Cela signifiait-il que j'étais mauvaise, moi aussi ? Que c'était le sang des Landry qui dominait en moi ?

Ou Christophe avait-il simplement touché une corde sensible, réveillé par sa douceur même ce que j'avais de plus tendre au fond de moi, apaisé mon âme confuse et inquiète par ses paroles rassurantes ? Aurais-je réagi de la même façon avec un autre que lui ?

Je tentai d'évoquer les baisers de Paul, mais tous mes souvenirs étaient souillés par ce que nous avions appris sur nous-mêmes. Nous n'y étions pour rien, mais je ne pouvais plus penser à lui comme à mon premier amour sans me sentir coupable.

Longue journée, vraiment, troublante et chargée d'événements... mais merveilleuse aussi. Serait-ce ainsi que j'allais vivre, désormais ?

Toutes ces interrogations m'épuisaient, la torpeur me gagnait. Au moment où mes pensées s'embrumaient, je perçus confusément un bruit de sanglots, une fois de plus. Mais, l'esprit engourdi par le sommeil tout proche, il me fut impossible de savoir si c'était moi qui pleurais... ou quelqu'un que je ne connaissais pas encore.

Le lendemain matin, je m'étonnai d'avoir dormi aussi tard. Honteuse à l'idée que tout le monde avait pris le petit déjeuner sans moi, j'expédiai ma toilette. Je ne m'accordai même pas le temps de brosser mes cheveux, je les cachai sous un bandana et bondis vers l'escalier. Mais quand j'entrai dans la salle à manger, je n'y vis qu'Edgar, occupé à desservir.

— Bonjour, Edgar. Il est trop tard pour le petit déjeuner ?

— Trop tard ? Oh non, mademoiselle. Monsieur Dumas a mangé avant de partir au bureau, mais vous êtes la première de ces dames. Qu'aimeriez-vous pour ce matin, mademoiselle ? Une bonne omelette au gruau de Nina ?

— Volontiers, merci.

Edgar sourit de toutes ses dents, annonça qu'il m'apporterait du jus d'orange et du café chaud et se retira. Je gagnai ma place et j'attendis, certaine d'entendre d'un moment à l'autre le pas de Daphné ou de Gisèle dans l'escalier. Mais il n'en fut rien. Quand Edgar apporta mon petit déjeuner, j'étais toujours seule à table. Il fit plusieurs apparitions dans la salle à manger, pour s'assurer que je ne manquais de rien, et quand j'eus terminé, il réapparut instantanément pour ôter le couvert. Combien de temps me faudrait-il pour m'habituer à être servie et dorlotée de cette manière ? Un peu plus et j'enlevais le plateau des mains d'Edgar pour le porter moi-même à la cuisine !

— Vous vous plaisez à La Nouvelle-Orléans, mademoiselle ?

— Beaucoup, Edgar. Vous y avez toujours vécu ?

— Oh, ça oui, mademoiselle. Ma famille était déjà au service des Dumas bien avant la guerre de Sécession. En tant qu'esclaves, naturellement, ajouta-t-il avant de se retirer.

Je le suivis dans la cuisine pour dire à Nina combien j'avais apprécié mon petit déjeuner. Elle parut surprise, mais plutôt contente. Elle fut tout heureuse de m'annoncer qu'en définitive elle ne me prenait plus pour un esprit.

— Sinon, j'irais tuer un chat noir à minuit, dans le cimetière.

— Miséricorde ! Et pourquoi ça ?

— Pourquoi ? C'est ce qu'il faut faire quand un esprit vient vous hanter, tiens ! Vous tuez le chat, vous enlevez les boyaux, vous les cuisez dans du lard avec des œufs et du sel. Et dès que c'est tiède, vous mangez le tout.

Mon estomac se révulsa.

— Beurk... quelle horreur !

— Et le vendredi suivant, la nuit, vous retournez dans le cimetière et vous appelez le chat. (Les yeux de Nina s'élargirent.) Quand le chat répond, vous appelez par leur nom tous les morts que vous avez connus et vous dites au chat que vous croyez au diable. Une fois qu'on a vu un esprit, on peut être sûr qu'on le reverra souvent, alors il vaut mieux les connaître et qu'ils vous connaissent.

Elle se tut un instant avant d'ajouter :

— Ça marche mieux en octobre, évidemment.

Je me souvins brusquement des pleurs entendus dans la nuit.

— Nina, avez-vous déjà entendu quelqu'un sangloter là-haut, dans l'ancienne chambre de mon oncle Jean ?

Ses yeux s'agrandirent encore, ce que j'aurais cru impossible, et reflétèrent une terreur intense.

— Vous avez entendu ça ? (Je hochai la tête.) Venez avec Nina ! dit-elle en me saisissant par le poignet.

Et elle me tira hors de la cuisine, me fit traverser le hall et m'entraîna vers le fond de la maison.

— Où m'emmenez-vous comme ça, Nina ?

— Dans ma chambre, répondit-elle en poussant une porte.

J'eus un hoquet de surprise et je me figeai sur le seuil.

Les murs de la petite pièce étaient encombrés de tout un fatras vaudou : os et poupées, fragments de ce qui semblait être de la fourrure de chat noir, mèches de cheveux nouées par des lanières en cuir, racines tordues et mues de serpents. Sur les étagères s'entassaient de petites bouteilles de poudres multicolores, des paquets de bougies rouges et noires, des jarres pleines de têtes de serpents. La photo d'une femme assise sur une sorte de trône occupait une place à part, entourée de bougies blanches.

— C'est Marie LaVeau, me renseigna Nina en voyant que je contemplais le cliché. Une reine du vaudou.

Le mobilier de Nina se montait à un petit lit, une table de chevet, une armoire en rotin et une unique chaise, qu'elle me désigna. Je m'assis lentement, tandis qu'elle allait fouiller dans les étagères. Quand elle se retourna, elle me tendit un petit pot de céramique et me recommanda de bien le tenir. Je grimaçai en respirant le contenu.

— C'est du soufre, m'expliqua-t-elle en allumant une chandelle blanche.

Puis elle murmura une prière et me regarda fixement.

— Quelqu'un vous a jeté un sort, c'est sûr. Il faut que vous chassiez l'esprit mauvais.

Elle approcha la chandelle du petit pot, l'inclina pour que le soufre s'enflamme et un maigre panache de fumée s'éleva en tournoyant. Elle avait une odeur infecte, mais Nina parut soulagée que je n'aie pas lâché le pot.

— Fermez les yeux et penchez-vous, pour avoir la fumée dans la figure, m'ordonna-t-elle. C'est ça, très bien.

Quelques secondes s'écoulèrent, puis elle me prit le récipient des mains et souffla sur le feu, qui s'éteignit.

— Vous ne craignez plus rien, maintenant. Heureusement que vous m'avez obéi sans vous moquer de moi. Mais votre grand-mère était guérisseuse, pas vrai ?

— Oui.

— Tant mieux pour vous, mais rappelez-vous bien ça : l'esprit malin, c'est les saintes personnes qu'il essaie d'attraper en premier. C'est une plus grande victoire.

J'inclinai gravement la tête.

— D'autres que moi ont-ils entendu les sanglots, Nina ?

— Vaut mieux rien dire là-dessus. Quand on parle du démon, on le trouve en train de ricaner à sa porte avec son gros cigare noir au bec. Et maintenant, faut retourner là-bas. Madame ne va pas tarder à descendre.

Elle avait raison. Quand je regagnai la salle à manger, je trouvai Daphné à table, habillée et coiffée.

— Tu as pris ton petit déjeuner ? s'enquit-elle.

— Oui.

— Et où est Gisèle ?

— Toujours en haut, je suppose.

Ma belle-mère fit la grimace.

— C'est ridicule ! Pourquoi n'était-elle pas prête en même temps que nous ? s'offusqua-t-elle, bien qu'elle-même vînt tout juste de descendre. Va la chercher. Dis-lui que je veux la voir immédiatement, s'il te plaît.

— Oui, madame.

Je me précipitai à l'étage, frappai légèrement chez Gisèle et poussai la porte. Ma sœur était couchée sur le côté, toujours endormie et portant encore ses vêtements de la veille.

— Gisèle, Daphné te demande en bas.

N'obtenant pas de réponse, je lui secouai doucement l'épaule. Elle gémit, ouvrit un œil, le referma aussitôt et se retourna de l'autre côté. Je recommençai mon manège.

— Gisèle...

— Va-t'en !

— Mais Daphné veut te...

— Laisse-moi tranquille, je suis malade. J'ai horriblement mal à la tête et à l'estomac.

— Je t'avais prévenue que ça arriverait. Tu buvais beaucoup trop, et trop vite.

— Merci de tes conseils !

— Qu'est-ce que je dois dire à Daphné ?... Gisèle ?

— Ce que tu voudras, dis-lui que je suis morte, gémit-elle en plaquant l'oreiller sur sa tête.

Je n'en tirai pas un mot de plus. Et comme il fallait s'y attendre, mon rapport ne plut pas du tout à ma belle-mère.

— Comment ça, elle ne veut pas se lever ? aboya-t-elle en posant si brusquement sa tasse que je craignis de la voir se briser. Qu'avez-vous fait toutes les deux, hier soir ?

— Nous avons simplement... bavardé avec Christophe et son ami Martin, près de la piscine.

— Simplement bavardé, vraiment ?

— Oui, madame.

— Appelle-moi Mère, ou Daphné, mais surtout pas madame. Tu me donnes l'impression d'être une ancêtre !

— Je suis désolée... Mère.

Elle me dévisagea pendant quelques instants, l'œil furibond, puis se leva et quitta précipitamment la pièce, m'abandonnant à mes remords. On ne pouvait pas m'accuser d'avoir menti, mais je n'avais pas dit toute la vérité non plus. Comment aurais-je pu la dire sans attirer des ennuis à Gisèle ? N'empêche que je ne me sentais pas très fière de moi. Je détestais la fausseté sous toutes ses formes. Ma belle-mère était tellement fâchée qu'elle martelait les marches de l'escalier.

Désœuvrée, je décidai d'aller chercher un livre dans la bibliothèque et de passer le temps à lire, jusqu'à l'arrivée de mon professeur. J'étais en train de feuilleter un roman quand j'entendis Daphné m'appeler du palier.

— Ruby !

Je remis le livre en place et courus vers la porte.

— RUBY !

— Oui ?

— Monte immédiatement.

Oh, non ! me désolai-je. Elle avait découvert l'état lamentable de Gisèle et voulait connaître toute l'histoire. Comment allais-je m'en tirer ? Comment protéger ma sœur sans mentir ? Quand j'atteignis le palier, je vis que la porte de ma chambre était ouverte. C'était là que Daphné m'attendait, et non dans la chambre de Gisèle. Je m'approchai lentement.

— Viens ici ! cria la voix dure que je redoutais.

J'obéis et je découvris Daphné campée au milieu de la pièce, les bras croisés sous les seins et le menton tellement projeté en avant que ses tendons saillaient.

— Je sais pourquoi Gisèle ne peut pas se lever. Alors vous n'avez fait que bavarder, hier soir ?

Je ne répliquai rien.

— Hmm ! Et qu'y a-t-il là-dedans, sur le plancher ? demanda-t-elle en tendant le bras vers mon placard. Qu'y a-t-il ? répéta-t-elle un ton plus haut, comme je m'abstenais de répondre.

— Une bouteille de rhum.

— Une bouteille de rhum. Que tu as volée dans notre cave à liqueurs.

J'ouvris la bouche pour protester mais elle me devança.

— Ne mens pas ! Gisèle a tout avoué. Tu l'as incitée à emporter cette bouteille dehors et tu lui as montré comment mélanger le rhum avec du Coca-Cola.

J'en restai sans voix.

— Et que s'est-il passé d'autre ? Qu'as-tu fait avec Martin Fowler ?

— Rien du tout !

Les yeux de Daphné s'étrécirent et elle hocha plusieurs fois la tête, comme si elle entendait une voix intérieure confirmer ses plus horribles soupçons.

— C'est bien ce que je disais à Pierre, hier soir. Que tu venais d'un monde totalement différent du nôtre, ce qui nous rendrait la tâche difficile, sinon impossible. Que tu risquais de corrompre Gisèle, au lieu de subir sa bonne influence. Non, n'essaie pas de nier !

J'avais effectivement tenté de parler, mais je dus me taire et l'écouter poursuivre.

337

— J'ai été jeune, moi aussi. Je sais ce qu'est la tentation, et comme il est facile de se laisser entraîner à commettre des choses défendues.

Elle reprit haleine et me toisa d'un air apitoyé.

— Et dire que nous avons été si bons pour toi ! Que nous t'avons accueillie, acceptée, que je t'ai sacrifié mon temps pour te procurer le nécessaire ! Vous n'avez donc aucun sens de la décence ni des responsabilités, toi et les tiens ? Qu'est-ce que vous avez dans le sang ?

— Rien de tout ça n'est vrai. Absolument rien !

Daphné ferma les yeux et les rouvrit, l'air excédée.

— Je t'en prie. Je connais tes ruses de bohémienne, on t'a élevée comme ça. Maintenant, prends cette bouteille et rapporte-la dans la cave à liqueurs.

— Mais je ne sais même pas où elle est !

— Ne me fais pas perdre davantage de temps, tu veux bien ? Tu m'as déjà gâché ma journée. Va ranger cette bouteille et ne recommence pas. Ton père entendra parler de ça, déclara ma belle-mère en passant devant moi.

Les larmes qui me brûlaient les paupières jaillirent à flots. Les joues ruisselantes, j'allai chercher le panier dans le placard, sortis dans le couloir et entrai en trombe chez Gisèle. Elle prenait une douche en chantant. Je me précipitai dans la salle de bains et lui hurlai mes reproches à travers la paroi vitrée.

— Quoi ? me cria-t-elle, feignant de mal entendre.

— Comment as-tu osé mentir et rejeter la faute sur moi ?

— Une minute. Passe-moi la serviette, s'il te plaît.

Elle prit le temps de se rincer les cheveux avant de fermer le robinet. De mon côté, je posai mon panier sur une table et lui tendis la serviette demandée.

— Alors, qu'est-ce que tu me veux ?

— Tu as dit à Daphné que c'était moi qui avais pris le rhum ! Comment as-tu pu faire ça ?

— Il a bien fallu, Ruby, ne sois pas fâchée. Elle a failli me démolir le mois dernier, un soir où j'étais rentrée tard en sentant le whisky. J'aurais passé un mauvais quart d'heure cette fois-ci, tu peux en être sûre.

— Mais tu m'as accusée ! Maintenant, elle a une horrible opinion de moi.

— Tu viens d'arriver, papa est fou de toi, tu peux bien supporter quelques reproches. Ils ne te feront rien, affirma-t-elle en se frictionnant la tête. Je suis désolée, c'est tout ce que j'ai trouvé à dire et ça a marché. Elle m'a laissée tranquille.

Je ne pus que soupirer.

— Nous sommes sœurs, non ? dit Gisèle en souriant. Il faut bien s'entraider un peu de temps en temps.

— Pas en mentant, Gisèle.

— Bien sûr que si, en mentant, sinon comment ? D'ailleurs ce ne sont que de petits mensonges.

Je fronçai les sourcils. C'étaient les termes qu'employait Daphné pour qualifier ses entorses à la vérité : de petits mensonges. Etait-ce sur de tels accommodements que reposaient le bonheur et l'harmonie des Dumas : de petits mensonges ?

— Ne t'inquiète pas, reprit Gisèle. Si papa est fâché, je me charge de l'amadouer. Je saurai tellement bien l'entortiller qu'il ne saura plus laquelle de nous deux a encouragé l'autre à faire quoi. Ce ne sera pas la première fois que je m'en sors par une entourloupette, conclut-elle avec un sourire finaud.

Et elle drapa son corps nu dans la serviette.

— Détends-toi, Ruby. Après ta leçon de dessin, nous irons dans le Vieux Carré avec Christophe et Martin. On s'amusera bien, je te le promets.

— Mais qu'est-ce que je vais faire de ça ? Je ne sais même pas où est la cave à liqueurs !

— Dans la bibliothèque, je te montrerai. Viens m'aider à choisir ce que je vais mettre.

Je soupirai derechef.

— Eh bien, quelle matinée ! J'ai parlé à Nina des sanglots, elle m'a emmenée brûler du soufre dans sa chambre, et maintenant... ça !

— Les sanglots ? s'étonna Gisèle.

— Mais oui, expliquai-je en la suivant vers son placard. J'ai cru entendre pleurer dans l'ancienne chambre d'oncle Jean.

— Oh, ça ! s'exclama-t-elle avec insouciance.

— Tu les as entendus, toi aussi ?

— Bien sûr. Qu'est-ce que tu penses de cette jupe ? Pas aussi courte que les tiennes, mais j'adore la façon dont elle me moule les hanches. Christophe aussi, ajouta-t-elle avec un sourire suggestif.

— Très jolie. Mais que veux-tu dire avec ton « bien sûr » ? Pourquoi bien sûr ?

— Parce que c'est une chose que papa fait souvent.

— Quoi ! Qu'est-ce qu'il fait souvent ?

— Il va dans la chambre d'oncle Jean et il pleure. Il fait ça depuis... aussi longtemps que je me souvienne. Il ne peut pas accepter l'accident et ce qui s'en est suivi.

— Mais hier soir, il m'a soutenu qu'il n'y avait personne.

— Parce qu'il n'aime pas qu'on sache. Nous faisons tous comme s'il ne se passait rien.

Je secouai tristement la tête.

— C'est une histoire tragique, il m'a tout raconté. Oncle Jean devait être un garçon merveilleux, c'est affreux d'être mort si jeune, avec un tel avenir devant lui !

— Mort ? Qu'est-ce que tu racontes ? Papa t'a dit qu'oncle Jean était mort ?

340

— S'il m'a... Eh bien, il m'a dit que le mât l'avait assommé et qu'après ça, il était devenu un vrai légume et j'en ai conclu...

— Oh non, oncle Jean n'est pas mort. Il est toujours aussi bel homme, sauf qu'il a la cervelle complètement vide et qu'il ne reconnaît personne.

— Où est-il ?

— Dans une institution, en dehors de la ville. Nous ne le voyons qu'une fois par an, pour son anniversaire... en tout cas moi, papa y va plus souvent. Mère n'y va jamais. Et ce chemisier, qu'en penses-tu ?

Elle l'éleva devant moi, mais mon regard passa au travers. J'attendis qu'elle l'ait enfilé pour demander :

— Pourquoi n'y a-t-il aucune photo d'oncle Jean dans la maison ?

— Si tu changeais de sujet ? Papa déteste parler de ça, d'habitude. Ça m'étonne qu'il t'ait raconté cette histoire. Il n'y a pas de photos d'oncle Jean dans la maison parce que ça lui ferait trop de peine, voilà. Et maintenant, pour la dernière fois... (ma sœur se détourna pour s'admirer dans le miroir)... comment trouves-tu ce chemisier ?

— Ravissant.

— Ah non, j'ai horreur de ce mot ! Est-ce qu'il est sexy ?

Je devins subitement plus attentive.

— Tu as oublié de mettre ton soutien-gorge.

— Ce n'est pas un oubli, m'annonça Gisèle en souriant. Des tas de filles font ça, maintenant.

— Ah bon ?

— Naturellement. Seigneur, tu en as des choses à apprendre ! C'est une chance que tu sois enfin sortie de ton marais.

Une chance, vraiment ? Pour le moment, je n'en étais pas si sûre que ça.

15

Escapade à Storyville

Gisèle et moi étions attablées sur la terrasse, moi pour déjeuner, ma sœur pour chipoter un petit déjeuner tardif. Elle se ressentait toujours de ses vomissements, se plaignait de son estomac et s'en prenait à tout le monde, sauf à elle-même, naturellement.

— Chris aurait dû m'empêcher de boire tant. J'étais tellement occupée à m'assurer que tout le monde s'amusait que je ne me suis pas rendu compte de ce qui m'arrivait.

— Je t'avais pourtant prévenue, lui rappelai-je.

Elle fit la grimace.

— C'est la première fois que ça m'arrive, en tout cas.

Elle portait ses grosses lunettes noires, la moindre lumière lui causant de violents maux de tête, et un maquillage agressif était censé cacher sa pâleur.

Les nuages gris qui avaient assombri la matinée s'étaient déchirés d'un horizon à l'autre, et une longue éclaircie bleue déversait une pluie de rayons dorés sur le jardin en fleurs. Les geais sifflaient dans les branches avec une énergie nouvelle, tout incitait à la joie. Et pourtant, un sentiment de menace imminente s'insinuait en moi, lentement et sûrement, pareil à l'ombre d'un nuage. Daphné s'était déclarée très déçue par ma conduite, Père n'allait pas tarder à l'être, et Gisèle voulait que nous leur mentions à tous les deux. Pour un peu, je serais allée demander à Nina de me trouver une solution magique, un talisman, n'importe quoi pour effacer les fâcheux événements qui s'étaient produits.

— Arrête de faire cette tête, me gourmanda Gisèle. Tu te tracasses pour rien.

— Daphné est furieuse contre moi, bientôt ce sera papa, et tout ça par ta faute !

— Pourquoi l'appelles-tu Daphné ? Tu n'aimerais pas l'appeler Mère ?

— Si, mais... c'est encore un peu difficile, nos parents sont presque des étrangers pour moi.

Ma sœur médita un instant ma réponse.

— Tu appelles bien notre père « papa » ! Pourquoi trouves-tu ça plus facile ?

— Je n'en sais rien, mentis-je en détournant les yeux.

Je supportais de moins en moins ces tricheries, elles ne pouvaient que mal finir. Un jour ou l'autre, j'en étais sûre, nous en paierions tous le prix.

Gisèle sirota quelques gorgées de café, sans cesser de m'examiner d'un air soupçonneux, et finit par demander :

— Que faisais-tu dans le pavillon avec Chris, avant que je frappe à la porte ?

Je ne pus m'empêcher de rougir.

— Rien. Il voulait te rendre la monnaie de ta pièce, c'est tout. Nous n'avons fait que bavarder.

— Dans le noir, Christophe Andréas ne faisait que bavarder ?

— Oui.

— Tu mens très mal, petite sœur. Il faudra que je te donne des leçons.

— Je ne tiens pas spécialement à devenir experte en la matière.

— Il faudra bien, répliqua-t-elle nonchalamment. Surtout si tu dois vivre dans cette maison.

L'arrivée d'Edgar m'empêcha de répondre.

— Qu'y a-t-il ? s'enquit impatiemment Gisèle, que sa migraine mettait d'une humeur massacrante.

— M. Dumas vient d'arriver, mademoiselle. Madame et lui veulent vous voir toutes les deux dans la bibliothèque.

— Dites-leur que je finis mon croissant, maugréa-t-elle en lui tournant le dos.

Il me jeta un regard malheureux, auquel je répondis par un sourire, ce qui eut le don de le dérider.

— Très bien, mademoiselle.

— Quel vieux maniaque ! maugréa Gisèle quand il se fut retiré. Il rôde dans la maison comme si tout était à lui. Je ne peux pas poser un vase sur une table sans qu'il vienne l'enlever pour le remettre là où je l'ai pris. Une fois, j'ai changé l'ordre de tous les tableaux du salon, rien que pour l'embêter. Le lendemain, ils étaient tous revenus à leur ancienne place. Tu n'as qu'à essayer, si tu ne me crois pas !

— C'est parce qu'il a le sens de l'ordre et de la valeur des choses, simplement.

Ma sœur haussa les épaules, avala sa dernière bouchée de croissant et se leva en grognant :

— Bon, débarrassons-nous de cette corvée !

A quelques pas de la bibliothèque, la voix plaintive de Daphné nous parvint.

— Quand je te demande de déjeuner avec moi, tu trouves toujours une bonne excuse. Mais quand il s'agit de rencontrer le professeur de ta petite cajun, tu as le temps, tout d'un coup ! Ton travail peut attendre.

Gisèle me retint par le bras et chuchota, tout excitée :

— Attends. J'adore les entendre se disputer.

Ce n'était pas mon cas. Non seulement j'avais horreur d'écouter aux portes, mais je mourais de peur que l'un ou l'autre ne laisse échapper une allusion à la vérité.

— J'essaie toujours d'être disponible pour toi, Daphné, protesta Père. Quand je ne peux pas, c'est que j'ai eu un empêchement majeur. Il m'a semblé qu'aujourd'hui je pouvais quand même faire quelque chose de spécial pour elle, étant donné la situation.

— Et ma situation à moi, alors ? Pourquoi ne fais-tu rien de spécial pour moi, toi qui prétends que je compte tellement pour toi ?

— Mais tu comptes beaucoup pour moi, tu le sais bien.

— Pas autant que ta princesse cajun, apparemment ! Alors, que penses-tu d'elle maintenant que tu sais ce qui s'est passé ?

— Je suis déçu, bien sûr. Et surtout très surpris.

Sa voix désolée me serra le cœur, mais les yeux de Gisèle reflétaient une satisfaction sans mélange.

— Eh bien, pas moi, reprit Daphné. Je t'avais prévenu ! Je n'y tins plus.

— Gisèle, il faut que je leur dise...

— Allons-y, souffla-t-elle en me poussant dans la pièce.

Nos parents se retournèrent vivement pour nous faire face. Je faillis pleurer en voyant l'expression désappointée de Père. Avec un soupir affligé, il nous désigna l'un des canapés.

— Asseyez-vous, toutes les deux.

Gisèle s'y laissa tomber aussitôt, mais je pris place à l'autre bout, le plus loin d'elle possible. Daphné croisait les bras, la tête haute, attendant la suite. Les mains derrière le dos, Père nous observa quelques instants en silence et ce fut à moi qu'il s'adressa.

— Daphné m'a dit ce qui s'était passé hier soir et ce qu'elle a trouvé dans ta chambre. Je n'ai rien contre le fait de boire un peu de vin à table, mais voler des boissons fortes pour les partager avec des garçons...

Je décochai un regard noir à Gisèle, mais elle contemplait sagement ses genoux. Père se retourna vers elle.

— Ce n'est pas ainsi que se conduit une jeune fille bien élevée, Gisèle. Tu aurais dû empêcher cela.

Elle ôta ses lunettes et des larmes roulèrent instantanément sur ses joues, comme sur commande.

— Je ne voulais pas faire ça, surtout chez nous, mais elle a insisté, alors... j'ai essayé de vous obéir, de lui donner le sentiment qu'elle était la bienvenue et qu'on l'aimait bien. Et maintenant je vais être punie ! piailla-t-elle d'une voix larmoyante.

Complètement démontée, je tentai de rencontrer son regard mais, redoutant visiblement le mien, elle garda les paupières obstinément baissées. Daphné adressa un signe impératif à mon père.

— Il n'est pas question de te punir, j'ai dit que j'étais déçu, simplement. Ruby, je sais qu'on est habitué aux alcools forts dans le milieu où tu as été élevée...

J'esquissai un geste de protestation.

— ... mais ici, nous voyons les choses autrement. Il ne convient pas de boire n'importe où, n'importe quand, et une jeune fille ne doit jamais s'y laisser entraîner. Un jeune homme a tôt fait de s'enivrer, il vous invite à monter en voiture et... Dieu sait ce qui peut arriver.

— Ou ce qu'une jeune fille peut être amenée à faire quand elle a bu, intervint Daphné. N'oublie pas cet aspect de la question, Pierre.

— Votre mère a raison. Abstenez-vous tout simplement de boire, ce n'est pas une bonne idée. Maintenant, oublions ce fâcheux incident et qu'il n'en soit plus question. Je suis tout disposé à vous pardonner à condition que vous promettiez, toutes les deux, que cela ne se reproduira plus.

— Je vous le promets, dit précipitamment Gisèle. D'ailleurs je ne voulais pas, et j'avais très mal à la tête ce matin. Je n'ai pas l'habitude, moi, ajouta-t-elle avec un coup d'œil éloquent à mon adresse.

— C'est tout à fait vrai, triompha ma belle-mère.

Je bouillonnais de rage.

— Ruby ?

— Je te le promets, articulai-je à grand-peine en ravalant mes larmes.

— Très bien, acquiesça mon père. Et maintenant... (Le carillon de la porte d'entrée lui coupa la parole et il consulta sa montre.) Ah, ce doit être le professeur de Ruby.

— Etant donné les circonstances, intervint Daphné, tu ne crois pas que nous devrions remettre ceci à plus tard ?

— Remettre sa leçon ? Ma foi... Nous ne pouvons pas congédier cet homme ! Il a pris la peine de se déranger...

— Tu n'aurais pas dû être aussi impulsif, Pierre. J'aimerais être consultée, la prochaine fois que tu prendras une décision concernant les filles. Après tout... je suis leur mère, conclut-elle avec fermeté.

Mon père se mordit la lèvre... juste à temps, me sembla-t-il, et dit simplement :

— Bien sûr. Cela ne se produira plus.

Sur ces entrefaites, Edgar fit son apparition.

— Excusez-moi, monsieur. Un certain professeur Ashbury vient d'arriver. Voici sa carte.

— Faites entrer, Edgar.

— Bien, monsieur.

— Je crois que ma présence n'est plus nécessaire, laissa tomber Daphné. D'ailleurs j'ai des tas de coups de fil à donner. Comme tu l'avais prévu, tout le monde veut connaître l'histoire de Ruby, et je ne suis pas au bout de mes peines. Nous aurions dû faire imprimer une circulaire ! ajouta-t-elle en tournant les talons.

Gisèle s'empressa de se lever.

— Il faut que j'aille prendre de l'aspirine, tu me raconteras comment ça s'est passé, Ruby.

Elle me sourit avant de s'en aller, mais je ne lui rendis pas son sourire. Je ne voulais plus qu'une chose, dire la vérité à mon père et je m'apprêtais à le faire mais je n'en eus pas le temps. Le professeur entra et Père lui tendit la main.

— Comment allez-vous, monsieur Ashbury ?

Grand et mince, le visage émacié, Herbert Ashbury devait avoir environ la cinquantaine. Vêtu d'un jean indigo, d'une chemise en coton d'un bleu plus clair et d'une veste sport grise, il arborait un anneau d'argent ciselé incrusté d'une turquoise au petit doigt.

— Comment allez-vous, monsieur Dumas ? s'enquit-il d'une voix affable.

— Très bien, merci. Et merci d'avoir accepté de vous déranger. Puis-je vous présenter ma fille, Ruby ? dit Père avec fierté en se tournant de mon côté.

Les yeux bruns du professeur s'attachaient à tout ce qu'il regardait avec une intensité particulière et maintenant, cette attention se reportait sur moi. Je me sentis gênée.

— Bonjour...

D'un geste vif, il rejeta en arrière quelques mèches brunes mêlées de gris et un éclair pétilla dans ses yeux, puis il reprit son air grave.

— Où avez-vous étudié l'art jusqu'à présent, mademoiselle ?

— A l'école publique, juste un petit peu.

Il eut une moue peu flatteuse et jeta un regard perplexe à mon père, qui s'empressa d'expliquer :

— C'est pourquoi j'ai pensé qu'elle avait besoin de leçons particulières avec un professeur de votre qualité, monsieur. Vos conseils lui seront hautement profitables.

— Je ne comprends pas, monsieur Dumas. Je croyais que votre fille exposait dans une galerie d'art en ville, et j'en avais déduit...

— C'est bien cela, confirma Père en souriant. Je vais vous montrer l'une de ses aquarelles. A vrai dire, c'est la seule que je possède pour le moment.

La perplexité du professeur Ashbury redoubla.

— Ah bon ? Une seule ?

— Ceci est une autre histoire, professeur, mais commençons par le commencement. Par ici, s'il vous plaît...

Il pilota Herbert Ashbury jusqu'à son cabinet de travail, où mon héron était toujours posé par terre, contre le bureau.

Le professeur le contempla quelques instants sans mot dire, puis s'avança vivement.

— Vous permettez ?

— Je vous en prie.

Herbert Ashbury éleva l'aquarelle à bout de bras, l'examina avec une attention soutenue et la reposa lentement.

— J'aime beaucoup, annonça-t-il en se tournant vers moi. Vous avez un sens inné du mouvement, un réalisme indéniable et... quelque chose en plus. Une sorte de présence, de mystère... Vous avez séjourné longtemps dans le bayou ?

— J'y ai passé toute ma vie.

Le professeur pivota vers mon père.

— Pardonnez ma curiosité, monsieur, mais ne m'avez-vous pas présenté Mlle Ruby comme votre fille ?

— C'est ma fille, en effet. Mais elle ne vivait pas avec moi... jusqu'à maintenant.

— Je vois.

Le professeur ne manifesta aucune surprise indiscrète, mais éprouva le besoin de justifier son intérêt pour notre vie privée.

— J'aime connaître ce qui concerne de près mes étudiants, surtout ceux que j'accepte en leçons particulières. L'art, j'entends l'art authentique, vient de l'intérieur. Je peux enseigner la technique à votre fille, mais ce qu'elle exprimera sur la toile, personne ne pourra le lui apprendre. Ce sera sa vie, son expérience, sa vision des choses... vous me comprenez, monsieur ?

— Hmm... oui, bien sûr. Vous saurez tout ce que vous voudrez savoir. La question qui m'intéresse est la suivante : estimez-vous que ma fille a du talent ?

— Absolument, répondit Herbert Ashbury sans hésiter. Elle pourrait bien devenir la meilleure de mes élèves.

J'ouvris des yeux ronds et le visage de Père s'illumina. Il rayonnait d'orgueil.

— Je le pensais, bien que je ne sois pas un expert.

— Il n'est pas nécessaire d'en être un pour voir toutes les possibilités qui sont en elle, décréta le professeur en accordant un nouveau regard à ma peinture.

— Alors, suivez-moi, dit Père en nous précédant dans le couloir.

Le professeur fut très impressionné par mon atelier.

— C'est bien mieux que le local dont je dispose à l'université ! s'exclama-t-il, comme s'il espérait que les autorités l'entendent.

— Quand je crois en quelque chose ou en quelqu'un, je m'engage à fond, professeur.

— C'est ce que je vois. Eh bien, monsieur, annonça Herbert Ashbury d'une voix un tantinet pompeuse, j'accepte votre fille comme élève. A condition, bien entendu, qu'elle-même accepte de se soumettre à mon autorité sans la moindre restriction.

— J'en suis certain, n'est-ce pas, Ruby ?

Je sursautai. J'étais encore en train de savourer les compliments du professeur.

— Pardon ? Oh oui, bien sûr. Merci.

— Nous reprendrons tout à zéro, mademoiselle, je vous préviens. Je vous enseignerai la discipline, et ensuite seulement vous pourrez donner libre cours à votre imagination. Beaucoup naissent avec un talent, rares sont ceux qui ont la rigueur de le développer jusqu'au bout.

— Ruby l'aura, je le sais, affirma Père. Quand pourra-t-elle commencer ?

— Dès lundi prochain. Mais bien qu'elle dispose d'un des plus beaux ateliers de la ville, il se pourrait que je lui demande de venir travailler de temps en temps chez moi.

— Bien entendu, professeur. Et maintenant, si nous passions dans mon bureau pour discuter des conditions ?

— Je vous suis, monsieur, acquiesça Herbert Ashbury.

Sur quoi, il m'adressa un léger signe de tête et suivit mon père dans le couloir.

Je restai seule avec ma joie, et ma première pensée fut pour grand-mère. Elle qui ne connaissait pratiquement rien à l'art n'avait jamais douté de mon talent. Et maintenant, un professeur d'université déclarait que je serais peut-être sa meilleure élève ! C'était trop beau.

Le cœur débordant d'allégresse, je courus chez Gisèle et la trouvai assise à sa coiffeuse, en train d'essayer des chapeaux. Mon enthousiasme avait balayé ma colère, je ne songeais plus à lui en vouloir et lui débitai les nouvelles sans reprendre haleine. Elle m'écouta sans s'émouvoir et se retourna sur moi, la mine perplexe.

— Tu tiens vraiment à prendre des leçons particulières, alors que tu passeras presque toute la journée à l'école ?

— Ce n'est pas du tout pareil ! C'est ce que j'ai toujours rêvé de faire.

— Eh bien, pas moi. C'est pour ça que je n'ai pas insisté pour avoir un professeur de chant. Entre les cours, les leçons, les devoirs, on n'a déjà pas tellement de temps pour s'amuser... Attends de t'être fait des amis, tu verras si tu as toujours envie de perdre le tien avec un prof de dessin !

— Ce n'est pas du temps perdu.

— Oh, je t'en prie, soupira-t-elle, excédée. Tiens, essaie ça. (Elle me lança un béret.) Nous allons faire un tour dans le Vieux Carré, histoire de prendre un peu de bon temps. Comme ça, tu auras l'air plus à la page.

Un klaxon retentit sur un rythme impatient et Gisèle bondit sur ses pieds.

— Voilà Chris et Martin ! En route !

Elle me saisit la main et m'entraîna en courant, sans manifester l'ombre d'un regret pour les accusations dont elle m'avait accablée un peu plus tôt. Décidément, le mensonge était monnaie courante, dans cette maison. Il flottait en suspension dans l'air.

— Vous n'allez pas recommencer à nous mystifier ? sourit Martin en nous ouvrant la porte de la voiture.

— En plein jour, rétorqua Gisèle, tu ne risques pas de me confondre avec ma sœur.

— Non, reconnut-il après nous avoir bien regardées l'une après l'autre, certainement pas.

Mais le ton ambigu de sa réponse n'indiquait pas si c'était un compliment pour elle ou pour moi. Christophe éclata de rire et ma sœur, vexée, décida que nous prendrions place toutes les deux à l'arrière de la décapotable.

Serrées l'une contre l'autre sur la banquette, nous pla-
quâmes nos mains sur nos têtes quand la voiture démarra
sur les chapeaux de roue. Dans la rue, la vitesse nous arracha des cris de plaisir mêlé de frayeur, ceux de Gisèle plus
aigus que les miens. Nous devions offrir un joli spectacle,
toutes les deux, avec nos chevelures de flamme volant au
vent. A plusieurs reprises, des jeunes gens sifflèrent sur
notre passage.

— J'adore quand les garçons font ça, me hurla Gisèle
à l'oreille. Pas toi ?

J'hésitai à répondre. Il m'était arrivé souvent de me faire
siffler de la sorte, quand j'allais seule à la ville. Quand
j'étais plus jeune je trouvais même cela drôle, mais une
fois, j'avais eu très peur. Un homme conduisant une fourgonnette boueuse m'avait non seulement hélée, mais il
avait ralenti pour m'inviter à monter avec lui. Juste pour
faire un tour en ville, prétendait-il en insistant beaucoup,
mais sa façon de me déshabiller du regard m'avait terrifiée.
J'avais pris mes jambes à mon cou et couru jusqu'à la maison sans m'arrêter. Et sans rien dire non plus à grand-
mère Catherine, de crainte qu'elle ne me laisse plus aller
seule à Houma.

Malgré cela, je n'ignorais pas que des tas de filles pouvaient se promener seules sans qu'on se retourne sur elles ;
que ces attentions étaient aussi flatteuses que dangereuses.
Mais ma sœur ne semblait y trouver que du plaisir, et
s'étonnait que je ne réagisse pas comme elle.

Notre promenade au quartier français ne ressembla en
rien à celle que j'y avais faite en compagnie de mon père.
Gisèle, Christophe et Martin me montrèrent des choses
tout à fait différentes, alors que nous passions par les
mêmes rues. Sans doute était-ce à cause de l'heure, mais
les femmes qui se pavanaient sur le seuil des bars étaient
fort peu vêtues, et ce qu'elles portaient ressemblait plutôt

à des sous-vêtements. En revanche, elles ne lésinaient pas sur les fards et nombre d'entre elles étaient presque aussi maquillées que des clowns.

Christophe et Martin les dévisageaient effrontément, un sourire équivoque aux lèvres, ce qui les faisait rire sans retenue. Gisèle elle-même gloussa plusieurs fois comme une petite folle en me poussant du coude.

Les cours s'obscurcissaient, les ombres s'étendaient, la musique s'intensifiait. Aux portes des boîtes de nuit, des hommes ou des femmes apostrophaient les passants, leur promettant le meilleur jazz, la meilleure nourriture, les plus belles danses de La Nouvelle-Orléans. Nous nous assîmes à une terrasse de café pour nous partager deux gros sandwiches, et Christophe trouva moyen de nous procurer à chacun une bière, bien qu'aucun de nous n'eût l'âge légal. Mon cœur battit quand je vis deux agents s'avancer sur le trottoir ; mais s'ils nous aperçurent, ils ne nous prêtèrent pas la moindre attention.

Après cela, nous nous lançâmes dans une folle tournée des magasins, n'y entrant que pour en sortir aussitôt après avoir à peine regardé les jouets, les souvenirs et autres frivolités. Puis Gisèle nous entraîna dans un sex-shop, minuscule officine dont l'enseigne annonçait les plus scandaleuses nouveautés. En principe, ce genre d'endroit était interdit aux mineurs mais le vendeur ne parut pas remarquer notre âge. Les garçons feuilletèrent des revues osées en pouffant, et Gisèle voulut absolument me montrer quelque chose. Affreusement choquée, je vis qu'il s'agissait de la réplique en caoutchouc d'un sexe masculin. Et quand ma sœur demanda au vendeur si elle pouvait examiner l'objet de plus près, je sortis en courant de la boutique.

Tous trois me rejoignirent un peu plus tard en riant aux éclats.

— Je parie que papa ne t'a pas montré ça hier, ironisa Gisèle.

— C'est dégoûtant ! Comment les gens peuvent-ils acheter des horreurs pareilles ?

Gisèle et Martin n'en rirent que plus fort, mais Christophe se contenta de sourire. Au coin de rue suivant, Martin nous demanda de l'attendre tandis qu'il s'avançait vers un homme entièrement vêtu de cuir noir, portant son blouson à même la peau. Ils échangèrent quelques mots à voix basse et s'enfoncèrent dans l'ombre de la ruelle.

— Qu'est-ce qu'il fabrique ? m'étonnai-je à haute voix.

Gisèle et Christophe échangèrent un clin d'œil.

— Il est allé nous chercher quelque chose pour plus tard.

— Quoi donc ?

— Tu verras bien !

Peu de temps après, Martin revint seul, hochant la tête d'un air satisfait.

— J'ai ce qu'il faut, annonça-t-il. Et maintenant, où voulez-vous aller ?

Gisèle décida sans hésiter :

— Montrons-lui Storyville.

— Pourquoi ne pas l'emmener voir les beaux magasins ? suggéra Christophe. Les arcades, par exemple.

Mais ma sœur tenait à son idée.

— Oh, ça ne lui fera pas de mal ! D'ailleurs il faut bien qu'elle se dessale un peu, si elle veut vivre à La Nouvelle-Orléans.

Storyville ? Le nom m'intriguait. J'imaginais un quartier historique, rempli de librairies. Je demandai innocemment :

— Qu'est-ce qu'on vend, là-bas ?

Ma question déclencha un fou rire collectif. Ils s'en tenaient les côtes, tous les trois !

— Je ne vois pas ce que j'ai dit de si drôle, me hérissai-je. Si l'un de vous venait dans le bayou, il poserait aussi des questions idiotes. Et vous auriez sûrement plus peur que moi, tous autant que vous êtes.

Du coup, les rires cessèrent.

— Elle a raison, reconnut Christophe.

— Et alors ? riposta ma jumelle. Tu es en ville, maintenant, pas dans ton marais. D'ailleurs, je n'ai aucune intention d'y mettre les pieds ! Allez, viens, reprit-elle en m'empoignant par le bras. Nous te laisserons deviner toute seule ce qu'on vend là-bas.

Sa repartie rendit le sourire à Martin, mais Christophe paraissait toujours indécis. Quant à moi, incapable de surmonter ma curiosité, je me laissai entraîner jusqu'au coin d'une rue d'aspect bizarre, qui me fit l'effet d'un décor de théâtre.

— Où sont les magasins ?

— Regarde donc par là, me conseilla Gisèle.

Elle me désignait une maison à trois étages peinte en blanc terne, avec des fenêtres en saillie et une coupole sur le toit. Une luxueuse limousine stoppa devant la façade et un chauffeur en descendit, pour ouvrir la portière à un monsieur apparemment très distingué. Il escalada les marches du perron et sonna à la grand-porte. Un instant plus tard, les battants s'écartèrent et un flot de musique nous parvint. Nous étions assez près pour distinguer la femme qui était venue accueillir le visiteur. Une grande fille au teint olivâtre, vêtue de brocart rouge et couverte de diamants bien trop gros pour être vrais. Mais le plus curieux, c'est qu'elle portait un diadème en plumes. Derrière elle, dans le vaste hall, je vis un lustre de cristal, des miroirs encadrés d'or et des sofas de velours écarlate. Un pianiste noir bondissait sur son tabouret, ses longues mains courant sur le clavier. Juste avant que la porte ne se referme, j'entendis un rire aigu et j'eus le temps d'entrevoir la fille qui l'avait poussé. Elle ne portait qu'une petite culotte et un soutien-gorge, et brandissait à bout de bras un plateau chargé de coupes à champagne.

— Que... qu'est-ce que c'est que cet endroit ? bégayai-je.

— Chez Lulu, me renseigna Christophe.

— Je ne comprends pas. Ils donnent une soirée ?

— Seulement pour les gens qui paient, m'expliqua Gisèle. C'est un bordel. Une maison de joie, si tu préfères !

Je n'eus pas le temps de réagir. La porte se rouvrit, et cette fois pour laisser sortir un couple. Un autre monsieur très bien, accompagné d'une fille en robe verte décolletée pratiquement jusqu'au nombril. Un éventail de plumes blanches dissimulait à demi son visage, mais quand elle le replia, je faillis pousser un cri de surprise. Elle raccompagna l'homme jusqu'à la voiture qui l'attendait, il l'embrassa et monta à l'arrière. Puis, quand il fut parti, elle releva la tête et nous aperçut. C'était Annie Gray, ma voisine dans le car de Houma à La Nouvelle-Orléans, la quarteronne qui avait utilisé sa magie vaudoue pour m'aider à trouver l'adresse de mon père. Elle me reconnut instantanément.

— Ruby ! cria-t-elle en agitant la main.

— Hein ? fit Martin.

— Elle te connaît ? s'effara Christophe.

Gisèle ouvrit des yeux ronds et recula d'un pas.

— Hello ! répondis-je au salut d'Annie.

— Je vois que tu as vite appris à connaître la ville, dis donc !

Je hochai la tête, la gorge serrée, et Annie jeta un regard par-dessus son épaule.

— Ma tante travaille ici, je lui donne juste un petit coup de main, mais bientôt, j'aurai un vrai boulot. T'as

357

retrouvé ton papa sans problème, au moins ? Salut, les garçons !

— Salut, renvoya Martin.

Christophe se contenta d'incliner la tête.

— Faut que je rentre, maintenant, mais Annie Gray chantera bientôt dans une boîte, c'est moi qui vous le dis !

Là-dessus, elle remonta précipitamment les marches, agita la main et disparut dans la maison.

— Je n'en reviens pas, déclara Gisèle. Tu la connais ?

— Je l'ai rencontrée dans le car et elle...

— Tu connais une prostituée, mais tu prétends ignorer qu'elle était ici ?

— Je n'en savais rien !

— La petite sainte-nitouche connaît une prostituée, reprit Gisèle en s'adressant aux garçons, qui me dévisageaient comme s'ils ne m'avaient jamais vue.

— Je ne la connais pas vraiment, protestai-je, m'attirant un sourire de Gisèle. C'est vrai, je t'assure.

— Allons-nous-en, dit-elle sèchement.

Nous rebroussâmes chemin d'un pas rapide, sans échanger un mot. Mais de temps en temps, Martin me lançait une œillade à la dérobée, en secouant la tête d'un air entendu.

— Et maintenant, dit Christophe quand nous eûmes regagné la voiture, où allons-nous ?

— Chez moi, décréta Gisèle. Ma mère est sûrement sortie prendre le thé quelque part et papa doit être à l'agence.

— Nous rentrons pour faire quoi ? m'informai-je.

— Tu verras. Bien qu'elle doive être au courant de ça aussi, commenta ma sœur à l'intention des garçons. Elle connaît une prostituée.

— Je t'ai déjà dit que je ne la connaissais pas vraiment. J'étais simplement assise à côté d'elle dans le car.

— Et elle savait que tu cherchais ton père ? Vous m'avez l'air très intimes, toutes les deux ! railla ma jumelle. Mais j'y pense... vous n'auriez pas travaillé ensemble quelque part ?

Martin se retourna, tout émoustillé.

— Assez, Gisèle ! m'écriai-je, à bout de patience.

Christophe démarra en trombe et le rire de ma sœur s'envola dans le vent de la course. A ce train-là, il ne nous fallut pas longtemps pour arriver à la maison, où Edgar vint nous accueillir.

— Est-ce que ma mère est là ? s'enquit aussitôt Gisèle.

— Non, mademoiselle.

Ma sœur lança un regard de conspiratrice aux garçons et nous la suivîmes jusqu'à sa chambre. Elle entra la première, jeta son béret en l'air et alla ouvrir les fenêtres en grand.

— Pourquoi fais-tu ça ?

— Va fermer la porte.

J'obéis, tandis que Christophe se laissait tomber sur le lit et Martin sur le tabouret de la coiffeuse. Il fouilla dans sa poche et, tout en m'observant avec un sourire niais, en tira de bizarres cigarettes : on aurait dit celles que grand-père Jack se roulait lui-même.

— Des cigarettes ? m'étonnai-je, vaguement soulagée.

Certains garçons commençaient à fumer très jeunes, dans le bayou, parfois même vers onze ans. J'avais essayé une fois ou deux, mais je n'avais pas aimé ça : j'avais l'impression que ma bouche devenait comme un cendrier. Et je détestais l'odeur des vêtements imprégnés de fumée de tabac.

— Ce ne sont pas des cigarettes, releva Gisèle. Ce sont des joints.

— Des joints ?

— Tu n'as jamais entendu parler d'herbe, de marijuana ?

Le sourire de Martin s'élargit. Christophe se redressa sur le lit et m'observa avec attention.

Je devais avoir l'air stupide avec mes yeux ronds comme des billes. J'en savais si peu sur la question ! Il y avait bien quelques bars louches à Houma, où de telles choses étaient supposées se passer, mais grand-mère m'avait interdit de m'en approcher. Quant aux garçons de l'école qui avaient la réputation de fumer de l'herbe, ils n'étaient pas de mes amis. Je n'en protestai pas moins :

— Bien sûr que j'en ai entendu parler !

— Mais tu n'as jamais essayé ?

Je fis signe que non et Gisèle eut un sourire ambigu.

— La croirons-nous cette fois-ci, Christophe ?

Il haussa les épaules et je protestai de plus belle :

— Mais c'est la vérité !

— Donc, ce sera ta première fois. Martin...

Il se leva et nous tendit une cigarette à chacun. J'hésitai à prendre la mienne.

— Allez, vas-y, ça ne mord pas ! ricana-t-il. Tu vas adorer.

— Si tu veux faire partie de notre bande, renchérit Gisèle, il faut te mettre au diapason.

Je consultai Christophe du regard.

— Tu peux toujours essayer, dit-il. Au moins une fois.

Je pris ma cigarette à contrecœur et Martin les alluma l'une après l'autre. Je tirai rapidement une première bouffée, rejetant presque instantanément la fumée, ce qui me valut un nouveau ricanement de Gisèle.

— Pas comme ça, enfin ! Tu es vraiment si gourde ?

— Je ne suis pas une gourde, ripostai-je, indignée.

Mais je coulai un regard curieux du côté de Christophe. Renversé sur le lit, il fumait sa marijuana d'un air expert.

— Pas trop mal, annonça-t-il en connaisseur.

Ma jumelle me fournit les explications nécessaires.

— Tu avales la fumée, et tu la gardes un bon moment avant de la recracher. Allez, vas-y, ordonna-t-elle en me poussant brutalement vers une chaise. Mais d'abord, assieds-toi.

J'obéis bon gré, mal gré, sous le regard impérieux de ma sœur, et Martin s'accroupit devant moi.

— C'est ça, bien... commenta-t-il en tétant sa cigarette.

Gisèle mit de la musique et tous les yeux se fixèrent sur moi, si bien que je m'appliquai à inhaler, à retenir la fumée, à exhaler, comme à l'exercice. Je ne savais pas très bien ce qui était censé se passer ensuite, mais je sentis très vite la tête me tourner. Elle me semblait légère, légère... j'eus l'impression que si je fermais les yeux, je m'envolerais vers le plafond. Je devais avoir une expression des plus comiques, car les trois autres éclatèrent de rire et cette fois-ci, sans savoir pourquoi, je me mis à rire avec eux. Ils s'esclaffèrent de plus belle, et moi aussi, à tel point que j'en eus mal au ventre. Malgré cela, chaque fois que je m'arrêtais pour souffler, je regardais les autres et le fou rire me reprenait.

Et brusquement, je m'aperçus que je pleurais. Je n'eus pas conscience de la façon dont le changement s'était produit : je pleurais, c'est tout. Avant que j'aie eu le temps de comprendre ce qui m'arrivait, je me retrouvai assise par terre, le dos contre le mur, en train de brailler comme un bébé.

— Holà ! s'exclama Christophe en se levant.

Il me retira ma cigarette et alla aussitôt la jeter, en même temps que ce qui restait de la sienne, dans les toilettes de la salle de bains.

— Doucement ! s'écria Martin. C'est de la bonne, je l'ai payée assez cher.

— Fais quelque chose, Gisèle, conseilla Christophe en constatant qu'au lieu de s'apaiser mes sanglots redoublaient. Ce truc était beaucoup trop fort pour elle.

— Et que veux-tu que je fasse ?

— Je ne sais pas, moi. Calme-la.

— Calme-la toi-même, riposta-t-elle en s'allongeant sur le plancher, les bras en croix.

Martin pouffa et rampa jusqu'à elle.

— Charmant, murmura Christophe en leur tournant le dos pour s'approcher de moi. Toi, c'est sur ton lit que tu devrais aller t'allonger... Allez, Ruby, insista-t-il en me prenant le bras. Je t'emmène !

Toujours sanglotante, je me laissai entraîner dans le couloir jusqu'à la porte adjacente.

— C'est ta chambre ?

Je fis signe que oui. Christophe ouvrit pour moi, me conduisit à mon lit où je m'étendis, les mains sur les yeux. Peu à peu, mes sanglots s'espacèrent, pour faire place à de petits reniflements convulsifs. Et brusquement, je fus prise de hoquets. Sans perdre un instant, Christophe alla me chercher un verre d'eau dans la salle de bains et s'assit à mes côtés pour me relever la tête.

— Tiens, bois un peu.

Il pressa le verre contre mes lèvres et j'avalai quelques gorgées d'eau, et à nouveau j'éclatai de rire.

— Oh, non ! Reprends-toi, Ruby, je t'en prie. Fais un effort.

J'essayai de retenir l'air dans mes poumons mais il explosa comme une bulle et ma bouche s'ouvrit toute grande, dans une nouvelle crise d'hilarité. Plus je m'efforçais de me contrôler, plus je riais. Finalement, épuisée, je bus encore un peu d'eau et j'inspirai profondément, plusieurs fois de suite.

— Je suis désolée, Christophe. Excuse-moi...

— Ce n'est rien. J'ai entendu parler de réactions comme celle-là, mais je n'en avais jamais vu. Tu te sens mieux ?

Je fermai les yeux et me renversai sur l'oreiller.

— Beaucoup mieux. Juste un peu fatiguée, c'est tout.

— Tu es un vrai mystère pour moi, Ruby. Tu sembles savoir tellement plus de choses que Gisèle... et aussi tellement moins.

— Je ne mens pas.

— Pardon ?

— Je ne mens pas. Je l'ai rencontrée dans le car. Je ne l'avais jamais vue avant.

— Ah, cette fille...

Il ne faisait pas mine de se lever. Je sentis sa main me caresser les cheveux, puis son mouvement quand il se pencha... et ses lèvres sur les miennes. Je n'ouvris pas les yeux tant que dura son baiser, ni quand il prit fin. Et quand j'y repensai, plus tard, je fus incapable de décider si cela s'était vraiment produit ou si c'était un effet de la marijuana sur mon imagination.

Je suis certaine d'avoir eu conscience qu'il se levait, mais le temps qu'il atteigne la porte, j'étais endormie. Je ne m'éveillai qu'en sentant une main me secouer l'épaule, si vigoureusement que le lit en tremblait. J'ouvris les yeux pour voir Gisèle penchée sur moi.

– Mère m'a envoyée te chercher.

— Quoi ?

— Tout le monde est à table, idiote ! On t'attend pour dîner.

Je m'assis en me frottant les yeux et jetai un regard effaré à mon réveil.

— Déjà ! J'ai dû perdre conscience.

— En effet, mais ne va pas t'en vanter. Tu ne dis rien aux parents, compris ? Rien du tout.

— Bien sûr que non.

— Bon, ça va... fit-elle, un peu radoucie. Tu sais que Christophe semble beaucoup t'apprécier ? Il était tout retourné par ce qui t'est arrivé.

Ma sœur était bien aimable, tout à coup. Qu'allait-elle encore m'annoncer ? Mon incertitude ne dura pas.

— D'ailleurs, je commence à en avoir assez de lui, déclara Gisèle. Je vais peut-être te le laisser... à charge de revanche, naturellement. Allez, dépêche-toi de descendre !

Je la regardai sortir, abasourdie. Comment un garçon pouvait-il aimer une fille qui le traitait avec une telle désinvolture ? Cela me dépassait.

Mais peut-être Gisèle faisait-elle simplement semblant de dédaigner ce qu'elle avait déjà perdu ? Et, question plus importante encore... tenais-je vraiment à ramasser ses miettes ?

16

Adaptation

Quelques jours plus tard, les vacances scolaires prirent fin et une nouvelle épreuve commença pour moi. Malgré les encouragements de tous, la promesse de Christophe d'être à mes côtés, et même le talisman de Nina offert spécialement pour l'occasion, j'éprouvais une angoisse insurmontable à l'idée d'affronter un nouveau milieu scolaire... Et surtout dans une grande ville comme La Nouvelle-Orléans.

Chris vint chercher Gisèle pour l'emmener au collège, mais pas moi. Pour ce premier jour de classe, Père et Daphné devaient m'y conduire eux-mêmes, afin de me présenter et régler les formalités d'inscription.

Je laissai Gisèle choisir ce que je porterais pour la circonstance et, cette fois encore, elle m'emprunta un de mes ensembles en attendant que Daphné lui achète les mêmes. Puis, sur le point d'aller rejoindre Christophe, elle débita tout d'une haleine :

— Je t'aurais bien gardé une place à côté de moi, mais c'est impossible, les garçons se battent pour les avoir et ils se feraient tuer plutôt que de changer. Mais ne t'en fais pas, nous nous arrangerons pour que tu sois assise avec nous, à la cafétéria.

Sur ce, Christophe klaxonna et elle quitta la pièce en coup de vent. Je savais qu'ils avaient déjà été en retard trois fois au cours du mois précédent, par sa faute, et qu'une sanction les menaçait. Un seul retard de plus leur vaudrait à tous deux une semaine de retenue.

— Entendu ! criai-je en direction de la porte.

Et, nerveuse au point d'en avoir les genoux qui tremblaient, je lançai un dernier coup d'œil au miroir avant de descendre dans le hall. C'est alors que Nina me remit furtivement le nouveau gris-gris. Encore un os de chat noir, et, comme il se devait, tué à minuit, précisa-t-elle. Je la remerciai et glissai le petit os dans mon portefeuille, à côté du présent d'Annie Gray. Avec tous ces porte-bonheur, que pouvais-je bien avoir à redouter ?

Je rangeai précipitamment mon portefeuille : Père et ma belle-mère descendaient l'escalier. Daphné avait grande allure avec son chignon natté sur la nuque et ses anneaux d'or aux oreilles. Elle portait une robe en cotonnade écrue à taille haute, manches longues et col montant, dont une ombrelle accentuait l'élégance précieuse. Avec ses hauts talons et ses volants, on aurait pu croire qu'elle se préparait à se rendre à une garden-party, et non à une entrevue avec un principal de collège.

Et si Père était tout sourires, elle semblait très inquiète à l'idée que je puisse commettre quelque bévue. Sitôt que la voiture eut franchi le portail, ma belle-mère entama son sermon.

— Tout le monde a entendu parler de toi, maintenant. Tu as été le sujet de conversation de tous les thés, bridges et dîners de Garden District et d'ailleurs. Attends-toi que les enfants de tous ces gens se montrent très curieux à ton égard, eux aussi.

« Et n'oublie pas que tu portes le nom des Dumas, désormais. Tout ce que tu diras et feras rejaillira sur nous tous. Tu m'as bien comprise, Ruby ?

366

— Oui, madame. Pardon... Mère.

Elle avait froncé les sourcils, mais la rectification parut lui plaire. Elle se dérida et laissa parler Père.

— Tout ira bien, ma chérie, tu verras. Tu te feras si vite de nouveaux amis que tu ne sauras plus où donner de la tête.

— Mais attention, m'avertit ma belle-mère, choisis bien tes relations. Depuis quelques années, une nouvelle classe de gens s'est infiltrée dans Garden District. Des parvenus, qui n'ont rien de commun avec les vieilles familles créoles.

Je connus un moment de panique. Comment ferais-je pour m'y retrouver dans toutes ces subtilités sociales ? Daphné perçut ma nervosité.

— Si tu as le moindre doute, demande à Gisèle, voilà tout.

Le collège de ma sœur, qui allait devenir le mien, devait son nom de Beauregard à un général confédéré que fort peu d'élèves avaient dû se donner la peine de connaître. Une statue du héros, dégradée par des années de vandalisme, se dressait au centre du square où, brandissant son épée nue, il exhibait un uniforme écaillé devant le grand portail.

Nous arrivâmes juste après que la cloche annonçant le début des cours eut retenti. Le bâtiment de brique rouge à deux étages me parut immense et austère, avec ses hauts murs projetant leur ombre sur les baies, les arbres centenaires et les massifs de fleurs. Quand Père se fut garé, nous pénétrâmes dans le grand hall pour nous rendre aussitôt chez le principal. On n'entrait pas directement dans son bureau, mais dans un autre, plus petit, domaine de la vieille dame qui faisait office de secrétaire. Entourée de piles de dossiers, harcelée de coups de téléphone, assaillie par les étudiants qui venaient lui exposer leurs problèmes, elle semblait littéralement débordée. J'étais sûre qu'elle était pimpante et soignée en arrivant le matin même. Mais à présent, ses cheveux gris s'ébouriffaient, une trace de stylo-feutre lui zébrait le menton et ses lunettes tanguaient dangereusement sur le bout de son nez.

Elle leva les yeux à notre approche, esquissa un geste pour remettre en ordre sa chevelure et, découvrant l'état de ses doigts tachés d'encre, y renonça.

— Bonjour, madame Dumas, dit-elle en fourrant les mains sous son bureau. Monsieur, mademoiselle... (Elle me gratifia d'un grand sourire.) Notre nouvelle élève, je présume ?

— Oui, répondit Daphné à ma place. Nous avons rendez-vous à huit heures avec M. Storm.

— En effet, madame, confirma la secrétaire en se levant. Je vais vous annoncer.

Elle frappa à la porte intérieure, l'entrouvrit juste assez pour se faufiler dans le bureau du principal et la referma derrière elle.

Les élèves présents dans l'antichambre se retirèrent, non sans me jeter au passage un regard si dévorant de curiosité que je faillis me tâter le nez. Est-ce qu'il m'y était soudainement poussé une verrue, par hasard ? A en juger par leur attitude, on aurait pu le croire.

Après leur départ, j'examinai les innombrables avis, brochures et circulaires épinglés au mur ou rangés sur les étagères en piles bien nettes. Je vis des affiches annonçant les différentes manifestations artistiques, des notes sur la marche à suivre en cas d'alerte au feu ou d'attaque aérienne, des horaires, des avertissements... Il était formellement interdit de fumer, disait l'un d'eux. Et, faible consolation pour le général Beauregard, un autre signalait que le vandalisme était puni d'expulsion.

Je fus tirée de ma contemplation par la voix de la secrétaire.

— Le Dr Storm va vous recevoir...

Trois chaises avaient été disposées à notre intention devant le bureau du principal, le Dr Lawrence P. Storm, ainsi que l'annonçait sa plaque. A notre entrée, il se leva et je sentis mon estomac se nouer. Comme j'enviais le calme de ma belle-mère, la sereine assurance avec laquelle elle s'avançait vers le principal !

C'était un petit homme râblé, bouffi, aux lèvres épaisses et aux yeux proéminents, avec de pâles cheveux blonds divisés par une raie centrale. S'il ne payait pas de mine, je savais par Daphné qu'il était diplômé en sciences de l'éducation, et tenu en haute estime dans toute la ville.

Il tendit à mon père une petite main replète et salua Daphné d'un signe de tête.

— Monsieur Dumas, madame Dumas... je vois avec plaisir que vous semblez en parfaite santé.

— Merci, docteur Storm, commença Père, tout disposé à échanger d'autres propos de politesse.

Mais Daphné, qui ne cachait pas son ennui d'avoir à accomplir ces démarches, alla droit au but.

— Nous sommes venus faire inscrire ma fille. Je suppose qu'à l'heure qu'il est, vous savez tout à son sujet.

Les sourcils broussailleux du Dr Storm se rejoignirent.

— Oui, madame. Mais je vous en prie, prenez donc un siège.

Dès que nous fûmes assis tous les trois, il retomba dans son fauteuil et déplaça quelques feuillets sur son bureau.

— J'ai préparé tous les papiers en vous attendant. Si j'ai bien compris, votre nom est Ruby ? demanda-t-il en me regardant pour la première fois.

— Oui, monsieur.

— Docteur Storm, corrigea Daphné.

— Oui, docteur Storm.

Il eut un soupçon de sourire et poursuivit :

— Eh bien, Ruby, laissez-moi vous souhaiter la bienvenue dans notre école qui vous apportera, je l'espère, une expérience profitable et enrichissante. J'ai fait en sorte que vous partagiez les cours de votre sœur, afin qu'elle puisse vous aider à prendre ce nouveau départ. Pour le reste...

Le principal se tourna vers mon père.

— ... nous ferons le nécessaire pour que son dossier scolaire nous soit transmis, monsieur. Et toutes les informations que vous pourrez nous fournir pour hâter les choses seront elles aussi les bienvenues.

— Naturellement.

— Vous avez suivi une scolarité normale, n'est-ce pas, Ruby ?

— Oui, docteur Storm. Je n'ai jamais manqué l'école.

— Parfait, commenta-t-il en plaquant les mains sur son bureau. Cependant... il se peut que vous trouviez notre enseignement un peu... différent. Beauregard est considéré comme un des meilleurs collèges de la ville. Nous avons les professeurs les plus qualifiés, un excellent niveau d'études et des résultats plus que satisfaisants.

Le principal s'interrompit, sourit à mes parents et reprit à mon intention :

— Inutile de vous dire que votre situation chez nous sera... un peu spéciale. Votre réputation vous a précédée, il faut vous attendre à être un sujet de curiosité, voire de commérages. Ce qui, je le crains, n'en rendra votre adaptation que plus difficile.

« Mais pas impossible, s'empressa d'ajouter le Dr Storm en voyant mon air consterné. Je serai à votre disposition pour vous aider dans la mesure de mes moyens. N'hésitez jamais à venir me trouver en cas de besoin, mon petit. Ma porte vous est ouverte. En attendant...

Il se pencha pour me tendre un imprimé.

— ... voici votre emploi du temps. J'ai demandé à l'une de nos élèves modèles, qui suit précisément les mêmes cours que vous, de vous servir de cicérone pour la journée. J'aurais pu en charger Gisèle, ajouta le principal en se tournant vers mon père et Daphné, mais j'ai pensé que cela ne ferait qu'attirer davantage l'attention sur vos deux filles. J'espère que vous m'approuvez ?

— Tout à fait, docteur Storm, acquiesça Père.

Et ma belle-mère crut bon de préciser :

— Vous comprendrez que nous n'ayons pas encore les papiers nécessaires à l'inscription de Ruby. Cette situation nous a pris au dépourvu.

— Bien sûr, ne vous inquiétez pas. Je me contenterai des informations que vous pouvez me fournir, et je m'emploierai à découvrir le reste. Quant à vous, Ruby...

Le principal me tendit une liasse de feuillets agrafés.

— ... afin que vous ne soyez pas trop dépaysée, j'ai préparé ceci à votre intention. Vous y trouverez l'essentiel de nos règlements, programmes et autres, enfin bref... tout ce qu'il vous faut savoir. Je suis certain, étant donné l'entourage dans lequel vous évoluez, que vous n'aurez aucune difficulté à vous conformer à nos usages.

« Toutefois, ajouta-t-il avec fermeté, nous tenons à nos principes et, le cas échéant, nous saurons les faire respecter. Vous me comprenez ?

— Oui, docteur Storm.

— En ce cas, dit le principal en se levant, rien ne nous oblige à vous garder plus longtemps. (Il alla ouvrir la porte de communication.) Madame Eltz ! Veuillez m'envoyer Caroline Higgins.

« En attendant, reprit-il en regagnant sa place, nous pouvons faire le point sur la situation de Ruby. Je dois être informé de tout ce que vous savez, insista-t-il en regardant Père et Daphné, nous partirons de là. Soyez assurés que tout ce que vous me confierez restera entre nous.

— Je suppose, dit ma belle-mère d'un ton pincé, que nous ne vous apprendrons rien que vous ne sachiez déjà.

Sa grimace hautaine et sa voix glacée obtinrent l'effet voulu. Le sourire du principal s'effaça, il parut se tasser dans son fauteuil. Il fit mine de fouiller dans ses paperasses et eut l'air fort soulagé quand Mme Eltz revint annoncer l'arrivée de Caroline Higgins.

— Parfait, parfait, dit-il en se levant une fois de plus pour contourner son bureau. Venez, Ruby.

Et, trop heureux d'échapper au regard sourcilleux de ma belle-mère, il m'escorta dans l'antichambre.

— Caroline, voici Ruby Dumas. Ruby, Caroline Higgins.

Je vis s'approcher une jeune fille mince et pâle aux cheveux brun terne, dont les yeux saillants et les grosses lunettes déparaient encore le visage ingrat. Elle me tendit une main hésitante que je serrai hâtivement : elle me semblait presque aussi nerveuse que moi.

— Caroline sait déjà exactement ce qu'elle doit faire, annonça le Dr Storm. Alors, Caroline, par quoi commencez-vous ?

— Le cours d'anglais, monsieur.

— Très bien, sauvez-vous, toutes les deux. Et n'oubliez pas, Ruby, que ma porte vous est ouverte.

— Merci, docteur Storm.

Je suivis Caroline dans le grand couloir et au bout de quelques mètres à peine, elle s'arrêta et tourna vers moi un visage métamorphosé, souriant et enjoué.

— Salut ! Autant que tu le saches tout de suite, tout le monde m'appelle Ciboulette.

— Ah bon, pourquoi ça ?

372

— Aucune idée. Quelqu'un m'a appelée comme ça un jour et depuis, ça m'est resté. Si je ne réponds pas à ce nom-là, personne ne m'adresse la parole, expliqua-t-elle avec résignation. En tout cas, je suis rudement contente d'être ton guide ! Ton histoire a fait le tour du collège. M. Stegman est en train de parler d'Edgar Poe mais il perd sa peine, le pauvre. Tout le monde a les yeux fixés sur la porte.

Après ce préambule, ce fut à peine si j'écoutai Ciboulette me décrire la disposition des lieux : je n'entendais que les battements de mon cœur. Et, bien trop tôt pour mon goût, nous fîmes halte. Nous étions arrivées devant la salle d'anglais.

— Prête, Ruby ?

— Non, mais je n'ai pas le choix.

Ciboulette sourit et ouvrit la porte. Ce fut comme si un coup de vent avait balayé la pièce : toutes les têtes pivotèrent dans notre direction. Le professeur lui-même, un grand homme maigre aux cheveux aile-de-corbeau, resta un instant figé, le doigt en l'air. Je parcourus des yeux l'océan de visages et dénichai Gisèle, au fond à droite, un petit rictus aux lèvres... et, ainsi qu'elle s'en était vantée, entourée de garçons. Mais je n'aperçus ni Martin ni Christophe.

— Bonjour, me salua M. Stegman qui avait repris contenance. Inutile de vous dire que nous vous attendions. Veuillez vous asseoir, je vous prie.

Il m'indiqua le troisième siège, dans la rangée la plus proche de la porte, et je m'étonnai qu'une place fût libre si près du tableau. Mais en découvrant que je me trouvais juste derrière Ciboulette, je compris que c'était voulu.

— Merci, murmurai-je avec soulagement.

Et je m'empressai de gagner ma place, serrant contre moi la trousse et les cahiers dont ma belle-mère avait pris soin de me munir.

— Mon nom est M. Stegman, reprit le professeur. Quant à vous, votre nom nous est déjà connu, n'est-ce pas, les autres ?

Une houle de rires étouffés passa sur la classe : tous les yeux étaient rivés sur moi. Le professeur se pencha et prit deux livres sur son bureau.

— Ces livres sont à vous. Voici votre grammaire... et je saisis l'occasion de rafraîchir la mémoire de vos camarades. Ceci est une grammaire, énonça lentement M. Stegman en brandissant le volume. (Cette fois, les rires fusèrent sans contrainte.) Et voici votre manuel de littérature. Nous étions en train d'étudier la nouvelle d'Edgar Poe : *Double Assassinat dans la rue Morgue*. Une histoire que tout le monde était censé lire pendant ces vacances, je tiens à le rappeler, précisa-t-il en parcourant les rangs des yeux.

Beaucoup de nez s'allongèrent et il se retourna vers moi.

— Pour l'instant, contentez-vous d'écouter, mais j'aimerais que vous lisiez cette nouvelle ce soir.

— Je l'ai déjà lue, monsieur.

Ses sourcils noirs dessinèrent deux accents circonflexes.

— Ah bon. Et le personnage principal est...

— Dupin, monsieur, le détective d'Edgar Poe.

— Alors vous connaissez le meurtrier ?

— Oui, monsieur, répliquai-je en souriant.

— Et que représente cette œuvre, d'après vous ?

— C'est l'un des tout premiers romans policiers américains.

— Bien, bien, bien... Il semblerait que nos voisins du bayou soient moins ignorants que certains d'entre nous ne le supposaient, commenta-t-il en toisant sa classe d'un œil sévère. En fait, l'adjectif conviendrait mieux à certaines personnes ici présentes...

J'aurais juré qu'il regardait Gisèle.

— Je vous ai placée loin de votre jumelle, Ruby, car je craignais d'avoir du mal à vous distinguer. Je vois qu'il n'en sera rien, conclut-il, déclenchant une hilarité générale.

Je baissai le nez sur mon livre, n'osant pas affronter le regard de Gisèle. Ce fut seulement à la fin de la leçon, quand le professeur nous eut indiqué nos devoirs, que je tournai lentement la tête dans sa direction. Elle semblait à la fois déçue et mécontente.

— Tu as fait une forte impression sur M. Stegman, me dit Ciboulette quand la cloche sonna. Et je suis très contente que tu aimes lire. Tout le monde se moque de moi parce que je lis beaucoup.

Sur ces entrefaites, Gisèle nous rejoignit, remorquant son troupeau d'admirateurs et de favorites.

— Ça ne sert à rien de te présenter mes amis maintenant, m'annonça-t-elle, tu oublieras leurs noms tout de suite. Je ferai les présentations tout à l'heure, à la cafétéria.

Quelques murmures désappointés se firent entendre.

— Oh, bon, si vous y tenez ! Voici Billy, Edward, Charles et James, débita-t-elle, si rapidement qu'il me fut impossible de savoir qui était qui. Et voici Claudine et Antoinette, mes deux meilleures amies, ajouta-t-elle en désignant deux jeunes filles, une brune et une blonde.

— Ce que vous pouvez vous ressembler ! s'exclama Claudine. Je n'en reviens pas.

— Evidemment, rétorqua Antoinette. Elles sont jumelles.

— Et alors ? Les Gibson aussi, mais Grace et Mary ne se ressemblent pas tant que ça !

— C'est parce que ce sont de fausses jumelles, expliqua Ciboulette. Elles sont nées de deux ovules différents.

— Oh, toi, l'encyclopédie ambulante, oublie-nous un peu, tu veux ? lança impatiemment Claudine. Tu es sûre de n'avoir rien à faire à la bibliothèque ?

— Je suis censée faire visiter l'école à Ruby. Ce sont les ordres du Dr Storm.

— Eh bien, tes ordres sont changés, trancha Gisèle. Disparais, Ciboulette. Je peux m'occuper de ma sœur moi-même.

— Mais...

— Je ne voudrais pas lui créer des ennuis, protestai-je, m'attirant un regard de gratitude de la part de Caroline. Je reste avec elle.

— Comme tu voudras. Mais ne l'amène pas à notre table à la cafétéria, elle nous couperait l'appétit ! lança Gisèle, à la grande joie de sa petite cour.

Au même instant, débouchant d'un autre couloir, Christophe et Martin nous rejoignirent.

— Alors, comment ça se passe ?

— Très bien, répondit Gisèle à ma place. Ne t'en fais pas pour elle, Ciboulette s'en charge.

Et, sans me laisser le temps d'ouvrir la bouche, elle glissa le bras sous celui de Christophe et l'entraîna plus loin.

— Mais... bon, je te vois au déjeuner, me cria-t-il par-dessus son épaule.

— Dépêchons-nous, me pressa Caroline, nous allons être en retard au cours de sociologie.

— Et-nous-ne-voulons-pas-être-en-retard-au-cours-de-sociologie, ânonnèrent d'une seule voix tous les élèves présents.

Caroline devint pivoine et je m'empressai de faire diversion.

— Allez, viens ! Montre-moi le chemin.

Tout le long du corridor, les élèves me dévisageaient ouvertement. Certains me saluaient, d'autres souriaient, d'autres encore chuchotaient quelque chose à leur voisin.

Certains professeurs s'avancèrent même sur le seuil de leur classe pour me voir passer.

Viendrait-il un jour où je cesserais d'être une bête curieuse, où plus personne ne se retournerait sur moi ? Je n'en demandais pas plus.

A mesure que les cours se suivaient — sociologie, sciences, mathématiques —, je découvrais que j'étais loin d'être aussi en retard que tout le monde s'y attendait. Mes lectures devaient y être pour beaucoup, grand-mère Catherine m'ayant toujours encouragée à emprunter des livres à la bibliothèque. En tout cas, au lieu d'être intimidée par les professeurs de Beauregard, je les trouvai pleins de sympathie pour moi et tout prêts à m'encourager, eux aussi. Comme M. Stegman, ils se montrèrent très satisfaits d'avoir une élève aussi attentive.

Comme il fallait s'y attendre, ils me comparaient à Gisèle, qui fut réprimandée pour ne pas s'appliquer autant que moi. Sous leurs critiques perçait la remarque, informulée, qu'entre la cajun et la créole la moins avancée n'était pas celle qu'on aurait pu croire.

Je n'avais pas souhaité cela. Je voyais bien à quel point Gisèle en était affectée, mais je n'y pouvais rien. A l'heure du déjeuner, elle était si furieuse et si vexée qu'elle se montra d'une humeur massacrante. Du plus loin qu'elle l'aperçut, Caroline s'excusa :

— Bon, je te laisse. On se revoit après le déjeuner.

Je n'eus pas le temps de protester : Christophe arrivait derrière moi et me chatouillait les côtes. Je me retournai en poussant un cri.

— Arrête, Chris ! J'attire suffisamment l'attention comme ça. Je me sens comme une crevette dans un gombo de poulet !

Il attacha sur moi un regard chaleureux, doux comme un sourire.

— Il paraît que tu plais à tout le monde, surtout aux professeurs. J'en étais sûr ! Bon, je t'emmène déjeuner ?

Il me suivit le long de la file et nous portâmes nos plateaux jusqu'à la table où Gisèle pérorait, devant une cour attentive.

— J'étais justement en train de raconter que tu devais nettoyer du poisson, Ruby. Et que tu cousais des mouchoirs pour les vendre au bord de la route.

De petits gloussements parcoururent l'assemblée.

— As-tu parlé aussi de son talent, et de ses aquarelles exposées dans une galerie d'art ? (Le sourire de ma sœur s'évapora.) Dans le Vieux Carré, précisa Christophe, à l'intention de Claudine et d'Antoinette.

— C'est vrai ? s'étonna Claudine.

— Absolument. Et un professeur d'université, qui la trouve très douce, va lui donner des cours particuliers.

— Christophe, je t'en prie...

— Ne sois donc pas si modeste, à la fin ! Tu es la sœur de Gisèle, non ? Alors montre-le !

Du coup, tout le monde rit de bon cœur (sauf Gisèle...) et les questions fusèrent de tous côtés. Quand avais-je commencé à peindre ? A quoi ressemblait la vie dans le bayou ? Et l'école ? Avais-je déjà vu des alligators ?

Chaque question, chaque réponse augmentait la fureur de Gisèle.

Elle fit plusieurs tentatives pour attirer l'attention, mais autant lancer des pétards mouillés. C'étaient mes histoires qu'on voulait entendre. Finalement, elle se leva en annonçant qu'elle allait fumer une cigarette.

— Tu viens, Christophe ?

— Nous n'avons plus le temps, et d'ailleurs Storm fait la surveillance lui-même, ces jours-ci.

Ma jumelle me fusilla du regard.

— Tu n'étais pas si froussard jusqu'ici, Chris Andréas !

— Peut-être que l'âge me rend plus sérieux, riposta-
t-il, provoquant une nouvelle explosion de rires.

— Comme tu voudras.

Gisèle pirouetta et mit le cap sur une autre table, où
deux garçons levèrent la tête à son approche, d'un seul
mouvement. Elle leur sourit et, tels deux poissons
accrochés au même appât, ils sortirent dans son sillage.

Les cours terminés, Christophe insista pour me ramener à la maison et nous attendîmes Gisèle près de la voiture. Puis, comme elle ne se montrait pas, il décida de
partir sans elle.

— Mais elle sera furieuse, protestai-je.

— Tant pis pour elle. Cesse de te tracasser pour ça,
elle le fait exprès. Allez, monte !

Je me retournai quand il démarra et je crus apercevoir
Gisèle sur le perron. Mais quand j'en avertis Christophe,
il ne fit qu'en rire.

— Je lui dirai que je t'ai prise pour elle, voilà tout.

Cheveux au vent, sous le brillant soleil qui dorait les
feuilles et les fleurs, je me sentais délicieusement bien. Le
talisman de Nina Jackson avait marché, finalement. Ma
première journée de classe dans ma nouvelle école était un
franc succès.

Il en alla de même tout au long des jours et des
semaines qui suivirent. Je m'aperçus très vite qu'au lieu
d'avoir besoin de Gisèle pour me mettre à niveau, c'était
moi qui l'aidais. Mais naturellement, ce n'était pas ainsi
qu'elle présentait les choses à ses amis. A l'en croire, elle
passait des heures à combler mes lacunes dans toutes les
matières. Un jour, à la cafétéria, elle alla même jusqu'à
dire en riant :

— A force de tout réviser à cause de Ruby, je
commence à faire des progrès !

La vérité, c'est que j'avais fini par faire son travail avec le mien et que ses notes de devoirs montaient en flèche. Nos professeurs ne cachaient pas leur étonnement et m'adressaient des regards entendus. Et comme nous étudiions nos leçons ensemble, ses contrôles eux-mêmes s'en ressentirent.

C'est ainsi que mon adaptation à Beauregard s'avéra bien plus facile que je ne l'avais supposé. Je me fis des amis, surtout des garçons, et je restai très liée avec Ciboulette, malgré l'opinion qu'en avaient Gisèle et son petit cercle. Je la trouvais intelligente, très sensible et beaucoup plus sincère que la plupart des amies de Gisèle, sinon toutes.

J'aimais beaucoup mes cours avec le professeur Ashbury, qui déclara dès ma deuxième leçon que j'avais un œil d'artiste.

— Vous avez le don de distinguer ce qui est intéressant de ce qui ne l'est pas, Ruby.

Quand ma réputation dans ce domaine eut fait le tour du collège, j'attirai plus que jamais l'attention. M. Stegman, qui dirigeait l'équipe du Journal des élèves, me proposa le rôle de conseillère artistique, insistant pour que je lui soumette des illustrations. Et comme Ciboulette était rédactrice en chef, je passai beaucoup plus de temps avec elle. M. Divito, le professeur d'art dramatique, me demanda de me joindre au club de loisirs et, la semaine suivante, j'auditionnai pour la pièce de fin d'année. Cet après-midi-là, Christophe était présent. Et, à ma grande surprise, doublée d'un ravissement secret, nous fûmes désignés comme partenaires. Toute l'école en fit des gorges chaudes. Gisèle seule manifesta de la mauvaise humeur, surtout le lendemain au déjeuner, quand Christophe suggéra en plaisantant qu'elle pourrait devenir ma doublure.

— Comme ça, si quelque chose arrive, personne ne verra la différence, ajouta-t-il.

Mais personne n'eut le temps de rire. Gisèle explosa :

— Je ne suis pas étonnée de t'entendre dire ça, Christophe Andréas. Tu n'as jamais su distinguer le vrai du faux !

Les assistants s'esclaffèrent, Christophe rougit jusqu'aux cheveux et moi... j'aurais voulu me glisser sous la table.

Ma jumelle secoua les cheveux et pointa l'index sur sa poitrine.

— A vrai dire, c'est Ruby qui a été *ma* doublure, depuis qu'elle est sortie de son marais ! Je lui ai appris à prendre un bain, à se brosser les dents et à ôter la boue de ses oreilles.

Les autres approuvèrent en hochant la tête, et je sentis mes yeux brûler de larmes.

— Ce n'est pas vrai, Gisèle. Tu mens !

— Pardonne-moi de dire ces choses, Ruby, mais ne t'en prends pas à moi. C'est sa faute, insista-t-elle en projetant le menton vers Christophe. Tu profites d'elle, et tu le sais très bien, Chris ! Tout ça parce qu'elle est ignorante, la pauvre, et qu'elle ne voit rien de mal à ce qu'un garçon fourre la main sous ses jupes.

L'exclamation de stupeur générale attira l'attention de toute la cafétéria sur notre table.

— Gisèle ! m'écriai-je en bondissant sur mes pieds. Comment oses-tu mentir de cette façon ? C'est ignoble !

Et, ramassant mes livres, je m'élançai vers la sortie, les joues sillonnées de larmes.

Pendant tout le reste de la journée, je gardai le nez baissé sur mes cahiers, plus morte que vive. S'il m'arrivait de risquer un coup d'œil dans la classe, je surprenais des regards émoustillés, des chuchotements, des rires étouffés. Il me semblait que la fin des cours n'arriverait jamais. Je savais que Chris m'attendrait près de sa voiture, mais la seule idée d'être vue avec lui m'emplissait de honte. Je m'esquivai par une porte latérale et, à peine sortie, je courus tout d'une traite jusqu'au premier croisement.

Je connaissais suffisamment les environs pour ne pas me perdre, mais le chemin que j'empruntai s'avéra beaucoup plus long que je ne l'avais prévu. En cours de route, je fus même tentée de me sauver, pour retourner dans le bayou. Puis, dans l'une des plus grandes avenues de Garden District, j'aperçus deux fillettes qui jouaient dans un jardin et je m'arrêtai pour les observer. Elles étaient adorables sur leur balançoire, et à en juger par leur ressemblance, j'aurais juré qu'elles étaient sœurs. Ce devait être merveilleux de grandir auprès d'une sœur, de rire avec elle, de pleurer avec elle, de se consoler l'une l'autre dans la tristesse et de se rassurer mutuellement contre les peurs irraisonnées de l'enfance.

J'aurais tant aimé qu'il nous fût donné de grandir ensemble, Gisèle et moi. J'étais intimement convaincue, maintenant, qu'elle aurait été bien meilleure si c'était grand-mère Catherine qui l'avait élevée, elle aussi. Et cela me rendait furieuse. C'était trop injuste de nous avoir séparées ! Même s'il ignorait mon existence, mon grand-père Dumas n'avait aucun droit de disposer du sort de Gisèle. On ne jouait pas ainsi avec la vie des gens, comme on bat les cartes au bourré. Je n'avais aucune idée de ce que Daphné avait pu dire à ma mère pour qu'elle renonce à Gisèle, mais j'étais sûre que c'était un affreux mensonge.

Quant à mon père... Je le plaignais pour la souffrance que lui avait causée l'accident tragique arrivé à son frère. Je comprenais qu'il soit tombé éperdument amoureux de ma mère au premier regard. Mais il aurait quand même pu réfléchir aux conséquences de ses actes, et ne pas laisser arracher Gisèle à notre mère.

Plus malheureuse que je ne pensais jamais l'être, je finis par arriver devant le perron. Pendant une longue minute, je restai immobile devant la grande maison, me demandant si tous les avantages que j'y trouvais valaient vraiment mieux que ma petite vie simple dans le bayou. Etait-ce donc cela, l'avenir que grand-mère entrevoyait pour moi ? Ou n'avait-elle voulu que m'éloigner de grand-père Jack ? N'y avait-il aucun moyen pour moi de vivre dans le bayou sans tomber dans ses sales pattes ?

Tête basse, je gravis les marches et pénétrai dans la maison. Un calme absolu régnait partout. Père n'était pas rentré, Daphné devait être dans la bibliothèque ou dans ses appartements. Je montai dans ma chambre, refermai avec soin la porte derrière moi et me jetai sur mon lit, le visage dans l'oreiller. Quelques instants plus tard, j'entendis jouer une serrure et je me retournai ; pour la première fois, je vis s'ouvrir la porte de communication entre ma chambre et celle de Gisèle, jusque-là toujours verrouillée de son côté. Elle ne l'avait jamais été du mien.

Je lançai un regard noir à ma jumelle.

— Qu'est-ce que tu veux ?

— Te demander pardon, dit-elle d'une voix contrite.

Je m'assis sur mon lit, abasourdie.

— Je suis désolée, Ruby, je me suis énervée. Je ne pensais pas toutes ces choses affreuses, mais je t'ai menti en disant que je ne voulais plus de Chris et que je te le laissais. A cause de ça, toutes mes amies se sont moquées de moi.

— Je n'ai rien fait pour l'attirer ni pour le détourner de toi, je t'assure.

— Je sais. Ce n'est pas ta faute et j'ai été idiote de t'en vouloir. Je me suis déjà excusée auprès de lui. Tu sais qu'il t'attendait, après la classe ?

— Oui.

383

— Où étais-tu passée ?

— Je me suis promenée.

Elle eut un hochement de tête compréhensif et répéta :

— Je suis désolée. Je suis sûre que personne n'a cru ces choses horribles.

Toujours étonnée, mais très touchée par ce changement soudain, je lui souris.

— Merci, Gisèle.

— Claudine donne une soirée-pyjama, demain soir. Tu sais ce que c'est ? Toutes les invitées dorment chez elle, on sera juste quelques filles. J'aimerais beaucoup que tu viennes.

— Je viendrai.

— Formidable ! Tu veux qu'on révise pour ce satané contrôle de maths ?

— D'accord, acquiesçai-je.

Je n'en revenais pas. Se pouvait-il que nous devenions vraiment sœurs, finalement ? Si seulement c'était vrai ! Je l'espérais de tout mon cœur.

Après le dîner, ce soir-là, nous révisâmes nos maths ensemble, puis Gisèle mit des disques et me raconta diverses histoires sur les membres de notre soi-disant groupe d'amis. Je trouvai très amusant de papoter en écoutant de la musique. Ma jumelle me promit de m'aider à mémoriser mon rôle pour la pièce, puis elle prononça les paroles les plus gentilles qu'elle m'eût jamais adressées depuis mon arrivée.

— Maintenant que j'ai déverrouillé ma porte, j'espère qu'elle restera ouverte. Qu'en penses-tu ?

— Je ne demande que ça.

— Nous n'aurons même pas besoin de frapper pour aller l'une chez l'autre, d'accord ? Sauf quand l'une de nous recevra un visiteur... spécial, ajouta-t-elle avec un sourire.

Le lendemain, nous eûmes toutes les deux de très bons résultats au contrôle. Et quand les autres élèves nous virent déambuler en bavardant, les regards soupçonneux dont j'étais l'objet cessèrent, ce qui parut soulager énormément Christophe. La répétition finie — elle s'était merveilleusement bien passée —, il m'invita au cinéma pour le soir même, mais je lui appris que nous allions à la soirée-pyjama de Claudine, Gisèle et moi. Je le vis froncer les sourcils.

— Vraiment ? Je n'ai entendu parler de rien. En général, nous sommes les premiers au courant de ce genre de choses, nous, les garçons.

— Cela a dû se décider à la dernière minute. Passe à la maison demain après-midi, si tu veux.

J'ignorais que Gisèle n'avait pas encore demandé la permission d'aller à la soirée de Claudine. Elle en parla le soir, à table, et Daphné se plaignit d'être consultée si tard.

— Nous ne savions rien avant tout à l'heure, mentit Gisèle, en me jetant un coup d'œil en coin pour s'assurer que je ne dirais pas le contraire. Mais même si nous l'avions su plus tôt, quand aurions-nous pu vous en parler ? Vous êtes toujours occupés ces jours-ci, papa et toi.

— Quel mal y aurait-il à cela, Daphné ? intervint Père. Elles méritent bien une petite récompense, avec les bulletins qu'elles nous rapportent à la maison.

Il m'adressa un clin d'œil avant d'ajouter :

— Je suis très satisfait de tes progrès, Gisèle.

— Et j'apprécie que Ruby se soit fait les amis qu'il faut, admit Daphné. Les Montaigne sont des gens très bien.

Sur quoi, la permission fut accordée.

Sitôt le dîner fini, nous montâmes préparer nos sacs et Père nous conduisit jusque chez Claudine, trois rues plus loin. Ses parents étaient en ville et devaient rentrer tard, les domestiques s'étaient retirés dans leurs quartiers, si bien que nous avions la maison pour nous toutes seules. En plus d'Antoinette, Gisèle et moi, Claudine avait invité deux autres filles : Thérèse Du Partz et Deborah Tallant. Pour commencer la soirée, nous fîmes griller du pop-corn dans la grande salle de séjour familiale, en écoutant de la musique. Après quoi, Claudine suggéra que nous corsions notre jus d'airelle avec de la vodka, et j'eus un frisson d'appréhension. Ça n'allait pas recommencer ! Mais toutes les autres étaient d'accord sur un point : où serait le plaisir sans le piment du fruit défendu ?

— Ne t'inquiète pas, me chuchota Gisèle. Je me charge des mélanges et je ne mettrai pas trop de vodka.

Je la surveillai quand elle prépara les cocktails et pus vérifier qu'en effet elle tenait parole.

— Ruby, demanda soudain Deborah, tu as déjà été à une soirée-pyjama, dans le bayou ?

— Non, seulement dans des fais-dodo.

Naturellement, je soulevai une certaine curiosité et dus décrire en détail comment se déroulait un fais-dodo, danses, musique, jeux et buffet compris. On me demanda même des explications sur le bourré.

— C'est fou ! s'exclama Deborah. Tout ça n'est pas tellement loin de chez nous, et on croirait qu'il s'agit d'une autre planète.

— Les gens ne sont pas si différents, observai-je. Au fond, tout le monde veut la même chose : l'amour et le bonheur.

Il se fit un silence attentif.

— Ça devient trop sérieux, déclara Gisèle, avec un signe d'intelligence à l'intention de Claudine.

Celle-ci réagit aussitôt.

— Si nous montions dans le grenier ? Nous pourrions fouiller dans les malles de ma grand-mère Montaigne et nous habiller comme dans les années vingt.

Apparemment, ce n'était pas la première fois que les amies se livraient à ce jeu, car Claudine ajouta :

— Et on mettra les vieux disques, bien sûr.

Antoinette et Gisèle échangèrent un regard complice et nous partîmes à l'assaut de l'escalier. Claudine nous lançait les vêtements de la porte du grenier, assignant à chacune de nous son déguisement. Je reçus en partage un costume de bain à l'ancienne mode.

— Nous ne devons pas nous montrer aux autres avant d'être prêtes à descendre, expliqua-t-elle, comme s'il existait une règle du jeu que j'ignorais. Ruby, tu pourras te changer dans ma chambre.

Elle m'ouvrit elle-même la porte, distribua les autres chambres disponibles entre Gisèle et Antoinette et dit à Thérèse et à Deborah de se trouver un coin en bas. Elle-même utiliserait l'appartement de ses parents.

— Tout le monde au salon dans dix minutes, décréta-t-elle.

Je refermai la porte et m'avançait dans la pièce. Le costume de bain me parut plutôt comique, quand je l'élevai devant moi pour m'examiner dans le miroir de la coiffeuse. Comment pouvait-on bronzer, avec ça ? Il ne laissait pas grand-chose à découvert. Les gens de cette époque-là ne devaient pas se soucier beaucoup des bains de soleil...

N'empêche que ce serait drôle de défiler dans le salon, avec notre accoutrement de l'ancien temps ! Riant d'avance, je me précipitai dans la salle de bains et me débarrassai rapidement de ma jupe et de mon chemisier. J'allais enfiler le ridicule maillot quand j'entendis frapper.

— Tu t'en sors ? demanda Claudine en entrebâillant la porte.

— J'ai peur que ce soit un peu grand pour moi.

— Ma grand-mère était une grosse dame. Oh mais... tu ne peux pas garder ton soutien-gorge et ta culotte ! On

387

ne mettait rien, là-dessous. Dépêche-toi d'enlever tout, enfile ça et descends.

— Mais...

La porte s'était déjà refermée. Avec un haussement d'épaules, je détachai mon soutien-gorge et je commençais à faire glisser ma culotte sur mes cuisses quand j'entendis des rires étouffés. Dans un sursaut de panique, je pivotai sur moi-même pour voir coulisser la porte du placard, dont trois garçons bondirent en hoquetant de rire : Billy, Edward et Charles. Je poussai un cri aigu, tâtonnai fébrilement pour rassembler mes vêtements... et un flash m'éblouit. Le second éclata presque aussitôt, alors que je m'élançais vers la porte donnant sur le couloir. C'est alors que Gisèle, Antoinette et Claudine débouchèrent de l'appartement des parents, tandis que Deborah et Thérèse arrivaient par l'escalier, la mine réjouie.

— Que se passe-t-il ? feignit de s'étonner Claudine.

— Comment avez-vous pu faire ça ? m'écriai-je.

Les garçons, qui m'avaient suivie jusque-là, rugirent de rire. Ils se préparaient à prendre une troisième photo quand je me précipitai tête baissée dans le couloir, ouvris la première porte venue et la claquai derrière moi. Je m'habillai aussi vite que je le pus, la vue brouillée, pleurant de honte et tremblant de rage.

Toujours tremblante, mais soutenue par l'énergie de la colère, j'ouvris brutalement la porte : personne. Sans perdre une seconde, je descendis au rez-de-chaussée, où des voix et des rires me parvenaient du grand salon, et m'arrêtai sur le seuil pour observer. Les garçons étaient à demi étendus sur le sol, buvant leur jus de fruits-vodka, entourés des cinq filles qui se prélassaient dans les fauteuils et sur les canapés. Je fixai sur Gisèle un regard empli de haine.

— Comment as-tu pu les laisser me faire ça ?

— Oh la la ! Ne sois pas toujours si rabat-joie, c'était juste pour rire.

— Ah, vraiment ? Alors fais-moi rire : lève-toi et déshabille-toi devant eux, pendant qu'ils prendront des photos. Allez, qu'est-ce que tu attends ? Vas-y !

Les autres la dévisageaient, guettant la suite.

— Je ne suis pas si bête ! riposta-t-elle, et tous les autres s'esclaffèrent.

— Non, bien sûr. Tu ne fais jamais confiance aux gens, toi. Merci pour la leçon, petite sœur, lui lançai-je comme si je lui crachais à la figure.

Et je tournai les talons.

— Eh ! Où vas-tu comme ça ?

— Ailleurs. Loin de cette maison.

— Oh, ne recommence pas tes niaiseries ! Je suis sûre que tu laissais les garçons te voir nue, dans ton bayou.

— Eh bien, tu te trompes. Les gens ont encore du sens moral, là-bas. Ce n'est pas comme ici !

Le sourire narquois de ma sœur s'éteignit.

— Tu vas me dénoncer ?

— Qu'est-ce que ça changerait ? lui renvoyai-je avec mépris.

Et je sortis sans me retourner

Le cœur battant, je m'élançai dans les rues pavées de galets, traversai les faisceaux des réverbères et les croisements sans ralentir, sans rien voir. Si je rencontrai des passants, je ne les remarquai pas. Ni les voitures, ni rien d'autre. Je n'avais qu'une idée : rentrer à la maison au plus vite, me ruer dans l'escalier...

Et reverrouiller la porte entre ma chambre et celle de Gisèle.

17

Dîner en ville

Edgar vint m'ouvrir et, du premier coup d'œil, s'aperçut de mon trouble : je n'avais jamais su dissimuler.

— Tout va bien, mademoiselle ?

— Oui, Edgar. Mon père est-il encore en bas ?

— Non, mademoiselle.

Quelque chose dans le son de sa voix fit que je l'observai plus attentivement, et la tristesse que je lus dans son regard me frappa.

— Il y a quelque chose qui ne va pas, Edgar ?

— Monsieur Dumas s'est retiré pour la nuit, se borna-t-il à répondre, comme si cela expliquait tout.

— Et ma... ma mère ?

— Elle est également montée se coucher, mademoiselle. Avez-vous besoin de quoi que ce soit ?

— Non, Edgar. Je vous remercie.

Le maître d'hôtel s'inclina et s'éloigna sans faire de bruit. Il régnait un calme étrange dans la maison, et presque toutes les pièces étaient sans lumière. Le lustre de cristal du hall était éteint, et les personnages des tableaux semblaient vaguement menaçants dans la pénombre. Une sorte de frayeur remplaça mon émoi, je me sentis soudain terriblement seule. Un frisson me courut dans le dos et je m'élançai dans l'escalier, impatiente de me blottir dans mon lit douillet. Mais, en arrivant sur le palier, j'entendis à nouveau ce son qui m'avait déjà tellement intriguée : des sanglots.

Pauvre papa, pensai-je en soupirant. Fallait-il que son chagrin lui soit lourd à porter pour qu'il revienne si souvent pleurer comme un enfant dans la chambre de son frère, après tant d'années... Le cœur empli de compassion, je m'approchai de la porte et frappai doucement. J'avais besoin de parler à papa, de le consoler... mais je voulais aussi qu'il me console.

— Papa !

Tout comme la première fois, les sanglots s'arrêtèrent mais personne ne vint ouvrir. Je frappai encore.

— C'est Ruby, papa. Je suis rentrée, il faut que je te parle. Papa ?

Je collai l'oreille au panneau et, n'entendant rien, je fis jouer la poignée : la porte n'était pas fermée à clé. Je l'ouvris avec précaution et coulai un regard à l'intérieur. Les rideaux de la longue pièce étaient tirés, mais une douzaine de chandelles projetaient des ombres difformes sur les meubles et sur les murs. Mon cœur s'accéléra : on aurait dit une danse macabre, comme en menaient les esprits mauvais que grand-mère chassait par ses charmes et ses prières.

— Papa ? Tu es là ?

Je crus distinguer un bruit infime, comme un pas léger sur un tapis, et je m'avançai dans la chambre. Je n'y vis personne, mais quelque chose attira invinciblement mon attention : les douze bougies plantées dans des chandeliers, sur la commode. Elles entouraient une série de cadres d'argent, où figurait une collection de photographies d'un unique personnage que je supposai être mon oncle Jean. On l'y voyait à toutes les époques de sa vie, de l'enfance à l'âge d'homme. Quelquefois, mon père se tenait à ses côtés, mais le plus souvent il était représenté seul.

Je le trouvai très beau, surtout sur les photos en couleurs. Ses cheveux étaient du même blond mordoré que ceux de Paul, et ses yeux d'un bleu-vert très doux. Il avait le nez droit, bien proportionné, une bouche au tracé parfait, un sourire éblouissant. Sur les clichés en pied, on voyait que mon père n'avait pas exagéré en le décrivant comme un athlète accompli. L'oncle Jean incarnait le héros dont rêvent toutes les jeunes filles.

Je m'arrachai à ma contemplation et promenai un regard curieux dans la pièce. Même dans cette lumière insuffisante, on voyait qu'on n'y avait rien changé depuis l'époque de l'accident. Le lit avec sa couverture rabattue, la table de toilette avec ses accessoires, le bureau, l'armoire... tout paraissait poussiéreux et en même temps prêt à servir. Je vis même, au pied du lit, une paire de pantoufles de cuir disposées côte à côte sur le tapis.

— Papa ? chuchotai-je aux recoins ombreux de la chambre. Tu es là ?

— Qu'est-ce que tu fabriques ?

Je me retournai à la voix de Daphné, qui me toisait depuis le seuil de la pièce, les mains aux hanches.

— Que viens-tu faire ici ?

— Je pensais y trouver mon père.

— Sors d'ici tout de suite ! ordonna-t-elle en reculant dans le couloir.

Et dès que j'eus franchi la porte, elle la tira derrière moi. Il fallait vraiment que je sois artiste dans l'âme, car j'eus le temps d'imaginer le portrait que j'aurais pu faire de Daphné à cet instant : elle était si belle dans sa colère.

— Comment se fait-il que tu sois à la maison ? Je croyais que tu dormais chez les Montaigne. Gisèle est rentrée aussi ?

392

— Non.

— Alors que fais-tu là ?

— Je... je ne me sentais pas très bien, balbutiai-je.

Ma belle-mère me jeta un regard si perçant que j'eus l'impression d'être transparente. Je fus obligée de détourner le mien.

— Vraiment ? insista-t-elle, de plus en plus sceptique. Tu es sûre de n'avoir pas quitté les autres pour une raison moins avouable... te retrouver seule avec un garçon, par exemple ?

Réellement malade maintenant, mais de peur, je parvins à produire un filet de voix :

— Oh non, je... je voulais juste me coucher. J'avais mal à l'estomac.

Cette fois-ci, Daphné parut moins incrédule.

— Elles ne sont pas en train de boire de l'alcool au moins ? (Je secouai la tête.) Non, ne te défends pas, tu ne me le dirais pas, de toute façon.

— Mais je vous...

— Ne te fatigue pas, je sais comment les adolescentes passent le temps quand elles sont entre elles. Ce qui m'étonne, c'est que tu te sois privée de t'amuser pour un simple malaise.

— Je ne voulais pas gâcher le plaisir des autres, improvisai-je.

Ma belle-mère m'observa d'un œil plus indulgent.

— Bon, alors va te coucher. Si tu te sens plus mal...

— Non, tout ira bien, me hâtai-je d'affirmer.

— Tant mieux, commenta-t-elle en tournant les talons.

C'est alors que je m'enhardis à demander :

— Pourquoi y a-t-il toutes ces bougies dans la chambre ?

Daphné revint sur ses pas et, loin de se fâcher, adopta une attitude un peu plus amicale.

— Au fond, je ne suis pas mécontente que tu aies vu ça, Ruby. Cela te donnera une petite idée de ce que je dois supporter. Ton père a fait de cette chambre un mausolée. Ce n'est pas en brûlant des cierges et en marmonnant des prières qu'il changera quoi que ce soit, ce qui est fait est fait, mais il ne veut pas le savoir.

« Tout ça est naturellement très gênant, aussi n'en parlons-nous jamais, surtout devant les domestiques. Je n'ai pas envie de voir Nina répandre ses poudres magiques dans toute la maison en psalmodiant ses rituels vaudous !

— Papa est dans la chambre, en ce moment ?

— Oui.

— J'aimerais lui parler.

Ma belle-mère coula un regard vers la porte.

— Il n'est pas d'humeur à ça. En fait, il... il n'est pas lui-même. Il ne faut pas chercher à lui parler, dans ces moments-là, ni même à le voir. Ce serait très perturbant pour lui, comme pour nous tous d'ailleurs. Mais, au fait...

Daphné redevint brusquement soupçonneuse.

— ... pourquoi tiens-tu tellement à lui parler maintenant ? Qu'as-tu à lui dire que tu ne puisses pas me confier ? Aurais-tu fait quelque chose de si grave ?

— Pas du tout !

— Alors quel besoin as-tu de le voir ?

— Je voulais... le réconforter, simplement.

— Il a ses prêtres et ses médecins, pour ça ! répliqua-t-elle, sans paraître songer qu'elle était là, elle aussi.

Et, reprenant sa voix d'inquisiteur, elle ajouta :

— D'ailleurs, si tu es malade au point d'être rentrée, comment peux-tu rester là, à bavarder ?

— Je me sens un peu mieux, je vous l'ai dit. Mais vous avez raison, je ferais mieux de me mettre au lit.

Elle inclina la tête, et son regard me suivit jusqu'à la porte de ma chambre.

J'aurais tant voulu lui dire la vérité ! Non seulement sur ce qui venait de se produire, mais sur la fameuse soirée du rhum, sur toutes les choses horribles que Gisèle avait dites et faites à l'école. Mais parler eût été déclarer la guerre à ma jumelle, et perdre toute chance de vivre avec elle en véritables sœurs. Elle m'en voudrait trop. Et malgré tout ce qui s'était passé entre nous, je m'accrochais à l'espoir de combler le fossé qui nous séparait. Je savais que mon désir d'entente était beaucoup plus vif que le sien, mais je voulais croire qu'elle changerait. Dans ce monde cruel et sans pitié, avoir quelqu'un pour vous soutenir et vous aimer n'était pas une chose à prendre à la légère. J'étais persuadée qu'un jour Gisèle finirait par le comprendre.

Je me mis au lit et, dans le noir, je guettai les pas de mon père. Peu après minuit, je les entendis : hésitants, légers... ils s'arrêtèrent un instant devant ma porte, avant de s'éloigner vers le fond du couloir. Comme ils étaient las et lents, comme Père devait être fatigué ! Pourquoi ruminait-il ainsi son chagrin ? Se sentait-il coupable de l'accident de son frère ?

Tels des éperviers planant en cercle dans le ciel, guettant patiemment leur proie, ces questions tournoyaient dans ma tête, en quête d'improbables réponses. Et la ronde se poursuivit dans les ténèbres, harcelante, insistante, jusqu'au moment où le sommeil me ferma les yeux.

Ce fut mon père qui m'éveilla le lendemain, par quelques coups frappés à la porte. Puis il passa la tête à l'intérieur, l'air si détendu et souriant que je me demandai si je n'avais pas rêvé l'incident de la veille.

— Bonjour, toi ! lança-t-il d'une voix joyeuse, quand je me fus assise dans mon lit en me frottant les yeux.

— Bonjour, papa.

— Daphné m'a dit que tu avais dû rentrer parce que tu n'étais pas bien, hier soir. Comment te sens-tu, ce matin ?

— Beaucoup mieux.

— Parfait. J'ai demandé à Nina de te préparer quelque chose de léger pour le petit déjeuner. Aujourd'hui, pas question de te fatiguer. Après tes brillants débuts en classe et avec ton professeur de dessin, tu as bien mérité une journée de congé.

Il m'adressa un clin d'œil enjoué.

— Apprends à te dorloter, Ruby... prends modèle sur ta sœur, pour une fois !

— Papa...

Je brûlais d'envie de tout lui dire, de lui ouvrir mon cœur, d'établir entre nous un tel courant de confiance qu'il se confierait à moi, lui aussi.

Il s'avança dans la chambre.

— Oui, Ruby ?

— Nous n'avons jamais beaucoup parlé d'oncle Jean. Je veux dire... j'aimerais bien aller le voir avec toi, quelquefois.

Ce que je voulais vraiment dire, c'est que je souhaitais partager avec lui le fardeau de son chagrin, de ses regrets. Il eut un sourire hésitant, presque timide.

— Ça, c'est très gentil, Ruby. Naturellement, il te prendra pour Gisèle. Il faudra pas mal d'explications pour lui faire entrer dans la tête qu'il a deux nièces.

— Donc, il est capable de comprendre ?

— Je crois, enfin... je l'espère. Je le trouve en progrès. Les médecins n'en sont pas aussi convaincus, mais ils ne le connaissent pas aussi bien que moi.

— Je t'aiderai, papa, déclarai-je avec enthousiasme. J'irai le voir, je lui ferai la lecture et je parlerai pendant des heures avec lui, si tu veux.

— C'est une attention qui me touche beaucoup, Ruby. La prochaine fois que j'irai, je t'emmènerai.

— Promis ?

— Promis. Et maintenant, debout. Je descends demander à Edgar de servir, dit-il en s'en allant.

Au moment de franchir la porte, il se retourna.

— Au fait, ta sœur a téléphoné pour annoncer qu'elle passait la journée chez les Montaigne et prendre de tes nouvelles. J'ai dit que tu la rappellerais et que je te conduirais là-bas, si tu le souhaitais.

— Je crois que je vais m'en tenir à ta suggestion, papa. Je vais me reposer ici.

— Bon. Alors je te retrouve dans... un quart d'heure, ça va ?

— Tout à fait. Je me lève.

Il se retira, tout souriant, et je m'accordai quelques secondes de réflexion. Sans doute avais-je bien fait de proposer d'aller voir l'oncle Jean. C'était peut-être le meilleur moyen d'arracher Père à la mélancolie maladive dont Daphné m'avait parlé, et dont j'avais été le témoin. Pour ma belle-mère, ce n'était qu'une chose embarrassante, et Gisèle ne devait guère s'en soucier. Etait-ce pour cela que grand-mère Catherine estimait que ma place était ici, près de lui ? Pour partager son fardeau, être une véritable fille pour lui ?

Je sautai du lit, j'expédiai ma toilette et je rejoignis papa dans la salle à manger. Je le trouvai seul, ce qui était loin d'être une exception, et lui demandai pourquoi Daphné descendait si rarement en même temps que nous.

— Elle aime prendre son temps pour se lever, m'expliqua-t-il. Elle regarde la télévision, lit quelques pages et ensuite seulement se consacre à ses soins de beauté quotidiens. C'est un vrai cérémonial, tu sais ? Tous les jours, c'est comme si elle allait faire ses débuts dans le monde.

Quand on est le mari d'une femme aussi ravissante et accomplie, ajouta-t-il en souriant, il faut en payer le prix !

Et il fit une chose extrêmement rare chez lui, à laquelle je ne m'attendais pas : il parla de ma mère.

— Mais Gabrielle... Gabrielle était différente. Elle s'éveillait comme une fleur s'ouvre à la lumière du matin. L'éclat de ses yeux, le rose de ses joues étaient les seuls fards dont elle avait besoin. La voir s'éveiller, c'était voir se lever le soleil...

Père soupira, parut prendre conscience de ce qu'il venait de dire et déplia brusquement son journal devant lui. J'aurais tant voulu qu'il m'en dise plus ! J'avais des milliers de questions à lui poser sur cette mère que je n'avais pas connue. Je voulais qu'il me parle de sa voix, de son rire, et même de ses larmes. Il était le seul qui pouvait m'aider à la connaître, à présent. Mais chaque fois qu'il se laissait aller à parler d'elle, à penser à elle, il se reprenait aussitôt, comme un coupable... ou comme s'il avait peur. Le souvenir de ma mère, et avec lui bien d'autres choses interdites, demeurait soigneusement enfoui dans le passé des Dumas.

Après le petit déjeuner, fidèle au programme tracé par mon père, j'allai m'étendre dans le kiosque avec un livre. Au-dessus du golfe le vent chassait de lourds nuages de pluie, mais ici le ciel restait clair, à peine obscurci par quelques nuées voyageuses. Deux oiseaux moqueurs, intrigués par ma présence, décidèrent de venir m'observer de plus près. Ils se posèrent sur la rambarde, s'approchèrent à petits sauts prudents, s'envolèrent... Et, finalement rassurés, ils vinrent carrément me regarder sous le nez, tandis qu'un écureuil gris s'approchait jusqu'au bas des marches pour en faire autant.

Je fermai les yeux et m'abandonnai à la rêverie. Je m'imaginai sur les canaux, naviguant à la perche, l'eau clapotant doucement contre les flancs de ma barque. J'aimais le marais, mais ici aussi la vie avait son charme, et j'aurais voulu pouvoir concilier les deux. Trouver une façon de vivre qui allie le meilleur de chacun de ces deux univers, et uniquement le meilleur. Si seulement c'était possible...

— Alors c'est là que tu étais ! Edgar m'avait bien dit que je te trouverais dans le jardin.

J'ouvris les yeux à la voix de Christophe.

— Oh... bonjour, Chris. J'avais complètement oublié que je t'avais proposé de passer dans l'après-midi.

— Je viens de chez Claudine, annonça-t-il en s'arrêtant au bas des marches, l'air désolé.

— Ah ! Je vois que tu es au courant de ce qu'ils m'ont fait.

— Oui, Billy m'a raconté. Les filles dormaient encore mais j'ai pu échanger quelques mots avec Gisèle.

— Et tout le monde se moque de moi, naturellement ?

Il n'eut pas besoin de répondre, ses yeux parlaient pour lui. J'y lus de la pitié pour moi, et presque aussitôt de la colère.

— Quelle bande de sauvages ! fulmina-t-il. Ils sont jaloux de toi, de tes succès scolaires, de ton talent, de l'accueil que tu as reçu à Beauregard !

Il se rapprocha en parlant et je me détournai pour lui cacher mon trouble : j'avais envie de pleurer.

— Je suis morte de honte, je n'oserai plus jamais me montrer à l'école.

— Tu iras la tête haute, affirma-t-il avec assurance. Et s'ils ricanent, ignore-les.

— J'aimerais bien en être capable, Chris, mais...

— Mais rien du tout. Je passerai te prendre le matin et nous irons ensemble. Mais avant cela...

— Oui ?

Christophe rejeta la tête en arrière et, adoptant l'allure et le ton du gentleman créole, énonça gravement :

— Je suis venu t'inviter à dîner. En ville, cela va de soi. A vrai dire, j'ai déjà pris la liberté de retenir une table chez Arnaud.

Je faillis répondre que je n'avais jamais « dîné en ville », pas plus ici qu'ailleurs, mais Christophe semblait si fier de sa proposition que l'occasion devait être vraiment exceptionnelle. Je me contentai de répondre :

— Il faut que je demande à mes parents.

— Naturellement. Bon, j'ai quelques courses à faire et je t'appelle vers midi pour confirmer, ça te va ?

Si cela m'allait ! Un dîner en ville avec Christophe... c'était bien autre chose qu'une promenade en voiture ou une simple marque de politesse. Tout le monde allait être au courant !

— C'est entendu.

— Parfait, approuva-t-il avec un grand sourire. Alors je te rappelle.

— Chris ?

— Oui ?

— Tu ne m'invites pas seulement pour me remonter le moral, au moins ?

Il redevint instantanément sérieux

— Ecoute-moi bien, Ruby, déclara-t-il avec fermeté. J'avais l'intention de t'inviter bien avant que ces idiots ne se livrent à cette mauvaise farce à tes dépens. Cesse de te sous-estimer, tu veux ?

Là-dessus, il tourna les talons, me laissant plongée dans un tourbillon d'émotions diverses. Je passais successivement de la joie la plus folle à la terreur de me couvrir de ridicule, et de donner raison à tous ceux qui s'acharnaient à me prouver que ma place n'était pas parmi eux.

— Quoi ! s'exclama Daphné en m'observant avec une attention aiguë par-dessus le rebord de sa tasse. Christophe t'a invitée à dîner, *toi* ?

— Oui. Il m'appellera vers midi pour savoir si j'ai la permission.

Elle eut un regard appuyé à l'adresse de mon père, venu tout exprès sur la terrasse pour prendre un second café en sa compagnie. Il haussa les épaules.

— Eh bien, quel mal y a-t-il à cela ?

— Mais Christophe sortait avec Gisèle, jusqu'ici !

— Voyons, Daphné, protesta Père avec douceur. Ce ne sont que des adolescents, ils ne sont pas fiancés. D'ailleurs, tu voulais que Ruby se fasse accepter, non ? Eh bien, cela prouve que tes conseils ont porté leurs fruits. Elle y a parfaitement réussi, ajouta-t-il avec orgueil. Tu devrais être fière de toi, au lieu de t'en étonner.

Daphné plissa les yeux d'un air pensif.

— Et où t'emmène-t-il dîner ?

— Chez Arnaud.

— Chez Arnaud ! répéta-t-elle en reposant vivement sa tasse. Ce n'est pas n'importe quel restaurant. Beaucoup de nos amis le fréquentent et nous connaissons les propriétaires. Il faudra t'habiller pour la circonstance.

— Pour ça, je me fie à ton goût, commenta Père.

Elle s'essuya les lèvres et réfléchit à la question.

— Il serait temps que je t'emmène chez le coiffeur, décréta-t-elle. Il faut s'occuper de tes cheveux, de tes mains...

— Que reprochez-vous à mes cheveux ?

— Il faut égaliser ta frange, te faire faire un shampooing lustrant, un bon brushing... je te prends rendez-vous pour cet après-midi. Ils trouvent toujours une place pour moi, conclut-elle en se rengorgeant.

— Très bonne idée, observa Père.

— Au fait, reprit Daphné d'un ton inquisiteur, il me semble que tu t'es bien vite remise de ces maux d'estomac ?

— En effet. Je me sens très bien.

— J'en ai l'impression. Et je suis très fier de la façon dont tu t'adaptes à ta nouvelle vie, me félicita Père.

Daphné lui lança un regard mauvais.

— Il y a des mois que tu ne m'as pas emmenée chez Arnaud.

— J'en prends note, ma chère, et je te promets que nous irons bientôt. Tu ne voudrais pas que nous y allions en même temps que Ruby, n'est-ce pas ? Elle risquerait de ne pas se sentir très à l'aise.

— Je suis ravie que tu fasses preuve de tels égards envers elle, Pierre ! Peut-être vas-tu commencer à en avoir pour moi ?

Père rougit et baissa la tête comme un gamin pris en faute.

— Je...

— Monte, Ruby, coupa ma belle-mère. Je te rejoins pour choisir ce que tu mettras ce soir.

Je m'empressai d'obéir, le cœur serré. Pourquoi fallait-il que chacune de mes joies soit gâchée par une fausse note ? Je n'eus pas le temps de m'attarder sur la question : Daphné me rejoignit dans ma chambre.

— Tu as rendez-vous à deux heures chez le coiffeur, annonça-t-elle en allant droit à ma penderie.

Elle fit coulisser la porte, passa rapidement ma garde-robe en revue et décrocha une robe.

— Je suis contente d'avoir pensé à t'acheter celle-ci, et les chaussures assorties, annonça-t-elle avec satisfaction. Mais si tu veux avoir l'air habillée, il va te falloir des boucles d'oreilles et un collier. Je veux bien t'en prêter.

— Merci beaucoup.

— Prends-en bien soin, surtout, me recommanda-t-elle en posant la robe sur une chaise. Au fait, comment se fait-il que Christophe t'ait invitée ?

— Je n'en sais rien. Ce n'est pas moi qui le lui ai demandé, si c'est ce que vous voulez dire.

— Non, ce n'est pas ce que je veux dire, mais Gisèle et lui sortent ensemble depuis un certain temps, maintenant. Et au moment où tu arrives, il la laisse en plan. Que s'est-il passé entre Christophe et toi ?

— Ce qui s'est passé ? Je ne comprends pas, Mère.

— Les jeunes gens ont le sang chaud, surtout à l'âge de Christophe. Ils sont attirés par les filles faciles, celles qui se montrent les plus... complaisantes.

— Je ne suis pas ce genre de fille ! protestai-je.

— Possible, mais les cajuns ont cette réputation.

— Eh bien, c'est faux. La vérité, c'est que les créoles soi-disant bien élevées sont souvent beaucoup plus provocantes.

— C'est ridicule, et je t'interdis de me parler sur ce ton, répliqua-t-elle, si durement que je baissai les yeux. Je te préviens, si tu as fait ou s'il t'arrive de faire quoi que ce soit qui puisse me mettre dans l'embarras, rejaillir sur les Dumas...

J'étreignis mes épaules et je me détournai brusquement : je ne voulais pas que Daphné voie mes yeux s'emplir de larmes.

— Sois prête pour une heure et demie, dit-elle enfin, avant de quitter ma chambre.

Je tremblais de colère et de frustration. Ça ne pouvait pas durer ! Chaque fois que je faisais quelque chose ou qu'il m'arrivait quelque chose de bien, ma belle-mère me prêtait de mauvaises intentions. Quand cesserait-elle de me traiter ainsi ?

Ce fut seulement après le coup de fil de Christophe que je commençai à me sentir mieux. Il se disait si heureux de sortir avec moi, si impatient de passer me prendre !

— Je serai là à sept heures, promit-il. De quelle couleur est ta robe ?

— Rouge, comme celle que Gisèle portait au bal de Mardi gras.

— Parfait ! Alors à sept heures.

La raison pour laquelle il tenait à connaître la couleur de ma robe ne m'apparut que le soir, lorsqu'il m'offrit un bouquet de roses naines pour compléter ma toilette. Il était magnifique en smoking. Daphné, qui s'était fait un point d'honneur de venir à sa rencontre, lui en fit la remarque.

— Vous êtes superbe, Christophe.

— Merci, Daphné. (Il se tourna vers moi.) Et toi, tu es resplendissante, Ruby. Tiens, c'est pour toi...

Ses doigts tremblèrent quand il ouvrit la boîte du fleuriste sous le regard scrutateur de ma belle-mère.

— Voulez-vous le lui attacher, Daphné ? J'ai peur de la piquer.

— Vous n'avez jamais de problèmes avec Gisèle, fit-elle observer, tout en fixant le minuscule bouquet de roses blanches à ma ceinture. Transmettez mon bon souvenir au maître d'hôtel, voulez-vous ?

— Je n'y manquerai pas.

Je remerciai Daphné, glissai mon bras sous celui de Christophe et me laissai conduire à la voiture. Il m'aida à m'installer, referma la portière et se glissa derrière le volant.

— Tu es sensationnelle, Ruby ! dit-il en démarrant.

— Merci. Toi aussi.

J'attendis que nous ayons roulé quelques instants pour ajouter :

— Tu sais que Gisèle est toujours chez Claudine ?

— Oui. Ils ont organisé une petite soirée.

— Ah... Et ils t'ont invité, je suppose ?

— En effet, mais je leur ai dit que j'avais mieux à faire, figure-toi !

J'éclatai de rire, soudain délivrée d'un grand poids. Je me sentais merveilleusement détendue, pour une fois, et je savourais d'avance les bons moments que j'allais passer. Ils étaient si rares...

Mon angoisse refit surface lorsque nous pénétrâmes dans la salle de restaurant, imprégnée d'élégance et de distinction. Toutes les conversations s'interrompirent à notre entrée, tous les regards convergèrent sur nous. On nous indiqua notre table et je m'avançai vers ma place en me répétant les recommandations de Daphné. Pendant tout le trajet jusqu'au salon de coiffure, et de même au retour, elle n'avait pas cessé de me faire la leçon. Quelle fourchette employer pour tel mets, comment me tenir, quand parler et quand me taire, laisser Christophe commander...

— Et si tu laisses tomber une cuiller ou quoi que ce soit, ne le ramasse pas. Les serveurs sont là pour ça. Que pourrais-je ajouter ? Ah oui ! Ne lampe pas ton potage avec bruit, comme on avale le gombo dans le bayou.

Elle m'en avait tant dit que j'étais sûre de commettre un impair. Je tremblais en traversant la salle, je tremblais en m'asseyant sur ma chaise et je tremblais toujours quand il me fallut commencer à manger.

Christophe s'employa de son mieux à me mettre à l'aise. Il me couvrait de compliments, plaisantait au sujet des étudiants que nous connaissions tous les deux. Chaque fois qu'on servait un plat nouveau, il m'en expliquait la recette.

— Si je suis si savant, c'est uniquement parce que ma mère s'est mis en tête de devenir cordon-bleu, déclara-t-il avec humour. Elle nous rend tous fous avec sa nouvelle marotte !

Je ris, je mangeai, sans oublier l'avertissement final de Daphné : « Ne te bourre pas de nourriture, surtout. Cela ne fait pas féminin d'avoir trop d'appétit. Laisse toujours quelque chose dans ton assiette. »

Mais je ne profitai pas réellement de ce repas savoureux, j'étais bien trop nerveuse, et je me sentis soulagée quand on apporta l'addition. Je ne m'en étais pas trop mal tirée, finalement, Daphné pourrait être fière de moi. Et bien qu'elle ne fût pas très tendre avec moi, je tenais beaucoup à lui donner satisfaction. C'était un peu comme si je méritais le respect d'une reine.

— Il est encore tôt, constata Christophe quand nous quittâmes le restaurant. Que dirais-tu d'une petite promenade ?

— Pourquoi pas ?

Je n'avais pas la moindre idée de l'endroit où nous allions, mais il ne nous fallut pas longtemps pour laisser derrière nous les quartiers animés de la ville. Christophe me parlait des voyages qu'il avait faits, des lieux qu'il aimerait connaître, et quand je lui demandai ce qu'il aimerait faire dans la vie, il me confia qu'il pensait sérieusement à devenir médecin. Je l'approuvai avec chaleur.

— Ce serait merveilleux, Chris !

— Oui, mais pour l'instant ce n'est qu'un projet en l'air. Au moment de le réaliser, je ferai probablement marche arrière, comme toujours.

— Ne parle pas de toi de cette façon, Christophe. Si tu désires vraiment quelque chose, tu y arriveras.

— A t'entendre, cela paraît tout simple, Ruby. Tu as le don d'aplanir les obstacles et d'encourager les gens. C'est comme au cours d'art dramatique, tiens ! Tu as mémorisé ton texte avec une facilité incroyable, et tu as réussi à rassurer ceux qui n'avaient pas confiance en eux, y compris moi. Alors que Gisèle...

Il s'interrompit et secoua pensivement la tête.

— ... Gisèle, c'est tout le contraire. Elle n'arrête pas de critiquer ce que j'aime, de tout rabaisser. Elle peut être vraiment négative, quelquefois.

— Sans doute n'est-elle pas aussi heureuse qu'elle le prétend, méditai-je à haute voix.

— C'est possible. Mais toi, qui aurais tant de raisons de te sentir malheureuse, tu ne donnes jamais l'impression de l'être.

— C'est de ma grand-mère Catherine que je tiens ça, répondis-je en souriant. Elle m'a appris à garder l'espoir et à croire au lendemain.

Chris me jeta un regard perplexe.

— C'est drôle, tu parles d'elle comme d'une personne remarquable et pourtant... elle faisait partie de la famille qui t'a enlevée, non ?

— C'est vrai, mais elle ne l'a su que des années après, improvisai-je à la hâte. A ce moment-là, il était trop tard.

— Ah...

Une diversion s'imposait. Je me penchai à la fenêtre et découvris que l'autoroute traversait une étendue de marécages.

— Où sommes-nous, Chris ?

— Dans un coin où nous venons souvent, à cause de la vue qu'on a sur la ville, dit-il en s'engageant sur une petite route latérale. Tiens, regarde par là... c'est beau, non ?

— Oui, approuvai-je d'un ton pensif. Très beau.

Mais l'horizon hérissé de buildings et cet océan de lumières me troublaient toujours autant. Je m'y sentais tellement étrangère... Viendrait-il un jour où j'y serais chez moi ?

Christophe coupa le contact mais pas la radio, qui diffusait en sourdine une chanson romantique. Le ciel s'était couvert, mais pas entièrement, et à travers une échancrure de nuages on voyait scintiller les étoiles.

— Ruby, commença Chris en prenant ma main, parle-moi de tes sorties avec les garçons, dans le bayou. Que faisiez-vous ?

— Oh, tu sais... je ne sais pas si boire un soda en ville peut s'appeler une sortie ! Je suis allée une fois à un fais-dodo avec un garçon. Un bal, si tu préfères.

— Oh, je vois.

Il faisait trop sombre pour que je distingue son visage, comme ce fameux soir dans le pavillon. Et tout comme ce soir-là, le cœur battant, je vis sa silhouette se pencher sur moi. Ce fut un baiser très bref, mais Chris gémit et ses mains se crispèrent sur mes épaules.

— Ruby, souffla-t-il, tu ressembles à Gisèle, mais tu es tellement plus douce, tellement plus jolie... il me serait impossible de vous confondre.

Je fermai les yeux quand il m'embrassa sur le bout du nez. Puis sa bouche effleura mes paupières, mon front, mes joues... avant de venir presser la mienne pour un baiser bien plus insistant que le premier, qui me fit frémir de plaisir.

— Oh, Ruby, Ruby, chuchota-t-il.

Ses lèvres glissèrent jusqu'à la naissance de ma gorge, descendirent encore... et quand elles atteignirent le creux de mes seins ma résistance faiblit. Je me renversai sur le dossier de mon siège laissant la main experte de Christophe se frayer un chemin jusqu'à la fermeture à glissière de mon corsage. En un instant ma robe fut entrouverte, il abaissa mon décolleté d'un geste ferme et je m'entendis gémir.

— Oh, Christophe...

— Tu es si jolie, Ruby, tellement plus jolie que Gisèle. Et ta peau est si douce, si soyeuse... la sienne ressemble à du papier de verre, à côté !

Ses doigts trouvèrent l'agrafe de mon soutien-gorge et, en une fraction de seconde, il avait dénudé ma poitrine et y pressait les lèvres. Je réagis instantanément à sa caresse, la pointe de mon sein se durcit, s'offrit. Mon corps avait cessé d'obéir à ma raison et se tendait vers celui de Christophe, avidement. Il y avait deux Ruby en moi : celle qui pensait, qui voulait dire non, et l'autre... déraisonnable jusqu'à la folie, affamée d'amour et de tendresse.

— J'ai une couverture dans le coffre, murmura Christophe. Nous pourrions la déplier sur l'herbe, nous allonger pour contempler les étoiles et...

Et quoi ? Nous caresser et nous câliner jusqu'à ce qu'il soit trop tard pour revenir en arrière ? Brusquement, le visage de Daphné surgit dans ma mémoire et sa voix retentit à mes oreilles : « Les garçons sont attirés par les filles faciles, celles qui se montrent les plus complaisantes... et les cajuns ont cette réputation. »

— Non, Christophe ! m'écriai-je. Nous allons trop vite, et trop loin.

— Je pensais seulement que nous serions bien plus à l'aise, souffla-t-il à mon oreille.

— Cela irait bien plus loin que ça, et tu le sais très bien, Christophe Andréas !

— Allons, Ruby... ne me dis pas que tu n'as jamais fait ça ?

— Jamais. En tout cas, pas ce que tu imagines. Je sais très bien à quoi tu penses !

Mon indignation lui fit regretter ses paroles, mais il ne se laissa pas décourager.

— Alors laisse-moi être le premier, Ruby. Je veux être ton premier, je t'en prie...

— Christophe !

Il recommença son manège, me caressant de mille façons affolantes avec ses doigts, ses lèvres, le bout de sa langue, promenant sur moi son souffle brûlant... Mais plus il insistait, plus je le repoussais, encouragée dans ma résistance par les accusations de Daphné. Elle aurait tant aimé que je me conforme à l'image qu'elle se faisait de moi, la petite cajun dévergondée ! Je ne lui accorderais pas cette satisfaction.

— Que se passe-t-il, Ruby ? gémit Christophe quand je me rejetai en arrière en retenant ma robe à deux mains. Tu ne m'aimes pas ?

— Bien sûr que si, Christophe. Je t'aime beaucoup, mais je ne veux pas de ça. Pas maintenant. Je ne veux pas faire ce que tout le monde espère me voir faire... même toi.

Il se redressa, passant instantanément de la frustration à la colère.

— Tu m'as laissé croire que je te plaisais, pourtant !

— C'est vrai, Christophe, mais pourquoi ne peux-tu pas t'arrêter quand je te le demande ? Pourquoi ne pouvons-nous pas nous contenter de...

— De nous infliger mutuellement le supplice de Tantale ? coupa-t-il d'une voix sarcastique. C'est à ça que tu jouais avec tes soupirants, dans le bayou ?

— Je n'avais pas de soupirants, pas de la façon que tu imagines.

Il garda le silence un moment, puis je l'entendis respirer à fond.

— Je te demande pardon. Je ne voulais pas insinuer que tu avais des tas d'amoureux.

— Ne pourrions-nous pas apprendre à nous connaître un peu mieux, Christophe ?

— Si, bien sûr. C'est exactement ce que je veux. Mais je ne vois pas de meilleur moyen pour ça que de faire l'amour, dit-il d'une voix radoucie.

Comme il était convaincant... et comme j'avais envie de me laisser convaincre ! Mais je fis taire cette Ruby trop tendre, au moment où Chris reprenait son ton coupant.

— Tu ne vas pas me dire que tu souhaites seulement mon amitié, maintenant ?

— Non, Christophe. Je suis attirée par toi et je mentirais en prétendant le contraire, avouai-je.

— Et alors ?

— Alors n'allons pas trop vite, ne faisons rien que je puisse regretter.

Mes paroles eurent le don de le calmer. Il se recula sur son siège, se figea... et soudain, comme je rattachais mon soutien-gorge, il éclata de rire.

— Qu'est-ce qui t'amuse, Chris ?

— La première fois que j'ai amené Gisèle ici, c'est elle qui m'a sauté dessus, dit-il en remettant le moteur en marche. Vous êtes décidément très, très différentes.

— C'est bien l'impression que j'ai.

— Eh bien alors... vive la différence ! comme dirait mon grand-père.

Il rit encore, mais son rire me fit réfléchir. Je n'aurais pas juré qu'il ne préférait pas les façons d'être de Gisèle aux miennes.

— Très bien, Ruby, reprit-il au moment où nous rejoignions l'autoroute. Je retiens la leçon et je veux croire ce que tu m'as dit de moi.

— Et quoi donc ?

— Que si je souhaite vraiment quelque chose, j'y arriverai. Espérons-le !

Des voitures nous croisaient sans cesse et, à la lueur des phares, je le vis sourire. Comme il était beau ! Il m'attirait vraiment, mais j'étais heureuse de lui avoir résisté, d'être restée fidèle à mon image de moi-même, au lieu de me conformer à celle que les autres avaient de moi.

De retour à la maison, il m'escorta jusqu'à la porte et me fit pivoter vers lui pour me donner un baiser d'adieu.

— Je passe demain après-midi pour répéter notre texte, ça te va ?

— Tout à fait. Merci pour cette excellente soirée, Chris.

Il éclata de rire, une fois de plus.

— Mais pourquoi ris-tu de tout ce que je dis, à la fin ?

— C'est plus fort que moi, je pensais à Gisèle. A ta place, elle s'attendrait que je me confonde en remerciements pour m'avoir accordé le droit de dépenser une fortune au restaurant. Je ne riais pas de toi, c'est juste que... tu m'étonnes toujours, voilà.

— Et tu aimes cela, Chris ?

Je croisai son regard, guettant avidement la réponse que je désirais entendre.

— Je crois que oui. Oui, j'aime ça, insista-t-il, comme s'il venait de s'en apercevoir lui-même.

Et il me gratifia d'un dernier baiser.

Je le regardai s'éloigner, le cœur débordant d'allégresse, avant de me décider à sonner. Edgar ouvrit si promptement que je me demandai s'il n'avait pas attendu mon coup de sonnette derrière la porte.

— Bonsoir, mademoiselle.

— Bonsoir, Edgar ! lançai-je d'une voix joyeuse en m'élançant vers l'escalier.

— Mademoiselle !

Je pirouettai sur moi-même, souriant toujours aux dernières paroles de Christophe.

— Oui, Edgar ?

— On m'a chargé de vous dire de vous rendre directement à la bibliothèque.

— Pardon ?

— Vos parents et Mlle Gisèle vous y attendent.

412

Gisèle était donc déjà rentrée ? Un peu étonnée, mais toujours aussi joyeuse, je gagnai la bibliothèque. Ma sœur était assise sur un canapé, Daphné en face d'elle, sur une chaise. Mon père regardait par une fenêtre et je ne vis d'abord que son dos, mais il se retourna quand Daphné me lança :

— Entre, et assieds-toi.

Gisèle me fixait d'un œil haineux. Croyait-elle que je l'avais dénoncée, par hasard ? Mon père et Daphné avaient-ils entendu parler de ce qui s'était produit chez les Montaigne ?

— As-tu passé une bonne soirée ? s'enquit Daphné. T'es-tu conduite comme je te l'avais recommandé ?

— Oui, Mère.

Mon père parut soulagé sur ce point, mais n'en resta pas moins préoccupé. Mon regard chercha Gisèle, qui détourna aussitôt le sien, et s'arrêta sur Daphné, qui croisa les mains sur ses genoux.

— Il semble que tu nous aies caché certaines choses sur ton passé sordide, Ruby.

Je coulai un nouveau regard vers Gisèle, qui s'était redressée. Bien calée contre le dossier du canapé, maintenant, elle souriait d'un air satisfait.

— Je ne comprends pas. A quoi faites-vous allusion ?

— A cette femme, à Storyville. Tu aurais pu nous dire que tu la connaissais.

Mon cœur manqua un battement. Puis, sous l'effet de la colère et de la frustration ! il repartit à un rythme accéléré. Je pivotai vers Gisèle.

— Quel mensonge as-tu encore inventé ?

Elle haussa les épaules et leva sur notre père un regard candide.

— J'ai simplement raconté comment tu nous avais emmenés à Storyville pour nous présenter ton amie.

— Moi ? Je *vous* ai emmenés... mais c'est toi qui...

— Comment as-tu connu cette prostituée ? coupa Daphné.

— Je ne la connais pas ! ripostai-je. Pas au sens qu'elle laisse entendre.

— Elle savait ton nom, pourtant. N'est-ce pas ?

— Oui.

— Et elle savait que tu nous cherchais, Pierre et moi ?

— C'est vrai, mais...

— Comment l'as-tu connue ? insista sévèrement ma belle-mère.

Un flot de sang me monta au visage.

— Je l'ai rencontrée dans le car et j'ignorais que c'était une prostituée. Elle m'a dit qu'elle s'appelait Annie Gray, et elle m'a aidée à trouver votre adresse.

— Elle connaît notre adresse, souligna Daphné à l'intention de Père, avec un hochement de tête significatif.

— Elle m'a dit qu'elle venait à La Nouvelle-Orléans pour devenir chanteuse, expliquai-je. Elle cherche toujours un travail. Sa tante lui en a promis un et...

— Tu voudrais nous faire croire que tu la prenais vraiment pour une chanteuse de cabaret ?

Je me tournai vers mon père.

— C'est la vérité, papa. Je t'assure !

— Très bien, concéda-t-il. Admettons que ce soit vrai.

— Et où est la différence ? fit observer Daphné. A l'heure qu'il est, les Andréas et les Montaigne savent certainement que ta... que notre fille est en relation avec cette personne.

— Nous leur expliquerons les faits.

— *Tu* les leur expliqueras, riposta ma belle-mère, qui se retourna aussitôt vers moi. T'aurait-elle promis de prendre contact avec toi et de t'indiquer sa nouvelle adresse, Ruby ?

414

Je dévisageai ma sœur, qui ricanait d'un air venimeux. Décidément, elle n'avait omis aucun détail !

— Oui, mais...

— Ne t'avise pas d'échanger un seul regard avec elle si jamais tu la croises quelque part, et encore moins d'accepter une lettre ou un coup de téléphone de sa part, c'est promis ?

Deux larmes roulèrent sur mes joues, si froides que j'en frissonnai.

— Oui, madame.

— Tu aurais dû nous avertir, afin que nous soyons prêts à toute éventualité. Pas d'autres petits secrets sordides ? (Je secouai la tête avec énergie.) Très bien. Montez dans votre chambre, toutes les deux.

Je me levai avec lenteur et sortis sans un regard pour Gisèle. Je gravis les marches la tête basse, le cœur si lourd qu'il me semblait avoir du plomb dans la poitrine. Mais ma sœur, elle, me dépassa en sautillant, un rictus de satisfaction mauvaise étalé comme un masque sur le visage.

— J'espère que vous vous êtes bien amusés, Christophe et toi ! me lança-t-elle au passage.

J'en fus atterrée. Se pouvait-il qu'elle fût née des mêmes parents que moi ? Quels aspects ignorés d'eux-mêmes s'étaient donc unis pour donner vie à un être aussi haineux et aussi mesquin ?

18

Malédiction

Gisèle et moi ne nous adressâmes pratiquement pas la parole de toute la journée du lendemain. J'avais terminé mon petit déjeuner avant qu'elle ne descende, et dès qu'elle eut fini le sien elle sortit avec Martin et deux de ses amies. Papa nous quitta en alléguant du travail en retard et je n'entrevis Daphné qu'un instant : elle allait courir les magasins avant de déjeuner en ville. Je passai le reste de la matinée dans mon atelier, à peindre. Je ne me sentais toujours pas chez moi dans cette immense maison ; malgré son luxe somptueux, elle me paraissait aussi vide et aussi froide qu'un musée.

Ce fut donc avec joie que j'accueillis Christophe, lorsqu'il arriva en début d'après-midi, et je l'emmenai aussitôt dans mon atelier pour répéter nos rôles. Son premier regard fut pour les dessins et les peintures que j'avais exécutés sous la direction du professeur Ashbury.

— Eh bien ? demandai-je quand il les eut tous passés en revue, qu'en penses-tu ?

Il leva les yeux de l'aquarelle qu'il examinait — une coupe de fruits —, et un lent sourire éclaira son visage sculptural.

— Et si tu faisais un portrait de moi ?

— De toi ! m'exclamai-je, abasourdie.

— Pourquoi pas ? Ce serait sûrement plus intéressant comme sujet qu'une nature morte !

Brusquement, le regard souriant qu'il attachait sur moi changea, reflétant une expression de pur désir.

— Je pourrais même poser nu, si tu veux.

— Nu ? Christophe !

J'avais rougi si violemment qu'il changea aussitôt de tactique.

— Pour l'amour de l'art, voyons ! Un artiste doit connaître l'anatomie, tout le monde sait ça. Je suis sûr que ton professeur ne va pas tarder à te faire travailler chez lui d'après des modèles nus. Je connais des élèves du collège qui posent pour de l'argent, aussi bien des garçons que des filles... mais peut-être as-tu déjà dessiné d'après le nu ?

— Bien sûr que non, je... je ne suis pas encore prête, articulai-je d'une voix défaillante.

Christophe se rapprocha de moi.

— Tu ne me trouves pas assez bien ? Tu préférerais un autre garçon du collège ?

— Pas du tout ! C'est juste que...

— Que quoi ?

— Cela me gênerait, voilà. Et maintenant, arrête, Chris ! dis-je en ouvrant mon exemplaire de la pièce. Nous sommes là pour répéter nos rôles.

Christophe continuait à me fixer de ce regard appuyé, si lourd de désir que le bleu de ses yeux avait foncé d'un ton. Je gardai les miens obstinément baissés sur les pages, afin qu'il ne puisse pas voir quel trouble il éveillait en moi. Je ne pouvais pas m'empêcher de l'imaginer nu, étendu sur la chaise longue, et cette image me faisait battre le cœur à un rythme insensé. J'en tremblais tout entière, au point que les feuillets eux aussi tremblaient dans ma main.

— Tu es sûre ? insista-t-il. Comment peux-tu le savoir si tu n'as jamais essayé ?

Je relevai la tête et j'affrontai son regard.

— J'en suis sûre, Christophe. Et je n'ai vraiment pas envie de donner à Daphné une plus mauvaise opinion de moi que celle qu'elle a déjà. Elle a presque réussi à convaincre papa que je suis une petite cajun dévergondée, grâce à cette chère Gisèle.

— Comment ça ? demanda-t-il en s'asseyant à mes côtés. Explique-moi tout.

Sans me faire prier, je lui racontai tout d'une traite l'interrogatoire que m'avait fait subir Daphné à propos d'Annie Gray.

— Alors Gisèle t'a calomniée ! Je parie qu'elle est jalouse. Et à juste titre, commenta-t-il avec un accent de plus en plus passionné. Je suis trop épris de toi pour reculer, maintenant. Il faudra qu'elle s'y habitue.

Pendant de longues secondes, nous ne fîmes rien d'autre que nous regarder dans les yeux. Le temps s'était assombri, les vapeurs du matin s'étaient changées en gros nuages noirs. Et une pluie violente se déversa d'un seul coup, ruisselant sur les vitres tel un flot de larmes.

Très lentement, Christophe se pencha sur moi, sans que j'esquisse un mouvement, jusqu'à ce que ses lèvres touchent les miennes. Je m'étonnai de ne lui opposer aucune résistance, et quand son long baiser prit fin, je me surpris à le lui rendre. Sans avoir échangé un mot, nous avions déjà compris que notre séance de travail n'aurait pas lieu. Dès que je relevai les yeux sur Chris, je sentis mes idées se brouiller.

Finalement, il me prit le cahier des mains, le posa sur un siège avec le sien et se retourna vers moi.

— Peins-moi, Ruby, chuchota-t-il d'une voix aussi tentatrice qu'avait dû être celle du serpent au paradis terrestre. Dessine-moi et peins-moi. Fermons la porte et allons-y.

— Non, Chris... je ne pourrais pas.

— Et pourquoi pas ? me taquina-t-il. Tu ne peins pas les fruits et les animaux avec des vêtements, non ? Alors ?

— Arrête ce petit jeu, Chris !

Il reprit instantanément son sérieux.

— Ce sera notre secret, Ruby. Pourquoi ne pas nous y mettre tout de suite ? Personne n'est là pour nous déranger, dit-il en commençant à déboutonner sa chemise.

Les yeux toujours fixés sur moi, il s'en débarrassa et se leva pour déboucler sa ceinture.

— Va fermer cette porte, Ruby.

— Non, Chris, pas ça !

— Vas-y, si tu ne veux pas qu'on nous surprenne.

Il ôta son pantalon, le plia soigneusement sur le dossier de la chaise longue et resta en caleçon, une main au côté.

— Comment veux-tu que je pose ? Assis ? Les genoux relevés ? A plat ventre ?

— Christophe Andréas ! Je t'ai déjà dit que c'était non.

— La porte, riposta-t-il avec un geste autoritaire du menton.

Et pour me décider plus vite, il passa les pouces sous l'élastique de son caleçon et commença à le faire descendre sur ses hanches. Je ne fis qu'un bond jusqu'à la porte. A l'instant où j'entendis cliqueter la serrure, je sus que j'avais laissé les choses aller trop loin, mais pourquoi ? Parce que je ne savais pas comment arrêter Christophe, ou parce que je ne le voulais pas ? En me retournant, je vis qu'il avait enlevé son caleçon et le tenait plaqué devant lui.

— Rhabille-toi immédiatement, Chris Andréas !

— Trop tard pour reculer, Ruby. Allons-y.

Tenant toujours le caleçon devant lui, il alla s'asseoir sur la chaise longue. Puis il releva lentement les jambes, s'étendit de tout son long et jeta négligemment le sous-vêtement sur le dossier. J'en restai pétrifiée.

— Comment veux-tu que je pose ? commença-t-il. Si je tiens la main comme ça, c'est bon ?

Le cœur battant la chamade, je me laissai tomber sur le siège le plus proche. Mes jambes ne me portaient plus.

— Allez, Ruby, dessine-moi, ordonna Christophe. Prends ça comme un défi. Un artiste doit pouvoir regarder un modèle comme un objet, de même qu'un médecin ne voit chez son patient que le malade.

— Je ne peux pas, Chris, je t'en prie. Je ne suis pas médecin et tu n'es pas mon patient.

— Ce sera notre secret, Ruby, ne l'oublie pas. Regarde-moi, tu peux le faire. Regarde-moi !

Lentement, comme hypnotisée par ses paroles, je tournai la tête et promenai mon regard sur son corps élancé, musclé, harmonieux. Etais-je capable de faire ce qu'il m'ordonnait ? De ne voir en lui qu'un sujet d'étude, un modèle ?

L'artiste qui parlait en moi voulait savoir, exigeait une réponse. Je me levai, m'approchai de mon chevalet et tournai la dernière feuille sur laquelle j'avais travaillé pour faire apparaître une page blanche. Puis je saisis un crayon, m'obligeai à regarder Christophe et me mis à l'ouvrage comme on se jette à l'eau, transcrivant aussitôt sur le papier ce que mon œil venait d'enregistrer. Au début, mes doigts tremblaient de manière presque incontrôlable. Puis, à mesure que l'esquisse prenait forme, ma main se raffermit mon trait se précisa. Ce fut le visage qui me demanda le plus de temps. Je m'appliquai à concilier l'image que j'avais de Chris et celui que voyaient les autres, en soulignant surtout l'intensité du regard. Satisfaite, je passai au reste du corps et j'eus tôt fait de capter l'ensemble de sa silhouette, dont toutes les lignes exprimaient à la fois la force et la souplesse.

Tout le temps que dura cette première étape, il conserva une immobilité absolue, comme s'il voulait s'éprouver lui-même autant que me mettre à l'épreuve. Mais au bout d'un moment, il finit quand même par avouer :

— Eh bien, c'est un sacré travail d'être modèle !

— Tu veux faire une pause ?

— Non, je peux tenir encore un peu. Aussi longtemps que toi, en tout cas.

Mes doigts recommencèrent à trembler quand je descendis plus bas que son nombril, là où les lignes convergeaient en triangle. A chaque coup de crayon, j'avais l'impression de le caresser du bout des doigts. Il devina que j'avais atteint le niveau du bas-ventre, car ses lèvres ébauchèrent un sourire sensuel.

— Si tu as besoin de voir de plus près, ne te gêne pas, souffla-t-il d'une voix rauque.

Je reportai les yeux sur ma page et me mis à crayonner des traits précipités, comme si j'étais en transe. Je n'avais plus besoin de regarder Christophe, son image était gravée dans ma mémoire. J'avais le feu aux joues. Mon cœur cognait si fort dans ma poitrine que je ne sais pas comment je m'y pris pour continuer, mais j'y parvins. Et quand je m'éloignai enfin de mon chevalet, j'avais achevé un portrait on ne peut plus détaillé de Christophe.

— C'est bon ? demanda-t-il.

— Je crois que oui.

A vrai dire, je n'étais pas trop mécontente du résultat : il me semblait que j'avais travaillé comme si j'étais possédée. Brusquement, Chris fut debout à mes côtés.

— C'est très bon, Ruby.

— Tu peux te rhabiller, dis-je sans me retourner.

Il posa la main sur mon épaule.

— Ne sois pas si nerveuse, voyons !

— Ecoute, Christophe...

— Tu as déjà vu tout ce qu'il y avait à voir, chuchota-t-il. Pourquoi être si timide ?

Dès cet instant, ma volonté m'abandonna. Quand il me fit pivoter vers lui, je voulus reculer, mais je ne bougeai pas. J'étais devenue comme de l'argile entre ses mains. Quand il voulut m'embrasser, je me laissai attirer contre son corps nu et je sentis son sexe se durcir.

— Chris, je t'en prie !

— Tais-toi... souffla-t-il en effleurant doucement mon visage de sa paume.

Puis il m'embrassa légèrement sur les lèvres ; me souleva dans ses bras et me porta jusqu'à la chaise longue. Quand il se pencha pour m'y déposer, il s'agenouilla près de moi et m'embrassa encore, puis il entreprit de me déshabiller. Ses doigts s'activaient fiévreusement, déboutonnant ma blouse, abaissant la fermeture de ma jupe. Quand il détacha mon soutien-gorge et le lança sur le plancher, je frissonnai mais ne résistai pas. Je fermai les yeux. Je gémis quand il embrassa mon cou, mes épaules et taquina la pointe de mes seins nus. Il me souleva doucement, fit glisser ma jupe sur mes hanches et enfouit son visage au creux de ma taille. Ses baisers me brûlaient, maintenant. Partout où ses lèvres me touchaient, je sentais mon corps s'embraser. Et ses paroles enflammées me faisaient fondre le cœur.

— Tu es merveilleuse, Ruby, merveilleuse ! Aussi jolie que Gisèle, mais tellement plus attachante, plus douce, plus délicate ! Je ne peux pas m'empêcher de t'aimer. Je ne peux pas penser à une autre que toi. Je suis fou de toi !

J'étais au septième ciel. En ces instants de délicieux silence, je perçus le crépitement léger de la pluie et une vague de chaleur me parcourut tout entière. Se pouvait-il que Chris m'aimât si passionnément ? Ses doigts poursuivaient leur exploration de mon corps, semant partout en moi un trouble exquis. Je saisis sa tête entre mes mains, bien décidée à l'arrêter... Mais je me retrouvai en train de l'embrasser avec frénésie, les doigts enfouis dans ses cheveux pour le retenir contre ma poitrine.

— Ton cœur bat aussi fort que le mien, murmura-t-il.

Comme dans un rêve, je sentis ses lèvres frôler ma joue, mon front, mes paupières, avant de reprendre les miennes. Et cette fois, quand il m'embrassa, sa main s'insinua sous l'élastique de mon slip et le fit descendre le long de mes cuisses. Je voulus protester, mais un autre baiser me fit taire.

— Ce sera merveilleux, Ruby, je te le promets. D'ailleurs, il faut que tu connaisses l'amour. C'est une chose qu'une artiste ne peut pas ignorer.

Je rouvris les yeux.

— Chris, j'ai peur. Je t'en prie... non...

— Tout va bien, me rassura-t-il en m'enveloppant d'un regard souriant. Tout va bien...

J'étais nue maintenant, sous son corps nu palpitant de désir. Ce contact à la fois sensuel et brutal m'effraya, mais Chris n'en devint que plus pressant.

— Je veux être ton premier amant, Ruby. Il faut que ce soit moi. Je t'aime trop.

— C'est vrai, Chris ? Tu m'aimes pour de bon ?

— Oui, jura-t-il en reprenant mes lèvres.

Et en même temps qu'il m'embrassait, il se glissa entre mes jambes. Je voulus les serrer, me défendre, mais il prolongeait son baiser tout en multipliant ses assauts, caressant les endroits les plus intimes de mon corps, ceux que jamais un garçon n'avait vus. C'était comme si je tentais de m'opposer à un déluge. Vague après vague, une houle montait en moi, irrépressible, jusqu'au moment où je cédai au plus excitant des vertiges. Dans mes reins, dans mes cuisses, tout ce qui en moi résistait encore s'abandonna au moment où Christophe me pénétra. Je criai. Je gémis. Un trouble affolant s'empara de moi comme une transe et quand le plaisir explosa en moi, j'éprouvai d'abord de la surprise, puis de la peur. Et finalement, de la joie. L'ardeur de Christophe avait atteint son paroxysme. Un long frisson le secoua, puis je le sentis peu à peu s'apaiser, jusqu'au moment où il reposa contre moi, le souffle court, les lèvres toujours pressées sur ma joue.

— Oh, Ruby ! geignit-il doucement. Ma toute belle, ma merveilleuse Ruby...

C'est alors que je pris pleinement conscience de ce qui venait de se produire, de ce que j'avais laissé se produire. Je repoussai brutalement Christophe par les épaules.

— Laisse-moi me lever, Chris. Vite !

Il s'assit brusquement, tandis que je ramassais mes vêtements et les enfilais à la hâte.

— Tu ne m'en veux pas, au moins, Ruby ?

— Non, c'est à moi que j'en veux.

— Mais pourquoi ? Tu n'as pas aimé ça, toi aussi ?

Je me cachai le visage dans les mains et fondis en larmes. C'était plus fort que moi, je ne pouvais pas m'arrêter, même si Christophe s'efforçait de me consoler.

— Voyons, Ruby. Tout est très bien comme ça, je t'assure. Ne pleure pas.

— Non, tout n'est pas très bien comme ça, Chris. J'espérais que j'étais différente et... et voilà !

— Différente ? Différente de quoi, de qui ? De Gisèle ?

— Non, de...

Je n'allai pas plus loin. Je ne pouvais pas lui dire que j'espérais être différente des Landry, puisqu'il ne connaissait pas la vérité, mais c'était à cela que je pensais. Le sang qui coulait dans mes veines était aussi brûlant que celui de

424

ma mère, ce sang mauvais qui lui avait valu tant de déboires... avec le père de Paul, d'abord, puis avec papa.

— Je ne comprends pas, dit Christophe, tout en commençant à se rhabiller.

Je repris le contrôle de moi-même.

— Aucune importance. Je ne te reproche rien, Christophe. Ce n'est pas toi qui m'as forcée à faire ça, moi aussi j'en avais envie, au fond.

— Je tiens beaucoup à toi, Ruby, vraiment. Je n'ai jamais aimé une fille autant que toi.

— C'est vrai, Chris ? Tu penses réellement ce que tu dis ?

— Bien sûr que oui ! Je...

Un bruit de pas retentit dans le couloir. Je finis de me rhabiller en toute hâte et Christophe en fit autant. A l'instant où il rentrait sa chemise dans son pantalon, nous entendîmes tourner la poignée. Une seconde plus tard, une grêle de coups secs ébranlait la porte.

— Ouvrez immédiatement ! cria Daphné.

Je me précipitai pour lui obéir. Et quand elle s'encadra sur le seuil, nous toisant l'un après l'autre d'un air sévère, je ne pus m'empêcher de frémir.

— Qu'est-ce que vous fabriquez, tous les deux ? Pourquoi cette porte était-elle fermée à clé ?

— Nous répétions nos rôles et nous ne voulions pas être dérangés, répondis-je un peu trop vite.

Je n'en menais pas large. J'étais sûre d'être toute décoiffée, et manifestement habillée à la va-vite. Daphné m'examina comme si j'étais une esclave sur le podium d'enchères avant la guerre de Sécession, puis reporta son attention sur Chris. Son sourire penaud renforça les soupçons de ma belle-mère, qui fronça les sourcils.

— Où sont vos textes ?

— Les voilà, dit Christophe en produisant les deux livrets.

Le regard glacé de Daphné revint se poser sur moi.

— Hmm ! Je brûle de voir le résultat d'une répétition aussi studieuse, ironisa-t-elle en prenant sa pose de juge au tribunal. Nous avons des invités, ce soir, va mettre quelque chose de plus convenable et recoiffe-toi. Où est ta sœur ?

— Je ne sais pas. Elle est sortie très tôt et n'est pas rentrée.

— Si jamais je ne la voyais pas avant le dîner, fais-lui part de mes instructions, ordonna sèchement ma belle-mère.

Elle jeta un nouveau regard inquisiteur sur Christophe, prit une mine encore plus méfiante et se retourna vers moi.

— Je ne veux pas de portes fermées à clé chez moi. Quand les gens s'enferment, c'est qu'ils ont quelque chose à cacher ou qu'ils ont l'intention de mal agir !

Ayant débité sa tirade comme une rafale de mitraillette, Daphné tourna les talons. On aurait juré qu'un vent glacé venait de souffler dans la pièce. Je poussai un grand soupir et Christophe aussi.

— Tu ferais mieux de partir, Chris.

— C'est bien mon avis. Je passe te prendre demain matin pour t'emmener au collège. Ruby...

— J'espère que tu étais sincère, tout à l'heure, Chris. Et que tu tiens vraiment à moi.

— Je te le jure ! affirma-t-il en m'embrassant. A demain !

Il était pressé de partir, maintenant. Les regards acérés de Daphné l'avaient atteint comme des flèches et percé à jour.

Après son départ, je m'assis pour réfléchir un moment. Tout ce qui venait de se passer me semblait un rêve. Ce ne fut qu'en allant derrière mon chevalet pour contempler le portrait de Chris que je fus certaine de n'avoir pas rêvé. Je recouvris le dessin et m'élançai dans le couloir. Je me sentais légère, si légère que j'avais l'impression d'être portée par un courant d'air.

Gisèle ne rentra pas à temps pour le dîner. Elle téléphona pour prévenir qu'elle mangeait avec ses amies, ce qui contraria beaucoup Daphné. Mais la mauvaise humeur de ma belle-mère s'évanouit dès qu'arrivèrent ses invités, Hamilton Davies et sa femme, Béatrice. Hamilton Davies, qui frisait la soixantaine, était propriétaire d'une compagnie de navigation à vocation touristique dont les vapeurs sillonnaient le Mississippi, ce qui faisait de lui un des hommes les plus riches de Louisiane. Je savais par Daphné que Père cherchait à entrer en affaires avec lui, et elle m'avait vivement recommandé de me surveiller afin de produire bonne impression.

— Ne parle que si on t'adresse la parole, et réponds le plus brièvement possible. Ils auront les yeux fixés sur toi, aussi rappelle-toi bien mes conseils ! me sermonna-t-elle une dernière fois.

— Si vous craignez que je commette un impair, je peux manger plus tôt, suggérai-je.

— Ne sois pas ridicule ! riposta-t-elle avec hauteur. Les Davies veulent te voir. Ce sont les premiers de nos amis que j'invite dans ce but et ils savent que c'est un honneur.

Etais-je donc une curiosité, un trophée qu'elle exhibait pour se donner de l'importance ? Je n'eus pas l'audace de poser la question, bien loin de là. Docilement, je m'habillai selon ses conseils et vins prendre ma place à table, en me concentrant sur la sacro-sainte étiquette.

Les Davies étaient plutôt gentils, mais leur intérêt pour mon histoire me mit mal à l'aise. Mme Davies, en particulier, me posa une foule de questions détaillées sur ma vie dans le bayou parmi « ces horribles cajuns ». Et il me fallut répondre au pied levé, en consultant chaque fois Daphné du regard pour m'assurer que je n'avais pas commis de bévue. Apparemment, je ne me montrais pas assez amère pour son goût.

— L'indulgence de Ruby envers ces gens est compréhensible, expliqua-t-elle aux Davies. Pendant toute sa vie, elle a cru qu'ils étaient ses parents.

— Quelle tragédie ! compatit Béatrice Davies. Et malgré ça, elle est tout à fait sortable. Vous vous y prenez très bien avec elle, Daphné. Félicitations.

— Merci, se rengorgea ma belle-mère.

Sur ce, Hamilton Davies eut une idée :

— Son histoire mérite de paraître dans les journaux, Pierre. Qu'en penses-tu ?

— Cela ne ferait qu'attirer l'attention sur elle, s'interposa vivement Daphné. Jusqu'ici, nous n'en avons parlé qu'à nos amis intimes, en leur demandant le secret. La pauvre petite a eu la vie assez difficile comme ça, vous ne croyez pas ?

Cela fut dit avec force mimiques et battements de cils à l'intention de Hamilton, qui rosit de plaisir.

— Bien sûr ! approuva-t-il en me gratifiant d'un sourire protecteur. Comme toujours, Daphné, vous faites preuve d'une finesse devant laquelle un gentleman créole ne peut que s'incliner.

Ma belle-mère baissa les yeux, les releva, le tout avec un art consommé du flirt et de la manipulation. Aucun doute, j'assistais au numéro d'une experte qui savait manœuvrer les hommes. Et pendant ce temps-là, mon père la couvait d'un regard d'adoration, béat d'admiration.

Je ne fus pas fâchée quand le dîner prit fin et que je pus décemment me retirer.

Quelques heures plus tard, j'entendis Gisèle entrer dans sa chambre. J'attendis un moment pour voir si elle allait frapper à la porte de communication, mais elle alla droit au téléphone. Et s'il me fut impossible de distinguer ses paroles, je l'entendis bavarder jusqu'à une heure avancée de la nuit. Apparemment, elle avait une ribambelle d'amis à appeler. Pour être franche, j'aurais bien voulu connaître le sujet de tous ces papotages, mais il n'était pas question pour moi d'aller le lui demander. Elle aurait été bien trop contente.

Elle se montra d'humeur particulièrement joyeuse, le lendemain matin. Pendant tout le petit déjeuner, elle ne cessa pas de plaisanter. Devant papa, je me montrai cordiale envers elle, mais j'étais bien décidée à attendre ses excuses avant de lui rendre mon amitié. Ce qui nous étonna beaucoup, Christophe et moi, ce fut de voir Martin venir la chercher. Juste avant de descendre les marches du perron, elle m'offrit ce qui pouvait à la rigueur passer pour des excuses :

— Il ne faut pas m'en vouloir pour ce qui s'est passé, Ruby. Quelqu'un a dit aux parents que nous avions été à Storyville et j'ai dû leur parler de ton amie. A tout à l'heure, petite sœur !

Là-dessus, elle s'engouffra dans la voiture de Martin.

Quelques instants plus tard, je montai dans celle de Christophe, toujours très inquiet au sujet de Daphné.

— Est-ce qu'elle t'a posé d'autres questions ? voulut-il savoir.

— Non. Elle était surtout préoccupée par le dîner.

— Tant mieux ! s'exclama-t-il avec soulagement. Mes parents aussi sont invités à dîner chez toi, le week-end prochain. Nous devrions nous faire oublier un peu, histoire de laisser les choses se tasser.

Mais il était écrit que je ne devais pas voir les choses se tasser. A peine avions-nous passé la porte de Beauregard que je me sentis sur mes gardes : en ce qui me concernait, le vent avait tourné. Je perçus un net changement d'atmosphère. Chris eut beau prétendre que c'était un effet de mon imagination, je vis bien qu'on me regardait d'un autre œil. Je surpris des sourires en coin, des chuchotements. Et si certains élèves cachaient leurs ricanements derrière leur main, la plupart d'entre eux ne tentaient même pas d'être discrets. Malgré tout, ce ne fut pas avant la fin du cours d'anglais que j'eus le fin mot de l'histoire. Comme nous quittions la salle de classe, un garçon me heurta l'épaule et s'excusa :

— Oh, pardon !

— Il n'y a pas de mal, dis-je en m'éloignant.

Mais il me retint par le bras et me ramena en arrière.

— Eh ! Est-ce que tu souris, sur celle-là ? demanda-t-il en exhibant une des photos prises à la soirée de Claudine.

On m'y voyait au moment où je venais de me retourner. Si mon visage exprimait une surprise choquée, la plus grande partie de mon corps nu était bien visible.

Le garçon s'esclaffa, courut rejoindre un groupe d'élèves qui l'attendaient à un coin du couloir et toute la bande, garçons et filles, se bouscula pour voir le cliché. Je me figeai, clouée au sol par une sorte d'engourdissement. Et brusquement, Gisèle apparut et rejoignit le groupe.

— Prévenez bien tout le monde qu'il s'agit de ma sœur et pas de moi, lança-t-elle, déclenchant l'hilarité générale.

Et elle me décocha un grand sourire, avant de s'éloigner au bras de Martin.

Mes yeux s'emplirent de larmes, ma vue se brouilla, tout me sembla soudain flotter dans une sorte de brume.

Même Chris, accourant vers moi plein d'inquiétude, m'apparut comme une silhouette lointaine et déformée. Je sentis quelque chose céder en moi, et un hurlement suraigu jaillit de ma gorge. Tous ceux qui se trouvaient dans le couloir s'immobilisèrent, y compris quelques professeurs, et tout le monde se tourna dans ma direction.

— Ruby ! appela Christophe.

Je secouai la tête, niant la réalité de ce que j'avais sous les yeux. Certains étudiants riaient ouvertement, d'autres souriaient ; quelques-uns, plus rares, paraissaient franchement mal à l'aise ou désolés.

— Espèces de brutes ! criai-je à pleine voix. Vous êtes mesquins, cruels, ignobles... pires que des bêtes !

Et, jetant mes livres, je me retournai pour courir vers la sortie la plus proche.

— RUBY ! vociféra Christophe en s'élançant sur mes traces.

Mais j'avais déjà franchi la porte et je descendais les marches quatre à quatre. Il tenta de me suivre, mais je courais comme je n'avais jamais couru, comme je ne me savais pas capable de courir. Je manquai de peu d'être renversée par une voiture en traversant la rue. Le chauffeur stoppa dans un hurlement de freins, mais je ne m'arrêtai pas, je fonçais droit devant moi sans savoir où j'allais. Je courus ainsi, sans repos, sans relâche, jusqu'à ce qu'un point de côté me force à ralentir. J'avais des aiguilles de feu dans les poumons. Finalement, à bout de souffle, je m'effondrai derrière un grand chêne centenaire, sur la pelouse d'une propriété privée. Et je sanglotai, sanglotai, jusqu'à ce que je sois contrainte de cesser de pleurer, à bout de forces et de larmes.

Epuisée, la gorge douloureuse, je fermai les yeux et tentai de m'imaginer ailleurs, très loin... C'est ainsi que je me retrouvai dans le bayou, naviguant sur les canaux, par une chaude et lumineuse matinée de printemps.

Les nuages au-dessus de moi disparaissaient, la grisaille de La Nouvelle-Orléans cédait la place au soleil de mes souvenirs. Alors que mon canot s'approchait de la rive, j'entendis grand-mère Catherine chanter derrière la maison, tout en accrochant sa lessive.

— Grand-mère ! appelai-je.

Elle se pencha de côté, m'aperçut et m'offrit son lumineux sourire, aussi vivant qu'autrefois. Comme elle me paraissait jeune et belle, en cet instant !

— Grand-mère, murmurai-je sans ouvrir les yeux, je veux rentrer chez nous. Je veux revenir vivre avec toi dans le bayou. La vie était dure, mais cela m'est égal. Nous étions heureuses. Je t'en prie, grand-mère, fais que tout redevienne comme avant ! Ne sois pas morte. Pratique un de tes rituels, efface le temps. Fais que tout cela n'ait été qu'un cauchemar. Laisse-moi ouvrir les yeux et me retrouver près de toi, dans le grenier, à tisser. S'il te plaît, grand-mère... Je compte jusqu'à trois et ce sera vrai. Un... deux...

— Hé, là-bas ! Où vous croyez-vous ?

J'ouvris les yeux. Un vieux monsieur se tenait sur le seuil de la maison devant laquelle j'étais tombée, brandissant une canne noire.

— Eh bien, que venez-vous faire là ?

— Je voulais seulement me reposer, monsieur.

— Ce n'est pas un parc public, ici. Mais dites-moi... (Il m'observa plus attentivement.) Vous ne devriez pas être à l'école à cette heure-ci ?

— Si, monsieur, dis-je en me levant. Excusez-moi.

Et, le temps de m'orienter, je filai en direction de la maison, dont je n'étais d'ailleurs plus bien loin. Père et ma belle-mère étaient déjà partis quand j'y arrivai. Edgar vint m'ouvrir et cette fois je ne pus ni lui cacher mes larmes, ni prétendre que tout allait bien. Son visage se ferma, j'y lus un mélange d'inquiétude et de colère.

— Venez avec moi, m'ordonna-t-il sans autres formalités

Je le suivis jusqu'à la cuisine, où il appela de la porte :

— Nina !

La cuisinière se retourna, nous dévisagea l'un après l'autre et hocha gravement la tête.

— Je m'occupe d'elle, Edgar.

Apparemment satisfait, le maître d'hôtel se retira et Nina se rapprocha de moi.

— Oh, Nina ! m'écriai-je avec désespoir. Quoi que je fasse, elle s'arrange toujours pour me nuire !

— Ça n'arrivera plus, affirma-t-elle. Vous êtes avec Nina, maintenant, tout ça va finir. Attendez-moi ici.

Je l'entendis s'éloigner vers l'escalier du vestibule et il ne s'écoula guère plus d'une minute avant qu'elle ne revienne. Quand elle me prit par la main, je crus qu'elle allait à nouveau m'emmener dans sa chambre pour pratiquer un de ses rituels, mais il n'en fut rien. A ma grande surprise, elle ôta son tablier, m'entraîna vers la porte de service et me fit traverser rapidement l'arrière-cour pour gagner la rue.

— Où allons-nous, Nina ?

— Voir Mama Dédé. Vous avez besoin d'un gris-gris très puissant. Y a que Mama Dédé qu'elle peut faire ça.

Au coin de la rue, Nina s'arrêta et rapprocha son visage du mien, le regard brillant d'excitation.

— Juste une chose, petite. Vous dites jamais à M. et à Mme Dumas où je vous emmène. Ce sera notre secret, d'accord ?

— Qui est...

— Mama Dédé ? La reine du vaudou pour toute La Nouvelle-Orléans, à présent.

— Et que va faire Mama Dédé ?

— Empêcher votre sœur de vous faire du mal. Sortir Papa La Bas de son cœur. La rendre bonne. Vous voulez ça ?

— Oh oui, Nina ! Je le veux.

— Alors jurez de garder le secret. Jurez !

— Je le jure, Nina.

— Bon, alors venez.

J'étais si en colère que je l'aurais suivie n'importe où, pour faire tout ce qu'elle m'aurait ordonné. Nous prîmes d'abord un tramway, puis un bus qui nous amena dans un quartier misérable dont j'ignorais jusqu'à l'existence. Des enfants noirs jouaient dans des cours minables, devant des habitations qui n'étaient guère plus que des cabanes. Des voitures déglinguées, dont certaines semblaient sur le point de tomber en pièces, stationnaient dans les rues, le long des trottoirs jonchés de détritus. Çà et là, un magnolia ou un sycomore isolé semblait vouloir disputer le terrain aux bouteilles vides et aux papiers gras, en un combat perdu d'avance. Comment pouvait-on vivre dans un endroit pareil ? Même le soleil y perdait son éclat. Par la plus belle journée du monde, il devait paraître terni, sali, rouillé comme une vieille boîte de conserve.

Nina me fit hâter le pas jusqu'à une baraque branlante, aussi vétuste que les autres. Du côté de la rue, toutes les fenêtres étaient occultées par des stores crasseux ; le trottoir était tout fendillé, comme les marches et la porte, que surmontait une guirlande d'os et de plumes.

— La reine habite ici ? m'étonnai-je à haute voix.

— Bien sûr que oui, répondit Nina, laconique.

Nous suivîmes l'étroit passage qui menait à la porte du devant et Nina pressa le bouton de la sonnette. Quelques secondes s'écoulèrent et une vieille Noire édentée, aux cheveux si rares que je voyais son crâne au travers, vint nous ouvrir. Elle était toute voûtée, ses épaules pointaient vers l'avant sous le vêtement de toile à sac qui lui servait de robe. Elle ne devait pas mesurer plus d'un mètre cinquante et traînait les pieds dans de vieux mocassins d'homme tout tachés, sans lacets ni chaussettes.

— Je dois voir Mama Dédé, annonça Nina.

La vieille femme inclina la tête, recula d'un pas, et nous pénétrâmes dans le petit intérieur. Tout y respirait la misère : les murs lépreux, le plancher nu où adhéraient encore les fibres d'un tapis que l'on avait dû ôter tout récemment. Emanant du fond de la maison, une odeur douceâtre flottait dans l'air. La vieille dame nous désigna une porte, sur la gauche, et Nina prit ma main pour me faire entrer avec elle dans la pièce voisine.

A part le fait que le seul éclairage provenait d'une demi-douzaine de cierges, on aurait dit une sorte de magasin. Elle regorgeait de talismans, d'os, de poupées, de bouquets de plumes et de cheveux, de peaux de serpents. L'un des murs était entièrement tapissé d'étagères, où s'entassaient d'innombrables flacons de poudres diverses. Tout le long du mur opposé, des cartons pleins de bougies de couleur s'alignaient à même le sol.

Trois sièges avaient trouvé place dans tout ce fatras, deux fauteuils défoncés dont l'un montrait ses ressorts, et un méchant petit canapé. Au milieu, dans l'espace libre, trônait une boîte en bois gravée de signes d'or et d'argent.

— Asseyez-vous, ordonna la vieille femme.

Nina me désigna l'un des fauteuils où j'allai m'asseoir, tandis qu'elle s'installait dans l'autre. En face de nous, une couverture masquait une embrasure de porte.

— Nina... commençai-je, mais elle m'imposa le silence.

— Chut ! Attendez, c'est tout.

Je n'attendis pas longtemps. Quelque part dans la maison résonna le son grave d'un tambour. Des battements saccadés, sourds, insistants, qui me donnèrent instantanément la chair de poule. Pourquoi m'étais-je laissé entraîner ici ?

Tout à coup, la couverture s'écarta et une Noire beaucoup plus jeune que la première fit son apparition. Elle avait de longs cheveux soyeux enroulés en nattes épaisses autour de la tête, et retenus par un foulard dont les sept nœuds pointaient en éventail. Elle était grande, vêtue d'une ample robe noire tombant jusqu'à ses pieds nus, et me parut plutôt jolie. J'admirai le modelé de ses pommettes, le contour délicat de ses lèvres, mais quand elle se tourna vers moi, je frissonnai en découvrant ses yeux aussi gris que des pierres.

Elle était aveugle.

— Mama Dédé, j'ai besoin d'un gris-gris très fort, dit Nina.

Mama Dédé s'avança dans la pièce avec vivacité, comme si elle y voyait, s'assit avec grâce sur le canapé, croisa les mains sur les genoux. Elle paraissait me fixer de ses yeux sans regard. Je me figeai, retenant mon souffle, mais ce fut à Nina qu'elle s'adressa.

— Parle, ma sœur. Je t'écoute.

— C'est pour la petite qui est avec moi. Elle a une sœur, jalouse, méchante, qui lui fait toutes sortes de misères et beaucoup de chagrin.

— Donne-moi ta main, m'ordonna Mama Dédé en tendant la sienne.

Je m'exécutai d'un geste hésitant, et j'éprouvai une sensation de chaleur quand elle enserra fermement mes doigts entre les siens.

— Ta sœur et toi, commença-t-elle, vous ne vous connaissez pas depuis longtemps.

— Non, avouai-je, au comble de la surprise.

— Et ta maman ne peut pas t'aider.

— Non.

— Elle est morte, elle est passée de l'autre côté, dit-elle en relâchant ma main.

— Sa sœur, Papa La Bas lui mange le cœur et il la rend mauvaise, expliqua Nina. Elle est toute pleine de haine et maintenant, il faut protéger cette petite, Mama. Elle croit. Sa grand-mère était une dame guérisseuse dans le bayou.

Mama Dédé inclina la tête et tendit à nouveau la main, paume en l'air cette fois. Nina fouilla dans sa poche, en tira un dollar d'argent, le déposa dans la main ouverte. Et la vieille femme, qui observait la scène depuis le seuil de la chambre, vint aussitôt chercher la pièce qui disparut dans un gousset de sa défroque.

— Fais brûler deux cierges jaunes, ordonna la reine du vaudou.

La vieille dame alla prendre deux bougies dans les cartons, les planta dans des chandeliers, les alluma et je crus que tout était fini. Je me trompais : Mama Dédé se pencha vers la boîte en bois, souleva le couvercle avec précaution et le déposa près d'elle, sur le canapé. Nina paraissait très contente et j'attendis impatiemment la suite, quand Mama Dédé plongea les mains dans la boîte. Mais quand elle les en sortit, je faillis m'évanouir.

Elle tenait un jeune python, endormi, me sembla-t-il : ses yeux n'étaient plus que deux fentes. J'étouffai un cri quand elle éleva le serpent jusqu'à son visage et qu'il darda sa langue, lui effleurant la joue. Après quoi, Mama Dédé le replaça doucement dans sa boîte.

— Le serpent lui donne le pouvoir et la vision, murmura Nina. C'est dit dans les vieilles légendes : le premier homme et la première femme sont venus au monde aveugles, c'est le serpent qui leur a donné la vue.

— Quel est le nom de ta sœur, petite ? demanda Mama Dédé.

437

J'eus brusquement la bouche sèche. Il me sembla que si je répondais, quelque chose de terrible se produirait.

— C'est vous qui devez donner le nom, m'expliqua Nina. Dites-le à Mama Dédé.

— Gisèle, articulai-je. Mais...

— *Eh ! Eh bomba hen hen !*

Mama Dédé avait commencé une incantation, accompagnant ses paroles de contorsions de tout son corps, accordées au rythme du tambour.

— *Canga bafie te. Danga moune de te. Canga do ki li Gisèle !* acheva-t-elle dans un cri.

Mon cœur cognait si fort contre mes côtes que je plaquai la main sur ma poitrine. Mama Dédé se retourna vers Nina, qui tira de sa poche un ruban que je reconnus instantanément : il appartenait à Gisèle. Voilà donc pourquoi elle m'avait quittée un instant, avant de partir ! Elle était allée le chercher... Je tendis la main pour le reprendre, mais il était trop tard : la reine du vaudou s'en était emparée.

— Arrêtez ! m'écriai-je

Trop tard, encore une fois. Mama Dédé rouvrit la boîte et y laissa tomber le ruban. Puis elle reprit ses contorsions en psalmodiant un nouveau chant.

— *L'appe vini, le Grand Zombie. L'appe vini pou fe gris-gris.*

— Il vient, traduisit Nina. Le Grand Zombie, il vient pour faire le gris-gris.

Soudain, Mama Dédé s'immobilisa et poussa un cri qui me glaça le sang dans les veines. Ma gorge se noua, le souffle me manqua. La mama vaudou tomba en arrière et se figea sur le canapé, les yeux clos, la tête inclinée sur l'épaule ; et pendant un long moment, personne ne bougea ni ne parla. Puis Nina me tapota le genou et me fit signe que c'était fini. Je me levai, la vieille femme nous précéda hors de la chambre et alla nous ouvrir la porte d'entrée.

Mon cœur ne se calma pas avant que nous ne soyons revenues à la maison. Nina faisait preuve d'une confiance totale, elle était sûre que tout allait s'arranger. Quant à moi, je ne savais plus trop à quoi m'en tenir, mais mon incertitude ne dura pas. Gisèle rentra de l'école plus Gisèle que jamais. Elle m'accabla de reproches pour avoir quitté le collège et provoqué des tas d'ennuis.

— À cause de toi, Christophe s'est battu avec Billy et ils ont été convoqués tous les deux chez le principal, vint-elle m'annoncer sans même prendre la peine d'entrer dans ma chambre. Il a fallu que les parents de Chris viennent le chercher pour qu'il ait le droit de rentrer chez lui.

« Tout le monde te traite d'idiote, maintenant. Ce n'était qu'une simple plaisanterie, mais moi aussi j'ai été convoquée chez Storm et il va prévenir papa et maman. Grâce à toi, nous allons avoir des tas de problèmes !

Je faillis ne pas répondre : la rage m'étouffait tellement que je craignais de ne pas pouvoir m'exprimer sans crier, mais je m'étonnai moi-même. Et je terrifiai Gisèle par le calme dont je fis preuve.

— Je regrette que Chris se soit battu et qu'il ait des problèmes, il voulait seulement me protéger. Mais toi, je ne te plains pas.

« C'est vrai que j'ai grandi dans un monde qu'on peut trouver arriéré comparé au tien, Gisèle. C'est vrai aussi que les gens du bayou sont plus simples, qu'il s'y passe des choses que les citadins peuvent juger cruelles, terribles, et même immorales.

« Mais à côté des choses horribles que tu m'as faites, et que tu as permis qu'on me fasse, tout ce que j'ai pu voir dans le bayou n'est que jeux d'enfants. Je pensais que nous pourrions être de vraies sœurs, nous aimer, nous aider, mais tu étais bien résolue à me blesser de toutes les façons possibles !

Les larmes roulaient sur mes joues, maintenant, malgré tous mes efforts pour ne pas pleurer devant elle. Et quand elle prit la parole, elle aussi avait la voix tremblante.

— Naturellement, gémit-elle, tu me donnes tous les torts, maintenant ! Mais c'est toi qui as débarqué à notre porte et mis notre vie sens dessus dessous. C'est toi qui t'arranges pour que les gens t'aiment plus que moi. Tu m'as volé Christophe !

— C'est faux. Et d'ailleurs tu m'as dit que tu ne voulais plus de lui.

— C'est possible... mais je n'apprécie pas qu'on me le prenne. Et je ne te conseille pas de m'accuser quand le principal téléphonera ! conclut-elle d'un ton menaçant.

Et elle s'engouffra dans sa chambre.

Le Dr Storm appela. Après avoir séparé Christophe et Billy, l'un des professeurs avait pris les photographies et les avait apportées au bureau du principal. Mise au courant, Daphné nous fit venir toutes les deux dans la bibliothèque, un peu avant le dîner. Elle était aussi mortifiée que furibonde.

— Laquelle d'entre vous a permis que cette photo soit prise ? demanda-t-elle en grimaçant de colère.

Gisèle s'empressa de baisser la tête et ce fut moi qui répondis.

— Aucune de nous, Mère. Quelques garçons se sont introduits chez Claudine à notre insu et pendant que je me changeais pour un jeu costumé, ils ont pris une photo de moi en cachette.

— Nous sommes la risée de tout le collège, fulmina-t-elle, et les Andréas ont dû aller voir le principal. Je viens d'avoir Edith Andréas au téléphone : c'est la première fois que Christophe a des ennuis sérieux. Et tout ça par ta faute !

— Mais...

— Tu te conduisais comme ça, dans ton marais ?

— Bien sûr que non !

— Je ne sais pas comment tu t'y prends pour t'attirer ce genre d'histoires à répétition, mais je constate le fait. Jusqu'à nouvel ordre, tu n'iras plus nulle part. Plus question de soirées, dîners, rendez-vous ni sorties d'aucune sorte, c'est compris ?

Je refoulai mes larmes. A quoi bon me défendre ? La seule chose qui comptait pour elle dans tout ça, c'était l'opinion des gens. Elle était incapable de voir plus loin.

— Oui, Mère.

— Ton père n'est pas encore au courant. Je lui raconterai tout ça calmement, quand il rentrera. File dans ta chambre et n'en sors que pour descendre dîner.

Je montai l'escalier comme un automate, dans un étrange état d'indifférence nébuleuse. Daphné pouvait me faire ce qu'elle voulait, ça m'était bien égal ! Quant à Gisèle... En regagnant sa chambre, elle m'adressa au passage un sourire triomphant, mais je ne dis pas un mot.

Le dîner fut particulièrement silencieux. Papa était accablé, à la fois par sa déception et plus encore, j'en étais sûre, par la colère de Daphné. J'évitai son regard et je fus très soulagée quand Gisèle et moi fûmes autorisées à quitter la table. Ma chère sœur ne perdit pas une seconde pour décrocher son téléphone et répandre la nouvelle de ce qui s'était passé.

Quand je me couchai, ce soir-là, je ne pensais qu'à Mama Dédé, au serpent et au ruban. J'aurais tant voulu qu'il y eût du vrai dans toute cette magie ! Mon désir de vengeance était tel que je le souhaitais vraiment, de toutes mes forces.

Mais deux jours plus tard, je le regrettai.

19

Si j'avais su !

Le lendemain matin, j'eus le sentiment de n'être plus que l'ombre de moi-même. Mon cœur sonnait le creux dans ma poitrine et ce fut d'un pas de somnambule que je descendis pour le petit déjeuner. Martin vint chercher Gisèle mais ils ne me proposèrent pas de m'emmener, ce que je n'aurais d'ailleurs pas accepté. Christophe devait être accompagné par ses parents, aussi me rendis-je à Beauregard à pied, regardant droit devant moi dans une sorte de transe.

Quand j'arrivai à l'école, le vide se fit autour de moi. Ciboulette elle-même eut peur d'être vue en ma compagnie et, contrairement à notre habitude, elle ne m'invita pas à bavarder quelques instants dans la salle de loisirs. C'était moi la victime dans toute cette histoire, moi qui avais subi la honte et les outrages, mais personne ne paraissait désolé pour moi. On aurait dit que j'avais contracté une espèce de maladie contagieuse, et qu'au lieu d'attirer la sympathie je faisais peur à tout le monde.

Un peu plus tard, je me heurtai presque à Christophe qui descendait le couloir en courant, au sortir de son entrevue chez le principal avec ses parents.

— Je suis au régime probatoire, m'annonça-t-il d'un air lugubre. Si je commets la plus petite entorse au règlement, je serai suspendu et renvoyé de l'équipe de base-ball.

— Je suis désolée, Chris. Je ne voulais surtout pas t'attirer d'ennuis.

— Ce n'est rien. Ils ont été infects avec toi, je ne pouvais pas laisser passer ça comme ça, dit-il en jetant un coup d'œil prudent derrière lui. J'ai promis à mes parents de ne plus te voir pendant quelque temps, tu comprends... mais c'est une promesse que je n'ai pas l'intention de tenir, ajouta-t-il, ses beaux yeux bleus assombris de colère.

— Non, Chris. Obéis-leur, sinon... tu t'attireras d'autres ennuis et c'est moi qui serai blâmée. Attendons un peu.

— Mais ce n'est pas juste !

— Ce qui est juste ou pas ne semble pas compter beaucoup dès que la réputation des riches créoles est en jeu, observai-je avec amertume.

A cet instant, la sonnerie annonçant le cours suivant retentit.

— Je ferais mieux de ne pas être en retard, déclara Chris.

— Et moi aussi.

— Je t'appelle, me lança-t-il par-dessus son épaule comme nous nous séparions.

Mais je ne me retournai pas. Je ne voulais pas qu'il voie mes yeux se mouiller. Je refoulai mes larmes, rassemblai mon courage et j'entrai dans la salle de classe. Pendant tous les cours suivants, je pris des notes en silence, ne parlant que si on m'adressait la parole directement. Et à la fin de chaque heure, je quittai la salle toute seule, quand presque tout le monde était sorti.

Le pire moment, ce fut le déjeuner : personne n'était pressé de s'asseoir à côté de moi. Et quand je pris place à une table, ceux qui s'y trouvaient déjà se levèrent pour aller s'installer ailleurs. Christophe déjeuna en compagnie de son équipe de base-ball et Gisèle avec sa cour habituelle. Je savais que tout le monde avait les yeux fixés sur moi, mais j'évitai soigneusement tous les regards.

Finalement, Ciboulette trouva quand même le courage de me parler, mais j'aurais presque préféré qu'elle n'en fît rien. Pour ce qu'elle avait à m'annoncer !

— Tout le monde croit que tu as fait une séance de strip-tease, Ruby. C'est vrai que tu es l'amie intime d'une prostituée ?

— Primo, il est absolument faux que j'aie fait du strip-tease, et secundo, je ne suis aucunement l'amie d'une prostituée. Ceux et celles qui ont monté cette ignoble farce à mes dépens ne font courir ces bruits que pour dissimuler leurs torts, Ciboulette. Je pensais que toi, au moins, tu l'aurais compris.

— Oh, je te crois ! Mais tout le monde parle de toi et quand j'ai dit à ma mère que c'étaient des racontars, elle s'est mise en colère et m'a interdit de te fréquenter. Je suis désolée, Ruby.

— Moi aussi, répliquai-je avec raideur.

Et j'expédiai le reste de mon déjeuner, afin de pouvoir m'en aller au plus vite.

En fin de journée, après le dernier cours, j'allai voir le professeur d'art dramatique et je lui annonçai que je renonçais à mon rôle.

— Vous n'y êtes pas obligée, Ruby, protesta-t-il.

Mais il n'en parut pas moins soulagé que la proposition soit venue de moi. Il devait se dire que ma présence vaudrait une publicité suspecte à la pièce ; et que les gens ne viendraient pas pour apprécier les qualités des acteurs, mais pour voir cette effrontée de petite cajun.

— Mais puisque vous êtes décidée, ajouta-t-il, je vous suis reconnaissant de m'avoir prévenu à temps pour me permettre de vous remplacer.

Sans un mot, je déposai mon texte sur une table et quittai la salle pour rentrer à la maison.

Papa ne dîna pas avec nous ce soir-là. Quand je descendis dans la salle à manger, j'y trouvai seulement Gisèle et Daphné. Le regard accusateur, ma belle-mère m'annonça que mon père souffrait d'un de ses accès de mélancolie.

— La conjonction de quelques affaires malheureuses et de ces désastreux événements l'a plongé dans un état dépressif profond, reprit-elle avec insistance.

Je coulai un regard en coin vers Gisèle qui continuait de manger tranquillement, comme si elle connaissait ce refrain par cœur.

— Ne devrait-on pas appeler un médecin ? suggérai-je. Il existe sûrement un traitement approprié.

— Le seul traitement valable serait qu'il apprenne de bonnes nouvelles, répliqua Daphné, acerbe.

Gisèle releva triomphalement la tête.

— J'ai eu 19 au contrôle d'histoire, hier !

— C'est excellent, ma chérie. Il le saura, sois-en sûre.

J'aurais bien aimé dire que j'avais eu 19 1/2 au même contrôle, mais je savais que Gisèle m'aurait prêté l'intention de diminuer ses mérites ; et Daphné aussi, probablement. Je préférai garder le silence.

Un peu plus tard, ce soir-là, Gisèle se montra sur le seuil de ma chambre, toute guillerette. Elle n'éprouvait pas le moindre remords, même devant l'état inquiétant de papa, dû en grande partie à toutes ces histoires. J'aurais voulu lui crier ses quatre vérités faire craquer son masque satisfait, lui arracher son sourire supérieur comme on pèle une banane ! Mais je me tus, de crainte d'aggraver encore les choses.

— Deborah Tallant donne une petite soirée, ce week-end, m'annonça-t-elle avec délectation. J'y vais avec Martin et nous emmenons Christophe.

Elle semblait vraiment prendre un plaisir sadique à jeter du sel sur mes blessures, et elle ne s'en priva pas.

— Je sais qu'il regrette de m'avoir quittée si vite, maintenant, mais je ne vais pas lui faciliter les choses, oh non ! Je vais le faire danser comme un pantin au bout d'un fil, ajouta-t-elle avec un rictus mauvais. J'embrasserai Martin sous son nez, je me serrerai dans ses bras comme si nous étions soudés l'un à l'autre... Enfin tu vois, quoi !

— Pourquoi tant de cruauté ?

— Ce n'est pas de la cruauté, il ne l'a pas volé. D'ailleurs, je t'emmènerais bien avec nous, mais j'ai dû promettre à Deborah que tu ne viendrais pas. Ses parents ne seraient pas contents.

— Je n'irais pas même si elle m'invitait, figure-toi.

— Oh si, répliqua-t-elle avec un sourire cynique. Bien sûr que tu irais. Tu y courrais !

Et sur cette dernière flèche, elle s'en alla, me laissant digérer ma colère. Je restai quelque temps immobile à ruminer ses paroles, en m'efforçant de me calmer, ce qui ne fut pas si difficile que je l'avais craint. Je passai rapidement à une sorte d'indifférence et m'étendis sur mon lit pour me replonger dans mes souvenirs dorés. J'éprouvai un immense réconfort à penser à grand-mère Catherine, mais quand l'image de Paul surgit dans ma mémoire, je me sentis coupable. Même si cela m'avait paru la meilleure chose à faire sur le moment, c'était terrible d'être partie ainsi, sans lui dire au revoir. Et la brève lettre postée de Houma ne lui donnait pas beaucoup d'éclaircissements sur ma conduite.

Je me relevai, j'arrachai une feuille à mon carnet de notes et allai m'asseoir à mon bureau pour en écrire une autre.

Cher Paul,

Bien du temps a passé depuis que j'ai quitté le bayou, mais je n'ai pas cessé de penser à toi. Je regrette d'être partie sans m'expliquer davantage. Cela m'aurait été trop pénible, et à toi aussi. Je sais combien tu étais tourmenté par tout cela, et surtout furieux, mais on ne peut pas changer le destin. Autant vouloir arrêter la marée.

Malgré les brèves nouvelles que je t'ai données, je suis sûre que tu te poses encore des questions. Ce qui m'a obligée à m'enfuir, c'est que grand-père Jack voulait me forcer à épouser Buster Trahaw, et j'aurais préféré mourir. Mais j'avais d'autres raisons, bien plus profondes, et une en particulier. J'ai appris qui était mon vrai père et décidé de faire ce que j'ai promis à grand-mère sur son lit de mort : le rejoindre et commencer une nouvelle vie.

C'est fait. Je mène une vie complètement différente de l'ancienne, à La Nouvelle-Orléans. Nous sommes riches, nous avons une grande maison et des domestiques. Ma famille est gentille et pleine d'égards pour moi. Le premier soin de mes parents, quand ils ont découvert mon talent pour la peinture, a été de m'installer un atelier et d'engager un professeur. Mais ce qui va t'étonner le plus, c'est que j'ai une sœur jumelle !

Je voudrais pouvoir te dire que c'est merveilleux d'être riche et d'avoir tout ça, que ma vie est plus belle maintenant qu'autrefois, mais ce n'est pas le cas.

Celle de mon père n'a pas été facile non plus. L'accident tragique survenu à son frère et d'autres événements douloureux l'ont rendu très sombre et même dépressif. J'espérais pouvoir l'aider, le rendre assez heureux pour le guérir de sa mélancolie, mais je n'y suis pas encore parvenue et je ne suis plus très sûre d'y parvenir.

En fait, en ce moment même, je voudrais pouvoir retourner dans le bayou, revenir au temps où nous ne saviez rien de ce passé terrible, avant la mort de grand-mère Catherine. Mais c'est impossible. Comme je te le disais, c'est le destin, et il me faut m'en arranger, pour le meilleur et pour le pire.

Pour l'instant, je veux seulement te demander deux choses. D'abord, pardonne-moi d'être partie comme ça, sans te dire au revoir. Et quand tu auras un moment de tranquillité, chez toi ou à l'église, dis une petite prière pour moi.

Tu me manques, Paul.

Dieu te bénisse.

Tendresses,
Ruby.

Je rédigeai l'adresse, cachetai et timbrai la lettre, et je la postai le lendemain matin en allant au collège. Cette journée-là ne fut pas très différente de la précédente, mais je pus déjà me rendre compte que l'excitation et l'intérêt centrés sur ma personne finiraient par se calmer. La nouveauté s'affadit vite. Malgré tout, je ne me faisais pas d'illusions : les élèves qui s'étaient d'abord montrés amicaux envers moi ne le redeviendraient pas de sitôt. Cela demanderait du temps, et bien des efforts de ma part. Pour le moment, on m'ignorait comme si j'étais invisible.

J'aperçus Christophe à plusieurs reprises, et chaque fois il me regardait avec une expression de regret coupable. J'étais plus désolée pour lui que lui pour moi, et je fis mon possible pour l'éviter afin de ne pas lui compliquer la vie. Je savais que s'il osait se montrer avec moi, il ne manquerait pas de filles — ni même de garçons — pour aller aussitôt le répéter à leurs parents. Et que ceux de Christophe, instantanément avertis, seraient furieux contre lui.

Mais en rentrant à la maison, cet après-midi-là, j'eus la surprise de voir la voiture de Martin s'arrêter à ma hauteur, le long du trottoir, et de m'entendre interpeller.

448

— Tu peux monter avec nous, si tu veux, proposa Gisèle comme si elle me faisait la charité. On va chez Martin. Il a de la bonne herbe et il n'y aura que nous dans la maison.

Penchée vers la vitre ouverte, je sentis l'odeur de la marijuana et devinai qu'ils avaient commencé à prendre ce qu'ils appelaient du bon temps.

— Non, merci.

— Si tu refuses, je ne t'inviterai plus jamais, me menaça Gisèle. Tu ne seras plus dans le coup et tu n'auras plus un seul ami.

— Je suis fatiguée, prétextai-je, et j'ai un exposé à faire. Je voudrais m'y mettre.

— Ce que tu peux être casse-pieds ! se plaignit ma jumelle.

Martin tira sur son joint, l'air goguenard.

— Ça ne te dit plus rien de rire et de pleurer un bon coup ?

La question les fit s'esclaffer tous les deux et Martin démarra brutalement, dans un hurlement de pneus. Je n'eus que le temps de m'écarter de la fenêtre.

Je rentrai à la maison, montai directement dans ma chambre et fidèle à mon programme, je me plongeai dans mon exposé. Je travaillais depuis une petite heure quand un cri provenant du hall m'attira sur le palier. Intriguée, je me penchai par-dessus la rampe et vis deux agents de police devant la porte d'entrée, leur casquette à la main. Presque aussitôt, Daphné arriva en courant, suivie par sa femme de chambre Wendy portant son manteau. Je m'engageai dans l'escalier.

— Qu'est-il arrivé ?

— C'est ta sœur ! me lança Daphné d'une voix affolée. Martin et elle ont eu un accident de voiture. C'est très grave, ton père me rejoint à l'hôpital.

Je dévalai le reste des marches.

— Je viens avec vous ! m'écriai-je en la suivant dans la limousine. Que s'est-il passé ?

— D'après la police, Martin fumait cette... cette espèce de saleté de drogue et il... il a percuté l'arrière d'un autobus.

— Oh, non !

Je n'avais vu qu'un accident de la route, jusque-là. Un chauffeur ivre avait franchi un terre-plein et sa camionnette s'était retournée. L'image de son corps sanglant coincé en travers du pare-brise en miettes s'était imprimée dans ma mémoire.

— Mais qu'est-ce qui ne va pas chez vous, les jeunes d'aujourd'hui ? s'écria Daphné d'une voix bizarrement aiguë. Vous avez tout, pourquoi faut-il que vous fassiez des bêtises pareilles ? Pourquoi ?

Je faillis lui répondre que beaucoup d'entre nous possédions trop de choses, justement. Mais ce n'était pas le moment de paraître critiquer la façon dont elle assumait son rôle de mère ; je préférai m'informer :

— Sait-on s'ils sont grièvement blessés ?

— Oui, répliqua-t-elle. Très gravement...

Papa nous attendait déjà dans la salle des urgences, et sa vue me fit mal. Hagard, les traits ravagés d'inquiétude, il paraissait plus vieux de dix ans.

— Tu sais quelque chose ? s'enquit précipitamment Daphné.

— Elle est toujours inconsciente. Apparemment, elle aurait heurté le pare-brise et elle aurait plusieurs fractures. Ils sont en train de prendre des radios.

— O mon Dieu ! gémit Daphné. Il ne manquait plus que ça !

— Et Martin ? demandai-je en levant les yeux sur mon père. Il... il n'est pas... ?

Il hocha la tête, et son regard infiniment triste me glaça. J'eus l'impression que le sang se retirait de mon cœur, ne laissant qu'un grand trou dans ma poitrine.

— Il vient de mourir, annonça Père d'une voix éteinte.

Daphné blêmit et se suspendit à son bras.

— Oh, Pierre ! C'est atroce...

Je me laissai tomber sur une chaise et n'en bougeai plus. Toujours sous le choc, totalement indifférente aux allées et venues incessantes, je surveillais mon père et Daphné qui s'étaient écartés pour s'entretenir avec les médecins. Que pouvais-je faire, sinon attendre... en essayant de ne pas trop lâcher la bride à mon imagination.

Quand j'avais neuf ans, un bambin de quatre ans s'était noyé dans le bayou, en tombant d'une pirogue. On avait aussitôt appelé grand-mère Catherine et je l'avais accompagnée. Mais en apercevant de loin la petite forme étendue sur la berge du canal, elle avait su qu'il était trop tard, et elle s'était signée.

A neuf ans, je croyais que seules les vieilles gens pouvaient mourir. Les jeunes se croient invulnérables, protégés par l'infranchissable rempart des années. Nous pouvons être malades, même très gravement ; avoir des accidents, même très sérieux ; être piqués par des insectes venimeux ou des serpents... mais toujours, croyons-nous, quelque chose nous sauvera du danger.

L'image de ce petit garçon, livide et figé, les cheveux collés au front et les yeux clos, me hantait encore après tant d'années. En même temps, je revoyais le sourire provocant de Martin, quand il avait démarré en trombe. Et si j'étais montée avec eux, moi aussi ? Serais-je à leurs côtés dans une salle d'urgence, ou aurais-je réussi à convaincre Martin de conduire moins vite ?... Non. Comme je l'avais écrit la veille à Paul, on ne pouvait pas s'opposer au destin.

Ce fut Daphné qui revint la première, les traits affreusement tirés par la fatigue et l'émotion.

— Comment va-t-elle ? demandai-je, le cœur serré.

— Elle a repris conscience, mais... il y a quelque chose qui ne va pas du côté de la colonne vertébrale, articula ma belle-mère d'une voix blanche.

— Que voulez-vous dire ?

— Elle ne peut pas bouger les jambes. Nous allons avoir une infirme dans la famille, fauteuil roulant, infirmière et tout ça... (Elle eut une grimace de dégoût.) Oh ! j'en suis malade, il faut que j'aille aux lavabos. Toi, va voir ton père, m'ordonna-t-elle avec un geste de la main.

Je regardai dans la direction qu'elle m'indiquait, de l'autre côté de la salle d'attente... et je crus voir le fantôme de Père. Il était appuyé au mur, la tête basse, en compagnie d'un médecin qui lui tapotait l'épaule. Puis le docteur s'éloigna, mais Père ne fit pas un mouvement. Je me levai, m'approchai de lui, et quand il releva la tête, je m'aperçus qu'il pleurait.

— Ma petite fille, gémit-il, ma princesse... elle est peut-être infirme pour la vie !

— Oh, papa ! sanglotai-je en me jetant dans ses bras.

Moi aussi je pleurais, maintenant, sans retenue. Et quand je l'attirai contre moi, il enfouit son visage dans mes cheveux et laissa couler ses larmes.

— C'est ma faute, se désola-t-il. Le ciel me punit encore pour mes péchés...

— Mais non, papa. Ce n'est pas ta faute.

— Si, insista-t-il. Je ne serai jamais pardonné. Tous ceux que j'aime souffriront à cause de moi.

Mais tandis que nous nous serrions l'un contre l'autre, une seule pensée me hantait. Ce n'était pas la faute de papa, mais la mienne. La mienne... Il fallait que je parle à

Nina, qu'elle me ramène chez Mama Dédé. Il fallait que je dénoue le sort.

Nous revînmes les premières à la maison, ma belle-mère et moi. Il semblait que la moitié de la ville était déjà au courant de l'accident, le téléphone sonnait sans arrêt. Daphné monta droit à ses appartements et donna pour consigne à Edgar de noter les noms de tous ceux qui appelaient, en expliquant qu'elle était hors d'état de répondre pour le moment. Papa rentra peu de temps après, encore plus déprimé qu'avant, me sembla-t-il, et prit instantanément le chemin de la chambre de l'oncle Jean.

Quant à moi, avant d'aller voir Nina, je rappelai Christophe qui avait laissé un message pour moi.

— Je ne peux pas le croire, commença-t-il d'une voix étranglée. Je ne peux pas croire que Martin soit mort.

Je lui racontai ce qui s'était passé un peu plus tôt, quand Gisèle et lui m'avaient abordée en revenant du collège.

— Il le savait, pourtant ! Il savait qu'il ne devait pas conduire quand il avait bu ou fumé cette saleté !

— Savoir est une chose, écouter la voix de la raison en est une autre, Christophe.

— Ce doit être vraiment affreux, pour vous tous.

— Oui. C'est terrible.

— Mes parents passeront sûrement voir Pierre et Daphné dans la soirée. Je viendrais bien avec eux... s'ils me le permettent.

— Il se pourrait que je sois sortie, Christophe.

— Ce soir ? Pour aller où ?

— J'ai quelqu'un à voir... Pas un garçon, rassure-toi.

— Ah... Ils ne m'auraient sans doute pas permis de les accompagner, de toute façon. Quand j'y pense... j'en suis malade. Si je n'avais pas eu cette séance d'entraînement, j'aurais pu être dans cette voiture, moi aussi !

— Ce n'était pas ton heure, voilà tout.

Sitôt que j'eus raccroché, j'allai voir Nina dans sa cuisine où Wendy, Edgar et elle se consolaient mutuellement. Elle devina instantanément ce qui m'amenait.

— Ce n'est pas votre faute, ma fille. Ceux qui ouvrent leur cœur au Malin attirent eux-mêmes le mauvais sort.

— Il faut que je voie Mama Dédé, Nina. Tout de suite.

— Elle vous dira la même chose que moi, petite.

— Il faut que je la voie, insistai-je. Conduisez-moi chez elle, Nina.

Elle consulta Edgar et Wendy du regard.

— Si Madame ou Monsieur ont besoin de quelque chose, je m'en charge, promit la femme de chambre.

Nina se leva en soupirant, prit son sac et nous sortîmes par la porte de derrière, pour refaire le même trajet jusqu'à l'arrêt du tram.

La vieille dame — la mère de Mama Dédé, m'avait appris Nina — parut savoir pourquoi nous étions là. Les deux femmes échangèrent un regard entendu, et une fois de plus nous attendîmes dans la chambre l'arrivée de la reine du vaudou. J'étais incapable de détacher les yeux de la boîte, l'inquiétante boîte qui contenait le serpent et le ruban de Gisèle... et à nouveau, les tambours battirent.

Au même instant, Mama Dédé fit son entrée, marcha vers le petit canapé, y prit place et tourna vers moi ses yeux aussi gris que des pierres.

— Pourquoi es-tu revenue vers Mama Dédé petite ?

— Je n'ai jamais voulu qu'une chose pareille arrive ! m'écriai-je. Martin est mort, et Gisèle est infirme.

— Ce que tu veux ou ne veux pas, le vent s'en moque. Une fois que tu lui as lancé ta colère, tu ne peux plus la lui reprendre.

— Tout est ma faute, dis-je d'une voix pitoyable. Je n'aurais jamais dû venir ici ! Je n'aurais jamais dû vous demander d'intervenir.

— Tu es venue parce que tu devais venir, mon enfant. Le Grand Zombie t'a conduite à moi pour faire ce qui devait être fait. Tu n'as pas lancé la première pierre, petite. Papa La Bas a trouvé la porte ouverte pour entrer dans le cœur de ta sœur et s'y est installé comme chez lui. C'est elle qui a jeté la pierre où était écrit son nom, pas toi.

— Ne pouvons-nous rien faire pour l'aider, à présent ?

— Quand elle aura chassé Papa La Bas de son cœur, reviens me voir, et Mama saura ce que le Grand Zombie veut faire. Pas avant, conclut-elle d'un ton sans réplique.

— Je me sens si coupable, dis-je en courbant la tête. Je vous en prie, trouvez un moyen de nous aider.

— Bien. Donne-moi ta main.

Je la lui tendis et elle la prit dans la sienne, qui devint rapidement de plus en plus chaude.

— Tout ça devait arriver, dit-elle enfin. Tu as été amenée ici par le vent que le Zombie a fait souffler. Tu veux aider ta sœur, la rendre meilleure, chasser le démon de son cœur ?

— Oui.

— N'aie pas peur, mon enfant.

Lentement, elle amena ma main vers la boîte et je lançai un regard désespéré en direction de Nina. Mais elle ferma les yeux et se mit à se balancer, tout en psalmodiant à mi-voix une sorte de litanie.

— N'aie pas peur, répéta Mama Dédé en soulevant le couvercle. Maintenant, mets ta main là-dedans et prends le ruban de ta sœur. Reprends-le et il n'arrivera rien de pire que ce qui s'est déjà passé.

J'hésitai. Je savais que certains pythons n'étaient pas venimeux, mais quand même...

Mama Dédé lâcha ma main, se rejeta en arrière et attendit.

Alors je pensai à papa. Je revis son expression si triste, ses épaules courbées sous le poids du chagrin... Je fermai les yeux, j'abaissai lentement la main vers la boîte et mes doigts rencontrèrent la peau écailleuse du serpent endormi. Puis il commença à remuer, mais je continuai à tâtonner, de plus en plus frénétiquement, jusqu'à ce que je sente le contact du ruban. Je m'en emparai aussitôt et retirai vivement la main.

— Brave petite ! s'exclama Nina.

— Ce ruban, énonça gravement Mama Dédé, il a été dans l'autre monde et il en est revenu. Garde-le précieusement, aussi précieusement qu'un chapelet bénit, et un jour, peut-être, tu pourras guérir ta sœur.

Puis la mama vaudou se leva et se tourna vers Nina.

— Brûle un cierge pour moi sur la tombe de Marie LaVeau, ma sœur.

— Je le ferai, Mama.

— Mon enfant, reprit la reine en s'adressant à moi, le bien et le mal sont comme deux sœurs, eux aussi. Parfois, ils sont entortillés comme les brins d'une corde, et ils font des nœuds dans notre cœur. Commence par défaire les nœuds de ton propre cœur, et alors tu pourras aider ta sœur à se libérer des siens.

Sur ces mots, elle disparut derrière la couverture tandis que s'amplifiait le son des tambours.

— Rentrons, dit Nina. Nous avons beaucoup à faire.

Nous ne trouvâmes pas grand-chose de changé dans la maison, à part le fait qu'une dizaine de noms s'étaient ajoutés à la liste d'Edgar. Ma belle-mère se reposait toujours dans ses appartements et papa n'avait pas quitté la chambre d'oncle Jean. Mais peu de temps après, Daphné reparut, toute pimpante et prête à accueillir les amis qui venaient pour les réconforter, elle et mon père. Elle réussit même à le persuader de descendre pour un léger repas, qu'elle mit à profit pour le sermonner.

— Ce n'est pas le moment de te laisser aller, Pierre. Nous allons avoir un lourd fardeau sur les épaules et il n'est pas question que je sois la seule à m'en charger, cette fois-ci.

Il hocha la tête en silence, comme un petit garçon soumis.

— Reprends-toi, ordonna-t-elle, nos amis vont arriver. Notre situation est assez embarrassante comme ça, inutile de prêter le flanc à de nouvelles critiques.

— Ne devrions-nous pas nous inquiéter de Gisèle, plutôt que de l'opinion des gens ? m'enhardis-je à demander.

Ce fut plus fort que moi. Je ne supportais pas la façon dont elle humiliait Père, déjà si triste et si malheureux.

— Comment oses-tu me parler sur ce ton ? riposta-t-elle en se redressant de toute sa hauteur.

— Je ne voulais pas être insolente, mais...

— Un bon conseil, ma fille, m'interrompit-elle d'une voix tranchante. Que je n'aie rien à te reprocher au cours des semaines qui viennent, pas même le plus petit impair. Depuis ton arrivée, Gisèle n'a plus été la même et je suis sûre, tu m'entends ? je suis sûre que ta mauvaise influence est pour quelque chose dans ce qui vient de se produire.

— C'est faux. Absolument faux ! protestai-je en regardant papa pour le prendre à témoin.

— Je vous en prie, implora-t-il. Pas de querelles entre nous... (Il leva sur moi ses yeux chagrins, rouges d'avoir pleuré.) Pas maintenant, Ruby, s'il te plaît. Ecoute ta mère. En un pareil moment, c'est sur elle que nous devons nous appuyer. Elle a toujours été le soutien de la famille.

Daphné sourit, rayonnante de satisfaction, et le repas s'acheva dans le plus grand silence. Un peu plus tard dans la soirée, les Andréas arrivèrent, mais sans Christophe, et

457

d'autres amis ne tardèrent pas à les rejoindre. Quant à moi, je me retirai dans ma chambre et priai Dieu de me pardonner d'avoir souhaité me venger.

Puis je me mis au lit, mais je ne parvins pas à m'endormir. Pendant d'interminables heures, je balançai entre la veille et le sommeil, appelant vainement le repos et l'oubli dont j'avais tant besoin.

Une chose étrange m'arriva le lendemain, au collège. L'effet de choc produit par la nouvelle de l'accident avait plongé tous les étudiants dans une sorte de stupeur. Les filles qui connaissaient bien Martin se réconfortaient l'une l'autre dans les couloirs et les lavabos. Le Dr Storm fit une annonce par haut-parleur pour nous témoigner sa sympathie et nous inviter à prier. Nos professeurs nous accablèrent de travail, bien que la plupart d'entre eux fussent conscients que leurs efforts étaient vains, et que le cœur n'y était pas. Tout le monde portait le deuil.

Mais le plus surprenant fut que j'étais devenue quelqu'un qu'il fallait consoler. Il n'était plus question de m'ignorer, encore moins de me mépriser. L'un après l'autre, les étudiants venaient m'exprimer leur espoir de voir les choses s'arranger pour Gisèle, même ses meilleures amies. Antoinette et Claudine, en particulier, recherchaient ma compagnie et semblaient regretter vivement leurs mauvais procédés à mon égard et les calomnies qu'elles avaient répandues sur mon compte.

Mais mon plus grand réconfort, ce fut la présence de Christophe à mes côtés. En tant qu'ami intime de Martin, c'est à lui que les autres garçons venaient faire part de leur chagrin. Au déjeuner, presque tous les autres élèves se rassemblèrent autour de nous, s'entretenant à voix basse et déférente.

Après la classe, Christophe et moi nous rendîmes directement à l'hôpital où nous trouvâmes papa dans la salle d'attente, en train de boire un café. Il venait juste d'avoir une entrevue avec les spécialistes.

— Sa colonne vertébrale est endommagée, nous apprit-il. Elle est paralysée au-dessous de la ceinture. Les autres blessures sont sans gravité.

— Y a-t-il une chance pour qu'elle marche à nouveau, papa ?

— C'est peu probable. Elle aura besoin d'un traitement continu, de beaucoup d'attentions et de tendresse. Je m'occupe de lui trouver une infirmière à domicile, pour quand elle sera de retour à la maison.

— Quand pourrons-nous la voir, papa ?

— Elle est encore en soins intensifs. Les visites ne sont autorisées que pour la famille, expliqua-t-il à l'intention de Christophe.

— Je comprends, monsieur Dumas.

Je me dirigeais vers la salle de soins quand papa me rappela.

— Ruby ! (Je me retournai.) Elle ne sait pas encore, pour Martin... elle croit qu'il est gravement blessé. Je ne veux pas qu'on lui dise la vérité maintenant, ce n'est vraiment pas le moment.

— Entendu, papa.

Je poussai la porte, et une infirmière m'indiqua le lit de Gisèle. Cela me fit mal de la voir étendue là, le visage bandé, des aiguilles dans les bras, entourée de tubes à perfusions. Je m'approchai en ravalant mes larmes ; juste à ce moment elle ouvrit les yeux.

— Comment vas-tu, Gisèle ? chuchotai-je.

— A ton avis ? riposta-t-elle avec un rictus douloureux. Tu dois être contente de ne pas être montée dans la voiture ! Je parie que tu meurs d'envie de me dire : « Je t'avais prévenue. »

— Non. Je regrette infiniment ce qui est arrivé, au contraire. Cela me fait beaucoup de peine.

— Pourquoi ? Plus personne ne pourra nous confondre, maintenant. Je suis celle qui ne peut pas marcher. Tu vois comme c'est facile à dire ? Celle qui ne peut pas marcher, répéta-t-elle, le menton tremblant.

— Oh, Gisèle ! Tu marcheras de nouveau, je te le promets. Je t'aiderai.

— Ah oui, et comment ? En marmonnant une prière cajun sur mes jambes ? Les médecins sortent d'ici et ils m'ont dit la vérité. Elle n'est pas jolie à entendre !

— Tu dois garder espoir, Gisèle. Il ne faut jamais désespérer, c'est ce que...

J'étais sur le point d'achever : « c'est ce que disait toujours grand-mère Catherine », mais j'hésitai.

— C'est facile à dire pour toi, tu entres ici et tu en sors comme tu veux, mais moi... (Elle poussa un long soupir saccadé.) Tu as vu Martin ? Comment va-t-il ?

— Non, je ne l'ai pas vu. Je suis venue directement ici.

— Je me souviens de lui avoir dit qu'il conduisait trop vite, mais ça l'a fait rire. Je parie qu'il ne rit plus, maintenant ! Va le voir, et dis-lui ce qui m'est arrivé. Tu vas y aller ?

Je hochai la tête.

— Bien. J'espère qu'il en sera malade. J'espère... Oh, et puis qu'est-ce que ça change ? Tu es contente de ce qui m'est arrivé, pas vrai ?

— Non. Je n'ai jamais voulu que les choses aillent si loin. Je...

— Comment ça, « si loin » ? Tu voulais quelque chose ? insista-t-elle en m'étudiant avec une attention soudaine. Eh bien, réponds !

— Oui, avouai-je. C'est vrai. Tu étais si méchante avec moi, tu m'as causé tellement d'ennuis et fait tellement de mal que je suis allée voir une mama vaudoue.

— Quoi ?

— Mais elle m'a dit que ce n'était pas ma faute, ajoutai-je précipitamment. Que c'était à cause de toute la haine que tu as dans le cœur.

— Je me moque de ce qu'elle a dit. Papa saura ce que tu as fait, et il te détestera, pour toujours. Il va peut-être te renvoyer dans tes marais, maintenant.

— C'est ça que tu veux, Gisèle ?

Elle réfléchit un moment et sourit, mais d'un sourire si mince et si perfide que j'en eus froid dans le dos.

— Non. Je veux que tu paies. A partir de maintenant, tu vas payer ta dette.

— Et que veux-tu que je fasse ?

— Tout ce que je te demanderai. Tu as intérêt à obéir.

— Je t'ai déjà dit que je voulais t'aider, Gisèle. Et je le ferai parce que je le désire, pas parce que tu me menaces.

— Mon mal de tête revient, maintenant, gémit-elle. C'est ta faute.

— Je suis désolée. Je m'en vais.

— Non, pas avant que je te le dise.

Je restai debout près du lit, les yeux fixés sur elle.

— Bon, tu peux t'en aller. Mais va voir Martin, dis-lui ce que je veux que tu lui dises et reviens me voir ce soir pour me répéter ce qu'il aura répondu. Va-t'en, maintenant ! ordonna-t-elle avec une grimace de souffrance.

J'étais à mi-chemin de la porte quand elle me rappela.

— Ruby !

— Oui ?

— Tu sais comment nous pouvons redevenir vraiment sœurs comme avant ? (Je fis signe que non.) Deviens infirme ! me lança-t-elle avec un sourire, avant de fermer les yeux.

Je sortis de la salle, tête basse. Les conseils de Mama Dédé s'avéraient plus difficiles à suivre que je ne l'avais imaginé. Comment dénouer l'écheveau de la haine et de l'amour dans le cœur de Gisèle ? Autant vouloir arrêter le soleil ! méditai-je amèrement.

Et j'allai rejoindre Père et Christophe dans la salle d'attente.

Deux jours plus tard, Gisèle apprit la mort de Martin. Elle fut terrassée par la nouvelle. Jusque-là, c'était comme si elle croyait que ses blessures, sa paralysie, tout ce qui lui était arrivé n'était qu'un mauvais rêve dont elle allait s'éveiller. Que les médecins allaient lui donner des médicaments, la renvoyer à la maison pour reprendre sa vie d'avant. Mais quand elle sut que Martin était mort et que ses obsèques avaient lieu le jour même, elle s'effondra. On aurait dit une fleur qui se fane, elle pâlit, se recroquevilla et serra les lèvres. Elle ne pleura pas devant Père et Daphné, ni devant moi quand ils s'en allèrent et que je restai seule avec elle. Mais dès que je m'éloignai pour rejoindre mes parents afin d'assister à l'enterrement, j'entendis son premier sanglot. Je ne fis qu'un bond jusqu'à elle.

— Gisèle, dis-je en lui caressant les cheveux.

Elle tourna la tête et me regarda dans les yeux, mais les siens n'exprimaient aucune gratitude envers moi pour être venue la consoler. Ils étincelaient de rage.

— Lui aussi te préférait ! geignit-elle. Il me parlait toujours de toi ! C'est lui qui voulait que tu montes en voiture avec nous... et maintenant il est mort ! ajouta-t-elle, comme si c'était ma faute.

— Je suis désolée, Gisèle. Je ferais n'importe quoi pour que tout soit comme avant...

— Retourne chez ta mama vaudou ! me lança-t-elle avec hargne.

Je restai un moment à ses côtés, sans rien dire, puis je courus rejoindre papa et Daphné.

Il y eut un monde fou aux funérailles. Christophe et les coéquipiers de Martin tenaient les cordons du poêle et presque tous les élèves assistaient à la cérémonie. Pour moi ce fut un moment affreux, j'en étais malade. Et j'éprouvai un soulagement immense quand papa me prit la main pour rentrer à la maison.

Il plut sans arrêt ce jour-là, et tout au long de ceux qui suivirent, comme si la grisaille s'était installée pour toujours dans nos vies et dans nos cœurs. Mais un beau matin, je m'éveillai sous un soleil radieux et quand j'arrivai à Beauregard, je sentis que l'atmosphère de chagrin s'était dissipée avec les nuages. Chacun avait retrouvé sa routine. Il apparut très vite que Claudine s'adjugeait le statut de vedette dont avait joui Gisèle, mais cela m'était bien égal : je n'avais jamais vraiment fait partie de leur bande. Je tenais avant tout à réussir dans mes études, et à passer le plus possible de mon temps libre avec Christophe.

Et le jour vint où ma sœur put enfin revenir à la maison. Elle avait commencé une rééducation à l'hôpital mais, selon Daphné, ne se montrait pas très coopérative. Père engagea une infirmière à domicile, une certaine Mme Warren, petite femme brune aux cheveux courts qui devait avoir dans les cinquante ans, très qualifiée pour cet emploi. Elle avait travaillé dans un hôpital militaire et soigné beaucoup de blessés de guerre atteints de paralysie. La première fois qu'elle souleva Gisèle pour l'installer dans son fauteuil roulant, je vis tout de suite qu'elle était douée d'une force peu commune. Elle avait gardé quelque chose de ses façons militaires, rudoyait les domestiques et donnait des ordres à Gisèle comme si elle s'adressait à une jeune recrue, et non à une infirme. J'étais présente quand ma sœur s'en plaignit, mais Mme Warren ne l'entendit pas de cette oreille.

— Ce n'est plus le moment de vous attendrir sur vous-même, déclara-t-elle. Maintenant, il faut travailler à vous rendre aussi indépendante que possible. Si vous croyez que je vais vous laisser devenir un poids mort dans un fauteuil, détrompez-vous ! Quand j'en aurai fini avec vous, vous saurez pratiquement vous débrouiller toute seule. C'est compris ?

Après qu'elle eut débité sa tirade, Gisèle la regarda un moment sans rien dire, puis elle se tourna vers moi.

— Ruby, va me chercher mon miroir, je voudrais me recoiffer. Je suis sûre que les garçons vont se précipiter pour me voir dès qu'ils sauront que je suis rentrée.

— Allez le chercher vous-même ! aboya Mme Warren.

— Ruby peut très bien me l'apporter, riposta ma jumelle en me fixant d'un œil féroce. N'est-ce pas, Ruby ?

J'allai chercher le miroir.

— Ce n'est pas comme ça que vous aiderez votre sœur !

— Je sais, madame Warren.

— Elle vous transformera tous en esclaves, je vous préviens.

— Ruby ne demande pas mieux que d'être mon esclave. Nous sommes sœurs, pas vrai, Ruby ? Dis-le-lui !

— C'est vrai, madame Warren.

— Eh bien, pas moi ! répliqua vertement l'infirmière. Et maintenant, sortez, que je puisse faire mon métier.

— C'est moi qui décide quand Ruby doit sortir ou pas. Reste, Ruby.

— Mais, Gisèle, si Mme Warren pense que je devrais m'en aller, c'est qu'elle a ses raisons.

Ma sœur croisa les bras et plissa les paupières.

— Tu ne bougeras pas d'ici !

— Si vous le prenez comme ça... commença l'infirmière.

Et Gisèle eut son agaçant petit sourire.

— Très bien. Tu peux t'en aller, maintenant, Ruby. Appelle Christophe et dis-lui que je l'attends dans une heure.

— Comptons plutôt deux heures, corrigea Mme Warren.

Je m'empressai de quitter la chambre, toute songeuse. Je partageais entièrement l'opinion de Daphné, pour une fois : la vie avec Gisèle infirme allait devenir on ne peut plus pénible. L'accident, ses blessures et leurs suites n'avaient en rien réformé son caractère, loin de là ; comme toujours, sinon plus qu'avant, elle estimait que tout lui était dû. Elle avait simplement sauté sur l'occasion de faire de moi son esclave.

Si j'avais pu croire un seul instant que sa nouvelle condition la rendrait moins sûre de son pouvoir sur les garçons, je fus vite détrompée. Dès que Christophe et ses camarades vinrent lui rendre visite, elle reprit ses façons d'impératrice. Plutôt que de manœuvrer elle-même son fauteuil, elle exigea que Christophe la véhicule à travers toute la maison, telle une déesse trop altière pour toucher le sol. Ayant rassemblé sa cour, elle voulut que Todd Lambert lui masse les pieds tandis qu'elle pérorait sur ses malheurs, et spécialement sur Mme Warren et le manque d'égards général envers sa personne.

— Je vous le jure, les garçons, si vous ne venez pas me voir tous les jours, j'en mourrai ! Vous viendrez ? minauda-t-elle en battant des cils. C'est promis ?

Ils promirent, naturellement. Et tout le temps que dura leur visite, elle se complut à me donner des ordres. Je dus aller lui chercher ceci ou cela, un verre d'eau, un coussin, récoltant une réprimande acerbe si je n'obéissais pas au doigt et à l'œil.

Un peu plus tard, quand Chris l'eut ramenée dans sa chambre et que chacun eut reçu son baiser d'adieu, nous eûmes un bref moment de tête-à-tête à la porte d'entrée. Il en profita pour m'exprimer sa sympathie.

— Ça ne va pas être drôle pour toi, j'ai l'impression.

— Cela m'est égal.

— Elle ne te mérite pas, dit-il avec douceur en se penchant pour effleurer mes lèvres.

Juste à cet instant, le pas rageur de Daphné retentit dans le couloir et elle émergea de l'ombre, vivante image de la fureur.

— Ruby, j'ai à te parler immédiatement. Rentrez chez vous, Christophe.

— Pardon ?

— Rentrez chez vous ! répéta-t-elle, la voix cinglante.

— Il y a quelque chose qui ne va pas ? s'informa-t-il avec prudence.

— J'en discuterai avec vos parents.

Interloqué, il me lança un regard bref et s'empressa d'aller rejoindre ses amis.

— Que se passe-t-il ? demandai-je à Daphné.

— Suis-moi !

Le cœur battant, les jambes molles, je lui emboîtai le pas le long du couloir, jusqu'à la porte de mon atelier. Arrivée là, elle se retourna brusquement vers moi.

— Si Christophe n'avait pas délaissé Gisèle pour toi, elle n'aurait jamais été dans cette voiture avec Martin, commença-t-elle. Mais pourquoi aurait-il quitté une jeune créole distinguée pour une petite cajun mal décrassée ? Je me suis posé la question. La réponse m'est venue la nuit dernière, comme une inspiration. Et j'ai eu la preuve que

466

mes soupçons étaient fondés, annonça-t-elle en ouvrant la porte à la volée. Entre !

Je me posais des questions, moi aussi, mais j'obéis. Ma belle-mère s'attarda un moment sur le seuil, à me regarder d'un air furibond, puis elle alla droit à mon chevalet et se mit à feuilleter fiévreusement mes croquis. J'eus un hoquet de surprise horrifiée quand elle brandit celui que j'avais fait de Christophe.

— Ceci ne peut pas sortir simplement de ton imagination, m'assena-t-elle. Je me trompe ? Ne mens pas.

— Je ne vous ai jamais menti, Daphné. Et je ne vous mentirai pas maintenant.

— Alors ? Il a posé ?

— Oui, avouai-je. Mais...

— Sors d'ici, et n'y remets jamais les pieds. Je ferai en sorte que cette pièce soit condamnée. Dehors ! m'ordonna-t-elle, le bras tendu et l'index pointé sur la porte.

Je me précipitai dans le couloir, l'esprit en déroute. Qui était la véritable handicapée, dans cette maison... Gisèle ou moi ?

20

Prison dorée

Jamais Père n'avait été aussi abattu que depuis ce dramatique accident. Il se voûtait, dépérissait, ne mangeait plus qu'à peine et se négligeait, comme s'il avait perdu jusqu'au désir de vivre. Et il s'enfermait de plus en plus souvent dans la chambre d'oncle Jean.

Daphné ne faisait preuve d'aucune compassion pour lui. Toujours aussi critique et acerbe à son égard, elle se plaignait de ses propres difficultés, insistant sur le fait que le comportement de Père les aggravait encore. Pas un instant, elle ne songea aux souffrances qu'il endurait.

Aussi ne fus-je pas étonnée qu'elle s'empresse de lui raconter ce qu'elle avait découvert dans mon atelier. Et si je me tracassai, ce fut surtout pour lui, qui n'avait vraiment pas besoin de cette contrariété supplémentaire. Déjà torturé par l'idée que Dieu le punissait pour ses péchés, il accueillit les révélations de Daphné comme un verdict. Il ne tenta même pas de s'opposer à sa décision de fermer mon atelier, ni à celle de mettre fin à mes leçons particulières. Et il ne protesta pas davantage quand elle me condamna à ce qui était pratiquement de la réclusion à domicile.

Naturellement, il me fut interdit de voir Christophe et de lui parler. Je n'avais même plus le droit de me servir du téléphone. Je devais rentrer directement de l'école pour faire mes devoirs, ou pour aider Mme Warren si besoin était. Daphné alla jusqu'à me faire subir un contre-interrogatoire dans l'atelier, en présence de Père, pour renforcer son autorité draconienne et assurer son triomphe. N'avait-elle pas toujours dit que j'étais une moins que rien ?

— Tu t'es conduite comme une petite dévergondée, affirma-t-elle. Tu n'as même pas hésité à te servir de ton talent pour ça, et dans ma maison, en plus !

« Mais le pire, c'est que tu as débauché le fils d'une des familles les plus honorables de la ville. Les malheureux en sont désespérés. As-tu au moins quelque chose à dire pour ta défense ? conclut-elle, comme un juge au tribunal.

Je levai les yeux sur papa, figé sur une chaise, le regard fixe et l'air malheureux. A quoi bon tenter de m'expliquer ? Il ne m'entendrait sans doute pas, et un mot suffirait à Daphné pour réduire mes excuses à néant. Je secouai la tête et baissai le nez sur mes chaussures.

— Va dans ta chambre et tiens-t'en strictement à mes consignes, m'ordonna ma belle-mère.

Je me retirai sans un mot.

Christophe fut sévèrement puni, lui aussi. Ses parents lui reprirent sa voiture et il fut privé de sorties pour un mois. Quand je le revis, au collège, il avait l'air complètement soumis et accablé. Ses amis savaient vaguement qu'il avait des problèmes, mais sans plus. L'histoire n'avait pas transpiré.

— Je suis désolé, Ruby, s'excusa-t-il. Tout est ma faute. Je nous ai fourrés dans un beau pétrin !

— Je n'ai rien fait que je n'aie eu envie de faire, Christophe. D'ailleurs, nous nous aimons, n'est-ce pas ?

— Oui, mais je ne vois pas ce que ça change, en tout cas pas jusqu'à ce que les choses se tassent... si elles se tassent. Je n'ai jamais vu mon père si furieux, Daphné a fait du bon travail. Elle t'a donné tous les torts... ce qui n'est pas juste, se hâta-t-il d'ajouter. Maintenant, mon père te traite de femme fatale et s'il apprend que je t'ai parlé...

— Je sais, dis-je d'une voix éteinte, avant de lui décrire en détail mes propres punitions.

Sur quoi, il s'excusa une fois de plus et s'empressa de me quitter.

Gisèle était aux anges. Quand je la revis, après que Daphné lui eut tout raconté, elle jubilait littéralement. Mme Warren elle-même dut convenir qu'elle faisait preuve d'une énergie et d'une bonne volonté inhabituelles dans ses exercices.

— J'ai supplié Mère de me laisser voir le dessin, mais elle l'avait déjà détruit, m'annonça-t-elle. Assieds-toi là et raconte-moi tout. Comment l'as-tu décidé à se déshabiller ? Dans quelle position était-il ? Tu as dessiné... absolument tout ?

— Je n'ai pas envie d'en parler, Gisèle.

— Oh si, tu vas m'en parler. Je suis clouée ici, à faire ces exercices idiots avec cette vieille ronchonne ou à sécher sur les devoirs qu'on m'envoie, et toi pendant ce temps-là tu t'amuses ! Tu vas tout me dire ! glapit-elle. Quand est-ce arrivé ? Qu'avez-vous fait quand tu as eu terminé le dessin ? Tu t'es déshabillée, toi aussi ? Réponds !

— Je ne peux pas t'en parler, m'obstinai-je.

Et je pris le chemin de la porte.

— Fais-le quand même, ou je leur raconte tout sur ta reine du vaudou, lança-t-elle rageusement dans mon dos. Ruby ! Reviens ici tout de suite !

Je savais qu'elle mettrait sa menace à exécution, et j'eus peur pour papa. Il ne s'en remettrait jamais. Prise au piège, liée par ma propre confession, je retournai m'asseoir près de Gisèle et la laissai me soutirer un à un tous les détails.

— Je le savais, commenta-t-elle avec un sourire satisfait. Je savais qu'il finirait par te séduire.

— Il ne m'a pas séduite. Nous nous aimons.

Gisèle éclata de rire.

— Christophe Andréas n'aime que Christophe Andréas, et tu n'es qu'une idiote. Une pauvre idiote de petite cajun ! (Elle retrouva son sourire torve.) Maintenant, passe-moi le bassin.

— Prends-le toi-même, ripostai-je en me levant.

— Ruby !

Je ne revins pas en arrière, cette fois-ci. Je quittai sa chambre pour m'engouffrer dans la mienne et me jetai sur mon lit, le visage dans l'oreiller. Moi qui avais fui les violences de Buster et de grand-père Jack, je commençais à me demander qui m'en faisait subir le plus. Eux, ou ma vraie famille ?

Quelques heures plus tard, j'eus la surprise d'entendre frapper à ma porte. Je me redressai, j'essuyai mes larmes et je criai d'entrer. J'étais presque certaine de voir papa, mais je me trompais. Daphné se tenait sur le seuil, les bras croisés sur la poitrine et, pour une fois, elle ne semblait pas du tout fâchée.

— J'ai réfléchi à ton sujet, commença-t-elle d'une voix posée. Je n'ai pas changé d'opinion sur toi et je n'ai pas non plus l'intention de lever ta punition, mais j'ai décidé de t'offrir une chance de te racheter. Tu pourrais faire quelque chose pour ton père... si toutefois ma proposition t'intéresse ?

— Oui, répondis-je, et je retins mon souffle... Que faut-il que je fasse ?

— C'est l'anniversaire de ton oncle, samedi prochain. Normalement, Pierre devrait aller le voir mais en ce moment, il n'est pas en état de rendre visite à qui que ce soit, encore moins à un jeune frère handicapé mental.

471

C'est donc à moi de résoudre le problème, comme toujours. Je compte y aller, mais je me demandais si ce serait une bonne chose que tu m'accompagnes pour représenter ton père.

« Naturellement, Jean ne pourra pas comprendre qui tu es réellement, mais...

— Oh oui ! m'exclamai-je, incapable de contenir mon enthousiasme. J'ai toujours souhaité aller là-bas.

Ma belle-mère m'étudia d'un œil attentif.

— Ah bon ? Alors c'est entendu, nous partirons samedi matin à la première heure. Tâche d'être habillée correctement. J'espère que tu sais ce que j'entends par là, maintenant ?

— Oui, Mère. Je vous remercie.

— Oh, encore une chose. Pas un mot de tout ceci à ton père, cela ne ferait que l'attrister davantage. Nous lui en parlerons à notre retour, c'est bien compris ?

— Oui.

— J'espère que j'ai pris la bonne décision, murmura-t-elle en s'en allant.

La bonne décision ? Bien sûr que c'était la bonne ! J'allais enfin pouvoir faire quelque chose pour rendre mon père plus heureux. Dès mon retour de l'institution, je courrais lui raconter ma visite à l'oncle Jean, dans les moindres détails. En attendant, j'allai droit à ma penderie pour choisir la tenue correcte propre à satisfaire Daphné.

Quand j'appris à Gisèle que Mère m'emmenait rendre visite à l'oncle Jean, elle ne cacha pas sa surprise.

— L'anniversaire d'oncle Jean ? Il n'y a que Mère pour se souvenir d'une chose comme ça !

— C'est très gentil de sa part de m'emmener, je trouve.

— Et moi je préfère que ce soit toi : j'ai horreur de cet endroit. C'est plein de mabouls, là-dedans, il y en a même de notre âge. Ça me donne le cafard.

Rien de ce qu'elle put dire ne réussit à calmer ma surexcitation. Quand le samedi arriva, j'étais prête des heures à l'avance. Redoutant le regard critique de Daphné, j'avais apporté un soin tout particulier à ma coiffure et vérifié dix fois plutôt qu'une que pas une mèche ne dépassait l'autre.

Je fus déçue de ne pas trouver papa dans la salle à manger. Même si nous n'étions pas censées lui dire où nous allions, j'aurais bien aimé qu'il voie comme je m'étais faite belle ! Daphné m'étudia de la tête aux pieds, sans commentaires.

— Où est papa ? lui demandai-je.

— Il sait quel jour nous sommes, ce qui l'a plongé dans un accès d'humeur noire. Wendy lui montera un plateau tout à l'heure.

Nous prîmes le petit déjeuner seules, et peu après nous partîmes pour l'institution. Daphné se montra peu loquace, au cours du trajet, sauf lorsque je lui posai des questions... et j'en posai beaucoup.

— Quel âge a l'oncle Jean, aujourd'hui ?

— Trente-six ans.

— Vous le connaissiez... avant ?

— Bien sûr ! (Je crus la voir ébaucher un sourire.) Toutes les jeunes filles de la bonne société le connaissaient, à La Nouvelle-Orléans.

— Depuis combien de temps est-il dans cette institution ?

— Quinze ans, à peu de chose près.

— Et comment va-t-il, maintenant ?

Elle demeura un instant silencieuse.

— Tu verras bien, dit-elle enfin. Garde tes questions pour les infirmières et les médecins.

Et si je trouvai sa réponse un peu bizarre, je dus m'en contenter.

L'institution était bien à une trentaine de kilomètres de la ville, à l'écart de l'autoroute. Au bout d'un long chemin sinueux à travers bois, on découvrait de vastes pelouses ombragées de saules pleureurs, joliment décorées de rocailles et de fontaines. De petits sentiers bordés de bancs de bois serpentaient sous les arbres, et quelques personnes âgées s'y promenaient lentement, escortées par des surveillants. Daphné ralentit pour se garer sur l'aire de stationnement, coupa le contact et se tourna vers moi.

— Quand nous entrerons, ne parle à personne et ne pose pas de questions aux patients. C'est une maison de santé, ici, pas un collège. Suis-moi, attends et fais ce que tu es venue faire, c'est bien compris ?

Quelque chose dans le son de sa voix, son attitude, me fit brusquement battre le cœur.

— Oui, répondis-je, la bouche sèche.

Le bâtiment de stuc nous dominait de ses quatre étages, maintenant, projetant sur nous une ombre qui me parut menaçante. En approchant de l'entrée principale, je vis que les fenêtres étaient garnies de barreaux et que la plupart avaient leurs rideaux tirés. L'institution semblait très agréable vue de loin, mais de près elle révélait sa véritable vocation. Elle rappelait au visiteur que ceux qui étaient internés là n'avaient pas leur place dans le monde extérieur, et pouvaient être dangereux, d'où la présence des barreaux. Impressionnée, j'avalai ma salive et m'attachai aux pas de Daphné. Ses talons résonnèrent sur le marbre poli quand elle s'avança, la tête haute, à travers le grand hall. Près d'une porte de verre, juste en face de nous, une femme en uniforme assise à une table écrivait dans un registre.

Elle leva la tête à notre approche.

— Je suis Daphné Dumas, déclara ma belle-mère avec autorité. J'ai rendez-vous avec le Dr Cheryl.

La réceptionniste décrocha instantanément son téléphone.

— Je préviens le docteur que vous êtes arrivée, madame Dumas. Si vous désirez prendre un siège en attendant...

Sur un signe de Daphné, je pris place sur une banquette capitonnée, croisai les mains sur les genoux et promenai un regard curieux autour de moi. Les murs étaient absolument nus : pas un tableau, pas même une pendule. Rien.

— Le Dr Cheryl va vous recevoir, madame, annonça la réceptionniste en se levant.

J'en fis autant et nous la suivîmes jusqu'à une porte latérale, à laquelle il lui fallut sonner. Elle donnait sur un corridor menant à une rangée de bureaux, dont le premier sur la droite était celui du Dr Edward Cheryl, directeur administratif. La réceptionniste ouvrit la porte et nous pénétrâmes dans la pièce.

Elle était spacieuse, avec des fenêtres aux rideaux à demi tirés, mais sans barreaux. A gauche et à droite, une causeuse et un long canapé de cuir se faisaient face, contre les murs où des étagères garnies de livres alternaient avec des tableaux, principalement des paysages. Sauf derrière le bureau, où le Dr Cheryl avait accroché la collection complète de ses diplômes.

Il se leva immédiatement pour nous accueillir, longue silhouette en blouse blanche. Agé d'environ la cinquantaine, plutôt plus que moins, il avait de petits yeux noisette, une abondante tignasse noire et, curieusement, un minuscule menton rond. Son sourire indécis me donna l'impression bizarre que ma belle-mère l'intimidait.

— Madame Dumas...

Avec une réticence manifeste, comme si elle redoutait d'être contaminée par son contact, Daphné toucha la main qu'il lui tendait et s'assit dans le fauteuil qui faisait face au bureau. Je restai debout derrière elle.

Pendant quelques secondes qui me parurent une éternité, le Dr Cheryl attacha sur moi un regard intense que je trouvai affreusement gênant, puis il m'offrit un embryon de sourire.

— C'est la jeune fille ? demanda-t-il en contournant son bureau.

— Oui. Ruby, dit ma belle-mère avec une grimace, comme si mon nom était le plus ridicule qu'elle eût jamais entendu.

Le médecin ne m'avait pas quittée des yeux mais, respectant la consigne de Daphné, je n'ouvris pas la bouche avant qu'il s'adresse à moi.

— Et comment allez-vous, mademoiselle Ruby ?

— Bien.

— Et physiquement ? demanda-t-il encore, mais à Daphné cette fois. Est-elle en bonne santé ?

Je haussai les sourcils à cette étrange question, mais le ton âpre sur lequel Daphné riposta m'étonna plus encore.

— Regardez-la ! Est-ce qu'elle a l'air malade ?

Elle ne se serait pas adressée autrement à un domestique, mais le Dr Cheryl ne parut pas s'en offenser. Il reporta son attention sur moi.

— Parfait. Commençons par une petite visite des lieux, dit-il en s'approchant de moi. (Je me tournai vers Daphné, mais elle regardait droit devant elle.) Je tiens à ce que vous vous sentiez à l'aise, ici. Tout à fait à l'aise, insista-t-il avec un sourire un peu trop appuyé.

— Merci.

Je ne savais pas quoi dire. Je n'ignorais pas que Père et Daphné versaient des sommes rondelettes à l'institution, en plus de la pension de l'oncle Jean, ce qui leur valait la considération des autorités. Mais je ne m'étais jamais habituée à être traitée en personne importante, je trouvais même cela plutôt comique.

— Vous avez presque seize ans, si je ne me trompe ?

— Oui, monsieur.

— Appelez-moi Dr Cheryl, je vous en prie. Ce sera plus amical... si vous tenez à ce que nous soyons bons amis, cela va de soi.

— Mais naturellement, docteur Cheryl.

Il inclina la tête et se retourna vers Daphné.

— Madame ?

— Je vous attendrai ici, répondit-elle brièvement, regardant toujours droit devant elle.

Elle se conduisait vraiment de façon bien curieuse, pour une femme si soucieuse des bonnes manières.

— Très bien, madame. Mademoiselle...

Mon étonnement redoubla quand le Dr Cheryl m'indiqua une porte intérieure, qu'il ouvrit devant moi.

— Où allons-nous ?

— Comme je vous l'ai dit, j'aimerais vous faire visiter l'établissement. Si cela vous agrée, bien entendu.

— Volontiers, acquiesçai-je en haussant les épaules.

S'il y tenait... Je le suivis dans le couloir, puis dans le petit escalier qui montait à l'étage, et le long d'un autre couloir aux détours innombrables. Décidément, cet endroit était un vrai labyrinthe. Nous arrivâmes enfin devant une grande fenêtre, donnant sur ce qui était de toute évidence une salle de loisirs. Des patients de tous âges y jouaient à toutes sortes de jeux, cartes, échecs, dames ou dominos. Certains regardaient la télévision, d'autres s'occupaient à divers travaux d'aiguille, crochet ou tricot, d'autres enfin lisaient des magazines. Un adolescent aux cheveux roux carotte était assis sans rien faire, promenant un regard distrait sur ses voisins. Et des membres du personnel, une demi-douzaine au moins, allaient et venaient dans toute la pièce, à la disposition de chacun.

— Comme vous voyez, Ruby, ceci est notre aire de récréation. Tous nos patients valides viennent ici pendant leur temps libre pour s'y détendre et faire ce qui leur plaît. Ou même ne rien faire du tout, comme le jeune Lyle Black ici présent.

— Mon oncle Jean y vient-il, lui aussi ?

— Bien sûr ! Mais pour le moment, il attend madame Dumas dans sa chambre. Une très jolie chambre, d'ailleurs, mais poursuivons. Par ici...

La pièce suivante était une bibliothèque, pourvue de plus de deux mille volumes et de nombreuses collections de revues, au dire du Dr Cheryl. Je manifestai une approbation polie, et nous arrivâmes à la porte d'un petit gymnase.

— Comme vous voyez, nous ne négligeons pas la forme physique de nos pensionnaires. Chaque matin, nous organisons une séance de gymnastique et, pour ceux qui sont en état de l'utiliser, nous avons également une piscine. Un dentiste vient régulièrement visiter nos patients et plusieurs médecins généralistes sont à leur disposition. Nous avons même un salon de beauté, ajouta le Dr Cheryl en souriant. Par ici, maintenant...

Ma perplexité croissait de minute en minute. Daphné ne m'avait pas caché combien elle détestait venir ici, j'étais sûre qu'elle était pressée de repartir... et elle attendait patiemment dans un bureau vide ? Bizarre. De plus en plus mal à l'aise, je suivis le Dr Cheryl. Je ne voulais pas paraître impolie, mais j'avais hâte de voir mon oncle Jean.

Au tournant suivant, nous débouchâmes sur ce qui me sembla être la section administrative. Une infirmière siégeait derrière un bureau, bavardant avec deux surveillants : jeunes tous les deux, la trentaine sinon moins, grands et d'une carrure impressionnante.

L'infirmière devait avoir le même âge que Mme Warren, mais son visage était nettement plus affable et des reflets bleus adoucissaient ses cheveux gris. Tous trois levèrent la tête en même temps.

— Bonjour, madame McDonald, dit le Dr Cheryl.

— Bonjour, docteur.

— Alors, les gars ? Ça va, ce matin ?

Les deux hommes firent un signe d'assentiment, les yeux fixés sur moi.

— Parfait. Comme vous le savez, madame McDonald, Mme Dumas nous a amené sa fille. Voici Ruby.

Nous a amené sa fille ? Le Dr Cheryl n'aurait-il pas dû ajouter : « pour voir son oncle Jean » ? Pourquoi n'achevait-il pas sa phrase ?

— Ruby, voici Mme McDonald, qui dirige le service et veille à ce que personne ne manque de rien. C'est la meilleure infirmière major de tous les établissements psychiatriques de la région. Nous sommes très fiers de l'avoir parmi nous.

— Je ne comprends pas... où est mon oncle ?

Le docteur eut un sourire oblique.

— A un autre étage. Celui-ci est plutôt destiné à nos hôtes temporaires. Nous ne devrions pas vous garder longtemps.

— Quoi ? m'exclamai-je en reculant d'un pas. Me garder ? Comment ça, me garder ?

Mme McDonald et le Dr Cheryl échangèrent un bref regard.

— Je pensais que votre mère vous avait tout expliqué, Ruby.

— Expliqué ? Expliqué quoi ?

— Vous êtes ici pour être mise en observation. Vous avez bien donné votre consentement ?

— Moi ? Vous êtes fou !

Mon exclamation arracha un sourire aux gardiens, mais le Dr Cheryl se rembrunit.

— Et moi qui croyais que ce serait une patiente facile !

— Je veux aller retrouver ma mère, m'obstinai-je.

Et je me retournai vers le couloir, si désemparée que je ne savais déjà plus quelle direction prendre.

— Détendez-vous, dit le Dr Cheryl en s'approchant de moi.

— Me détendre ? Vous pensiez que je venais ici en tant que patiente, et vous me demandez de me détendre ?

— Vous n'êtes pas exactement une patiente, Ruby. Vous êtes ici pour subir des tests.

— Des tests ! Et pour quel motif ?

— Pourquoi ne pas aller d'abord dans votre chambre pour bavarder un peu ? Si vraiment je n'ai aucune raison de vous garder... (il eut à nouveau son sourire fuyant)... vous pourrez rentrer chez vous. D'accord ?

— Vous n'avez aucune raison de me garder, répliquai-je en reculant. Je veux rejoindre ma mère. Tout de suite. Je suis venue ici pour voir mon oncle, et uniquement pour ça.

Sur un signe du docteur, Mme McDonald se leva.

— Ruby, commença-t-elle en contournant son bureau, vous ne ferez que rendre les choses plus difficiles en refusant de coopérer.

Les deux surveillants lui emboîtèrent le pas, mais je reculais toujours.

— C'est une erreur. Laissez-moi rejoindre ma mère.

— Calmez-vous, voyons !

— Non. Je ne veux pas me calmer.

L'un des deux gardiens se glissa vivement derrière moi me barrant le passage. Il ne me toucha pas, mais sa seule présence si près de moi m'impressionna. Je fondis en larmes.

— Je vous en prie, c'est une erreur. Ramenez-moi auprès de ma mère.

— En temps voulu, je vous promets que nous le ferons, affirma le Dr Cheryl. Voulez-vous venir dans votre chambre, maintenant ? Quand vous aurez vu comme elle est jolie...

— Non. Je ne veux voir aucune chambre.

Je pirouettai sur moi-même, dans une tentative pour échapper au gardien, mais il me saisit par le bras droit et le serra si violemment que je poussai un cri.

— Arnold, appela posément l'infirmière en s'approchant à son tour.

L'autre gardien vint aussitôt se placer à ma gauche pour prendre mon autre bras, doucement mais fermement.

— Attention, vous deux, recommanda le Dr Cheryl. Ne lui faites pas de mal. Maintenant, Ruby, laissez-vous gentiment conduire à votre chambre.

Je me débattis, sans résultat, et j'éclatai en sanglots quand ils m'entraînèrent vers une autre porte. Elle s'ouvrit, après que Mme McDonald eut pressé un bouton, et je fus pratiquement portée tout le long d'un couloir jusqu'à une troisième porte, ouverte, celle-là. Le Dr Cheryl entra le premier dans la pièce.

— Vous voyez, Ruby ? C'est une de nos plus belles chambres. Les fenêtres donnent à l'ouest, vous aurez du soleil tout l'après-midi sans être réveillée trop tôt le matin. Et vous avez tout ce qu'il faut : un bon lit, une armoire, une commode, et une salle de bains pour vous toute seule, avec une douche. Et regardez ce petit bureau, il y a même du papier à lettres dans le tiroir !

Je contemplai fixement les murs et le sol nus, le mobilier en matière synthétique imitant le bois... Ça, une jolie chambre ? Avec des barreaux aux fenêtres ? Je croisai les bras, étreignant mes épaules.

481

— Vous n'avez pas le droit de me faire ça ! Laissez-moi rentrer chez moi immédiatement sinon... à la première occasion je préviens la police.

— Votre mère a demandé que nous vous fassions subir des examens, dit sévèrement le Dr Cheryl, et elle en avait parfaitement le droit : vous êtes mineure. Si vous coopérez, tout se passera très bien, très vite et en douceur. Mais si vous persistez à faire de l'opposition, cela pourrait devenir beaucoup plus désagréable pour tout le monde et spécialement pour vous. Maintenant, asseyez-vous, ordonna-t-il en pointant le doigt vers l'unique chaise.

Je ne bougeai pas d'un millimètre, et il se raidit comme si je lui avais craché à la figure.

— On nous a parlé de votre mauvaise conduite et de votre lamentable éducation, jeune fille, mais je vous assure que nous ne tolérerons pas cela ici ! Vous allez m'obéir ou je vous fais transférer à l'étage supérieur. Là-haut, c'est avec la camisole de force qu'on calme les malades récalcitrants.

Le cœur chaviré de détresse, j'allai docilement m'asseoir sur la chaise.

— Voilà qui est mieux, commenta le psychiatre. Bien, je dois m'entretenir avec votre mère, après quoi je vous enverrai chercher pour notre première entrevue. D'ici là, je veux que vous ayez lu ceci, dit-il en prenant une liasse de feuillets jaunes dans le tiroir du bureau. C'est le règlement de notre institution, destiné aux patients qui sont capables de le comprendre. Vous y trouverez même un espace réservé aux suggestions. Nous en tenons toujours compte.

— Alors je suggère que vous me laissiez rentrer chez moi !

— Coopérez d'abord, répliqua-t-il, inflexible.

482

— Mais pourquoi devrais-je rester ici ? Je vous en prie, implorai-je, répondez au moins à cette question.

Il fit signe aux deux surveillants, qui se retirèrent aussitôt, et il alla fermer la porte derrière eux.

— Vous avez une vie sexuelle assez déréglée, n'est-ce pas ? demanda-t-il en revenant vers moi.

— Pardon ? De quoi parlez-vous ?

— En psychologie, nous appelons cela de la nymphomanie. Vous n'avez jamais entendu ce terme ?

J'en restai bouche bée.

— De quoi êtes-vous en train de m'accuser, au juste ?

— Vous avez du mal à contrôler vos pulsions dans vos rapports avec le sexe opposé, c'est bien ça ?

— Pas du tout, docteur Cheryl !

— Reconnaître qu'on a un problème est le premier pas vers la guérison, ma chère petite. Après, tout devient simple.

— Mais je n'ai aucun problème de ce genre.

Il m'observa quelques instants d'un air songeur.

— Bien, nous verrons. C'est pour cela que vous êtes ici, d'ailleurs. S'il s'avère que vous n'avez pas de problèmes, vous rentrez chez vous, cela vous semble équitable ?

— Non, pas du tout. Vous me retenez prisonnière.

— Nous sommes tous prisonniers de nos infirmités, Ruby. Et spécialement de nos aberrations mentales. Mon objectif est de vous libérer de celle qui vous a contrainte à mener cette vie déréglée, sinon à vous haïr vous-même. Nous avons un bon pourcentage de réussite, ici... tentez votre chance !

— Je vous en prie, ma mère ment. Daphné ment ! m'écriai-je.

Mais il était déjà sorti. J'aurais pu jurer qu'il avait fermé la porte à clé mais j'allai vérifier quand même, et naturellement, c'était le cas. Frustrée, abattue et toujours sous le choc, je m'affalai sur ma chaise et j'attendis. J'étais sûre que papa ne savait rien de tout ceci, et je me demandais quel mensonge avait inventé Daphné pour expliquer ma disparition. Elle lui dirait probablement que je ne pouvais pas supporter son autorité, que j'avais décidé de m'enfuir... et le pauvre papa le croirait !

Nina Jackson n'aurait jamais dû prendre un ruban de Gisèle pour jeter dans la boîte au serpent, méditai-je amèrement. Elle aurait dû prendre un de ceux de Daphné.

Après ce qui me parut avoir duré des heures, la porte se rouvrit et Mme McDonald se montra.

— Le Dr Cheryl désire vous voir, Ruby. Suivez-moi gentiment et tout se passera bien.

Je bondis sur mes pieds, bien décidée à saisir la première occasion qui s'offrirait pour me sauver, mais cela aussi était prévu. Un des gardiens attendait dehors pour nous escorter.

— Vous n'avez pas le droit, me lamentai-je. Je suis victime d'un kidnapping, ni plus ni moins.

— Allons, allons, Ruby ! me reprit l'infirmière d'une voix de bonne grand-mère qui console. Ceux qui vous aiment essaient de vous aider, c'est tout. Personne ne vous veut de mal, insista-t-elle en s'arrêtant devant la porte du couloir.

— Vous m'avez déjà fait un mal irréparable ! m'indignai-je, et l'infirmière eut un sourire indulgent.

— Vous dramatisez tout, vous, les jeunes d'aujourd'hui. Nous n'étions pas du tout comme ça de mon temps, commenta-t-elle en introduisant une clé dans la serrure. Par ici.

Nous entrions dans le bloc médical, et au premier croisement de couloirs, j'envisageai la possibilité de m'enfuir. Mais je me souvins qu'il fallait sonner à chaque porte et j'étais certaine que dans ce secteur, toutes les fenêtres auraient des barreaux. D'ailleurs mon gardien s'était rapproché de moi de manière significative. Finalement, Mme McDonald m'introduisit dans une pièce sans fenêtres, dont un grand miroir occupait l'un des murs. Elle ne contenait qu'un canapé, deux chaises, une grande table, et sur une autre table plus petite, un appareil qui ressemblait à un projecteur. Un écran était suspendu au mur d'en face, où s'ouvrait une seconde porte.

— Asseyez-vous, Ruby.

Je pris place sur une des chaises pendant que l'infirmière allait discrètement frapper à la porte intérieure, puis elle l'entrouvrit et annonça :

— Elle est là, docteur.

— Très bien, entendis-je le médecin répondre.

Mme McDonald se retourna en souriant.

— N'oubliez pas que si vous y mettez de la bonne volonté, tout ira beaucoup plus vite, me recommanda-t-elle.

Et, sur le point de sortir avec le surveillant, elle ajouta comme une menace voilée :

— Si vous avez besoin de Jack, il sera dans le couloir.

Je levai les yeux sur ledit Jack, qui me renvoya un regard inflexible. Je compris le message. Une fois seule, j'attendis sagement sur ma chaise l'arrivée du Dr Cheryl.

— Bien, commença-t-il avec un grand sourire, comment nous sentons-nous, maintenant ? Un peu mieux, j'espère ?

— Non. Où est Daphné ?

Le médecin alla directement à la petite table et déposa un dossier à côté du projecteur.

— Votre mère est auprès de votre oncle, Ruby.

— Ce n'est pas ma mère, objectai-je avec fermeté.

Jamais je n'avais éprouvé un tel besoin de la renier.

485

— Je comprends ce que vous ressentez.

— Non, vous ne comprenez pas. Daphné n'est pas ma mère. Ma vraie mère est morte.

— Néanmoins, elle essaie d'être une vraie mère pour vous, n'est-ce pas ?

— Non. Elle essaie simplement d'être ce qu'elle est : une vraie garce.

— Cette colère et cette agressivité sont tout à fait compréhensibles, Ruby. Vous vous sentez menacée. Quand nous essayons d'amener un patient à reconnaître ses erreurs, sa maladie ou ses faiblesses, il est normal qu'il réagisse ainsi. Croyez-le ou non, beaucoup d'entre eux sont tellement habitués à leurs problèmes qu'ils ne veulent pas en sortir.

— Je n'ai rien à faire ici. Je ne suis pas une malade mentale.

— Peut-être que non. Laissez-moi essayer de me faire une opinion sur votre façon d'envisager le monde qui vous entoure. Nous pourrons nous contenter de cela aujourd'hui, ce qui vous donnera le temps de vous acclimater. Rien ne presse.

— Oh si ! Je veux rentrer chez moi.

— Très bien, allons-y. Je vais vous projeter quelques images sur cet écran et vous me direz immédiatement ce qui vous vient à l'esprit, d'accord ? Ne réfléchissez pas, répondez le plus vite possible. Je commence, annonça le psychiatre en allumant le projecteur. A quoi ceci vous fait-il penser ?

— A la tête d'une anguille, répondis-je à contrecœur.

— Une anguille, bien. Et ceci ?

— Une espèce de tuyau.

— Continuez.

— Une branche de sycomore tordue... de la mousse espagnole... la queue d'un alligator... un poisson mort.

— Pourquoi mort ?

— Il ne bouge pas.

— Bien sûr ! s'esclaffa-t-il. Et ceci ?

— Une mère et un enfant.

— Et que fait l'enfant ?

— Il tète sa mère.

— Bien...

Après une demi-douzaine d'autres images, le Dr Cheryl ralluma et vint s'asseoir en face de moi, sur l'autre chaise.

— Bon, passons à un autre test. Je prononce un mot et vous me dites immédiatement ce qu'il évoque pour vous.

— Je ne pourrais pas voir Daphné tout de suite ?

— En temps voulu. Lèvres.

— Quoi ?

— Quel mot vous vient à l'esprit quand je dis : lèvres ?

— Baiser.

— Mains ?

— Travail.

La litanie se poursuivit ainsi, jusqu'à ce que le Dr Cheryl se carre sur sa chaise d'un air satisfait.

— Puis-je rentrer à la maison, maintenant ?

— Il nous reste encore quelques tests à passer, déclarat-il en se levant. Ensuite, nous aurons un petit entretien : je vous promets que ce ne sera pas long. Et comme vous avez été raisonnable, je vous autorise à vous rendre en salle de loisirs. On se revoit bientôt, ça vous va comme ça ?

— Non, ça ne me va pas comme ça, je veux parler à mon père. J'ai le droit de l'appeler, au moins ?

— Les malades ne sont pas autorisés à se servir du téléphone.

— Alors appelez-le. Comme ça vous verrez bien qu'il n'a jamais voulu m'envoyer ici !

— Je suis désolé, Ruby, mais c'est sa volonté, affirma le Dr Cheryl en tirant un formulaire du dossier. Tenez, voici sa signature. Pierre Dumas.

Il avait raison. Sur la ligne qu'il m'indiquait du doigt, le nom de mon père figurait en toutes lettres.

— Daphné a imité sa signature, j'en suis sûre. Et elle va lui raconter que je me suis sauvée ! Je vous en prie, appelez-le. Vous voulez bien faire ça ?

Cette fois, il éluda la question.

— Il vous reste un peu de temps avant le déjeuner, profitez-en pour vous habituer aux locaux et vous détendre. Notre prochaine entrevue n'en sera que plus facile, dit-il en ouvrant la porte. Jack, conduisez-la dans la salle de loisirs.

Sur un regard du surveillant, je me levai de mauvaise grâce.

— Quand mon père saura ce que ma belle-mère a fait et ce qui se passe ici, vous aurez des problèmes, je vous préviens !

Mais ma menace ne produisit aucun effet sur lui, et je n'eus d'autre choix que de le suivre jusqu'à la salle de loisirs.

— Bonjour ! lança gaiement une aimable quadragénaire en s'avançant à ma rencontre. Je suis Mme Whidden, et je me tiens à votre disposition. Bienvenue parmi nous. Si l'une de nos activités vous tente, travaux manuels...

— Non.

— Bien, alors je vous laisse faire un tour pour observer. Si quelque chose de particulier vous attire, je serai toujours prête à vous aider.

Comprenant que m'obstiner à bouder ne mènerait à rien, j'acquiesçai d'un signe et je m'avançai dans la salle.

Plusieurs pensionnaires me dévisagèrent avec une certaine curiosité, d'autres avec ce qui ressemblait à de la colère, et certains laissèrent glisser sur moi un regard vide, comme s'ils ne me voyaient pas. Le garçon aux cheveux

488

roux carotte était toujours là, et toujours assis à ne rien faire, mais je remarquai qu'il me suivait des yeux. Je m'approchai de la fenêtre près de laquelle il se tenait, posai mon front sur la vitre et souhaitai désespérément me retrouver de l'autre côté.

— Ça vous fait horreur d'être ici ?

Je me retournai. J'aurais juré que ces paroles venaient de lui, mais il était toujours aussi raide et figé, regardant droit devant lui.

— Vous m'avez demandé quelque chose ?

Comme il ne répondait pas, je haussai les épaules, reportai mon attention sur la fenêtre et de nouveau, j'entendis :

— Ça vous fait horreur d'être ici ?

— Pardon ? dis-je en pivotant brusquement.

Sans esquisser un seul geste, mon voisin reprit la parole.

— Je vois bien que vous avez horreur d'être ici.

— C'est vrai. J'ai été enfermée ici sans avoir eu le temps de comprendre ce qui m'arrivait. C'est un kidnapping.

Ma réponse provoqua chez lui un semblant d'animation. Il haussa les sourcils, tourna lentement la tête dans ma direction et posa sur moi un regard de mannequin de vitrine.

— Et que font vos parents ? s'informa-t-il.

— Mon père ignore ce que ma belle-mère a fait, j'en suis sûre.

— Diagnostic officiel ?

— Vous dites ?

— Sous quel prétexte vous a-t-on fait admettre ici ? Quelle est votre soi-disant anomalie ?

— Je préfère ne pas en parler : c'est aussi gênant que ridicule.

— Paranoïa ? Schizophrénie ? Dépression mélancolique ? Prévenez-moi si je brûle.

— Non, rien de tout ça. Et vous ?

— Apathie, annonça-t-il. Je suis incapable de prendre une décision, d'assumer une responsabilité. Quand je suis confronté à une difficulté, je deviens tout simplement apathique. Je n'arrive même pas à choisir une activité, ajouta-t-il nonchalamment. Alors je reste assis en attendant la fin de la période récréative.

— Mais pourquoi ? Je veux dire... si vous connaissez si bien votre problème, pourquoi n'en sortez-vous pas ? Qu'est-ce qui bloque ?

Mon voisin réussit un sourire.

— L'insécurité. Ma mère... comme votre belle-mère, apparemment, ne m'a pas désiré. Au cours de son huitième mois de grossesse, elle a tenté de se débarrasser de moi, mais je suis simplement né avant terme. A partir de là, mon parcours était tout tracé : paranoïa, autisme, déficiences intellectuelles...

— Vous ne me semblez pas spécialement déficient de ce côté-là ! fis-je observer.

— Je ne peux pas suivre une scolarité normale. Je suis incapable de répondre à une question, je ne lève jamais la main. Et quand on me donne un devoir, je reste planté devant ma feuille. Mais je lis, précisa-t-il. C'est tout ce que je sais faire. Ça me sécurise... Et vous ?

Il leva les yeux sur moi.

— Qu'est-ce qu'ils ont trouvé pour vous boucler ? N'ayez pas peur de me le dire, je n'en parlerai à personne... Mais je ne vous en veux pas de ne pas me faire confiance, ajouta-t-il précipitamment.

— On m'a accusée de dérèglements sexuels, soupirai-je.

— Nymphomanie, super ! Nous n'avions pas encore eu ça, ici.

Je ne pus m'empêcher de rire.

490

— Et il n'y a rien de changé. C'est un mensonge.

— De mieux en mieux. Cet établissement est le repaire du mensonge. Les malades mentent : aux autres, à eux-mêmes et aux médecins. Les médecins aussi mentent : ils prétendent pouvoir vous aider, mais c'est faux. Ils ne savent que vous dorloter, ajouta-t-il amèrement. Vous pouvez me dire votre nom... ou mentir, si ça vous chante.

— Je m'appelle Ruby. Ruby Dumas. Et vous, Lyle Black, je crois ?

— Black. Mais attendez... Dumas, dites-vous ? Il y a un autre Dumas, ici.

— Jean Dumas, c'est mon oncle. On m'a amenée ici sous prétexte de lui rendre visite, mais je ne l'ai jamais vu.

Une fois de plus, mon compagnon leva sur moi ses yeux couleur de rouille.

— J'aime beaucoup votre oncle Jean.

— Est-ce qu'il parle avec vous ? Comment est-il ? Comment va-t-il ?

— Il ne parle à personne, mais cela ne veut pas dire qu'il en est incapable. Je sais qu'il peut parler. Il est... très calme, doux comme un agneau et aussi facile à effrayer, parfois. Il lui arrive de pleurer sans raison, du moins apparemment. Mais je sais qu'il se passe quelque chose dans sa tête, à ce moment-là. Et je l'ai quelquefois surpris à rire tout seul. Il ne se confie à personne, surtout pas aux médecins et aux infirmières.

— Si seulement je pouvais le voir ! Ça, au moins, ce serait une bonne chose.

— Vous pouvez. Je suis sûr qu'il ira déjeuner à la cafétéria.

— Vous voudrez bien me le montrer ? Je ne l'ai jamais vu.

— Pas de problème ! C'est le plus bel homme et le mieux habillé de la maison. Ruby, tu t'appelles ? Joli !

commenta-t-il, et son visage se contracta comme s'il venait de commettre un acte répréhensible.

— Merci. C'est une bonne idée de nous tutoyer, Lyle. Mais qu'est-ce que je vais devenir ?

Je promenai un regard désolé autour de moi.

— Il faut que je sorte d'ici, mais cet endroit est pire qu'une prison ! Des portes à sonnette, des fenêtres à barreaux, des gardiens partout...

— Oh, je peux t'aider à t'échapper, laissa tomber Lyle d'un ton détaché. Si c'est vraiment ce que tu veux !

— Tu peux ? Comment ça ?

— Il y a au moins une pièce dont les fenêtres n'ont pas de barreaux. La buanderie.

— C'est vrai ? Mais comment ferai-je pour y aller ?

— Je te montrerai... plus tard. On nous laisse sortir après le déjeuner, si on le demande, et il y a un passage qui mène de la cour à la buanderie.

Mon cœur tressaillit d'espoir.

— Et comment sais-tu tout ça, toi ?

— Je connais cet endroit comme ma poche.

— Ah bon ? Depuis combien de temps es-tu ici ?

— Depuis l'âge de sept ans, répliqua-t-il tranquillement. Ça fait dix ans.

— Dix ans ! Et tu n'as jamais eu envie de t'en aller ?

Il se tut, les yeux fixés dans le vide, et une larme roula sur sa joue.

— Non, dit-il enfin en levant sur moi un regard navrant de tristesse. C'est ma place. Je te l'ai dit, je suis incapable de prendre une décision. Je t'ai dit aussi... que je t'aiderais à sortir plus tard, mais...

Il s'interrompit, regardant à nouveau droit devant lui.

— Je ne sais pas si je pourrai. Je ne sais pas si je pourrai...

Je retombai de mon nuage. Et si Lyle était exactement comme tous les autres, finalement ? Si toutes ses belles promesses n'avaient été que des mensonges ?

Une sonnerie retentit, et Mme Whidden annonça qu'il était l'heure d'aller déjeuner. Mon moral remonta. J'allais enfin voir mon oncle Jean, cette fois-ci. C'était toujours ça...

A moins que cette promesse-là ne fût qu'un mensonge, elle aussi ?

21

Ma dernière carte

Ce n'était pas un mensonge et je n'eus pas besoin qu'on me désigne l'oncle Jean. Il n'était pas très différent du jeune homme des photographies, et comme l'avait dit Lyle, son élégance le distinguait immédiatement de tous les autres. En complet sport de lin bleu marine, ses cheveux bruns rejetés en arrière, il avait l'air d'un homme en vacances venu rendre visite en passant à un parent. Il mangeait de façon machinale, promenant autour de lui un regard dépourvu d'intérêt.

— C'est lui ! m'indiqua Lyle.

Les battements de mon cœur s'accélérèrent.

— Je sais.

— Comme tu vois, quels que soient son état mental ou ses angoisses, il reste très soucieux de son apparence. Tu devrais voir sa chambre, elle est impeccable. Au début, je croyais qu'il souffrait d'une obsession maniaque de l'ordre et de la propreté. Si tu t'avises de déplacer un seul objet, il le remet immédiatement où il se trouvait.

« Je suis pratiquement le seul qu'il reçoive chez lui, ajouta Lyle avec orgueil. Il ne me parle pas beaucoup — il ne parle à personne — mais moi, au moins, il me tolère. Si quelqu'un d'autre s'assied à sa table, il devient agité.

— Qu'est-ce qu'il fait ?

— Ça dépend. Il peut se mettre à taper sur la table avec sa cuiller, ou à pousser son espèce de cri affreux, un vrai cri de bête, jusqu'à ce que les surveillants viennent le chercher ou emmènent l'intrus.

— Je ne devrais peut-être pas essayer de l'approcher, alors.

— Peut-être pas... ou peut-être que si. Ne me demande pas de décider pour toi ! Mais je peux lui dire qui tu es, si tu veux.

— Il devrait me reconnaître.

— Je croyais qu'il ne t'avait jamais vue ?

— Il connaît ma sœur jumelle, il me prendra pour elle.

— C'est vrai, tu as une sœur jumelle ? Ça commence à devenir intéressant !

Un gardien s'approcha de nous.

— Si vous avez l'intention de déjeuner, vous feriez mieux de prendre la file.

— Je ne suis pas sûr de vouloir manger, murmura Lyle.

— Ecoutez, mon garçon, vous n'avez pas toute la journée pour vous décider, vous le savez bien.

Je tentai d'arracher Lyle à son indécision.

— Moi, j'ai faim, déclarai-je en avançant vers la file.

Et je me retournai pour regarder Lyle, qui finit effectivement par bouger. Il vint se ranger derrière moi.

— Prends tout ce que tu choisis en double, s'il te plaît.

— Mais si tu n'aimes pas ça ?

— Je ne sais plus ce que j'aime, avoua-t il. Tout a le même goût pour moi, maintenant.

Je choisis le ragoût, avec une gelée de fruits comme dessert, et nous nous retrouvâmes devant le même problème de choix : où nous asseoir ? Je louchai vers la table de mon oncle.

— Vas-y, dit Lyle. Je m'assiérai où tu voudras.

Je marchai droit sur oncle Jean, sans le quitter un instant des yeux. Il continuait à manger de façon mécanique, jetant à droite et à gauche des regards saccadés, presque synchronisés à ses coups de fourchette. Il ne parut pas remarquer mon approche, et ce fut seulement quand je me trouvai tout près de lui que ses yeux cessèrent leur balayage systématique. Il s'immobilisa, fourchette en l'air, et son étrange regard fixe s'arrêta sur mon visage. Il ne me sourit pas, mais il était clair qu'il me prenait pour Gisèle. Je me mis à trembler.

— Bonjour, oncle Jean ! Puis-je m'asseoir avec vous ?

Pas de réponse.

— Dis-lui qui tu es, suggéra Lyle.

— Je m'appelle Ruby. Je ne suis pas Gisèle. Je suis sa sœur jumelle, vous ne m'avez jamais vue.

Oncle Jean battit des paupières et porta sa nourriture à sa bouche.

— Il est intéressé, ou au moins amusé, chuchota Lyle.

— Comment le sais-tu ?

— S'il ne l'était pas, il taperait dans son assiette ou se mettrait à hurler.

Très lentement, avec le sentiment d'agir à l'aveuglette, je m'avançai jusqu'à la table où je déposai avec soin mon plateau, et j'attendis. Mais l'oncle Jean continuait de manger, ses yeux bleu-vert comme rivés sur moi, et au bout d'un instant je m'assis.

— Salut, Jean ! lança Lyle en prenant place à mes côtés. Les indigènes ont l'air un peu agités, aujourd'hui, non ?

L'oncle Jean le regarda sans mot dire, puis reporta son attention sur moi.

— Je suis vraiment la sœur jumelle de Gisèle, oncle Jean. Mes parents ont raconté à tout le monde comment j'avais été enlevée à ma naissance, et comment j'avais réussi à les retrouver.

— C'est vrai ? s'enquit Lyle, effaré.

— Non, mais c'est la version qu'ils répandent.

— Pourquoi ?

— Pour cacher la vérité, répliquai-je brièvement.

Lyle attaqua son ragoût et je me tournai vers oncle Jean, qui s'était remis à cligner des yeux à un rythme précipité.

— Mon père — votre frère, oncle Jean — a rencontré ma mère dans le bayou et ils sont tombés amoureux, expliquai-je. Elle est devenue enceinte de lui et plus tard, elle s'est laissé convaincre d'abandonner l'enfant, mais personne ne savait qu'elle attendait des jumeaux. Le jour où nous sommes nées, Gisèle et moi, ma grand-mère Catherine m'a gardée, pendant que mon grand-père Jack remettait Gisèle à votre famille.

— Belle histoire, ironisa Lyle. J'apprécie.

— Elle est vraie, ripostai-je avec sécheresse, reprenant aussitôt mon récit. Daphné, la femme de papa, ne m'aime pas du tout, oncle Jean. Elle est horriblement cruelle avec moi depuis que j'ai mis le pied dans la maison de papa. Elle m'a dit que nous venions ici pour vous voir, mais elle avait pris des arrangements avec le Dr Cheryl pour qu'on me garde en observation. Elle fait tout ce qu'elle peut pour se débarrasser de moi. Elle...

— Aaaaah ! cria mon oncle, et je m'arrêtai net.

Allait-il se mettre à hurler en martelant son assiette ?

— Doucement, m'avertit Lyle. Tu vas trop vite pour lui.

— Je regrette, oncle Jean, mais je voulais vous voir, et vous dire combien papa était malheureux que vous soyez ici. Il est malade de chagrin et il va souvent pleurer dans votre chambre. Il est même tellement déprimé en ce moment qu'il n'a pas pu venir aujourd'hui, pour votre anniversaire.

— Son anniversaire ? s'étonna Lyle. Ce n'est pas aujourd'hui. Ils font tout un tralala pour les anniversaires, ici. Celui de ton oncle est dans un mois.

— Cela ne m'étonne pas, Daphné a menti pour que je vienne avec elle. Je serais venue quand même, oncle Jean. J'avais très envie de vous voir.

Il me dévisagea, la bouche ouverte, le regard vide.

— Commence à manger, Ruby. Donnons-lui l'impression que tout est comme d'habitude.

Je suivis le conseil de Lyle et l'oncle Jean parut se détendre, sauf qu'il ne mangeait plus. Je répondis à son regard fixe par un sourire et j'enchaînai :

— J'ai passé toute ma vie avec grand-mère Catherine. Ma mère est morte peu après ma naissance et je n'ai appris que tout récemment qui était mon père. Grand-mère Catherine m'a fait promettre d'aller le voir quand elle serait morte. Je vous laisse imaginer la surprise de la famille en me voyant arriver, mon oncle !

Il ébaucha un sourire, et Lyle me souffla :

— Fantastique ! Tu lui plais. Continue de parler.

— J'ai essayé de m'adapter, de me conduire en vraie créole, mais Gisèle était jalouse de moi. Elle a cru que je lui avais chipé son amoureux et elle a comploté contre moi.

— Et c'est vrai ? s'enquit Lyle.

— Quoi donc ?

— Que tu lui as chipé son amoureux ?

— Pas du tout. En tout cas, je n'ai rien fait pour ça.

— Mais c'est quand même toi qu'il préférait ? insista-t-il.

— Elle n'a qu'à s'en prendre à elle-même ! Comment pourrait-on l'aimer ? Elle ment, elle aime faire souffrir les gens et elle finira par décevoir tout le monde, elle comprise.

— C'est plutôt elle qu'on aurait dû enfermer ici, non ?
J'ignorai la remarque et repris à l'intention d'oncle Jean :
— Gisèle n'était satisfaite que lorsqu'elle m'avait attiré des ennuis. (Je vis ses traits se crisper.) Daphné prenait toujours son parti et papa... papa est complètement dépassé par la situation.

L'expression douloureuse de l'oncle Jean s'accentua, et brusquement, il devint furieux. Sa lèvre supérieure se retroussa et il grinça des dents.

— Oh ! oh ! marmonna Lyle. Tu ferais mieux d'arrêter. Il n'a pas l'air d'apprécier.

— Non, il doit pouvoir tout entendre. Oncle Jean, vous m'écoutez ? Je suis allée voir une mama vaudou et je lui ai demandé de m'aider. Elle a jeté un sort sur Gisèle, et juste après ça, Gisèle et un de ses amis ont eu un horrible accident de voiture. Le garçon est mort et elle est infirme à vie. Je me sens affreusement coupable et papa... papa n'est plus que l'ombre de lui-même.

La fureur d'oncle Jean parut s'apaiser.

— J'aimerais tant que vous me parliez, oncle Jean ! Dites-moi quelque chose que je pourrai répéter à papa, dès que je serai sortie d'ici.

J'attendis, en pure perte. Il continuait à me fixer en silence.

— Ne t'en fais pas, Ruby. Je t'ai dit qu'il ne parlait à personne.

— Je sais, mais je veux faire comprendre à mon père que j'ai vu l'oncle Jean. Je veux qu'il me donne une preuve que...

— Ffo-fo-fo...

— Qu'est-ce qu'il essaie de dire, Lyle ?

— Ma foi, je n'en sais rien.

— Fofofoff... foc. Foc !

499

— Foc ? réfléchit Lyle à voix haute. C'est un terme de marine, ça. Vous voulez parler d'une voile, Jean ? C'est ça ?

L'oncle Jean hocha vigoureusement la tête.

— Foc, répéta-t-il avec une grimace de souffrance.

Puis il se renversa en arrière, porta les deux mains à ses tempes et hurla :

— FOC !

J'étais atterrée. Le gardien le plus proche accourut à la rescousse.

— Eh, Jean !

— FOC ! FOC !

Deux autres gardiens rejoignirent leur collègue, et tous trois aidèrent mon oncle à se lever. Une certaine tension se fit sentir parmi les autres pensionnaires. Quelques-uns criaient, d'autres ricanaient. Une jeune fille, mon aînée de cinq ou six ans à peine, fondit en larmes.

L'oncle Jean se débattit quelques instants, les yeux tournés vers moi. Un filet de salive au coin de la lèvre, il secouait la tête en s'acharnant à répéter : « Foc, foc, foc... »

On l'emmena. Des infirmières apparurent instantanément pour calmer leurs patients, et d'autres surveillants vinrent aussitôt leur prêter main-forte.

— C'est ma faute, m'accusai-je, consternée. J'aurais dû me taire quand tu me l'as dit.

— Ne te reproche rien, Ruby. Ce genre de chose arrive très souvent.

Lyle chipota encore un peu son ragoût, mais je fus incapable d'avaler une bouchée. Cet endroit me rendait malade. Il fallait que j'en sorte, à n'importe quel prix.

— Et maintenant ? demandai-je à Lyle. Que va-t-on lui faire ?

— Le ramener dans sa chambre, tout simplement. Ça le calme presque toujours.

— Et quel est le programme, après le déjeuner ?

— On nous conduit dehors pour un petit moment, mais tout est clôturé. Ne t'imagine pas que tu vas filer comme ça.

— Tu me montreras le chemin de la sortie, au moins ? Tu as promis, Lyle. Tu me le montreras ?

— Je ne sais pas. Oui. Enfin... (Il devenait nerveux.) Je ne sais pas. Ne me demande pas ça !

— Très bien, Lyle, me hâtai-je d'approuver.

Il s'apaisa sur-le-champ et entama son dessert.

Et comme il me l'avait annoncé, sitôt le déjeuner fini, les surveillants vinrent chercher les pensionnaires pour la sortie quotidienne. Tandis que nous nous dirigions vers le parc situé derrière l'établissement, Mme McDonald s'approcha de moi.

— Le Dr Cheryl a prévu pour vous une deuxième séance de tests en fin d'après-midi, Ruby, m'annonça-t-elle. C'est moi qui passerai vous prendre. Alors, on s'est fait des amis ? ajouta-t-elle en regardant Lyle, qui marchait juste derrière moi. Bonjour, Lyle ! Comment allez-vous aujourd'hui ?

— Je n'en sais rien.

L'infirmière eut un sourire indulgent et alla bavarder avec d'autres patients.

Le jardin clos n'était pas très différent du parc paysager qui s'étendait devant l'institution. On y retrouvait les mêmes bosquets, rocailles, parterres et fontaines, les mêmes vieux bancs de bois lustré que dorait un doux soleil d'après-midi.

— C'est très joli, admis-je à contrecœur.

— Ils sont bien forcés de soigner le décor ! riposta Lyle avec une grimace ironique. Tous leurs clients viennent de familles fortunées, ils ne tiennent pas à voir se tarir le robinet à finances. Tu devrais voir l'endroit quand ils préparent une fête pour les familles ! Chaque pouce de terrain est passé au peigne fin, la maison brille dans tous les coins, et tout le monde sourit jusqu'aux oreilles.

— Tu n'es pas tendre à leur égard, dis-moi... et pourtant tu veux rester ici. Et si tu essayais plutôt de te réadapter à la vie extérieure ? Tu es bien plus intelligent que la plupart des garçons de ma connaissance, je t'assure.

Il devint tout pâle et me déroba son regard.

— Je ne suis pas encore prêt, Ruby. Mais je peux déjà te dire que toi, tu n'as strictement rien à faire ici.

— Sauf que j'ai encore une séance d'examens avec le Dr Cheryl, et qu'il va s'arranger pour trouver une raison de me garder. J'en suis sûre, me lamentai-je. Daphné verse bien trop d'argent à son institution pour qu'il ne soit pas à ses ordres !

J'étreignis mes épaules, consciente de la surveillance attentive dont nous étions l'objet. De tous côtés des gardiens nous observaient.

— Demande à aller aux toilettes, dit brusquement Lyle. C'est à droite de la porte de derrière. Ils te laisseront tranquille, là-dedans. A gauche des lavabos, il y a un petit escalier qui descend au sous-sol. La deuxième porte à droite est celle de la buanderie. Ils font la lessive le matin, celle d'aujourd'hui est déjà terminée. Il n'y aura personne.

— Tu es sûr ?

— Je te l'ai dit, ça fait dix ans que je suis là. Je sais quelles pendules avancent et lesquelles retardent, quelle porte grince ou pas, et où sont les fenêtres sans barreaux.

— Merci, Lyle.

— Je n'ai encore rien fait, protesta-t-il, comme pour se prouver qu'il n'avait pas pris de décision.

— Tu m'as rendu l'espoir, Lyle. Ça, c'est énorme !

Je lui souris et ses yeux couleur de rouille cillèrent en rencontrant les miens, puis il se hâta de les détourner.

— Vas-y. Fais ce que je t'ai dit.

Je m'approchai d'une infirmière et lui expliquai que j'avais besoin de me rendre aux toilettes.

— Je vais vous montrer le chemin, suivez-moi.

— Je sais où c'est, merci, m'empressai-je de répondre.

Elle haussa les épaules et s'éloigna. Une fois seule, je revins sur mes pas et, respectant à la lettre les instructions de Lyle, je descendis les quelques marches en toute hâte. La buanderie était une longue salle tout en ciment, sol et murs, le long desquels s'alignaient machines à laver, séchoirs et bacs à linge. Les fenêtres dont Lyle avait parlé se trouvaient tout au fond, mais assez haut.

— Vite, l'entendis-je murmurer derrière moi. (Je hâtai le pas, Lyle sur mes talons.) Attrape le milieu du châssis et fais-le glisser vers la gauche, ce n'est pas verrouillé.

— Comment sais-tu tout ça, toi ?

Il baissa les yeux, les releva et dit très vite :

— Je suis déjà venu plusieurs fois ici. J'ai même été jusqu'à passer un pied au-dehors, mais... je ne suis pas prêt, c'est tout.

— J'espère que tu le seras bientôt, Lyle.

— Je vais te faire la courte échelle. Vite, avant qu'on s'aperçoive de notre absence !

— J'aurais aimé que tu viennes avec moi, dis-je en posant le pied dans ses mains nouées.

Je me hissai jusqu'au châssis et, en effet, le loquet s'abaissa sans difficulté : je fis coulisser le panneau vitré vers la gauche et baissai les yeux vers mon compagnon.

— Merci, Lyle. Je sais combien cela a dû être difficile pour toi de faire tout ça.

— Pas du tout, avoua-t-il. J'avais envie de t'aider. Allez, vas-y.

Je me faufilai par l'ouverture, regardant autour de moi pour m'assurer qu'il n'y avait personne aux alentours. De l'autre côté de la pelouse se dressait un petit bouquet d'arbres, derrière lequel — je m'en souvenais — commençait le chemin qui menait au portail. Une fois dehors, je me retournai pour me pencher vers Lyle.

— Sais-tu où aller en sortant d'ici, Ruby ?

— Non. Tout ce que je veux, c'est quitter cet endroit.

— Va vers le sud, jusqu'à une petite station de cars. C'est une ligne directe pour La Nouvelle-Orléans. Tiens, dit-il en fouillant dans sa poche pour en tirer une poignée de billets, prends ça. Ici, je n'en ai pas besoin.

— Merci, Lyle.

— Sois prudente. Ne parais pas méfiante, souris aux gens. Aie l'air de quelqu'un qui se promène, me recommanda-t-il, et j'eus la certitude qu'il s'était répété les mêmes choses des centaines de fois déjà.

— Je reviendrai te voir un de ces jours, Lyle... si tu n'es pas sorti avant. Si c'est le cas, appelle-moi.

— Je ne me suis pas servi d'un téléphone depuis l'âge de six ans, avoua-t-il.

J'en eus le cœur serré pour lui. Il semblait si seul et si petit, soudain, tel un animal pris au piège.

— Mais si je sors, ajouta-t-il en souriant, je t'appellerai.

— C'est ça.

— Va-t'en vite, maintenant ! Et rappelle-toi : aie l'air naturel.

Là-dessus, il me tourna le dos. Je me relevai, respirai à fond et m'éloignai rapidement. Parvenue à une douzaine de pas du bâtiment, je regardai en arrière et distinguai une silhouette à l'une des fenêtres du troisième étage. Un nuage voila le soleil et l'ombre projetée sur la vitre me permit de reconnaître la personne qui se tenait derrière elle...

C'était oncle Jean !

La tête inclinée vers moi, il éleva lentement la main. Je devinai plus que je ne le vis le sourire qui éclaira son visage, et je lui rendis son salut. Puis je pris mes jambes à mon cou et ne me retournai plus avant d'avoir gagné le couvert des arbres. Tout était calme, personne ne criait, aucun gardien ne courait après moi. J'avais réussi, grâce à Lyle ! Je levai les yeux une dernière fois vers la fenêtre d'oncle Jean, mais il n'y avait plus personne... Je m'enfonçai dans le petit bois en direction de l'autoroute.

Je marchai vers le sud, selon les directives de Lyle, et parvins très vite à la petite station routière, que flanquaient une pompe à essence et une boutique libre-service. Heureusement pour moi, je n'avais que vingt minutes d'attente avant le prochain car pour La Nouvelle-Orléans. Je pris mon billet à la caisse et déambulai dans le magasin en feuilletant des revues, pour finir par en acheter une, par prudence. Si jamais on s'était aperçu de mon absence et qu'on envoie quelqu'un à ma recherche, je pourrais abriter mon visage des regards indiscrets.

À mon grand soulagement, le bus arriva juste à l'heure. Respectant à la lettre les conseils de Lyle, j'y montai sans précipitation, l'air aussi candide que possible, et j'allai tranquillement m'asseoir à l'arrière où j'ouvris mon magazine. Je retins mon souffle quand nous passâmes devant l'entrée de l'institution, et je ne le relâchai que lorsque le portail fut loin derrière nous. C'était si bon d'être libre ! J'en pleurais de joie... Mais je me repris aussitôt. Ce n'était pas le moment d'attirer l'attention sur moi. J'essuyai mes larmes, fermai les yeux, et brusquement les balbutiements d'oncle Jean resurgirent dans ma mémoire. « Foc-foc-toc », chantaient les pneus sur le macadam. Je savais que mon oncle avait tenté de me faire comprendre quelque chose, mais quoi ?

Quand La Nouvelle-Orléans apparut à l'horizon, je n'étais plus du tout certaine de vouloir revenir à la maison ; redoutant l'accueil que me réserverait Daphné, j'envisageai même un instant de retourner dans le bayou. Puis l'orgueil cajun de grand-mère Catherine se rebiffa en moi et je me redressai, retrouvant d'un coup toute ma résolution. Après tout, j'étais une Dumas, mon père m'aimait, ma place était auprès de lui. Daphné n'avait aucun droit d'agir comme elle venait de le faire.

Le temps de prendre un bus et de finir le trajet en tram, elle aurait déjà été avertie de ma disparition, j'en étais sûre. Cela me fut confirmé à l'instant où Edgar m'ouvrit la porte : son haussement de sourcils n'indiquait rien de bon.

— Mme Dumas vous attend, mademoiselle, m'annonça-t-il d'un air lugubre. Elle est au salon.

— Où est mon père, Edgar ?

Il secoua la tête et répondit en étouffant sa voix :

— Là-haut, mademoiselle.

— Veuillez informer Mme Dumas que je monte le voir d'abord.

— Certainement pas, vociféra Daphné de la porte du salon, le bras tendu vers l'intérieur de la pièce. Entre !

Edgar opéra une retraite instantanée vers le couloir de service, pour aller — je l'aurais juré — mettre Nina au courant des événements. Je fis quelques pas en direction de Daphné, toujours figée dans sa pose autoritaire.

— Comment osez-vous me donner des ordres après ce que vous venez de me faire ? attaquai-je, la tête haute.

— J'ai fait ce que j'ai jugé bon de faire pour protéger cette famille, répliqua-t-elle d'une voix glacée en abaissant lentement le bras.

— Non. Vous avez fait ce qu'il fallait pour vous débarrasser de moi et m'éloigner de mon père. (Nos regards se croisèrent, aussi furieux l'un que l'autre, et je vis le sien vaciller.) Vous êtes jalouse de moi, de son amour pour moi, et cela depuis mon arrivée. Vous me haïssez parce que je vous rappelle qu'il en a aimé une autre, et bien plus que vous.

— C'est ridicule ! Il n'y a qu'une stupide petite cajun pour inventer...

— Assez ! Je vous interdis d'insulter les cajuns à tout propos. Vous connaissez la vérité. Vous savez que je n'ai pas été enlevée ni vendue à une famille cajun. Vous n'avez aucun droit de vous sentir supérieure. Je ne connais pas beaucoup de cajuns qui s'abaisseraient à faire ce que vous avez tenté de me faire. C'est inqualifiable !

— Comment oses-tu me parler sur ce ton ?

Elle s'efforçait de reprendre son attitude hautaine, mais elle tremblait de tout son corps, et sa voix se fêla quand elle répéta :

— Comment oses-tu ?

— Et vous ? Comment avez-vous osé tenter de me faire enfermer dans cette institution ? Mon père le saura, je lui dirai tout, et...

— Petite imbécile ! coupa-t-elle avec arrogance. Va le lui raconter. Va voir ton sauveur, ton cher papa, cloîtré dans son mausolée en train de gémir sur son frère. Lui aussi j'ai l'intention de le faire interner, si tu veux le savoir. Ça ne peut plus durer comme ça.

Elle se rapprocha de moi, à nouveau maîtresse d'elle-même.

— Qui tient les rênes en main dans cette maison, d'après toi ? Qui gère la fortune des Dumas ? Ton pauvre père, tu crois ? Pff ! Que se passe-t-il quand il tombe dans une de ses crises de dépression, à ton avis ? Tu te figures que les affaires tournent toutes seules, en attendant qu'il en sorte ?

« Non, aboya-t-elle en plantant l'index sur sa poitrine. C'est moi qui sauve toujours la situation, et moi seule. Je dirige les Entreprises Dumas depuis des années. Pierre ignore jusqu'au montant de notre fortune, et ne sait même pas où l'argent est placé.

— Je ne vous crois pas, ripostai-je, mais avec nettement moins de confiance en moi, cette fois.

Ma belle-mère eut un ricanement méprisant. Elle avait repris toute sa morgue, et ses yeux n'étaient plus que deux fentes par où filtrait sa haine.

— Crois ce que tu veux ! Allez, maintenant, monte le voir. Va lui raconter les horribles choses que j'ai voulu te faire. Moi je dirai à tout le monde comment tu as failli détruire une famille. Je forcerai les Andréas à raconter tes petites coucheries avec leur fils, et Gisèle soutiendra que tu es l'amie d'une prostituée de Storyville.

Elle rouvrit grands les yeux et attacha sur moi un regard affreusement cruel.

— Tout le monde croira que tu te prostituais dès ton plus jeune âge dans le bayou... et pour ce que j'en sais, tu le faisais !

— C'est un mensonge, me récriai-je. Un ignoble mensonge !

Mais elle ne s'adoucit pas, loin de là. Son beau visage aux lignes pures prit une dureté de marbre et un sourire mince étira ses lèvres.

— Ah oui ? Le Dr Cheryl m'a déjà communiqué ses premières observations. Il pense que tu es obsédée par le sexe, et il témoignera dans ce sens si je le lui demande. Et après tous les ennuis que tu nous as déjà causés, il a fallu que tu te sauves !

Je relevai le menton, mais je ne me faisais déjà plus d'illusions. Rien ne viendrait à bout de la détermination haineuse de ma belle-mère.

— Je vais voir papa, insistai-je, d'une voix que j'entendis à peine. Je vais tout lui raconter.

— Vas-y, grinça-t-elle en m'empoignant par les épaules pour me pousser dans le hall. Va voir ton papa, pauvre imbécile de petite cajun !

Je me dégageai brutalement et m'élançai dans l'escalier, les joues sillonnées de larmes.

Je vis tout de suite que la chambre d'oncle Jean était fermée, en arrivant sur le palier, mais il fallait que je parle à papa. Je devais l'obliger à m'ouvrir. Je frappai doucement à la porte et pressai la joue contre le panneau.

— Papa, hoquetai-je... Papa, ouvre-moi ! Laisse-moi entrer, papa, je t'en prie. Je veux que tu saches ce que Daphné m'a fait ! J'ai vu l'oncle Jean, papa. Je l'ai vu...

N'obtenant pas de réponse, je me laissai glisser à terre et j'étreignis mes épaules, le corps secoué de sanglots. Après tout ce que je venais de subir, et l'effort immense que j'avais fourni pour rentrer, on me laissait dehors ! Et une fois de plus, Daphné triomphait... Une révolte amère s'empara de moi. Je me renversai en arrière, heurtant violemment la porte de la tête. Et je recommençai, cognant et cognant sans cesse, jusqu'à ce que cette porte s'ouvre et que je voie le visage de Père au-dessus de moi.

Il avait les yeux rouges, les cheveux en désordre, et son débraillé donnait l'impression qu'il avait dormi tout habillé. Il n'était même pas rasé.

Je me relevai péniblement et j'essuyai mes larmes.

— Papa, il faut que je te parle !

Il me jeta un regard bref, lourd de désespoir, puis ses épaules s'affaissèrent et il s'effaça pour me laisser entrer.

Les bougies étaient presque entièrement consumées devant les photos d'oncle Jean, ce qui laissait la pièce dans une quasi-obscurité. Papa recula jusqu'à la chaise placée près de la commode et s'assit, le visage noyé dans l'ombre.

— Qu'y a-t-il, Ruby ? demanda-t-il d'une voix éteinte, comme si parler lui coûtait un effort inouï.

Je franchis les quelques pas qui nous séparaient, saisis sa main et tombai à genoux devant lui.

— Papa, elle m'a emmenée à l'institution ce matin, soi-disant pour l'anniversaire de l'oncle Jean, mais une fois là-bas j'ai été enfermée. Elle voulait qu'ils me gardent. C'était horrible, mais un garçon très gentil m'a aidée à m'échapper.

Il releva la tête et ce fut à peine si ses yeux si tristes manifestèrent de la surprise.

— Elle ? Qui t'a fait cela ?

— Daphné.

— Daphné ? répéta-t-il en écho.

— Mais j'ai réussi à voir oncle Jean, papa. Je lui ai parlé.

Cette fois, son intérêt s'éveilla.

— Il a très bonne mine, papa, mais il a peur des gens et ne parle à personne.

D'un hochement de tête, Père me fit signe de continuer.

— Mais j'ai quand même réussi à lui faire dire quelque chose, papa. Je voulais que tu saches qu'on s'était vus. C'est juste un mot, mais...

— Quel mot ? m'interrompit-il, retrouvant toute sa présence d'esprit.

— Foc. Il l'a répété plusieurs fois. Qu'est-ce que ça veut dire, papa ?

— Attends, raconte-moi d'abord ce qui s'est passé entre vous, depuis le début.

Je ne demandais que ça, et je lui fis un récit détaillé de mon entrevue avec l'oncle Jean à la cafétéria.

— Après ça, il a commencé à crier en se tenant la tête à deux mains, et ils sont venus le chercher pour le ramener dans sa chambre.

— Pauvre Jean ! s'exclama papa d'une voix désolée. Qu'est-ce que j'ai fait ?

Une des bougies s'éteignit, et l'ombre qui cernait les yeux de Père s'épaissit encore.

— Que veux-tu dire, papa ? Et que signifie ce mot ? Le jeune homme qui était assis à côté de nous pense que c'est un terme de marine. Il...

— Oui, dit papa. Il a raison.

Le regard lointain, comme s'il voyait dans le passé, il se redressa et commença d'une étrange voix monocorde :

— Il faisait très beau ce jour-là, et au début je n'ai pas eu peur de sortir en voilier avec Jean. Il se moquait toujours de moi parce que je n'étais pas assez sportif, et ce jour-là plus que jamais.

« — Pas étonnant que Daphné préfère sortir avec moi, quand on voit ton teint de papier mâché, Pierre ! Viens donc prendre un peu l'air et te faire les muscles.

« J'ai fini par céder, nous sommes partis pour le lac. Le ciel avait déjà commencé à se couvrir et j'ai fait remarquer à Jean qu'un orage menaçait, mais il a ri, en prétendant que je cherchais des excuses. Et nous avons mis la voile. Je n'étais pas aussi mauvais marin que je le laissais croire, et je n'appréciais pas que mon jeune frère me donne des ordres comme à un débutant.

« Et ce fameux jour, il était particulièrement arrogant. Ce que j'ai pu détester ses airs sûrs de lui, moi qui manquais tellement d'assurance... Pourquoi était-il si à l'aise avec les femmes, et spécialement avec Daphné ? Il semblait toujours si sûr de leur plaire !

« Les nuages grossissaient, s'amoncelaient, noircissaient, le vent devenait de plus en plus violent, les lames de plus en plus dures. Notre petit voilier dansait comme une coque de noix. Et plus je répétais à Jean qu'il fallait rentrer, plus il se moquait de moi.

« — Tu n'as pas l'esprit d'aventure, c'est ça qui te manque ! Regarder la nature dans les yeux sans sourciller, voilà comment on prouve qu'on est un homme.

« J'insistai pour qu'il se montre raisonnable, je ne fis que m'attirer ses railleries.

« — Les femmes n'aiment pas les hommes trop raisonnables, Pierre, il faut les faire trembler un peu de temps en temps. Si tu veux conquérir Daphné, emmène-la sur le lac un jour comme celui-ci, pour que le vent lui ébouriffe les cheveux et que l'écume lui fouette la figure !

« Il riait, mais l'orage est devenu plus mauvais qu'il ne l'avait prévu et je lui en ai voulu de nous avoir exposés au danger. J'étais furieux et jaloux, et pendant que nous nous débattions contre ce gros temps...

Père s'interrompit, libéra un long soupir et se cacha le visage dans les mains.

— J'ai lâché le foc, il s'est enroulé autour de Jean et une vergue lui a heurté la tempe. Ce n'était pas un accident, acheva-t-il dans un sanglot.

Je le saisis doucement par les poignets.

— Oh, papa ! Je sais que tu ne voulais pas lui faire tant de mal ! Je suis sûre que tu l'as regretté aussitôt.

— Oui, dit-il en relevant la tête, je l'ai regretté. Mais qu'est-ce que cela changeait ? Regarde où il en est, maintenant ! (Il souleva lentement l'un des cadres d'argent.) Et regarde ce qu'il était avant, ce garçon merveilleux, si beau, si plein de vie... Oh, mon pauvre frère ! gémit-il avec un soupir déchirant.

— Il est toujours aussi beau, papa, et je le crois capable de progresser suffisamment pour quitter cet endroit. Je le crois vraiment. Quand je lui parlais, j'avais le sentiment qu'il comprenait ce que je lui disais.

Une étincelle d'espoir traversa le regard de Père.

— C'est vrai ? Oh, comme j'aimerais que tu aies raison ! Je donnerais n'importe quoi, maintenant... toute ma fortune, pour que ce soit vrai.

— C'est vrai, papa, et tu devrais aller le voir plus souvent. Tu peux faire quelque chose pour lui, demander un autre traitement, trouver un autre médecin, ou même le changer de clinique. J'ai l'impression qu'on se contente d'assurer le confort des malades, là-bas... et de prendre leur argent.

— Oui, c'est possible, dit Père en ébauchant un sourire. Tu es une jeune fille délicieuse, Ruby. Si je croyais mériter le pardon, je penserais que tu es venue ici pour me l'annoncer. Je ne te mérite pas.

— J'ai failli être séparée de toi, papa, lui rappelai-je.

— Oui, c'est vrai. Si tu m'en disais un peu plus ?

Je lui décrivis le stratagème de Daphné pour me conduire à l'institution, tout ce qui s'en était suivi et il m'écouta avec attention, le visage de plus en plus sombre.

— Il faut que tu te ressaisisses, papa : elle vient de me dire qu'elle voulait te faire enfermer, toi aussi ! Empêche-la de nous faire du tort, à toi, à moi et même à Gisèle.

— Oui, tu as raison. Au lieu de m'apitoyer sur moi-même, je ferais mieux de reprendre les choses en main.

— Mettons fin à tous ces mensonges, papa. Trop, c'est trop. Quand le bateau est surchargé, il coule !

Il fit un signe d'assentiment et je me relevai.

— Gisèle doit savoir la vérité sur sa naissance, papa, et Daphné ne devrait pas en avoir peur. C'est seulement par ses actes qu'elle peut être notre mère, et non en accumulant les mensonges.

— Tu as raison, soupira Père en se levant à son tour.

Il rajusta ses vêtements, renoua sa cravate et rejeta ses cheveux en arrière.

— Je descends parler à Daphné. Elle ne te traitera plus jamais de cette façon, Ruby. Je te le promets.

— Et moi, je vais tout expliquer à Gisèle, papa. Mais elle ne me croira pas. Il faudra que tu ailles lui parler, toi aussi.

— J'irai, ma chérie, dit-il en me serrant dans ses bras. Gabrielle aurait été si fière de toi, Ruby. Si fière !

Il me garda un moment contre lui et me parut déjà un tout autre homme en quittant la chambre. Redressé de toute sa taille, il marchait d'un pas assuré, les épaules en arrière et la tête haute. Pendant quelques instants, je contemplai pensivement les photos d'oncle Jean, et je sortis à mon tour pour aller dire à Gisèle qui était sa véritable mère.

— Où étais-tu passée ? s'enquit ma sœur. Mère est rentrée depuis des heures. Je n'ai pas arrêté de te demander, mais on me répondait toujours que tu n'étais pas là. Et après ça, voilà que Mère vient m'annoncer que tu t'étais sauvée ! Mais je savais bien que tu n'irais pas loin, ajouta-t-elle d'un ton arrogant. Où serais-tu allée ? Pas dans ton sale marais, je suppose ?

Comme je gardais le silence, son sourire satisfait s'évapora.

— Ne reste pas plantée là sans rien dire ! Où étais-tu ? J'avais besoin de toi, geignit-elle. Je ne peux plus supporter cette infirmière.

— Mère t'a menti, Gisèle, annonçai-je calmement.

— Menti ?

Je m'approchai de son lit et m'y laissai tomber, de manière à faire face à son fauteuil roulant.

— Je ne me suis pas sauvée. Nous devions aller voir oncle Jean à l'institution, tu te souviens ? Seulement...

— Seulement quoi ?

514

— Elle avait d'autres intentions. C'est pour me faire interner qu'elle m'avait emmenée là-bas. On m'a attirée dans un piège et enfermée avec des malades mentaux.

Les yeux de ma sœur s'agrandirent de surprise.

— Ce n'est pas possible !

— Un jeune homme charmant m'a aidée à m'échapper. J'ai déjà tout raconté à papa.

— Tu mens ! Je ne peux pas croire qu'elle soit capable d'une chose pareille.

— Moi, si. Parce qu'elle n'est pas notre véritable mère.

— Quoi !

Gisèle ébaucha un sourire, mais son expression changea quand je saisis sa main et la serrai dans la mienne. Elle devint subitement très attentive.

— Nous sommes nées toutes les deux dans le bayou, Gisèle. Il y a des années, papa y allait souvent pour chasser avec notre grand-père Dumas. C'est comme ça qu'il a connu notre mère, Gabrielle Landry. Il est tombé amoureux d'elle et elle a été enceinte de lui. Grand-père Dumas voulait des petits-enfants, et Daphné ne pouvait pas en avoir, alors il a conclu un marché avec notre autre grand-père, Jack Landry. Il lui a acheté l'enfant de Gabrielle. Ce qu'ils ignoraient, c'est qu'elle attendait des jumeaux. Grand-mère Catherine m'a gardée, à l'insu de son mari, et c'est toi que grand-père Jack a donné aux Dumas.

Gisèle resta silencieuse pendant un long moment, puis retira brutalement sa main de la mienne.

— Tu es folle ! Si tu t'imagines que je vais croire une histoire pareille !

— C'est pourtant vrai, dis-je sans m'émouvoir. L'histoire de l'enlèvement a été inventée après mon arrivée ici, pour que Daphné puisse continuer à passer pour notre vraie mère.

Ma sœur fit vivement reculer son fauteuil.

— Je ne suis pas une cajun ! Je sais bien que non !

— Cajun, créole, riche ou pauvre, ce n'est pas le plus important, Gisèle. C'est la vérité qui compte, lançai-je abruptement, et il est temps d'y faire face.

J'étais exténuée, maintenant. Les émotions et les fatigues accumulées au cours de cette journée, une des plus difficiles de ma vie, pesaient de tout leur poids sur mes épaules. Je repris d'une voix lasse :

— Je n'ai pas connu notre mère, parce qu'elle est morte peu après notre naissance ; mais grand-mère Catherine et papa m'ont parlé d'elle et je sais que nous l'aurions beaucoup aimée. Elle était très belle.

Gisèle secoua la tête avec énergie, refusant encore la vérité, mais déjà mes révélations faisaient leur chemin en elle. Ses lèvres tremblèrent et je vis ses yeux se voiler.

— Attends, dis-je en me levant pour aller ouvrir la porte de communication entre nos deux chambres.

Quelques instants plus tard, je revins avec la photo de notre mère et la lui tendis.

— Tiens. La voilà.

Elle n'y jeta qu'un regard et détourna vivement les yeux.

— Je ne tiens pas à voir cette... cette cajun que tu appelles notre mère.

— C'est notre mère. Et ce que tu ne sais pas encore, c'est... qu'elle avait eu un autre enfant. Nous avons un demi-frère... Paul.

— Tu es folle ! Tu es vraiment folle, ta place est dans cette institution ! Je veux papa, hurla-t-elle. Papa ! Papa !

A ses cris, Mme Warren accourut.

— Que se passe-t-il, encore ?

— Je veux mon père. Allez me le chercher !

— Je ne suis pas votre bonne, ma fille. Je suis...

— ALLEZ LE CHERCHER ! s'époumona Gisèle, dont le visage devint rouge comme une betterave.

L'infirmière se tourna vers moi, la mine perplexe.

— Je vais le chercher, dis-je en réponse à sa question muette.

Et je sortis, lui laissant le soin de calmer ma sœur.

Je trouvai Père et Daphné au salon, ma belle-mère sur le canapé, papa debout devant elle. Il paraissait très sûr de lui, pour une fois, mais ce qui m'étonna le plus, ce fut l'expression soumise de ma belle-mère. Elle semblait subjuguée. Je les regardai l'un après l'autre et elle détourna les yeux d'un air coupable.

— J'ai dit la vérité à Gisèle, annonçai-je.

— Tu es content, maintenant ? jeta Daphné à mon père d'un ton acerbe. Je t'avais dit qu'elle risquait de briser notre famille ! Je t'avais prévenu.

— C'est moi qui ai voulu qu'elle parle à Gisèle.

— Quoi !

— Il est temps de faire face à la vérité, Daphné, si pénible qu'elle soit. Ruby a raison. Nous ne pouvons pas continuer à vivre dans le mensonge. Tu as de grands torts envers elle, mais j'en ai plus encore. Je n'aurais jamais dû lui demander de mentir.

Pour la première fois, je vis les yeux de Daphné s'embuer de larmes.

— Cela ne te coûte rien, à toi ! riposta-t-elle, les lèvres tremblantes. On te pardonnera ton incartade. C'est si naturel pour un homme d'avoir une aventure ! Mais moi ? gémit-elle, comment oserais-je regarder les gens en face, maintenant ?

Jamais je n'aurais cru voir pleurer ces yeux si durs, mais ma belle-mère s'apitoyait tellement sur son propre sort qu'elle ne réussit pas à contenir ses larmes. Et malgré tout ce qu'elle avait pu me faire, je me sentis désolée pour elle aussi. Son univers, bâti sur les faux-semblants et cimenté par le mensonge, était en train de s'écrouler devant elle, et elle n'y pouvait rien.

— Nous avons beaucoup à nous faire pardonner, Daphné. Surtout moi. Je dois trouver la force de réparer le mal que j'ai causé à ceux que j'aime.

— C'est bien vrai, larmoya-t-elle.

— Mais toi aussi, Daphné. Tu n'es pas totalement innocente non plus. Il faut apprendre à nous pardonner les uns aux autres, si nous voulons vivre en harmonie.

Elle lui jeta un regard aigu, et je le vis redresser les épaules.

— Je dois aller parler à Gisèle, maintenant. Et ensuite, j'irai voir mon frère. J'irai aussi souvent qu'il le faudra, jusqu'à ce qu'il soit en bonne voie de guérison et qu'il me pardonne, lui aussi.

Daphné détourna la tête, mais papa me sourit. Puis il sortit pour monter voir Gisèle, confirmer ce que j'avais dit et lui avouer la vérité.

Je restai un long moment debout devant ma belle-mère, et finalement, très lentement, elle se retourna vers moi. Elle avait les yeux secs, maintenant. Ses lèvres ne tremblaient plus.

— Ne t'imagine pas que tu as réussi à me détruire, énonça-t-elle d'une voix ferme. Ce n'est pas le cas.

— Je n'ai jamais voulu cela, Daphné. Je souhaite simplement que *vous* ne cherchiez plus à me détruire, moi. Je ne peux pas dire que je vous pardonne le mal que vous m'avez fait, mais je ne demande qu'à tirer un trait sur le passé. Je voudrais que nous repartions sur de nouvelles bases, vous et moi, ne serait-ce que pour le bonheur de mon père.

« Et peut-être qu'un jour, même si cela me semble impossible à présent, je pourrai vous appeler Mère sans avoir à me forcer.

Elle m'observa quelques instants, les traits tendus.

— Toi qui t'arranges pour charmer tout le monde, aurais-tu l'intention de me séduire, moi aussi ? Même après ce qui s'est passé aujourd'hui ?

Je répliquai sans me troubler :

— Cela ne dépend que de vous, n'est-ce pas... Mère ?

Et je quittai le salon, la laissant méditer sur l'avenir de la famille.

Dans le bayou, il faut creuser profond et en terrain solide pour établir les fondations d'une maison, et la vérité a les mêmes exigences. Dans un monde où sévit le mensonge, menaçant à tout instant de réduire en miettes le rempart fragile de nos illusions, elle est notre seule certitude. Comme disait grand-mère Catherine, les arbres les plus profondément enracinés sont ceux qui résistent le mieux à l'ouragan.

« La nature sait faire le tri, Ruby. Ceux qui ne sont pas plantés profond, vents et marées les emportent, et ce n'est pas plus mal. Au moins, on est sûr que ce qui reste est solide et qu'on peut s'y fier ! Plante tes racines bien profond, ma petite fille. Bien profond... »

Pour le meilleur et pour le pire, désormais, c'est dans le terreau de la famille Dumas que j'avais pris racine. Et la timide petite cajun, qui était arrivée toute tremblante à la porte de la maison, commençait à comprendre qui elle était vraiment.

Chose étrange, ma sœur devint de plus en plus faible au cours des jours suivants, et plus dépendante de moi que jamais. Je la trouvais souvent en larmes, et je la consolais. Au début, elle ne voulut rien savoir de nos origines cajuns, mais peu à peu son attitude changea. Elle se mit à me poser une question par-ci, par-là, m'incitant à lui décrire les lieux et les gens. Elle n'acceptait pas facilement la vérité, bien sûr, et elle me fit jurer cent fois plutôt qu'une de n'en rien dire à personne avant qu'elle ne s'y sente prête. Je le lui jurai.

Et par un certain après-midi, alors que je lui racontais une anecdote survenue au cours des examens de fin d'année, Edgar s'annonça par quelques coups discrets à la porte de sa chambre.

— Excusez-moi, mademoiselle Ruby, mais quelqu'un demande à vous parler. Un jeune homme.

— Un jeune homme ? releva Gisèle sans me laisser le temps d'ouvrir la bouche. Qui est-ce, Edgar ?

— Un certain monsieur Tate. Paul Tate.

Je pâlis, rougis et me sentis faiblir.

— Paul ?

— Et qui est Paul ? s'enquit vivement Gisèle.

— Notre demi-frère.

Ses yeux s'agrandirent de saisissement.

— Va le chercher, Ruby.

Je ne me le fis pas répéter, dégringolai les marches et trouvai Paul dans le hall. Il me parut beaucoup plus mûr, beaucoup plus grand... et encore plus beau que dans mon souvenir.

— Salut, Ruby ! me lança-t-il en souriant de plaisir.

— Comment m'as-tu trouvée ? (Je n'en revenais pas. Moi qui avais fait exprès de ne pas lui indiquer mon adresse...).

— C'est simple. Je savais déjà que tu étais à La Nouvelle-Orléans, le reste a été facile. Je suis passé un soir voir ton grand-père Jack avec deux bouteilles de bourbon.

— Monstre ! C'est honteux de profiter de la faiblesse d'un vieil ivrogne.

— J'aurais trinqué avec le diable s'il avait pu me mettre sur ta trace, Ruby. (Nos regards se soudèrent, et pendant quelques instants, aucun de nous deux ne parla.) J'ai droit au baiser de retrouvailles ?

— Bien sûr.

Il m'embrassa sur la joue, puis s'écarta de moi et regarda autour de lui.

— Tu n'exagérais pas, tu es riche. Est-ce que les choses vont un peu mieux pour toi, depuis ta dernière lettre ?

— Oui.

— Dommage, commenta-t-il d'un air déçu. J'espérais que tu dirais non et que je saurais te persuader de revenir chez nous. Mais je ne te blâme pas de ne pas vouloir quitter tout ça. Je comprends.

— C'est aussi l'endroit où vit ma famille, Paul.

— C'est vrai. Bon... et cette sœur jumelle, où est-elle ?

Je le mis rapidement au courant de l'accident et il parut sincèrement désolé.

— C'est vraiment navrant, Ruby. Alors... elle est toujours à l'hôpital ?

— Non, elle est là-haut, et elle meurt d'impatience de te connaître. Je lui ai tout raconté à propos de toi.

— Tu as fait ça ?

— Parfaitement, et elle doit être dans tous ses états parce que nous tardons trop. Allez, viens !

Dans l'escalier, Paul me donna des nouvelles de grand-père.

— Il n'a pas changé, Ruby, mais si tu voyais la maison ! C'est un vrai taudis, maintenant. Comme sa cabane des marais, mais avec des trous plein les murs. Il cherche toujours le soi-disant magot caché.

« Au début, la police croyait qu'il t'avait fait un mauvais parti et il y a eu un petit scandale. Mais comme on n'a trouvé aucun indice permettant d'étayer les soupçons, ça s'est tassé. Naturellement, ça n'a pas convaincu tout le monde.

523

— Mais c'est terrible, ça ! J'écrirai aux amis de grand-père pour les rassurer, promis-je au moment où nous débouchions dans le couloir.

Et je précédai Paul dans la chambre de Gisèle.

Rien n'était plus apte à ramener des couleurs sur les joues de ma sœur que la vue d'un beau jeune homme. Nous n'étions pas assis depuis cinq minutes qu'elle flirtait ouvertement avec Paul, battant des cils, roulant des épaules et lui prodiguant ses plus éblouissants sourires. Je vis qu'il s'amusait, mais aussi qu'il n'était pas insensible à ce déploiement de charme féminin. Il appréciait.

Peu avant qu'il ne prenne congé, j'eus la surprise d'entendre Gisèle suggérer que nous lui rendions visite un jour prochain, dans le bayou. Paul rayonnait.

— Tu es sérieuse ? Je te montrerai des choses sensationnelles ! J'ai mon propre bateau, maintenant, et des chevaux, et...

— Je ne sais pas si je pourrai monter à cheval, se lamenta Gisèle.

— Bien sûr que tu pourras ! Et si tu ne peux pas, je te prendrai en croupe.

L'idée lui plut beaucoup.

— Maintenant que tu connais le chemin de la maison, la porte te sera toujours ouverte, Paul. Il faut que nous apprenions à mieux nous connaître.

— J'y compte bien. Hmm, je veux dire... merci.

— Tu dînes avec nous ?

— Hélas non. Je suis venu avec un ami de passage, et je dois le retrouver en ville dans très peu de temps.

J'aurais juré qu'il venait d'inventer ce prétexte, mais je ne dis rien. Et si Gisèle fut déçue, elle retrouva le sourire quand il se pencha sur elle pour l'embrasser.

— Reviens bientôt, tu entends ? lança-t-elle derrière nous quand je raccompagnai Paul.

— Tu aurais dû rester, lui reprochai-je. Papa aurait été ravi de te voir, j'en suis sûre. Ma belle-mère est un peu snob, mais elle t'aurait bien reçu.

— Non, il faut vraiment que je rentre. Personne ne sait que je suis venu, avoua-t-il.

— Ah...

— Mais maintenant que je sais où tu habites, et que je connais mon autre demi-sœur, je reviendrai. Enfin... si tu désires me voir.

— Bien sûr que oui ! Et un de ces jours, j'amènerai Gisèle dans le bayou.

— Ça, ce serait génial ! Ruby... (Il hésita.) Il n'y a pas eu d'autre fille, depuis que tu es partie, tu sais ?

— Ce n'est pas bien, Paul.

— C'est plus fort que moi. Je ne peux pas.

— Essaie. Je t'en prie, l'implorai-je. Essaie, Paul.

Il inclina la tête, s'avança vivement vers moi et m'embrassa.

L'instant d'après, tel un souvenir arraché au passé pour aussitôt disparaître, il n'était plus là.

Je ne remontai pas directement chez Gisèle. Je sortis dans le jardin, m'étendis sur une chaise longue, les yeux au ciel. Il était d'un bleu transparent, à peine moucheté par quelques traînées de nuages floconneux. Je me sentais si bien que je me serais endormie, si je n'avais pas entendu la voix de papa.

— J'étais sûr de te trouver là ! En voyant ce ciel radieux, j'ai pensé que ma petite Ruby voudrait profiter d'une si belle fin d'après-midi.

— C'est une journée magnifique, papa. Comment s'est passée la tienne ?

— Très bien, dit-il en s'asseyant en face de moi, l'air brusquement sérieux. J'ai pris une décision. Je tiens à ce que Gisèle et toi fréquentiez un collège privé, l'année pro-

chaine. Elle a besoin de soins particuliers, mais surtout...
elle a besoin de toi, même si elle n'est pas prête à le
reconnaître.

— Un collège privé ?

Je devins pensive. J'allais devoir quitter les quelques
amis que je m'étais faits récemment, et aussi... quitter
Christophe. Nos relations n'étaient plus aussi faciles
qu'avant, à cause de Daphné, mais nous parvenions malgré
tout à nous voir de temps en temps.

— L'internat serait la meilleure solution pour tout le
monde, reprit mon père avec fermeté. Vous me manque-
rez terriblement, mais j'essaierai d'aller souvent vous voir,
je te le promets. Ce n'est pas très loin de La Nouvelle-
Orléans. Alors, qu'en penses-tu ?

— C'est un collège snob pour filles de famille, bien
sûr ?

— Probablement, admit-il, mais je serais surpris que
cela t'intimide encore. Ce n'est pas elles qui t'influence-
ront, mais le contraire, tu verras. Tu auras vite fait de les
transformer, elles aussi ! Et là-bas, il y aura de grandes
soirées, des bals, des voyages, les meilleurs professeurs et
toutes sortes d'avantages. Mais le plus important, c'est que
tu pourras reprendre tes études artistiques, ajouta-t-il. Et
Gisèle recevra les soins médicaux qui lui sont nécessaires.

— Très bien, papa. Si tu crois que c'est la meilleure
solution...

— J'en suis certain. Je savais que je pouvais compter
sur toi. Mais comment se fait-il que ta sœur t'ait accordé
un moment de congé ? demanda-t-il en plaisantant.

— Elle doit être un train de se brosser les cheveux, en
bavardant au téléphone à propos de notre visiteur.

— Un visiteur ?

Je n'avais jamais parlé de Paul à papa. Mais quand je
me lançai dans mes explications, il me surprit en m'appre-
nant qu'il connaissait son existence.

526

— Gabrielle n'était pas femme à me dissimuler une chose pareille, Ruby. Je regrette de l'avoir manqué.

— Il reviendra, papa. Et nous lui avons promis d'aller le voir bientôt.

— Parfait, approuva-t-il en se levant. Et maintenant, je monte voir mon autre princesse. Tu m'accompagnes ?

— J'aime mieux rester encore un moment dehors, papa.

— Comme tu voudras, ma chérie, dit-il en se penchant pour m'embrasser.

Puis il s'éloigna pour aller chez Gisèle, me laissant seule avec mes pensées.

Je m'appuyai au dossier de ma chaise longue, le regard au loin, mais je ne vis ni les pelouses impeccablement soignées, ni les bosquets, ni les parterres en fleurs. Je vis le bayou. Et je nous revis, Paul et moi, jeunes et innocents, naviguant dans une pirogue. Paul manœuvrait la perche et je me renversais en arrière, offrant mon visage à la brise du golfe qui faisait voler mes cheveux. Nous contournâmes une levée de terre et un busard des marais nous apparut soudain, presque au-dessus de nous, perché sur une branche. C'était sur nous qu'étaient fixés ses yeux dorés. Il battit des ailes, comme pour nous souhaiter la bienvenue dans notre univers secret, tissé de nos rêves les plus chers et de la tendresse de nos cœurs.

Puis il s'envola tout droit vers le ciel bleu, nous laissant seuls avec nous-mêmes, dérivant au fil du courant qui nous emportait vers l'avenir.

Achevé d'imprimer par GGP
en décembre 1997
pour le compte de France Loisirs, Paris

*Composition réalisée
par S.C.C.M. - Paris XIIe.*

*Cet ouvrage est imprimé
sur du papier sans bois et sans acide.*

Dépôt légal: Août 1997
N° d'édition: 29342
Imprimé en Allemagne